1. Auflage:	2016
Herausgeber:	Éditions Phi 44, rue du Canal L-4050 Esch-sur-Alzette CNL (Centre national de littérature) 2, rue Emmanuel Servais L-7565 Mersch
Autor:	Robert Thill
Zeichnung Deckelseite:	Pierre Blanc
Konzept und Layout:	Polygraphic S.A.
Druck:	weprint S.A.

ISBN: 978-99959-37-21-8

Robert Thill

Frantz Clément – Intellektueller, Schriftsteller, Journalist

Sein Leben, sein Werk, seine Zeit

Inhaltsverzeichnis

Vorwort — 8

I. Der junge Clément (1882-1904) — 11

1. Kindheit in Mondorf – „[E]in Jahrzehnt der zerrissenen Hosen, der blutenden Nasen, der zerschundenen Hände, aber der Kopf blieb ganz." — 12
2. Cléments Jugendjahre – Nicht Metzger wollte er werden, sondern „das Dasein eines Intellektuellen führen." — 16
3. Clément im *Luxemburger Wort* — 17
4. Clément und das *Luxemburger Lehrerblatt* — 24
5. Clément als Herausgeber der Münchener Zeitschrift *Der Morgen. Monatsschrift für religiöse, künstlerische und wissenschaftliche Kultur* — 27
6. *Die Grundlagen der deutschen Dichtung. Betrachtungen eines Katholiken über die Bedingungen einer gesunden Litteratur-Entwicklung* — 30

II. Leipzig und die Folgen (1905-1913) — 37

1. Batty Weber entdeckt den „Teufelskerl" Frantz Clément. — 39
2. Leipzig führt zu einem radikalen Wandel Cléments. — 42
3. 1907 – Mitbegründer von *Floréal* — 47
4. Clément als tagespolitisch aktiver Intellektueller — 52
5. Die ‚Volksbildungsbewegung' „[D]ie Wahrheit als oberstes Ziel muß Gegenstand und Inhalt dieser Bildungsarbeit sein." — 54
6. Zur Reform der Normalschule – „Lehrerseminar" oder „Zweigniederlassung des Priesterseminars"? — 59
7. Clément und *Die Neue Zeit. Organ für fortschrittliche Politik und Volksbildung* (1911-1914) — 63
8. Freimaurer und Freidenker — 70
9. Der Kenner französischer Literatur und Mitarbeiter renommierter deutschsprachiger Zeitungen und Zeitschriften — 77

III. Clément: Chefredakteur, mit Unterbrechung, im *Escher Tageblatt* (1913-1924) — 81

1. Clément im neu gegründeten liberalen *Escher Tageblatt*; die Zeit bis zum Ersten Weltkrieg — 83
2. In Koblenz im Gefängnis; das *Escher Tageblatt* muss für einige Monate sein Erscheinen einstellen. — 88
3. Clément zur Zeit des Ersten Weltkrieges. Er wird als Lehrer abgesetzt. — 92
4. Neue Sachlichkeit bei Clément *Zur Psychologie der politischen Parteien* – eine frühe Analyse des sich etablierenden Parteiensystems — 95
5. *Die Kleinstadt. Eine kulturpsychologische Studie* Der Krähwinkel: ‚ein Brutofen des Philistertums' und ‚ein Gegner des geistigen Aristokratismus' — 98

6. Frantz Clément und Norbert Jacques. Ein Exkurs über ein Reizthema ... 103
7. Clément und die AGEL – *La Voix des Jeunes* ... 108
8. Clément erneut Chefredakteur im *Escher Tageblatt*; die Dynastiekrise ... 118
9. Nach 1919 – Völkerpsychologische Überlegungen Cléments über Frankreich und Deutschland ... 126
10. *Zelle 86 K.P.U.* – Cléments Gefangenschaft in deutschen Gefängnissen ... 131
11. Clément und die Familie Mayrisch. Eine erste Begegnung mit André Gide ... 137
12. Clément – Mitbegründer der *Cahiers luxembourgeois*; sein zwiespältiges Verhältnis zu Nikolaus Welter ... 144
13. Clément warnt vor der Gefahr des Rechtsradikalismus, vor allem in Deutschland. Er strebt von der Kleinstadt Luxemburg weg nach der Metropole Paris. ... 149
14. Clément verliert Luxemburg nie aus dem Blick ... 154

IV. Cléments Pariser Zeit (1924-1933) ... 161

1. Von der Metropole Paris nach Magny-les-Hameaux, einem Dörfchen auf dem Lande ... 163
2. Cléments glückliche Jahre in Magny – eine Zeit produktiven Schaffens ... 167
3. *Das literarische Frankreich von heute*: Ein Ausdruck ‚leidenschaftlicher Liebe zum geistigen Frankreich' ... 173
4. Die *Clemenceau*-Biographie – ein verschollenes Buch ... 176
5. *Brücken über den Rhein* – ein weiteres verschollenes Werk ... 180
6. Clément: ein Meister des Feuilletons. Seine Artikel in der *Luxemburger Zeitung* ... 184
   6.1. *Pariser Briefe* – Literarischer Baedeker von ‚der schönsten Stadt der Welt' „Paris bleibt ein unübertreffliches havre de grâce." ... 185
   6.2. *Pariser Briefe* – Politische Beiträge: „Ich war nie Informationsjournalist." ... 187
   6.3. *Pariser Briefe* – Kulturelles aus Paris: „Als ich […] immer mehr auf literarische Aufgaben festgelegt wurde, fühlte ich mich wie erlöst." ... 192
7. Clément und sein Verhältnis zu Luxemburg in seiner Pariser Zeit ... 202
   7.1. Ein Exkurs: D'Gëlle Fra – Die schmutzigste Frau Luxemburgs oder eine sakrale Statue? ... 204
   7.2. Lady Rosa of Luxembourg. Entartete Kunst? ... 206
8. Clément und die Luxemburger Kunst. Ein paar Rücksichtslosigkeiten ... 207
9. Clément und das Berliner *Tage-Buch* ... 210
10. Zwischen Engagement und Resignation ... 220

V. Cléments überstürzte Rückkehr nach Luxemburg, sein Kämpfen und Schreiben von 1933 bis 1940 ... 227

1. Frantz Clément über deutsche Schriftsteller und Künstler im Exil: vom „großen Exodus des Geistes" ... 231
2. Linksintellektuelle setzen sich mit späteren Kollaborateuren auseinander. ... 238
3. Cléments Auseinandersetzung mit dem nationalsozialistischen Regime, „der brutalsten aller Diktaturen" ... 242
4. Cléments Kampf gegen ‚Ständestaat' und ‚Maulkorbgesetz' ... 247

5. Victor Hugo und Goethe im Mittelpunkt Luxemburger Auseinandersetzungen	258
6. Clément setzt sich mit ‚einem eigentümlichen Deutschlandreisenden' auseinander	265
7. Leo Müller, Herausgeber des *Luxemburger Volksblattes*, diffamiert Clément und seine angeblichen ‚Auftraggeber'	268
8. Zweite Hälfte der 1930er Jahre: Widerstand u.a. gegen das von der deutschen Gesandtschaft diktierte Verbot von Filmen oder gegen die Zurückweisung jüdischer Flüchtlinge	271
9. *Zickzack*	281
9.1. Über Politik: der scharfe Analytiker ist präsent, der Polemiker fehlt	282
9.2. Über Literatur: Cléments Meisterschaft auf seinem Lieblingsgebiet	290
9.3. Über Kunstausstellungen und ihre kulturpolitische Dimension	298
9.4. Zickzack: ein Werk „nicht ohne Narrheit", aber ohne Ecken und Kanten	302
10. Cléments ungewöhnlicher Artikel *Serrons les rangs!*	304
11. Die Jahre vor dem Krieg. Schreiben für *Voix des Jeunes*, *Die Neue Zeit*, *Luxemburger Zeitung*. Glossen für das sozialistische *Escher Tageblatt*	307
12. Die Zeit kurz vor und nach Ausbruch des Zweiten Weltkrieges	312
13. Eine Art Testament Cléments: Neuhumanismus, autoritäre Demokratie, Liberalismus	314

VI. Clément in den Jahren von 1940 bis 1942. Seine Rezeption in der Nachkriegszeit   315

1. Cléments letzter Lebensabschnitt: Vom 10. Mai 1940 bis zum 2. Juni 1942	317
2. Die Rezeption Cléments nach seinem Tod	323
3. Ein letztes Kapitel über einen ‚wahren Clerc', der nie Verrat beging	328

Anmerkungen   333

Auswahlbibliographie   371

Abbildungsverzeichnis   381

Personenregister   385

Danksagung   395

Abkürzungen

AF	L'Alliance Française
ANLux	Archives Nationales de Luxembourg
An.	Anonym
Anm.	Anmerkung, Fußnote
AT	Der arme Teufel
CL	Les Cahiers luxembourgeois
CNL	Centre National de Littérature, Mersch
NZ	Die Neue Zeit (1911-1914)
DnZ	Die neue Zeit (1936-1940)
Ebd.	ebenda, ebendort
ET	Escher Tageblatt
Fl	Floréal
FB	Freidenkerbund
Gedelit	Gesellschaft für deutsche Literatur und Kunst
i.e.	id est, das ist, das heißt
LJ	Lëtzebuerger Journal
IL	L'Indépendence luxembourgeoise
LF	La Ligue Française
LL	d'Lëtzebuerger Land
Lux. L.	Luxemburger Lehrerblatt
LV	Luxemburger Volksblatt
LW	Luxemburger Wort
LZ, M.A.	Luxemburger Zeitung, Morgenausgabe
LZ, A. A.	Luxemburger Zeitung, Abendausgabe
NB	nota bene, übrigens [nachträglich eingefügte Anmerkungen]
NH	Nationaldemokratische Heimatbewegung
NLK	Der neue Luxemburger Kalender
o.S.	ohne Seitenzahl
PB	Pariser Brief
PB 1955	Pariser Briefe 1955
SM	Sozialistische Monatshefte
Sp.	Spalte
Trib.	Die Tribüne
TB	Das Tage-Buch
VB	Luxemburger Volksblatt
VdB	Volksdeutsche Bewegung
VdJ	La Voix des Jeunes
ZZ 1938	Zickzack 1938
ZZ 1945	Zickzack 1945
ZZ 2006	Zickzack 1938, kommentierte Ausgabe

Lé Tanson: Mondorf, rechts das Geburtshaus von Frantz Clément

Frantz Clément war engagiert und kämpferisch bis zu seinem Lebensende. Sein Einsatz für die freiheitliche Demokratie und sein Kampf für die Bewahrung der Luxemburger Unabhängigkeit führten zu seinem tragischen Ende Anfang Mai 1942. Ein meditatives Leben führte er nicht, selten warf er einen nostalgischen Blick in die Vergangenheit: Gegenwart und Zukunft waren ihm wichtiger. Tagebuchnotizen mit Reflexionen über sein Leben existieren nicht. Persönliche Dokumente, Manuskripte wurden zu einem großen Teil im Zweiten Weltkrieg zerstört. So fehlen uns manche Angaben zu seinem Leben und Werk; besonders Kindheit, Jugend und erste schriftstellerische Versuche sind eher lückenhaft dokumentiert. An seinen *Jugenderinnerungen* schrieb er in den letzten Monaten seines Lebens. Zwei autobiographische Texte haben sich erhalten: *Mondorfer Buben von damals*, 1946 in den *Cahiers luxembourgeois* [CL] erschienen,[1] und ein frühes Selbstporträt: *Franz Clément*, 1908 in der letzten Nummer von *Floréal* [Fl] veröffentlicht.[2] Beide sind allerdings gegen den Strich zu lesen. Der erste Text ist nicht in der Ich-Form gehalten, Clément war aber wohl einer dieser Mondorfer Buben, der vor allem von seinen eigenen Kindheitserlebnissen spricht. Der *Floréal*-Beitrag ist ironisch unterkühlt, verschweigt einiges Unangenehme, einige schriftstellerische Jugendsünden, lässt aber Interessantes über seine damalige Entwicklung durchblicken.

Clément stellte auch später nie seine Person in den Mittelpunkt. Für ihn war das gesellschaftspolitische Engagement entscheidend, die geistige Auseinandersetzung wichtig, und dies in der bewegten ersten Hälfte des 20. Jahrhunderts –, einer Zeit mit zwei Weltkriegen, mit Umbrüchen in Luxemburg und anderswo und ihrer Bedrohung durch den Nationalsozialismus. Cléments intellektueller Werdegang ist kein Zickzackkurs; er ist geradlinig, überschaubar und spiegelt ein halbes Jahrhundert Luxemburger Geschichte und Kultur im europäischen Kontext wider. Sein schriftstellerisch anspruchsvolles Schreiben stellt ein herausragendes Zeugnis der Zeit zwischen 1902, dem Beginn der schriftstellerischen Tätigkeit Cléments, und 1942, dem Todesjahr, dar.

Das Geburtshaus lag in unmittelbarer Nähe der französischen Grenze.

I. Der junge Clément (1882-1904)

Geburtsurkunde von Franz Clement

1. Kindheit in Mondorf:
„[E]in Jahrzehnt der zerrissenen Hosen, der blutenden Nasen, der zerschundenen Hände, aber der Kopf blieb ganz."*

Frantz Clément wurde am 3. November 1882 im Badestädtchen Mondorf geboren. Der Name im Geburtsregister lautet: Franz Clement. Bereits vor dem Ersten Weltkrieg, besonders aber nach 1918, unterschrieb er seine Arbeiten mit Frantz Clément, wohl als Bekenntnis zu der von ihm und Batty Weber als spezifisch luxemburgisch definierten „Mischkultur".[1] Batty Weber schrieb in seinem *Abreißkalender* vom 17.01.1933: „Wer ist das übrigens, Fran**tz** Cl**é**ment? Frantz klingt deutsch, Clément ist stockfranzösisch. – Also wahrscheinlich ein guter Luxemburger." Gesprochen wurde der Name in Luxemburg stets Franz Cl[ə]ment. Er entstammte angeblich „einer alteingesessenen Metzgerdynastie" – eine Formulierung, die wohl eher jugendlicher ironischer Legendenbildung diente – wie so einiges im *Floréal*-Porträt.[2] Sein Vater Theodor Clement (1854-1900) war Metzgermeister, und diesen kennzeichneten, neben seinem handwerklichen Geschick, Sprachwitz und Freude am Erzählen. Cléments Schriftstellerkollege Pol Michels berichtet von einem geselligen Beisammensein bei Batty Weber in den 20er Jahren an der Mosel. Als Frantz sich kurz von der Gesellschaft entfernte, erzählte Weber verschmitzt: „Sein Vater hat ihn einst als seines Lebens beste Leistung erklärt. Übrigens der alte C., dem hat keiner ein X für ein U vorgemacht! Er war Metzgermeister in Mondorf-Bad, also Inhaber eines Saisongeschäftes. Im Winter war seine gute Zeit. Dann ging er, stets sonntäglich gekleidet, unter die Leute und scheffelte die Popularität, wie kein anderer. Er besaß ein wüstes Sammelsimmelsurium von Sprich- und Sagwörtern und gab gerne den anderen und sich eines mit auf den Weg. [...] Meine Herren, der alte C. war ein fast volksliedhaftes Stück des neunzehnten Jahrhunderts!"[3] Cléments Mutter war Anna Maria Stoos (1852-1921), Tochter des Maurers Nicolas Stoos; dessen Ehefrau war Maria Schummer aus Berburg. Ein besonders gutes Verhältnis hatte er zu seiner Mutter, die seit dem 16.08.1900 verwitwet war. Sie konnte, wie Emma Weber-Brugmann berichtet,[4] „unerschöpflich von ihrem Frantz", ihrem ganzen „Stolz", reden. Dieser widmete 1915 sein Werk *Die Kleinstadt* seiner „lieben Mutter". Er hatte eine drei Jahre jüngere Schwester Barbara, Josephine oder Finnchen genannt, die später im Geburtshaus in Mondorf einen Modesalon führte – in einem kleinen Schaufenster wurden Damenhüte ausgestellt.

Clément hatte eine glückliche Kindheit. Unangenehme Erfahrungen werden nirgends erwähnt. Allerdings meint er in einer Glosse im *Escher Tageblatt* [ET], seine „Bubenseele" habe einmal „dem Tod ins Auge" gesehen. Seine Mutter hatte zu Ostern Eier einer „besonders feste[n] Sorte" gefärbt. Beim „Técken" habe er sämtliche „Gegner" besiegt, ein halbes Dutzend Eier gewonnen, die er alle sofort verschlang. „Bauchgrimmen fürchterlicher Art" waren die Folge. Eine von der Großmutter verabreichte „Heffendrëpp" [Gläschen Hefebranntwein] half, seine Lebensgeister wieder zu wecken.[5]

In Mondorf besuchte er die Volksschule. Der Schulweg war ihm von „allen Wegen [...] der am meisten verhasst[e]" – schlechte Erfahrungen in der Schule? Wohl kaum, aber andere

---
* (CL 18 (1946) 5/6, S. 401 f.)

Herkul Grün: Der „Abgott" der Mondorfer Jugend

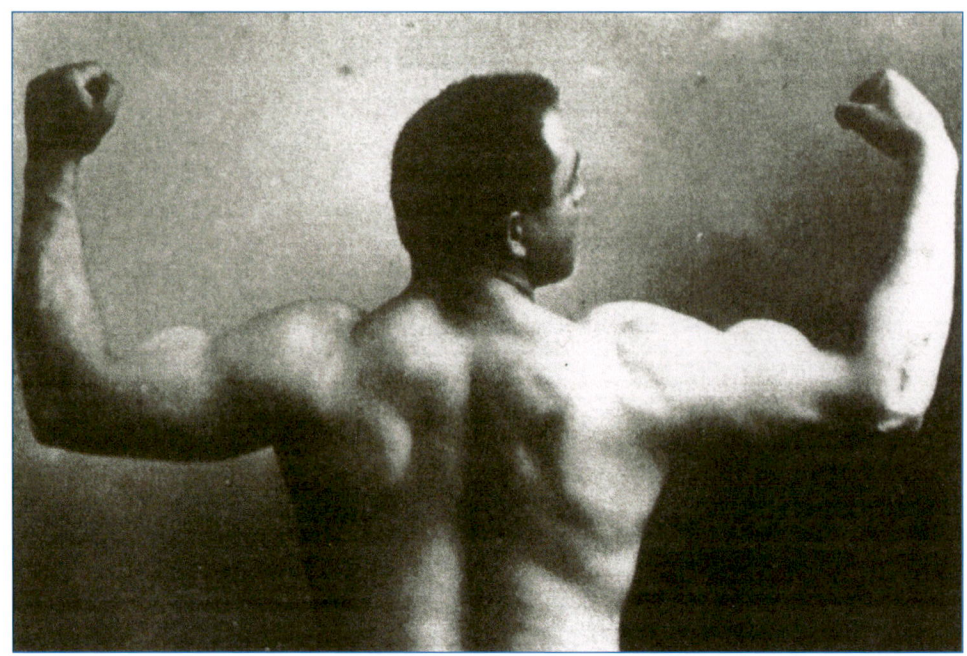

Wege, die Abenteuerliches versprachen, waren lockender. Kein einziges negatives Schulerlebnis erwähnt Clément. Der „Weissdornstock, der [...] jahrein, jahraus [...] hinter dem Schulschrank" stand, kam kaum hervor. Von schwarzer Pädagogik ist erst die Rede im Zusammenhang mit der Lehrernormalschule.

Clément verschlang in seiner Kinderzeit eifrig Bücher: „Männer wie Robinson, Alibaba und die vierzig Räuber, Aladin, Winnetou, Bärenklaue und wie all die Indianerhäuptlinge heißen mögen, brachten ihnen [i.e. den Mondorfer Buben, also auch Clément] das Blut in Wallung."[6]

Besonders aber schwärmte er für seinen „Landsmann" aus Mondorf, John Grün (1868-1912)[7], der zum „Abgott" der Jugend wurde. ‚Der stärkste Mann der Welt' war kein Schriftgelehrter. Ein handschriftlicher Brief von ihm aus London, in einer Zeitung veröffentlicht, hatte den Mondorfer Buben „die letzte Scheu vor der Göttin Rechtschreibung" genommen. Aber was soll's? Herkul Grün hatte andere Meriten. „Der Unbezwingbare" war ‚The Champion of the World'. Er war früh nach Amerika ausgewandert, hatte dort einen professionellen Kraftprotz besiegt, sich mit diesem zu den ‚Two Marks' zusammengetan; anschließend hatte er mit einer belgischen Athletin, Miss Fanny, ein Kraftduo gebildet, war schließlich allein eine Attraktion in den Zirkuszelten, Music Halls und Variététheatern in den Vereinigten Staaten und in Europa geworden.

Auch „in sein Heimatdorf kam [der Allgewaltige]", und „die Begeisterung [stieg] ins Grenzenlose". So manches wechselte damals seinen Platz, wurde verstellt, verlagert. „Alles, was nicht niet- und nagelfest war, Blumenstock und Milchkanne, Wagendeichsel und Leiter, Bierfass und Wagenrad, wurden gehoben und gestemmt. Manchem Bauern wurden die Gewichte nach allen Ecken und Enden des Dorfes verschleppt. Überall Verwüstung, wohin das Auge blickte, Opfer eines unbändigen Kraft-, Macht- und Zertrümmerungswillens, die dickbauchige Korbflasche am Güterbahnhof, das Eisengeländer am Schulhaus, der Briefkasten im Mühlenweg, die Porzellannäpfe an den Telegraphenstangen. Kraft war Trumpf."

Am Schluss des Artikels über seine Kindheit zog Clément Bilanz: „Die forschen Buben von damals hielten durchweg, was sie versprachen." Sie „setzten sich durch", in der Heimat und in der Fremde. Nur einer versagte: Er „ließ sein Leben in einer Pariser Vorstadt, als die Polizei ihn nächtlich bei einem schweren Einbruch überraschte. Aber seiner Haut erwehrte er sich, wie die Tageblätter meldeten, bis die letzte Kugel ihm ausging."[8]

Von den Mondorfer Buben ging Clément den wohl ungewöhnlichsten und riskantesten Weg: Als einer der ersten freien und unabhängigen Schriftsteller Luxemburgs bewahrte er seinen kindlichen Elan ein Leben lang, ohne Schielen nach Karriere und Einkommen. Er ließ schließlich sein Leben wie der aus Mondorf stammende Pariser Ganove: Er wurde ebenfalls ermordet, allerdings, weil er sich für höhere Ziele eingesetzt und den Totalitarismus in all seinen Formen bekämpft hatte.

Teil des Monuments John Grün

2. Cléments Jugendjahre:
Nicht Metzger wollte er werden,
sondern „das Dasein eines Intellektuellen führen" *

Clément als leidenschaftlicher Redner

Sehr früh zeigte Clément literarische Neigungen. Witzig bemerkt er im Selbstporträt in *Floréal*: „Mit zwölf Jahren machte ich Verse auf einen steinernen Löwen. Um diesem Talente die würdige Ausbildung zu geben, steckte man mich in die Ettelbrücker Ackerbauschule."[9] Interesse am Metzgerberuf des Vaters hatte er nicht; dieser starb, als Clément noch keine 18 Jahre alt war. So blieben die „Abzeichen [s]eines ersten, des Metzgerlehrlingsberufes", bestehend aus „einer roten und blauen Blouse", „wohlkonserviert auf dem Speicher [s]eines elterlichen Hauses."

Von 1895 bis 1898 besuchte er die Ackerbauschule, von 1898 bis 1901 die Lehrernormalschule. Ihnen verdankt er nach eigenen Angaben nicht allzu viel, seine schulischen Leistungen spielt er jedenfalls herunter. „[Ich] fand es angezeigt, meine untergeordneten Leistungen durch gutes Betragen aufzuwiegen."[10] Immerhin, die Ackerbauschule schloss er mit der Note „sehr gut" ab;[11] in der Lehrernormalschule bekam er in der vorgeschriebenen Studienzeit den Anfangsrang eines Lehrers, den dritten Rang. Im Oktober 1901[12] wurde er „auf die luxemburgische Schuljugend losgelassen."[13] Von 1901 bis 1904 war er Lehrer in Roodt/Ell, im Ostkanton Redingen. Im Schuljahr 1904/05 unterrichtete Clément in Kaundorf. Sein Anfangsgehalt betrug 1000 Franken im Jahr.[14] Ein Bergarbeiter, der pro Tag bezahlt wurde, konnte es auf etwa 200 Franken pro Monat bringen.[15]

Ohne kirchliches Wohlwollen war es am Beginn des 20. Jahrhunderts unmöglich, Lehrer in Luxemburg zu werden. Lehrerausbildung und Lehreranstellung waren damals fest in kirchlicher Hand. Gegen klerikale Bevormundung in der Normalschule wandte sich Clément dezidiert in seiner vom Volksbildungsverein Luxemburg herausgegebenen Schrift *Zur Reform der Normalschule*, dies aber erst 1910. Zu einer Anstellung als Lehrerin oder Lehrer war ein doppeltes Moralitätszeugnis – eins vom Pfarrer, ein weiteres vom Bürgermeister – unbedingte Voraussetzung.[16] Es wurde erst mit der, den Grundschulunterricht regelnden, Gesetzgebung von 1912 abgeschafft.[17]

In seiner Studentenzeit und während der ersten Jahre als Lehrer war Clément ein wohl kritischer, aber nicht aufmüpfiger Charakter. Er kam, wie die meisten Luxemburger damals, aus bescheidenen Verhältnissen, war katholisch erzogen und in der Ackerbau- und Lehrernormalschule vom katholischen Milieu geprägt worden. So war es nicht verwunderlich, dass der literarisch Begabte seine ersten journalistischen und schriftstellerischen Versuche – wie so manche bis heute[18] – in der katholischen Zeitung *Luxemburger Wort*[19] [LW] machte.

---

* Floréal, 1 (1908) 12, S. 158

Sie war im Revolutionsjahr 1848 als kämpferisches katholisches Presseorgan gegründet worden, das in Opposition zur liberalen, staatstragenden Bourgeoisie stand. Da es auf Deutsch verfasst war, erreichte es die Mehrzahl der katholischen Bevölkerung des Landes, die nicht oder nur ungenügend die französische Sprache beherrschte.[20] Später, in der ersten Hälfte des 20. Jhs., trug das LW zur Gründung der Rechtspartei bei und wurde dann, nach dem Zweiten Weltkrieg, zur befreundeten Presse der Christlich Sozialen Volkspartei (CSV). Es entwickelte sich zur dominanten Zeitung in Luxemburg, hatte in den ersten Jahren des Jahrhunderts eine Auflage von 3.500 Exemplaren,[21] von ungefähr 8.000 1912/13[22] und erreichte vor dem 2. Weltkrieg 40.000 Exemplare.[23]

Clément als junger Lehrer in Roodt/Ell mit seinem Schüler Arthur Diderrich

3. Clément im *Luxemburger Wort*

In der Zeit von März 1902 bis Dezember 1904 erschienen im *Luxemburger Wort*, dem ‚Katholischen Parteiorgan' (vgl. LW 29.12.04), fünfzehn Artikel, mit F.C. unterzeichnet.[24] Ob Clément noch weitere Beiträge veröffentlichte, ist nicht mehr festzustellen. In der Luxemburger Presse waren damals die wenigsten Artikel unterzeichnet, und wenn, dann nur mit Initialen oder Pseudonym; ein Impressum gab es nicht.

Mit der zehnteiligen Serie: *Charakteristiken. Katholische Größen des 19. Jahrhunderts* war Cléments Einstand in der katholischen Zeitung recht temperamentvoll. Als Einleitung zu seinem ersten Artikel am 25.03.1902 heißt es: „Ein Hauptvorwurf, den man an uns Katholiken richtet, ist […] der Vorwurf ‚wissenschaftlicher Inferiorität'. Weit entfernt zu behaupten, dass wissenschaftlich und künstlerisch die Katholiken den anderen Konfessionen überlegen sind, darf ich jedoch mit freier Stirne sagen, dass die katholische Religion nicht nur imstande ist, starke wissenschaftliche und künstlerische Individualitäten in sich und mit sich groß zu ziehen, sondern dass es ihr an Größen nicht fehlt, die mit sich und ihrem Gotte einig, Glauben und Wissen, wie auch Glauben und Können in schönster Harmonie verbanden."

Katholische Größen des 19. Jahrhunderts

Cléments Einstand im *Luxemburger Wort* war ein begeisterter Lobpreis auf den Publizisten und Politiker Joseph von Görres. Der aus Koblenz stammende Joseph von Görres war zunächst Anhänger einer rheinischen Republik. Er wurde Direktor des öffentlichen Unterrichts im Generalgouvernement Mittelrhein und in dieser Funktion war er auch zuständig für die Schulen des ehemaligen Wälderdepartements. Bei einem seiner Besuche in Luxemburg traf er in Echternach mit dem hier eingebürgerten Nassauer Johann Kaspar Müller zusammen, der in der alten Abteistadt gemeinsam mit seinem Schwager die Echternacher Keramikfabrik betrieb. Görres fand in ihm einen anregenden Gesprächspartner.

Graf Montalembert

Als ersten Beleg führt er den rheinischen Publizisten Joseph von Görres (1776-1848) an: einen Aktivisten voller Leidenschaft, den man den ‚katholischen Luther' nannte. Zunächst Jakobiner in seiner Jugend, war er ein ferventer Anhänger einer rheinischen Republik, wurde aber von Frankreich enttäuscht, als Napoleon die Werte der Französischen Revolution in einem imperialen System erstickte. Görres trat nun für ein geeinigtes, freiheitliches deutsches Reich ein, gründete den *Rheinischen Merkur*, das erste politische Journal in Deutschland, das Napoleon als ‚die sechste Großmacht' bezeichnete. Während der Restauration geriet er in Konflikt mit Preußen, wurde per Haftbefehl gesucht, ging schließlich nach München, wurde Professor für Geschichte und griff die preußische Politik scharf an.[25]

Das wechselvolle Leben von Görres fand seine Einheit in einem konsequenten Bekenntnis zum Katholizismus. Eine Persönlichkeit also ganz nach dem Geschmack des jungen Clément! Aber von dessen Entwicklung erfahren wir wenig in seinem Essay. Sein erster Artikel im LW ist ein einziger überschwänglicher Lobpreis auf „den großen Publizisten, den eigenartigen kraftvollen Polemiker, den tiefen Denker und einsichtsvollen Politiker, den genialen Feldherrn im Reiche des Wahren, Guten und Schönen".

Ein solcher Feldherr im Dienste der Wahrheit möchte Clément ebenfalls sein. Eher als ein Porträt von Görres zu zeichnen, lässt der Essay durchblicken, welche Rolle sich der erst 20-Jährige für die nächste Zukunft ausgedacht hat: nämlich ein streitbarer Publizist im Dienste der katholischen Sache zu sein. „Görres ist und bleibt eine unserer reinsten Größen", schreibt er. Und Clément möchte sich so ausdrücken, wie Görres es konnte: „An Pascal reicht er in der Polemik heran, an Bossuet erinnert die kräftig aufgebaute und gut kadenzierte Periode, an Tauler und Meister Eccard (sic!) erinnert der Stil seiner Mystik."

Die weiteren Artikel der Serie *Charakteristiken* sind etwas verhaltener verfasst; in ihnen zeigt sich die Identifikation Cléments mit katholischen Größen nicht so offensichtlich. Aber sie sind ebenfalls emphatisch geschrieben; er tritt weiterhin als eifriger Streiter im Dienste des Katholizismus auf.

In seinem zweiten Porträt stellt er den Journalisten und Politiker Graf Montalembert (1810-1870) vor. Dieser gehörte zunächst zu einer Gruppe liberaler Katholiken um Lamennais in der Zeitschrift *L'Avenir*. Nachdem Rom deren Thesen verboten hatte, trennte er sich von seinen Freunden. Er wurde später, unter Napoleon III., Abgeordneter der Rechten in der ‚Assemblée Constituante'. Clément lobt das große Rednertalent Montalemberts – rhetorische Eigenschaften guter Politiker hat er, selbst ein ausgezeichneter Redner, immer wieder gewürdigt. Vor allem aber hebt er den „Feldzug, den er gegen das Staatsschulmonopol führte", hervor.

Clément ging später einen entgegengesetzten Weg zu dem des französischen Politikers: Aus einem rechten Publizisten wurde ein überzeugter Liberaler. Aus einem Verteidiger der konfessionellen Schule, wie Montalembert, wurde ein Kämpfer für ein laizistisches Schulsystem, frei von kirchlichem Zugriff, so in Cléments Vortrag im ‚Freidenkerbund', wo er am 26.11.1911 im Hôtel de la Poste, Luxemburg-Bahnhof, das Thema *Die Konfessionalisierung unserer Schulen* behandelte.[26]

Cléments wohl bester Essay in der Rubrik *Charakteristiken* ist sein Porträt des ‚letzten Ritters der Romantik', Joseph von Eichendorff (1788-1857). Der Artikel wurde denn auch prompt zum Teil auf der ersten Seite des *Luxemburger Wort* abgedruckt. Der romantische Dichter wurde im katholischen Milieu, am Ende des 19. Jahrhunderts, als Hauptvertreter katholischer Literatur angesehen –, und in dieser Tradition sieht ihn auch Clément. Romantisch und katholisch sind die beiden tragenden Begriffe in seinem Text. Eichendorff sei jedoch kein „Tendenzdichter", der christliches Gedankengut verbreite. Clément stellt bei ihm eine natürliche Übereinstimmung zwischen Frömmigkeit und Werk fest, vor allem in seiner Lyrik: „[D]ie Wärme seines Glaubens zieht nach sich die Wärme seines Dichtens." Dies mache ihn zum „bedeutendsten katholischen Dichter des verflossenen Jahrhunderts."

Romantik ist für Clément nicht Gefühligkeit, sondern – und er stützt sich dabei auf den französischen Literaturhistoriker Ferdinand Brunetière – „Emanzipation des Ich", „Entwicklung zum modernen Subjektivismus". Joseph von Eichendorff verkörpere „diesen Subjektivismus am schönsten", und Clément stellt fest: „Ohne die Lebensumstände und die Charakteranlagen des Dichters zu kennen, müsste man aus seinen Werken die ganze Eigenart seiner Persönlichkeit erkennen. Sein Glauben und sein Hoffen, sein Lieben und sein Sehnen, sein Denken und sein Fühlen, wie klar liegt das alles ausgesprochen in seinen Meisterwerken. Ob er auftritt als sozialer, moralisierender Reformator oder als fröhlich durch die Welt wandernder Bursche, ‚dem Gott will rechte Gunst erweisen', überall ist er gerade er selbst; seine Schriften sind nichts anderes als Memoiren ohne die Memoirenform."

Clément erweist sich also sehr früh als äußerst belesen, als vorzüglicher Kenner von Literatur. Dies zeigte sich auch in seinem nächsten ‚Charakteristikum', einem Essay über den Dichter Friedrich Wilhelm Weber (1813-1894). Heute fast vergessen, waren Webers Versepen *Dreizehnlinden* (1878) und *Goliath* (1892) einst berühmt und verbreitet. Besonders das erste Epos, „die herrlichen, jugendlich-frischen ‚Dreizehnlinden'", war bis zur Hitler-Diktatur beliebtes Hausbuch der bürgerlichen Lebenswelt und hatte einen festen Platz in den Lehrplänen deutscher Schulen – auch in Luxemburg wurde es über lange Jahre in Gymnasien als Klassenlektüre empfohlen.[27] Bis heute hat *Dreizehnlinden* eine Auflage von weit über zwei Millionen Exemplaren erreicht.

Nationales und Christliches verbinden sich, nach Clément, bei F.W. Weber. Er findet in beiden Epen „jenes seltene Gemisch von heidnischem Wotanskult, germanischer Mystik und christlichem Gemüte, das so lange die deutschen Nationen und Stämme in Leben und Singen charakterisierte". Aber letztendlich setzten sich „die Segnungen des Christentums" durch, errang dieses „den Sieg". Clément zitiert einen Literaturhistoriker, der F.W. Weber als „echte Dichternatur", als den „Stolz der Katholiken Deutschlands" bezeichnete. Aber er weist auch auf seine offensichtlichen Schwächen hin, etwa auf Webers ‚Epigonentum', auf den allzu häufigen Gebrauch des ‚lyrischen Klingklangs' in *Dreizehnlinden*, und lässt damit durchbli-

Erster Artikel des neunzehnjährigen Clément im *Luxemburger Wort*, am 29.3.1902

Charakteristiken.
Katholische Größen des 19. Jahrhunderts.
Essays von F. C.

Ein Hauptvorwurf, den man an uns Katholiken richtet, ein Vorwurf, der wohl am meisten schmerzt, ist der „wissenschaftlicher Inferiorität". Weit entfernt zu behaupten, daß wissenschaftlich und künstlerisch die Katholiken den anderen Konfessionen überlegen sind, darf ich jedoch mit freier Stirne sagen, daß die katholische Religion nicht nur imstande ist, starke wissenschaftliche und künstlerische Individualitäten in sich und mit sich groß zu ziehen, sondern daß es ihr an Größen nicht fehlt, die mit sich und ihrem Gotte einig, Glauben und Wissen, wie auch Glauben und Können in schönster Harmonie verbanden. Bei anderen Konfessionen geht hingegen gar zu oft bei bedeutender geistiger Bethätigung das religiöse Element ab; ein Dante und Raphael, ein Bossuet und Labruyère waren zugleich geniale und gläubige Katholiken; wer wagt für den Protestantismus dies von Goethe und Humboldt, Schopenhauer und Nietzsche zu behaupten?

In nachstehenden Essays soll der schwache Versuch gemacht werden, einige katholische Geisteshelden vor die geistigen Augen des Lesers zu führen. Ich berücksichtige nur das 19. Jahrhundert, obschon dasselbe keineswegs am reichsten an solchen Persönlichkeiten ist. Wir leben gleichsam noch in ihm und seine Vertreter, seine Größen sind uns näher als die längstvergangener Zeiten. Erschöpfend wollen wir nicht sein und wir begnügen uns schon mit einem gutgezeichneten Kabinettsbildchen.

Joseph von Görres.

Das Eigentümliche der Originalität ist nicht die Neuheit; es ist die Aufrichtigkeit.
TH. CARLYLE.

Ich wüßte den großen Publicisten, den eigenartigen, kraftvollen Polemiker, den tiefen Denker und einsichtsvollen Politiker, den genialen Feldherrn im Reiche des Wahren, Guten und Schönen nicht besser zu charakterisieren, als mit den vorstehenden Worten des geistvollen englischen Historikers. Man folge dem vielbewegten Leben des „katholischen Luther" und man wird auf jeder Seite dieses lehrreichen Buches — so und nicht anders nenne ich es — finden, daß J. v. Görres' Originalität weniger und was soll ich von seiner Sprache sagen? Wer ihn gelesen, der hat ihn lieb gewonnen. Architektonisch fügt sich Wort zu Wort und wie jene gotischen Dome des Mittelalters so stehen vor uns die genialen Erzeugnisse dieser kraftvollen Persönlichkeit; wenige Schriftsteller verfügen über einen solchen Wortschatz und sein Zeitalter, die Romantik, war hierin gewiß nicht arm. An Pascal reicht er in der Polemik heran, an Bossuet erinnert die kräftig aufgebaute und gut kadenzierte Periode, an Tauler und Meister Eccard erinnert der Stil seiner Mystik. So steht sein Bild vor uns; groß ist er als Künstler und Schriftsteller, als Denker und Gelehrter, als Patriot und Politiker, vor allem groß als Christ und als Mann. „Alles halbe war ihm verhaßt; er wollte nur die ganze Wahrheit" so sagt einer seiner berühmtesten Schüler, Joseph von Eichendorff. Görres ist und bleibt eine unserer reinsten Größen; volkstümlich kann er nicht werden, trotz seiner gemütvollen Erfassung des Volkslebens, aber seine Schriften könnten sich eines größeren Rufes und einer weiteren Verbreitung erfreuen. Man wirft uns Katholiken vor, wir feierten unsere Größen allzusehr, und man muß zugestehen, daß manche Duodezkräfte eines unverdienten Kults genießen; nun ja, lassen wir solche; aber daß wir Goerres würdigen, das kann kein vernünftiger Mensch uns verdenken. Man hat mannigfach auf ihn hingewiesen; ich erinnere nur an die Arbeiten Gallands, Sepps, Weifers und Diels; aber noch ist nicht genug geschehen. Wir dürfen ihn nicht verleugnen, denn — nun mit den Endsätze der lieb vollen Charakteristik Goerres in der Lindemannschen Litteraturgeschichte und mit seinen eigenen Worten zu schließen: „Wer ihn verleugnet, verleugnet seine eigene Ehre".

(Fortsetzung folgt.)

cken, dass er in literarischer Hinsicht doch Eichendorff weit unterlegen ist. Heute kennt man Webers Epen nur noch als literarhistorisch interessantes Relikt einer vergangenen Epoche.

Der nächste Beitrag handelt von dem „genialen Mathematiker" Augustin Cauchy (1789-1857). Der Essay soll belegen, dass Wissenschaft und Religion sich keineswegs ausschließen. Der herausragende Gelehrte wird als „eifriger, gläubiger Katholik, der nicht nur glaubte, sondern praktizierte", charakterisiert. Er war zudem ein Förderer „der christlichen Charitas" und gründete, bzw. unterstützte karitative Organisationen. Seine Devise war: „Dieu et la vérité".

Augustin Cauchy

Die sechste Folge der Porträt-Serie, über François-René de Chateaubriand (1768-1848), zeigt zweierlei über den jungen Clément: Er kennt sich nicht nur in deutscher Literatur aus, er hat auch genaue Kenntnisse über das literarische Frankreich, und er lässt sich nicht zu schnellen, voreiligen Urteilen hinreißen. Zudem ist sein damaliges Nachdenken über Religion nicht einseitig ausgerichtet, sondern durchaus kritisch und weltoffen. So jubelt er Chateaubriands „Hauptwerk" *Le Génie du Christianisme* (1802) nicht hoch, wie man es vielleicht in einer katholischen Zeitung erwartet hätte, sondern geht differenziert auf den Stellenwert der Religion bei diesem französischen Schriftsteller ein. Er sieht einen engen Zusammenhang zwischen dem Doppelroman *Atala* und *René* und dem apologetischen Werk über das Christentum. Die beiden ersten Werke halfen, nach Clément, Chateaubriand aus „einem trostlos bitteren Pessimismus" heraus. Die Religion, zu der er schließlich hinfand, sei mehr ein „ästhetisches Christentum" als „ein dogmatisches". Chateaubriand „fühlte und sah das Harmonische im Christentum, Harmonie in Wahrheit, Schönheit und Güte; so und nicht anders muss man sein Werk beurteilen, ein Werk, das deshalb auch nur künstlerische Einheit und wenig wissenschaftliche Einheit besitzt."

François-René de Chateaubriand

Diese Ästhetisierung der Religion sei besonders wichtig in der Periode der Restauration gewesen, nur so habe man den Massen, nach den „Bacchanalien der Revolution", Begeisterung für die Kirche beibringen können. Diese Instrumentalisierung des Glaubens entsprach aber wohl kaum den religiösen Vorstellungen, die das *Luxemburger Wort* seinen Lesern am Anfang des 20. Jahrhunderts vermitteln wollte.

Im anschließenden Essay porträtiert Clément die einzige Persönlichkeit seiner Serie, die beruflich, ein Leben lang, etwas mit Religion zu tun hatte, nämlich den früh verstorbenen Theologen J. Adam Möhler (1796-1826). In diesem Porträt zeigt sich, dass Clément sich wohl kämpferisch für den katholischen Glauben einsetzte, aber nicht auf Konfrontationskurs ging. Im Gegenteil, er suchte eher den Ausgleich in Harmonie und verabscheute „rüde Polemik".

J. Adam Möhler

J. Adam Möhler war nämlich ein früher Vertreter der Ökumene – nicht zufällig trägt das 1957 gegründete deutsche katholische Institut, das eine Annäherung zwischen den christlichen Konfessionen anstrebt, seinen Namen: ,Johann-Adam-Möhler-Institut für Ökumenik'. Clément hebt am Theologen Möhler, der zu Lebzeiten „arg befehdet" wurde, dessen „stetiges Hinarbeiten auf Vereinigung im Glauben ohne Spaltung und Trennung" hervor. Er wollte den „konfessionellen Frieden".

Die drei letzten Essays der *Charakteristiken* zeichnen Porträts des deutschen Malers Peter von Cornelius (1783-1867), des italienischen Physikers Alexander Volta (1745-1827) und des schweizer-österreichischen Historikers Friedrich von Hurter (1787-1865).

Peter von Cornelius

Cornelius gehörte zur Gruppe der Nazarener in Rom, die eine Erneuerung der Kunst auf religiöser Grundlage anstrebten und gleichzeitig eine Rückbesinnung auf die altdeutsche (A. Dürer) und italienische (Raffael) Malerei wollten. Clément schildert Cornelius als „Meister der christlichen Kunst", als ebenso großen „Denker" wie „Maler", als „echt nationalen Künstler". Volta, der „Schöpfer der Elektrotechnik", ist für ihn ein „genialer Entdecker" und zudem ein „überzeugter Katholik", der sich nicht schämte, „von seinem Glauben Zeugnis abzulegen". Wissenschaft und Glaube schließen sich also nicht aus; sie bilden vielmehr eine Einheit.

Friedrich von Hurter

In *Friedrich von Hurter* erweist sich Clément als Lobredner auf das Papsttum. Von Hurter war reformierter Pfarrer in Schaffhausen. Da er katholisierende Tendenzen zeigte, forderten seine Amtsbrüder von ihm eine Stellungnahme, wie er zu seiner Kirche stehe. Es kam zu Streitigkeiten, die dazu führten, dass er schließlich zur katholischen Kirche übertrat. Als Historiker wurde er mit seinem Werk *Geschichte des Papstes Innozenz III. und seiner Zeitgenossen* bekannt. Clément ist voll des Lobes, dass von Hurter, „die glanz- und lebensvolle Zeit" unter Innozenz III. „wahrheitsgetreu" geschildert habe. Er sei „aus Überzeugung" Katholik geworden und habe das Bild eines „genialen" Papstes gezeichnet. Innozenz III. brachte in der Tat das Papsttum auf den Gipfel der weltlichen Macht, war aber auch ein unerbittlicher Verfolger aller Häretiker, der, was Clément jedoch nicht erwähnt, die Inquisition verschärfte.

Skizzen aus dem Leben

Die anschließenden Texte im LW, *Skizzen aus dem Leben*, haben einen stark moralisierenden und das Christentum verherrlichenden Charakter.

Sie gehören zur Gattung der Kalendergeschichten; einige sind recht salbungsvoll und penetrant katholisch. Sie haben nichts vom kunstvollen, unsentimentalen Charakter in Johann Peter Hebels *Schatzkästlein des rheinischen Hausfreundes*, und schon gar nichts von der listigen, hintergründigen Sozialkritik in Bertolt Brechts *Kalendergeschichten*. So verbreitet etwa das spätere Mitglied der Freimaurerloge, Frantz Clément, in *Priester und Freimaurer* das Zerrbild von den gefährlichen Geheimgesellschaften der Logenbrüder, die selbst vor einem Mord nicht zurückschreckten. In Paris sollte angeblich „der blinde Heilige, Mgr. L. de Ségur",[28] ein Wohltäter der Arbeiterbevölkerung, von der Loge ermordet werden. Der Prälat wird zwar gewarnt, er ist jedoch bereit, sein Leben zu opfern, schreibt aber noch zwei Briefe, einen an Pius IX. und einen an seine eigene Mutter, die erst nach seinem Tode abgeliefert werden sollen. Am Schluss heißt es: „Die Loge wagte es nicht, ihren Beschluß auszuführen und diesen Freund des Volkes, der in ganz Paris gekannt und geliebt war, aus dem Wege zu räumen."

Clément, der sich später gegen jedwede Zensur wendet, zeigt in *Teufelsarbeit*, welche verhängnisvollen Folgen das Lesen „gottloser Schriftsteller" haben kann: Es führt geradewegs zur ewigen Verdammnis.

Einem jungen Mann ist seine Schwester, ein Ausbund an „Einfachheit", „Liebenswürdigkeit", „Selbstlosigkeit", viel zu „fromm, zu bigott". Dem Freund, der Interesse an ihr zeigt und sie später heiraten will, schlägt er vor, sie von ihrer Pfäffigkeit zu befreien und dabei den Fehler, „an dem alle Weiber kranken", nämlich den Vorwitz, geschickt auszunützen. Er wolle ihr, scheinbar achtlos, das Buch eines gottlosen Schriftstellers vorlegen. Zunächst zögernd, vertieft sich diese, voller Neugierde, in das Werk. „Langsam, aber unaufhaltsam" wirkt das verhängnisvolle Gift. Sie verschlingt weitere Bücher, die der Bruder herumliegen lässt. Die „Glaubensfreudigkeit" wandelt sich zur „völligen Glaubenslosigkeit", der „Engel" wird zum „Teufel".

Zehn Jahre später wird der Bruder, der während seiner Universitätsjahre auf die schiefe Bahn geraten ist, todkrank. Er bereut seinen jugendlichen Leichtsinn, will „als Christ sterben". Er bittet seine Schwester, einen Priester zu holen. Diese, mit einem dämonischen Grinsen, erwidert: „Ha, Feigling, du hast mich gelehrt, dass mit dem Tode alles aus sei, dass es keinen Gott und keinen Teufel, keinen Himmel und keine Hölle gebe, und nun verlangst du einen jener Männer, gegen die du täglich Gift und Galle gespieen. […] Nie soll ein Priester die Schwelle dieses Hauses überschreiten." Sie „überl[ässt] den Sterbenden seiner Verzweiflung".

In dem zweiteiligen Text *Richard Wagner*, einer Anekdote, die von historischen Personen handelt und einen pointenartigen Schluss aufweist, erzählt Clément zunächst vom Geigenfranz, der mit einer Zigeunertruppe seine Melodien in ganz Europa spielt, aber nach fünfzig Jahren, von Heimweh getrieben, in die Schweiz zurückkehrt, um dort zu sterben.

Der Küster, der auch Organist ist, will eine würdige Leichenfeier für seinen toten Jugendfreund. Aber der Balgtreter an der Orgel stellt sich nicht ein. Männer sind fast keine in der Kirche. Die armen Bauern können die Feldarbeit nicht unterbrechen. Da kommt ein Fremder vorbei, der bereit ist, die Orgel zu treten und der sich seiner Arbeit recht gut entledigt. Der zufriedene Organist lädt ihn deshalb zu einem „würzigen Trank" ein. Ob er etwas von Musik verstehe, fragt der Organist. „Ein bisschen schon", lautet die Antwort. Ob er vielleicht etwas auf seinem alten Klavier spielen wolle. Der Fremde zaubert nun die schönsten Melodien und die entzückendsten Harmonien hervor.

„Der Unbekannte erhob sich endlich, […] legte hastig eine Visitenkarte auf den schweren eichenen Tisch […]. Auf der Karte stand zu lesen: Richard Wagner."

Fröhliche Weihnachten ist eine gemütvolle und rührselige Geschichte und stellt Cléments Abschied vom *Luxemburger Wort* dar.

Die Geburtstagsfeier der jungen, wohlhabenden, aber auch zärtlichen, gutmütigen Regina verschönert ihr Jugendfreund Rudolf mit Klavierklängen von Chopin. Sie, die melancholisch veranlagt ist und sich des Öfteren in der besseren Gesellschaft langweilt, meint, es sei schade, dass ihr Freund bei seinem „ausgesprochenen Kunstsinn" sich einen so „prosaischen, mühsamen Beruf" wie den des Arztes gewählt habe. Der Freund weist sie zurecht: Kunst allein genüge ihm nicht, er verlange „nach ernster Tätigkeit und – nach christlicher Charitas". Vor Langeweile schütze „Hingebung" für die Armen und Kranken.

Regina befolgt den Ratschlag Rudolfs und kümmert sich intensiv um eine Arbeiterfamilie. Das „Wohltun", das im „christlichen Edelsinn wurzelt", verwandelt sie und schenkt ihr die Lebensfreude wieder. Weihnachten überhäufen Regina und Rudolf gemeinsam die arme Familie mit Geschenken: „Kleidungsstücken, Spielzeug und Süßigkeiten". Das größte Geschenk an diesem Weihnachtstag aber machen sich Regina und Rudolf gegenseitig: Er hält um ihre Hand an, und sie verspricht sich ihm für immer.

Die Geschichte weist gewiss kitschige Züge auf, aber sie verdeutlicht auch, dass Clément Ende 1904 noch fest in der katholischen Vorstellungswelt verwurzelt war.

4. Clément und das *Luxemburger Lehrerblatt*

Ungefähr zu der Zeit, als Clément für das *Luxemburger Wort* schrieb, veröffentlichte er auch Artikel in dem vom 1. November 1901 bis 15. Oktober 1905 vierzehntägig erscheinenden *Luxemburger Lehrerblatt. Organ der luxemburger Volksschule und ihrer Lehrer* [Lux. L.]. Während seine Beiträge im konservativen *Wort*, das ja auf einen rigiden, traditionellen Katholizismus festgelegt war, kaum auf den zukünftigen Literaten hinweisen, zeigen seine Arbeiten im *Lehrerblatt* bereits deutlich Merkmale des späteren, scharfen Analytikers Clément. Obschon auf christlichen Wertvorstellungen fußend, war dieses Organ freier und aufgeschlossener, als das *Luxemburger Wort*.

Manche von Cléments Überlegungen lassen bereits klar Kriterien erkennen, denen er auch später folgen sollte. So heißt es etwa in einem Beitrag, der sich u. a. mit der Ausarbeitung eines Schullesebuches beschäftigt, die Auswahl der Texte solle unbedingt „dem modernen Empfinden" Rechnung tragen; von „rein ästhetischen Prinzipien" müsse man sich leiten lassen, „anstatt vorzüglich nach religiösen, moralischen und patriotischen Prinzipien" zu verfahren, „Gedichte mit Moral" seien „durchaus fernzuhalten". „Prüderie" sei „allemal ein Zeichen von Verworfenheit, und wenn [...] Pädagogen erotische Lieder und Gedichte umdichte[ten], um sie zur Aufnahme in das Lesebuch geeignet zu machen", würden „sie sich nebenher eine ästhetische Sünde auf das Gewissen" laden.[29]

Für Clément muss Literatur also „den höchsten ästhetischen Anforderungen"[30] genügen – außerliterarische Kriterien sind von untergeordneter Bedeutung. Diese Grundauffassung kennzeichnet den jungen Clément, hier wird er später keine Abstriche machen.

Die künstlerische Erziehung der Jugend

Von besonderem Interesse im *Luxemburger Lehrerblatt* ist seine siebenteilige Artikelserie *Die künstlerische Erziehung der Jugend*.[31] Diese sei „zur pädagogischen Tagesfrage geworden: mit Recht!" So leitet Clément seine Überlegungen über Kunsterziehung in Luxemburg ein. Die Schule dürfe nicht nur den Intellekt fördern, das Gefühl ansprechen, die Phantasie anregen. Dem Schüler solle in der Grundschule nicht ausschließlich ein elementares Grundwissen vermittelt werden, sondern es gehe um die „Bildung des ganzen Menschen".[32] Und geradezu revolutionär für die damalige Zeit war die Auffassung, dass die Sinne des Schülers, besonders dessen Auge, dessen Ohr gestärkt werden müssten. „Bildende Kunst"[33] (Malerei) und Musik – Clément spricht von „Tonkunst"[34] – und „Wortkunst"[35], also Dichtung und Literatur, müssten sich ergänzen, um den Schönheitssinn, den guten Geschmack auszubilden. Aber Kunstunterricht dürfe nicht nur schmückendes Beiwerk in der Schule sein, sondern sie habe eine ethische Bedeutung: Der Schüler soll zum zivilisierten Menschen geformt und seine Sittlichkeit ausgebildet werden.

Clément stützt sich auf Friedrich Schiller und zitiert in seinem ersten Beitrag aus dessen philosophischer Abhandlung *Über die ästhetische Erziehung des Menschen*: „Der Geschmack (Schönheitssinn) fordert Mäßigung und Anstand, es widersteht ihm, was hart, gewaltsam und niedrig ist. Der civilisierte Mensch bekommt dadurch eine gewisse Herrschaft über sich selbst. Noch mehr befreit der Geschmack das Gemüt von der Gewalt des Instinktes... die

Versuchung zu etwas Schlechtem und Niedrigem wird schon vor dem Tribunal des Geschmacks abgewiesen, ehe sie noch vor das Forum der Unvernunft kommt."[36]

Die Schlussfolgerung zu seiner Artikelserie, die viele praktische Anregungen für den alltäglichen Unterricht enthält, lautet denn auch ganz im Sinne Schillers: „Kunsterziehung [ist] nichts anderes als *Erziehung zum Reinmenschlichen*!"[37]

Seine Ansichten über Kunsterziehung mögen sehr idealistisch sein, aber auch in der Ausübung seines Berufes zeigt sich bei Clément ein hohes Engagement. So schreibt er, zur Erziehung der Jugend sei „die Persönlichkeit des Lehrers" von entscheidender Wichtigkeit. Dieser dürfe nie aufhören, „an seiner […] Selbsterziehung zu arbeiten."[38]

Nicht verwunderlich, dass Clément, damals Lehrer in Kaundorf, gemeinsam mit Johann Peter Hamus, Redingen, und Michel Lucius, Luxemburg-Bahnhof, dem späteren bekannten Geologen, zur Gründung von Ferienkursen während der Osterferien (!) aufrief. Die drei Organisatoren verpflichteten sich, „mindestens einen Vortrag in ihren Spezialgebieten: Deutsche Literatur, Psychologie, Physik und Geologie" zu halten. Die Teilnehmer sollten als Unkostenbeitrag „eine Cotisation von mindestens 2 Mk." entrichten, die allerdings „erst nach Ostern einzuzahlen" sei. Staatliche Unterstützung erwartete man nicht, Hoffnung setzte man allein „auf den alten, nie versiegenden Fonds von Idealismus, der die Luxemburger Lehrerschaft auszeichnet."[39]

Cléments pädagogisches Ethos

Das hohe pädagogische Ethos, das den Lehrer Clément bestimmte, zeigt sich auch in seiner Rezension des Lehrerdramas *Flachsmann als Erzieher* von Otto Ernst.[40]

Dieses Stück hatte damals großen Erfolg und wurde am 28.01.1906 auch in Luxemburg vom Ensemble des Straßburger Stadttheaters aufgeführt.[41] Es lebt vom Gegensatz zwischen dem „elenden Flachsmann", den „Strebertum", „Büreaukratismus", „Bildungsschusterei" kennzeichnen, und dem positiven Gegenpol, Jan Flemming, der sich auf Pestalozzi beruft, der „begeisternd" und „kulturfördernd wirkt". „Flachsmänner" gebe es auch bei uns, meint Clément, man solle sich nicht an deren „Sklavenseele" orientieren, sondern am Antipoden Flemming, dem „Vertreter eines wahrhaft vollkommenen Bildungsideals".

Voller Begeisterung schreibt Clément am Schluss seiner Rezension: „Nicht in einem, sondern gleich in mehreren Exemplaren sollte die Lehrerbibliothek [O. Ernsts Theaterstück] haben; und mehr, ein jeder Lehrer, besonders ein jeder junger Lehrer, sollte es besitzen und immer wieder dazu greifen."

Manches vom späteren Clément ist im *Luxemburger Lehrerblatt* zu entdecken. Hier zeigte er eine erste Probe seines polemischen Talentes, in einer Auseinandersetzung mit seinem Kollegen N. Peters. Clément hatte kritische Bemerkungen zur Lehrerbibliothek gemacht, besonders, was die pädagogischen Werke und die deutsche Literatur anbelangte.[42] N. Peters, der seine Studien in Gent fortführte, schrieb eine Erwiderung.[43] Er habe sich in Belgien beschämt gefühlt, dass seine flämischen Kommilitonen über neuere deutsche Literatur, insbesondere über das neueste deutsche Theater, das in Gent aufgeführt werde, weit besser Bescheid wüssten als er, „der Deutschsprechende". Er habe deshalb das Versäumte in den Ferien nachholen wollen, sei im Katalog der Lehrerbibliothek wohl auf „Goethe, Schiller und Lessing" gestoßen, habe aber absolut nichts vom modernen deutschen Theater entdeckt. Er wundere sich, dass Clément, der sonst so oft „in die Trompete des Fortschrittes gestoßen", diesmal in seinem Artikel „die Flöte der Genügsamkeit" blase und sich mit klassischer Lite-

Clément setzt sich im *Lehrerblatt* für gute Bücher in der Lehrerbibliothek ein.

Luxemburger Lehrerblatt.

Organ der luxemburger Volksschule und ihrer Lehrer.

Erscheint am 1. und 15. jeden Monats. Abonnementspreis pro Jahr für In- und Ausland durch die Post oder durch den Verleger V. Bück zu Luxemburg bezogen fünf Franken = vier Mark. Alle Zuschriften, Bücher, Sendungen, Anzeigen u. s. w. sind zu richten an Oberprimärlehrer Adam in Petingen. — Anzeigen 25 Centimes = 20 Pfennige für die zweispaltige Petitzeile oder deren Raum. — Manuskripte werden nicht zurückgegeben.

№ 1.   Luxemburg, 15. November 1904.   IV. Jahrg.

Inhalt: Gute Bücher. — Schulgartenarbeiten für den Monat Oktober. — Stimmen aus unserm Leserkreise. — Aus der Praxis. Der naturkundliche Unterricht in unsern Primärschulen. — Inland. — Ausland. — Bücherschau. — Briefkasten. — Anzeige.

Gute Bücher.

Kritische Ergänzungen zum Katalog der Lehrerbibliothek von Franz Clement.

Schon mancher Kollege sagte mir, wenn ich ihn zu seinen Privatstudien an die Lehrerbibliothek verwies, mit überlegenem Lächeln: „Aber das ist ja lauter Schund." Das Wort ist so verflucht gescheit, daß man geneigt ist, es herzlich dumm zu nennen. Ich für meinen Teil bin mit Kollege Schmit-Kirchberg der Ansicht, daß unsere Lehrerbibliothek, wie der vor zwei Jahren verausgabte Katalog zeigt, für die Bedürfnisse der Luxemburger Lehrerschaft vollauf genügt, daß er neben vielen schwachen Werken, die entweder geschenkt — und einem geschenkten Gaul . . . . . — oder unter einem Regime angeschafft wurden, das weniger zukunftsfreudig ist als das jetzige, eine Reihe von Büchern anzeigt, die nur ein Dilletant als „Schund" bezeichnen kann. Wir müssen unserer Landesregierung es danken, daß sie es mit der Anstellung eines eigenen Bibliothekars Ernst machte — ein Bibliothekar, dem wir an dieser Stelle für seine Liebenswürdigkeit herzlich gerne ein Kompliment machen — und somit einen Rater und Tater mit der Aufsicht unserer Bücher-

ratur zufrieden gebe. Er möge doch „seine Feder […] in den Dienst der modernen Literatur stellen"[44].

In weiteren Stellungnahmen gingen sowohl Clément als auch Peters auf die Thematik der Lehrerbibliothek ein.[45]

Clément erwiderte zunächst, bei der Auswahl der Werke müsse ein Ausgleich zwischen Klassik und Moderne hergestellt werden. Das Literaturstudium eines Lehrers könne nicht anders als mit Goethe beginnen, „zu dem und von dem weg alle Wege führ[t]en". Er sei „Vorbedingung zum Verständnis auch der modernsten Dichtung". Aber die Werke der „großen und tüchtigen Alten Kleist, Hebbel, Ludwig, Anzengruber und Freytag" müssten ebenfalls den Lehrern zur Verfügung stehen. Auf seinen Vorschlag hin seien zudem moderne Autoren wie Ibsen, Björnson, Hauptmann, Otto Ernst, Halbe … angeschafft worden. Was nun die dramatischen Werke anbelange, so geschehe die Auswahl beim Theater meistens unter geschäftlichen Gesichtspunkten; vier Zehntel der aufgeführten Werke seien – selbst an anspruchsvollen Bühnen – „Halbliteratur", die Hälfte „Unliteratur", und nur ein Zehntel „wirkliche Dichtung". Er habe sich stets „in den Dienst der modernen Literatur" gestellt und wolle es auch weiterhin tun und sei übrigens im Begriff, eine Studie zum Thema *Gerhart Hauptmann und der deutsche Bühnennaturalismus* zu schreiben.[46]

In seinem letzten Beitrag schrieb Clément, in Luxemburg sei die Aufgeschlossenheit für moderne Literatur äußerst begrenzt. Selbst unter Kolleginnen und Kollegen gebe es allzu viele, die „seichte Tendenzliteratur und frommen Klatsch" bevorzugten. Ihnen etwa „Liliencron und Hauptmann in die Hand" zu geben, könne zu einem „wahre[n] Kesseltreiben" führen.[47]

N. Peters schlug in seiner letzten Leserzuschrift einen versöhnlichen Ton an, fand zwar, dass Clément mit seinem Standpunkt von „einem Zehntel" anspruchsvoller Bühnenliteratur eine zu „exklusive" Haltung einnehme, begrüßte aber, dass sein Bemühen um die Moderne wohl bald zu einem Ende des Dornröschenschlafes in der Lehrerbibliothek führen werde.[48]

5. Clément als Herausgeber der Münchener Zeitschrift *Der Morgen. Monatsschrift für religiöse, künstlerische und wissenschaftliche Kultur*

Durch das *Luxemburger Wort* bekam Clément wahrscheinlich Kontakt zu christlichen Kreisen in Deutschland. Der luxemburgische Katholizismus war seit dem kämpferischen, ultramontanen Bischof, Mgr Jean-Théodore Laurent (1804-1884), eng mit dem deutschen verbunden. Zu dieser Bindung trugen auch die zahlreichen Orden (etwa 24) aus dem Nachbarland bei, die sich im Zuge des deutschen Kulturkampfes in Luxemburg niedergelassen hatten.[49]

Jedenfalls gab Clément im Jahre 1903, also im Alter von 21 Jahren, in München die Zeitschrift *Der Morgen* heraus. „Er hatte rein auf dem Wege der Korrespondenz einen Münchener Verlag für das Unternehmen gewonnen.", so Batty Weber in seinem *Abreißkalender* vom

14.12.1924. In der programmatischen Adresse *An den Leser* gaben der ‚Herausgeber Franz Clement in Ro[o]dt (Redingen), Luxemburg, und der Verleger Rudolf Abt in München' drei Ziele an, welche in der „vornehmen fortschrittlich-katholischen Revue" verfolgt würden:

1. „[A]n die Stelle des überhandnehmenden politischen Katholizismus" solle ein „rein religiöse[r] Katholizismus" gesetzt werden, der durch „evangelische, mäßige Lebensführung, Liebe und Brüderlichkeit im Umgang mit allen Menschen, auch den Andersgläubigen", gekennzeichnet sei.
2. Die neuesten wissenschaftlichen Erkenntnisse sollten berücksichtigt werden, man wolle „keine zeitgemäße wissenschaftliche Frage […] prinzipiell" ausklammern, das Wissen der Zeit systematisieren, zur „Verbreitung wissenschaftlicher Gesamterkenntnisse" beitragen.
3. *Der Morgen* trete für „künstlerische Bildung und Durchbildung" ein. „Unser Ideal ist eine autochthon-nationale und religiöse Höhenkunst", hieß es.[50]

Hehre Ziele verfolgte also der jugendliche Clément im *Morgen*. Er verfasste die drei erschienenen Nummern der Zeitschrift (Heft 1: Oktober 1903, Heft 2: November 1903, Heft 3: März 1904) zum allergrößten Teil allein. Sie brachten es auf 192 Seiten, waren fast ein erstes eigenständiges Buch von Clément. Die Artikel verraten seinen Reformeifer, seinen Idealismus und seine Bildung, die sich vor allem in den zahlreichen Buchrezensionen in jedem Heft niederschlägt. Aber vieles in der Behandlung seiner drei Hauptziele wirkt ambivalent.

Ad 1) Cléments großes Ziel ist ein „rein religiöse[r] Katholizismus". Dieser müsse eine „geistige Macht" sein und „als solche *den Staat und die Gesellschaft* ergreifen". Er dürfe sich nicht zu sehr mit den politischen Parteien gemein machen, denn diese beherrsche vor allem der „nackte politische Ehrgeiz"[51]. Sie bewegten sich „auf dem schlüpfrigen Boden der Parlamente". Klar sei, dass „der Parlamentarismus überhaupt vom Bösen" sei;[52] die demokratische Staatsform lehnte also Clément damals ab.

Ad 2) In der wissenschaftlichen Forschung müsse der Gelehrte seine „Studien frei […] verfolgen können" –, auch auf theologischem Gebiet. Der Irrtum sei „einer der unvermeidlichen Wechselfälle der Entwicklung des Geistes", „für den echten Forscher ein Umweg zur Wahrheit". Für einen katholischen Gelehrten steht das Resultat allerdings von vornherein fest: Er kann sich nur vorübergehend irren, denn die Kirche „wird ihn schon zur rechten Stunde zu berichtigen wissen".[53] Also ist ein freies, eigenständiges Forschen nicht möglich!

Ad 3) Clément möchte eine künstlerische Kultur, die den höchsten sittlichen Ansprüchen genügt: „[A]lle wahre Kultur [ist] sittlich und religiös",[54] schreibt er und wendet sich gegen das Dekadente, gegen „Hyperkultur", gegen alle „Frivolität, die sich unter dem Deckmantel der Kunst zu bergen sucht".[55] Er teilt ausdrücklich die Meinung des völkischen Schriftstellers Adolf Bartels, für den „das Judentum, die Ausländerei, die Dekadence" „drei mächtige verbündete Feinde" sind, welche die „germanische Sittlichkeit" bedrohen.[56] Bei aller Aufgeschlossenheit für die Moderne kommen also bei Clément antisemitische Vorurteile zum Vorschein, die damals allerdings gängige Münze waren.

Die oft verqueren, widersprüchlichen Ansichten Cléments im *Morgen* zeigen, dass er noch keinen eigenständigen, festen Standpunkt gefunden hat. Er kann sich nicht vorstellen, dass es für ihn einen Weg der geistigen Unabhängigkeit außerhalb der katholischen Kirche geben könnte. In der Münchener Zeitschrift tritt er beherzt für religiöse Reformen ein. An

Titelblatt der letzten Ausgabe von *Der Morgen* und gleichzeitig Ankündigung seines soeben erschienenen neuen Werkes

zwei Stellen im *Morgen* erwähnt er, dass „er schon seit längerer Zeit an einem ausführlichen, systematischen und gut belegten Werke über *Das Wesen der katholischen Reform*" arbeite.⁵⁷ Es erschien nie.

Im begrenzten, fest gefügten katholischen Milieu Luxemburgs waren kirchliche Reformen damals nicht zu verwirklichen. Clément wendet sich deshalb nach Deutschland, fühlt sich als Teil des deutschen Katholizismus und spricht mehrmals von: „wir deutsche Katholiken" (z. B. gleich im ersten Heft, S. 6). Der Luxemburger gibt sich als deutschgesinnter Katholik aus. Was aber die Reformen anbelangt, richtet er seinen Blick nach Frankreich und nimmt bereits damals eine Vermittlerfunktion zwischen Deutschland und Frankreich ein.⁵⁸

Die politischen Zustände sind, nach Clément, im Frankreich der 3. Republik desolat: Die strikte Trennung von Kirche und Staat steht bevor, es herrscht ein virulenter Antiklerikalismus. Auf geistig philosophischem Gebiet, meint Clément, ist die französische Kirche aber dem deutschen Katholizismus überlegen. Sie ist moderner, aufgeschlossener und fortschrittlicher. „Wenn wir die französische philosophische Literatur überschauen, so müssen wir gestehen, dass wir noch weit zurückgeblieben sind."⁵⁹

In Luxemburg fand *Der Morgen* keine Resonanz. Nur das *Luxemburger Lehrerblatt* erwähnte in einer kurzen Rezension, dass der „strebsame" und „intelligente" Franz Clement – „einer der unsrigen" – in München eine Zeitschrift herausgebe, der man „die beste Empfehlung" mitgebe.⁶⁰

6. Die Grundlagen der deutschen Dichtung. Betrachtungen eines Katholiken über die Bedingungen einer gesunden Litteratur-Entwicklung

In Nummer 3 des *Morgens* erschien eine ganzseitige Anzeige des Herausgebers Franz Clement.⁶¹ Im März 1904 sei bei Rudolf Abt ein Buch über „die Grundlagen der deutschen Dichtung" erschienen. Da Bücher des Herausgebers und des regelmäßigen Mitarbeiters im *Morgen* „prinzipiell" nicht rezensiert würden, setze dieser an Stelle einer Rezension eine Selbstanzeige.

In ihr heißt es: „Der Titel des zirka 200 Kleinoktavseiten umfassenden Buches gibt genügend Rechenschaft von seinem Inhalt. Wer meine ästhetischen Anschauungen kennen lernen will, der lese den diesbezüglichen Teil unseres Programms." Und er verknappt sein Programm auf genau denselben Satz, mit dem er sein Anliegen im Einleitungstext zum *Morgen* formuliert hat: „[M]ein Ideal ist eine autochthon-nationale und religiöse Höhenkunst."⁶² Er fährt fort: „Was hierzu führen kann, entwickele ich in den folgenden Kapiteln: 1. Die Grundlagen des deutschen Dramas; 2. die Grundlagen der deutschen Epik; 3. die Grundlagen der deutschen Lyrik; 4. Religion und Kunst; 5. Kunst und Sittlichkeit; 6. Kunst und Volkstum;

7. die künstlerischen und literarischen Aufgaben des deutschen Katholiken; 8. unsere Meister." Eine Bücherliste, die kanonartigen Charakter hat, ergänzt das Buch.

Cléments Überlegungen gehen also in dieselbe Richtung wie im *Morgen*, nur sind sie diesmal stärker auf die Literatur bezogen. In der Zeitschrift, wie im Buch, gibt er sich als fortschrittlicher Katholik aus. „[E]inzig und allein die Glaubensform des Katholizismus [kann] einer religiösen Höhenkunst vorstehen."[63], heißt es. Das Christentum ist „die natürliche und selbstverständliche Religion des Ariers geworden."[64] Aber er will keine ausschließlich religiösen Erbauungsgeschichten schreiben, will keine Literatur, die alles „in schön katholischer Sauce"[65] vorsetzt, wie er einen Freund zitiert, keine Literaturgeschichte, die sich nur an „katholische Kaffeedamen"[66] richtet. Er tritt für eine anspruchsvolle, gesunde Literatur ein, die einen „männlichen und sittlichen Charakter"[67] hat und keineswegs nur religiöses Gedankengut transportiert.

Zudem sollte Kunst, ganz im Sinne der deutschen Romantik, die spezifische Eigenart eines Volkes widerspiegeln und tief in der Volksseele verankert sein. Er schreibt: „Alle Kunst ist und bleibt national, ist um so stärker, je nationaler sie ist."[68] Bei Clément bekommt diese Ansicht jedoch eine nationalistische Zuspitzung. Denn das sittlich Gesunde findet er vor allem im Deutschtum verwirklicht, zu dem er sich damals bekennt: „Reichsdeutscher bin ich nicht, aber Rassendeutscher bin ich und will ich sein."[69] Er, der spätere Europäer, dem alles Nationalistische fremd sein wird, schreibt voller Pathos: „Wir […] wollen uns unser Deutschtum nicht durch ‚Europäertum' verflachen und versimpeln […] lassen."[70]

Er findet die hohe anständige Kunst im heimatlichen, deutschsprachigen Raum, z. B. bei den großen Realisten wie Keller, Gotthelf, Stifter, Storm, Raabe …, oder in der bodenständigen Kunst eines Peter Rosegger, der „bis zur höchsten Gestaltung"[71] vorgedrungen ist. „Sie sind verwachsen mit der deutschen Heimaterde."[72] Auf die „Dekadence" der „geistig und sittlich ungesunden Hypermodernen" stößt man dagegen vor allem in der Fremde; diese entwickelt sich „in der schwülen Atmosphäre der Großstadt". Clément zitiert als Beispiel die „durchaus dekadenten Romane […] des vielgelesenen und vielgefeierten italienischen Formen- und Farbenschwelgers Gabriele d'Annunzio", also jenes Schriftstellers, über den er später in *Zickzack* (1938) ein sehr gelungenes, differenziertes Porträt veröffentlichen wird.

In den *Grundlagen* jedoch schreibt er: „Ich denke noch mit Abscheu an die Zeit, wo ich d'Annunzio las – als Litteraturmensch musste ich ihn ja lesen; – wenn man auf 40-50 Seiten ein unerquickliches Problem breitgetreten sieht, das Goethe, gewiss ein freier, aber auch ein gesunder Künstler, in einigen Zeilen seiner Wahlverwandtschaften berührt, so klappt man am liebsten vor Entrüstung das Buch zu; einem normalen Menschen gruselt vor solch' höherer Schweinerei."[73]

Gewiss, hier zeigt sich ein höchst fragwürdiges, reaktionäres Kunstverständnis – aber Nationalistisches und Chauvinistisches, sowie die Abwehr des Fremden waren, in der Fin de siècle-Epoche und um die Zeit des Ersten Weltkrieges, keine Seltenheit in der Literatur, etwa bei Maurice Barrès in Frankreich oder bei Thomas Mann in Deutschland. Letzterer, der später, wie Frantz Clément, ein Anwalt der Demokratie wurde, hatte in seinen *Betrachtungen eines Unpolitischen* (1918) versucht, die Überlegenheit der hohen deutschen Kultur über die angeblich oberflächliche französische Zivilisation zu beweisen. 1915 hatte er bereits in seinem national getönten Essay *Friedrich und die große Koalition* Deutschlands Ziele im Ersten

Titelblatt von *Die Grundlagen der deutschen Dichtung*. Von Franz Clement. München: Verlag von Rudolf Abt 1904.

Weltkrieg gerechtfertigt. Diese Schrift bezeichnete Clément 1922 als „ein Evangelium des nationalistischen Machiavellismus".⁷⁴

Zur Zeit der *Grundlagen* war Clément noch sehr jung – noch keine 22 Jahre alt. Er stammte nicht wie Thomas Mann aus dem Bildungsbürgertum, ihm fehlte dessen ironische Distanz, die vielen seiner plumpen Überlegungen die Härte hätte nehmen können. Vor allem stand Clément damals unter dem verhängnisvollen Einfluss des ultranationalistischen Schriftstellers Adolf Bartels, über den er in der ersten Nummer des *Morgens* einen belobigenden Essay geschrieben hatte. Für diesen waren ‚Stammestum, Volkstum, Rasse' Grundlagen einer gesunden Kultur und er schrieb später eine rassisch orientierte Literaturgeschichte, die bei den Nazis hoch in Kurs stand. Aber zu dieser Zeit hatte Clément sich längst dem schlimmen Einfluss Bartels' entzogen, den er in den *Grundlagen* ausgiebig zitiert und dem dieses Werk auch gewidmet ist: „Dir, lieber Adolf, habe ich mein Büchlein gewidmet. […] Du warst nicht nur der wohlwollende Freund, Du warst auch der nimmermüde Anreger und Berater."⁷⁵

Und ‚Berater' war Bartels vor allem in Sachen penetranter Antisemitismus. Clément schreibt in dem Kapitel ‚Kunst und Volkstum', ganz im Sinne ‚seines Freundes': „[I]ch bin gegen die Verjudung unserer Litteratur, gegen Judenpresse und Judenkunst. [..] Drei Patengeschenke haben uns die Hebräer in die Wiege gelegt: Eklektizismus, Feuilletonismus und Dekadence. Ja, meine lieben Leser, es ist an der Zeit, dass Männer wie A. Bartels ein Wörtlein reden vom Heinekult und ähnlichem."

Seltsame, schwer verdauliche Bemerkungen! Clément wendet sich gegen den Einfluss, den „einige Litteraturjuden von drunten an der blauen Donau, […] die Herren Arthur Schnitzler, Hermann Bahr und Peter Altenberg"⁷⁶ ausüben, sowie gegen Heinrich Heines Wirkung. Und Clément, der sich recht bald zu einem brillanten Feuilletonisten entwickeln wird, wirft Heine, mit dem er später so manches gemeinsam haben wird, seinen Feuilletonismus vor, d. h. Beliebigkeit, Oberflächlichkeit. Juden haben angeblich keinen Fixpunkt, kein Vaterland, keine feste Überzeugung. Erinnern diese Schmähungen nicht an den großen Wiener Feuilletonisten jüdischer Herkunft, Karl Kraus, der in seiner Zeitschrift *Die Fackel*, im Essay *Heine und die Folgen* (1910), den Juden Heine als bloßen ‚Feuilletonisten' abkanzelte, der nur ein instrumentales Verhältnis zur Sprache habe und damit den modernen Journalismus verhängnisvoll beeinflusst habe?

Sieht man von den nationalistischen und antisemitischen Ausfällen in dem Buch *Grundlagen* ab, ist es aufschlussreich, welche Literatur für Clément vorbildlich ist, welche Werke er in den, von ihm aufgestellten, literarischen Kanon aufnimmt. „Das sind unsere Meister, unsere Vorbilder", schreibt er und empfiehlt u. a. Lessing, Klopstock, Herder, Schiller, Goethe, Kleist, Hebbel, die großen Realisten, wie bereits erwähnt … Er meint: „[Sie] bilden für sich die spezifisch deutsche Literatur."⁷⁷ Er empfiehlt also nichts Anrüchiges, Reaktionäres, sondern vor allem klassisch-humanistische Werke, und fügt hinzu, man könne sich keinesfalls mit deutschen Autoren begnügen, man müsse auch unbedingt die großen Klassiker der europäischen Literatur lesen, vor allem die Franzosen. Er macht allerdings sofort eine Einschränkung: Die Franzosen verfügten wohl über „mehr Technik, mehr

Unter dem verhängnisvollen Einfluss Adolf Bartels'

Otto Rasch: Porträt Adolf Bartels, (1862-1945). Die Hinterlassenschaft des völkischen Schriftstellers wurde am 2.9.2004 beim Brand der Anna Amalia Bibliothek in Weimar vernichtet.

Sprachgefühl und reinen Formensinn, auch mehr Sinn für rein formelle Schönheit als wir Deutsche", aber der Sinn für „tiefen geistigen und sittlichen Gehalt" fehle ihnen.[78]

Cléments Haltung ist zu dem Zeitpunkt seiner Entwicklung äußerst widersprüchlich. Unter dem reaktionären Einfluss eines Adolf Bartels macht er diskriminierende, in ihrer Konsequenz gefährliche, Bemerkungen über jüdische Autoren: Heinrich Heine, Ludwig Börne werden z. B. mit ihren jüdischen Geburtsnamen Harry Heine, Löb Baruch bezeichnet und damit abqualifiziert.[79] Andererseits will er keineswegs Hetze gegen Juden betreiben: „Ich bin ein Feind alles Fanatismus [sic!], aller Judenverfolgungen, von Judenschlächtereien nicht einmal zu reden; ich mag die Juden nur bekämpfen mit dem, was mir zusteht, mit der Feder, in energischer aber nicht maßloser Weise; ich bin gegen alle Judenausweisung, […] ich bin sogar für die Judenemanzipation."[80]

„Respekt" für die französische Literatur

Widersprüchlich ist auch, dass der Literat Clément, der sich immer wieder auf seine „katholische Überzeugung" beruft, als unumgängliche Lektüre wichtige französische Autoren wie Pascal, Stendhal, Maupassant … vorschlägt, die auf dem ‚Index librorum prohibitorum' der katholischen Kirche stehen und somit eigentlich als ‚dekadente' Literatur einzustufen wären. Es ist nicht zu übersehen, dass er, bei aller Deutschtümelei, damals bereits versucht, zwischen französischer und deutscher Kultur zu vermitteln. Die Priorität gilt zwar der deutschen, aber: „Für die Franzosen und ihre Litteratur habe ich Respekt genug; ich beschäftige mich mit ihr seit meiner Kindheit und stehe ihr unparte[i]isch gegenüber; für den Realismus eines Balzac und die gelehrte Psychologie eines Bourget, für die Ehrlichkeit eines Flaubert und die zarte Poesie eines Sully-Prudhomme hatte ich immer Zeit."[81]

Cléments Auffassungen sind zum damaligen Zeitpunkt noch nicht gefestigt. Er ist belesen, zeigt ein Gespür für anspruchsvolle Literatur, schießt jedoch in jugendlichem Eifer weit übers Ziel hinaus. Es zeichnet sich ab, dass ein so eigensinniger und kritischer Geist wie Clément sich nicht ewig vom katholischen Milieu einschnüren lässt, sondern aus ihm ausbrechen und seine Jugendsünden abstreifen wird.

Kritik aus Luxemburg

1904 schrieb Clément noch für das *Luxemburger Wort*. Die katholische Zeitung brachte denn auch eine positive Rezension des eben erschienenen Werkes seines Mitarbeiters.[82] „Der Verfasser ist ein feuriger Kämpfer aus dem Häuflein jener Modernen, die das Volk durch die Kunst zur Sittlichkeit führen wollen." Er setze sich ein für „eine katholische Kunst, die auf religiös-gläubiger Weltanschauung fuße." Aber in mehreren Punkten wird er milde zurechtgewiesen, und es kündigt sich die zunehmende Entfremdung zwischen der Zeitung und dem etwas eigensinnigen Mitarbeiter an.

So heißt es z. B.: „Der luxemburgische Leser liest mit Befremden, dass der Verfasser sein Deutschtum herausstreicht und das Nationale der Dichtung immer wieder hervorkehrt. Mit dem Deutschtum wird er wohl den deutschen Kritikern ein wenig Weihrauch streuen wollen. Das Nationale hat keine Zukunft mehr. Die Nationen streifen mit der Zeit alle Eigenart ab, so dass für die Dichtung der Zukunft nur das Menschliche bleiben wird."

Auch Cléments übertriebener Antisemitismus wird kritisiert, allerdings schimmert in der katholischen Kritik das Vorurteil gegen die jüdischen ‚Sünder' immer noch durch. „Unangenehm wirken auf den menschlich Denkenden die grimmen Ausfälle gegen das Judentum. ‚Ein Schläfer ist, der nicht gegen sie spricht', sagt der Verfasser. Halt, Freund! Die Juden sind doch auch Menschen, also mehr Nächstenliebe für die literarischen Sündenböcke. Sie werden schon ihre schlimmen Seiten ablegen, wenn ihnen das Schacherhandwerk von berufener Seite unmöglich gemacht wird."

Grotesk komisch wirkt die Rezension, wenn der damalige katholische Eiferer Clément vom konservativen *Wort*, was die Bewertung der Reformation anbelangt, in seine Schranken verwiesen wird. Wohl wenig überlegt schrieb Clément in den *Grundlagen*: „[J]a, die Reformation ist das größte Unglück Deutschlands gewesen." Das *Luxemburger Wort* antwortet: „Gemach! In religiöser Beziehung, ja, nicht aber in geschichtlicher Beziehung. So entfremdet sich das Buch die Protestanten, die sehr empfindlich sind, wenn Luther ins Spiel kommt. An einer andern Stelle lädt Clément sich die katholischen Kritiker auf den Pelz. Er empfiehlt ganz warm J.J. Rousseau mit 'Emile', den ‚Confessions' und der ‚Nouvelle Héloïse'." Der Individualist Clément, der zwischen allen Stühlen sitzt, zeigt sich also bereits sehr früh.

Am Schluss des Artikels heißt es versöhnlich: „Einem jeden Gebildeten wird das Werk willkommen sein und es kann den Freunden der Literatur warm empfohlen werden." Eine ähnliche Einschätzung des Buches findet man in einer knappen Rezension im *Luxemburger Lehrerblatt*.[83] „Wenn auch nach unserer Ansicht der werte Verfasser des Buches sich auf einen zu engen Standpunkt gestellt hat, so hat das Werk doch so viele Vorzüge, dass wir es allen unsern Lesern warm empfehlen […] können."

Das Fazit über den jungen Clément ist klar: Seine Ansichten zu Politik, Religion und Kultur sind unausgegoren; aber literarisch kennt er sich aus, hat gute Kenntnisse über die wichtigsten europäischen Literaturen und verfügt bereits über ein sicheres literarisches Urteilsvermögen, auch wenn ihm manchmal seine, von Bartels inspirierten, antisemitischen Vorurteile in die Quere kommen.

II. Leipzig und die Folgen (1905-1913)

Der junge Clément im Garten des Hôtel de l'Europe, von l. nach r.: F. Clement, Professor Steffen, Diekirch, Mme Diderrich, Emile Diderrich

1. Batty Weber entdeckt den „Teufelskerl" Frantz Clément

In Luxemburg wurde man auf Clément aufmerksam. Es war Batty Weber (1860-1940), wichtige Persönlichkeit im kulturellen und literarischen Leben, der als erster Cléments großes Talent erkannte. Er war damals Redaktionsleiter der liberalen *Luxemburger Zeitung* [LZ], die besonders Intellektuelle schätzten, und wurde zu einer Art Mentor für Clément. Sie hatten sich in Bad Mondorf kennengelernt. Clément war 23, Weber 45 Jahre alt. Er wurde sein lebenslanger Freund. Dessen Frau, Emma Weber-Brugmann, berichtet in ihren Erinnerungen: „Batty Weber hatte den ‚Teufelskerl', wie er ihn nannte, einen geborenen Mondorfer, bei einer Kur dort kennengelernt und ihn zu [einem] Vortrag im städtischen Casino überredet."[1]

Der Abend wurde ein überraschender Erfolg. Am 16. Februar 1905 stand in der *Luxemburger Zeitung*:

„Von Franz Clement, der bis gestern ein Unbekannter war, wissen jetzt wenigstens die zahlreichen Zuhörer, die seinem Vortrag über Liliencron beiwohnten, dass wir an ihm ein in jeder Beziehung hervorragendes Talent besitzen, das in fortschreitender, ungestümer Entwicklung begriffen, nach den höchsten Zielen strebend, an den größten Vorbildern seine Maßstäbe suchend, zweifellos eine Stufe erklimmen wird, auf der nicht viele Luxemburger vor ihm gestanden haben dürften."[2]

Emma Weber-Brugmann erinnerte sich noch nach Jahren genau an den denkwürdigen Abend. Frantz Clément saß an einem kleinen Tisch auf einer Estrade, „den großen Kopf […] über sein Manuskript gebeugt, den wilden Haarschopf sittsam in einem Scheitel gebändigt, die lebhaft blitzenden Augen auf das kritische Publikum gerichtet, das den Saal bis zum letzten Platz füllte." Eine Stunde lang hielt „der Konferenzler" – den vorbereiteten Text hatte er rasch zur Seite gelegt – in „vollkommen reinem Deutsch, mit überlegener Beherrschung des Stoffes" den angekündigten Vortrag über Detlev von Liliencron.[3] Im Bericht der *Luxemburger Zeitung* heißt es: „Das Publikum, das in lautloser Stille dem Vortrag gelauscht hatte, brach zum Schluß in anhaltenden Beifall, untermischt mit lauten Bravorufen aus."[4]

Clément hatte mit seinem rhetorischen Talent brilliert, aber auch mit seinen literarischen Kenntnissen die Zuhörer beeindruckt. Er hatte Liliencron als einen Vertreter der Moderne charakterisiert, dem ein ähnlicher Rang zukomme wie früher „der großen Westfalin Annette von Droste-Hülshoff", in der er eine der bedeutendsten Dichterinnen „aller Zeiten" sah.[5]

Er war auf dem Weg, eine anerkannte Größe im kulturellen Leben Luxemburgs zu werden, ein Kritiker, auf dessen Urteile man sich verlassen konnte. „Bald hatte sich um ihn ein Kreis freidenkender Literaturfreunde gebildet, deren kämpferischer Mittelpunkt er war."[6] Es begann jene Periode in Luxemburg-Stadt, die sich über die erste Hälfte des 20. Jahrhunderts erstreckte, in der verschiedene Cafés mit ihren Stammtischen, etwa ‚de Café Wampach' – hier war Clément der Mittelpunkt – ‚de beschassenen Eck', ‚Um Lentzen Eck', ‚d'Kathedral', ‚den Ancre d'Or', ‚de Café du Commerce'… zu einer Art politischer, aber auch literarischer Salons wurden: bescheidene geistige Zentren in einem Land, in dem es kein universitäres Leben gab, in dem Dispute von Intellektuellen eine Rarität waren. In seinem hoch gelobten ironischen Text *Die Generalstäbe* beschrieb Clément sehr anschaulich die Atmosphäre in einigen Cafés der Hauptstadt während des Ersten Weltkrieges. Nicht politische Streitgespräche führte man hier, sondern, angesichts der „ungeheuren Tragödie" der Zeit, wurde versucht, im „frisch-fromm-fröhlichen Palabrieren" und mit Schwejkschem Humor über die schlimme Not der Kriegsjahre hinwegzukommen.[7]

1905 wurde Clément, im Anschluss an seinen Vortrag, auch in die Deutsche Gesandtschaft eingeladen, wo wöchentlich musikalische und literarische Abende stattfanden. An einer dieser Soireen wollte der deutsche Gesandte, Graf Pückler, zeigen, dass die Texte der Opern Wagners seiner Musik durchaus gleichzustellen seien. Der Gesandte, ein talentierter Pianist, setzte sich an den Flügel, und Clément trug die Texte Wagners vor. Den anschließenden Empfang benützte er, wie gewöhnlich, zum anregenden literarischen „Wortgefecht mit ebenbürtigen Gegnern". Diesmal hatte er sich den „geistreichen Abbé Jacques Meyers"[8] ausgesucht, der „dem Angreifer keine Replik schuldig blieb". Emma Weber-Brugmann konstatierte befriedigt: „Es war ein Genuß, den beiden zuzuhören."[9] Literarisch fühlte sich also Clément in Luxemburg voll in seinem Element, aber weltanschaulich brauchte er noch einige Zeit, um sich von seinen unreifen Ansichten zu lösen. Die dafür notwendige kritische Distanz verschaffte ihm ein einjähriger Aufenthalt in Leipzig.

Frantz Clément – Batty Weber – René Blum. Batty Weber: Förderer und Freund Cléments. René Blum: späterer Kampfgefährte in den Auseinandersetzungen um das Maulkorbgesetz und anschließend auch Justizminister.

‚De beschassenen Eck', ‚Café du bon coin' — eines der Cafés, in dem man sich unter Intellektuellen nach dem Ersten Weltkrieg zum Diskutieren traf.

Clément in Leipzig. Er besuchte u. a. die Lehrveranstaltungen von Professor Wilhelm Wundt (3. v.l.), dem Begründer der experimentellen Psychologie. Professor W. Wundt, inmitten seiner Assistenten.

2. Leipzig führt zu einem radikalen Wandel

Der überschwängliche Bericht in der *Luxemburger Zeitung* über Cléments Vortrag im ‚Casino' endete mit einem interessanten Abschnitt: „Zur Zeit lehrt Clement in Kaundorf (Wiltzer Kanton) die Bauernknäblein das ABC. Er wird durchkommen, auch ohne fremde Hilfe. […] Aber wir fragen, ob es nicht die Pflicht der Behörden wäre, einer solchen Begabung den Weg zu den höchsten Quellen der Wissenschaft, zum Hochschulstudium zu ebnen, um so für das Land einen Jugendbildner und Fachgelehrten zu gewinnen, auf den es stolz sein dürfte und der den Stempel seines Wesens: Arbeit und Wahrheit! ganzen Generationen aufzudrücken vermöchte."[10]

Der Vorschlag hatte Erfolg! Clément bekam vom liberalen Generaldirektor der Finanzen in der Regierung Paul Eyschen, der auch für das Unterrichtswesen zuständig war, Mathias

Mongenast, ein Stipendium, um ein Jahr an der Universität Leipzig, von Ende 1905 bis zum Wintersemester 1906, Philosophie, Psychologie und Germanistik zu studieren.

Leipzig wurde nicht zufällig gewählt. Die Messestadt an der Pleiße war nicht nur ein wichtiges Handelszentrum, sondern auch eine bedeutende Kulturstadt, ‚Pleiß-Athen' genannt. Sie war – für Clément wohl besonders interessant – die deutsche Buchstadt. Hier war der ‚Börsenverein des deutschen Buchhandels' gegründet worden. Hier gab es berühmte Buchläden, große Verlagshäuser wie Brockhaus, Reclam…, hier entstand die ‚Deutsche Bücherei', die sämtliche deutschsprachigen Werke sammelte. Leipzig hatte eine der ältesten Universitäten Europas; Flüchtlinge aus Prag hatten sie gegründet.

Aber Clément ging nicht nach Leipzig, um sich zum Literaturwissenschaftler ausbilden zu lassen. Als Autodidakt hatte er sich sehr früh ein immenses literarisches Wissen angeeignet. An der Universität war sein Anliegen nicht, einen akademischen Titel zu erwerben, sondern sich weiterzubilden.

In Luxemburg hörte man inzwischen auf den Kritiker Clément. In den Cafés der Hauptstadt ging es bei Diskussionen ungezwungen zu, im universitären Milieu Leipzigs dagegen, wo die Professoren noch mit einem gewissen Pomp auftraten, war der Umgang recht förmlich.[11] Emma Weber-Brugmann hatte Clément ein Empfehlungsschreiben für ihren Onkel, den Sprachforscher Karl Brugmann (1849-1919), mitgegeben. Dieser hatte an der Universität Leipzig den Lehrstuhl für Indoeuropäische Linguistik inne. Er lud den talentierten Luxemburger Literaten zu einem seiner ‚Gelehrtenabende' ein. Clément fühlte sich gar nicht wohl in seiner Haut und verließ sehr früh die Abendgesellschaft. Seiner Gönnerin sagte er später, er werde sich nie wieder in „dieses gelehrte, befrackte Gewimmel" begeben. Auch der Gelehrte war alles andere als erfreut. Er schrieb an seine Nichte: „Der von dir empfohlene Luxemburger Literat hat mir nicht den guten Eindruck gemacht, wie die beiden andern Luxemburger Studenten, die du mir empfohlen hattest." Diese stammten wohl aus wohlhabenden Familien. Batty Webers Frau sieht in Cléments Abstammung aus sehr bescheidenen Verhältnissen den Grund, warum er sich zeitlebens, trotz seiner Begabung, nie „in wissenschaftlichen Kreisen als ebenbürtig" empfand.[12] Er behielt eine Abneigung gegen universitäre Literaturforschung und wandte sich noch im Jahr seines Aufenthalts in Leipzig gegen den Dünkel zu glauben, ein Titel als Dr. phil. führe auch schon zu einem tüchtigen Literaturkritiker:

„Was hat die Tätigkeit unserer besten Kritiker" – und er erwähnt u. a. M. Harden, A. Kerr, S. Jacobsohn – „mit Germanistik und mit philologischer Kleinarbeit zu tun? Und gar die Franzosen Sainte-Beuve, Anatole France u. a. Die germanistische Schulung muss sogar überwunden werden, denn ihre ästhetische Seite ist […] nichts anderes als Rubrizierung nach Schlagworten und allgemeinen Prädikaten; Kritik ist erstens angewandte Psychologie und angewandte Ästhetik; die holt man sich nicht im philologischen Seminar, sondern in Welt und Leben, in fleißigem Studium von Kunst und Kultur, in der eigenen, für alles Schöne empfänglichen Brust."[13]

Wie über seine Veröffentlichungen in München, bei Rudolf Abt, so bewahrte auch Clément über seinen Studienaufenthalt in Leipzig weitgehend Stillschweigen, sprach später mit Freunden nie darüber, und diese empfanden wohl auch nicht das Bedürfnis nachzuhaken. Der treue Freund Jim Wester etwa meinte 1945, in seinem ausführlichen Vorwort von *Zickzack: Frantz et quelques amis*, Clément habe die Zeitschrift *Der Morgen* in Leipzig veröffent-

Clément und die experimentelle Psychologie von Prof. W. Wundt

licht, und er scherte deshalb das, was Clément für Abt in München geschrieben hatte, und das, womit er sich in Leipzig beschäftigte, über einen Kamm, stufte es als ‚Neokatholizismus' ein, „qui sent étrangement le fagot". Er meint: „Dans sa vie ultérieure Frantz n'a jamais soufflé mot de ces vertueux péchés de jeunesse. Nous ne voyons aucune raison pourquoi nous nous y arrêterions plus longuement."[14] Den wichtigen Einschnitt in Cléments Weltanschauung bemerkte er also nicht.

Nach Leipzig aber revidierte dieser grundlegend seine Gesinnung. Die weltoffene Handels- und Universitätsstadt Leipzig und vor allem wohl das Studium der experimentellen Psychologie, formten aus dem bisher deutschnational eingestellten und einem sehr beengenden Christentum verpflichteten Clément eine humanistisch tolerante Persönlichkeit, die sich auf die Ratio verließ und alles Dogmatische von nun an strikt ablehnte. Wir wissen nicht genau, wer damals einen bestimmenden Einfluss auf ihn ausübte, welche Autoren er las. Auch über seine Universitätsstudien schwieg er sich weitgehend aus. Nur zwei Hinweise sind in seinem Schreiben zu entdecken. Im Selbstporträt in *Floréal* deutet er an, dass er an den Seminaren des Philosophen und Psychologen Wilhelm Wundt (1832-1920) teilnahm: „Unter Wundt lernte ich der Seele mit allerlei Messapparaten beizukommen."[15] Zudem erwähnt er in *Zelle 86 K.P.U.*, er habe im Gefängnis in Koblenz, als er Kleists *Kohlhaas* und die „herrliche *Marquise von O* " las, auf die „Stilanalyse" zurückgegriffen, die er „seinerzeit in Kösters Leipziger Seminar getrieben ha[b]e." Die Aufzeichnungen von damals kämen ihm heute allerdings nur noch als unergiebig vor, als „l'art pour l'art"[16]. Über seine weiteren Studien bewahrte er Stillschweigen.

Nachforschungen im Archiv der Uni Leipzig zeigten, dass Clément im Wintersemester 1905/06 nicht an der Universität immatrikuliert war, aber als Zuhörer ohne Einschreibung an Lehrveranstaltungen teilnahm. Im Nachlass von Professor Wilhelm Wundt sind nämlich die Belegbögen zu dessen Vorlesungen und Seminaren vorhanden. So vermerkt etwa der Belegbogen „für die Privat-Vorlesung des Herrn Geheimrat Prof. Dr. W. Wundt über Geschichte der neueren Philosophie" für das Wintersemester 1905/06 als „Hörer", unter Nr. 181 88, Clement Franz aus Mondorf, wohnhaft in der Berlinerstraße 21/II Etage. Er musste für die Vorlesung 16 Mark Honorar und 1 Mark Stuhlgeld zahlen. Zum Sommersemester 1906 jedoch immatrikulierte sich Clément am 24. April 1906 für das Studium der Naturwissenschaften [!!]. Zum Einschreiben waren nicht nur Gebühren zu zahlen, sondern auch ein „Sittenzeugnis" wurde verlangt. Er wohnte in der Leplaystraße 2/II. Die Exmatrikulation erfolgte dann am 10. August 1906. Das „Verzeichnis der als gehört bescheinigten Vorlesungen" belegt die Lehrveranstaltungen, an denen Clément teilnahm: „Psychologie der Aufmerksamkeit (Prof. Wirth); Psychologie (Prof. Wundt); Psychologisches Institut (Prof. Wundt). Desgleichen: Einführungskurs zur experimentellen Psychologie (Prof. Wirth); Psychische Maßmethoden (Lipps); Les romanciers français modernes (Lektor Cohen); Aufgaben und Gliederung der Sprachwissenschaft (Prof. Dittrich); Lektüre von Berkeley's Prinzipien der menschlichen Erkenntnis (Prof. Richter); Kriminalpsychologie (Döllken); Schopenhauers Philosophie (Prof. Volkelt)."[17]

Kein Zweifel, Clément war in seinem einjährigen Universitätsstudium sehr stark an Psychologie interessiert, und insbesondere an den Lehrveranstaltungen von Professor Wundt, der von 1875 bis 1917 in Leipzig lehrte. Er gründete dort 1879 das Institut für experimentelle Psychologie. Seine Grundauffassung, formuliert in *Theorie der Sinneswahrnehmung*

(1862), war: „Sobald man einmal die Seele als ein Naturphänomen und die Seelenlehre als eine Naturwissenschaft auffasst, muss auch die experimentelle Methode auf diese Wissenschaft ihre volle Anwendung finden können." Leipzig mit seinem weltweit ersten psychologischen Institut wurde damals zu einer allerersten Adresse für neuere Psychologie. Der universal gebildete Wundt verfasste zudem in seiner Leipziger Zeit von 1900 bis 1920 eine 10-bändige *Völkerpsychologie*, in der er das Gebiet der Individualpsychologie verlässt und sich psychologischen Fragen in einem sozialen und kulturellen Kontext zuwendet.[18]

Clément wurde sicherlich von diesem sehr angesehenen Wissenschaftler beeinflusst. Ihm gelangen später psychologisch vortrefflich gezeichnete Charakterporträts, in denen er sich nicht auf eine rein psychologische Analyse beschränkte, sondern versuchte, die einzelne Persönlichkeit stets in ihrem kulturellen, sozialen und politischen Umfeld zu sehen. Auch in seinen völkerpsychologischen Betrachtungen – etwa wenn er über die Beziehungen zwischen Frankreich und Deutschland nachdenkt – will er die Eigenart eines Volkes als Wechselwir-

Clément war im Wintersemester 1905/06 als ‚Hörer' an der Universität Leipzig eingeschrieben. Die Abbildung zeigt die von Clément im Sommersemester 1906 gehörten Vorlesungen. Er war damals an der naturwissenschaftlichen Fakultät immatrikuliert.

Die Belegbögen von Prof. Dr. W. Wundt zeigen, dass Clément besonders an den Lehrveranstaltungen von Wundt interessiert war.

kung zwischen Individuen und Gesellschaft mit ihren spezifischen Wertvorstellungen erklären. Man spürt in diesen Analysen den Einfluss von Wundt, der Wissenschaft, Philosophie und Psychologie in einen Gesamtzusammenhang bringen wollte.

Das Ergebnis seines wichtigen, anregenden Jahres in Leipzig stellt Clément allerdings ironisch und untertreibend dar, wohl aus einer gewissen Scham über einige seiner früheren reaktionären Ansichten heraus, und auch, weil er nicht explizit auf die entschlossene Abkehr von seinen ‚Jugendsünden' eingehen wollte. Mit einem koketten Bezug auf Goethes Leipziger Studienzeit schreibt er nämlich im Selbstporträt in *Floréal*: „Als Endergebnis meiner Studien brachte ich ein halbes Dutzend Porträts junger Leipzigerinnen und circa ein Dutzend verschiedensortige Haarflechten mit nach Hause. Ich hinterließ, wie daraus ersichtlich, in der Pleißestadt die allerbesten Eindrücke."[19]

Das eigentliche Ergebnis von Cléments Zeit in ‚Klein Paris', wie Leipzig in Goethes *Faust* genannt wird, war aber nicht eine Überhöhung von Liebesaffären, sondern eine radikale Änderung seiner Weltanschauung: in philosophischer, religiöser und politischer Hinsicht. Das Schwankende, Unsichere, das sich allzu oft hinter forschen Tönen versteckt hatte, verschwand. Der neue und gewandelte Clément zeigte sich in *Floréal*, der ersten, anspruchsvollen Kulturzeitschrift Luxemburgs.

Exmatrikulation in Leipzig, 10 August 1906

3. 1907: Mitbegründer von *Floréal*

Zu Beginn des 20. Jahrhunderts war Luxemburg noch weitgehend kulturelles Ödland. Für Literatur z. B. fand sich kaum eine interessierte Öffentlichkeit, es gab kein Verlagswesen, keinen einzigen freien Schriftsteller, keine nennenswerte Literaturkritik. „Das Land war noch des kritischen Sinnes bar", wie der Philologe Joseph Tockert sich ausdrückte. Aber es gab „Ansätze zum Höheren".[20] Die Zeitenwende in unserem Geistesleben zeigte sich, auf literarischem Gebiet, in *Floréal. Revue Libre d'Art & de Littérature. Freie Rundschau für Kunst und Litteratur.* (1907-1908).[21]

Die Zeitschrift war ein typisches Produkt der Luxemburger Kaffeehauskultur. Humorvoll schildert Marc Elmer Geburt und Tod von *Floréal*: 1907, „sans précision de date", waren in einem Café der ‚Place d'Armes' – es handelte sich wohl um das ‚Café du Commerce' – mehrere Literaten versammelt. „Noppeney parlait peu et avait l'air soucieux. Frantz parlait beaucoup comme d'habitude et Pucky [i.e. Eugène Forman] lançait, de temps à autre, ses pointes et ses saillies dans la conversation. «Tiens, si on publiait une revue littéraire.» Le mot libérateur était tombé: Marcel Noppeney se mit à rayonner, Frantz était feu et flamme, comme toujours, et Pucky promit de s'occuper sérieusement de la question financière de l'affaire. «Floréal» était née."[22]

Dezember 1908, im Bürgercasino: „Tous les coryphées de la littérature s'y étaient donné rendez-vous; outre les rédacteurs de «Floréal», Batty Weber, André Duchscher et beaucoup d'autres. Robert Brasseur, le plus éminent des bâtonniers et merveilleux orateur, y avait prononcé un de ses discours farcis de sel et d'esprit gaulois dont lui seul tenait le secret. Charles Barnich, de ce temps-là, « économe » au Casino, s'était surpassé. C'était le banquet d'adieu. «Floréal» était mort."[23]

Das ironisch witzige Stimmungsbild von Marc Elmer über Ursprung und Ende von *Floréal* darf nicht vergessen lassen, dass die anspruchsvolle Kulturzeitschrift, die ein Jahr lang überdauerte, mehr als eine ephemere Revue war, dass sie vielmehr von nachhaltiger Wirkung war. Albert Hoefler behauptete, dass „im Jahre 1908, [Nr. 1 erschien am 21.4.1907], als Frantz Clément und Marcel Noppeney *Floréal* gründeten, die eigentliche literarische Kultur Luxemburgs geboren wurde"[24]. Für Noppeney war die Zeitschrift „une date des plus importantes de notre vie intellectuelle"[25], für den Philosophen Ferd Hegermann war sie „literarhistorisch nicht hoch genug zu werten"[26].

Floréal dokumentierte, dass es in einem als kulturlos verschrieenen Lande – „nul pays n'est plus rétif à la poésie, aux spéculations philosophiques, aux affirmations littéraires que notre Grand-Duché de Luxembourg" (M. Noppeney)[27] – durchaus eine ansprechende, schriftstellerische Produktion gab und dass auch Beachtliches von Luxemburger Intellektuellen geschrieben wurde. Die beiden Herausgeber Clément und Noppeney – Forman war frühzeitig aus dem Redaktionskomitee ausgeschieden – hatten zur Mitarbeit „die besten alten und jungen Kräfte […] des geistigen Luxemburg"[28] gewonnen: Nikolaus Welter, Batty Weber, Paul Palgen, Joseph Hansen, Nicolas Ries, Joseph Tockert, Ferd Hegermann … Cornel Meder hat

„une date des plus importantes de notre vie intellectuelle"

II.3. MITBEGRÜNDER VON FLORÉAL

Floréal

REVUE LIBRE D'ART & DE LITTÉRATURE. — FREIE RUNDSCHAU FÜR KUNST UND LITTERATUR

Franz Clement
Eugène Forman — Joseph Hansen
Paul Lévy — Marcel Noppeney — Paul Palgen
Madame Poirier — Achille Segard
Batty Weber — Nicolas Welter

N° 1   21 IV 1907

LUXEMBOURG   JOSEPH BEFFORT IMPRIMEUR

Die erste Nummer von *Floréal*. Ironische Selbstporträts der Herausgeber: Frantz Clément (1882-1942), Pucky Fohrmann (1878-1955) und Marcel Noppeney (1877-1966) standen in der letzten Nummer von Floréal.

recht, wenn er meint, es mute „fast wie ein Märchen an", dass damals innerhalb eines einzigen Jahres eine hochkarätige literarische Zeitschrift in Luxemburg „mit insgesamt 904 Seiten erscheinen konnte".[29]

Floréal stellte nicht nur die einheimische künstlerische Produktion vor, sondern in einem „kritischen Teil" bezog sie „Stellung zur deutschen und französischen Gegenwartslitteratur".[30] In seiner *Monatsrundschau* der neuesten deutschen Bücher machte Clément, wohl als erster in Luxemburg, auf einen so grundlegenden Text der Moderne wie Hugo von Hofmannsthals *Brief des Lord Chandos* aufmerksam,[31] der eine zeittypische Sprachskepsis und Erkenntnisverunsicherung ausdrückte. Oder er wies auf K.L. Ammers bedeutende Rimbaud-Übersetzung hin, „eine der besten, die mir von französischer Lyrik je unter die Hände kamen".[32] Sie beeinflusste Georg Trakls expressionistische Lyrik.

Zudem sollten „einige ausländische Mitarbeiter […] intimere Beziehungen zu den großen europäischen Kulturzentren" herstellen.[33] Es gelang Clément, den auf dem Höhepunkt seines Ruhmes stehenden Schriftsteller Richard Dehmel (1863-1920) für eine Mitarbeit zu gewinnen. Dieser gehörte zu den bekanntesten deutschen Dichtern vor dem Ersten Weltkrieg, dem die zeitgenössischen Autoren eine ungewöhnliche Verehrung entgegenbrachten. Auch Clément sah in Dehmel „die stärkste Kraft der deutschen Dichtung unserer Tage."[34] Er stellte ihn, der in dem ‚Roman in Romanzen' *Zwei Menschen* (1903) die Macht des Eros feierte und später in seiner ‚Rhapsodie' *Die Verwandlungen der Venus* (1907) ungewöhnlich offen Sexualität darstellte, als revolutionäre Persönlichkeit vor, den „das unabweisbare Bestreben nach Umwertung der überkommenen Lebensformen" kennzeichnete und der sich um „ein tieferes, aber ungebundenes Verhältnis der beiden Geschlechter" bemühte. Zudem hatte Dehmel in seine Lyrik neue inhaltliche und formale Elemente eingeführt. Voller Begeisterung schrieb Clément: „Dehmel ist Dichter, großer Dichter, neuartiger Dichter, Lyriker mit starkem epischen Einschlag, mit der Gabe überwältigender Vision."[35]

Dehmel stellte *Floréal* einen kurzen Prosatext zur Verfügung: *Ein Wettlauf. Visionäre Skizze*, die Schilderung eines Albtraums,[36] verlangte aber ein Honorar von 20 Mark, eine gewaltige Summe damals. In einem Brief vom 27.04.1907 an ihn entschuldigte sich Clément, dass der geschuldete Betrag so spät ausbezahlt wurde. Er verschwieg jedoch, dass Honorarforderungen die finanziellen Möglichkeiten der Zeitschrift überschritten hatten und dass diese mit der Nummer vom 21.04.1908 ihr Erscheinen einstellen musste.[37] Der Verleger und Drucker Joseph Beffort konnte seine abschließende Rechnung nur mehr „à des caisses plus que vides" schicken.[38] Aber ‚Stater Herren' griffen wohl dem in geschäftlichen Angelegenheiten gänzlich unbedarften Clément, wie später noch mehrmals, unter die Arme.

War *Floréal* finanziell ein Verlustgeschäft, so war Clément doch Jahre später mächtig stolz darauf, dass er mit der literarischen Revue in ästhetischer Hinsicht so etwas wie eine Revolution bewirkt hatte. 1927/28 schrieb er in den *Cahiers luxembourgeois*:

„Als ich vor zweiundzwanzig Jahren mit Marcel Noppeney, der damals ein braver und furchtloser Draufgänger war – ihm sei von dieser Seite alles Andere verziehen – und Eugène Forman – der damals Oscar Wilde so

Richard Dehmel in *Floréal*

Richard Dehmel zur Zeit von *Floréal*. F. Clément setzte sich dafür ein, dass Dehmel für *Floréal* schrieb.

frappant ähnlich sah – den ‚Floréal' gründete, um für die herrlichen französischen und deutschen Symbolisten und Realisten zu werben, hielt man uns für sympathische Verrückte. Die Dichter, die wir damals priesen, die Rimbaud und Dehmel, Verlaine und Gide, Hofmannsthal und George, waren damals in Luxemburg weit mehr verschrieen als es heute die Maler Derain, Segonzac und Vlaminck sind. Aber nicht wir haben nachgegeb[e]n, sondern das Publikum. Ich bilde mir nicht übermässig viel auf meine heimatliche Schreiberei ein, aber über diese Geschmacksrevolution bin ich ein bisschen stolz."[39]

Clément war, genau wie Noppeney, nicht nur Herausgeber von *Floréal*, sondern neben diesem auch der eifrigste Mitarbeiter der Kulturzeitschrift. Er war in jeder Nummer, und meistens mit mehreren Beiträgen, vertreten. Er schrieb Rezensionen, literarische Essays, Gedichte, Skizzen, Aphorismen, Novellen und einen Prosatext in Dialogform. Die Texte sind recht unterschiedlich zu bewerten. Heute am interessantesten sind wohl seine analytisch kritischen, meist treffsicheren Bemerkungen zur neuesten Literatur der Zeit. Aber auch Cléments schriftstellerisches Talent kommt in *Floréal* zum Ausdruck: seine Fähigkeit, ein Stimmungsbild zu zeichnen, die Natur zu schildern, auf den Wechsel der Jahreszeiten einzugehen; so in dem gelungenen Text *Herbstgang*.[40] Als „Niedergang in Schönheit" stellt er diese Jahreszeit hin, und in dem atmosphärisch dichten Stimmungsbild drückt er gleichzeitig seine zunehmende Distanzierung vom Christentum aus. Der Herbst, schreibt er, „ist kein Niedersinken und kein Zerstörtwerden; der feige Mensch, mit seiner durch das Christentum künstlich gezüchteten Furcht vor dem erlösenden Tode, hat in die Herbstlandschaft die Melancholie hineingelegt, mit der er protzt, wenn die Sonne sich niedriger stellt. Weil man keine Freude hat am Leben, hat man keine Lust an der Ruhe. Der Schlaf des Menschen ist keine Schwäche und der Schlaf der Natur sollte eine sein. Wer singt einmal ein feuriges Lied an die Herbstsonne?"[41]

Der neue Clément

Überhaupt zeigt sich in *Floréal* immer wieder der neue, nach Leipzig gewandelte Clément, und zwar recht deutlich, weder aufdringlich bekennerhaft, noch die Vergangenheit verleugnend. Die Unterschiede zum frühen Clément sind auffällig:

1. Hatte dieser sich bisher als ‚Rassendeutscher' ausgegeben, war er vor allem Deutschland, dem Land und seiner Kultur, zugewandt gewesen, so grenzt er sich nun vom Reich ab, verzichtet auf alle Deutschtümelei, bekennt sich zu Luxemburg. Bereits in seiner Leipziger Zeit gab es eine Rückbesinnung auf eine luxemburgische Eigenart. In einem in der Gothaer Zeitschrift *Deutsche Erde* veröffentlichten Beitrag *Das Deutschtum im Großherzogtum Luxemburg* – der Artikel wurde im *Luxemburger Volksboten* nachgedruckt[42] – spricht er von der hier im Lande typischen „Durchdringung zweier hoher Kulturen", der deutschen und der französischen, sieht allerdings zunächst noch, „als Freund des Deutschtums", in dieser „Zwitterhaftigkeit […] eine Gefahr für die kulturelle Entwicklung" des Landes.

   Nur ein paar Monate später, im *Geleitwort zu ‚Floréal'*,[43] gebraucht er zum ersten Mal den Begriff ‚Mischkultur'. Dieser spezifisch Luxemburger Kultur wolle man in der neuen Zeitschrift Ausdruck verleihen.

   „Die Gründer des ‚Floréal' sind der Ansicht, dass sich in unserm Lande eine ganz eigenartige Mischkultur in eigenartiger Weise äußern kann, und sie wollen in ihrer Zeitschrift diesen Äußerungen und dem Streben nach Äußerung ein Zentrum leihen. Unsere Monatsschrift ist zweisprachig. Zu begründen haben wir das kaum. Wir schulden zwei Völkern unser Hirn und sind stets zwei Völkern für ihre Anregungen dankbar."⁴⁴

War die Zweisprachigkeit von *Floréal* für Clément Ausdruck Luxemburger Identität, die es zu verteidigen galt, so sah Noppeney den Bilingualismus der Zeitschrift nur als eine Notlösung. In seinen späteren Erinnerungen schreibt er: „[L]e bilinguisme était un pis-aller qui nous garantissait une clientèle plus étendue. […] Certes, […] l'emploi simultané des deux langues étendait le cadre de nos lecteurs, mais, tout de même, je faisais, sans en avoir l'air prédominer le français."⁴⁵

Diese Gegensätze der beiden Herausgeber waren wohl auch eine der Ursachen, dass *Floréal* nur ein Jahr überlebte.

2. Hatte Clément bisher, in der Zeitschrift *Der Morgen*, von seiner festen ‚katholischen Überzeugung' gesprochen, von der es keine Abstriche geben konnte, so wollte er sich und seine Zeitschrift *Floréal* jetzt auf keine eindeutige Weltanschauung und fest umrissene Ideologie festlegen lassen.

„Der Floréal ist unabhängig und unparteiisch, keiner Konfession, keiner Fraktion, keiner Clique dienstbar. Er besteht ohne Geheimfonds und ohne Nebenregierung. Jeder seiner Mitarbeiter ist verantwortlich für das und nur für das, was er schreibt."⁴⁶

3. Hatte Clément bisher Adolf Bartels als Vorbild und Freund ausgegeben, so bezeichnet er diesen jetzt in einer *Floréal*-Rezension, in der er kurz auf dessen Schrift *Deutsche Literatur, Einsichten und Aussichten* eingeht, als „Weimarer Duodezliteraturpapst", als „einen zwischen halbem Verfolgungs- und Grössenwahn hin und herpendelnden Don Quixote in Reinzucht".⁴⁷

In einem emphatischen Essay *Einiges über Nietzsche*⁴⁸ feiert er dagegen überschwänglich diesen Dichter und Philosophen – in dessen Bann damals viele standen. Der Name Nietzsche war zum Erkennungszeichen für alle diejenigen geworden, die sich jung und vital fühlten. Für Clément ist er der „Revolutionär", der „Empörertypus", den „ein heiliger Empörerwahnsinn" treibe, ein „Sänger der Menschheit, des herrlichen heidnischen Nurmenschseins". Er wende sich trotzig „gegen die Übermacht der ‚Allzuvielen'"⁴⁹, sei ein „unermüdlicher Gottessucher", der „die alten Götter und Götzen [enthronte]" und „den Übermenschen als Gott" fand.⁵⁰ Und am Schluss heißt es, Nietzsche sei ein vollkommen „freier Geist", in einer Welt, in der „die Unfreiheit […] so bequem und so einträglich" sei.⁵¹ Der hymnische Text ist also für den neuen, gewandelten Clément eine Art Katharsis, ein Abschütteln einiger früherer reaktionärer Ansichten.

4. Hatte Clément bisher in seinen Schriften immer wieder auf Kriterien wie ‚gesund', ‚moralisch', ‚einwandfrei' zurückgegriffen, so verzichtet er jetzt auf jedweden moralisierenden Ton und zeigt Skepsis gegenüber den traditionell christlichen Vorstellungen von Gut und Böse. So heißt es in *Unmaßgebliche Gedanken*: „Die Amoralisten unterscheiden sich von denen, die mit den geschmacklosen Begriffen Gut und Böse arbeiten dadurch, dass ihr Gerechtigkeits- und Wahrheitssinn zu stark ist, um sich von einer noch so alten und gefeierten Schablone einengen zu lassen."⁵²

Bei der Beurteilung der deutschsprachigen Neuerscheinungen in *Floréal* gibt es nicht mehr den geringsten verengten Blickwinkel wie noch in *Der Morgen* oder in den

Grundlagen der deutschen Dichtung. Clément zeigt sich uneingeschränkt offen für Modernität und ästhetische Werte. Und im *Geleitwort* schreibt er, dass für die Aufnahme von Texten in *Floréal* nur „deren litterarischer Wert" „ausschlaggebend" sei.[53]

Clément hat also, nach einigen Umwegen, eine gesicherte Einstellung gefunden.

4. Clément als tagespolitisch aktiver Intellektueller

Nach Leipzig haben sich seine Grundüberzeugungen präzisiert und endgültig gefestigt; deutlich zeigen sie sich im weiteren Schreiben. Er ist von nun an humanistisch eingestellt. In *Floréal* hat er zum ersten Mal einige Artikel mit ‚Erasmus' unterschrieben – kein beliebig gewähltes Pseudonym, sondern eine Reverenz an den bewunderten freien Gelehrten Erasmus von Rotterdam. Er ist der Aufklärung verpflichtet: Das rational Analytische steht ab jetzt im Vordergrund, theologische Erörterungen, wie noch im *Morgen*, gehören endgültig der Vergangenheit an. Er setzt sich für Toleranz ein und wendet sich gegen ideologische Einseitigkeit. Er vertritt ein ausgesprochenes Europäertum – ein Bekenntnis zum ‚Deutschtum' gibt es nicht mehr. Seine politische Einstellung ist linksliberal: Er kämpft für freie Meinungsäußerung in einer demokratischen Gesellschaft, will keine klerikale Bevormundung, zeigt aber auch immer wieder sein soziales Gewissen. Die liberale Wirtschaftsideologie des ‚laissez faire, laissez passer' ist ihm fremd.

Clément möchte ein unabhängiger Intellektueller sein, eine Bezeichnung, die damals aufkam und zum Schlagwort wurde. Er gebrauchte das Wort zum ersten Mal in *Floréal*, noch humorvoll distanziert. Das Diplom der Ackerbauschule habe ihm nicht gereicht, schließlich habe er vorgehabt, „das Dasein eines Intellektuellen" zu führen.[54]

Jetzt hat der Begriff für ihn eine konkrete Konnotation bekommen. Der Intellektuelle wird als kritischer Geist, als Vordenker gesehen; Freiheit, Fortschritt, Menschenrechte gehören organisch zu seinem Wesen, genau wie das Prädikat ‚links'. Er verfügt über Kenntnisse, Wissen. Aber sie genügen nicht. Es drängt ihn, gesellschaftliche Verantwortung zu übernehmen. Er greift in die Debatten der Zeit ein, ist sich nicht zu schade für den tagespolitischen Kampf. In diesem Sinn zählt man Frantz Clément zu Recht zum „cercle restreint d'intellectuels libéraux de la capitale".[55]

Die historische Geburtsstunde des Intellektuellen war die Dreyfus-Affäre.[56] Sie, und vor allem ihre Folgen, bilden den Hintergrund zu Cléments geistiger Einstellung seit Leipzig. Der Fall Alfred Dreyfus begann 1894, als der jüdische Offizier im Generalstab der französischen Armee wegen Hochverrats zu lebenslanger Verbannung verurteilt wurde. Sämtliche Beweise waren von der Anklage konstruiert worden. Das skandalöse Urteil in dieser Affäre war, nach dem Historiker Vincent Duclert, das Resultat von „Militärwahn, Republikfeindschaft, Judenhass".[57] Die Dritte Republik geriet ins Wanken, Frankreich stand am Rand des Bürgerkrieges. Erst im Juli 1906 – Clément war noch in Leipzig – wurde Alfred Dreyfus voll rehabilitiert. Und dies war nicht zuletzt das Verdienst der französischen ‚Intellektuellen'. Am 13. Januar 1898 hatte Emile Zola seinen berühmten offenen Brief an den Präsidenten der Republik geschrieben. Clemenceau – über den Clément später ein Buch schrieb – hatte das Manifest in seiner Zeitung *L'Aurore* auf der ersten Seite veröffentlicht und ihm den wirkungsvollen Titel *J'accuse* gegeben. Zola klagte die Generalität der Armee, das Kriegsgericht, das Kriegsministerium der Falschaussage und der Zeugnisunterschlagung an. ‚Intellektuelle' verfassten Manifeste, unterschrieben Petitionen. Zu den Dreyfusards gehörten etwa Anatole France, Léon Blum, Jean Jaurès, Marcel Proust, Jules Renard…[58] Ihre Zivilcourage zeigte eindrucksvoll, wie groß der Einfluss von Gelehrten und von Literaten sein konnte. Der Linksintellektuelle, der engagierte Schriftsteller bekam in Europa, und über eine lange Zeit hinweg, eine Vorbildfunktion und wurde zur Leitfigur. Clément fühlte sich Emile Zola verbunden.[59] In *Das literarische Frankreich von heute* (Berlin 1925) schrieb er: „[D]ie zwei größten und fruchtbarsten Prosaepiker des letzten halben Jahrhunderts: Zola und Anatole France, [waren] auch Tatmenschen", die „nicht verschmähten, in die politischen und sozialen Kämpfe einzugreifen".[60] Viel später, zum hundertsten Geburtstag des Schriftstellers Emile Zola, schrieb Clément für die erste Seite der *Luxemburger Zeitung* einen längeren Artikel, der sehr deutlich dessen nachhaltige Wirkung auf ihn erkennen lässt.[61] In dem dreigeteilten Text würdigte er „De[n] Mann", „Das Werk" und vor allem „Die Tat", d. h. Zolas „historisches, entscheidendes Eingreifen in die Dreyfus-Affäre". Er schreibt: „Das soziale Ethos, von dem das Werk durchdrungen ist, musste sich bei Zola schließlich auch in dieser Tat konzentrieren; aber sie war so von Gefahr umwittert, der Dichter setzte durch sie so viel Ruhm und Sicherheit und Komfort aufs Spiel, dass sie als große Leistung ziviler Tapferkeit weiterlebt." Und er zitiert Anatole France, der Zolas Engagement „Un moment de la conscience humaine" nannte.[62]

Clément schrieb also öfters über Zola und über Anatole France. Aber letztendlich spricht er dabei auch von sich selbst, lässt seine Vorstellung vom engagierten Schriftsteller erkennen. ‚Soziales Ethos', ‚zivile Tapferkeit' sind Kennzeichen des intellektuellen ‚Tatmenschen' Clément, für den ‚Komfort' und ‚Ruhm' nie eine entscheidende Rolle spielten.

Der ‚Zentenar'-Artikel über Zola erschien ungefähr einen Monat vor der deutschen Invasion Luxemburgs am 10. Mai 1940. Gegen die folgende Besatzung konnte die ‚zivile Tapferkeit' Cléments nichts mehr ausrichten. Aber in der Volksbildungsbewegung, Ende 1908, und später in den ‚demokratischen Vereinen' zeigte sich, durchaus im Geiste Zolas, das beginnende wirkungsvolle Engagement Cléments für eine Demokratisierung der Luxemburger Gesellschaft. In Zusammenarbeit mit andern Intellektuellen sollte seine ‚zivile Tapferkeit' in den nächsten Jahrzehnten das politische und geistige Leben Luxemburgs begleiten und auch mitbestimmen.

5. Die Volksbildungsbewegung:
„[D]ie Wahrheit als oberstes Ziel muss Gegenstand und Inhalt dieser Bildungsarbeit sein."*

Am 29.11.1908 wurde in Luxemburg-Stadt der erste Volksbildungsverein des Landes gegründet. Einige Monate zuvor hatten sich Liberale und Sozialdemokraten zu einem Kartell, dem sogenannten Linksblock, zusammengeschlossen. Bei den Parlamentswahlen vom 26. Mai 1908, bei denen die Deputiertenmandate der Kantone Esch und Luxemburg-Stadt erneuert wurden, erzielten sie einen großen Erfolg, was einen starken Linksruck in der Abgeordnetenkammer bewirkte.

„A bas le cléricalisme!" war einst der Schlachtruf von Léon Gambetta gewesen. Die heftigen Auseinandersetzungen zwischen Klerikalen und Antiklerikalen in Frankreich endeten schließlich 1905 mit der Trennung von Kirche und Staat. Auch in Luxemburg wollten die Linkskreise sich, nach dem Wahlsieg, in einer Art Kulturkampf gegen den allzu mächtig auftrumpfenden Klerikalismus wehren. Nicht gemeinsame politische und wirtschaftliche Vorstellungen hatten Liberale und Sozialisten zusammengeführt, sondern der Kampf gegen die ungebrochene Macht der katholischen Kirche. Die Industrialisierung hatte zwar zu einer gewissen Säkularisierung geführt, vor allem im Süden des Landes, aber die alles beherrschende Stellung der katholischen Kirche im sozialen Gefüge blieb weitgehend unangetastet.

Die Luxemburger Kirche hatte mit Bischof Johann Koppes (1843-1919) eine Kämpfernatur, einen kompromisslosen Eiferer an ihrer Spitze. Ultramontan eingestellt, verteidigte dieser vehement den Vorrang des Spirituellen – also der Religion – vor dem Weltlichen, vor allem im Bereich von Schule und Erziehung. Er erreichte, dass das Parlament 1889 das Schulgesetz von 1881, das die Überwachung des Lehrpersonals in der Grundschule durch den Klerus etwas eingeschränkt hatte, teilweise wieder rückgängig machte.[63] Die Kirche war eng mit den Klerikalen, der ‚katholischen Partei', verbunden, Vorläuferin der ‚Rechtspartei', die erst 1914 gegründet wurde. Zudem stützte sie sich auf schlagkräftige Organisationen wie den ‚Katholischen Volksverein', die ‚Katholische Volkshochschule', den ‚Katholischen Arbeiterverein'. Diese wurden Anfang des 20. Jahrhunderts gegründet – 1910 kam noch der ‚Akademikerverein' (A.V.) hinzu – und erreichten sehr hohe Mitgliederzahlen. Dem 1903 gegründeten ‚Volksverein' gehörten z. B. 1914 bereits 15.300 Mitglieder an.

Eine wichtige Rolle spielten auch die Zeitungen. Im ‚Verlag der St. Paulusgesellschaft' erschienen das katholische Parteiorgan *Luxemburger Wort* (Auflage 3.500), die Wochenzeitung des ‚Katholischen Volksvereins' *Luxemburger Volk*, das *Luxemburger Sonntagsblatt* (Auflage 9.500) und der *Luxemburger Bauer*.[64] Vom jährlich erscheinenden *Marienkalender* wurden 8.000 Exemplare gedruckt.[65]

Diesem „Großeinsatz der Kirche" wollte die Linke nach ihrem Wahlerfolg 1908 die Stirn bieten.[66]

---

* (LZ 01.12.1908)

Ein literarisches Werk der Zeit verdeutlicht recht eindringlich das Aufmucken gegen kirchliche Bevormundung: *Fenn Kaß* (1913) von Batty Weber, dem Mentor von Clément. Im Mittelpunkt des Romans steht der aus bescheidenen Verhältnissen stammende Fenn Kaß, der auf Druck seines Vaters in den Priesterstand gedrängt wird. Sein eigentliches Interesse aber gilt der modernen Technik, im Dienst des Menschen; er hätte eigentlich besser Ingenieur werden sollen. Als Pfarrer hält er dem auf ihn ausgeübten Druck nicht stand, legt schließlich das Priesterkleid ab, bekommt die Möglichkeit, nach München zu gehen. Der jetzt von der einengenden Religion Befreite holt das Ingenieurstudium nach und fühlt sich als neuer Mensch.

Die kirchenkritischen Stellen des Werkes sind nicht zu übersehen. Für das *Luxemburger Wort* war der „Roman eines Erlösten" – so der Untertitel – denn auch ein „Machwerk" (2.6.1913); für die liberale *Neue Zeit* dagegen hatte *Fenn Kaß* „geradezu nationalen Wert" (1.6.1913). Der Roman ist eines der Werke der Luxemburger Literatur – sie sind nicht allzu zahlreich –, das große Resonanz fand, auch Widerspruch hervorrief, vergessen, wieder entdeckt und bis in die jüngste Vergangenheit hinein interpretiert wurde.[67]

Da *Fenn Kaß* die Atmosphäre der Zeit, die schroffen ideologischen Gegensätze am Beginn des 20. Jahrhunderts wiedergibt, ist es nicht verwunderlich, dass sich Parallelen zwischen dem Helden des Romans und Clément, der eng in die Kämpfe seiner Zeit verwickelt war, aufdrängen. Wie Fenn Kaß sich zu einem „Unbußfertigen", einem „Freisinnigen" entwickelte, dies die Meinung von Marcel Engel,[68] so wurde auch Frantz Clément ein freier, unabhängiger Geist. *Fenn Kaß* „ist ein Roman für Menschlichkeit im allgemeinen, für Freiheit im besondern", schreibt Cornel Meder.[69] Ein solches Anliegen hatte Clément ebenfalls. Kaß legt schließlich die Soutane ab, „Sinnbild erzwungener sexueller Enthaltsamkeit und erzwungener gesellschaftlicher Sterilität".[70] Clément seinerseits befreite sich von allem Reaktionären, von dem theologischen Ballast, den er letztendlich als Plunder empfand: also auch bei ihm ein Aufstand gegen Verknöchertes, Überholtes. Im Ausland, in Distanz zu Luxemburg – Fenn Kaß in München, Frantz Clément in Leipzig – fanden beide schließlich den Weg zu sich, zu ihrer eigentlichen Bestimmung.

Zuletzt haben Michelle Weitzel-Pleger und Victor Weitzel Batty Webers Werk interpretiert. Sie schreiben: „Für den laizistischen Kulturblock war der Roman von unermesslicher Bedeutung. Ein Buch war erschienen, das den zentralen politischen Konflikt zwischen katholischer Kirche und liberalem Bürgertum, zwischen Agrargesellschaft und Industriegesellschaft zum ersten Mal episch thematisierte."[71]

Wichtiger Teil dieses laizistischen Kulturblocks war Clément. Das Linkskartell hatte die Wahlen gewonnen, jetzt galt es, in die geistige Offensive zu gehen, ein Gegengewicht zu den katholischen Volksvereinen zu schaffen. Nicht verwunderlich also, dass Clément im November 1908, neben andern Linksintellektuellen wie den Professoren Joseph Tockert, Mathias Tresch, Nic. van Werveke …, aber auch dem Bahnhofsvorsteher Aloyse Kayser, der später in der Eisenbahnergewerkschaft eine entscheidende Rolle spielte, zu den Gründungsvätern des ersten Volksbildungsvereins des Landes gehörte.

Die Gründungsversammlung fand im ‚Kölnischen Hof' statt. Bei dieser Gelegenheit hielt Clément einen längeren Vortrag, in dem er Sinn und Zweck des *Vereins für Verbreitung von Volksbildung* darlegte. Am 01.12.1908 brachte die *Luxemburger Zeitung*, in ihrer Morgenausgabe, einen genauen Bericht über die Versammlung. Nach Clément sei Luxemburg, was die

---

Batty Webers *Fenn Kaß*: Spiegelbild ideologischer Auseinandersetzungen am Beginn des 20. Jahrhunderts

Gründung und Ziele der Volksbildungsvereine

Umschlag von Batty Webers Roman
Fenn Kaß (1913)

Vermittlung von Kultur anbelange, äußerst rückständig. Seine Nachbarländer, Deutschland und Frankreich, verfügten seit über dreißig Jahren über Volksbildungsvereine. Notwendig sei es jetzt, „in rastloser und aufopfernder Kleinarbeit" Bildung zu vermitteln, und zwar sämtlichen Schichten der Bevölkerung. Laut LZ sagte Clément: „Nicht das Bekennen, sondern das Anerkennen, nicht die Partei oder die Konfession, sondern die Wahrheit als oberstes Ziel muss Gegenstand und Inhalt dieser Bildungsarbeit sein." Mit Vorträgen, mit Veröffentlichungen, mit künstlerischen Darbietungen – und nicht „mit Galakonferenzen für Gebildete" – wolle man kulturell tätig sein. Zudem müsse unbedingt das in Luxemburg unterentwickelte Bibliothekwesen gefördert werden. Mit „Volksbibliotheken" könne man eine sich „massenhaft breit machende Schundliteratur" verdrängen.

„Reicher Beifall" soll Cléments Ausführungen immer wieder unterbrochen haben. Sein in „packender und eindringlicher Sprache" gehaltener Vortrag war wohl mitverantwortlich dafür, dass sich nach der Versammlung 120 Anwesende als Mitglieder des Luxemburger Volksvereins eintragen ließen.

In vielen Ortschaften des Landes entstanden Volksbildungsvereine; 1910 wurde der Dachverband *Allgemeiner Volksbildungsverein für das Großherzogtum Luxemburg* gegründet. Besonders rege waren die Vereine in Luxemburg und Esch/Alzette. In Luxemburg waren Clément und Mathias Esch für die Bibliothek zuständig. In Esch/Alzette entstand die größte der etwa 40 bis 1918 gegründeten Bibliotheken der Volksbildungsbewegung, mit 4.000 Büchern am Ende des Ersten Weltkrieges. Nach dem ersten Jahr 1908-09 hatten die bis dahin gegründeten Volksbildungsvereine ungefähr 500 Mitglieder; eine Zahl, die sich bis 1916-17 auf 5.206 erhöhte; eine gewaltige Zahl, wenn man bedenkt, dass die Bevölkerung vor dem Weltkrieg etwa halb so groß war wie heute (1910: 259 891 vs. 2011: 512 353).[72]

Clément hatte den ersten Vortrag im ersten Luxemburger Volksbildungsverein gehalten, anschließend war er einer der gefragtesten Redner – un „des conférenciers les plus assidus", wie es in der *Galerie* hieß[73] – und zwar über die verschiedensten Themen, in den verschiedensten Ortschaften des Landes.

Im Zeitraum von 1908 bis 1918 hielt er folgende Vorträge:

- über Literatur: *Friedrich Nietzsche* (18.12.1909); *Vortrag zum 50jährigen Geburtstag Gerhart Hauptmanns* (1912-1913); *Zur Gedenkfeier von Otto Ludwig* (1912-1913); *Die Ziele und Hauptvertreter der neuesten deutschen Literaturrichtung* (1916-1917)

- über Malerei: *Nordische Maler. 1. Albrecht Dürer, sein Leben und seine Werke* (mit Lichtbildern) (19.1.1911); *Nordische Maler. 2. Rubens* (mit Lichtbildern) (2.2.1911, 30.3.1912); *Nordische Maler. 3. Rembrandt* (mit Lichtbildern) (9.3.1911); *Moderne Malerei* (29.3.1917); *Die englische Malerei des 18. und 19. Jahrhunderts* (1917-1918)

- über historisch-politische Themen: *Die französische Revolution, ihre Ursachen und ihre Folgen* (4.2.1912, 3.3.1912, 15.12.1912, 22.12.1912, 29.12.1912, 5.1.1913, 12.1.1913, 26.1.1913, 2.2.1913, 25.1.1914, 5.4.1914); *Die Verfassungen und die Verfassungsfragen* (27.4.1913); *Die Psychologie der politischen Parteien* (9.11.1913); *Der Revolutionsgedanke im 19. Jahrhundert* (7.12.1913); *Die politischen Parteien in unserem Lande* (14.12.1913); *Die großen Friedens-Kongresse* (9.1.1916); *Unsere Verfassung und der Londoner Vertrag* (28.1.1916); *Luxemburg und der Weltkrieg* (19.2.1916); *Luxemburg während des Kriegsjahres 1870-71* (20.1.1917); *Die Presse im Weltkrieg*

(1916-1917); *Wirtschaft, Sitte und Kunst nach dem Weltkriege* (9.1.1918); *Die Verfassungsrevision* (10.2.1918).[74]

Clément war auch in den unregelmäßig bis 1929 erscheinenden *Luxemburger Volksbildungskalendern* vertreten, in der ersten Ausgabe 1913 z. B. mit den Beiträgen: *Luxemburger Landschaften, Bücher für die Volksbibliothek*.[75]

Seine Interessen waren sehr weit gefächert, aber im Vergleich zu *Floréal* hatten seine Artikel nicht vorrangig literarischen Charakter, sondern eine bildungspolitische Zielrichtung. In der allgemeinen Aufbruchstimmung des beginnenden 20. Jahrhunderts war ein verbreitetes Schlagwort: „Wissen ist Macht!", ein Zitat, das auf den englischen Philosophen Francis Bacon zurückgeht: „Knowledge itself is power", und später von den Gewerkschaften übernommen wurde. Clément und die Volksbildungsbewegung wollten Wissen nicht einigen wenigen Privilegierten vorbehalten, sondern sämtliche Klassen sollten von den Bildungsangeboten profitieren und so die Möglichkeit erhalten, in Richtung einer größeren Demokratie in der Gesellschaft hinzuarbeiten.

Als der Escher Volksbildungsverein im November 1909 gegründet wurde, hieß es in der *Luxemburger Zeitung*: „Da waren sämtliche Schichten der Bevölkerung vertreten, vom schlichten Arbeiter bis zum Akademiker."[76] Hier schwingt die Wunschvorstellung mit, dass Menschen aller Bevölkerungsschichten die anspruchsvollen Angebote des Volksbildungsvereins nützen würden. Das war nicht der Fall; der Volksbildungsgedanke fand vor allem beim Bildungsbürgertum und beim gebildeten Mittelstand Anklang.[77] Es war auch kaum möglich, eine nachhaltige Wirkung in allen Bevölkerungsschichten, etwa bei der Arbeiterklasse, zu erreichen. Dafür fehlten die Voraussetzungen. In Luxemburg besuchte der weitaus größte Teil der Bevölkerung nach der Grundschule keine weiterführenden Schulen. Die allgemeine Schulpflicht gab es erst seit 1881; bis 1912 betrug sie sechs Jahre. 1908 schafften gerade mal 105 Schüler, ausschließlich Jungen, das Abitur. Auch von der Teilnahme an der Politik und von politischer Einflussnahme waren die meisten Menschen ausgegrenzt. Bis 1919 gab es kein allgemeines Wahlrecht; das Zensuswahlrecht erlaubte nur denjenigen, die eine bestimmte Steuerleistung erbrachten – und das war ein sehr kleiner Teil der männlichen Bevölkerung –, an den Wahlen teilzunehmen. Der erste Abgeordnete aus der Arbeiterklasse, der Bergmann Jean Schortgen, wurde erst 1914 gewählt, und dies nur dank liberaler Unterstützung, was ihm seine Arbeitskollegen, bis zu seinem Tod 1918, nicht verzeihen konnten.

Und trotzdem – die Geschichte der Volksbildungsbewegung ist eine Erfolgsstory. Das Ideal der kontinuierlichen Hebung des Bildungsniveaus sämtlicher Bevölkerungsschichten war zu hoch gegriffen, aber entscheidende Impulse gingen von den Volksvereinen aus; diese waren mitverantwortlich für wichtige Reformen und für gesellschaftliche Veränderungen – etwa auf dem Gebiet der Erziehung: siehe z. B. die Gründung der ersten Mädchenlyzeen in Luxemburg und Esch/Alzette (1909-1911) und auch das fortschrittliche Schulgesetz von 1912.[78]

6. Zur Reform der Normalschule: „Lehrerseminar" oder „Zweigniederlassung des Priesterseminars"?

Seit Gründung des Linksblocks bis zum Ersten Weltkrieg war die Schulpolitik eines der beherrschenden Themen in Luxemburg; es wurde aufs Heftigste gestritten, u. a. um ein neues Gesetz zum Primärschulunterricht und um eine Reform der Lehrerausbildung. Der demokratische ‚Schulmann' Clément war dabei kein bloßer Zaungast. Bereits 1904 hatte er auf dem Kongress der Lehrergewerkschaft FGIL in Mersch, vor ‚324 Zuhörern' [!], die ihm ‚andächtig' zuhörten, wie es hieß,[79] einen Bericht über die Lehrerausbildung vorgestellt.

1910 erschien bei Th. Schroell, Luxemburg, ohne Angabe des Verfassers, eine 30-seitige Schrift, herausgegeben vom Verein für Volksbildung Luxemburg: *Zur Reform der Normalschule. Kritik und Anregungen*. Preis: 50 Cts. Der Autor war zweifellos Frantz Clément.[80] Aber er hatte seine Ausführungen mit Zitaten aus einem nicht unterzeichneten Artikel der *Luxemburger Zeitung* (Nr. 85-1908) ergänzt, geschrieben von einem „Kenner der Verhältnisse" (S. 6). War dieser sogenannte Kenner Batty Weber, Chefredakteur der LZ, früherer Zögling des Konvikts, oder vielleicht Clément selbst, der ehemalige Normalschüler, der mit dem Zitieren eines scheinbar ‚fremden' Zeugen seinen brisanten Ausführungen mehr Autorität verleihen wollte? Auf jeden Fall hatte die Schrift es in sich und war eine gnadenlose Abrechnung mit der Lehrer- und Lehrerinnennormalschule. Gleich zu Beginn heißt es nämlich, diese sei „so angefault, dass man nicht mehr zu den Einsichtigen zu gehören braucht, um den brennenden Wunsch nach möglichst schneller Abhilfe zu haben." (S. 3)

Clément nimmt sich zunächst das Reglement der Lehrernormalschule aus dem Jahre 1846 vor, das 1910 noch immer in Kraft ist. Er führt z. B. Art. 8 an, der dem Schüler untersagt, frei ein Zimmer oder eine Wohnung zu mieten; der Direktor muss sein Einverständnis geben. Zwei weitere Artikel etablieren, nach Clément, ein raffiniertes „Denunziationssystem", das es dem Religionslehrer erlaubt, unter den servilsten Schülern „seine speziellen Moniteurs", d. h. wohl die ihm ergebenen Aufpasser, zu wählen (S. 4f.). Art. 11 untersagt den Schülern, die ‚jardins publics', vor allem den Stadtpark aufzusuchen (S. 5). Einige Seiten weiter zitiert Clément seinen ‚Kenner' aus der LZ: „Alle öffentlichen Gärten, Park, Boulevards, Promenaden, besonders Großstraße und Paradeplatz sind streng verboten. Sie sind Stätten der Wollust und Gelegenheit zu unlauteren Begierden; Kindermädchen und allerlei Unterrockstägerinnen werfen dort ihre Netze nach den ahnungslosen Lehramtskandidaten aus." (S. 10f.)

Art. 12 verbietet den Schülern die private Lektüre eines Buches ohne ausdrückliche Genehmigung des Direktors oder des Religionslehrers. Clément ergänzt, dass „zu den ehemals und heute Konfiszierten Leute wie Goethe, Schiller, Heine, Otto Ludwig u. a. gehören." (S. 5)

Art. 16 schreibt vor, dass die Normalschüler jeden Tag um sieben Uhr an der Messe teilnehmen müssen. Der bissige Kommentar des Autors: „ein hübscher Beleg zur staatlich sanktionierten Gewissensfreiheit" (S. 5).

„geradezu geistiger und körperlicher Mord an der Jugend"

Titelblatt der polemischen Schrift Cléments *Zur Reform der Normalschule* (1910)

Zur
Reform der Normalschule.

Kritik und Anregungen.

Herausgegeben vom Verein für Volksbildung, Luxemburg.

Bibliothèque du Gouvernement

Luxemburg 1910.
Druck von Th. Schrœll, Luxemburg.

Anschließend zeigt Clément, dass die Programmgestaltung in der Normalschule und die Verteilung der 34 bis 36 Unterrichtsstunden pro Woche zu einer verantwortungslosen „Überbürdung" des Schülers führen (S. 9). Der Arbeitstag beginnt um 5 Uhr, um ½ 6 ist Morgensilentium. Der Unterricht erstreckt sich oft bis 6 Uhr abends. Das Silentium dauert bis 7 Uhr. Die Vorbereitung des Lernstoffes für den folgenden Tag erfordert „eine maßlose Ochserei". (S. 8) Vor Mitternacht kommt kaum jemand zu Bett. Fazit: „Es ist geradezu geistiger und körperlicher Mord an der Jugend." (S. 9)

Nach Reglement und Programm analysiert Clément die im Unterricht verwendeten Bücher und entdeckt Erstaunliches. Er zitiert etwa aus dem Handbuch für Pädagogik: „Der Lehrer vergesse nicht, dass die Schule auch eine Hilfsanstalt der Kirche ist.", oder: „Der Lehrer muss täglich den Segen des Himmels auf sich, seine Zöglinge und seine Erziehungstätigkeit herabflehen." Über Geschichte heißt es: Sie „weckt und belebt die Gottesfurcht. Die Geschichte entwickelt sich unter Leitung der göttlichen Vorsehung." (S. 11)

„Den Rekord unter den Handbüchern" schlägt aber das Geschichtsbuch des „Schulbruders" Mathieu. Über die Inquisition schreibt dieser: „Le tribunal de l'inquisition a été odieusement calomnié par tous les partisans de l'erreur […]. L'inquisition espagnole […] eut pour résultat […] d'opposer une digue infranchissable aux flots toujours montants des hérésies." Die Hauptursachen der Französischen Revolution sind nach Mathieu: „la renaissance et la réforme, ainsi que leur funeste résultat, le philosophisme." Im kulturgeschichtlichen Teil meint der Schulbruder, „der über alles schreibt", zu Goethe: „Il a laissé trois *romans* célèbres; *Werther*, *Hermann et Dorothée* et surtout *Faust* qui se moque de toute vertu. Après ce *roman dangereux*, Goethe n'eut cependant plus de rival dans sa patrie". (S. 12-13)

Über die ‚Großherzogliche Unterrichtskommission', die eigentlich eine Kontrollfunktion hätte ausüben müssen, urteilt Clément, sie lasse „das Unkraut wachsen", das ihr längst „über den Kopf gewachsen" sei (S. 14).

Kein Wunder, dass in der Normalschule bei der Rekrutierung des Lehrpersonals die reinste Willkür herrschte: Nicht Wissen und Können zählten, sondern die rechte Gesinnung war ausschlaggebend. Nur ein einziger ‚Professor' hatte eine staatliche Fähigkeitsprüfung abgelegt; die meisten Lehrer kamen, bemerkt Clément sarkastisch, aus dem scheinbar „zu Normalschulprofessoren besonders berufenen Vikarstande" (S. 15). Sie erteilen, seit zwanzig und mehr Jahren ihren Unterricht „nach alten, nie ändernden Heften" (S. 14), aus denen sie einfach vorlesen. Nur drei von acht ‚Professoren' geben verbesserte Prüfungen den Schülern zurück; die andern teilen diesen die Noten einfach mit.

Noch katastrophaler sieht es in der Lehrerinnennormalschule aus, an welcher der Unterricht, mit Ausnahme der Religion und Pädagogik, von Ordensschwestern erteilt wird, die ihre Anweisungen ausschließlich von ihrem im Ausland gelegenen Mutterhaus erhalten. (S. 18) In „dem Kloster in der Heiliggeiststrasse" werden die zukünftigen Lehrerinnen drei Jahre lang „Opfer einer unnatürlichen Erziehungs- und Unterrichtsmethode". Sie werden, abgeschirmt von der Außenwelt, eher zu Nonnen als zu Lehrerinnen ausgebildet. „[R]eligiöse Wahnzustände […] wie ‚tirs pratiques' und ‚bouquets spirituels'" werden gezüchtet. Clément schreibt: „Es greift einem an's Herz, wenn man die Normalistinnen durch die Straßen wandeln sieht, scheu niederblickend, wie Schäflein, die vor sich den Wolf und hinter sich den Hirtenhund haben, in augendienernder Demutshaltung. Wie kann man Jugendkraft so bändigen, wenn man nicht zu den äussersten Mitteln greift? Freilich, das bringen nur Klosterleute fertig." (S. 18)

Aber die massive Kritik an den Verhältnissen der Normalschule – so Clément – ermüde ihn, und er erklärt schließlich: „Genug des grausamen Spiels. Solch eine Rundreise wird einem nach und nach zum Ekel!" (S. 20)

Reformvorschläge

Im zweiten Teil der Broschüre macht er Vorschläge, wie ein radikaler Wandel in der Lehrerausbildung zu bewerkstelligen ist. Die „Herrschaft einer durchaus theokratisch empfindenden Klerisei"[81] (S. 22) muss endgültig gebrochen werden. Die durch die Normalschule geknechtete und „geknickte" Persönlichkeit des Lehrers (S. 28) kann nur durch Bildung wiederhergestellt werden. Ein Umbruch ist dann möglich, wenn es „eine Verschmelzung der Lehrerbildungsanstalt" mit den staatlichen „mittleren Lehranstalten", d. h. den Lyzeen und Gymnasien, gibt. (S. 26)

Clément schlägt im Zusammenhang mit der Reform des Mädchenunterrichts, die 1911 zur Gründung der beiden ‚Lycées de jeunes filles', in Luxemburg und Esch/Alzette, führte, „eine pädagogische Sektion in den höheren Klassen" für die zukünftigen Lehrerinnen vor (S. 23); für die Lehrer „das System der Realgymnasialbildung" (S. 29), wobei Latein in den drei oberen Klassen wegfallen könnte. Auf jeden Fall wäre ein Abiturzeugnis an einer staatlich kontrollierten Sekundarschule unbedingte Voraussetzung für den Lehrerberuf: ein vernünftiger Vorschlag, der erst viel später, Ende der 1950er Jahre, mit der Gründung des ‚Institut pédagogique' Wirklichkeit wurde.

Die von Clément in seiner Schrift über die Normalschule angesprochenen Missstände, wie geistige und körperliche Drangsalierung der Schüler, der ihnen anerzogene Geist der Unterordnung, die von ihnen verlangte sinnlose Büffelei usf. waren in der damaligen Zeit durchaus nicht auf Luxemburg beschränkt. Auf Ähnliches stößt man in überaus zahlreichen Werken in der deutschen Literatur des ausgehenden 19. und beginnenden 20. Jahrhunderts, welche die Schule zum Thema haben und diese als einen Ort des Schreckens und der Unterdrückung zeichnen: etwa in Frank Wedekinds *Frühlings Erwachen* (1890), in der Hanno-Episode in Thomas Manns *Buddenbrooks* (1901), in Hermann Hesses *Unterm Rad* (1905), in Robert Musils *Die Verirrungen des Zöglings Törless* (1906) … .

Aber auch in der Luxemburger Literatur der damaligen Zeit wird manches dargestellt, was Clément in der *Reform der Normalschule* angeprangert hat. Der fast militärische Charakter der Schule deckt sich – in Cléments Schrift wird gefragt: „Ist das nicht ein Regime, das man leichten Sträflingen gegenüber anwendet?" (S. 9) – mit dem autoritären Führungsstil, den Batty Weber, acht Jahre lang Zögling des Konvikts, erlebte und den er in *Fenn Kaß*, etwa in der Gestalt des Direktors Kleyer, schilderte.

Nik Welter war zehn Jahre nach Weber Schüler des Athenäums und wohnte gleichzeitig im Konvikt. In der Novelle *Singrün*[82] schildert er u. a. die andauernden scharfen Kontrollen, denen die Schüler ausgesetzt waren: Der Besitz von Büchern, die als kirchenfeindlich galten, wie *Émile* von Jean-Jacques Rousseau oder *Notre-Dame de Paris* von Victor Hugo, wurde mit Rauswurf bestraft.

Besonders empörten Clément die unnatürlichen Erziehungsmethoden in der Lehrerinnennormalschule, die vollkommene Unterdrückung aller Sinnlichkeit und nonnenhafte

Frömmigkeit verlangten. Ein ungeschriebenes Gesetz verlangte anschließend von den Lehrerinnen das Zölibat. Zu welchen Konflikten ein Verstoß gegen diesen Sittenkodex führen konnte, stellt Nik Welter anschaulich in seinem Lehrerinnendrama *Lene Frank* (1906) dar.

In seiner Auseinandersetzung mit den Schulproblemen griff Clément, seinem Charakter entsprechend, nicht wie Batty Weber und Nik Welter auf literarisch Fiktionales zurück. Er schrieb ein Pamphlet, das scharfe Analyse mit temperamentvoller Anklage verband. Er wollte möglichst rasch etwas bewirken. Am 28.12.1913 schreibt er jedoch auf Seite eins in *Die Neue Zeit* [NZ]: „Seit 4 Jahren ist in Broschüren und Zeitungen auf die wirklich skandalösen Zustände [in der Normalschule] hingewiesen worden. Wir haben nicht gezögert zu erklären, dass das ganze Schulgesetz nichts bedeutet, solange nicht der Quell des Übels verstopft wird, das Elend unserer Normalschulen! Es wurde hin und her räsoniert, es wurde votiert: es *blieb alles beim Alten*. Und wenn nicht alles täuscht, müssen wir nächstens wieder mit brutaler Hand hineinfahren." *Die Neue Zeit*, zu deren Gründern Clément gehörte, ‚fuhr mit harter Hand hinein' und kämpfte mit Engagement für entscheidende Veränderungen in der Luxemburger Gesellschaft. Sie und ihre Mitstreiter bewirkten viel, aber längst nicht alle hochgesteckten Ziele konnten erreicht werden.

„es blieb beim Alten"

7. Clément und *Die Neue Zeit. Organ für fortschrittliche Politik und Volksbildung* (1911-1914)

Am 26. März 1911 erschien die erste Nummer der Wochenschrift *Die Neue Zeit. Les Temps Nouveaux* [NZ] mit einem humorvollen zweigeteilten Feuilleton von „Franz Clement" auf der ersten Seite: *Moment-Aufnahmen*. Die erste Aufnahme, *Die Kleinbahn*, steht für das Neue, in kleinen Schritten; die zweite, *Der Heilige*, der keine Gebete erhört, dagegen klar für Rückschritt. Genau so wollte die NZ sich gegen das Alte wenden und für das Fortschrittliche eintreten. Man war sich aber bewusst, dass man einen langen Atem benötigte. Die NZ war das Organ der Volksbildungsbewegung und unterstützte die Politik des Linksblocks. Sie galt auch als das „Kampfblatt Emile Mayrischs".[83] Der Ingenieur und Direktor der Hüttenwerke Düdelingen, E. Mayrisch (1862-1928), gehörte 1911 zu den Mitbegründern des Stahlkonzerns ARBED und hatte 1908 wesentlich zur Bildung des Linksblocks beigetragen, indem er der Arbeiterschaft auf sozialem Gebiet Zugeständnisse machte. *Die Neue Zeit* unterstützte er finanziell.

In einem „vertraulichen Prospekt", das zur Gründung der Aktiengesellschaft ‚Société anonyme d'édition populaire' aufrief, die das neue Zeitungsorgan herausgeben sollte, wurden die Ziele der NZ formuliert. Sie trete ein:

„1) für den weiteren Ausbau einer demokratischen und sozialen Gesetzgebung.

2) für Laizisierung auf allen Gebieten.

Am 26. März 1911 erschien die erste Nummer von *Die Neue Zeit* mit einem programmatischen Gedicht auf der Titelseite.

3) für administrative Reform.

4) für Schulreform: Reform des Primärunterrichts, der Normalschule und des Gesetzes über die höheren Grade [i.e. Diplome der akademischen Berufe], Einrichtung eines mittleren Mädchenschulunterrichts durch den Staat, u. a.

5) für Volksbildung: Erweiterung der Fortbildungsschulen, Gründung von Volksbibliotheken, gründliche Besprechung von volkswirtschaftlichen, industriellen und kulturellen Fragen, Popularisierung von Wissenschaft, Kunst und Literatur."[84]

In der Gründungsversammlung der Gesellschaft am 29.1.1911 wurden die Ziele präzisiert und ergänzt: Man wolle das allgemeine Wahlrecht, die Trennung von Kirche und Staat, eine neutrale laizistische Schule, eine Justizreform, eine progressive Einkommensteuer, das Streikrecht der Arbeiter … Clément wurde in den Verwaltungsrat gewählt, und bei der späteren Verteilung der Posten wurde er Mitglied der Schriftleitung, einer Art Redaktionsrat, der die festgelegte Ausrichtung des Blattes überwachen sollte. In dieser Funktion blieb er bis zum 17.10.1913, als er Chefredakteur des neu gegründeten ET wurde.

Zu den Mitarbeitern – im Verwaltungsrat und in der Schriftleitung – gehörten vor allem prominente Linksintellektuelle: neben Clément der Oberprimärschullehrer Mathias Adam, erster Chefredakteur, Professoren wie René Engelmann, Jos Hansen, Nic Nickels, Nicolas Ries, Joseph Tockert, Mathias Tresch, Nicolas van Werveke, Nik Welter… Politiker wie Aloyse Kayser, Jean-Pierre Probst und Jos Thorn sowie der Philologe Auguste Stoll, der angeblich allzu frei redete und deshalb das praktische Examen als Englischprofessor nicht bestand. Er war der letzte Chefredakteur der *Neuen Zeit*, später wurde er Buchhalter und Prokurist.[85]

Ob alle Mitarbeiter auch Beiträge für die NZ schrieben, ist nicht klar, da die meisten Artikel nicht unterzeichnet waren.

Selbstbewusst und euphorisch war der Ton in der ersten Nummer der neuen Zeitschrift. In einem programmatischen Gedicht auf der ersten Seite hieß es in den Strophen fünf und sechs:

Die neue Zeit dient neuen Werten.
Drum schmelzt die alten restlos ein!
Auf dass sie schlackenloser werden,
Muss eure Esse glühend sein.

In allem Fortschritt und Bewegung,
Und jedem Lohn für was er schafft;
Die Freiheit jeder Geistesregung
Und eine Gasse jeder Kraft!

Mit großer Geste, in einem expressionistischen Ton, wurde auf Seite zwei verkündet: „[…] unser Blatt will als Organ der Jugend anerkannt und dementsprechend geachtet sein. Die neue Generation als Schöpfer einer neuen Zeit: das soll das Signum unseres Blattes sein. Die politische Arterienverkalkung […] wollen wir durch eine Jungbrunnenkur besiegen."

Das Kampfblatt NZ kämpfte aber nicht nur für etwas – für „geistige Emanzipation", für „das demokratische Prinzip" und für den „sozialen Ausgleich", wie es im ersten Leitartikel

Emile Mayrisch (1862-1928): Schmelzherr und Kunstmäzen

Der Antiklerikalismus der Neuen Zeit

hieß –, sondern auch gegen etwas: gegen die Reaktion, und dazu zählte man, neben der klerikalen Partei, vor allem die katholische Kirche mit ihrem antimodernistischen Bischof Johann Koppes. Mit einer heute kaum vorstellbaren Härte wurden in der Luxemburger Gesellschaft, zu einer Zeit, als Rundfunk und Fernsehen noch unbekannt waren, die Auseinandersetzungen vor allem in der Presse geführt. Gegenseitige Anklagen, Verdächtigungen und Verleumdungen waren an der Tagesordnung. Noch 1914, als die NZ zu Beginn des Ersten Weltkrieges ihr Erscheinen einstellen musste, waren vier Presseprozesse, in die sie verwickelt war, anhängig.

Bischof Koppes versuchte immer wieder die gefährdete Machtposition der Kirche zu verteidigen. Im *Fastenhirtenbrief für das Jahr 1913*, der am 19. und 21.1.1913 von sämtlichen Kanzeln verlesen wurde, verbot er den Gläubigen die Lektüre von sechs linksgerichteten Zeitungen, darunter die beiden liberalen Blätter *Die Neue Zeit* und die *Luxemburger Zeitung*.[86] In Dorfgaststätten tauchte schon mal der Pfarrer auf und beschlagnahmte das dort ausliegende Exemplar der NZ.[87]

Bischof Koppes stellte offensichtlich die kirchliche Autorität über die staatliche. Dies hatte sich schon in seinem Hirtenbrief vom 29.9.1912 gezeigt. Es ging um das Schulgesetz von 1912, das den Einfluss der Kirche in der Primärschule auf den Religionsunterricht beschränkte: „Man muss Gott mehr gehorchen als den Menschen, denn in einem solchen Falle handelt der Staat keineswegs als Gottes Stellvertreter, sondern übertritt Gottes Gebot. Wenn die Kirche daher durch ihre Organe, Papst oder Bischof, ein vom Staate gemachtes Gesetz als schlecht oder schädlich erklärt, sind die katholischen Christen der Kirche und nicht dem Staate Gehorsam schuldig."[88]

Unter diesen Umständen war es nicht verwunderlich, dass die NZ, in ihrem virulenten Antiklerikalismus, immer wieder versuchte, Bischof Koppes als rückständig und die katholische Kirche als Hort des Obskurantismus darzustellen. Besonders bekannt wurde der viel diskutierte Fall der Luxemburger Ordensschwester Anna Moes (1832-1895) – im Volksmund Klara Wupp genannt. Sie wies Stigmata auf, hatte Visionen, wurde angeblich vom Teufel bedrängt, widerstand aber stets ‚heldenhaft' allen Verführungen. Später wurde sie Priorin des Dominikanerinnenklosters auf Limpertsberg. Bischof Koppes war tief beeindruckt von ihrem Leben, er wollte ihre Heiligsprechung erreichen. Zu diesem Zweck hatte 1908 der Rektor des Klosters, J.P. Barthel, ihr früherer Beichtvater, ein 671 Seiten starkes Buch über sie verfasst, das in der St. Paulus Druckerei erscheinen sollte und das Imprimatur erhalten hatte.

Die NZ war in den Besitz dieses Werkes gelangt und begann genüsslich daraus zu zitieren. Sie wurde gerichtlich belangt und am 18.3.1912 wegen Diebstahls geistigen Eigentums zu 1.000 Franken Schadenersatz verurteilt.[89] Einige Monate später erschien in einem Frankfurter Verlag die Schrift eines gewissen Dr. Leo Montanus über den Fall der hysterischen Nonne, des „Wundermädchens" Klara Moes.[90] Am 6.11.1912, auf der ersten Seite, schrie die NZ empört auf: „Ein Skandal!" Die deutsche Broschüre, die noch weitaus kompromittierenderes über Klara Moes und den Bischof bringe, als es die NZ je gewagt hätte, liege „unbeanstandet" in „allen besseren Buchhandlungen der Stadt" aus. Man verlange: Entweder beschlagnahme die Generalstaatsanwaltschaft die Broschüre oder beende definitiv die Klara-Moes-Komödie.

Die „Klara-Wuppiade" – so die NZ am 2.3.1913 – fand im Februar 1913 ein für den Bischof unrühmliches Ende. Der Obergerichtshof sprach die NZ frei. Wie wir heute wissen, war Dr. Montanus ein Mitarbeiter der NZ: der junge Professor Mathias Tresch, der später wegen seiner französischen Grammatik bekannt wurde und 1928 für sein Werk *La chanson populaire luxembourgeoise* mit dem luxemburgischen ‚Prix de littérature' ausgezeichnet wurde.

Clément war während der Auseinandersetzung um die Klara-Moes-Affäre in der Schriftleitung der NZ tätig, er billigte also den Kurs des Blattes. Rüde Polemik war nicht seine Art, aber ein starker Antiklerikalismus kennzeichnete auch ihn. Am 12.5.1912 besprach er unter dem Titel *Der belgische Klerikalismus* ein Werk des Brüsseler Arztes und Politikers G. Barnich.[91] Die klerikale Machtgier in Belgien habe einen für unsere Begriffe unerhörten „Paroxismus" erreicht. „Das System des cléricalisme subsidié" sei bis zur Vollkommenheit entwickelt worden und bedrohe auch Luxemburg. Wachsam müsse man sein, sonst werde man endgültig im klerikalen „Zwingturm" eingesperrt werden.

Cléments Artikel in der *Neuen Zeit*

Weitere Texte mit antiklerikalem Charakter von Clément sind in der NZ nicht zu entdecken. Die 17 Beiträge, die mit F.C. oder Franz Clement unterschrieben sind, behandeln die drei Bereiche, die man von nun an in seinem Schreiben immer wieder antrifft, allerdings mit unterschiedlicher Gewichtung: 1. Politische Themen, Gesellschaftspolitisches und Völkerpsychologisches; 2. Literatur: Buchrezensionen, literarische Feuilletons; 3. Kunst: Kritiken von Kunstausstellungen.

In der NZ vom 28.1.1912 besprach Clément das Buch *Frankreich als Friedensstifter* des deutschen Nobelpreisträgers für Chemie von 1909, des Pazifisten Wilhelm Ostwald (1853-1932), der in der Pariser Zeitschrift *Grande Revue* vorgeschlagen hatte, Frankreich, das „Experimentierland der Kultur", solle eine vollständige Abrüstung vornehmen und so die andern Nationen durch sein Beispiel „mitreißen". Er rief zu Stellungnahmen auf und veröffentlichte diese in dem von Clément besprochenen Werk.[92] Nichts als „gefährliche Träumereien" eines Deutschen, meinten die einen, andere hielten Ostwalds Anregungen für bedenkenswert, setzten ihre Hoffnung aber eher in eine Politik der kleinen Schritte oder in ein Schiedsgericht, das zwischen Deutschland und Frankreich vermitteln sollte – noch gab es also nicht die Kriegsbegeisterung wie zu Beginn des Ersten Weltkrieges! Cléments Schlussfolgerung war: „Dieses Büchlein ist ein Beweis mehr dafür, dass der Weltfriede nur infolge irgend eines Einvernehmens zwischen Deutschland und Frankreich zustande kommen kann." Er schneidet also – ohne klar Stellung zu beziehen – ein Problem an, das für ihn zu einem wichtigen Thema zwischen den Weltkriegen werden wird und über das er sein leider verloren gegangenes Buch *Brücken über den Rhein* schreiben wird.

In einem zweigeteilten Artikel vom 17.9. und 1.10.1911, *Ein Buch über Luxemburg*, zeigte sich ein weiterer Schwerpunkt im Schaffen Cléments: sein völkerpsychologisches Interesse, seine Auseinandersetzung mit der Luxemburger Eigenart, mit unserer „Mischkultur" – ein jetzt öfters von ihm verwendeter Begriff. Er rezensierte die 1911 erschienene erste Fassung von Nicolas Ries' bedeutendem Werk *Le peuple Luxembourgeois. Essai de Psychologie*[93]: nach Clément ein erster aufrichtiger Versuch, den Luxemburger Volkscharakter zu zeichnen.

Nicolas Ries erklärt diesen aus der Lage des Landes: Zwei Kulturen, die romanische und die germanische, zwei Länder, Frankreich und Deutschland, haben uns geprägt, bedingen unsern sprachlichen Dualismus und haben auch zu einem ‚dualisme psychique', zu einer inneren Zerrissenheit und Unsicherheit geführt.[94] Der Luxemburger sei kritisch, ironisch, nicht mystisch, skeptisch gegenüber Gefühlswallungen, eigenen und fremden, „langsam in

Entschluss und Tat" ... Diese Erklärungen sind Clément teilweise zu vereinfachend, zu grob gestrickt. Er macht den Einwand, dass Nicolas Ries einige außerordentlich wichtige Faktoren vernachlässige: Kleinstädterei, Bauerntum, industrieller Aufschwung. Er schreibt: „Aus Kleinstadt und Bauerntum ist unser ganzes kulturelles Leben gemischt, und dieser spezifische Charakter hat zur Ausbildung mancher luxemburgischen Eigentümlichkeiten mehr beigetragen als die problematische Wirkung von Rasse und Rassemischung."[95] Zudem habe die „industrielle Revolution" den „Typus des Industriedorfes" geschaffen und oft schwierige soziologische Komplikationen herbeigeführt.[96]

Clément bringt bereits hier einiges zur Sprache, was ihn 1915 in seiner „kulturpsychologischen Studie" *Die Kleinstadt* beschäftigen wird.

In einer zweiten Gruppe seiner Artikel in der NZ, den literarischen und literaturkritischen Beiträgen, zeigt sich seine Doppelbegabung: Er ist ein Schriftsteller, der über dichterisches Talent verfügt, und gleichzeitig ein scharfsinniger Literaturkritiker. In der NZ stoßen wir auf Proben des zukünftigen brillanten Feuilletonisten. Wir haben eine erste, noch unvollkommene Fassung – sie ist zu langatmig – des Feuilletons *Das Unglück des Geistreichen*.[97] Die endgültige gelungene Fassung zeigt Clément als einen Meister in der Zeichnung von Charakterporträts und ist in der Feuilletonsammlung *Zickzack* von 1938 erschienen.[98]

Angesichts einer von ideologischen Grabenkämpfen bestimmten Zeit wird vielfach übersehen, dass Clément nicht nur ein scharfer Analytiker und ein geistvoller Intellektueller war, sondern auch ein sehr einfühlsamer Mensch, aufgeschlossen für die ihn umgebende Umwelt und empfänglich für die Schönheiten der Natur. Er besaß die große Fähigkeit, Stimmungsbilder zu zeichnen und Naturschilderungen zu entwerfen, in Feuilletons, die wie hingetupft wirken.

Ein Meister der Naturschilderungen

In *Regentage*, in der NZ vom 29.10.1911, beginnt er missmutig: „Ja diese Regentage! Sie sind wie Krankheiten des Himmels und der Luft." Aber welchen Reiz können sie für Clément haben, welche Poesie können sie entfalten!

„Wer noch nie eine Wanderung durch Wälder und Täler über die Berge hin im fallenden Regen und Regenwetter getan, in dessen Sensationsgalerie ist irgendwo ein Kämmerchen leer. Wie reich an Schönheit ist allein der Boden! Alle seine Färbungen sind in der Sonne matt und furchtsam; in der Feuchtigkeit, nach langem schwelgendem Trinken werden sie prall und frech. Was sonst grau war, ist jetzt schwarz, von dem Grün gehen uns erst jetzt alle Nüancen auf, und wenn in den Feldern und auf den Flurwegen kleine Lachen stehen, in denen raschziehende Wolken sich spiegeln, gewinnt die Welt an Hintergrund, an Raum, an Weite. Wie liegt dann die Sonne auf der Lauer, wie kämpft sie hinter den Wolkenbergen um ihre Geltung und, wenn sie um ein Kleines ihre Herrschaft wiedergewinnt, wie schleudert sie in die ungewohnten feuchten Lüfte Dythyramben von Licht und Farben!"

Dieser Auszug aus einem Feuilleton voller Charme und ähnliche Texte aus dem späteren Schaffen Cléments offenbaren einen bisher selten wahrgenommenen Aspekt dieses Schriftstellers: seine Sensibilität für die Natur und seinen Sinn für Poesie.

Ein unabhängiger Rezensent

Ungewöhnlich für die damalige Zeit waren auch Cléments Literaturrezensionen. Kritiken über Neuerscheinungen in Deutschland und Frankreich gab es in den Luxemburger Tages- oder Wochenzeitungen kaum. Die raren Werke der Luxemburger Literatur wurden ignoriert oder je nach ideologischer Ausrichtung der Presse bewertet, so etwa *Fenn Kaß* von

Batty Weber: Verriss im katholischen LW (2.6.1913), Lob in den liberalen Blättern *Die Neue Zeit* (1.6.1913) und *Der Landwirt* (16.6.1913).

Clément war einer der wenigen Luxemburger Journalisten, der die Position eines modernen Rezensenten einnahm: Unabhängig wollte er sein und unvoreingenommen urteilen. Er orientierte sich dabei an Alfred Kerr, den er in der NZ vom 8.9.1912 zitierte. Dieser meinte, das „kritische Instrument" eines Rezensenten dürfe weder „die Harfe" noch „die Schleuder" sein. Übertriebenes Lob genau wie verletzende Schärfe fehlen denn auch völlig in Cléments Texten. Auf ihn passt jedenfalls Goethes Bemerkung in seinem Gedicht *Rezensent* nicht: „Schlagt ihn tot, den Hund! Es ist ein Rezensent."

Die Zeitungen in Luxemburg hatten am beginnenden 20. Jahrhundert noch keinen kulturellen Teil. Die NZ, die für die Erweiterung der Bildung eintrat, führte unter der Bezeichnung ‚Wissenschaft, Literatur, Kunst und Volksbildung' das kulturelle Feuilleton ein, für das wohl Clément zuständig war. Es brachte mehrere seiner Beiträge über deutsche und französische Literatur.

Am 3.9.1911 rezensierte er unter dem Titel *Goethe als Spruchdichter* das im Insel-Verlag erschienene Werk *Goethes Gedichte in Reimen und Invektiven*. Es präsentierte einen neuen, „frischen" Goethe. Zu sehr habe man sich bisher verwirren lassen durch „die faden Bemühungen, aus Goethe einen behaglichen Olympier, der sich vom Erdenleben pensionieren ließ, zu machen". Hier entdecke man einen lebendigen Goethe, voller heidnischer Lebensfreude, „der heiter und selbstsicher die Bälle auffängt, die Lessing vor fünfzig [Jahren] und Ulrich von Hutten vor ein paar Jahrhunderten in die Luft geworfen", und der „vom Boden der Vorurteilslosigkeit aus", „die Kulturfeinde" seines Zeitalters bekämpfe.

Eine ähnlich begeisterte Zustimmung versuchte Clément am 2.6.1912 für einen Antipoden zu wecken, für einen Dichter mit der „Attitüde vom Wohnen im Elfenbeinturm": Hugo von Hofmannsthal. Der Insel-Verlag gab 1911 eine Volksausgabe seiner Werke heraus. Für Clément war er neben Rilke und Dehmel einer der besten unter den deutschen Lyrikern jener Zeit. Er lobt „die innige Verknüpfung von Gedanken- und Gefühlsgehalt und von lyrischer Form." Hofmannsthal sei ein „Erzieher zur lyrischen Durchdringung des Daseins." Das sei viel wert! Clément schließt mit der begeisternden Feststellung: „Es wird viele geben, die diese Volksausgabe kaufen. Kaufen für sich und kaufen für andere, denn es gibt unter den wirklich [G]ebildeten keinen Vater und keine Frau, keine Schwester und keinen jungen Menschen, dem man dieses Buch nicht schenken kann." Clément versuchte also zum Lesen anzuregen und für anspruchsvolle Dichter zu werben.

Als guter Kenner auch der französischen Literatur zeigte sich Clément in der NZ. Zum 200. Geburtstag von Jean Jacques Rousseau würdigte er am 30.6.1912 dessen Bedeutung für die französische Literatur. Er sei der Schöpfer eines neuen Stils: – „das stärkste, was er brachte, [war] ein neues Pathos," – bei ihm seien „Seele und Leib […] immer im schöpferischen Rausch" – und so sei „dieser Vorverkünder und Vorbereiter der großen Revolution" gleichzeitig „der erste Ritter der Romantik" geworden. Über *Emile*, Rousseaus kühnen Erziehungsroman, der damals mit seinem Eintreten für eine freiere, natürliche Erziehung als subversiv empfunden wurde, schreibt Clément: „Rousseau war nie ein reiner Theoretiker; er war nicht nur ein Prediger, sondern ein Künstler der Anschaulichkeit und im Rahmen der neuen Erziehungslehren entrollt sich im Emile ein anziehendes, wie ein an Peripetien reicher Roman[e] abgewickeltes Menschenbild."[99]

Zwei weitere Artikel über Literatur veröffentlichte Clément in der NZ:

- am 8.9.1912 eine Rezension einer Studie über den Literaturnobelpreisträger von 1911, Maurice Maeterlinck (1862-1949), verfasst vom Luxemburger Professor Mathias Esch und erschienen im „eklektischen Verlag" des Mercure de France: „[…] eine der besten Monographien […], die wir über französische Literatur besitzen." M. Esch habe „mehr teilnahmsvolle Wärme als kritisches Temperament, und er hat gerade genug Enthusiasmus, um im besten Sinne überzeugend zu wirken, ohne dafür vor Maeterlinck wie vor einem Idol zu stehen."
- am 17.11.1912 eine Würdigung Gerhart Hauptmanns, aus Anlass seines 50. Geburtstages: „Er war der erste moderne Dichter, der mit seiner ruhigen, frauenhaften Sensitivität die rauhe Wirklichkeit umfreite."

In der NZ vom 23.6.1912 erschien eine erste Auseinandersetzung Cléments mit bildender Kunst – dem dritten Schwerpunkt seines späteren Schaffens. Im Volksbildungsverein hatte er bereits einige Vorträge über Malerei gehalten. Sie handelten von großen Künstlerpersönlichkeiten der Vergangenheit und sollten bei den Zuhörern den Sinn für bildende Kunst wecken. In der NZ schrieb er über zeitgenössische *Luxemburger Kunst 1912*, ausgestellt im ‚Salon des Kunstvereins'. Clément verfiel dabei nicht in den Fehler so mancher Kritiker in einem kleinen Land: möglichst viele Künstler zu erwähnen, kräftig Lob auszuteilen, sich keine Sympathien zu verscherzen. Der kritische Impuls Cléments zeigte sich deutlich in dieser Rezension. Im Salon herrsche der reine „Dilettantismus" vor, der drohe „die Qualität des wenigen Guten in der Quantität des Kitsches zu ertränken." Clément ging deshalb nur auf zwei Künstler näher ein, die man ernst nehmen müsse: Pierre Blanc und Fernand d'Huart – Namen, die noch heute nicht vergessen sind. Ihre Stärken werden erwähnt, ihre Schwächen nicht unterschlagen. Kunstkritik sollte bald für ihn genauso wichtig werden wie Literaturkritik.

8. Freimaurer und Freidenker

Cléments Luxemburger Artikel erschienen zwischen 1911 und 1913 in der antiklerikalen *Neuen Zeit*. Stets wandte er sich gegen klerikale Bevormundung, war aber nicht antireligiös. Clément war kein ‚Pfaffenfresser', wie es damals hieß. Er hatte zu großen Respekt vor Menschen, die ehrlich für ihre Überzeugungen eintraten. Seine eigene Weltanschauung hatte sich 1910 mit seiner Aufnahme in die Freimaurerloge, die *Grande Loge de Luxembourg*, konkretisiert. Als diese am 1. November 1917 die Zeitschrift *La Concorde* herausgab, war er ganz selbstverständlich in der ersten Nummer mit dem Beitrag *Lessing als Freimaurer* vertreten. Ein weiterer Beitrag von ihm erschien 1919 in *Concorde*, Nr. 4: *Abfahrt, alles einsteigen!* – eine

Würdigung des früheren Stationsvorstehers des Hauptbahnhofes Luxemburg, Joseph Junck, der auch Großmeister der Freimaurerloge war.

Am 12.3.1976 hielt Edmond Reuter in der Loge einen Vortrag über Frantz Clément, eine ‚planche', wie es in der Freimaurersprache heißt:

„Le profane Franz Clement fut initié à nos mystères le 3 juillet 1910; le grade de compagnon et de maître lui fut conféré le 21 juin 1913. Il atteignit au 18e le 23 mars 1918. Le frère Franz Clement devint très actif dans ce temple; voici la liste des planches qu'il a présentées à cette stalle:

- La mauvaise presse, le 8 octobre 1921
- La situation économique et politique à l'intérieur de la France, le 9 novembre 1924
- Lessing, le 14 octobre 1933
- Objecteur de conscience, le 20 janvier 1934
- Education politique, le 16 juin 1934
- Offensive contre la franc-maçonnerie en France, le 16 février 1935
- Le grand architecte de l'univers, le 10 octobre 1936
- Erasme, le 27 février 1936
- Ce que nous devons faire, le 6 mai 1939
- Aspect moral des temps présents, le 9 décembre 1940. [Clément war damals bereits in Berburg.] […]

Le 23 février 1936, le frère Franz Clement a parlé du frère Aloyse Kayser dans une commémoration du 10e anniversaire [de la mort] de celui-ci."

In seinen weiteren Ausführungen ging Reuter auf Cléments Humanismus ein, der vor allem in dem unvollständig erhaltenen Werk *Brücken über den Rhein* seinen Ausdruck finde.[100]

Cléments Vorträge in der Loge müssen als verschollen gelten. Die Gestapo hatte das Freimaurerarchiv nach der deutschen Invasion in Luxemburg beschlagnahmt; die sowjetische Armee stieß am Ende des Krieges bei ihrem Vormarsch an der Ostgrenze des Reiches auf einen mit Dokumenten beladenen Zugwagen, den das Reichssicherheitshauptamt zurückgelassen hatte; darunter die Freimaurerpapiere und andere wichtige Zeugnisse aus der deutschen Besatzungszeit.[101] Sie wurden nach Moskau gebracht und kamen erst vor ein paar Jahren nach Luxemburg zurück. Es fehlten die ‚livres d'architecture', welche die in der Loge gehaltenen Vorträge enthielten.

Eines dieser Bücher war jedoch den deutschen Besatzern nicht in die Hände gefallen; der ‚Logen-Bruder' Léon Schleich hatte es gerettet und Edmond Reuter zur Verfügung gestellt. Dieser zitierte nun in seiner ‚planche' daraus, und zwar aus Cléments Vortrag von 1936 über den ‚Großen Architekten des Universums':

„En regardant de près les origines de l'organisation de la franc-maçonnerie, on doit constater que l'idée qui guidait les instigateurs n'était pas d'obliger les frères à se déclarer déistes, ils étaient plutôt mus par un idéal d'humanisme et recherchaient une vaste formule philosophique qui diviserait le moins les esprits. La formule du 'grand architecte' peut être acceptée par les spiritualistes puisqu'elle contient le principe qui est à la base de toutes les croyances,

Foto von Clément in der Freimaurer-Loge (rechts unten)

Foto von Aloyse Kayser, ebenfalls in der Freimaurer-Loge (links oben)

Sowohl der Journalist und Schriftsteller Clément, als auch der Abgeordnete Kayser, waren zwei der Luxemburger Persönlichkeiten, die wegen ihrer kritischen Einstellung gegenüber dem Deutschen Reich gleich zu Beginn des Ersten Weltkrieges verhaftet wurden.

et par les matérialistes qui eux admettent le principe d'une loi centrale."

Die Ausführungen verdeutlichen, dass Clément in der Freimaurerei nicht eine religiöse Gemeinschaft suchte, sondern Menschen traf, deren Ideale im Humanismus und in der Aufklärung gründeten. In den ersten Jahrzehnten des 20. Jahrhunderts gehörte jedenfalls ein großer Teil der links eingestellten Elite des Landes der Loge an: Literaten wie Joseph Tockert, Albert Hoefler, Willy Gilson; Künstler wie Auguste Trémont, Frantz Seimetz; Wissenschaftler wie Michel Lucius; Politiker wie Aloyse Kayser, Emile Mark, Joseph Probst.

Clément und die drei zuletzt Erwähnten gehörten auch dem im November 1903 gegründeten ‚Luxemburger Freidenkerbund' an, der genau wie die Loge von *Luxemburger Wort* und Kirche als ‚Teufelswerk' eingestuft wurde. Clément trat in den so genannten ‚Volksversammlungen' der Freidenker auf, die sich z. B. für eine Schulreform und für ein neues allgemeines Wahlrecht einsetzten.[102] Allerdings schrieb er nie für die Zeitung *Der arme Teufel* [AT], die zum eigentlichen Organ des Freidenkerbundes geworden war.[103] Sie war ihm wohl zu proletarisch und zu aufdringlich in einem primären Antiklerikalismus befangen; er dagegen war ein Liberaler und kämpfte für eine tolerante, demokratische Gesellschaft.

| N° 1. | Vall∴ de Luxembourg, le 1er Novembre 1917. | Ire Année. |

LA CONCORDE.

Bulletin du Sup∴ Cons∴ Mac∴ & de la L⬜ Les Enf∴ d. l. Conc∴ Fort∴ à l'Or∴ de Luxembourg.

La Maçonnerie a pour base la Conscience et pour étoile polaire la Liberté.
M. L. Schrobilgen.

Dem grossen Kulturgewinner ist die Loge eine Organisation zur Erziehung des Menschengeschlechtes. Sie muss deshalb nicht nur auf die Brüder, sondern auch auf die Profanen wirken. „Das Volk lechzt schon lange und vergeht vor Durst", sagt Lessing in der Widmung der Freimaurergespräche. Dieser Satz soll uns der kostbarste sein, den er gesprochen. Er soll für uns ein Ansporn sein. Wir dürfen uns nicht verschliessen. Wir müssen den Durst des Volkes zu löschen versuchen. F. Cl∴

Die erste Nummer der Freimaurer-Loge *La Concorde*. Von Clément ist der Beitrag *Lessing als Freimaurer*.

Auszug aus einem Bericht über ‚die planche', den Vortrag, den Clément am 9.11.1924 in der Loge hielt: *Situation économique et politique à l'intérieur de la France*. Am Schluss heißt es: „Sa planche a été vivement goûtée par l'auditoire."

aussi vite que sur les faits politiques.

A br∴ nous montre le gouvernement français actuel consacrant toutes ses forces à l'assainissement des finances afin de ne plus provoquer une secousse comme en mars 1924. C'est à tort qu'on reproche à Herriot de ne pouvoir joindre les deux bouts, de lancer un nouvel emprunt. Mais si Herriot doit avoir recours à un emprunt, ce n'est pas pour se dispenser d'assurer par des moyens réguliers, le service du budget, c'est pour liquider l'arriéré, c'est pour faire honneur aux engagements de l'État envers la Banque de France et pour montrer à l'étranger l'effort dont la France est capable, pour protéger l'épargne et le change.

Défense de l'équilibre budgétaire, liquidation de l'arriéré, voilà les deux principes sur lesquels se fonde la politique financière de Herriot.

Pour le moment les socialistes sont d'un appui précieux pour lui. L'abîme qui les sépare du bloc national dans toutes les questions est trop profond et il est à prévoir qu'ils ne sauraient pas de sitôt compromettre le gouvernement actuel. Mais pour cela il ne faut pas que Herriot remette à une date trop lointaine la suppression du double décime ce qui est une question de principe pour les socialistes.

Quant à l'application intégrale de la législation française à l'Alsace-Lorraine, il est évident qu'elle n'ira pas toute seule. De part et d'autre on devra faire des concessions et alors peut-être l'application entière se fera sans trop de secousses. Faire de l'Alsace et de la Lorraine l'enjeu des discussions, c'est un crime qui a pour auteur Rome. L'attaque est dirigée

159

par les Jésuites et vise la France toute entière avec ses lois laïques. Mais comme en France le bon sens pratique et l'intelligence de la plupart des Alsaciens-Lorrains triompheront du fanatisme et de l'ignorance.

Pour finir, le conférencier nous dépeint un Herriot, qui n'est pas seulement idéaliste mais qui connaît toutes les finesses de la politique. Qui trop embrasse mal étreint. Aussi le voyons-nous d'abord consolider sa politique extérieure, assainir ensuite les finances pour s'attaquer ensuite aux problèmes de moindre envergure. Ses efforts, il ne les gaspille pas en menant plusieurs attaques ensemble, mais toute son énergie se concentre sur un seul but.

Le Fr∴ a terminé, et sa planche a été vivement goûtée par l'auditoire, à l'exception du V∴ M∴ Daubenfeld qui déclare n'être nullement partisan de Herriot. Le Fr∴ Fritz Fischer, prompt à la riposte, est d'avis que tout surtout les Fr∴ Maç∴ qui doivent soutenir de toutes leurs forces l'œuvre de Herriot, œuvre toute imprégnée d'esprit démocratique, tel qu'il doit se pratiquer en loge. Le Fr∴ Weber se rallie aux paroles du Fr∴ Fritz Fischer, paroles qui trouvent l'approbation des Fr∴ présents.

L'Ex∴ V∴ M∴ Bockert informe l'At∴ que le Fr∴ Bernardin vient d'être nommé V∴ M∴ de la loge de Metz et qu'il sera probablement muté à Nancy. Ayant assisté avec les Fr∴ Schleich et Weber à une tenue de la loge de Metz, le Fr∴ Bockert est enchanté de la réception qui leur a été faite.

Plus rien n'étant à l'ordre du jour le plus jeune des Fr∴ fait circuler le tronc des pauvres qui produit la somme de 66,50 fr.

Nom∴ du Fr∴
Bernardin comme
V∴ M∴ de la
loge de Metz.

66,50 fr.

9. Der Kenner französischer Literatur und Mitarbeiter renommierter deutschsprachiger Zeitungen und Zeitschriften

Cléments Schaffen in der *Neuen Zeit* zeigt deutlich, im Vergleich zu seiner früheren deutsch orientierten Periode, einen Perspektivwandel und eine Verlagerung seiner Interessen. Eine luxemburgische Problematik stand nun öfters im Mittelpunkt. Clément richtete weniger den Blick nach Deutschland, erkannte Luxemburg, bei aller Abhängigkeit von seinen Nachbarn, eine eigenständige Kultur zu, die ‚Mischkultur'. Mit ihr setzte er sich auseinander. Das versperrte ihm aber nicht die Sicht auf die Nachbarländer, insbesondere auf deren Literaten. Hatte er früher, als er zu schreiben begann, sein Augenmerk vor allem auf die deutsche Literatur gerichtet, so rückte in den letzten Jahren die französische immer mehr in den Mittelpunkt seines Interesses. Da er weiterhin auf Deutsch schrieb und sich zudem als kenntnisreicher, flott schreibender Rezensent erwiesen hatte, erschienen von ihm eine Reihe Artikel in angesehenen deutschen Zeitungen und Zeitschriften über französischsprachige Schriftsteller wie Arthur Rimbaud, Paul Fort, Francis Jammes, Maurice Barrès, Joris-Karl Huysmans, Emile Verhaeren, Jules Renard.[104]

Von besonderer Bedeutung für Clément und so manche Luxemburger Literaten war Emile Verhaeren (1855-1916). Der belgische Dichter stand nämlich für eine radikale Wende zur Moderne. Auf den Symbolismus und den als steril empfundenen Ästhetizismus am Beginn des 20. Jahrhunderts hatte er mit einem ethisch ausgerichteten Sozialismus reagiert, und dies in einer expressionistisch intensiven Sprache, in neuen lyrischen Formen, wie freien Rhythmen und Versen. Verhaerens Einbeziehung des proletarischen Milieus, der Fabrikwelt voller Ruß und Schwefel, in eine Lyrik der visionär übersteigerten Bilder, beeinflusste z. B. maßgeblich den Luxemburger Ingenieur und Dichter Paul Palgen, der sich in der modernen Arbeitswelt gut auskannte.[105]

Verhaeren hatte eine enge Beziehung zu Luxemburg. Im kurzlebigen *Floréal* war er bereits 1907 zu Wort gekommen.[106] Am 29.10.1911 kam er dann auf Einladung des Volksbildungsvereins nach Luxemburg und las im Cercle aus seinem Lyrikband *La multiple splendeur* (1906). Anschließend hielt er einen Vortrag über den ‚Enthusiasmus'. Ohne diesen gehe es nicht, wenn der Dichter eine Wirkung erzielen wolle. Clément war begeistert. Er schrieb in der *Luxemburger Zeitung*: „Verhaeren lehrte uns seine Philosophie des Enthusiasmus. Er mutete uns als Prediger der Lebensbejahung an wie ein ins Altruistische stilisierter und rücksichtvoller gewordener Nietzsche."[107] Jahre später, 1935, schrieb Clément sein Feuilleton *Es geht nicht ohne Enthusiasmus* (in *Zickzack* von 1938), sicherlich eine tief nachwirkende Erinnerung an Verhaerens Vortrag. Auch Clément engagierte sich stets mit Begeisterung für eine Sache, die er für richtig hielt.

Über Emile Verhaeren

Emile Verhaeren, gemalt von Theo Van Rysselberghe

Vor dem Ersten Weltkrieg schrieb er für deutsche Zeitungen und Zeitschriften mehrere Artikel, die sich näher mit dem Werk Verhaerens auseinandersetzten, und zwar für die *Frankfurter Zeitung* [FZ], die *Sozialistischen Monatshefte* [SM], *Das Literarische Echo*, die *Hamburger Nachrichten*. Er sah in Verhaeren eine „der interessantesten Erscheinungen der letzten Jahrzehnte" [SM, S. 945]; dieser habe sich von seinem frühen „mystischen Pessimismus" gelöst, sei ein „bedeutender Gestalter modernen Lebens" [FZ, 17.6.1907] geworden, fange die soziale Wirklichkeit ein, dies schließe auch eine wirkungsvolle „Darstellung der sozialen Nöte" ein. Er sei am „Pulsschlag der Gegenwart" [SM, S. 946], drücke aber auch „Freude am Lebensüberschwang" [FZ] aus – dies in modern gewagten Formen und Bildern, die sich über alle Konventionen hinwegsetzten.[108]

Der unerwartete tragische Tod Verhaerens 1916, mitten im Ersten Weltkrieg –, er wurde von einem fahrenden Zug, in den er noch einsteigen wollte, zerquetscht – löste bei den Luxemburger Literaten größte Betroffenheit aus. Paul Palgen und Frantz Clément drückten in der ersten Nummer des neu gegründeten Organs der linken Studentenbewegung AGEL *La Voix des Jeunes* [VdJ] ihre tiefe Betroffenheit in Gedichtform aus. In Cléments Versen heißt es am Schluss:

> Nun gingst zu früh du durch die dunkle Pforte,
> die in das Land der reinen Geister führt.
> Uns bleibt dein Werk, uns bleiben deine Rhythmen,
> in denen du der Neuzeit Hymnus sangst.
> Uns bleibt dein Geist, dein wacher Siegergeist,
> der alle die umschwebt, die auf den Stätten,
> wo die apokalyptischen Reiter einst getobt,
> dein Land auf neuen Fundamenten bauen.
> Für dieses Erbe wollen wir dir danken,
> dies Seelengut kann nimmermehr vergehen,
> und wenn auch noch der Erde Vesten schwanken
> aus ihm wird eine neue Welt entstehen.
> Dezember 1916.

Dieselbe Ausgabe der VdJ brachte zudem einen Auszug aus der kurz zuvor erschienenen Studie von Mathias Esch: *Emile Verhaeren, l'homme, le poète de la vie moderne, étude sur les tendances nouvelles dans la littérature contemporaine* (Luxembourg: V. Bück, 1917).[109] Außerdem wurde Verhaerens Gedicht *La Chance* veröffentlicht. Der belgische Dichter hatte es vier Jahre zuvor Clément für die Serie *Annuaires franco-allemands des jeunes* zur Verfügung gestellt, die der Luxemburger leiten sollte. Der Krieg hatte die Herausgabe verhindert.[110]

Paul Bruck (1873-1943), ein anderer Luxemburger, der den deutschen Langen-Verlag in Paris vertrat und dort mit bekannten Autoren wie Anatole France, Alfred Jarry, Jean Jaurès und André Tardieu verkehrte, hatte ebenfalls Kontakt zu Verhaeren. Im Bestand Paul Bruck im CNL in Mersch befindet sich ein Manuskript Verhaerens mit dem Titel *Le mouvement littéraire contemporain en Belgique*.

Zehn Jahre nach dem Tod Verhaerens, der einst als der Lyriker galt, der „die größte internationale Bedeutung hatte", war die Erinnerung an ihn verblasst. Für Clément ist er „auf eine unsägliche und traurige Weise verschwunden." Er ist ratlos, fragt warum und vermutet: Vielleicht war Verhaeren „der letzte Pathetiker, der in Europa möglich war, seine Geltung schwand mit der Geltung des Pathos." Die neuere Lyrik orientiere sich an anderen Dichtern: an Mallarmé, an Rimbaud, an Jules Laforgue.[111]

Ein weiterer französischer Schriftsteller, der Clément viel bedeutete, war Jules Renard (1864-1910), Autor des volkstümlichen Werkes *Poil de Carotte*. Clément schrieb 1925 in einem seiner *Pariser Briefe* in der *Luxemburger Zeitung*, er habe, seit er „kritisch zu lesen vermochte", Renard außerordentlich verehrt. Mit „einem gewissen Stolz" erinnere er sich daran, dass er einst im angesehenen *Literarischen Echo* – „dessen regelmäßiger Mitarbeiter für französische Literatur ich damals war" – diese Verehrung ausgedrückt habe.[112] Im ‚Hauptartikel' dieser literarischen Halbmonatsschrift setzte er sich am 15. April 1909 auf sechs eng bedruckten Seiten (den Spalten 985-993) mit Jules Renard und seiner Vorstellung von Realität auseinander. Ein „Realismus des Unauffälligen", ein Sinn für das Poetische kennzeichne diesen Schriftsteller vom Lande, der, „selbst ein Bauer", sich eng mit der Natur verbunden fühle und große „Zärtlichkeit" für die Menschen und Dinge seiner Welt empfinde. Um sich in der Literatur durchzusetzen, habe er später die Metropole Paris aufgesucht: Der poetische Realismus sei nun einem „bewussten Karikatur-Naturalismus" gewichen und das bourgeoise snobistische Literatenmilieu der französischen Hauptstadt habe er recht kritisch karikiert.

Viel später, nämlich in den Jahren 1925 und 1926, kam Clément nochmals auf Jules Renard zurück, in der *Luxemburger Zeitung* und im Berliner *Tage-Buch* [TB].[113] Anlass war die Herausgabe des ersten Bandes der Tagebücher des Franzosen. Er lobt „die literarischen Qualitäten", die sich in Renards *Journal* zeigten: „die Knappheit, die Präzision im Augenmaß für Menschen und Dinge, sowie den etwas müden Humor, auf dessen Grund viel schmerzliche Enttäuschung liegt." Er fügte dem Artikel im TB eine von ihm übersetzte „bunte Reihe Aphorismen und Beobachtungen" an, um dem Leser „einen Vorgeschmack der literarischen und psychologischen Raritäten zu geben", die hier zu finden seien.

Schließlich besprach er am 16.2.1936 in der LZ die vollständige Ausgabe von Renards *Journal*, das die Zeit von 1864 bis 1910 umfasst.[114] „Nun hat der Verleger Gallimard uns Renard-Verehrern einen Dorn aus dem Fuß gezogen: in einem dicken enggedruckten, beinahe 900-seitigen Band auf Dünnpapier bringt er das ‚Journal' von Jules Renard in den Handel". Zwei Punkte fallen in seiner Rezension auf, die ihn mit Renard verbinden: Dieser sei ein „Meister der ‚kleinen Form'" und dessen „Tagebuchensemble" ein „Brillantfeuerwerk von Witz, Satire und Ironie". Es hat also in Teilen einen feuilletonistischen Charakter. Bereits im TB hatte Clément 1926 unterstrichen, dass Renard vor allem in den kleinen Formen Bedeutendes geleistet habe: „Dieser heimliche Lyriker und strenge […] Realist hat kein einziges ‚großes' Werk geschaffen. Er bevorzugte das kleine Format. Aber die Enge des Formats schloß noch nie die Unvergänglichkeit aus. Das französische XVIII. Jahrhundert lebt am intensivsten in den Kleinigkeiten Voltaires und Diderots und am schwächlichsten in den anspruchsvollen vielbändigen Werken."[115]

Clément entdeckte offensichtlich bei Renard Parallelen zu seinem Schaffen: Auch er war ein Realist und der sozialen Realität zugewandt, und gleichfalls ein versteckter Lyriker, der

Jules Renard

Im angesehenen *Literarischen Echo* war Clément regelmäßiger Mitarbeiter und zuständig für die französische Literatur.

Sinn für Poesie hatte; vor allem aber brillierte er, wie der Franzose, in der kleinen Form, in geistreichen Aperçus, in knappen Kommentaren zu politischen oder kulturellen Ereignissen, in manchmal aphoristisch zugespitzten Bemerkungen. Cléments Rezensionen, meistens sehr persönlich gehalten, verraten viel von dem, worauf er in seiner eigenen literarischen Arbeit Wert legte.

Aber nicht nur ein rein literarisches Interesse bedingt, dass Clément immer wieder, und das in vielen Etappen seines Lebens, auf einen für ihn überragenden Schriftsteller zurückkommt und sich mit ihm beschäftigt. Die Großen der französischen Literatur, die ‚monstres sacrés' wie Victor Hugo und Émile Zola bewunderte er, aber für Renard empfand er eine immer wieder geäußerte und tief empfundene Sympathie. Er fühlte sich mit psychologischem Gespür in die Lebens- und Seelenwelt Renards ein, auf die noch später, im Zusammenhang mit *Zickzack*, zurückzukommen ist.

Kein Zufall ist es jedenfalls, dass Clément 1938 als einzigen Text über französische Literatur seine Rezension von Renards *Journal* in der LZ von 1936 in sein *Lesebuch Zickzack* – eine Art ‚Best of' seiner Feuilletons – übernahm: ein Ausdruck seiner großen Wertschätzung für den französischen Schriftsteller. Er zeigt auch, welcher Art von Literatur letztendlich seine Sympathie gehört: Sie gehört nicht dem Aufwühlenden und Grellen; es sind die ruhig fließenden Sätze aus Renards mitreißenden Tagebüchern, die ihn inspirieren.

Clément wird jedoch immer wieder in seinem Engagement als Intellektueller in ideologische und politische Auseinandersetzungen verwickelt werden, und sein Leben wird ein andauerndes Hin und Her zwischen politischem Kampf einerseits und schriftstellerischem Bemühen andererseits werden. Die folgenden Kapitel werden diesen Wechsel, der sich ohne Brüche vollzieht, aufzeigen.

III. Clément: Chefredakteur, mit Unterbrechung, im *Escher Tageblatt* (1913-1924)

1. Clément im neu gegründeten liberalen *Escher Tageblatt;* die Zeit bis zum Ersten Weltkrieg

In der zweiten Hälfte des Jahres 1913 gab es einen wichtigen Einschnitt im Schaffen Cléments, wenn auch nicht eine geistige Kehrtwende wie nach Leipzig. Er wollte nicht weiter den Brotberuf des Lehrers ausüben, sondern frei sein und das Leben eines unabhängigen Intellektuellen führen: einerseits aktiv für demokratische Reformen in der Gesellschaft eintreten, andererseits die sich aufdrängenden Veränderungen schriftstellerisch und journalistisch begleiten. Clément nahm sich für das Schuljahr 1913-14 unbezahlten Urlaub.[1]

1913 entstanden die sogenannten ‚demokratischen Vereine', die der sozialdemokratische ‚rote Arzt' Dr. Michel Welter mit Hilfe einer Reihe Sozialisten und radikaler Liberaler, zu denen Clément gehörte, gründete.[2] In diesem Jahr erfüllten sich zwei alte Forderungen des Linksblocks: 1. die Einführung der progressiven Besteuerung. Dadurch wurde mehr soziale Gerechtigkeit geschaffen, was auch von der Großindustrie, trotz gestiegener Belastung, begrüßt wurde. 2. die Neuberechnung des Wahlzensus. Durch gesetzliche Regelung vom 13.7.1913 wurden die Gemeindesteuern zum Wahlzensus gezählt, wodurch sich der Kreis der Wähler von 21.813 auf 34.171 erweiterte, eine Steigerung von 56%.[3]

Demokratische Vereine

Auf Initiative der ‚demokratischen Vereine' wurde im August 1913 eine große ‚Volksversammlungskampagne' gestartet, die der Arbeiterbevölkerung im Süden des Landes Sinn und Zweck des neuen Wahlrechts erklärte. Clément war ein beliebter Redner dieser Vereine und trat z. B. in Rümelingen, zusammen mit dem Arzt Dr. Auguste Flesch, auf. Auch später stand er ihnen als Redner zur Verfügung. Aber als die sozialistische Partei 1917 einen radikaleren Kurs einschlug, lösten sie sich schließlich auf.

Am 30. Juni 1913 erschien die erste Nummer des *Escher Tageblatt* [ET]. Der Verleger Paul Schroell, der in Diekirch den liberalen *Landwirt* herausgab – an ihm hatte Clément mitgearbeitet[4] –, wollte in Esch-Alzette ein „demokratisches Organ für die Interessen des Kantons Esch" gründen – so der Untertitel der neuen Zeitung. Ein riskantes Unternehmen, dem so manche den sicheren Untergang prophezeiten! Das *Escher Tageblatt* hatte keinen zentralen Erscheinungsort wie die Konkurrenzunternehmen *Luxemburger Wort* und *Luxemburger Zeitung*, die in der Hauptstadt erschienen und sich auf treue, meist bürgerliche Abonnenten verlassen konnten. Schroell dagegen, von einem mutigen Pioniergeist beseelt, vertraute, wie Clément sich zehn Jahre später erinnert, „auf seine junge Kraft, auf seine geschäftliche Erfahrung und auf den fortschrittlichen Sinn der Söhne der ,Roten Erde'"[5].

Gründung des Escher Tageblatt

Das ET erschien unter abenteuerlichen Bedingungen. Clément schreibt: „Die Ansiedlung des Blattes vollzog sich in der Caffarostraße [heute: C.M. Spoo-Straße im Zentrum von Esch]. Es war kein Zeitungspalast: alles wie nur das nicht: ein einfacher Ziegelbau, der mit Dachpappe gedeckt war und in dem notdürftig alles untergebracht war, was zu einem Zeitungsbetrieb gehörte. Für die Geschäftsstelle, die Annoncenannahme und die Redaktion stand ein einziger Raum von etwa neun Quadratmeter zur Verfügung. Und wenn es regnete, hieß es nach wasserdichten Stiefeln Umschau halten; denn das Tageblattgebäude lag weit ab von allen bewohnten Straßen." Erst 1920 verließ das ET die Caffarostraße und bezog sein neues „Heim" an der Ecke Post- und Wiesenstraße [heute: Rue de l'Alzette und Rue du 10 Septembre].[6]

Erster Chefredakteur war drei Monate lang der Lehrer Nic. Wolff. Die Zeitung hatte zunächst kein eindeutiges politisches Profil. Auf der ersten Seite des neuen Blattes stand am 30. Juni ein feierliches hymnisches Gedicht von Nik Welter: *An das Land der roten Erde!*, ein Lobpreis auf die Minettegegend im Süden Luxemburgs. Das Programm des ET, ebenfalls auf Seite eins in zehn Punkten vorgestellt, war recht unbestimmt gehalten. Einzig konkreter Punkt war: Man wolle „eine führende Rolle bei der Erkämpfung des allgemeinen, gleichen, direkten und geheimen Wahlrechtes übernehmen".

„[P]lötzlich kam da Tempo in das Blatt", schrieb Emil Marx in einem Rückblick auf die Geschichte des ET.[7] Nach Nic. Wolff übernahm nämlich Clément die Chefredaktion im ET, und zwar nach eigener Aussage Ende September 1913.[8] Die Zeitung war nun nicht mehr ein bloßes Organ des Escher Kantons, sondern eine Tageszeitung des Linksblocks, schwerpunktmäßig allerdings linksliberal ausgerichtet. Ende August erschienen bereits Artikel, die deutlich die Handschrift Cléments verrieten.

Die Wahlrechtsreform

Die Einführung des allgemeinen Wahlrechts stand damals auf der Tagesordnung. Klerikale und *Luxemburger Wort* drucksten herum, wussten nicht recht, ob sie für eine Wahlrechtsreform waren oder nicht. Man war gespalten und befürchtete, dass eine Erweiterung der Zahl der Stimmberechtigten vor allem der Arbeiterbevölkerung im Süden des Landes zugute kommen und bei den Wahlen einen Linksruck bewirken würde, während in den traditionell konservativen Landgemeinden die Anhebung der Wählerzahl weitaus geringer sein würde – die meisten waren hier bereits wahlberechtigt.

Der Zug der Luxemburger zum Metzer Katholikentag. Der Kammerherr der Großherzogin Marie-Adelheid, Graf von Villiers vom Grundhof bei Echternach, mit Pickelhaube, und Bischof Koppes führen den Zug an.

In einem ET-Leitartikel am 22.08.1913, *Kläffer und Wadenbeißer*, – der bissig ironische Ton und ein lateinisches Zitat weisen auf Clément als Autor hin – werden die Widersprüche in der „klerikalen Mischpartei" hervorgehoben, und der Autor mokiert sich über die ewige Krittelei von rechter Seite an der Wahlrechtsreform. Es heißt am Schluss: „Die Zukunft gehört, wie die Vergangenheit, den ehrlich Schaffenden, nicht den Kläffern und Wadenbeißern."

Eine Rede von Bischof Koppes vom 19. August 1913 auf dem Deutschen Katholikentag in Metz erhitzte zur gleichen Zeit gewaltig die Gemüter. Das ET nahm in mehreren Artikeln zu den Ausführungen des Bischofs Stellung. Am 20.08.1913 verfasste wohl Clément den Beitrag *Johannes Josef Koppes, der gewaltige Redner aus Luxemburg*, der eine Zusammenfassung der Rede bringt.⁹ Der Luxemburger Oberhirte wetterte in seiner Ansprache an die Gläubigen zunächst gegen die Freimaurer, gegen „die Kirche des Satans", die den „Pufferstaat" Luxemburg beherrsche und alles zerstören wolle. „Liberale Dunkelmänner und sozialistische Streber und Revolutionäre hätten sich zusammengetan zu einem Block (!)",¹⁰ „einen Kulturkampf ins Leben gerufen (!)". Mit einem „perfiden" Schulgesetz sei im Lande aus einer „Schule für Gott" eine „Schule ohne Gott und gegen Gott geworden (!)".

Der Eiferer Koppes stellte schließlich einen Zusammenhang her zwischen dem Schulgesetz von 1912 und den letzten zu vergebenden Minenkonzessionen – die Regierung besaß noch „etwa 600 Hektar Minette." Diese hätten die liberalen Schmelzherren „gern ergattert (!) zu einem billigen Preise natürlich." Deshalb hätten diese „vorne" einen Kulturkampf durchgeführt, um „hinten" sich „ihre Taschen füllen zu können (!!)". Also: Schulgesetz für die Sozialisten, Minenkonzessionen für die Liberalen.

Sarkastisch bemerkte Frantz Clément am Schluss des Artikels: Der geistliche Oberhirte Johannes Josef Koppes habe bei den „in Lothringen versammelten Katholiken Deutschlands […] eine fünfzöllige Gänsehaut" hervorgerufen, „ob der Verderbtheit des Pufferstammes Luxemburg." In Metz sei der Bischof aufgetreten als ein von Gott geführter „Sturmbock gegen den bösen Minettsblock und ein fürchterlicher Makkabäer gegen das Schulgesetz, jenes entsetzliche Werk minettsherrlicher Bosheit und blau-roter Niedertracht!"

Der vom Bischof hergestellte Zusammenhang zwischen angeblich vorgeschobener Schulfrage und einer tatsächlichen unlauteren Bereicherung der Liberalen führte zu einer Verleumdungsklage gegen den Bischof. Dieser wurde im April 1914 wegen übler Nachrede zu Schadensersatz verurteilt.

Clément kommentierte daraufhin in einer seiner *Montagsglossen* im ET am 27.4.1914: Der Bischof habe vor Gericht „mit tränenumflorter Stimme" um Verzeihung gebeten. Er habe alles gar nicht so ernst gemeint. Er habe sich nur ein wenig „ärgern" wollen, um nicht an

Die Metzer Rede von Bischof Koppes

Bischof Koppes musste sich vor Gericht wegen seiner Äußerungen auf dem Katholikentag verantworten. Als Entschuldigung für seinen Missgriff führte er sein Zahnweh an.

sein „heftiges Zahnweh zu denken". Schließlich meinte Clément: „Das Gericht billigte dem Verurteilten mildernde Umstände zu. Nicht wegen des Zahnwehs, […] sondern wegen des guten Vorlebens. Herr Bischof Koppes hat bei dem Prozeß also wenigstens das erreicht, dass ihm von gerichtswegen ein Zeugnis über sein gutes Vorleben ausgestellt wurde. Das kann er nun allen denen, die ihm gegenüber in dieser Hinsicht einen Zweifel äußern möchten, unter die Nase reiben."

Seinen eigentlichen Einstand im ET hatte Clément am 16. September 1913. Zum ersten Mal stand im ET ein Artikel, der mit seinem vollen Namen unterzeichnet war: Frantz Clément: *Ist Esch schön?* Es ist eine sympathische Reverenz an die Industriestadt des Südens. Der Autor schreibt, am Anfang des 20. Jahrhunderts hätten Dichter wie Walt Whitman, Émile Verhaeren, Richard Dehmel, Paul Zech … eine „neue Schönheit" entdeckt, die Schönheit „der menschlichen Arbeit". Diese finde man in Esch.

„Nicht die Schönheit der Idylle, der Ruhe […] ist in Esch, sondern die Schönheit der Kraft. Wer auf der Höhe des Stadtparkes, in dem sich die Stadt eine künstliche Lunge schaffen will, einer geht, der wird diese neue Schönheit empfinden. Die Schlote stoßen ihren Rauch in die Wolken und färben sie jeden Augenblick um. Wenn die Schlacke fließt und das glotzende rote Auge der Schlackbehälter alle Farben ringsum überblitzt, wenn die feurigen Bächlein am Schlackentipp herunterrinnen, hat das Auge Ersatz für manche Schönheit, die von der Hütte verdrängt wurde."

Clément fühlte sich wohl in der damals als wenig zivilisiert verschrieenen Industriegegend des Landes. Der antibourgeoise Bohemien hatte keine Berührungsängste mit einem Menschenschlag, der im Ruf stand, rau und ungehobelt zu sein – in einem ausdrucksstarken Text, *Der Unfug der Organisation*, in *Zickzack*, drückte er viel später seine tief verwurzelte, lebenslange Zuneigung für Ungebundenes und Bohemehaftes aus.[11] Er war kein ‚Stater Här', ihm war alles Affektierte fremd. Nach dem ET-Journalisten Robert Thill führte er ein wenig geregeltes Leben: „Großen Kummer hatte Frantz stets mit seinen Escher Zimmervermieterinnen. Bald wohnte er in der Neustraße [heute: Rue de la Libération], bald in der Dicksstraße. Seine ganze Habe fand Raum in einem Reisekorb." Wie in Luxemburg, so verbrachte er auch in Esch so manchen Abend in Gaststätten, debattierte „bei Franck oder Tholey."[12] Dann war „andern Tags nicht gut mit ihm Kirschen essen. Dann standen ihm die Haare zu Berg und hinter den Manuskriptbergen glich sein kampfeslustiger Schopf nicht übel gesträubten Igelstacheln."[13]

Clément war ein hundertprozentiger Zeitungsmensch – verschmitzt bemerkte er in einer amüsanten Glosse: „Wenn ich mich einer geschäftlichen Tätigkeit widmen müsste, dann wäre meine Wahl bald gemacht. Ein Zeitungskiosk müsste es sein oder ein Zeitungsladen!"[14] Dem ET gab der neue Chefredakteur nicht nur ein klares politisches Profil, nämlich eine liberale Ausrichtung, sondern er war bemüht, die Zeitung auf einen modernen Meinungsjournalismus hin zu orientieren. Er führte neue Rubriken ein, etwa die *Montagsglossen*, nicht signiert, aber sicherlich von ihm verfasst: pointierte Stellungnahmen zu Politik und Alltag. Die *Lokal-Neuigkeiten* waren nicht nur eine ‚Chronique des chiens crevés', sondern wurden mit Anmerkungen eingeleitet, in denen Meinungen und Standpunkte zum Lokalgeschehen zum Ausdruck kamen. Vor allem führte er das *Kleine Feuilleton* ein. Kulturelles stand dabei im Mittelpunkt. Clément unterzeichnete meistens mit vollem Namen und eines seiner Hauptinteressen zeigte sich hier, seine Liebe zur Literatur: Er veröffentlichte kurze Essays

Clément in Esch-Alzette

über Denis Diderot (14.10.1913), Charles Louis Philippe (23.10.1913), Richard Dehmel (13.11., 20.11., 4.12.1913), Paul Fort (10.12.1913) und andere.

Das *Kleine Feuilleton* war nicht ihm allein vorbehalten. In dieser Zeitungssparte brachte er z. B. am 22.11.1913 eine „geistvolle Plauderei" seines Freundes Batty Weber – er schrieb dazu eine knappe gewitzte Einleitung. Das hervorragende Feuilleton – es sollte in einer Anthologie der Luxemburger Literatur stehen! – ist eine anschauliche Schilderung damaliger Verhältnisse in unserem Abgeordnetenhaus. Eine denkwürdige Kammersitzung wird beschrieben, wie es einige dieser Art früher gab.

Eine „Tintenfaßrodomontade" in der Luxemburger Kammer

Es ging um die Erzkonzessionen. Dr. Welter, „der Häuptling der Sozialisten", gerät in Fahrt, steigert sich in einen gewaltigen Eifer hinein, meint, die Erzkonzessionen seien „unsere Dreyfusaffäre". Und plötzlich lässt er einen Namen fallen, und „Hässliches", „Ungeheuerliches" schleicht herum. [Er hat den Namen von Emil Prüm erwähnt, dem einstigen Führer der katholischen Deputierten, der ‚tête de Turc' des Linksblocks, den er in öffentlicher Sitzung der Pädophilie bezichtigt hatte, worauf dieser sich schließlich gezwungen sah, aus Gesundheitsgründen, auf sein Abgeordnetenmandat zu verzichten.][15]

Ein junger Mann – er trägt „denselben Namen" – [Es handelt sich um Pierre Prüm, den Sohn von Emil Prüm.] springt auf, ergreift das vor ihm stehende Tintenfass und schleudert es gezielt nach dem Kopf des Redners, verfehlt aber knapp sein Ziel. An der Wand hinter Dr. Welter steht nun „ein schwarzer Pfannkuchen". Es kommt zu tumultartigen Szenen. [In der aufgeheizten Atmosphäre des heranrückenden Wahlkampfes von 1914 kam es schon mal in der Luxemburger Kammer zu temperamentvollen Ausbrüchen; sie beschränkten sich nicht immer auf einen bloß rhetorischen Schlagabtausch.]

Schließlich beruhigen sich die Gemüter. Der „Ober-Saaldiener" fragt sich mit besorgter Miene, ob der Fleck sich abwaschen lasse oder ob die Wand neu gestrichen werden müsse. Keine Fleckspur bleibt an der Wand des Sitzungssaales zurück, und dies ganz im Gegensatz zum Tintenfleck Luthers auf der Wartburg nach seinem Wurf gegen den Teufel. Es bleibt

Deutsches Hauptquartier in Luxemburg während der Marne-Schlacht.

nur die Erinnerung an *Die Luthergeste in der Luxemburger Kammer*, so der Titel dieses glanzvollen Feuilletons, das zuerst in der angesehenen *Frankfurter Zeitung* veröffentlicht wurde, in der Joseph Roth Feuilletonist war und für die auch Clément manchmal schrieb.

Der flotte und zupackende Ton, den der Chefredakteur Clément in Glossen und Feuilletons im ET förderte – etwas Ungewöhnliches in der damaligen drögen Luxemburger Presselandschaft – bewirkte, dass die Zeitung, trotz aller Unkenrufe, überlebte und sogar Erfolg hatte.

Mit dem Beginn des Ersten Weltkrieges marschierten deutsche Truppen am 2. August in Luxemburg ein. Mitte August wurden Verleger Paul Schroell und Chefredakteur Frantz Clément im Gebäude des ET verhaftet und die Druckerei geschlossen.

2. In Koblenz im Gefängnis; das *Escher Tageblatt* muss für einige Monate sein Erscheinen einstellen.

Der Ausbruch des Ersten Weltkrieges führte in vielen Teilen Europas, besonders in Deutschland, zu einem kollektiven Rausch und zu enthusiastischer Zustimmung. Diese ergriff nicht nur radikale Nationalisten, sondern auch elitäre Schriftsteller. Der Krieg wurde von so manchen verklärt, als Reinigung, ja sogar als religiöse Erlösung empfonden. Rudolf Alexander Schroeder etwa schrieb, aus Anlass des 1. August 1914, das Gedicht *An die deutschen Krieger*:

> Gottlob, es ist erschollen,
> Das Wort, darauf wir bang geharrt,
> Nun in Gewittergrollen
> Sich Gott den Völkern offenbart.

Rainer Maria Rilke dichtete in seinen *Fünf Gesängen August 1914*

> […] der glühende Gott
> reißt mit Einem das Wachstum
> aus dem wurzelnden Volk, und die Ernte beginnt. [16]

Nicht weniger verquast drückte sich Thomas Mann aus: „Krieg! Es war eine Reinigung, Befreiung, was wir empfanden, und eine ungeheure Hoffnung. […] Was die Dichter begeisterte, war der Krieg an sich selbst, als Heimsuchung, als sittliche Not. Es war der nie erhörte, der gewaltige und schwärmerische Zusammenschluß der Nation in der Bereitschaft zur tiefsten Prüfung."[17]

Ernüchternd dagegen wirken Cléments Bemerkungen zum 1. August 1914, im *Escher Tageblatt*:

„Nun kann jede nächste Stunde die eiserne Stunde werden. Sie wird die furchtbarste sein, die Europa je erlebte. Zwanzig Millionen Menschen werden sich mit den raffiniertesten, mörderischen Waffen gegenüber stehen. […] Die paar Dutzend Staatsmänner und Fürsten, die vor der Weltgeschichte die Verantwortlichkeit für ein bevorstehendes Völkermorden tragen müssen, müssten alle die Flüche der Mütter und Bräute hören, alle die Tränen der Gattinnen und Kinder müssten ihnen auf der Zunge brennen, all das Blut müsste die Tage und Nächte hindurch vor ihren Augen stehen, dann wäre in der Zeit von vierundzwanzig Stunden sicher Friede."[18]

In den nächsten Tagen war das *Escher Tageblatt*, trotz der Besetzung des Landes durch die deutschen Truppen am 2. August, bemüht, möglichst umfassend über das Kriegsgeschehen zu berichten und nicht nur die deutsche Seite zu Wort kommen zu lassen, sondern „ein paar luxemburgische Wahrheiten niederzuschreiben"[19]. Die Zeitung protestierte gegen die Neutralitätsverletzung, gegen die Aufhebung des Briefgeheimnisses, schrieb am 11. August, dass „fast kein Tag vergeht, ohne dass die deutsche Militärbehörde bei uns Luxemburger und Ausländer sistieren lässt"[20] – der Deputierte und Freund Cléments, Aloyse Kayser, war verhaftet und nach Trier gebracht worden. An diesem Tag lautete der Aufmacher auf Seite eins: *Belgiens heldenhafter Widerstand*. Entgegen deutschen Meldungen sei Lüttich noch nicht gefallen. Es kündigte sich also bereits an, dass der Schlieffen-Plan zum Scheitern verurteilt war.

Diese Art der Berichterstattung war natürlich nicht nach dem Geschmack der deutschen Militärs. So meinte denn auch ein preußischer Hauptmann: „Den Kerlen werden wir nächstens gehörig auf den Schädel spucken."[21]

Bereits am 13. August nahm ein Trupp Husaren vor dem ET-Gebäude Aufstellung. Voller Sarkasmus beschrieb Clément später, was sich damals abspielte[22]:

„Am Donnerstag 13. August gegen 10 Uhr Vormittags zog ein Fähnlein deutscher Kriegsknechte von der Poststraße her auf die Gebäulichkeiten des ‚Escher Tageblatt' zu. Man hatte Kavallerie aufgeboten, um das verd. ‚Franzosenblatt' zu erobern und etwa fünfzehn Mann Ulanen mit Karabiner und Lanze hatte man nötig, um die erste große Schlacht gegen die luxemburgische Preßfreiheit zu schlagen. Das Personal unseres Blattes war keineswegs zu bewaffnetem Widerstand entschlossen. Aber man kann ja nie wissen! Soldaten müssen stets Sicherungen treffen. An der Spitze des Fähnleins ritt ein feister Husarenleutnant, dessen Gesicht mit einigen Durchziehern verziert war und dessen kriegerische Züge einen Ernst atmeten, als ginge es zu einem gefährlichen Patrouillenritt:

Die bange Nacht ist nun herum,

Wir reiten still, wir reiten stumm

Wir reiten ins Verderben. [Deutsches Reiterlied aus dem Vormärz]

Vor dem Hause schwang er sich aus dem Sattel. Nachdem er seine Mannschaften so aufgestellt hatte, dass keiner von den gefährlichen Holzpapierkriegern entrinnen konnte, trat er sporenklirrend in unsere Bureaus, gefolgt von zwei Ulanen, die ihren Karabiner schußbereit in der Hand hielten. Herr Paul Schroell empfing den gestrengen Herrn mit ausgesuchter Liebenswürdigkeit und fragte nach seinen Wünschen. Der Herr Leutnant teilte mit, dass er den Befehl habe, die Druckerei und die Redaktion auf Anordnung der deutschen Militärbehörde zu schließen und die Schlüssel in Empfang zu nehmen. Inzwischen hatte auch ich mich an den seltsamen Besuch herangeschlichen und vernahm die hohe Botschaft. Herr Paul Schroell und ich erklärten dem deutschen Kriegsmann, wie wir die Redaktion des Blattes auffassen würden. Einem Vertreter des Volkes der Dichter und Denker gegenüber hielten wir es für angebracht, unsere Auffassung geltend zu machen, um – o wie naiv! – auch eventuell die Motive, die seine Auftraggeber bei der Schließung unseres Blattes leiteten, zu vernehmen. Wir stießen dabei auf passiven Widerstand und es blieb uns demnach nichts anderes übrig als der Gewalt zu weichen. Im Grunde waren wir nicht wenig stolz auf den Apparat, den man zu dieser einfachen Operation in Gang gebracht hatte. Was mussten wir zwei in den Augen der Lenker von Deutschlands ‚schimmernder Wehr' für gefährliche Gesellen sein."[23]

Verhaftung

Am 14. August wurden Paul Schroell und Frantz Clément mit dem ebenfalls verhafteten Direktor der Escher Industrieschule, Alfred Houdremont, der auch Präsident der ‚Alliance Française' von Esch war, nach Diedenhofen gebracht, ehe sie dann in ein Koblenzer Zivilgefängnis überstellt wurden.

In Diedenhofen erfuhr Clément schließlich, was zu seiner Verhaftung geführt hatte. In der dortigen Kommandantur wurde er mit folgender „Schimpflawine" empfangen: „Also Sie sind der gemeine Schubiak, der in Esch dieses Franzosenblatt herausgibt? Also Sie sind das erbärmliche Tintenvieh, das es wagt, unsere Truppen anzulügen und unser Heer zu bedrecksen? Also Sie sind der Mann, der Deutschland anpöbelt?"[24]

‚Deutschfeindlichkeit' warf man also Clément vor: für Batty Weber ein abnormer Vorwurf! Er richtete am 16. September 1914 in der Morgenausgabe der *Luxemburger Zeitung* einen offenen Brief an seinen „Freund Franz Clement im Zivilgefängnis zu Koblenz". Grotesk sei es, „dass ein Mensch mit geläutertem Intellektualismus, mit Goethe'schem Empfinden ‚für das Glück und das Unglück anderer Völker [mehr] als für sein eigenes', einer, der mit 19 Jahren durch die Gründung einer eigenen Zeitschrift im deutschen Schrifttum heimisch wurde, dessen erstes Buch in siegessicherem Ungestüm die Grundlagen der deutschen Dichtung umbauen wollte, der im Feuilleton der ersten deutschen Blätter zu den höchstgeschätzten Essayisten gehörte, der dem Verständnis für die deutschesten deutschen Dichter von heute, für die Liliencron und Dehmel in Luxemburg die Wege ebnete, der zur Zeit des kunstsinnigen und ideal patriotischen Grafen Pückler in der deutschen Gesandtschaft an der literarischen Tafelrunde mit zu oberst saß, der Freund Richard Dehmels, Stephan Zweigs und vieler andern künstlerischen Fahnenträger des Deutschtums –, dass dieser als des Verrats an deutschen Interessen verdächtig unter die Räder kommen konnte."[25]

Staatsminister Paul Eyschen hatte sich gleich für die Gefangenen eingesetzt. Diese wurden, am 16.09.1914, nach fünfwöchiger ‚Schutzhaft', „auf allerhöchsten Befehl seiner Majestät des deutschen Kaisers", Wilhelms II., der anlässlich der Marne-Schlacht im ‚Großen Deutschen Hauptquartier' in Luxemburg weilte, aus der Haft entlassen. Der Kaiser wollte, wie Clément meinte, „vor seinem Abgang" aus Luxemburg, „Eindruck schinden".[26]

Am 28. September wurde die Sperre über das ET aufgehoben. Am 25. Oktober kam die erste Nummer nach der Unterbrechung heraus, aber erst Ende November erschien es wieder regelmäßig. Die Zahl der Abonnenten nahm zunächst zu, da Verleger Schroell dafür eintrat, dass die Zeitung auch weiterhin eine „unzweideutig luxemburgische Haltung" einnahm. Er wurde jedoch von der deutschen Besatzungsbehörde gewarnt, an deren Spitze Oberst

Tessmar, „eine richtige Landsknechtnatur" stand. Bei der geringsten „Verfehlung" drohe ihm eine erneute Verhaftung.[27]

Schroell zog es daraufhin vor, 1915 Luxemburg zu verlassen, zumal er im *Landwirt* noch den Hirtenbrief *Patriotisme et Endurance* von Kardinal Mercier veröffentlicht hatte, in dem dieser gegen die deutschen Zerstörungen in Louvain (u. a. ging die wertvolle Universitätsbibliothek in Flammen auf) und Malines protestierte.[28] Er verbrachte die Zeit bis Kriegsende in der Schweiz und in Paris.

Das ET überlebte den Krieg, dank der finanziellen Unterstützung der Diekircher *Landwirt*-Druckerei und dem unermüdlichen Einsatz von Frau Paul Schroell, geb. Jeanne Schmitt, und der Schwester des Verlegers.

In der Fremde behielt Paul Schroell seine Widerstandshaltung gegen die deutschen Besatzer bei. Er hatte Kontakt zur Resistenzorganisation um Professor Joseph Hansen in Diekirch. Dieser ließ über die Zeitung *Der Landwirt* Schroell verschlüsselte Informationen über eventuelle deutsche Truppentransporte in Luxemburg zukommen. Sie wurden an die Spionagezentrale in Paris, in der rue St Roch, weitergeleitet. Der Name Frantz Clément, der etwas willkürlich in einen Artikel eingefügt war, diente als Erkennungszeichen, auf welcher Seite der Zeitung wichtige Angaben standen.[29]

Inwieweit die kodierten Nachrichten im *Landwirt* von Bedeutung waren, ist umstritten. Die Autorin des Buches *The Secrets of Rue St Roch*, Janet Morgan, sieht jedenfalls in der Diekircher Resistenz einen Beleg von *Hope and Heroism behind Enemy Lines* – so der Untertitel ihres Buches. Dieses enthält ein Foto, auf dem General Weygand den Orden Croix de Guerre 1914-1918 an Joseph Hansen und Paul Schroell überreicht.[30]

Clément war nach der Freilassung aus der Koblenzer Haft „aus einleuchtenden Motiven", wie er schrieb, aus der Redaktion des ET ausgeschieden und beschränkte sich „auf gelegentliche Mitarbeit an demselben."[31] Viel später, nach seiner Rückkehr ins ET, war ihm vor allem die Rubrik *Splitter*, mit Ping Pang unterschrieben, vorbehalten, welche die *Montagsglossen* ablöste und sein Talent als Meister der kleinen Form bestätigte. Aber als bestimmender Journalist war nun für ihn eine gewisse Zurückhaltung im ET geboten. Die Clément nachfolgenden Chefredakteure waren Dr. Michel Welter und, nach dessen Eintritt in die Regierung, Victor Thorn, auf den der bisherige Ko-Redakteur Jean Gusenberger folgte, der 1916 von dem Lehrer Joseph Felten[32] aus Esch, einem „improvisierten Direktor", abgelöst wurde, der zwar mit „Hingabe", aber mit „improvisierten Journalisten" bis Kriegsende arbeiten musste.[33]

„Das Tageblatt versank", so Emil Marx, „in der Farblosigkeit einer typischen Kriegszeitung im Zeichen des Papiermangels."[34]

3. Clément zur Zeit des Ersten Weltkrieges. Er wird als Lehrer abgesetzt.

Von einem Aufbruch in *Die Neue Zeit*, von dem einst mit expressionistischem Pathos in der Zeitung der Volksbildungsbewegung gesprochen worden war, konnte im Ersten Weltkrieg keine Rede mehr sein. Wohl waren die Jahre 1914-1918 nicht vergleichbar mit der Naziherrschaft in Luxemburg von 1940 bis 1944, aber das Land kannte damals gewaltige Probleme: Die Lebensmittelversorgung war vollkommen ungenügend; viele Bewohner, besonders in den Städten, litten Hunger; es kam zu verbotenen Hamstereinkäufen und Preissteigerungen; die Arbeitslosigkeit nahm zu; eine große Unzufriedenheit, vor allem der Arbeiterbevölkerung, war die Folge.

Für Clément stellten sich zudem besondere Probleme. Seine Verhaftung war alles andere als eine bloß unangenehme und leicht verkraftbare Episode gewesen. Er gab oder musste den Posten des leitenden Redakteurs im angeschlagenen ET aufgeben. Wovon sollte er leben? Noch war er Lehrer, „remplaçant", wie es hieß.[35] Es wurde ruhig um den sich sonst so emsig ins Politische einmischenden Clément. 1916 ist das Jahr, in dem er nur wenig schrieb und veröffentlichte. Er hielt allerdings von Ende 1915 bis Februar 1916 eine Reihe Vorträge in den Volksbildungsvereinen.[36]

Turbulent ging es dagegen in der Luxemburger Politik zu. Am 12. Oktober 1915 starb Paul Eyschen, der 27 Jahre lang Staatsminister gewesen war. Nachdem mehrere Versuche, eine neue Regierung zu bilden, ergebnislos verlaufen waren, beauftragte die junge, tieffromme Großherzogin Marie-Adelheid den rechten Politiker Hubert Loutsch mit der Regierungsbildung, obschon der Linksblock in der Abgeordnetenkammer über eine komfortable Mehrheit verfügte. Loutsch stellte ein Kabinett zusammen, das ausschließlich aus Ministern der 1914 gegründeten Rechtspartei bestand. Diese hatte wahrscheinlich der unerfahrenen Fürstin das Rechtskabinett Loutsch empfohlen; für sie war es allerdings ein sehr riskanter Vorschlag. Der Linksblock sah nämlich in der neuen Regierung eine nicht hinnehmbare Provokation. Die Rechtspartei dagegen witterte Morgenluft und erhoffte sich, dass die krisenhafte Situation und die Turbulenzen in der Kammer zu Neuwahlen führen würden.[37]

Marie-Adelheid löste denn auch die Kammer auf, in Missachtung der Mehrheitsverhältnisse – für die Linksparteien ein ‚Staatsstreich'. Sie setzte Neuwahlen für den 23. Dezember fest, bei denen der Linksblock zwar eine knappe Mehrheit behielt, aber fünf Sitze verlor. Es gelang ihm noch, die Regierung Loutsch 1916 zu stürzen; das Linksbündnis, fast ausschließlich durch den Antiklerikalismus geeint, brach jedoch nach und nach auseinander und löste sich 1917 definitiv auf – die wirtschaftliche Situation hatte sich vollkommen verändert und soziale Probleme spielten eine immer größere Rolle. 1917 gab es den ersten Generalstreik in Luxemburg, der von der ‚Adolf-Emil-Hütte' in Esch/Belval ausging.

Die eigentliche Verliererin der Landeswahlen von Dezember 1915 war die Großherzogin. Das Vertrauen der Linksparteien in die Monarchie war grundlegend erschüttert worden. Auch die fortschrittlichen Intellektuellen, unter ihnen Clément, verziehen der Großherzogin ihre offensichtliche Parteinahme für die Rechte nicht. Dies zeigte sich sehr deutlich in der Krise der Dynastie nach dem Ersten Weltkrieg.

Zu den Wirren um die Regierung Loutsch nahm Clément nicht Stellung – wohl mangels eines geeigneten Presseorgans, er hatte sich fast vollkommen aus dem *Escher Tageblatt* zurückgezogen. Aber noch zur Zeit der Regierung Loutsch, die vom 6. November 1915 bis zum 24. Februar 1916 im Amt war, schrieb Batty Weber am 20.2.1916 in der *Luxemburger Zeitung* einen *Abreißkalender*, der überrascht und aufhorchen lässt. Gleich zu Beginn heißt es:

Clément – ‚révoqué de ses fonctions'

„Die Regierung hat Franz Clement abgesetzt, ohne die zu fragen, die ihn ernannt hatten. Ein altes Sprichwort sagt: Wenn man einen Hund totschlagen will, sagt man, er sei toll. Sie werden also schon einen Vorwand gehabt haben. Es fragt sich, ob das, woraufhin sie Franz Clement abgesetzt haben, nicht im selben Maß auf andere zutrifft. Ja, sagen die Leute. Dann ist es also wirklich nur ein Vorwand und der Grund liegt anderswo.

Franz Clement ist ein beliebter Vortragsredner. Er redet wie Dichter reden, weil er ein Dichter ist […] und nicht wie ein Politiker. […] Als Dichter, der den Sturmvogel der Freiheit spielt und dem die Reaktion die Schwingen zu brechen sucht, ist Franz Clement in trefflicher Gesellschaft."

Batty Weber führt anschließend eine Reihe deutscher Dichter an, die sich in Konflikt mit König und Staat befanden. Er weist u. a. auf Hoffmann von Fallersleben hin, dessen *Unpolitische Lieder*, die für Recht und Gerechtigkeit eintraten, verboten wurden und der als Professor in Breslau vom Staatsministerium ohne Pension abgesetzt wurde. Er nennt auch das Beispiel von Georg Herwegh, diesem Dichter und „Feuerkopf", der sich gegenüber dem von ihm geschätzten König Wilhelm IV. als Republikaner ausgab und ihm bei der Thronbesteigung zurief: „Wir wollen ehrliche Feinde sein." Er wurde daraufhin aus Preußen ausgewiesen und flüchtete nach Frankreich, wo er sich an der Februarrevolution von 1848 beteiligte.

Batty Weber zog aus dem Gesagten „eine kurze Nutzanwendung": Er möchte in der Geschichte lieber an der Seite der aufmüpfigen Schriftsteller stehen – also auch an der Seite Cléments – als an der Stelle der andern, von denen sie ausgewiesen und eingesperrt wurden."

Frantz Clément war also offensichtlich gemaßregelt worden, Näheres dazu war aus der damaligen Presse nicht zu erfahren. Aber 33 Jahre später, am 22.5.1949, hieß es in einem Artikel im *Escher Tageblatt*, aus Anlass seines siebten Todestages, die damalige Regierung habe dem Lehrer Clément „den Stuhl vor die Türe" gesetzt, er habe ihr „zu viel politische Schererien gemacht". Er sei jedoch nicht der Mann gewesen, „sich den Strick um den Hals legen zu lassen", er habe den Staatsrat angerufen und habe Recht bekommen. Er sei daraufhin für einige Zeit, allerdings „freudlosen Sinnes", an seinen Arbeitsplatz zurückgekehrt.[38]

Ein Dokument in den Archiven des Staatsrates, der früher auch administratives Gericht war, gibt Aufschluss über die Absetzung Cléments, von der er nie sprach und zu der Batty Weber nur Andeutungen machte.[39] Am 11. Februar 1916 wurde er als Lehrer in Luxemburg-Bahnhof vom ‚Directeur général des Finances et de l'instruction publique' – in der Regierung Loutsch war dies Edmond Reiffers – entlassen („révocation de ses fonctions"). Begründung – man staune – „résultats insuffisants dans la tenue de son école". Clément legte am 21. Februar 1916 Rekurs ein. Am 9. August 1916 hob der Staatsrat die Entlassung auf, sie sei eine übertriebene Maßnahme gewesen: „la peine de la révocation lui infligée de ce chef est exagérée". Der Staat wurde zur Übernahme der Kosten des Verfahrens verurteilt.[40]

Aus dem Wartezimmer des Krieges

Wie verbrachte Clément die drei letzten Kriegsjahre? Sie sind recht schwierig zu rekonstruieren; mühevoll waren sie auf jeden Fall für den geschassten Autor. Er schied am Ende des Schuljahres 1916/17, in einer denkbar schlechten Wirtschaftslage, aus dem Schuldienst aus, vielleicht hinausgeekelt aus einem Beruf, der ihm immer weniger behagte – auf der Akte Clément: „Renseignements pour la liquidation de la pension" steht groß handgeschrieben: [a] „quitté le navire". 1917 soll er „vorübergehend Attaché ‚für Soziales' an der Arbed-Generaldirektion, Luxemburg" gewesen sein.[41] Freunde aus dem liberalen Lager hatten ihm wohl für eine Übergangsperiode diesen Posten verschafft. 1918 lebte er „von Juni 1918 bis zum Kriegsende" in Grevenmacher. Es hieß: „Frantz Clément a pour des raisons encore mal définies fait une retraite à Grevenmacher-Deisermill."[42] Clément selbst meinte in *Die Generalstäbe*, dass er hier sein „Zelt" aufgeschlagen habe, sei mehr „dem Konsum des 1917er Grächen" zugute gekommen als seiner „literarischen Tätigkeit". (ZZ 2006, S. 166). Das ist listig untertreibend formuliert, drückt aber aus, dass er sich an der Mosel recht wohl fühlte. Er wohnte wahrscheinlich bei Verwandten – seine Schwester Josephine hatte 1907 den Stuckateur Johann Gelhausen aus Grevenmacher geheiratet. Clément konnte in Ruhe arbeiten – er schrieb damals an *Das literarische Frankreich von heute* – er hatte Muße. Ähnlich sah es auch der befreundete Chansonnier Putty Stein, als er 1929 in seiner Festkantate für die Stadt Grevenmacher (*Gréiwemacher*) witzig meinte:

A wann haut Clement's Fränzchen
E grousse Mann ass ginn
:/: Da kann dorunner d'Ursaach nur
De Maacher Greeche sin. :/:[43]

Im Ersten Weltkrieg hielt sich Clément weitgehend aus dem „dumpfen Tageskampf" heraus, einen Ausdruck, den er in dem einzigen von ihm unterschriebenen Artikel gebrauchte und den er 1916 fürs ET verfasste: *Aus dem Wartezimmer des Krieges* (23.3.1916), eine Rezension von Batty Webers gleichnamigem Buch. Diese Auswahl von *Kalenderblättern* sei, schrieb er, „die seelische Entladung eines Neutralen, eines guten Luxemburgers", der das zeige, „was der Weltkrieg uns brachte, vom Keulenschlag der deutschen Invasion bis zum kleinlichsten Missgeschick in der Volksernährung, vom großen Sterben, das wir aus der Ferne miterleben bis zum aufreibenden seelischen Hinsiechen, das uns alle bedroht". Auch Clément war ‚im Wartezimmer des Krieges'; er erhoffte sich, genau wie sein Freund Batty Weber, das Ende der Kriegshandlungen, nicht passiv abwartend, sondern schreibend; aber er behandelte, mit einiger Distanz zur Tagespolitik, allgemeinere Themen, Grundlegendes, war schriftstellerisch tätig. So entstand gerade in den schwierigen Kriegstagen recht Interessantes, auch manch Brisantes.

Bild von Putty Stein – so schrieb er seinen Namen immer öfters in den 30er Jahren. Er war damals der bekannteste Luxemburger Chansonnier.

4. Neue Sachlichkeit bei Clément:
Zur Psychologie der politischen Parteien – eine frühe Analyse des sich etablierenden Parteiensystems

Nachdem in den Schrecken des Ersten Weltkrieges der Glaube an eine neue Welt und an einen neuen Menschen gestorben war, wurde auch in Deutschland in Literatur und Kunst die Ekstatik des Expressionismus der Vorkriegszeit durch die ‚Neue Sachlichkeit' nach 1918 abgelöst. In Frankreich hatte bereits mitten im Krieg der Antikriegsroman *Le Feu* von Henri Barbusse (1916) für die nötige Ernüchterung und Desillusionierung gesorgt.

Bei Clément gab es ebenfalls eine zunehmende Hinwendung zur Sachlichkeit. Er stand zwar von vornherein kriegerischem Gebaren ablehnend gegenüber und zeigte schon 1914 in seinem Schaffen rationale Nüchternheit und entschlossene Skepsis – und dies sowohl in seinen politischen Analysen als auch in seinen schriftstellerischen Arbeiten. Aber hatte er zur Zeit von *Floréal* noch zwischen Dichtung und Essayistik geschwankt und für Nietzsche eine schwärmerische Bewunderung gezeigt, so wandte er sich jetzt weitgehend der kritischen Analyse zu.

Unmittelbar nach seinem Rückzug aus der Chefredaktion des *Escher Tageblatt* veröffentlichte er im November 1914, jeweils auf der ersten Seite der Zeitung, eine fünfteilige Serie *Zur Psychologie der politischen Parteien* (I. 23.11.; II. 24.11.; III. 25.11.; IV. 26.11.; V. 27.11.1914) – eine interessante Analyse des parlamentarischen Parteiensystems, das sich in Luxemburg recht spät etablierte.

Die drei großen Luxemburger ‚historischen' Parteien entstanden erst im Jahrzehnt vor dem Ersten Weltkrieg und bilden seitdem einen der Grundpfeiler unserer Demokratie: 1902-03 wurde die sozialdemokratische Partei gegründet, 1904 die Liberale Liga, 1914 schließlich die Rechtspartei, aus der die CSV hervorging. Aus einem Honoratiorenparlament, in das wegen des Zensuswahlsystems nur Wohlhabende gewählt werden konnten, entwickelte sich in der Zeitspanne vom Beginn des Jahrhunderts bis kurz nach dem Weltkrieg eine repräsentative Demokratie mit einer Kammer, in der sämtliche Klassen der Bevölkerung vertreten waren. Grundlage war die Einführung des allgemeinen Wahlrechts 1919 sowie des Frauenwahlrechts und des Proporzsystems.

Als erstes Merkmal der Parteien hebt Clément „ihr Abhängigsein von der Öffentlichkeit" hervor. Und er unterstreicht, dass sie vor allem in der „Presse" ihren „Resonanzboden" finden, „der zunächst passiv schien, aber nach und nach eine heimliche und eben darum so unheimliche Aktivität hatte". Er weist mit Recht auf die Bedeutung der Zeitungen hin: Die wichtigsten sind bis heute in Luxemburg parteipolitisch ausgerichtet und üben immer noch einen großen Einfluss aus.

Ein weiteres Merkmal der politischen Gruppierungen ist nach Clément ihre „Ausschließlichkeit". „Der feurige Glaube an ein politisches Ideal" mag am Ursprung einer Partei stehen, verführt aber auch zum Glauben „an das Alleinseligmachende des Parteidogmas", was sich „in den Formen hochkultivierter Irenik"[44] äußert. Parteien sind „von prinzipieller Intoleranz"; dies haben sie mit den Religionen gemeinsam.[45]

Ihr Grundtrieb ist, nach Clément, der „Wille zur Macht, der Wille zum eigenmächtigen, absolut geregelten, durch exklusive Parteigedanken organisierten politischen Gestalten". Dies geht freilich bei manchen Mitgliedern auf Kosten von Wertvorstellungen. Sie lernen „bürgerliche Moral und Korrektheit als Luxus betrachten, hie und da sogar als Versucher", die vom Ziele wegführen. Nicht mehr „die Verwirklichung des Parteiideals" steht dann im Mittelpunkt, sondern die „Befriedigung [des] persönlichen Herrscherwillens". Die „verruchte Ethik vom die Mittel heiligenden Zweck" wird „für die härtesten unter den politischen Erfolgsjägern" zu „einer Art Berufsethik"[46]. Von solchen Überlegungen sind in der heutigen, vor allem auf Nutzen und Effektivität ausgerichteten Welt kaum Abstriche zu machen.

In „Berührung mit den harten Wirklichkeiten" verlieren nicht nur einzelne Parteimitglieder Prinzipielles schon mal aus den Augen, auch die Ideale einer gesamten Partei können „denaturiert" werden. Diese steht nämlich nicht nur für hehre Ideen ein, sondern vertritt vor allem handfeste Interessen, ist „Standesvertretung". Clément führt das Beispiel der Liberalen an. „In ihren Prinzipien hat diese Partei einen intimen Zusammenhang mit den Ideen der französischen Revolution. Das Gleichheits-, Freiheits- und Brüderlichkeitsevangelium [...]: das war ursprünglich der Fonds von Idealismus, den die Partei besaß. Mit dem Aufkommen der Sozialdemokratie und anderer radikaler Richtungen in der Politik griff in der rechtsliberalen Partei die Interessenvertretung immer mehr um sich und man hat nicht Unrecht, wenn man diese Partei heute als die der Großindustrie, des Großhandels und der besseren Bourgeoisie bezeichnet."[47] Es sollte nicht unbemerkt bleiben, dass der liberale Clément diese Bemerkungen auf der ersten Seite des damals noch liberalen *Escher Tageblatt* schrieb!

Der „Wille zur Macht" steht in engem Zusammenhang mit dem „Willen zur Organisation".[48] Nur wenn Parteien straff organisiert sind und Einigkeit zeigen, können sie durchschlagskräftig sein. Clément schreibt: „Es kann nicht geleugnet werden, dass in Bezug auf Organisation die beiden extremsten Parteien, die Sozialdemokratie und der Klerikalismus am höchsten stehen. [...] [D]iese weitgehende Realisation des Organisationsgedankens [findet] sich gerade bei der radikalsten und der reaktionärsten, der am kühnsten in die Zukunft weisenden und der am beharrlichsten an der Vergangenheit zehrenden, der auf ein Jenseits hinarbeitenden und der ganz starr nur auf Diesseits gerichteten Partei."

Am einfachsten, meint er, „liegen die Dinge" bei der Sozialdemokratie: „sie ist in ihren Ursprüngen und auch in ihren Hauptäußerungen eine reine Interessenpartei; sie wendet sich an eine bestimmte Volksklasse, an das Proletariat und ruft sie zum Klassenkampf auf."[49] Sie wurde dann auch 1924 offiziell zur ‚Arbeiter-Partei' und mit der 1921 gegründeten ‚Kommunistischen Partei' hatte sie ihre Hochburgen in den Industriegebieten im Süden des Landes.

Die organisatorische Kraft der klerikalen Partei[50] sieht Clément in einem wirkungsvollen Disziplinierungsmittel, über das alle andern Parteien nicht verfügen. Sie kann mit einer Sanktion drohen, „die von nichts Irdischem erreicht und angetastet werden kann. Sie wirft die im katholischen Volke wurzelnden Werte in die Waagschale, und auf Grund dieses behutsamen, außerpolitischen Terrorismus hat sie den andern Parteien immer tausend Schritte voraus." Sie trifft „zwei Fliegen auf einen Schlag" und sorgt beim „brave[n] klerikale[n] Parteigänger" [...] gleichzeitig für sein wirtschaftliches Interesse und für das Heil seiner unsterblichen Seele"[51].

Diese Verbindung von Religiösem und Weltlichem war denn auch eine der Ursachen, welche die Rechtspartei, und später die CSV, zur mächtigsten Partei in Luxemburg machte.

Am wenigsten ist die Organisationsfähigkeit im Liberalismus entwickelt. Dieser ist „im Grunde ein organisationsfeindliches Prinzip", „keine massenerobernde Kraft", er ist „intellektueller Natur: [...] zu sehr auf die tiefer, ruhig wachsende Überzeugung angewiesen, er hat zu wenig feste Dogmen; er macht an seine Parteigänger zu große, geistige und moralische Ansprüche. Sein Mangel an Organisationskraft liegt in seinen Qualitäten und nicht in seinen Schwächen. Daneben sind seine Anhänger zu sehr auf ihre geistige und politische Selbständigkeit versessen, um sich leicht in einheitliche politische Gebilde zusammen fassen zu lassen."⁵²

Die Überlegungen Cléments zum Liberalismus mögen etwas idealisierend sein, drücken eher sein Wunschdenken aus. Aber er scheint zu ahnen, dass die Zeit der liberalen Dominanz im Linksblock ihrem Ende entgegen geht und dass dem Liberalismus, im Vergleich zu den beiden aufstrebenden großen Parteien, der Sozialdemokratie und der Rechtspartei, eine wohl wichtige Rolle als mäßigendes Korrektiv in der politischen Mitte zukommt, dass er aber im parlamentarischen Parteiengefüge in den kommenden Jahren keine beherrschende Rolle mehr spielen wird.

Im V. und letzten Artikel seziert Clément, mit distanzierter Abgeklärtheit, die Psychologie der „Majoritäten" und „Minoritäten" in einem Parlament. Die Regierungsparteien sind nach den Wahlen „vor allem vom Verantwortungsgefühl" getragen. Mit Worten und leeren Versprechungen ist es jetzt nicht getan; „das Volk will Leistungen sehen und geleistet muss daher etwas werden". Aber die Majorität stellt sich nun nicht uneigennützig in den Dienst des Staates. Sie will ihre Macht sichern. „Aus diesem Willen zur Macht ergeben sich hochinteressante Erscheinungen. So wäre man z. B. geneigt anzunehmen, es sei vor allem der Herzenswunsch einer zur Herrschaft aufgestiegenen Partei, ihre prinzipiellen Forderungen, ihr sogenanntes Parteiprogramm restlos zu verwirklichen und in dieser Hinsicht alle Kompromisse energisch abzuweisen. Wie wenige Parteien haben jedoch dazu den Mut! Sie haben die Empfindung, dass allzu scharf schartig macht und sind sogleich bereit, Prinzipien aufzugeben, um nur die Macht nicht zu verlieren, um auch der Lauen, der Halben, der sogenannten Mitläufer sicher zu sein. An die Stelle des Schlagwortes von der werdenden Kraft der Prinzipien rückt das Schlagwort von der Staatsraison. Und da, wo es früher hieß: Wer nicht mit mir ist, der ist wider mich, heißt es dann: Man müsse eine Politik des Gleichgewichts führen. Die Rufer im Streit, die Unentwegten, die Vorkämpfer der Doktrin der Partei müssen das Feld räumen: in den Vordergrund treten die Geschickten, die Dreimalweisen, die fünf gerade sein lassen."

Wesentlich anders verhält es sich bei den Minoritäten: „hier herrscht [...] die Abstumpfung des politischen Gewissens, hier ist alles erlaubt, was vorwärts hilft, was geeignet ist, die gegnerische Majorität zu verdächtigen und die Lauterkeit, die soziale und politische Nützlichkeit der eigenen Partei in das beste Licht zu rücken. Hier blüht das gewissenlose Demagogentum, das tapfer drauf los verspricht, auch wenn es die absolute Sicherheit besitzt, dass es keines dieser Versprechen wird halten können."

Die fast machiavellistisch wirkende Schlussfolgerung lautet: „[...] wenn die Majoritäten ihre Prinzipien verleugnen, um alle zufrieden stellen zu können, so verleugnen die Minoritäten ihr Programm, um alle Unzufriedenen aufzurütteln und zu mobilisieren."⁵³ Also: In der Politik geht es vor allem um Macht.

Ist Cléments essayistische Analyse *Zur Psychologie der politischen Parteien* eine überzeugende Studie, so ist ein Porträt gesellschaftlicher Verhältnisse, das unmittelbar auf die Parteien-Analyse folgte, nicht weniger zutreffend, und zwar in einem literarisch ausgerichteten Werk: *Die Kleinstadt. Eine kulturpsychologische Studie.* Sie erschien zuerst in 17 Folgen – vom 9.12.1914 bis zum 12.6.1915 im *Escher Tageblatt* und im selben Jahr als ‚Separatdruck' aus dem ET.

5. *Die Kleinstadt. Eine kulturpsychologische Studie*: Der Krähwinkel: ‚ein Brutofen des Philistertums' und ‚ein Gegner des geistigen Aristokratismus'

René Engelmann und Frantz Clément

Die Kleinstadt ist ein ungewöhnliches und herausragendes Werk der Luxemburger Literatur. Aber in den unruhigen Zeiten des Ersten Weltkrieges fand es kaum Beachtung. Nur der Diekircher Gymnasialprofessor, Linguist und Schriftsteller René Engelmann (1880-1915), verfasste – und zwar als seinen letzten Artikel überhaupt – im *Landwirt* vom 07.08.1915 eine gründliche Rezension – keine Gefälligkeitskritik. Er fand das Werk hervorragend, ein zutreffendes Porträt der Kleinstadtverhältnisse. Er kannte sich, wie Clément, im kleinstädtischen Milieu aus; er war in der Bezirkshauptstadt Diekirch zu Hause. Er schränkte sein Lob insofern ein, als Clément aus seiner Sicht zu sehr systematisiere. Er versuche, das Wesen der Kleinstadt „in eine Formel zu fassen". Das Beschränkte dort sei „etwas ganz Natürliches, etwas durch die Verhältnisse Gebotenes, und nicht das Resultat feindlicher Kräfte". Auf die besondere Form des Werkes ging er nicht ein.

Am 26. August 1915, zwei Wochen nach seiner Verlobung, beging der erst 34 Jahre alte Engelmann, eine große Hoffnung der Luxemburger Literatur, Selbstmord. Clément, der mit ihm befreundet war, schrieb im *Escher Tageblatt* vom 28. August einen bewegenden Nachruf. Er stehe, „wie ins Gesicht geschlagen", vollkommen ratlos „vor den Abgründen des Lebens", könne nicht verstehen, wie „dieser gute sonnige Mensch", der „vor allem ein innerlich freier Mensch" war, „einer unserer allerbesten Gelehrten", „einer unserer vorzüglichsten Stilisten", sein „letztes Heil" „im selbstgewählten unwiderruflichen Tod sah"[54].

Der Tod Engelmanns wühlte Clément auf, beschäftigte ihn noch längere Zeit. Im Januar 1922 – mehr als sechs Jahre nach dem rätselhaften Selbstmord – veröffentlichte die ‚nouvelle série' der *Voix des Jeunes* [VdJ], nach zweijähriger Unterbrechung, auf den Seiten 1-3, das Fragment *Das Mensch* aus dem Nachlass Engelmanns.[55] Die literarische Skizze zeichnet das Porträt der Besitzerin eines Gemischtwarengeschäfts, deren Leben in dumpfer Beckett'scher Ereignislosigkeit verläuft. In der Jugend ist das namenlose Mensch „[e]ine Jungfrau, kein Mädchen", als Erwachsene „keine Frau, sondern immer nur ein Mensch". Abends, wenn die Kunden den trostlosen Laden verlassen haben, werden „die Taler gezählt, das Geld immer wieder in der Hand umgedreht, ehe es sich davon trennt". Und dann träumt es „wirre, heiße Träume, die es Sonntags beichten geht. Von Hass und Hoffart sündiger Lust."

Im anschließenden Artikel *René Engelmann,* auf den Seiten 3 und 4,[56] stellt Clément den Autor der kurzen Erzählung „als Meister eines bewundernswerten Impressionismus" dar. In seinen Geschichten würden aber auch die existenziellen Nöte des Autors anklingen, und Clément meint, das „Rätsel dieser außerordentlich komplizierten Natur" erschließe sich nicht „durch ein Bekennerwort, sondern durch seine Dichtung". Er fürchte sich jedoch davor, an das Geheimnis des Todes von Engelmann zu rühren, das dieser so herrisch verwehrte, weil er es für unkeusch hielt, die Menschen um ihn herum mit seinem Schmerz zu belästigen"[57].

Engelmann war also 1915 bei Erscheinen der *Kleinstadt* einer der wenigen, der die Bedeutung dieses Werkes von Clément erkannte. Aber nach dem Ersten Weltkrieg geriet es vollkommen in Vergessenheit – in Nik Welters Literaturgeschichte *Dichtung in Luxemburg* (1929) wird es nicht einmal erwähnt. Es entsprach wohl nicht den Erwartungen einer Leserschaft, die Luxemburger Literatur in einer der drei traditionellen Gattungen Epik, Dramatik oder Lyrik erwartete. *Die Kleinstadt* passt in kein übliches Schema hinein, mutet sehr modern an, ist beeinflusst von zwei Richtungen der Geisteswissenschaften, die am Beginn des 20. Jahrhunderts sich zu selbständigen Disziplinen entwickelten, und mit denen Clément in Leipzig in Kontakt kam: nämlich der Psychologie und der Soziologie; das Werk gehört zur dokumentarisch-analytischen Literatur. Die Studie porträtiert einerseits möglichst genau die gesellschaftlichen Verhältnisse der Kleinstadt und ihre Bewohner, andererseits setzt sie sich kritisch mit ihnen auseinander. Clément charakterisiert seine Studie als eine „Mischung von empirischer Sozialpsychologie und Sozialethik" (S. 5). Aber sie ist weit davon entfernt, eine trockene wissenschaftliche Abhandlung zu sein. Sie ist das Werk eines Schriftstellers, der „aus innerem Erleben geborene[s] Denken" (S. 6) wiedergeben will.

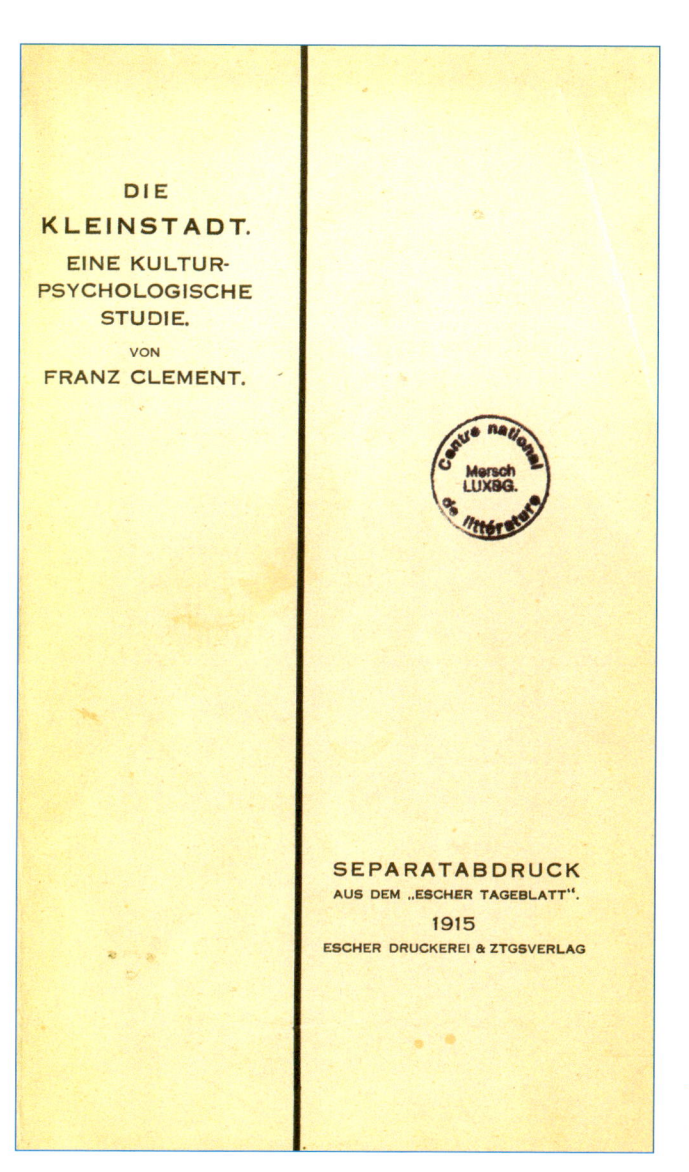

Widmungsexemplar von Clément an Victor Thorn. CNL.

Die Kleinstadt: Ein Zeugnis dokumentarisch-analytischer Literatur

Als literarisches Werk erinnert es an die soziologischen Schriften des Journalisten und Schriftstellers Siegfried Kracauer (1889-1966), der ähnliche Interessen und eine verwandte Vorgehensweise wie Clément hatte. In seinem Werk aus der Weimarer Republik *Die Angestellten* stellt Kracauer Mentalität und Verhalten der Angestelltenmassen als typisches Merkmal der sich entwickelnden modernen Großstadt dar. Es erschien zuerst in loser Kapitelfolge in einem Presseorgan, nämlich in der *Frankfurter Zeitung* (1929), ähnlich also wie Cléments Werk. Es kam dann als schmales Buch heraus – der Luxemburger sprach von der *Kleinstadt* als seinem „Büchlein". Später diagnostizierte Kracauer in *Von Caligari zu Hitler. Eine psychologische Geschichte des deutschen Films* (1947), vor allem im expressionistischen Film, etwa in den Mabuse-Filmen von Fritz Lang, Merkmale des aufkommenden Nationalsozialismus.

Die Angestellten hat als Untertitel *Aus dem neuesten Deutschland*. Cléments *Die Kleinstadt* könnte unter dem Titel *Aus dem neuesten Luxemburg* firmieren. Er nimmt zwar keinen expliziten Bezug auf Luxemburg, es geht ihm um den Typus Kleinstadt, er möchte seinem Werk eine größere Allgemeingültigkeit geben. Aber er geht offensichtlich von Beobachtungen und Erfahrungen in der Luxemburger Kleinstadt aus, oder sollte man nicht eher sagen im Kleinstaat Luxemburg? Schon Engelmann meinte, dass Kleinstadt und Kleinstaat eng zusammengehörten.

Sowohl Kracauer als Clément wollen die Realität präzise wiedergeben, aber bei beiden nimmt die Wiedergabe der Wirklichkeit satirischen Charakter an. In einer Rezension der *Angestellten* entdeckt Walter Benjamin in Kracauers Schilderungen Züge „der lebendigsten Satire".[58] Clément seinerseits schreibt in der Einleitung, vielleicht mache *Die Kleinstadt* den Eindruck einer Satire. Das sei nicht falsch, sein „Büchlein" sei „auf eine solche Wirkung hin angelegt". Man müsse schließlich auch die Schattenseiten der Wirklichkeit beleuchten, „den Revers der Medaille" (S. 6) darstellen.

Aber bei beiden führt die Satire nicht zu einer unbarmherzigen Entlarvung armseliger Charaktere, sondern armseliger Zustände. Benjamin konstatiert in Kracauers marxistisch orientierter Analyse die „Geburt der Humanität aus dem Geiste der Ironie" (S. 116). Bei Clément zeigt sich die Humanität in der mitleidvollen Anteilnahme an den Opfern der Kleinstadt, die in einem „drängenden und verfolgenden Milieu" (S. 88) leben müssen.

Er stellt als hervorstechenden Typus den Philister, den Spießer dar, der nur den „Weg der Mittelmäßigkeiten wandelt". „Nichts setzt sich in der Kleinstadt schwerer durch als geistige und persönliche Werte" (S. 89), konstatiert Clément. Wer vom Normalweg abweicht, wird zum Opfer der Kleinstadt, die für ihn ein Zentrum der Reaktion ist (S. 30). Und er zeichnet mit Spott und Ironie, aber ohne Häme, „die hohe Gemeinschaft der Spießer" (S. 88). Anteilnahme und Mitleid hat er dagegen für die Opfer der kleinstädtischen Welt, und dies sind besonders die Frauen.

In einem einschränkenden Milieu verbleibt ihnen „fast keine Bewegungsfreiheit mehr […]. Alles, was nicht gerade innerhalb der vier Küchenmauern erledigt werden kann, soll der Frau verschlossen bleiben; höchstens noch die Kinderstube […] und der ‚Salon' dürfen sie interessieren" (S. 90). Außerhalb des Hauses wacht eine Front „mit ‚Moral' infizierter Fanatiker" (S. 54), die „erotische Polizei der Kleinstadt" (S. 60), darüber, dass ihre Wege nicht außerhalb der vorgegebenen Bahnen verlaufen.

Der dominierende Philister und sein Hauptopfer, die unterwürfige Frau, ist ein zentrales Thema der *Kleinstadt*, aber in dem Buch wird eine breite Palette von Themen behandelt und werden viele Facetten des Kleinstadtlebens angesprochen. Davon zeugen die Kapitelüberschriften: *Grundlegung, Der äußere Habitus, Bewohner und Stände der Kleinstadt, Kleinstadtmenschlichkeit und -menschlichkeiten, Die Kleinstadtfamilie (Geschlechter, Ehen, Heimstätten), Die Moral der Kleinstadt, Kleinstadterotik, Das Gesellschaftsleben der Kleinstadt, Die Helden der Kleinstadt, Die Opfer der Kleinstadt, Die Kleinstadt in der Kunst.*

Ein kurzer Auszug aus dem Kapitel *Kleinstadterotik* sei aufgegriffen, um Cléments typischen Diskurs in seiner Kleinstadtstudie zu verdeutlichen. In einer prüden, zugeknöpften Zeit, in der allein das In-den-Mundnehmen des Wortes ‚Erotik' anrüchig war, spricht Clément ganz unbefangen und ohne Anzüglichkeiten über „Liebesleben" (S. 54) in der Kleinstadt.

Kleinstadterotik

Schließlich hätten die Kleinstadtmenschen „ebenso wenig Fischblut wie alle andern Menschen", meint er und schreibt: „[E]s steht für mich fest, dass sie an primitiver grober Sinnlichkeit den Großstadtmenschen voraus sind. Zur Verfeinerung, zur Platonisierung des Triebes wird so gut wie nichts geboten und die Mittel zur Ablenkung sind ebenso selten wie ungenügend, auffallend seltener und ungenügender als in der Großstadt. Als Ergebnis dieser Gegensätze hat man die vollendete erotische Heuchelei als die typische Kleinstadtkrankheit anzusehen." (S. 56)

Besonders schwierig ist der Umgang mit Sexualität für die Jugendlichen, und dieser gibt „den freiwilligen und unfreiwilligen Ethikern" im kleinstädtischen Milieu so manche „Nüsse zu knacken auf" (S. 56).

„[W]ir müssen konstatieren, dass dem ganz jungen Manne und dem ganz jungen Mädchen der Kleinstadt zur geschlechtlichen Befriedigung nichts anderes geboten wird als der Flirt in seiner harmlosesten Form. Den jungen Mädchen jedenfalls nie mehr; denn der gesteigerte Flirt ist schon Schande, wenn er nicht direkt ins Brautbett führt, und irgend ein Akt, der vollzogen wird, ist für das junge Mädchen der Anfang vom Ende. Es gibt Eltern, die in dieser Lage schon bedauerten, dass man nicht mehr wie im Mittelalter handele und das arme Ding einfach ins Kloster stecken könne. Den jungen Geschöpfen weiblichen Geschlechts gegenüber haben die Herrchen eine angenehmere Situation. Es gibt für sie Möglichkeiten, mehr zu haben als den Flirt, aber in dem Falle müssen sie sich der jungen Mädchen aus ihrer Gesellschaftsklasse entschlagen. So bleibt der Flirt die Regel und mit ihm zieht die sog. platonische Liebe in die jungen Herzen und Sinne ein. Es gibt aber für junge Geschöpfe beiderlei Geschlechtes nichts gefährlicheres als Flirt und platonische Liebe; Remy de Gourmont[59], einer der geistvollsten lebenden Franzosen, setzt die beiden gleich mit höherem, daher doppelt gefährlichem Onanismus. Das Wort klingt hart, aber üble Zustände kann man manchmal nur mit harten Worten charakterisieren. So darf Remy de Gourmont schreiben: ‚Die jungen Mädchen haben mehr Männer entmannt als die Messalinen', und jeder Eingeweihte wird ihm Recht geben.

Nicht alle Kleinstadtjünglinge haben einmal in ihrem Leben Gelegenheit, auf kurze oder lange Zeit ihren Geschlechtstrieb auszuleben; aber es gibt immerhin einige, die entweder in den Universitätsjahren oder in ihren Lehrjahren die wildesten Forderungen ihrer ununterdrückbaren Jugendkraft zu befriedigen in der Lage sind. Das hat für unsere Sache wenig zu bedeuten. Entweder bleiben sie in der Großstadt, und dann sind sie eben Großstädter, oder sie kehren in die Kleinstadt zurück und empfinden die erotischen Kleinstadtkonflikte desto schärfer. Und für die erwachsene Jugend der Kleinstadt liegen die Dinge ganz einfach. Der Flirt steigert sich; aus dem Tanzstundenflirt wird der Ball-, Konzert- und Eisplatzflirt. Er ist nur leerer geworden, lügnerischer und wenn nicht verderblicher, entmannender, so doch verflachender und zweckloser. Denn für den halben Knaben war er Lebensinhalt, für die ausgewachsenen, jungen Menschen beiderlei Geschlechts ist er – bei aller Hochachtung für seine relative Unentbehrlichkeit – ein kümmerlicher Notbehelf, über dessen Surrogatgeschmack die anspruchsloser gewordenen Genussorgane der beteiligten Menschen sich kaum täuschen. Aus dem vielseitigen Flirt wird mit eherner Notwendigkeit ein besonderer, auf eine Person beschränkter; der Verlobung ist nicht zu entgehen und nach der obligatorischen langen und immer länger scheinenden Verlobungszeit steigen die beiden Beteiligten in ein Brautbett, das bald zu dem wenigst geschätzten und reizlosesten aller Möbel bei der ‚funkelnagelneuen' Ausstattung wird. So bietet sich die Technik der anständigen Kleinstadtliebe dem Auge des Unparteiischen dar." (S. 57-58)

1928 erschien bei Reclam-Leipzig eine Neuausgabe von Jacques' umstrittenem Werk *Der Hafen*.

Mit dem Kapitel *Die Kleinstadt in der Kunst* schließt Cléments Studie. Von ein paar Zeilen abgesehen, die von der bildenden Kunst handeln, erwähnt der Autor im abschließenden Teil ausschließlich Schriftsteller der deutschen und französischen Literatur. Wilhelm Raabe, Gottfried Keller und Ludwig Thoma werden als die großen deutschen Kleinstadtdichter vorgestellt. Die französische Literatur, auf die Hauptstadt Paris ausgerichtet, entdeckte die Provinz und die Kleinstadt dagegen relativ spät, brachte dann aber gleich, wie Clément schreibt, „den genialsten Kleinstadtroman der gesamten französischen Literatur" (S. 98) hervor, nämlich *Madame Bovary* von Gustave Flaubert. Cléments Bezug auf deutsche und französische Beispiele deutet darauf hin, dass er wohl ursprünglich *Die Kleinstadt* fürs Ausland geplant hatte, was allerdings der Erste Weltkrieg verhinderte. Erst in den 20er Jahren erfüllten sich seine Hoffnungen, wieder im deutschsprachigen Ausland zu veröffentlichen.

Die Kleinstadt ist kein abgerundetes wissenschaftliches Werk mit einer abschließenden Schlussfolgerung, sondern Literatur in essayistischer Form. Die Studie wirkt wie ein Ruhepunkt im Schaffen Cléments. Es hielt den Intellektuellen Clément jedoch nicht allzu lange fern vom tagtäglichen Engagement. Aber erst nach 1916 griff er wieder in die Auseinandersetzungen ein, die in Literatur und Politik auf der Tagesordnung standen.

Bevor sein weiteres Schaffen behandelt wird, sollte auf den obengenannten ‚Luxemburger' Schriftsteller Norbert Jacques und sein Verhältnis zu Frantz Clément eingegangen werden. Beide waren miteinander bekannt, wenn nicht sogar befreundet. Sie begegneten einander jedenfalls stets mit Respekt. Um Jacques, und vor allem um dessen Einstellung zu Luxemburg, gab es, bis lange nach dem Zweiten Weltkrieg, heftige Auseinandersetzungen. Sie schwankten zwischen Anfeindung und Verteidigung Jacques'.

6. Frantz Clément und Norbert Jacques. Ein Exkurs über ein Reizthema

Mit der Luxemburger Kleinstadt oder dem Kleinstaat beschäftigte sich vor und am Beginn des Ersten Weltkrieges nicht allein Clément. Bei aller Schärfe seiner Kritik an provinzieller Beschränktheit zeigte er jedoch stets Empathie mit den Menschen und wollte mit seinem Schreiben etwas bewirken und zur Veränderung beitragen. Der vollkommene Antipode zu ihm, was das schriftstellerische Ethos und die Haltung gegenüber dem Kleinstaat anbelangte, war Norbert Jacques (1880-1954).

Dieser wohlhabende Bürgersohn aus Eich war in der Jugend ein aufmüpfiger, lausiger Taugenichts; er brach früh seine Studien ab und floh aus der bedrückenden heimatlichen Enge nach Deutschland. Dort machte er Karriere als Schriftsteller, er wurde neben Max Dauthendey und B. Traven ein Hauptvertreter des literarischen Exotismus, und seine Mabuse-Gestalt, dieses „Medium des Bösen",[60] erlangte durch Fritz Langs Filme Weltruhm.

Während Clément in der Zeit vor dem Weltkrieg die Eigenständigkeit der Luxemburger Kultur betonte und die Bedeutung der einheimischen ‚Mischkultur' unterstrich – ein von ihm und Batty Weber geprägter Begriff [61] –, verpasste Jacques kaum eine Gelegenheit, seiner früheren Heimat, diesem ‚Kleinstaat', am Zeug zu flicken. In einem Aufsatz mit dem Titel *Luxemburg*, 1908 in *Die Neue Rundschau* erschienen, rechnete er mit der rückständigen luxemburgischen „Toteninsel" ab.[62] 1909 veröffentlichte er bei S. Fischer-Berlin seinen autobiographisch gefärbten Roman *Der Hafen* – 1928 gab es bei Reclam-Leipzig eine Neuausgabe.

Er zeichnet im ersten Teil, der in Luxemburg spielt, kein sehr schmeichelhaftes Bild der spießbürgerlichen Atmosphäre im Lande. Aber der Held Baptist Biver, unverkennbar ein Abbild von Norbert Jacques, findet schließlich nach manchen Abenteuern seinen Weg zum sicheren ‚Hafen'. Auf einem Ozeandampfer leuchtet vor der Küste Brasiliens „in der deutschen Ferne" der „Hafen einer neuen Heimat auf"[63], in Luxemburg allgemein als glühendes Bekenntnis zum Deutschtum interpretiert. Noch viele Jahre später, 1927, als die *Luxemburger Zeitung* es wagte, in ihrem Feuilleton Jacques' Roman *Der Feueraffe* zu bringen, wetterte der sonst so besonnene Nicolas Ries, Literaturkritiker im *Escher Tageblatt*: „C'est le même goujat qui, dans cette ordure qui a nom ‚Der Hafen', crut devoir vomir jusqu'au nom de Luxembourgeois."⁶⁴

Clément ließ sich bei seiner Beurteilung von *Der Hafen* nicht von Luxemburger Animositäten leiten. Er veröffentlichte in der renommierten Literaturzeitschrift *Das Literarische Echo* eine Rezension, die den Roman werkimmanent interpretierte und in der weder von der antiluxemburgischen Haltung Jacques', noch von der prodeutschen Einstellung des Autors die Rede ist.⁶⁵ Der Roman sei „ein Schritt in einen neuen Realismus hinein". Er behandele „das uralt-ewige qualvolle Problem des Deraciné, das sich am schärfsten in kleinen Ländern mit Mischkultur stellt". Der erste Teil, der in Luxemburg spielt, sei „auf die Note bedrückenden Traumlebens gestimmt". Manchmal breche allerdings ein „suggestiver Realismus" durch, von dem man beinahe „umgeworfen" werde. Besonders im zweiten Teil werde „das Physiologische greifbar und haarscharf", und die „heimlichsten Schwingungen" des Innersten würden so hervorgerufen. *Der Hafen* sei ein „rätselhafte[s] und tumultuarische[s] Buch"; man erlebe „die Explosion eines Dichters", den es „zur Ganzheit, zum sicheren Weltbezwingen" treibe.

Am 6. Januar 1915 – Clément war gleich zu Beginn des Ersten Weltkrieges von den Deutschen verhaftet worden; Jacques dagegen trieb so manche Luxemburger wegen seiner Deutschfreundlichkeit bis zur Weißglut – erschien im *Escher Tageblatt* auf Seite 1 der Leitartikel *Herr Norbert Jacques und wir*. Der Autor war Michel Welter.⁶⁶ Er stellte Jacques als Nestbeschmutzer, Spion und Verräter hin. In deutschen Zeitungen habe er „seine Landsleute als Trottel und Blödel" beschimpft. Er habe seine luxemburgische Staatsangehörigkeit ausgenützt, um sich Pässe nach England und Frankreich zu verschaffen und um dann „die Länder der Tripleentente auszuspionieren und in deutschen Blättern zu begeifern". Er habe die Gastfreundschaft, die vielen Luxemburgern im Ersten Weltkrieg in Frankreich gewährt wurde, „mit Gestank belohnt". Als Luxemburger könne man nicht anders, als seinem Namen in Zukunft das Wort „Verräter" hinzuzufügen.

Sogar in Deutschland stießen Jacques' Schilderungen, die unter dem Titel *London und Paris im Krieg* bei S. Fischer erschienen, unter Literaten auf Ablehnung. Der Schriftsteller Arnold Zweig empfand in einer Rezension mit der Überschrift *Ein Luxemburger*, in der Zeitschrift *Die weißen Blätter*, Jacques' Buch als Verunglimpfung Frankreichs. Der Herausgeber dieses wichtigen Organs des Expressionismus, der Elsässer René Schickele, ein überzeugter Pazifist, sprach von Jacques' „summarischer Gehässigkeit" und schrieb in einem Brief an ihn: „Ihre Feuilletons in der Frankfurter Zeitung haben mich Ihnen innerlich entfremdet. Ich glaube auch kaum, dass wir wieder zusammenkommen."⁶⁷

Clément ignorierte die provokativen Artikel von Jacques. Er wollte sich nicht mit dessen nationalistischem Getrommel auseinandersetzen, und auch nicht auf andere Kriegsbegeisterte eingehen, wie etwa den jungen Luxemburger Camille Zimmer (Jahrgang 1894), in dem das ET einen „Jünger" im Geiste Jacques' sah und der in seinem 1914 erschienenen Gedichtband *Sturmzeiten. Kriegsgedichte* „als angeblich Neutraler mit dem Rufe ‚Deutschland voran und der Kaiser hoch!' auf jeder Seite über die Entente her[fiel]." (ET 22.10.1915)

Umso besorgter war Clément um das Schicksal von Schriftstellern, aus Frankreich oder aus Deutschland, die im Felde standen. In einer seiner *Montagsglossen* im ET schrieb er am 21.12.1914: „[Auf einer französischen Verlustliste] sprang mir ein Name ins Auge, ein klar gedruckter Name, schwarz auf weiß: Charles Péguy, Directeur des Cahiers de la Quinzaine.

Cléments Besprechung von Der Hafen

Ich [...] war bis ins Herz ergriffen. [...] Ich habe zu diesem Mann [...] immer eine feindliche Stellung eingenommen. Ich las seine kunstvoll pathetischen und trotzdem von innerem Feuer sprühenden Werke, ohne mich von denselben hinreißen zu lassen, aber ich empfand zu jeder Zeit, dass dieser Mensch Tausende von Frankreichs besten Söhnen hinriss. Die brutale Tatsache, dass er vor dem Feinde fiel, krönt möglicherweise sein Werk. Aber er ist nicht mehr, und wer kann ihn ersetzen?

So fallen in den nächsten Tagen, Wochen, Monaten oder Jahren noch Hunderte. Richard Dehmel steht deutscherseits im Felde.[68] Aber ich möchte gerne den, für sein Land und für das ganze Kultureuropa, begeisterten Franzosen sehen, der dem deutschen Dichter Dehmel eine französische Kugel wünschen würde."

Während Clément gradlinig seinen Weg ging, eine Haltung der Humanität und der Liberalität einnahm, blieb Jacques ein Leben lang ein Déraciné, ein Chamäleon, ein ewiger Wendehals, der nach einem Fixpunkt, einer Heimat, suchte und diese doch nie fand. Die Wege der beiden gegensätzlichen Charaktere, des Humanisten und des Abenteurers, kreuzten sich mehrmals, aber zu einer Polemik zwischen den beiden Antagonisten kam es nie. Im Gegenteil, Clément schätzte stets den Schriftsteller Norbert Jacques. Mehrmals schrieb er in den 20er und 30er Jahren über ihn.

Er veröffentlichte in der LZ vom 16.1.1921 eine Kritik von Jacques' *Landmann Hal* (1919),[69] einem Roman, der Zivilisationsmüdigkeit ausdrückt und sich gegen die Alleinherrschaft der europäischen Kultur wendet. Im ET vom 10.10.1936 besprach er zwei neue Bücher von ihm: *Afrikanisches Tagebuch* (S. Fischer, Berlin) und *Der Bundschuhhauptmann Joß* (Ullstein-Verlag, Berlin): „[A]ußerordentlich [...] starke Bücher", meinte er. Am Schluss der Rezension heißt es: „Wir Luxemburger sollen diese beiden ungleichartigen Bücher von Norbert Jacques eifrig und andächtig lesen, denn nebenbei verraten sie auch, dass er wohl in seinem Besten einer der Unsrigen geblieben ist." In einem der *Briefe in die Fremde* in der LZ vom 25.10.1936 – sie setzen sich mit der Luxemburger Identität auseinander und wurden auch in die Feuilletonsammlung *Zickzack* (1938) aufgenommen – bezeichnet Clément Jacques als „hoch begabten luxemburgischen Schriftsteller deutscher Sprache"[70].

Am 5.11.1939, also ein halbes Jahr vor der deutschen Invasion in Luxemburg, besprach er in der LZ den Schiller-Roman *Leidenschaft*, den „ein Luxemburger und kein geringerer als *Norbert Jacques*" geschrieben habe.[71] Dieses Werk, das die Jugendjahre Schillers darstellt, sei „wohl sein bestes Buch". Es zeuge „für die künstlerische Erneuerungskraft" des älteren und reifen Jacques, der es verstanden habe, sich gekonnt in einen jugendlichen Stürmer und Dränger einzufühlen. Besonders überzeugend sei Jacques' Zeichnung der verschiedenen Charaktere. Er habe den „gärenden Schiller" als „aufregende Figur dargestellt", habe dessen Gegenspieler, Herzog Karl, in seiner ganzen Komplexität erfasst, Schillers „hübscher Bettschatz Franziska von Hohenstein" sei „bei weitem die beste Frauenfigur aller Jacques'schen Romane". Zudem entwerfe der Roman ein interessantes „Zeitbild" und führe eine „Auseinandersetzung des patriarchalischen Absolutismus eines Fürsten mit dem anbrechenden Zeitalter der Souveränität des Geistes". Erstaunlich sei auch der „Erzählstil des Buches". Clément insistiert besonders auf den bisher bei Jacques so sehr vermissten Humor, der sich hier in der „Milieuschilderung des Residenzlebens" zeige.

Der gradlinige Clément, der Déraciné Jacques und dessen viele Kehrtwendungen

Also: ein rundes Lob für den Roman *Leidenschaft*, der übrigens, abgesehen von den Ausgaben des Mabuse-Komplexes, zu den Büchern Jacques' gehört, die mehrmals nach 1945 wieder aufgelegt wurden und sehr erfolgreich waren.[72]

Cléments Pochen darauf, dass Jacques ein Luxemburger sei, ist Ausdruck einer sich wandelnden Einstellung zu ihm. Am Ende der 20er Jahre, vor allem aber in den 30er Jahren, traten junge Intellektuelle wie Albert Hoefler und Pol Michels für ihn ein. Batty Weber meinte denn auch in der LZ vom 8.12.1933: „Norbert Jacques ist mit Frantz Clément der einzige Luxemburger, der dauernd im deutschen Schrifttum Fuß gefasst und Niveau gehalten hat." 1934 wurde er sogar beauftragt, Fotoführer über seine ‚Heimat' Luxemburg, die für die ausländischen Touristen gedacht waren, herauszugeben.

In der nationalsozialistischen Zeit wahrte Jacques zunächst Distanz zum neuen Regime, mit dem er seine Probleme hatte. In Leipzig gehörte 1933 seine *Limmburger Flöte* (1927) zu den verbrannten Büchern – im Mittelpunkt steht ein Fress- und Saufbruder ‚à la Rabelais', ein Luxemburger Pantagruel, der „*auf einer Flöte blasen konnte, die er sich nicht erst zu kaufen brauchte*" – so der Untertitel dieser lästerlichen Geschichte. Auszüge, welche die *Voix des Jeunes* bereits 1923 veröffentlichte, sorgten auch in Luxemburg für helle Empörung. Batty Weber hielt in der LZ vom 1.11.1929 *Die Limmburger Flöte* für eine Entgleisung, sie sei „ausdrücklich als eine blutige Injurie für die Luxemburger gedacht". Für die Nazis war der Roman ein dekadentes Werk, für manche Luxemburger eine schlimme Verunglimpfung, eine bösartige Satire.[73] Gründe für Jacques' Konflikte mit den Nazis waren aber vor allem seine Mabuse-Romane, der Vorwurf, an den Mabuse-Verfilmungen beteiligt zu sein, sowie seine Ehe mit der Jüdin Grete Samuely. Es gab Presseangriffe und sogar eine kurze Gestapohaft in Lindau. Jacques dachte daran, sich in Luxemburg niederzulassen – auf der Schüttburg. Clément setzte sich dafür ein, dass Norbert Jacques' Töchter, Aurikel und Adeline, trotz einiger Widerstände im zuständigen Ministerium luxemburgische Pässe bekamen.[74]

Aber Jacques hatte, bei allen Vorbehalten gegen die Nazis, nicht die Charakterfestigkeit eines Clément, um wie dieser ein überzeugter und konsequenter Gegner des neuen Regimes zu werden. Nach der deutschen Invasion am 10. Mai 1940 stellte er sich in den Dienst der Besatzer, machte auf Einladung des kollaborierenden Kulturvereins Gedelit (Gesellschaft für deutsche Literatur und Kunst) drei Vortragstourneen in 17 Ortschaften des Landes und verbreitete Heim-ins-Reich-Parolen. Er wurde von seiner ausgewanderten jüdischen Ehefrau geschieden. Jacques wurde eine Art Gustaf-Gründgens-Gestalt. Der deutsche Schauspieler passte sich im Dritten Reich an und machte Karriere, auch wenn er schon mal versuchte, seinen Einfluss für verfolgte frühere Freunde zu nutzen. Ähnlich Jacques: Er machte einen Kotau vor den Deutschen, suchte sich aber für Cléments Dienste in der Passangelegenheit zu revanchieren. Dieser war inzwischen verhaftet und ins KZ Dachau gebracht worden. Bei einer Unterredung in der deutschen Zivilverwaltung in Luxemburg legte er dem Pressereferenten, einem gewissen Dr. Friedrich Muth, „ans Herz", Clément wegen seiner „Verdienste für die Verbreitung deutscher Literatur im Land" freizulassen. In Jacques' Memoiren heißt es

Umschlag der Erstausgabe von Jacques' Autobiographie und der Autor am Adelinenhof am Bodensee

anschließend: „Ich sprach in einen Leerraum. Es wurde mir nicht einmal geantwortet."⁷⁵ Auf Cléments Tod im KZ kommt er in seinen weiteren Aufzeichnungen, die bis 1945 reichen, nicht mehr zu sprechen.

Jacques wurde am Ende des Krieges von den Alliierten verhaftet, interniert und nach Luxemburg ausgeliefert, wo er für vier Monate in Untersuchungshaft kam. Weil man mit ihm, dem deutschen Staatsangehörigen, in einem Landesverratsprozess wenig anzufangen wusste, wurde er dann nach Deutschland abgeschoben.

In den Nachkriegsjahren machte Jacques gegenüber Luxemburg erneut eine Kehrtwende. In dem Artikel *Luxemburg den Luxemburgern*, in *Die Zeit* 28.4.1949, wollte er zeigen, dass er von seiner früheren Vorstellung, das Land an Deutschland anzugliedern, Abstand genommen habe.

Es entwickelte sich in den Jahren nach dem Krieg ein freundschaftliches Verhältnis zu dem Journalisten und linken Verleger Tony Jungblut –, dieser hatte 1938 in seinem Verlag, dem ‚Luxemburger Nachrichtenbüro' (LNB), Cléments Lesebuch *Zickzack*, und 1945 im ‚Verlag Tony Jungblut' eine Gedenkausgabe, ebenfalls von *Zickzack*, herausgegeben. Unter den Nazis hatte Jungblut schwer gelitten: Er war im Gefängnis, war Zwangsarbeiter gewesen und umgesiedelt worden. Der Journalist Tony Jungblut, der auch Gerichtsreporter war, fand offensichtlich, dass die Justiz sich in der affektgeladenen Nachkriegszeit eher von Ranküne als von rechtsstaatlichen Normen leiten ließ. Er spricht in Briefen an Jacques von „lächerlicher Ausweisung", von „unsinniger Maßregelung."⁷⁶ Er war Jacques in vielem behilflich, bemühte sich aber, vor allem bei offiziellen Stellen, um einen ‚sauf-conduit' für ihn, der ihm erlaubt hätte, nach Luxemburg zurückzukehren. Doch Jacques erlitt im Mai 1954 einen Herzinfarkt, an dem er starb.

Norbert Jacques ist eine schillernde Persönlichkeit, ein „kulturpolitisches und zeitgeschichtliches Phänomen", wie Marcel Engel in einem zweiseitigen Artikel 1979 im *Lëtzeburger Land* findet.⁷⁷ Und er fragt am Schluss, indem er sich auf den Titel von Jacques' Memoiren bezieht: „Mit Lust gelebt? Welche Lust? Sieht Lebenskunst so aus? Kunst ist anders." In der Tat, Frantz Clément ist im Vergleich zum wendigen Genussmenschen, zum Abenteurer und Spieler Norbert Jacques, die menschlichere, sympathischere Persönlichkeit, moralisch integer in seinem Handeln und Schreiben.

Tony Jungblut

7. Clément und die AGEL – *La Voix des Jeunes*

In den drei letzten Jahren des Krieges hatte Clément keine feste Anstellung und somit kein gesichertes Einkommen. Aber trotzdem zeigte er etwa ab Mitte 1917, nach dem schwierigen und wenig produktiven Jahr 1916, in dem er sich mit einigen Vorträgen begnügte, wieder ein volles Engagement, und zwar in der *Voix des Jeunes* [VdJ], deren erste Nummer im August 1917 erschien. Die Zeitschrift war das Organ der linken ‚Association Générale des Etudiants Luxembourgeois' (AGEL), die sich ab 1917 den Schlachtruf ASSOSS gab, nach den zwei ersten Silben des Wortes association.[78]

Gründung der AGEL

Die AGEL war am 2.8.1912 im Café Français gegründet worden. Es war kein üblicher Studentenclub, keine ‚Amicale', bei der eine Altherrenriege früherer Studenten als ‚comité d'honneur' fungierte. Es war eine Gruppierung linker Studenten, aber von Anfang an wurden ältere fortschrittliche Intellektuelle mit einbezogen, wie etwa die Professoren Joseph Tockert, Mathias Esch, Nicolas Ries sowie Nicolas Braunshausen, auf die man immer wieder im Zusammenhang mit Clément stößt. Zwei Mitglieder der ersten Stunde waren nie ordentliche Studenten gewesen, spielten aber von Beginn an eine wichtige Rolle: Putty Stein, zuerst in der Forstverwaltung tätig, dann ARBED-Beamter, vor allem aber Chansonnier und natürlich Frantz Clément, ebenfalls mit einem Hang zu einem bohemienhaften Leben, der zwar ein Jahr lang zu einem Studienaufenthalt an der Universität Leipzig gewesen war, nicht aber regulär studiert hatte.

Am Entstehen der AGEL war er beteiligt; er meinte später, es sei „die lustigste Gründung" gewesen, an der er in seiner „gründungsreichen, reiferen Jugend" mitgewirkt habe.[79] Er stand im Mittelpunkt der ersten Versammlung, plauderte locker, hielt einen zwanglosen Vortrag über Chauvinismus und Klerikalismus, gegen die sich die studentische Jugend zu wehren habe. Der Abend schloss mit einem vergnüglichen Teil. Putty Stein und seine Kollegen trugen ihre scharfzüngigen, satirischen Chansons vor. Diese Zweiteilung wurde auch später in der AGEL beibehalten. Am Mittwoch traf man sich zu Diskussionsrunden, zu Vorträgen im Stammlokal, im Café Wampach, rue Clairefontaine – Clément war einer der unermüdlichsten Vortragsredner. Am Samstag gab es die kabarettistischen Abende, die ‚soirées chatnoiresques' mit Putty Stein und seiner Mannschaft – eine Hommage an das ‚Cabaret Chat Noir' auf Montmartre.[80] Die AGEL zog zu Beginn des Jahres 1916 in ein größeres Lokal um, ins Café du Commerce auf dem Paradeplatz, das Lokal der liberalen Jugend und der Künstlerboheme.

Clément wurde die unbestrittene Autorität, der „maître à penser"[81] der AGEL; sein subversiver Nonkonformismus, seine politische Unabhängigkeit, seine intellektuelle Redlichkeit wurden allgemein anerkannt. So war es nicht verwunderlich, dass er auch von 1917 bis 1919 eine zentrale Rolle in der *Voix des Jeunes* spielte, an deren Gründung er beteiligt war. Er war bis Ende des Ersten Weltkrieges in sämtlichen Nummern der VdJ, von zwei Ausnahmen abgesehen (Nr. 7 u. Nr. 9, 1918), als Autor vertreten. Ab der 3. Ausgabe 1917 wurde er im Redaktionskomitee der Zeitschrift angeführt.[82]

In dem von der AGEL sehr beliebten Lokal ‚d'Kathedral' trafen sich häufig Linksintellektuelle zu feucht fröhlichen Abenden. Auf dem Bild sind zu sehen, von l. nach r., Putty Stein, Georges Schommer, Frantz Clément, alle unter dem wohlgefälligen Blick der Gastwirtin.

1917 in Luxemburg: ein bewegtes Jahr

Die Studenten, die sich in dem neuen Organ äußerten, waren aber von anderem Zuschnitt als ihre Vorgängergeneration; sie kannten keine studentische Unbekümmertheit mehr und waren weitaus rebellischer. Das hatte mit der besonderen Situation im Ersten Weltkrieg zu tun, mit einzelnen prägenden Ereignissen des Jahres 1917.

Wer in den Kriegszeiten studieren wollte, hatte mit großen Schwierigkeiten zu rechnen. Unter deutscher Besatzung durften ab 1915 keine französischen Universitäten mehr besucht werden;[83] an manchen deutschen Universitäten gab es wegen des Krieges nur einen eingeschränkten Universitätsbetrieb. Nach ihrer Rückkehr nach Luxemburg fühlten sich viele Studenten wie eingeschlossen, sie waren weitgehend vom intellektuellen Austausch mit dem Ausland abgeschnitten. Es drohte akademische Arbeitslosigkeit, zumal die soziale Situation in Luxemburg 1917 besonders explosiv geworden war.

Anfang des Jahres wurde der für Ackerbau und Ernährung zuständige Minister, Dr. Michel Welter, der Begründer des Linksblocks, gestürzt. Die Lebensmittelversorgung hatte katastrophale Ausmaße angenommen. Die Regierung der nationalen Einheit unter Victor Thorn demissionierte ebenfalls im Juni. Es war das definitive Ende des Linkskartells. Die Sozialisten – sie nannten sich nun nicht mehr Sozialdemokraten – radikalisierten sich. Auch mit dem anschließenden, wenig stabilen Ministerium des rechten Politikers Léon Kauffman, der mit den Liberalen regierte, blieb das Land krisengeschüttelt und drohte, unregierbar zu werden.

Vom 31. Mai bis zum 10. Juni 1917 trieb die drückende Notlage im Minettebassin die Hochofen- und Bergarbeiter in Esch, Differdingen, Rodingen, Rümelingen in den Streik. Das deutsche Militär mischte sich ein, der Befehlshaber der Truppen in Luxemburg, Oberst Tessmar, sah Heeresinteressen in Gefahr – die luxemburgischen Hüttenwerke waren ja eng mit Deutschland verbunden. Er drohte den Streikenden in Differdingen mit schwersten Strafen, „unter Umständen" erwarte sie „die Todesstrafe".[84] Maschinengewehre wurden vor den Hüttenportalen aufgestellt. An der Unnachgiebigkeit der Schmelzherren scheiterte schließlich der Streik. Der junge Abgeordnete der Rechten, der sozial eingestellte Pierre Dupong – später sollte er Staatsminister werden – warnte im Parlament: Wenn man die Ursachen des Ausstandes bestehen lasse, werde es zu einem „vulkanischen Ausbruch" kommen. Tatsächlich kam es 1921 zum Generalstreik.[85]

Die Resonanz der Russischen Revolution in Luxemburg

1917 war aber auch das Jahr der beiden Russischen Revolutionen. Die Februarrevolution, die zum Sturz des Zaren führte, fand große Resonanz in Luxemburg, vor allem in linken bürgerlichen Kreisen, die Oktoberrevolution, die unter Führung der Bolschewisten Lenin an die Macht brachte, vor allem in der Arbeiter- und in der Studentenschaft.[86]

Auch in der Abgeordnetenkammer wurde die Russische Revolution auf die Tagesordnung gesetzt. Am 24.4.1917 legte der Sozialist Jos. Thorn der Kammer einen von sieben Abgeordneten unterzeichneten, ganz ungewöhnlichen Antrag vor. Er war in einem euphorischen Ton verfasst und forderte sie auf, den Aufbruch zu mehr Demokratie in Russland zu begrüßen. In der mündlichen Begründung nahm Thorn indirekt Bezug auf luxemburgische Verhältnisse: „C'est avec un plaisir intense que nous avons appris sur les bancs socialistes […] l'avènement au pouvoir de la démocratie russe. Nous en escomptons pour le monde entier le contre-coup heureux qui doit se traduire par un peu plus de justice et un peu plus de dignité […]."[87]

Der Antrag von Thorn wurde zwar mit 26 gegen 20 Stimmen, bei 4 Enthaltungen, zurückgewiesen –, dagegen stimmten die Abgeordneten der Rechtspartei und Rechtsliberale. Aber der Einfluss der Russischen Revolution war damit nicht unterbunden.

Von den sieben Abgeordneten, welche die Adresse „à la grande Russie" unterzeichnet hatten, gehörten drei zum engsten Bekanntenkreis von Clément: nämlich Aloyse Kayser, Emile Mark und Jean Pierre Probst.[88] Und man kann davon ausgehen, dass auch Clément, obschon er nicht unmittelbar Stellung bezog, die Beseitigung des Zarenregimes begrüßte und auf eine demokratische Erneuerung in Russland hoffte. Er fand später, dass das neue sowjetische Regime „eines der imponierendsten Wirtschaftsexperimente der Nachkriegszeit"[89] durchgeführt habe. Er ließ sich allerdings nie von kommunistischen Glücksversprechungen blenden und stellte früh fest, dass die Sowjetunion, vor allem unter dem Stalinistischen Terrorregime, nichts anderes war als „der Nachfolgestaat des Zarismus".[90]

Bei linken Studenten war die Wirkung der Russischen Revolution gewaltig. „[L]'incendie bolchévique faisait des ravages dans le bois sec des pubères", hieß es bei älteren Assossards.[91] Sie zeigte sich besonders deutlich im revolutionären Aufbegehren zweier Mitglieder der AGEL: bei Alice Welter[92] und bei Gust. van Werveke.[93] Beide nahmen an der Münchener Novemberrevolution von 1918 teil und gehörten zum Umkreis des Ministerpräsidenten Kurt Eisner, dessen Ermordung am 21.2.1919 zur Räterepublik in Bayern führte. Diese wurde anschließend blutig niedergeschlagen.

Der Cénacle des Extrêmes. Das Manifest: Wir! - Anlass zu einem Literaturstreit mit Clément

Die Russische Revolution bewirkte bei der „Neuen Jugend",[94] wie sie sich nun öfters nannte, eine extreme Radikalität. Nichts konnte ihr radikal genug sein. Noch während des Krieges hatten einige der Radikalsten in der AGEL den Cénacle des Extrêmes gegründet. Diesem Kreis verschworener Gleichgesinnter gehörten, neben den beiden eben erwähnten Münchener ‚Kämpfern', Justin Zender, Paul Weber und vor allem Pol Michels an. Letzterer war der literarische Wortführer des Cénacle. Von der zweiten Nummer der VdJ an, stellte er kampfeslustig in sechs Folgen die neue revolutionäre Avantgardekunst des Futurismus vor, der Leben und Kunst verschmelzen wollte.[95] Seine Mitkombattanten nannten ihn

M. d. A.,⁹⁶ d. h. Mitarbeiter der *Aktion*, der berühmten expressionistischen Zeitschrift für Politik, Literatur, Kunst, in der er, als einziger Luxemburger, von 1916 bis 1921 Beiträge veröffentlichte. Für die gesamte Gruppe hatte Franz Pfemfert, der Herausgeber des revolutionären Berliner Organs, Vorbildfunktion. Er „verkörperte sich", nach P. Weber, „zum Begriff der Weltrevolution, dem Umbruch der Kunst, dem Aufstand der Auserwählten, dem grellen Schrei gegen Massenmord für den Sofortfrieden"⁹⁷.

Gleich in Nr. 1 der *Voix des Jeunes*, im August 1917, wurde das fulminante Gründungsmanifest des Cénacle *Wir!* veröffentlicht. Es wurde von Pol Michels und Augustus [= Gust.] van Werveke geschrieben und ganz im Geiste Franz Pfemferts verfasst. Es löste einen Literaturstreit zwischen den jungen Wilden und Clément aus.⁹⁸

Das Manifest mit dem Titel *Wir!*, trotziges Selbstbewusstsein verratend, ist typisch expressionistisch: Es ist anklagend und verkündend. Die Sprache ist pathetisch, ekstatisch, hat teilweise schreiartigen Charakter und ist voller Interjektionen. Inhaltlich wird kein kohärentes Programm entwickelt, aber drei Begriffe sind fett gedruckt hervorgehoben, sie weisen auf drei Grundpositionen des Expressionismus hin:

1. Die „neue Jugend, zu der auch W I R gehören", will „endlich und mit himmelstürmender Gewalt den großen Wurf schleudern: **Handeln!** Das l'Art-pour-l'Art-Prinzip hat seine Schuldigkeit getan."

    Also: Man will sich dem expressionistischen Aktivismus, wie ihn *Die Aktion* vertritt, zuwenden. Der Ästhetizismus, die Kunst um der Kunst willen, wird abgelehnt.

2. „**Wir** stehen fester gegründet auf dieser Erde, sehen in Wirtschaft und Politik tausend Aufgaben harren, grüßen in Staatsmännern und Ingenieuren die Dichter der Zukunft."

    Also: Mit einem radikalisierten Lebensgefühl will man in alle Lebensbereiche eingreifen. Keinen Unterschied zwischen Leben und Kunst soll es mehr geben.

3. Am Ende des Manifestes heißt es: „Und so erwarten wir Springlebendigen mit heißzuckendem Blute das Ende des Mordes, um endlich mitzuwirken an der großen, allesbefreienden Tat des Geistes: Liebe der Liebe, Hass des Hasses, Völkerfrühling, Morgenröte! **Es lebe Europa!**"

Die expressionistische Ablehnung des mörderischen Weltkrieges wird hier herausgeschrien, es äußert sich ein radikaler Pazifismus, ein Weltverbesserungsfanatismus, aber es zeigt sich auch ein spezifisch luxemburgischer Zug im Hinblick auf Europa:

Wo man – wie in Luxemburg und im Elsass – zwischen die Nationen gestellt war, nahm die allgemeine Sehnsucht nach einer neuen Menschheit präzisere Formen an. Dort wurde früh die Forderung nach einem Vereinten Europa und, als Voraussetzung dazu, nach einer Aussöhnung zwischen Deutschland und Frankreich erhoben.

Der Elsässer René Schickele etwa, Expressionist und Pazifist, empfand seine bilinguale Heimat als mögliches Vorbild für eine Verbindung der Völker und für eine europäische Vereinigung. Mitten im Krieg behandelte er in seinem Drama *Hans im Schnakenloch* (1915) die binationale Problematik und musste Ende 1915 wegen seiner kritischen Haltung zu Deutschland in die Schweiz emigrieren. Nach dem Krieg führte sein Eintreten für eine europäische

Frühe Forderung nach einem Vereinten Europa

Verständigung der Völker zu einer Annäherung an Aline Mayrisch-de St. Hubert, die mit ihrem Colpacher Kreis ähnliche Ideale verfolgte.⁹⁹

Mit seinem Freund Schickele war sich der elsässische Schriftsteller Otto Flake einig, dass das Elsass eine eigenständige Kultur besitze und dass sein Status von großer Wichtigkeit für einen zukünftigen gesamteuropäischen Frieden sei. 1917 veröffentlichte er bei S. Fischer in Berlin *Das Logbuch*. Es enthält ein Kapitel, in dem ein fiktiver Luxemburger sich Mühe gibt, Verständnis in Deutschland für die neutrale Haltung seines Landes im Krieg zu wecken, und auch zu erklären, warum zahlreiche Luxemburger in der französischen Armee dienten. Clément berichtete in der VdJ über das Kapitel, „das für uns Luxemburger außerordentlich interessant ist."¹⁰⁰ Zudem schrieb er einen offenen Brief an Otto Flake, der im *Annuaire 1917* der ASSOSS veröffentlicht wurde – also im Krieg und unter deutscher Besatzung! In diesem Schreiben heißt es:

„Sehen Sie, lieber Flake, Europa muss wieder aufgebaut werden. Darüber ist man sich auch in Deutschland einig. Die erste Arbeit, die bei der Wiedererrichtung einer europäischen Kulturgemeinschaft getan werden muss, ist die Wiederannäherung von Deutschland und Frankreich. Da können und wollen wir Luxemburger helfen. Wir haben nicht die heldische Haltung der Seele mitbekommen, die der Krieg in den Besten der kämpfenden Völker erzeugte, aber wir haben auch nicht das Gift des Hasses in uns auszugären. Wir möchten etwas wie der Sauerteig werden, der die Toxine des Weltkrieges aus unseren beiden großen Nachbarn herausfermentiert; wir möchten helfen bei dem großen Gesundungs- und Säuberungsprozess. Da werden Sie, Herr Flake, auch nicht abseits stehen und wir danken Ihnen, dass Sie ihre Landsleute drauf aufmerksam machten, dass es Luxemburger in diesem Sinne gibt."¹⁰¹

Was Europa anbelangte, war der Cénacle also mit Clément einer Meinung. „[E]ines Tages werden sich in Gold und Eisen die Vereinigten Staaten Europas vollenden", hieß es im Manifest. Dieses klang aus, mit dem Hochruf: Es lebe Europa! Und nach dem Kriege äußerte sich Michels am 20.2.1920 in einem Brief an Albert Hoefler: „[N]ie werde ich lassen von dem einzigen Probleme: Verbrüderung der deutsch-französischen Menschheit! Westeuropäische Gemeinde!"¹⁰²

Der Literaturstreit in der *Voix des Jeunes*: ‚une querelle des anciens et des modernes'?

Große Differenzen mit Clément gab es jedoch über die Frage, welcher Stellenwert der Literatur einzuräumen sei. Sie zeigten sich im Literaturstreit, der vom Manifest *Wir!* in Nr. 1 ausging und in den Nummern 3, 4 und 5 ausgetragen wurde. Dichtung und Leben wollten die Cénacle-Leute verbinden. Sie hatten „nur ein vernichtendes Lachen mehr übrig für die Propheten der Weltabkehr", für die Dichter der Vergangenheit, die Poeten der ‚l'art pour l'art'-Richtung.

Dichtung und Wahrheit nannte Clément denn auch seine Erwiderung in Nr. 3; mit keinem Wort nahm er allerdings Bezug auf die Stürmer und Dränger des Cénacle.¹⁰³ Ihm ging es um Grundsätzliches. Zu Beginn heißt es: „Der schlimmste Eingriff, den die Dichtung in die höchsten Menschenrechte tat, geschah an dem Tage, wo sie sich herausnahm, als Ziele verlockende, als Anstoß zwingend starke *menschliche und ethische Werte als Norm* vor uns hinzustellen". Ein Dichter sollte „*nützlich*" sein, „als Führer der Menschheit" wirken. Dem widerspricht Clément energisch. Seiner Überzeugung nach hat der Dichter „das Leben zu gestalten; er darf schaffen, wie und was er will; er darf Synthesen und Charaktere, gerundete und sprunghafte Menschenbilder vor uns hinstellen; nur darf er nicht verlangen, dass all sein Tun mehr sei als Lust und Trieb und Schönheit, nur darf er nicht wollen, dass es eine Norm werde".

Für Clément ist also das Entscheidende in der Kunst nicht das Was, sondern das Wie. Der Dichter muss seine Freiheit behalten und darf auf keinen Fall ins Korsett bestimmter ethischer oder künstlerischer Normen gezwängt werden. Ähnliche Gedanken äußert er in der gleichen Nummer in dem Text *Das Buch des Propheten Jesaja*[104]: „Der reine Dichter will die Schönheit; er gelangt zu ihr durch oder gegen die Sittlichkeit. Der Prophet will die Sittlichkeit; sie wäre nur ein blasser Schemen, der den Menschen nichts bedeuten würde, das sie nicht lieben und erringen könnten, wenn sie nicht in Schönheit aus der Seele des Propheten erstehen würde." Für den Dichter darf es also keine Einengung durch sittliche Normen geben.

Die Nr. 4 der VdJ brachte unter dem Titel *Die Literatur der Luxemburger, ein Spaß! Ein Protest*[105] ein Pamphlet des Cénacle, das alles und jedes, die gesamte Luxemburger Literatur in Grund und Boden stampfte. Ein paar Beispiele dieses Rundumschlags: „Undinge heulender Lächerlichkeit wachsen hervor wie Rüben im Felde: Sprache unter Null, Inhalt kümmerlichstes Schattengewächs." Oder: „Unser Putty ist in grauenerregender Gesellschaft: […] Schulmeisterdünkel versteift sich zu dithyrambischer Literatenbegeisterung", was wohl auf Clément, den Lehrer, gemünzt war. Und über die Luxemburger Schriftsteller heißt es: „Imitationsgeist der kleinsten Kleinen. Wähnen sich hinstürmend auf Pegasus und reiten plumpste Ackergäule." Die Schlussfolgerung lautet: „Luxemburg, Stadt und Staat der Zwerge an Geist, Kultur, Gesinnung. Lebet wohl, schal, gleichgültig, allmählich über provinzialen Angelegenheiten verdummend. Sklaven der Vergangenheit! Verschluckt unsre Leichenrede wie eine missliebige Arznei, beweibet euch und ,*schlafet, wie die Austern dämmern*'."

Nachdem sich die jugendlichen Himmelsstürmer mit ihrer Streitschrift kräftig abreagiert hatten, richteten sie in der nächsten Ausgabe der VdJ einen *Offenen Brief an Herrn Frantz Clement*.[106] Im Namen des Cénacle wandte sich S. Lashon [i.e. Paul Weber] in einem gönnerhaft ironischen Ton an ihn: „Wertester Herr. Alles verstehend, werden Sie es mit höchstem Gleichmut aufnehmen, wenn wir Jüngste uns erlauben, an Ihrem Leitartikel herumzunörgeln." Aber mit etwas Herummäkeln begnügt man sich nicht. Clément, der sich in seinem Essay *Dichtung und Leben* für die Autonomie der Kunst eingesetzt hat, wird forsch als Vertreter der ,L'art pour l'art' hingestellt: ein Kunstprinzip, das nichts weiter sei als „Lächerlichkeit und traurige Ironie", zumal in einer Zeit, „wo Europa, wo die ganze, in zwei geteilte, Welt sich zerfleischt".

Auch der Cénacle glaube an die Kunst, allerdings an eine Kunst, die dem Leben zugewandt sei. „Aber der Dachstubenkunst und -poesie sind wir satt. Lang genug hat man über Bäume und Sterne gesungen, uns mit faden Liebesschmerzen belästigt."

Wie könne Clément, dessen „Leibsteckenpferd" die Moderne sei –, er, der Freund und Bewunderer Verhaerens,[107] – von der ,sozialen und menschlichen Note' in der Literatur absehen? Hymnisch, feierlich endet der Brief mit einem Gedicht Herweghs, in dem der Künstler als Prophet einer besseren Welt apostrophiert wird.

Gleich anschließend antwortete Clément in einem längeren Text: *An den „Cénacle des Extrêmes"*.[108] Er wolle ,als alter Schulmeister' etwas Ordnung in die Auseinandersetzung bringen. Zweierlei werfe man ihm vor. Er sei zu einem „Kaplan des Artistentums" geworden und er zeige sich „für die Umgestaltung der sozialen Werte durch die Wortkunst verständnis- und gefühllos".

Der erste Vorwurf reize ihn zum Lachen. Seit er rede und schreibe – seit fünfzehn Jahren also – bekämpfe er „die Unfruchtbarkeit des Artistentums". Aber er habe sich auch stets für die Freiheit des Künstlers eingesetzt. Weder solle dieser Normen unterworfen werden, noch dürfe die Kunst Normen für das Leben aufstellen. Sie „soll das Leben gestalten, verdichten, zusammenballen: aber sie soll weder richten noch fordern". Kunst sei „kein Surrogat für Ethik und Sozialpolitik". Die „Aufstellung von Gesetzen" könne man ruhig „den Pfaffen aller Bekenntnisse und Weltanschauungen" überlassen.

Auf den zweiten Vorwurf, ihn kennzeichne Verständnis- und Gefühllosigkeit für diejenigen, welche die Welt durch Kunst und Literatur ummodeln wollten, antwortet Clément, er „glaube nicht an die soziale Umwertung durch die Leistung des Künstlers, des Dichters". Jahrhundertelang habe man darum gekämpft, die Kunst aus dem „Kammerdienerverhältnis zur Moral" zu lösen, wie Nietzsche sich ausdrückte; jetzt komme es darauf an zu verhüten, dass der Künstler oder Dichter „zum Einpeitscher für irgend ein politisches Dogma" werde. Der Aktivismus seiner „jungen Freunde" reduziere sich zu sehr darauf, „Leitartikel" in „gereimte oder in epische Formen" einzuwickeln. Sie weideten sich am „gewerbsmäßigen, hohlen Pathos Herweghs, dieses typischen Phraseurs"; er dagegen ergötze sich lieber „an so verruchten und unsozialen ‚Artisten' wie André Gide und Thomas Mann".

Zweierlei wolle er: Er sei entschlossen, sein „Leben lang Politik zu treiben, freilich, ohne [sich] von irgend einer Partei dreinreden zu lassen". Aber er wehre sich dagegen, dass man ihm an die Kunst rühre, sie sei vielmehr sein „Lebenselement". Er schreibt: „Ich werde sie so hüten, wie es in meinen schwachen Kräften steht: hierzulande wie überall, wo ich für Rede und Schrift nur Leser finde." Man solle nicht von ihm verlangen, dass er „auch nur ein Quentchen Dichtung auf dem Altar der Politik opfere".

Mit dieser grundsätzlichen Positionierung Cléments zur Kunst und Literatur war die öffentliche Kontroverse beendet, aber sein Standpunkt machte dem Cénacle noch lange zu schaffen. Am 17.9.1918 schrieb Paul Weber in einem Brief an Albert Hoefler: „Ich habe mit unserm kleinstaatlichen Literaturdiktator Fr. Clément eine blamable öffentliche u. viele wüste Privatdiskussionen geführt über das große, wuchernde Schlagwort ‚Art pour Art'. Dies lachhafteste der Prinzipien (das nicht aus der so sympathischen Bohème stammt, sondern spleenigten Hochfinanz- und Bürgerhirnen sich entrang) heißt es niederzuboxen, soll das Wort Waffe werden."[109]

Die Cénacle-Leute hatten also wenig Verständnis für Cléments vernünftige und auf Ausgleich bedachte Literaturauffassung – sie schloss weder ein Artistentum à la Gottfried Benn noch eine politische Tendenzdichtung à la Jean-Paul Sartre aus.[110] Aber sein Begriff „Schönheit", in der Zeit des Ersten Weltkrieges gebraucht, hatte sie offensichtlich erschreckt. Clément seinerseits erkannte nicht, dass im Cénacle mehr als Idealismus zum Ausdruck kam. Er rief den Jugendlichen zu: „Sie haben Enthusiasmus, das tut mir wohl. […] Verlieren Sie diesen Enthusiasmus nicht, aber lassen Sie die Dichter damit in Ruhe."[111] Er merkte jedoch nicht, dass sich im Cénacle, besonders bei Pol Michels, echte Avantgardekunst in Luxemburg entwickelte – Gast Mannes hat diese in mehreren Werken dargestellt und analysiert.[112]

Clément und der Expressionismus

Zudem stand Clément dem vom Cénacle so sehr gepriesenen deutschen Expressionismus, der die Luxemburger Avantgarde stark beeinflusste, mit Skepsis gegenüber. Dies zeigte sich deutlich in Cléments Beitrag *Expressionismus in Frankreich* in Nr. 10 der *Voix des Jeunes*, vom Oktober 1918.[113] Er schrieb: „Ich habe die Leidenschaftlichkeit, die Ungezogenheit, mit der in Deutschland seit einigen Jahren um dieses Wort [i.e. Expressionismus] gestritten wurde, nie begreifen können; ich möchte einmal sagen warum. […] Die Deutschen haben wieder einmal bewiesen, dass sie treffliche Worte zu finden wissen, auch wenn sie das Ding noch nicht oder noch nicht ganz oder noch nicht gut haben. In Frankreich hat man das Ding, man stritt sich um das Ding, nicht um das Wort." Und er führt eine Reihe Schriftsteller, wie etwa Emile Verhaeren, Charles Péguy, Jules Romains, an, deren Werke, seiner Meinung nach, typisch expressionistische Züge tragen – [aus deutscher Sicht sind diese Schriftsteller gewiss keine charakteristischen Expressionisten] – und meint: „Das offen expressionistischste Werk der französischen Lit[t]eratur ist aber das dramatische Werk Paul Claudels", so seine frühen Theaterstücke *Tête d'or* oder *Partage de midi*. „Hier sprechen und handeln nicht mehr einzelne Menschen, sondern Typen des Menschtums, des Menschseins. Hier ist der heroische Stil gewonnen, zu dem man in Deutschland hin will."

Gegen Schluss heißt es dann: „Es wäre zu dumm, wenn man in diesen einfachen Feststellungen eine Lobpreisung französischer Gegenwartsdichtung auf Kosten einer Herabsetzung deutscher Gegenwartsdichtung sehen wollte. Es kann ja keiner dafür, dass Frankreich in vierzig Jahren in Dingen der Kunst und besonders in Dingen der Dichtung immer zehn Jahre vor Deutschland war. […] Es hatte zehn Jahre vor Deutschland den Naturalismus, zehn Jahre früher den Symbolismus; die Dichtung der neuen Generation muss sich also auch schon in Frankreich konsolidiert haben, wenn man in Deutschland noch dreinschlagen muss, um ihr dürftige Anerkennung zu schaffen."[114]

Es erstaunt, dass der belesene Clément mit keinem Wort auf die bedeutende expressionistische Lyrik in Deutschland eingeht, die 1920 dann in der bekannten Anthologie *Menschheitsdämmerung* von Kurt Pinthus dokumentiert wird – zu sehr beschäftigte ihn wohl damals die Politik. Auch später bewertete er den deutschen Expressionismus sehr abschätzig. 1924 schrieb er in *Les Cahiers luxembourgeois*: „Die Mätzchen des Expressionismus wurden in der deutschen erzählenden Prosa schnell überwunden. Sie waren Zier und Notbehelf für schwache Gestalter, die in ekstatischer Wortpflegelei den Charakter einer neuen Wortkunst vermuteten und durch Übertölpelung Anschluss suchten und Aufsehen verursachen wollten."[115]

Sein ‚préjugé favorable' gegenüber französischer Literatur war zeitbedingt und nimmt die profranzösische Haltung so mancher luxemburgischer Linksintellektueller am Ende des Ersten Weltkrieges vorweg: Diese werden nicht nur voller Bewunderung für französische Kultur sein, sondern manche von ihnen für einen sofortigen Anschluss an Frankreich eintreten.

Im letzten Kriegsjahr kehrt Clément zu literarischen Formen zurück

In der *Voix des Jeunes*, September 1917, hatte Jim Smiley [i.e. Jim Wester] in seiner Porträtgalerie *Gens de lettres* Clément als „[le] plus grand chirurgien de l'esprit que le Grand-Duché ait produit" bezeichnet.[116] Aber 1918, in den letzten Monaten des Krieges, griff der Analytiker Clément seit längerer Zeit zum ersten Mal wieder auf rein literarische Ausdrucksmittel zurück.

In *Fliegerangriff*, auf der Titelseite und auf S. 2 der *Voix des Jeunes* von April 1918, wird in einer Skizze von einer Bahnfahrt von Esch/Alzette nach Luxemburg erzählt.[117] Die Zuggäste erleben in der Nähe von Schifflingen einen Alliiertenflugangriff auf die Hüttenwerke.

Ein Inferno wird in einer expressionistischen Sprache dargestellt: von aufheulenden Sirenen, zerfetzenden Schrapnells, aufzuckenden Gewitterblitzen, speienden Abwehrkanonen, von „Lichtarmen, die sich fliehen, sich greifen, sich kreuzen", wird gesprochen. Der Zug „schlingert", „Männer fluchen, Kinder schreien wie Tiere, Frauen werden blass um Auge und Mund. Menschen greifen an ihren Leib, bluten, sterben". Ein angreifendes Flugzeug trifft: „Der Flieger hat gebissen; er hat nach den Hütten gebissen und eine Frau, ein Kind, einen fleißigen Mann in die stinkenden grausamen Zähne genommen." Realität oder erschreckende Vision? Clément stand wohl unter dem Eindruck der zahlreichen Fliegerangriffe auf Esch/Alzette und besonders auf die Adolf-Emil-Hütte.[118] Das dargestellte Inferno erinnert an die ‚Apokalyptischen Landschaften' (1912-1916) des expressionistischen Malers Ludwig Meidner.

In einem längeren Gedicht *Drei Standorte*, in der VdJ von Januar 1918, richtet Clément den Fokus auf drei Szenen aus dem Ersten Weltkrieg.[119] In einer sehr rhythmisierten Sprache, in freien Rhythmen – das Mittel der Anapher verleiht den Versen eine große Eindringlichkeit – wird in der ersten Strophe, in der Tradition der Arbeiterlyrik, die machtvolle Kriegsproduktion, besonders die Herstellung von Waffen, verdeutlicht:

Wir schaffen aus Blut und Schweiß und Nacht
Viel Werkzeug und Waffen zu Lust und zu Pein,
Wir sind die Hüter der Essen, aus denen die Zukunft blüht,
Wir sind die Drachenzähne, aus denen die neuen Titanen erblühen.

Kontrastiv dazu wird in der zweiten Strophe die Not der Bevölkerung, besonders der Frauen, dargestellt:

Ich stand in der Stadt vor einem Gemeindehaus.
Auf der Treppe, in Gängen und offenen Türen
Drängten sich Frauen und Kinder und Männer ein und aus
Frauen mit braunen und blauen Augen, in denen kein Licht mehr stand.
Frauen mit grauen Stirnen, von denen die Hoffnung schwand,
Frauen mit Händen, die einst Kinderschwärme beglückten,
Frauen mit Mündern, die einst Männer der Arbeit entzückten.
Und die Hände der Frauen, die so viel und so freudig gegeben
Waren leer, und die Münder und Augen, deren Leben
Das Glück der dürftigen Stuben und der harten Männer gewesen
Waren müde und krank, und am Himmel stand kein Genesen.

In der letzten, melancholisch getönten Strophe steht ein einzelnes Paar, wohl ein Liebespaar, im Mittelpunkt. Es drückt sich die zaghafte Hoffnung aus, dass mit dem Wechsel der Jahreszeiten der Alltag und die Normalität wiederkehren werden:

Sie sprach: – und der Klang ihrer Worte war dem Abendläuten gleich,
Es gab einen Sommer, und es kommt jetzt ein Herbst ins Land,
Der glühet wie Gold und ist wie mein Haar so weich,
Denn wir beide sind allen Jahreszeiten verwandt.

In der Märznummer 1918 der *Voix des Jeunes*,[120] wird in dem Gedicht *Sieg der Freude* zunächst das erschreckende Kriegsgeschehen – im Imperfekt – geschildert. Demgegenüber stehen zaghafte Ansätze zum Frieden im Präsens.

Und die Erde erklang
Vom Donner der Krupp- und Creusotgeschosse,
Vom grausigen Gewieher der apokalyptischen Rosse.
Da kam Trauer über die Welt,
Da stöhnten in stinkenden Löchern zerschossene Krieger mit zerrissenen
Leibern,
Da dröhnte von Ost nach West das Fluch- und Hasslied von Weibern,
Da verhüllte der Engel der Liebe sein strahlendes Haupt,
Und Prometheus, der einst den Göttern das Feuer geraubt,

Um den Menschen zum Sieger auf Erden zu krönen,
Bat den Himmel, dass er ihn erlöse.

Doch schon schimmern durch Wolkenberge die neuen Sonnen,
Und den blutdunstumzitterten Heereskolonnen
Schwebt ein zagender Sang von Heimatsglück und von Frieden,
Und Männer stehen auf, die aus Schwertern Pflugscharen schmieden.

In der *Voix des Jeunes* erschienen 1918 einige weitere Texte Cléments,[121] von denen besonders die Würdigung von Léon Bloy (1846-1917) auffällt: einer Persönlichkeit so ganz nach Cléments Geschmack, auch wenn dessen Weltanschauung seinem Denken vollkommen widersprach.[122] Dieser war für ihn der „konsequenteste Katholik", aber radikal eigensinnig, „konsequent bis zur Blasphemie", sodass Frankreichs Katholiken „diesen seltsamen integralen Diener Gottes fürchteten und verabscheuten". Clément bewundert an ihm das Aufbegehrende, das subversiv Individualistische. In diesem Dichter, der sich schwer einordnen lässt, „tobte der alte Prophetenzorn, der Jesajazorn, der sich in Imprekationen von unzweifelhafter Wucht Luft machte". Er sei „einer der genialsten Pamphletarier der französischen Literatur". Seinen Stil, den auch Paul Palgen, wie in der Rezension erwähnt, bewunderte, charakterisiert Clément folgendermaßen: „eine Mischung von Dreck und Feuer, von abstoßender Skatologie und pietätvollster Kultur des Wortes, von Fluch und Segen, von schimpfendem und anbetendem Lyrismus." Bloy ist also das Beispiel eines bewundernswürdigen Künstlers, selbst wenn man dessen Überzeugungen ablehnt. Es war diese Art von Freiheit in der Kunst, die er gegenüber dem Cénacle des Extrêmes verteidigen wollte. Der letzte Satz des Artikels lautet: „Wenn man schimpfen will wie Bloy, muss man ein Kerl sein wie er." Die Wucht, die Bloys Temperament kennzeichnete, zeigte auch Clément, wenn nötig.

Am 11. November 1918 unterzeichnete Matthias Erzberger für Deutschland im Eisenbahnwagen bei Compiègne den Waffenstillstand. Der Erste Weltkrieg war zu Ende.

Léon Bloy

8. Clément erneut Chefredakteur im *Escher Tageblatt;* die Dynastiekrise

Clément und die Ligue Française

Nach dem Sieg der Alliierten kehrte der Verleger des *Escher Tageblatt*, Paul Schroell, aus seinem Pariser Exil nach Luxemburg zurück. Begeistert wurde seine *Heimkehr* – so der blumenumrandete Titel auf der ersten Seite der Escher Zeitung, am 5.12.1918 – gefeiert. Das ET bekam einen neuen Untertitel: *Journal d'Esch*, statt *Demokratisches Organ für die Interessen des Kantons Esch*. Häufiger sollten jetzt französische Artikel erscheinen. Vom folgenden Tag an stand neben dem Untertitel, links: *Soyez durs!* und rechts: *N'oubliez pas!*

Clément wurde wieder Chefredakteur. Sein erster, von ihm unterzeichneter Leitartikel nach dem Krieg, in der Wochenendausgabe vom 7.-8.12.1918, trug den bezeichnenden Titel: *Die neue Zeit*. In ihm heißt es, der Weltkrieg, „dieser große Krieg", habe „alte Formen zerschlagen und einen neuen Akt des Dramas Weltgeschichte eingeleitet". Luxemburg könne nicht weiter „aus eigenen Mitteln leben". Clément schlägt vor:

„Wir müssen uns an ein größeres Staatswesen anschließen, wenn unsere Wurzeln nicht verdorren sollen. Vor dem Weltkrieg waren wir nach Deutschland orientiert. Das hat ein Ende bekommen, ohne dass wir darüber Tränen zu vergießen brauchen. Nun gibt es nur eine mögliche **Umorientierung: das ist der Anschluss an Frankreich.** Wenn wir uns aus Not auf einen mächtigeren Nachbarn stützen müssen, dann sollen wir uns aber auch den mächtigsten heraussuchen. Dann kann es zwischen irgend einem andern Lande und Frankreich keine Wahl mehr geben."

Spezialnummer der *Voix des Jeunes*, die der Ligue Française vorbehalten war. Auf dem von Auguste Trémont gezeichneten Titelblatt ist der gallische Hahn zusehen, der den deutschen Adler zertritt.

Die Überlegungen des Artikels erinnern an die Vorstellungen der Ligue Française [LF], die von Linksintellektuellen im November 1918 in Luxemburg-Stadt gegründet worden war. Deren Sprachorgane waren das *Escher Tageblatt* und vor allem die *Voix des Jeunes*, das Organ der AGEL. Dieses hatte am 22.11.1918 eine Sondernummer herausgegeben, ganz in Französisch verfasst. Auf der Titelseite prangte eine Zeichnung von Auguste Trémont: eine ‚Marianne', die einen französischen Hahn hochhält, und unter ihren Füßen einen deutschen Adler erdrückt. Darunter steht: „Vive la France. Aux poilus de la France nous dédions ces pages en signe de notre admiration et de notre gratitude."

Es fällt auf, dass Clément, der, laut Impressum auf der letzten Seite der Zeitschrift, noch immer zum fünfköpfigen Redaktionskomitee der VdJ gehörte, mit keinem einzigen Beitrag in dieser Sondernummer vertreten ist. Auf dieser Seite steht ebenfalls das erste fettgedruckte Manifest der Ligue Française, das sich auf einen einzigen Programmpunkt reduziert: „La ‚Ligue Française' réclame la réunion de notre pays à la France. Cette réunion est exigée par nos aspirations et nos intérêts tant moraux que matériels." Hier fällt auf, dass Clément dem 10-köpfigen provisorischen Exekutivkomitee der Ligue nicht angehörte.[123]

Ein zweites Manifest mit dem Titel *Programme immédiat et minimum de la Ligue Française* erschien in der Januarnummer 1919 der *Voix des Jeunes*. Die acht Programmpunkte waren:

1. Libération du Luxembourg de l'emprise germanique. Déchéance de la dynastie de Nassau. Expulsion des espions allemands.
2. Le Luxembourg républicain sous la protection de la France.
3. Alliance économique et monétaire avec la France. Administration française des chemins de fer Guillaume-Luxembourg.
4. Politique linguistique nettement française de notre Instruction Publique. Renforcement progressif de l'enseignement français au détriment de l'allemand.
5. Obtention de facilités pour la naturalisation française et le séjour en France de nos compatriotes.
6. Obtention du libre accès pour les Luxembourgeois à toutes les écoles françaises aux mêmes titres et conditions que les nationaux français.
7. Obtention de l'équivalence des diplômes universitaires luxembourgeois et français, sinon suppression de ceux-là.
8. Remise à la France de nos intérêts diplomatiques et consulaires.

Clément unterzeichnete das Manifest,[124] aber offensichtlich gab es in der LF verschiedene Meinungen darüber, wie die enge Anbindung an Frankreich zu bewerkstelligen sei.[125] Am 2. Januar 1919 stand auf Seite 2 des *Escher Tageblatt* die Bemerkung: „Inmitten der Ligue gibt es Persönlichkeiten, die annexionistisch denken."

Clément gehörte ganz sicher nicht zu den Befürwortern einer Annexion, weder von Seiten Belgiens noch Frankreichs. Eine enge Anlehnung an Belgien kam für ihn, wie auch für die Liga, nicht in Frage. Frankreich war die große Kulturnation, an der man sich ausrichten wollte. Zudem hatte das belgische Außenministerium im Krieg Annexionspläne entwickelt. So soll der belgische bevollmächtigte Minister in London, Paul Hymans, mehrmals die belgischen Ansprüche auf Luxemburg betont haben, worauf ihm sein Kollege Lord Grewe antwortete, „Belgien reklamier[t] Luxemburg, so wie Frankreich Elsaß-Lothringen verlang[t]"[126].

Clément war aber auch gegen eine überstürzte Vereinigung mit Frankreich. Batty Weber, „le chantre infatigable de l'amitié belgo-luxembourgeoise",[127] schrieb am 29.1.1919: „Wir sind den Belgiern innerlich näher als den Franzosen."[128] Er hatte bereits in seinem *Abreißkalender* vom 17.12.1918, in der LZ, die Befürchtung geäußert, die Ligue arbeite auf eine „unmittelbare Annexion" durch Frankreich hin. Clément hatte ihm daraufhin am 19.12.1918 im ET geantwortet. Der Artikel *Das Luxemburgertum und die Ligue Française* war nicht unterzeichnet. Aber die kollegiale Anrede am Beginn: „An Batty Weber!", statt der sonst im ET üblichen Bezeichnung: „Abreißkalender-Mann der ‚Luxemburger Zeitung'", die freundliche Bemerkung, „[e]iner der besten Luxemburger" habe jetzt Stellung bezogen, und der unpolemische freundschaftliche Ton des Artikels weisen eindeutig auf Clément hin.

Er schreibt, man wolle nicht „von heute auf morgen im französischen Leben mittun", und er ergänzt:

„Wenn uns irgend etwas vorschwebt, das mit einem Schlagwort bezeichnet werden kann, so ist es [eher] das eine[r] langsame[n] Assimilation. Aber sie soll aus Gründen der Redlichkeit durch keinen politischen Akt beschleunigt werden, ehe nicht das ganze Volk zur Aufnahme in den Lebenskreis Frankreichs reif ist."

Batty Weber hatte sich auch Sorgen um „unser Luxemburgertum" gemacht, das er bedroht sah. Tatsächlich gab es in der Liga Leute, die von einer zugespitzten Frankophilie beseelt waren und meinten, sie müssten von einem Tag auf den andern nur noch Französisch sprechen. Der Dichter Nikolaus Welter, damals ‚sozialistischer Vertrauensmann' in der Regierung Reuter, berichtet in seinen *Erinnerungen aus verworrener Zeit* mit dem Titel *Im Dienste*, dass der Sprecher der Liga auf der ersten Volksversammlung am 10.11.1918 „sich seinen Landsleuten auf französisch" vorstellen wollte. Er provozierte damit den „Unwillen der Anwesenden, die nur die Heimatsprache hören wollten", und wurde „alsbald zum Schweigen gezwungen"[129].

Clément versuchte, Weber zu beruhigen: „Unser Heimatliches" – und dazu zählte er auch die Luxemburger Sprache; damals sprach man noch von „unserm Dialekt" – „soll in vollem Umfange erhalten bleiben. Es ist wertvoll wie jedes Heimatliche. Unser Luxemburgertum ist aber gerade bei Frankreich gut aufgehoben." Clément dachte nie daran, die Luxemburger Mischkultur über Bord zu werfen, er schrieb weiterhin deutsch und wandte sich in den 20er und 30er Jahren immer wieder gegen den „verbohrten und unfruchtbaren Fransquillon-Fanatismus", der nur die französische Kultur gelten lasse.[130]

Die Dynastiekrise

Die Art der Annäherung an Frankreich war auch für Clément nicht das Hauptproblem nach dem Ersten Weltkrieg. Er gehörte nicht zu den Initiatoren der Ligue Française. Die frankophile Ausrichtung des *Escher Tageblatt* war vor allem auf Paul Schroell zurückzuführen. Dieser hatte in Paris die Zeitung *Le Luxembourgeois* gegründet, die besonders für die Luxemburger Soldaten im Dienste der französischen Armee gedacht war. Die Devise der Zeitung war: ‚Un Luxembourg libre uni à la France', und an diesem Motto wollte Schroell auch die Escher Zeitung ausrichten.

Das zentrale politische Thema nach dem Krieg aber war die Dynastiekrise, und es stellte sich die Frage, ob Luxemburg eine Republik werden sollte. Am 11. November 1918, also am Tag, als der Erste Weltkrieg zu Ende ging, war die Überschrift auf der Titelseite im ET: *Annahme der Waffenstillstandsbedingungen durch Deutschland*. Darunter stand: *Das Luxemburger Volk verlangt die Abdankung der Großherzogin*. Unter dem Titel: *Das Luxemburger Volk fordert seine Rechte* wurde von der sozialistischen Kammerfraktion, von einem eben gegründeten Arbeiter- und Bauernrat sowie von dem Landesverband der Eisenbahner berichtet, die alle ultimativ die Errichtung einer Republik in Luxemburg verlangten.

Die Abgeordneten der Linksparteien ihrerseits waren sich einig, dass die Großherzogin im Interesse des Landes abdanken müsse. Der liberale Abgeordnete Robert Brasseur formulierte die Begründung vor der Abgeordnetenkammer: „[L]a souveraine, par la faute du parti clérical, a été la Souveraine d'un seul parti."[131]

Seit dem Beginn ihrer Regierungszeit wurde Marie-Adelheid – sie war mit 18 Jahren Großherzogin geworden – vorgeworfen, die Fürstin einer Partei, der Rechtspartei, und einer Überzeugung, der katholischen Weltanschauung, zu sein. Unmittelbar nach ihrem am 18. Juni 1912 geleisteten Eid auf die Luxemburger Verfassung, stimmte die Abgeordnetenkammer am 25. Juni 1912 mit klarer Mehrheit für ein neues Schulgesetz; der Staatsrat entband es einstimmig, bei einer Enthaltung, am 8. Juli vom zweiten Votum. Es gab also keine verfassungsrechtlichen Einwände gegen das Gesetz. Die Großherzogin zögerte jedoch, es zu sanktionieren. Es war deshalb nicht sicher, dass es, wie vorgesehen, zum bevorstehenden Schuljahr in Kraft treten konnte. Am 10. August schließlich unterschrieb sie.

Großherzogin Marie-Adelheid: Fürstin einer Partei und einer Weltanschauung

Das Gesetz war nicht antireligiös; es war weit davon entfernt, einen laizistischen Charakter zu haben –, und dies im Gegensatz zur Schulgesetzgebung in Frankreich. Aber es vollzog eine scharfe Trennung zwischen dem Religionsunterricht und den übrigen Fächern. Bisher war es den Pfarrern erlaubt gewesen, zu kontrollieren, ob die Erziehung in der Primärschule christlich ausgerichtet war. Diese Überwachung fiel jetzt weg. Lehrer konnten auch nicht mehr gezwungen werden, an der Erteilung des Religionsunterrichts mitzuwirken, etwa viermal wöchentlich je eine Viertelstunde auf das Abhören des Katechismus zu verwenden. Um im Schuldienst angestellt zu werden, war bisher ein doppeltes Moralitätszeugnis erfordert, ausgestellt vom Pfarrer und vom Bürgermeister; von nun an genügte das Zeugnis des Schulinspektors. Der kirchliche Einfluss sollte sich also in Zukunft allein auf den Religionsunterricht beschränken.[132]

Die Kirche Luxemburgs wehrte sich heftigst gegen das Schulgesetz. Am Tage vor der Abstimmung richtete Bischof Koppes ein Schreiben an die Regierung, in dem er mitteilte, er könne unmöglich an der Ausführung des Gesetzes mitwirken. In einem Hirtenbrief, der in sämtlichen Kirchen des Landes verlesen wurde, wetterte er gegen die Freimaurerei, die Thron und Altar zerstören wolle und überall „eine Erziehung ohne Gott" anstrebe; er forderte die Luxemburger Katholiken auf, die seit jeher „feste Stützen des Staates und des Thrones" gewesen seien, sich gegen das neue „religionsfeindliche Gesetz" zu wehren.[133]

Durch ihr zögerliches Verhalten erweckte die Großherzogin den verhängnisvollen Eindruck, sie stehe auf Seiten der Rechtspartei, die im Sinne der katholischen Kirche gegen das Gesetz gestimmt hatte. Sie billige deren strenge Sanktionen gegen die Linkspresse, die verboten wurde, und gegen die Abgeordneten, die exkommuniziert wurden, weil sie sich für das Gesetz ausgesprochen hatten.[134]

1915 schließlich wollte die Großherzogin nicht den von der Regierung vorgeschlagenen Professor Edouard Oster als neuen Direktor der Normalschule akzeptieren. Oster war zwar eine fähige, geachtete Persönlichkeit, war auch der Hauslehrer von Marie-Adelheid gewesen, aber er war kein praktizierender Katholik, und sie befürchtete deshalb, so Auguste Collart, der spätere Minister und Hofmarschall, „die Ernennung Osters würde bei den katholisch denkenden Luxemburgern einen Entrüstungssturm hervorrufen".[135]

Die brüskierte Regierung, die vorübergehend von dem rangältesten Regierungsmitglied Mongenast geführt wurde, reichte ihren Rücktritt ein – der konziliante Staatsminister Paul Eyschen war im Oktober 1915 gestorben und konnte nicht mehr vermitteln. Die Groß-

Die junge, unerfahrene und deshalb auch ungeschickt agierende Großherzogin Marie-Adelheid (1894-1924) wurde immer mehr in die innerpolitischen Auseinandersetzungen hineingezogen und musste schließlich am 9. Januar 1919 abdanken.

herzogin wollte daraufhin, trotz der Majorität der linken Abgeordneten in der Kammer, die rechte Regierung Loutsch einsetzen, was, wie bereits erwähnt,[136] vom Linksblock als Staatsstreich empfunden wurde und zu einer Staatskrise führte.

Es war also kaum verwunderlich, dass am Ende des Krieges breite Teile der Bevölkerung, wegen ihrer zu offensichtlichen Parteilichkeit, die Abdankung der Großherzogin verlangten. Hinzu kam, dass die Alliierten gegenüber Marie-Adelheid eine zunehmend ablehnende Haltung einnahmen. Sie war ihnen zu deutschfreundlich gewesen. Der französische und belgische Gesandte mussten gleich am Beginn des Krieges, auf Druck der deutschen Regierung, Luxemburg verlassen; Marie-Adelheid dagegen empfing im August 1914 den deutschen Kaiser Wilhelm II. zu einem Diner im großherzoglichen Palast.[137]

Ein Antrag der Linksparteien in der Deputiertenkammer, die Dynastie solle, im Interesse des Volkes, auf den Thron verzichten, wurde am 13.11.1918 mit dem sehr knappen Resultat von 21 gegen 19 Stimmen, bei 3 Enthaltungen, abgelehnt, was aber noch nicht die Rettung der Monarchie bedeutete. Kurz vor Weihnachten 1918 fuhr die Regierung Reuter nach Paris, um sich Klarheit über die Haltung der französischen Regierung in der Dynastiefrage zu verschaffen.

Von Mollard, dem früheren Gesandten Frankreichs in Luxemburg, erfuhr Nikolaus Welter, einer der drei Minister, die in Paris waren, die Regierung Frankreichs wolle nichts mehr von Marie-Adelheid wissen. Sie habe sich zu großer Unklugheiten schuldig gemacht. „Sie muss fort."[138] Schließlich wurde Staatsminister Emile Reuter von Außenminister Pichon empfangen, der ihm mitteilte, seine Regierung verhandele nicht mit den Ministern der Großherzogin.[139]

Es bahnte sich daraufhin eine wichtige Entscheidung an: Die Regierung musste einsehen, dass Marie-Adelheid als Großherzogin kaum noch zu halten war. Anfang Januar 1919 wurden die Forderungen nach einer Republik in Luxemburg lauter. Zwei ‚Comités

Die Republik wird in Luxemburg ausgerufen, aber scheitert letztendlich.

de Salut Public' entstanden, ihnen gehörten sozialistische und liberale Abgeordnete an, also Notabeln aus dem Bürgertum; aber auch die meuternde Freiwilligenkompanie, unter Feldwebel Emil Eiffes, verlangte die Republik. Am 9. und 10. Januar riefen die „apprentis-révolutionnaires" nicht weniger als viermal an verschiedenen Orten in der Stadt die Republik aus.[140] Alle republikanischen Anstrengungen waren jedoch vergeblich: Es gab keine klare Führung, die meisten Abgeordneten wollten nicht den Boden der Legalität verlassen, die französische Armee, unter dem Kommandanten La Tour, schützte die Regierung und vertrieb die Demonstranten. Frankreich wollte keine revolutionären Unruhen in einem Lande, das sich jetzt sowieso auf die Westalliierten ausrichten musste.

Die Rechtspartei, die nicht ganz unschuldig daran war, dass die Großherzogin nie über den Parteien stand und nie die Herrscherin des ganzen Volkes wurde, opferte Marie-Adelheid, und rettete damit die Dynastie.[141] Das Koalitionskabinett unter Staatsminister Reuter beschloss am 8. Januar 1919 einstimmig die Abdankung Marie-Adelheids. Diese dankte am 9. Januar 1919 ab, zugunsten ihrer Schwester Charlotte. Deren Eidesleistung sollte aber erst nach einem Referendum erfolgen, das über das weitere Schicksal der Dynastie sowie über die zukünftige wirtschaftliche Orientierung des Landes entscheiden musste. Die Zollunion mit Deutschland war Ende 1918 gekündigt worden.

Beim politischen Referendum vom 28.9.1919 sprachen sich 78% der Wähler für Großherzogin Charlotte aus; 20% waren für die Republik. Nur in Esch/Alzette und in Rümelingen gab es eine republikanische Mehrheit. Beim wirtschaftlichen Volksentscheid waren 73% für Frankreich und 27% für Belgien. Am 10.5.1920 aber erteilte Frankreich der Luxemburger Regierung eine offizielle Absage für eine Wirtschaftsunion. Es hatte bereits am 9.6.1917 der belgischen Regierung versprochen, nicht irgendwelche Ansprüche auf Luxemburg zu erheben. Paris hatte lediglich Interesse an der Wilhelm-Luxemburg-Eisenbahn und an einem Militärbündnis mit Belgien. In beiden Punkten einigten sich Belgien und Frankreich, und so kam es schließlich am 25.7.1921 zur ‚Union économique' zwischen Belgien und Luxemburg.[142] Die unruhigen und verwirrenden Nachkriegsjahre, in denen es um die politische und wirtschaftliche Neuorientierung des Landes ging, waren zu Ende.

Das *Escher Tageblatt*, und also auch Clément, verfolgten während all dieser Jahre eine klare Linie: Sie waren für die Republik, sie sprachen sich eindeutig für den wirtschaftlichen Anschluss an Frankreich aus. Zur Republik wurde Luxemburg nicht, aber durch eine Verfassungsänderung im Mai 1919 wurde festgelegt, dass das Volk, die Nation der Souverän ist.[143] Luxemburg wurde, nach Clément, „zum wirtschaftlichen Anschluss an Belgien sozusagen abkommandiert".[144] Zu einer Union mit Frankreich kam es nicht, aber eine belgische Annexion war ebenfalls endgültig abgewehrt. Gegen den letzten „streitbaren Annexionisten Pierre Nothomb" schrieb Clément einige bissige Glossen.[145]

Nachträglich, als Clément mit einer gewissen distanzierten Gelassenheit die turbulente Zeit der Dynastiekrise überblicken konnte, kommentierte er auch Marie-Adelheids Charakter und ihr damaliges Verhalten etwas differenzierter.

Nach ihrer Abdankung verließ die Großherzogin das Land und trat 1920 ins Karmeliterinnenkloster in Modena (Italien) ein. Damals schrieb Clément in seiner regelmäßigen Kolumne *Splitter* im ET vom 2.9.1920:

Clément über Großherzogin Marie-Adelheid

„Dieser Abschluss einer Fürstinnenlaufbahn hat Niemanden gewundert; man wundert sich vielmehr darüber, dass der Eintritt der Ex-Großherzogin in ein Kloster sich erst jetzt vollzogen hat. Die Presse hat nicht das Recht, diese Handlung irgendwie zu kommentieren. Seit ihrer Thronentsagung ist Marie-Adelheid von Luxemburg eine Privatperson, die keinem ihrer früheren Untertanen im geringsten für ihre Lebensauffassung und Lebensart verantwortlich ist. Nur eines dürfen wir sagen: Dieses, von katholischer Mystik ganz durchdrungene junge Mädchen, das in den letzten Tagen der Stimme seines Herzens gefolgt ist, hat gerade durch diesen religiösen Akt bewiesen, dass ihm zur Fürstin die heitere Objektivität in der Beurteilung der weltlichen Dinge fehlte. Alle Stürme, die durch die frühere Großherzogin und um sie entfesselt wurden, kamen aus einer Himmelsgegend: Marie-Adelheid dachte und handelte stets im Banne ihrer religiösen Verzücktheit. Sie kannte nur einen kategorischen Imperativ: Rette deine Seele. Sie hat nach ihrer Auffassung ihre Seele gerettet, aber sie hat in unserem Lande der Monarchie die Krisis gebracht, die zum Untergang führt. Ihre Fürstinnenkarriere hätte mit dem Akt beginnen müssen, der sie heute abschließt. Der Dynastie Oranien-Nassau wäre damit nur gedient gewesen."

Aus gesundheitlichen Gründen musste sie das Klosterleben aufgeben und starb am 24.1.1924 auf Schloss Hohenburg, im Alter von 29 Jahren. Zwei Tage später schrieb Clément im ET den Leitartikel: *Grossherzogin Marie-Adelheid* †. Der Respekt vor dem Tod einer, in den letzten Jahren leidgeprüften, früheren Landesfürstin dürfe nicht verhindern, „ihre Persönlichkeit und ihre Regierungstätigkeit in Ruhe und Objektivität zu würdigen". Clément urteilte: „Diese junge Frau hat den Geschicken des Landes in entscheidenden Augenblicken vorgestanden; sie hat selbstherrlich, in reiflicher Überlegung und im Gefühl voller Verantwortlichkeit in dieselben eingegriffen."

Sie ließ sich dabei von der Auffassung der Pflichten und Rechte der Krone leiten, wie sie in ihrer Familientradition begründet lag. Aber es gab, nach Clément, zwei verschiedene, widersprüchliche Traditionen des Herrschens in der Familie. Die ‚nassausche Tradition' war verkörpert in ihrem Großvater Adolf und in ihrem Vater Wilhelm. Deren Regierungsstil war gekennzeichnet durch „peinliche Neutralität und selbstverständliche Hochachtung vor dem freien Spiel der verfassungsrechtlichen Institutionen". Ihr Wahlspruch war: „Ich diene." Die ‚südliche, portugiesische Tradition' – Marie-Adelheids Mutter war eine Braganza – hatte dagegen einen absolutistischen Charakter und folgte nur selten einem aufgeklärten Absolutismus. Hier war der Wahlspruch: „Ich herrsche." Nach Clément verließ die Großherzogin vom ersten Tag ihrer Regierungstätigkeit an die nassausche Tradition und folgte dem Herrscherstil der Braganzas. Sie verstieß damit gegen Luxemburger Traditionen. Im Lande ging es zu „wie in einer großherzoglich luxemburgischen Republik. Der Fürst erschien uns in der Gebärde des Reiters auf dem Wilhelmsplatz, der unserm Volke gegenüber freundlich den Hut schwenkt: Wir waren nicht daran gewohnt, beherrscht zu werden, sondern unsere Geschicke von erfahrenen Staats- und Volksmännern luxemburgischer Prägung lenken zu lassen. Unter Großherzogin Marie-Adelheid kam der Umschlag." „Beim Schulkampf fielen die Würfel", fährt Clément fort. „Eine Partei, die in der parlamentarischen Minderheit war, stellte sich auf die Seite der Fürstin." Die Krone war „von nun an selbst Partei". Sie „stand nicht mehr über den politischen Leidenschaften des Tages".

„Nach dem Krieg kam der Friede. Marie-Adelheids Regierung hat ihn keine drei Monate überdauert." Die Großherzogin zog „die Konsequenzen ihrer politischen Handlungsweise

[…] und überließ den Thron ihrer Schwester". Clément schreibt: „Sie hatte das Spiel verloren,[146] und sie ging stolz in die Verbannung". Das zwang „auch ihre Gegner zu Hochachtung."

So gab es am Ende des tragischen Lebens der früheren Großherzogin doch noch einen etwas versöhnlicheren Ton auf linker Seite. Clément: „[Sie] war alles in Allem ein ganzer Mensch. Für das Leid, das sie uns getan, hat sie gesühnt und geduldet. Diese Dulderjahre stehen auf den weißen Blättern der Geschichte ihres Hauses und unseres Volkes."

Die leidenschaftlichen Emotionen waren abgeklungen. Andere Probleme traten in den Mittelpunkt, besonders auf europäischer Ebene, wo die Großmächte weit davon entfernt waren, den Frieden zu festigen. Clément machte sich Gedanken über ein zentrales Problem, die deutsch-französische Erbfeindschaft, die es zu überwinden galt.

Am 9. Januar 1919 drängten Soldaten der Französischen Republik die Demonstranten vor der Abgeordnetenkammer zurück, um die Ausrufung einer Luxemburger Republik zu verhindern.

9. Nach 1918: Völkerpsychologische Überlegungen über Frankreich und Deutschland

In der Februarnummer der *Voix des Jeunes* von 1919 schrieb Clément: „Wir müssen nach drei Monaten Rausch, der fünfzig Monate Freiheitsberaubung ablöste, wieder zur Vernunft kommen. Sonst sinken wir in einen Katzenjammer, der zur ständigen seelischen Erkrankung führen kann."[147]

Es galt also vom Wunschdenken zu den Realitäten zurückzukehren. Die erwünschte Etablierung republikanischer Verhältnisse in Luxemburg war gescheitert – es stand zwar noch ein Referendum bevor, aber es zeichnete sich ab, dass es zu Gunsten der Monarchie ausgehen werde. Die enge Anlehnung an Frankreich und die radikale Abwendung von Deutschland, wie von Teilen der Ligue Française konzipiert, erwiesen sich immer mehr als Luftschlösser. Zwar war noch von der wirtschaftlichen Union mit Frankreich die Rede – aber bald wurde auch diese Erwartung enttäuscht.

Clément meinte in der *Voix des Jeunes*: „Alles, was wir in den letzten Wochen [also während der Dynastiekrise] dachten und sagten, floss aus Nervosität. Wir fluchten und beteten an. Wollen wir einmal auf einige Stunden Schleuder und Harfe beiseite legen. Deutschland ist eine Tatsache; auch heute noch, nachdem man ihm Schlagring und Flammenwerfer aus der Hand gewunden."[148]

Und mit der „Tatsache" Deutschland, aber auch mit dem als positiven Gegenpart gezeichneten Frankreich, beschäftigte sich Clément, in den Jahren 1919 und 1920, in der *Voix des Jeunes*, vor allem aber im *Escher Tageblatt*. Allerdings waren die durch Deutschland im Krieg erlittenen Kränkungen und Demütigungen zu präsent, als dass er fähig gewesen wäre, ein abgewogenes Urteil über das einst hoch geschätzte Nachbarland abzugeben.

Einer der ersten Artikel Cléments nach dem Krieg, der vom besiegten Deutschland handelte, war *Deutschland und die Deutschen*, in der Februarnummer 1919 der VdJ. Er insistierte auf drei negative Merkmale, die angeblich beim deutschen Volk hervorstechen:

Negativklischees über Deutschland

- Der Deutsche habe einen Hang zum Pathetischen, zur Phraseologie. Er „muss Pathos haben, wenn er etwas schaffen soll und alles Pathos führt schließlich zur Anbetung eines Wortes oder einer Wortreihe. Man überblicke nur die Phraseologie des Krieges! Man sehe sich auch die Phraseologie des Friedens an. Was für groben Unfug treibt man mit den Worten ‚neuer Geist', ‚Demokratie', u.s.w. Und mit dem Wort ‚Weimar'! In Weimar hält man die Nationalversammlung ab, weil das ein leidenschaftliches ‚Los von Berlin' bedeuten soll. An die Stelle der blendenden, gefährlichen, vergangenheitsreichen, zukunftsschweren Wirklichkeit Berlin setzt man auf einmal einen blassen historischen Wert, eine Kleinstadtwahrheit, ein kulturelles Diminutiv: Weimar."

- Der Deutsche neige zu übertriebener Eitelkeit: „Deutschland lebt inmitten einer Welt von Spiegeln. Es hat das abstoßende Bedürfnis, das Format jeder Gebärde durch Spiegelungen zu verdoppeln, zu potenzieren. In Deutschland hat man große Dinge gemacht, weil sie im Spiegel so imposant aussehen. Daher die Freude am Kolossalischen, an den nie dagewesenen Ausmessungen."[149]

- Deutschland habe „in der Zivilisation ein reißendes Tempo eingeschlagen", „in der Kultur" dagegen ist es gewaltig zurückgegangen: „Was [diese Deutschen] aufeinandertürmten. Städte, Schiffe, Hochöfen, Bahnhöfe, Denkmäler. Sie wollten Amerika nachahmen und hatten die Seele voll Vorurteile: Amerika ist ja ein Anfang, kein Ende, kein Ziel. So gab es keine Schichtung in diesem Lande, und wenn man es menschengeologisch auseinandernimmt, ist es nichts weiter als eine Unsumme von moralischen Verwerfungen."[150]

Und in der Art könne er fortfahren, fügte Clément hinzu. „Denken wir über das Monströse nach." Und dieses Monströse fand er damals vor allem in Deutschland, während Frankreich zum Land der Kultur hochstilisiert wurde.

Völkerpsychologische Überlegungen und ethnographische Kategorisierungen waren damals sehr beliebt, aber meistens auch recht fragwürdig. Ungefähr zur gleichen Zeit, als Clément Fragmentarisches über Deutschland schrieb, erschien, wie bereits erwähnt, Thomas Manns sehr umstrittenes Werk *Betrachtungen eines Unpolitischen*, in dem dieser genau entgegengesetzte Auffassungen wie die von Clément vorgebrachten vertrat. Er setzte der Oberflächlichkeit französischer Zivilisation die profunde deutsche Kultur entgegen: „Deutschtum, das ist Kultur, Seele, Freiheit, Kunst und nicht Zivilisation".[151] Bemerkungen dieser Art waren es denn auch, die zum Konflikt mit seinem Bruder Heinrich Mann, dem ‚Zivilisationsliteraten', dem Bewunderer Frankreichs, führten.

Clément war in der unmittelbaren Nachkriegszeit noch weit davon entfernt, zu einer Aussöhnung zwischen Deutschland und Frankreich beizutragen – *Brücken über den Rhein* zu schlagen, wie der Titel seines später geplanten Buches lautete. Eine einseitige Schwarz-Weiß-Malerei war denn auch charakteristisch für viele seiner Artikel im ET, in denen er Vergleiche zwischen den beiden großen Nachbarländern Luxemburgs anstellte: Er spendete Frankreich Lob und schrieb Negatives über Deutschland. Ein paar Beispiele mögen dies verdeutlichen:

- Für Clément ist Frankreich implizit das Land der Freiheit und der Französischen Revolution. Die Deutschen dagegen sind nicht fähig, für die Freiheit zu kämpfen oder sie durch eine Revolution zu erringen. Er schreibt: „Die deutsche Revolution [von 1919] wurde befohlen. Nur waren es diesmal nicht der Kaiser oder Ludendorff, sondern ein paar Sozialdemokraten. Und man parierte in Deutschland für die Herstellung der Revolution genau so, wie man parierte, wenn Hindenburg sagte: ‚Ich muss in zwei Monaten fünf Millionen Granaten haben' oder ‚Ich möchte über die Marne'. In Deutschland ist man das Parieren gewöhnt, man kann ohne dasselbe nicht leben." Man könnte einwenden, es habe ja auch den linken Spartakusaufstand unter Führung von Rosa Luxemburg und Karl Liebknecht gegeben. Clément entgegnet: „Die Spartakisten woll[t]en zwar den Umsturz, aber es fehlt[e] ihnen die Begabung zur Freiheit, weil sie einem Volke angehören, in dem von Freiheit nur geschmust wird, das dieselbe aber nicht als Luft, in der man atmen muss, empfindet."

Die deutsche Revolution war für ihn „keine Umwälzung der Geister, sondern eine Operation mit dem Kleistertopf. Den Kaiseradler auf dem Busen der Frau Germania überklebte man mit einer phrygischen Mütze."¹⁵²

- Deutsche und Franzosen haben ihm zufolge ein grundverschiedenes Verhältnis zum Krieg. Kriege sind schrecklich, führen zu einer „spontanen Grausamkeit der Soldaten", schreibt er in *Reflexionen über Deutsche und Franzosen*. Mit ihr begnügten sich deutsche Soldaten aber nicht. Von einem „entfesselten Organisationskoller" getrieben, ließen sie sich in Belgien und Frankreich zu Exzessen treiben, die nicht „impulsiver Grausamkeit" entsprangen. Die Deutschen „[putzten] ihre Taten mit eigentümlichen Benennungen [auf]". Der Krieg war nicht einfach eine „Machtprobe", er wurde als „Strafexpedition" gerechtfertigt. Als diese scheiterte, verlangte man „einen ehrenvollen Frieden". Für Clément eine typisch „deutsche Verkleisterung der Wirklichkeit mit ranziger Moral"¹⁵³.

- Ein erschreckender „Amoralismus" kennzeichne die Deutschen: Sie sind unfähig, meint er, zwischen Gut und Böse, zwischen Recht und Unrecht zu unterscheiden. Sie „sind gutmütig mit demselben leeren und abscheulichen Amoralismus wie sie grausam sind. Man muss bei der Berührung mit ihnen immer wieder an schlecht erzogene Kinder denken. Sie kommen noch sobald nicht aus den sogenannten Lümmeljahren heraus."¹⁵⁴

- Deutsche und Franzosen haben eine entgegengesetzte Einstellung zum Staat: „In Deutschland [wird] das Volk erzogen, aber in Frankreich erzieh[t] das Volk. Der Franzose erbau[t] nicht allein den Staat, er erschaff[t] ihn und er schaff[t] ihn beständig um."¹⁵⁵ Deshalb ist ‚Bürger' in Deutschland nicht einfach mit ‚citoyen' in Frankreich gleichzusetzen. „Bürger ist in Deutschland nicht Jedermann, sondern der Teilhaber an den Gütern der Nation." Er gehört also zu den besser Situierten. In Frankreich ist jeder ‚citoyen' des Landes, „fühlt sich jeder zunächst als Bürger und dann erst als Angehöriger einer Klasse"¹⁵⁶.

Clément stützte sich bei seinen Analysen mit ihren allzu pauschalen Urteilen u. a auf Bücher von G.K. Chesterton: *Die Verbrechen Englands*; von André Suarès: *La nation contre la race;* von Jacques Rivière: *De l'Allemand*. Er stand diesen Werken teilweise kritisch gegenüber, teilte aber ihren Grundtenor: Sie verraten alle eine ausgeprägte antideutsche Einstellung, eine Phobie vor Deutschland.¹⁵⁷

Und diese „Deutschenphobie" erreichte in der Literatur „ihre größten Ausmaße" in den Jahren 1914 bis 1919.¹⁵⁸ Von ihr blieb Clément nicht verschont. Was ihn mit den erwähnten Autoren verband, war die Auffassung, dass Deutschland immer mehr seine einst humanistische Tradition verleugnet habe und der militaristische Geist Preußens es vollständig beherrsche. Einst seien Weltbürger wie Lessing, Herder, Goethe oder Schiller für „Humanität", „Weltverbrüderung", „Friedfertigkeit" eingetreten; im 20. Jahrhundert jedoch habe sich „[d]as Zentrum der Betrachtungsweise" verschoben: Es liege nun „nicht weiter im Menschen an sich, sondern im Deutschen für sich"¹⁵⁹.

Was Clément aber von den in seinen Artikeln zitierten Schriftstellern am deutlichsten unterschied, war ein ihm fehlender viszeraler Deutschlandhass. Manches von dem, was er um 1920 schrieb, mag heute arg überzogen wirken, aber er griff keinesfalls auf abqualifizierende

Schimpfwörter, wie ‚Boche' oder ‚Teutone', zurück, die damals selbst in der anspruchsvollen Literatur Frankreichs und Englands durchaus üblich waren.

André Suarès, mit dessen Buch *La Nation contre la Race* Clément sich im ET auseinandergesetzt hatte, war z. B. ein Autor voller Parolen, die gegen die ‚Boches' gerichtet waren. Er gab zweien seiner Bücher – darunter dem Werk über Nation und Rasse – den Untertitel *Commentaires sur la guerre des Boches*. Zudem schrieb er „[e]ines der virulentesten Zeugnisse [einer] erschreckenden Deutschlandvision", einen Text mit der Überschrift *Boches*, in dem er ein fratzenhaftes Bild des Deutschen entwirft. ‚Boche' wird hier mit ‚Barbar', ‚Menschenfresser' gleichgesetzt.[160]

Der englische Schriftsteller G.K. Chesterton, Autor der reizvollen Detektivgeschichten um die Gestalt des Pater Brown, meinte in seinem Werk *Die Verbrechen Englands*: „Was immer die Deutschen geschrieben haben, schreiben oder schreiben werden, es ist zuerst ‚teutonisch'. Der mit diesem Wort verbundene Assoziationsreichtum ist beträchtlich. Er reicht vom Urwald bis zum Studierzimmer des Dr. Faustus, von Bärenfellen bis zu Hegels *Phänomenologie des Geistes*. […] Kurze Lederhosen, Stiernacken und übertriebener Lerneifer sind teutonisch. Die Teutonen sind langweilig, haben Schweißfüße und sind überdies in unfairer Weise ‚dämonisch'."[161]

Clément schmähte nicht die Deutschen als ‚Teutonen' oder ‚Boches'; im Gegenteil, er stutzte die zurecht, denen diese Schimpfwörter allzu rasch über die Lippen kamen. Das ET sprach am 3.3.1922 in einem Leitartikel vom Ende der Kriegspsychose zwischen den früheren Kriegsgegnern – den anonymen Beitrag hatte wohl Chefredakteur Clément verfasst. Er begrüßte das Abflauen eines aggressiven Nationalismus und stellte fest, dass man wieder empfänglich werde für den Europagedanken. Über Luxemburg hieß es: „Auch hierzulande hatten wir uns von einer gewissen Kriegspsychose frei zu machen und es dauerte eine Zeit lang, ehe die Gebildeten und das Volk wieder für europäische Gesinnung reif wurden. […] [D]as, was hierzulande immer weniger wirkt, ist die von einigen Warmläufern kultivierte Boches-Riecherei."[162]

Am 8.3.1922 schrieb Clément, unter dem Titel *Boches*, eine luxemburgische Zeitung, „die mit Politik nichts, mit Gesinnungsschnüffelei aber desto mehr zu tun hat," [i.e. *L'Indépendance luxembourgeoise*] habe sich mit dem zitierten Leitartikel des ET beschäftigt und das ET und seinen Chefredakteur als ‚Boches', als ‚verkappte Preußen' hingestellt.[163] Es sei für ihn keinesfalls eine Schande, als Pazifist, als „kämpferischer Vertreter der Versöhnungspolitik" zu gelten. Wenn man „in dem Wunsch, ein guter Europäer zu sein" nur „camouflage boche" sehen wolle, so empfinde er dies nicht als Beleidigung, sondern eher wie einen „Ehrentitel". Das Schimpfwort ‚Boches' sei heutzutage „abgenutzt, abgestanden wie Sauerbier"[164]. Auf diesen radikalen Versöhnungsgestus Cléments, so wie hier in *Boches* formuliert, stößt man allerdings erst in den Jahren 1921 oder 1922.

Wie Clément setzte sich auch ein dritter oben erwähnter Gewährsmann, Jacques Rivière – ab März 1919 Direktor der *Nouvelle Revue Française* (NRF) – nicht sofort nach dem Krieg für eine Verständigung der beiden Erbfeinde Deutschland und Frankreich ein. Im Gegenteil, er schrieb mit seinem 1918 bei Gallimard erschienenen Buch *L'Allemand. Souvenirs et réflexions d'un prisonnier de guerre*, das von Clément hoch gelobt wurde,[165] kein Buch der Versöhnung, sondern „un livre résolument antiallemand", wie Tony Bourg feststellte.[166] Rivières

Jacques Rivière und Frantz Clément

völkerpsychologische Studie *L'Allemand* wurde sogar, wie es bei Gaby Sonnabend heißt, „die ‚Bibel' der antideutschen Nationalisten in Frankreich"[167].

Mit Rivière hatte Clément manches gemeinsam. Beide hatten unter den Deutschen zu leiden, beide entwarfen in Büchern, die von antideutschen Affekten bestimmt waren, ein vorwiegend negatives Deutschlandbild, beide nahmen aber letztendlich eine versöhnlichere Haltung ein, setzten sich für eine deutsch-französische Verständigung ein.

Nachdem Clément im ET der deutsch-französischen Problematik einen breiten Raum zugestanden hatte, suchte er nach 1924 als Pariser Korrespondent des Berliner *Tage-Buches* mit seinen Artikeln über französische Politik und Kultur zum besseren Verständnis von Frankreich und Deutschland beizutragen. Für Rivière seinerseits war Deutschland nach dem Ersten Weltkrieg in der NRF ein Schwerpunktthema. Aline Mayrisch-de St. Hubert veröffentlichte dort unter dem Pseudonym Alain Desportes fünf Artikel. In ihnen brachte sie ihre Sympathie für Intellektuelle aus Deutschland zum Ausdruck, die nach einer kulturellen Erneuerung des Landes in einem humanistischen Sinn suchten.[168] Auch für die *Luxemburger Zeitung*, die Emile Mayrisch übernommen hatte, veröffentlichte Rivière versöhnliche Artikel zur deutsch-französischen Verständigung, so während der Ruhrkrise 1923. Mayrisch unterbrach dann allerdings, in der zweiten Hälfte des Jahres, dessen Mitarbeit. Er sprach damals im Quai d'Orsay vor, um die Möglichkeiten eines unabhängigen Rheinstaates, der unter französischer Kontrolle stehen sollte, zu erörtern. Ein rheinischer Separatismus konnte ihn aus wirtschaftlichen Gründen nicht unberührt lassen.[169]

Jacques Rivière (1886–1925): Er veröffentlichte 1918 sein Werk *L'Allemand*. Ab 1919 Direktor der NRF, nahm er immer mehr Abstand zu seinen antideutschen Ansichten, trat für die Überwindung der Feindschaft zwischen Frankreich und Deutschland ein, wollte ein friedliches, vereintes Europa.

Erst 2014 erschien im Lilienfeld Verlag, Düsseldorf, die erste deutsche Übersetzung von Rivières umstrittenen Werk *Der Deutsche. Erinnerungen und Betrachtungen eines Kriegsgefangenen*.

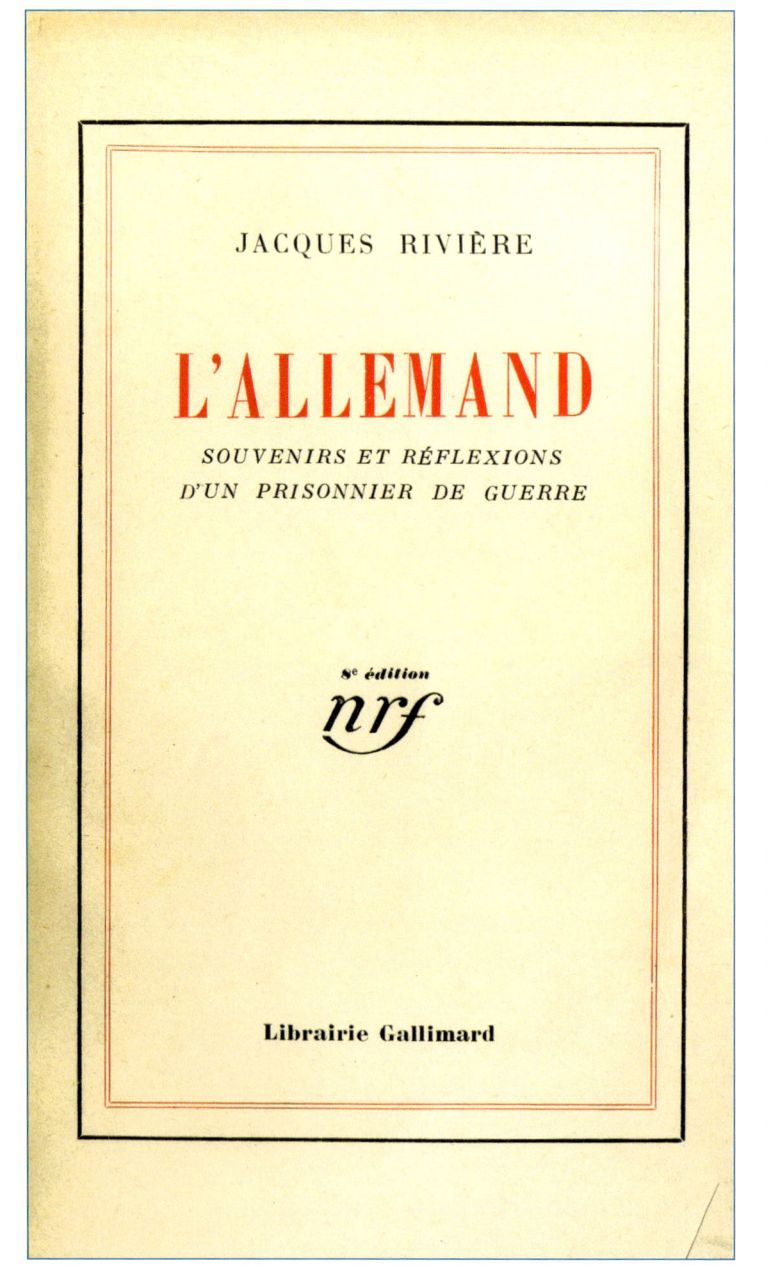

Clément seinerseits nahm während der Ruhrkrise eine profranzösische Haltung an. Seiner Meinung nach waren Frankreichs Ansprüche berechtigt. Deutschland habe während des Krieges noch weit umfassendere Kriegsziele verfolgt, und dürfe sich jetzt nicht beklagen.[170] Clément war also kein weltfremder Friedensapostel, sondern ließ sich wie Mayrisch auch von realpolitischen Zielen leiten: Französische Interessen waren Luxemburg damals näher als deutsche, das Hemd näher als der Rock.

Unmittelbar nach 1918 waren jedenfalls sowohl Clément als auch Rivière noch weit von einer Haltung der Versöhnung gegenüber Deutschland entfernt, und auch später verlor Clément nie das realpolitisch Machbare aus dem Blick.

10. *Zelle 86 K.P.U.*: Cléments Gefangenschaft in deutschen Gefängnissen

Nicht lange nach dem Krieg, als Rivière über seine Kriegsgefangenschaft in Deutschland von 1914 bis 1917 in *L'Allemand* berichtete, publizierte Clément eine 30-teilige Artikelserie im *Escher Tageblatt*, vom 7. August 1919 bis zum 6. Dezember 1919, die seine bitteren Erfahrungen im Koblenzer Gefängnis im Jahr 1914 wiedergab. Dieser Bericht erschien 1920, bei Paul Schroell, Esch-Alz., als Buch: *Zelle 86 K.P.U.*[171]

Cléments Haft war eine äußerst bedrückende Zeit. Er fühlte sich zu einer bloßen Nummer herabgewürdigt, sah seine Persönlichkeit auf ein paar Buchstaben reduziert. Deshalb der befremdende Titel: *Zelle 86 K.P.U.* Clément gab folgende Erklärung:

„Die Zelle ist ja die Hauptsache, deshalb steht ihr Name und ihre Nummer zuerst. Alles, was mir damals geschah, kristallisiert sich um diese graue, schmale Zelle im Coblenzer Zivilgefängnis. […] K.P.U.: diese drei Worte sind nicht unwesentlich. Das war damals meine Personalbeschreibung, mein ganzes Wesen. Neben der Nummer 86 war ich weiter nichts als dieses K.P.U.

K = katholisch. Das will sagen: wenn ich zum Wiederkatholischwerden irgend welchen Keim in mir gehabt hätte, wäre in diesen August- und Septembertagen eine Bekehrung geschehen.

P = politisch. Das will sagen: du bist kein gewöhnlicher Strauchdieb; du wolltest dem kaiserlichen Deutschland an die Gurgel, du Verworfener.

U = unbeschäftigt. Man sprach kein Urteil über mich […] Ohne Richterspruch verdammte man mich zum grauenvollen Unbeschäftigtsein. Allein sein: mir, dem Geselligen, dem Schwätzer, dem Spötter. Unbeschäftigtsein: mir, dem im Grunde nur ein Programm heilig ist, das des geschäftigen Müßiggangs. Ich hatte meinen Herrn gefunden."[172]

Gefangen: ein Text über Cléments Haft im ‚Volksbildungskalender'

Über einige der eindringlichsten Episoden seines Gefängnisaufenthalts in Koblenz hatte Clément bereits im *Luxemburger Volksbildungskalender 1918* berichtet, der Ende 1917 erschien: Die Seiten stellen eine Art Quintessenz seiner Gefangenschaft dar.[173]

Für Clément, dem jeder Zwang zuwider war, war die Beraubung der Freiheit am schwersten zu verkraften: „Mein schönster Tag im Gefängnis war der Tag, an dem wir zum ersten Mal das Fensterchen der Zelle öffnen durften. Da bekam ich einen Blick aufs Leben. O dieses Fenster, dieses halbe Dutzend Quadratdezimeter, in denen ein Bild stand! Ein wenig wechselndes Bild, denn nur die Wolken und die Beleuchtung änderten. Ich war berauscht, als ich wieder das Geräusch der Straße hörte, den Tritt der Menschen, das Rollen eines Wagens, den Knall einer Peitsche, den feierlichen Gesang einer vorbeiziehenden Kompagnie, das Pfeifen eines Buben."[174]

Die berührendste Szene im Text ist sicherlich, als Clément unerwartet Besuch in der Zelle bekommt:

„Eines schönen Tages erhielt ich den Besuch meiner Schwester. Ich war gar nicht darauf vorbereitet. Es ist die stärkste Gefühlserschütterung gewesen, die ich je im Leben durchgemacht. Ich sprang auf sie zu, wie wenn ich sie überfallen wollte. In dem Augenblicke spürte ich, dass nichts zwei Menschen stärker aneinanderkettet als das Blut. Sie bat mich, ihr einige Zeilen von meiner Hand zu geben, meine Mutter sei krank vor Aufregung und glaube immer noch, ich sei tot, und ich schrieb ihr einige banale Zeilen.

Einband von *Zelle 86 K.P.U.* mit dem Porträt Cléments von Auguste Trémont

Ich dachte gar nicht an das, was ich schrieb, denn vor mir stand das liebe Bild meiner Mutter mit dem eigentümlichen, bittenden Blick, den sie für mich hat, wenn ihr großer Junge wieder einmal nach seinem Kopf anstatt nach dem Kopf der Welt gehandelt hatte. Ich war noch nie so nahe bei dem Zug ihrer Seele, von dem ich mein Bestes nahm und noch nehme, als bei diesem Wiedersehen mit meiner Schwester."[175]

Das Gefängnis gab ihm auch Gelegenheit, „eine Revision aller Lebensanschauungen" zu vollziehen: Er lernte den Wert des „Stoizismus" als „moralische Weltanschauung" schätzen. „Ich habe den Stolz des Elitestoikers Alfred de Vigny nie so gut begriffen wie damals" – „mehr Toleranz" empfinden und in der Literatur nicht mehr primär die „reine Form" sehen.[176] Die Überlegungen wurden nicht näher ausgeführt. Was Clément vor allem beschäftigte, das zeigte sich erst im Buch.

Zelle 86 K.P.U. beschränkt sich nicht nur, wie der Text *Gefangen*, auf einige Momentaufnahmen während Cléments Haft. Es ist aber auch nicht eine bloße Wiedergabe der verschiedenen Stationen seiner Gefangenschaft, seiner eher zufälligen Reflexionen während der Haft, seiner Stimmungsumbrüche in der Zelle. Immer wieder geht es ihm vor allem untergründig, manchmal auch ganz offen, um eine Auseinandersetzung mit Deutschland.

Sie haben „mir auf ewig ihr Deutschland verdorben"

Gleich am Anfang des Gefängnisberichtes bekennt er und verdrängt dabei vollkommen seine einstige begeisternde Identifikation mit Deutschland: „[I]ch habe Deutschland nie geliebt." Und etwas weiter urteilt er: „Ich habe Deutschland auch nie bewundert." Er sei wohl „ein Schwärmer für deutsch-französische Annäherung" gewesen, aber er habe in ihr nur die Möglichkeit gesehen, „den Materialismus der deutschen mit reiner französischer Geistigkeit zu durchtränken. Zum Nutzen Europas"[177]. Der Kriegsausbruch am 1. August 1914 habe ihm dann verdeutlicht: „Von den zwei Dominanten im deutschen Leben, deren Exponenten Goethe und Friedrich II. sind, hatte die eine, die preußische, die andere, die weimarische, niedergeschlagen." Immer von Neuem geht Clément denn auch auf so manche Demütigungen in der Gefangenschaft ein, die ihm Deutschland arg verleideten. So schreibt er über den Eisenbahntransport zum Gefängnis, von Trier nach Koblenz: „Nach Anbruch des Tages hatten wir auf jeder Station, an der wir hielten, die Anrempelungen der Eisenbahnbeamten und Rotekreuzweiber auszuhalten. Eine derselben, die sich eines dämonischen Blickes befleißigte, zeigte mit dem Finger auf mich und rief: ‚Der scheint mir so'n Russe zu sein'; mein verwilderter Bart wirkte also direkt orientalisch. Wie oft war ich in Friedenszeiten diese Strecke gefahren: ‚An den Rhein, mein Sohn, zieh nicht an den Rhein!' Ich war mir bewusst, dass die mir auf ewig ihr Deutschland verdorben hatten."

Der Gang zur Festung Ehrenbreitstein in Koblenz, wohin die Verhafteten zuerst gebracht wurden, ehe sie anschließend in ein Zivilgefängnis verlegt wurden, war ein richtiges „Spießrutenlaufen": „Wir hatten kaum eine Straßenzeile hinter uns, als der Radau der Bevölkerung losging. Es regnete Schimpfwörter, wir wurden verhöhnt und nicht nur Straßenbuben, sondern Herren und Damen warfen uns Steine in die Beine."[178]

Von Deutschen also erniedrigt, fand er jedoch im Gefängnis, in der Lektüre, vor allem im Lesen deutscher Dichter und Philosophen, „Stärke und Schutz gegen die Misere seelischer Verödung"[179]. Gegen Ende seiner Haftzeit erhielt er nämlich die Erlaubnis, mit „[s]einen schwachen Geldmitteln", über die er noch verfügte, sich Lektüre zu verschaffen. Er kaufte 50 Reclam-Bändchen. „[I]ch traf eine schnelle Wahl: Goethes Faust und seine Gedichte, die Gespräche mit Eckermann, Hölderlins Gedichte, Kants Prolegomena zu einer jeden zukünftigen Metaphysik, Schopenhauers Parerga und Paralipomena, das Buch Hiob, das Büchlein Ruth, Ibsens Hedda Gabler und Rosmersholm, Kleists Novellen, die Gedichte von Novalis, die ausgewählten Schriften von Lichtenberg."[180] Also: Von Deutschland schwer enttäuscht, blieb Clément trotz allem der deutschen Kultur verbunden.

Die letzte Folge dieses ambivalenten Gefängnisberichtes erschien im ET, am 7.12.1919. Sie beschreibt das Ende seiner Haftzeit, die erlösende Rückkehr nach Luxemburg. Ein schrecklicher Albtraum war vorüber. Es galt, die Arbeit in der Escher Zeitungsredaktion wieder aufzunehmen.

Ein überraschendes Nachwort

Für die im Jahre 1920 erschienene Buchausgabe von *Zelle 86 K.P.U.*, erweiterte Clément seine Artikelserie: *Zelle 28 K.P.U.* Er fügte ein paar Seiten an: Ein Nachwort statt des Vorwortes, das erst im Januar 1920 verfasst wurde.[181] Keine unwichtige Ergänzung! Von Deutschland-Schelte kann hier nicht mehr die Rede sein. Er stuft seine „Erinnerungen aus trüben Tagen des deutschen Druckes" als ein „Dokument von Wert" ein, das, wenn die Erinnerung über die Kriegsjahre zu versiegen drohe, ein bedrückendes Kapitel der Luxemburger Geschichte in Erinnerung rufe. Jetzt aber komme es darauf an, den Blick in die Zukunft zu richten.

„Mitarbeit am geistigen Brückenbau von einer Nation zur andern"

Clément schreibt: „Europäisch Gesinnte, wie ich einer sein möchte, flennen nicht über die Vergangenheit, sie halten sie fest, ehrlich und – wenn es sein muss – zornig, aber dann greifen sie schnell nach Anderem. Das Andere aber heißt: Hass gegen den Hass, Kampf gegen die Verrücktheit, [...] Mitarbeit am geistigen Brückenbau von einer Nation zur andern." Erforderlich sei es nun, sich „resolut auf den Boden des Europäismus" zu stellen, „zu betonen, dass nicht nur Friede auf dem Papier, sondern auch Friede in den Köpfen und Herzen werden muss". (S. 127)

Offensichtlich entstand *Zelle 86 K.P.U.* in mehreren Entwicklungsphasen: Zuerst schrieb Clément 1917 den Text im *Volksbildungskalender 1918*; dann folgte 1919 die Artikelserie im ET; und schließlich erschien 1920 das Buch mit leicht verändertem Titel und überraschendem Nachwort. In seiner Widersprüchlichkeit, mit seiner zunächst schroffen Distanzierung von Deutschland, und letztendlich mit einem Appell zur Versöhnung, wirkt das Werk wie eine Katharsis, wie die Überwindung eines Fiebertraums. „Hass" sei eine „verfluchte Krankheit", mit der aufzuräumen sei, heißt es im Nachwort. Clément überwand sie.

Unmittelbar nach dem Krieg, am 7.-8.12.1918, hatte er sich zunächst, in einem programmatischen Leitartikel im ET mit dem Titel *Die neue Zeit* für die radikale Abwendung von Deutschland und für einen Anschluss Luxemburgs an Frankreich ausgesprochen. Am 7.8.1920 erschien nun im ET wieder ein manifestartiger Leitartikel von ihm, der zwar einen ähnlichen Titel hatte, *Zeitenwende*, aber eine grundverschiedene Botschaft enthielt. Es war ein flammendes Bekenntnis zum Pazifismus, eine Aufforderung zur Versöhnung der Völker. Im August 1914 habe die alte Welt einen „Weltenbrand" verursacht. Jetzt wollten Millionen von Menschen eine neue, gewaltlose Welt. Clément zitiert am Ende seines aufrüttelnden Artikels den elsässischen Dichter René Schickele, der sich ja im Ersten Welkrieg vom Bann des Expressionismus gelöst hatte und sich zu einem entschlossenen Pazifismus bekannte:

„Wir alle wollen die Welt ändern. Wir alle wollen die Gerechtigkeit. Wir alle wollen das Reich des Glücks, in dem die Menschen einander das Leben leicht machen –, um den Zugang zu sichern zu einer neuen, höheren, wenn auch noch so schweren, noch so problematischen Form des Lebens. Ich stehe dafür, dass Gewalt keine Aenderung schafft, nur Wechsel, Wechsel der Besitzer, Wechsel der Macht, Wechsel dessen, was, unter dem Namen Gesinnung, wieder nur als Waffe benutzt wird. (René Schickelé [!] in ‚Die weißen Blätter' Dezember 1918.)"

Clément war realistisch genug, um zu wissen, dass gut gemeinte Appelle allein nicht genügten, um in einer schwierigen politischen Situation Frieden herzustellen und Versöhnung zwischen den früheren Kriegsgegnern zu erreichen. Vom Versailler Friedensvertrag jedenfalls, der im Juni 1919 im Spiegelsaal des Schlosses zu Versailles unterzeichnet wurde, erwartete er nicht allzu viel. Dies zeigte sich deutlich im Leitartikel des ET vom 27.6.1919 *Der Friede*. Er war nicht unterzeichnet, weist aber eindeutig auf Chefredakteur Clément hin. Der Autor drückte seine große Skepsis gegenüber dem Vertrag aus. Solle dieser einen „Sühnefrieden" für Deutschland bringen? Das geschlagene Land könne doch gar nicht all das zahlen und schaffen, was man von ihm fordere. Hier wurde bereits das Problem der Deutschland auferlegten Zahlungen angesprochen – Clément wird später auf diese Problematik eingehen und vom „unheimlichen Fiasko" der Reparationen sprechen.[182] Zu erwarten sei auch nicht, dass das Friedensdokument das „Wiedererstehen der Gewaltpolitik unmöglich machen könnte"[183]. Der Vertrag sei zu lang und zu kompliziert. Im Osten werde immer „noch munter drauflos gekriegt". Hoffnung wecke vielleicht der eben gegründete Völkerbund. Dessen Satzung war Bestandteil des Versailler Vertrages. Mit diesem Vorläufer der Vereinten Nationen setzte sich Clément zwei Jahre später in einer vierteiligen Folge auseinander: *Der Völkerbund und der Friede*.[184]

Er zog allerdings kein allzu positives Fazit. Die Organisation der Völkergemeinschaft habe von Beginn an „auf Flugsand" gestanden. Sie verfüge über keine Exekutivgewalt, könne keine Sanktionen ergreifen, reduziere sich auf ein „internationales statistisches Büreau und eine Art internationales Parlament, mit Kommissionen, Unterkommissionen, Sitzungsprotokollen"[185]. Aber wie man zur Regelung der politischen Angelegenheiten im Inland nichts Anderes und nichts Besseres zur Verfügung habe als den Parlamentarismus – der übrigens „in der letzten Zeit arg auf den Hund gekommen" sei – so müsse man sich auch in der internationalen Politik mit dem Völkerbund begnügen. Er fügt jedoch hinzu: „Wenn der Völkerbund versagt hat, so rührt das zu einem Teil daraus her, dass die Völker versagt haben. Wenn die Völker besser und wahrhaft friedensfreundlicher werden, wird auch dem Völkerbund noch zu helfen sein" [186].

Deprimierende Feststellungen über den Völkerbund einerseits, illusionäre Erwartungen an die Völker andererseits. Aber trotz aller düsteren Zukunftsaussichten war Clément nicht jemand, der resignierte und die Hände in den Schoß legte. Noch im gleichen Jahr 1921 war er Mitorganisator des XXI. Internationalen Friedenskongresses, der in Luxemburg tagte – er war auch Vorsitzender einiger Sitzungen dieser Zusammenkunft.[187] Der Kongress, organisiert vom Internationalen Bund der Friedensgesellschaften mit Sitz in Bern, geriet in das damals in Luxemburg übliche ideologische Gezänke hinein. Die Klerikalen, die zuerst an den Sitzungen teilnahmen, zogen sich früh zurück. Sie warfen dem Kongress vor, „ein freimaurisches und freidenkerisches Unternehmen" zu sein.[188] Clément ließ sich jedoch in seinen Überzeugungen nicht beirren. Den Frieden und die Verständigung im Sinn, vertrat er weiterhin Auffassungen, die ihrer Zeit oft weit voraus waren und damals unrealistisch schienen.

"zwei inhaltsschwere Worte: Frankreich, Deutschland"

Am 17.5.1921 schrieb Clément im *Escher Tageblatt* als Abschluss seiner völkerpsychologischen Betrachtungen über Frankreich und Deutschland:

„Es gibt streng genommen in Europa nur ein Problem. Es lässt sich umschreiben mit den zwei inhaltsschweren Worten: Frankreich, Deutschland. Wenn in der Zukunft diese beiden Völker ein seelisches und wirtschaftliches Ausgleichs- und Ergänzungsverhältnis zu einander gewinnen, hat Europa Ruhe und Frieden und dadurch Bestand. Wenn sie sich in alle Ewigkeit mit Revanchelust und Abwehrwillen, d.h. mit Soldaten und Waffen gegenüberstehen, wird Europa, das alte, noch gar nicht ermüdete, noch gar nicht zur Dekadence verurteilte Europa, vielleicht schon in einem Jahrhundert nur mehr ein historischer Begriff sein. Dann trifft das ein, was Spengler den Untergang des Abendlandes nennt."

Die beiden Nationen dürften sich also nicht auf ein bloßes Nebeneinander beschränken und nur auf gegenseitige Bedrohung verzichten, sondern sie müssten sich in ihrer Gegensätzlichkeit auch als ein Miteinander begreifen. „Oestlich-Westlich als Synthese und nicht als Gegensatz: das ist die Erlösung Europas"[189].

Mit seiner Zweisprachigkeit, mit seiner Mischkultur – „Um unsere Seele streiten sich seit Jahrhunderten zwei Kulturkomplexe, der französische und der germanische"[190] – könne Luxemburg eine Vermittlerrolle spielen. Und dieser Aufgabe stellte sich Clément; das Land sei zwar nur „ein Kleinstaat, eine Kleinstadt mit ein paar umliegenden Flecken und Dörfern", ohne kulturelles Milieu,[191] habe aber eine Offenheit für „allgemein Europäisches, für internationale Gedanken und Regungen"[192].

In dieser ersten Hälfte der zwanziger Jahre beschäftigte sich Clément also immer wieder mit den beiden großen Nachbarländern, nur dass seine Artikel ab 1921 weitaus differenzierter und nicht mehr, wie in der ersten Zeit nach dem Weltkrieg, von Schwarz-Weiß-Malerei geprägt waren.

"…ein Verstehen von Mann zu Mann"

In seinem Bemühen, die Feindschaft zwischen Deutschland und Frankreich zu überwinden, beschränkte er sich aber nicht auf sein Schreiben, sondern versuchte, durch persönliche Kontakte zu Gleichgesinnten die Kluft zwischen beiden Nationen zu verringern. Batty Weber hatte in seinem *Abreißkalender* in der LZ vom 6.10.1922 geschrieben, dieses Aufeinanderzugehen sei unmöglich: „Zwischen Frankreich und Deutschland ist, zum mindesten, von Mann zu Mann, eine Verständigung auf absehbare Zeit, vielleicht unabsehbare Zeit unmöglich, weil das Verstehen, der Wille zum Verstehen hinüber und herüber fehlt." Clément widersprach in seiner Rubrik *Splitter* im ET vom 9.10.1922: „Es mag sein, dass eine Gruppe thüringischer Braunkohlenarbeiter und eine Gruppe Bauern aus der Beauce sich nicht verstehen können, aber was mir gerade möglich scheint, wahrscheinlich vorkommt, ist ein Verstehen *von Mann zu Mann*. Die beiden Völker wollen offiziell und ‚journalistisch' nichts voneinander wissen, aber die *Einzelnen*, die finden einen Weg über das Gestrüpp. Man lese einmal nach, was Thomas Mann und K. Ernst Curtius [i.e. Ernst Robert C.] in dem ‚Neuen Merkur', was André Gide und Jacques Rivière in der ‚Nouvelle Revue française' und was Julius Meier-Gräfe im Septemberheft der ‚Neuen Rundschau' über das Problem und die aufgetanen Möglichkeiten schrieben und [man] wird konstatieren, dass fünf Deutsche und Franzosen von Rang bereit sind, ein Verstehen von Mann zu Mann zu fördern und nicht daran verzweifeln."

Die von den beiden gestandenen Literaten gebrauchte Wendung ‚von Mann zu Mann' drückt zwar etwas Geringschätzung gegenüber dem weiblichen Geschlecht aus – was damals nicht weiter auffiel –, aber Clément bezog in seine Verständigungsbemühungen durchaus eine Frau mit ein, und zwar Aline Mayrisch-de St. Hubert, die Frau des Hüttendirektors Emile Mayrisch. Zu beiden hatte er gute Beziehungen.

11. Clément und die Familie Mayrisch. Eine erste Begegnung mit André Gide

Clément kannte Emile Mayrisch bereits seit der Zeit der Volksbildungsvereine. Die Zeitung *Die Neue Zeit*, in der er zur Schriftleitung gehörte, wurde finanziell von Mayrisch unterstützt, der 1922 dann die heruntergewirtschaftete *Luxemburger Zeitung* kaufte. Clément wurde als neuer Mitarbeiter gewonnen – auf Empfehlung von Aline Mayrisch (1874-1947).

Besonders verdienstvoll war nach dem Ersten Weltkrieg Émile Mayrischs Bemühen, zu einem Ausgleich zwischen Deutschland und Frankreich zu gelangen, nicht aus reiner Selbstlosigkeit, sondern auch aus handfesten wirtschaftlichen Interessen heraus. Der Generaldirektor der ARBED hatte 1911 zu den Mitbegründern dieses luxemburgischen Stahlkonzerns gehört. Er bewies großes Geschick, als Luxemburg nach dem Krieg aus dem deutschen Zollverein ausschied und das Land sich neue Absatzmärkte suchen musste. Die Wirtschaftslage in der deutschen und französischen Eisenhüttenindustrie – mit beiden war die ARBED verbunden – hatte zu einem kalten Krieg um die Rohstoffe Kohle und Erz geführt, der schließlich zur Ruhrbesetzung durch Frankreich führte. Es gelang Mayrisch, eine gewisse Stabilität herbeizuführen: Auf seine Initiative hin wurde am 30.9.1926 eine internationale Rohstahlgemeinschaft (Entente Internationale de l'Acier) gegründet, die mit genau festgelegten Quoten für jedes Land die Eisenproduktion in Europa regulieren sollte. Sie war eine Vorläuferin der Montanunion nach dem Zweiten Weltkrieg. Mayrisch hatte erkannt, dass ein Wirtschaftsfriede eine Vorbedingung für politischen Frieden war; er begnügte sich aber nicht mit wirtschaftlichen Initiativen. Unter seinem Impuls war bereits am 30.5.1926 in Luxemburg ein ‚Deutsch-Französisches Studienkomitee' mit gleichzeitigem Sitz in Paris und Berlin gegründet worden. Es war bestrebt, das gegenseitige Misstrauen der Erbfeinde abzubauen.

Die Bemühungen des Komitees litten dann aber entscheidend unter Mayrischs unerwartetem Tod. Er kam bei einem Autounfall am 5.3.1928 bei Châlons-sur-Marne auf der Strecke nach Paris ums Leben. Sehr betroffen war Clément, der Mayrischs Initiativen unterstützt hatte, von dessen Tod. In seinem Nachruf in der *Luxemburger Zeitung* vom 8.3.1928 heißt es: Er war „kein Schlotjunker und Zahlenmensch, sondern eine genialische Natur, ein Dichter auf seine Art und Weise. Wer nicht nach intimen Gesprächen erfuhr, dass die faculté maîtresse dieses Stahlkönigs die konstruktive Phantasie gewesen, der hatte ihn nicht erfasst und musste ihn verkennen."[193]

Aline Mayrisch

Beleg von Cléments Einsatz für Aline Mayrisch-de Saint Hubert im Interesse von Gallimard und der NRF. In einem Brief vom 17.7.1913 an sie schlug er vor, er wolle sich beim Georg Müller Verlag in München dafür einsetzen, dass die NRF die Rechte für eine Übersetzung ins Französische und für die Veröffentlichung von Frank Wedekinds feministischer Erzählung *Mine-Haha* erhalte.

Luxembourg, le 17 juillet 1913
avenue de la gare 24^{III}

Ma chère Madame,

Vous voyez que Georg Müller n'est pas commode. Je trouve exorbitante la somme de 500 frs pour un bouquin d'à peu-près 100 pages et je crois qu'en marchandant on pourrait l'avoir pour la moitié. Peut-être ai-je été imprudent de lui dire que le livre paraîtrait d'abord dans la Nouvelle Revue française. Ça ne regarde pas Mr Muller; quand on a acquis le Copyright on peut faire de la traduction ce qui on veut. Peut-être aussi ai-je été imprudent en ne m'adressant pas directement à Wedekind? Qui sait, il aurait peut-être été plus gentil que Muller, mais je présumais que Wede-

Kind aurait moins de droits qu'il paraît en avoir en réalité.

Je ne sais pas si vous avez le talent de marchander; je ne le sais pas non plus de M. Gide. Si vous trouvez que vous manquez pour ça d'une certaine désinvolture, je mènerai l'affaire pour vous et j'espère la truquer de sorte que nous pouvons être d'accord. Dites-moi jusqu'à quel chiffre je peux aller et croyez-moi, Madame, votre très dévoué

Frantz Clément

Emile und Aline Mayrisch

Die wirtschaftlichen und politischen Anstrengungen Mayrischs, zur Aussöhnung zwischen Frankreich und Deutschland beizutragen, wurden auf geistig kulturellem Gebiet von seiner Frau, Aline Mayrisch-de St. Hubert, ergänzt und fortgesetzt. Sie lud auf ihr Schloss berühmte Persönlichkeiten aus Frankreich und Belgien sowie aus Deutschland und Österreich ein: auf französischer Seite etwa die Schriftsteller André Gide, Jean Schlumberger, Jacques Rivière, Henri Michaux …; weitere Gäste in Colpach waren u. a. die belgische Altphilologin Marie Delcourt, der spätere deutsche Außenminister Walther Rathenau, die Schriftstellerin Annette Kolb, der Österreicher Coudenhove-Kalergi, Begründer der Paneuropa-Bewegung. Auch der Luxemburger Philosophieprofessor Jules Prussen war dort zu Gast.

Bereits vor dem Ersten Weltkrieg stand Clément in engem Kontakt zu Aline Mayrisch. In einem Brief an Gide vom 13.7.1913 berichtet sie, dass Clément – „dont je fais très grand cas" – vorhabe, bei einem deutschen Verleger ein Almanach über zeitgenössische französische Literatur herauszugeben, dass er die NRF in Deutschland bekannt machen wolle, dass er sich dafür einsetzen werde, damit die NRF die Rechte an der Übersetzung und Herausgabe von Frank Wedekinds utopischer und feministischer Erzählung *Mine-Haha oder Über die Erziehung der jungen Mädchen* bekomme. Clément hatte deshalb bereits Kontakt zum Münchener Verleger Georg Müller aufgenommen.[194] So manche Pläne scheiterten dann aber am Ausbruch des Krieges.

Auch nach 1918 riss die Verbindung zu den Mayrischs nicht ab. Die im ersten Jahrzehnt dieses Jahrhunderts erschienenen Briefwechsel von Aline Mayrisch mit Jean Schlumberger (2000), André Gide (2003), Jacques Rivière (2007) sowie weitere Dokumente belegen dies. Aus einem Brief vom 21.11.1919 von Aline Mayrisch an Gide etwa erfahren wir, dass sie als eine der raren Personen darüber informiert war, dass Clément – bisher geradezu das Modell des eingeschworenen Junggesellen – sich mit einer französischen Kriegswitwe verlobt hatte.[195] Die überraschende Nachricht von einer sehr kurzen Ehe, von der selbst seine engsten

Freunde nichts wussten, wirft zwar keinen neuen Blick auf sein Werk, erklärt aber vielleicht manche spätere spitze Bemerkungen gegen Frauen, die nicht einfach durch den Zeitgeist zu erklären sind. In einer seiner Randbemerkungen im ET, in *Splitter* vom 25.11.1922, erklärt er z. B., im Zusammenhang mit dem Frauenwahlrecht, dass die Frau „auf dem Grunde ihrer Seele ein anarchistisches Wesen" sei, auf das man sich nicht so recht verlassen könne.

Von besonderer Wichtigkeit war für Clément die Bekanntschaft mit Gide, über die er später im *Tage-Buch* berichtete,[196] und den er durch Aline Mayrisch kennenlernte. Acht Aufenthalte Gides in Luxemburg sind belegt. 1919 wohnte er vom 26. Juli bis zum 17. September bei einem seiner ersten Besuche in der Mayrisch-Villa in Düdelingen. Tony Bourg, der sich in der Geschichte der Familie gut auskannte, schrieb u. a. auch über diesen Aufenthalt in *André Gide et Madame Mayrisch*.[197] Vom ersten Tag an arbeitete Gide an seinem neuen Roman *Les Faux-Monnayeurs*. Er war allerdings nicht nur mit Schreiben beschäftigt, sondern erlaubte sich gewisse Abwechslungen. Zwei Stunden am Tag spielte er Klavier, vor allem Chopin. Und: „De temps à autre, mû par ses dispositions sexuelles particulières, seul ou accompagné, il se plaisait à aller regarder un groupe de gosses dudelangeois qui jouaient dans un bois proche de la ville tout en gardant les chèvres. ‚Ce n'est pas seulement mon instinct qui m'y retient, dit-il, mais le charme de la jeunesse, la poésie du lieu, le côté vraiment virgilien.'" Der 10. September war dann ein besonderer Tag: „Le Luxembourgeois Frantz Clément, qui préparait son ouvrage *Das literarische Frankreich von heute*, vint prendre conseil auprès de Gide. Madame Mayrisch et la Petite Dame assistèrent à l'entretien, durant lequel Gide portait des jugements significatifs sur ses propres œuvres et celles d'autres écrivains et disait sa fierté d'avoir révélé Dostoïevsky à beaucoup de Français."[198] Lobend erwähnte Gide auch Clément, und zwar in einem Brief, den er von der Villa Mayrisch aus an den Germanisten Félix Bertaux richtete. Dieser war einer der Gäste in Colpach und auch Teilnehmer an den vom europäischen Geist getragenen Décades de Pontigny. Gide geht hier auf seine Unterredung mit Clément ein, „avec un certain M. Clément (pas bête !!) qui achève un long travail sur le mouvement littéraire français contemporain dans ses rapports avec l'Allemagne (c'est un Luxembourgeois de culture allemande – très francophile, mais écrivant en allemand)."[199]

Aline Mayrisch schätzte Clément vor allem wegen seiner profunden Deutschlandkenntnisse. Er schien die geeignete Persönlichkeit zu sein, um dem Gallimard-Verlag manche wertvolle Dienste zu erweisen. So meinte sie, als sie die Verlobung Cléments erwähnte: „S'il devient sérieux, il pourra rendre des services comme orientation à la nouvelle affaire à fonder." Gallimard hatte wahrscheinlich vor, in Deutschland eine Niederlassung zu eröffnen.[200] Und in einem Brief an Rivière schrieb sie über Clément: „J'ai vu Clément lundi, il est horrible, ayant coupé sa barbe, gras et blanc, mais si lucide et si vif d'intelligence, et si prodigieusement informé que vous avez tout de même plaisir à le voir. Il vous conseillera beaucoup plus judicieusement que moi sur la chronique allemande."[201] Bei der deutschen Chronik handelte es sich um regelmäßig in der NRF erscheinende Artikel über deutsche Politik und Kultur. Die Chronik wurde von Félix Bertaux geführt, der bei Gallimard für deutsche Literatur zuständig war.[202]

Clément fühlte sich geschmeichelt von der Wertschätzung, die Aline Mayrisch ihm entgegenbrachte. Die kleine Literaturgeschichte Frankreichs, die er in Düdelingen mit Gide besprochen hatte, widmete er deshalb „Frau Mayrisch-de St. Hubert". Ins Widmungsexemplar schrieb er: „A Madame Mayrisch de St Hubert en témoignage de haute considération intellectuelle, de sympathie profonde et de confraternité européenne."[203]

Aline Mayrisch will Clément helfen, schreibt an Ernst Robert Curtius und Paul Valéry

Aline Mayrisch wollte sich in den 1920er Jahren erkenntlich zeigen für verschiedene Dienste, die er ihr in Deutschland, besonders im Interesse von Gallimard, erwiesen hatte. Einzig erhaltenes Dokument Cléments von seinen Bemühungen ist ein Brief an Aline Mayrisch vom 17.7.1913, in dem er schreibt, er wolle sich dafür einsetzen, dass die NRF vom Georg Müller Verlag das Copyright für eine französische Übersetzung von Frank Wedekind erwerbe.[204] Clément hatte sicherlich, was die Literatur anbelangt, eine gewisse Bekanntheit in Deutschland erlangt – seine Verbindung mit Ullstein belegt dies –, aber seine Möglichkeiten, geschäftliche Beziehungen herzustellen oder sogar Verträge einzufädeln, waren doch sehr begrenzt. Er selbst befand sich meistens in einer schwierigen finanziellen Situation.

Jedenfalls versuchte Aline Mayrisch in den 1920er Jahren, Clément zu helfen, allerdings unterstützte sie ihn nicht mit Geld, obschon sie später so manchen Schriftstellern finanziell beistand, besonders in nationalsozialistischer Zeit – sie verhalf Annette Kolb zur Emigration, sie bot Robert Musil Asyl in Colpach an; sie leistete einen finanziellen Beitrag zu Thomas Manns und Konrad Falkes Exilzeitschrift *Maß und Wert*. Was Clément anbelangt, schickte sie ein Exemplar seines *Literarischen Frankreich* an den Romanisten Ernst Robert Curtius, der regelmäßiger Gast in Colpach war und der zwischen 1922 und 1925 19 Beiträge über Literatur in der *Luxemburger Zeitung* veröffentlichte.[205] Sie bat ihn in einem Brief vom 19.10.1925, eine ‚Notiz' – „une petite notice" – über das ‚kleine Werkchen' – „un petit opuscule" – in der „revue du prince Rohan" oder in der *Frankfurter* zu schreiben; das Werk habe bisher wenig Resonanz gefunden. Das schmale Bändchen könne als populärwissenschaftliches Werk hilfreich sein. [Es war eindeutig anspruchsvoller als eine kurze Einführung in moderne französische Literatur.] Über Clément schreibt sie: „Il a bien de la peine à gagner sa vie et un peu d'encouragement lui serait infiniment précieux."[206]

Etwas mehr innere Überzeugung als die halbherzige Fürsprache für ihn bei Curtius verriet ein Brief, den sie am 4.2.1926 von Berlin aus, aus dem Hôtel Esplanade, an Paul Valéry richtete.[207] Gleich zu Beginn des Schreibens, das sich vor allem auf Clément bezieht, bringt sie ihr Anliegen vor: „Puis-je prendre la liberté d'introduire auprès de vous un de mes compatriotes, un journaliste de cœur français, quoique de plume allemande, qui désirerait faire pour l'Allemagne une série de portraits d'hommes de lettres de votre pays, présenté un peu à la façon d'une heure avec … "[208]

‚Franz Clement' sei sehr begabt, beherrsche ausgezeichnet Deutsch und Französisch, kenne sich in beiden Literaturen aus. Man könne ihm volles Vertrauen schenken. „Vous êtes à l'abri avec lui de toute trahison possible, de tout travestissement de votre pensée et de vos paroles." Sie fährt fort: „[J]'ajoute que mon protégé jouit d'une certaine autorité auprès du public allemand, et qu'il est correspondant d'une ou de deux revues ainsi que de plusieurs journaux importants. Personnellement je souhaiterais qu'il pût mener à bonne fin son entreprise. – Il me semble qu'on ne peut plus avantageusement faire connaître la France en Allemagne qu'en y introduisant le plus possible

Der Romanist Ernst Robert Curtius (1886-1956), ein regelmäßiger Gast in Colpach

les grands écrivains. Les Allemands les goûtent et les admirent – mais les connaissent forcément trop peu encore."

Als generöse Dame von Welt zeigte sich dann Aline Mayrisch, die Valéry vorschlug, wenn er demnächst zu seinem geplanten Vortrag nach Berlin komme, solle er doch einen Umweg über Luxemburg machen. „Je me ferais une très grande joie de vous faire les honneurs."

Am Schluss des Briefes kommt sie nochmals auf ihre Bitte, ihre „requête", zurück: „Vous seriez tout à fait aimable […] de me donner un mot de réponse à Colpach, à moins que vous préfériez écrire directement à Franz Clement, qui vit à Magny-les-Hameaux."[209]

Antworten auf ihre Bitten an Curtius und Valéry sind nicht nachzuweisen.

Die Bekanntschaft Cléments mit Aline Mayrisch war nicht ganz ungetrübt. So wurde er nach Colpach, obschon gerade die deutsch-französische Verständigung für ihn ein Hauptanliegen war, nicht eingeladen. Zwischen dem Salon der aristokratischen Dame und dem bohemienhaften Schriftsteller, für den gesellschaftliches ‚comme il faut' nicht entscheidend war, klafften Welten.

Clément, vom europäischen Eifer getrieben, wünschte in den zwanziger Jahren, an den Dekaden von Pontigny teilzunehmen. In der ehemaligen Zisterzienserabtei in der Bourgogne, diesem ‚kleinen europäischen Königreich des Geistes',[210] trafen sich nämlich regelmäßig, von 1910 bis 1913 und von 1922 bis 1939, führende Persönlichkeiten aus Kultur und Politik, um im europäischen Geist die Probleme der Zeit zu diskutieren und auf ein neues zukünftiges Europa hinzuarbeiten. Die ‚Décades' hatte der Professor und Journalist Paul Desjardins, einst Mitschüler von Jean Jaurès und Henri Bergson, gegründet – er hatte die ehemalige Zisterzienserabtei 1906 erworben. Aline Mayrisch war bereits zur ersten Tagung nach dem Ersten Weltkrieg eingeladen worden. Clément informierte sich bei ihr, wie er sich anstellen müsse, um zu den illustren Begegnungen zugelassen zu werden. Nach Pontigny eingeladen zu werden, bedeutete eine besondere Auszeichnung. Cléments Anliegen entsetzte Aline Mayrisch, sie schrieb an Jean Schlumberger: „Voici et d'abord, surtout, éviter la candidature du nommé Frantz Clément, qui vient de m'écrire pour s'informer comment on fait pour aller à Pontigny et qui, quoique brave type au fond, n'est tout de même pas d'un niveau d'éducation et de délicatesse suffisant."[211]

Trotzdem konnte Clément in den Jahren 1926 und 1927 an zwei Tagungen teilnehmen. Er war begeistert, und es ist nicht bekannt, ob er aus der Rolle fiel. Er schrieb über Pontigny mehrere Artikel, sowohl in der *Luxemburger Zeitung*[212] als auch einen im Berliner *Tage-Buch*. *Europäische Gespräche* ist dieser Beitrag überschrieben. Clément zieht folgende Schlussfolgerung aus der Tagung von 1926:

„So sind in Pontigny Schöpfer und Genießer, Schriftsteller und Leser, Kulturproduzenten von höchster Geltung und bescheidene Kulturkonsumenten beisammen, dabei Männer und Frauen in der gutdosierten Mischung, die verfeinerte Geselligkeit ergibt. Ernst ohne Strenge, Spiel des Geistes ohne amüsierliche Leichtigkeit, alles so angenehm zwanglos, wie es die Gesprächs- und Hausordnung zulässt. Die Tage sind inhaltsreich, sie sind auch heiter. Und was vielleicht das Gespräch nicht gebracht hat, nämlich schärfsten Umriss in temperamentvollem Wort, das bringt das Wandeln unter den alten Bäumen, in der langgestreckten ‚Chormille' am Bachufer oder das Plaudern bei Tisch und am Abend in den Ecken des Salons und in den Korbstühlen des Gartens. So bleibt das erquickende Gefühl der Bereicherung. In einer

Die Dekaden von Pontigny

Landschaft, die sanft verläuft und die Menschen eher gütig als heroisch stimmt, ist in einem der ehrwürdigsten Refugien eine Stätte ausgebaut worden, wo das, was Nietzsche den Geist des „guten Europäers" nannte, selbstverständliche Voraussetzung ist."[213]

Seit Mitte der zwanziger Jahre hatten sich Cléments Beziehungen zu Aline Mayrisch offensichtlich etwas abgekühlt. Im Lesebuch *Zickzack*, das 1938 herauskam und in dem er einen Überblick über sein feuilletonistisches Schaffen geben wollte, wird sie kein einziges Mal erwähnt. Bloßer Zufall? Wohl kaum! Ihr Mann Émile Mayrisch wird hingegen mit Lob bedacht. Er habe als einziger unter den Persönlichkeiten aus der Wirtschaft immer wieder, angesichts der damaligen Dominanz der Wirtschaftsexperten, den Primat der Politik über die Wirtschaft betont.[214]

Clément war kein nachtragender Mensch. Der etwas dünkelhaften Aline Mayrisch ließ er ein Widmungsexemplar von *Zickzack* zukommen und schrieb hinein: „A Madame Emile Mayrisch en témoignage de mon inaltérable affection. Luxembourg, le 9 octobre 1938, Frantz Clément".

12. Clément: Mitbegründer der *Cahiers luxembourgeois*. Sein zwiespältiges Verhältnis zu Nikolaus Welter

Cléments vorurteilsfreie geistige Aufgeschlossenheit und europäische Gesinnung in den zwanziger Jahren zeigten sich auch in der von Nicolas Ries und ihm gegründeten Zeitschrift *Les Cahiers luxembourgeois* [CL], deren erste Nummer im Oktober 1923 erschien. Dem Redaktionskomitee gehörten, neben den beiden Initiatoren, Mathias Esch, Joseph Hansen, Nicolas Braunshausen, Mathias Tresch und Paul Palgen an, also Bekannte von Clément aus der Volksbildungsbewegung. Verleger war Paul Schroell, damals noch Herausgeber des *Escher Tageblatt*.[215]

Die ersten Sätze in der neuen Zeitschrift lauten: „Ces ‚Cahiers' seront ouverts aux quatre vents de l'esprit. Ils se garderont de toute pusillanimité comme de tout sectarisme littéraire, philosophique ou politique. Ils groupent des âges, des talents et des tempéraments fort différents: les jeunes, bouillonnants et impatients de s'affirmer, et ceux qui voient déjà l'ombre derrière eux s'allonger, mais qui, comme le Passeur d'Eau, gardent le rameau vert de l'espoir entre les dents."

Nach der französischen Einleitung: „A nos lecteurs" [von Nicolas Ries?] folgt die deutsche Einführung. Sie ist von Clément, und in ihr heißt es u. a:

„Es ist keine Clique, die vor Euch hintritt, keine Partei. Wir sind durch kein Vorurteil behindert und halten die Hand einem jeden hin, der jenseits von Dogmen und Konventionen an einer kulturellen Erneuerung mitarbeiten möchte. So ist uns auch nichts mehr verhasst als literarische Spielerei, trotzdem oder weil wir auf Form halten, nichts unzeitgemässer als gelehrter Kram, trotzdem oder weil wir in allen Dingen ernst sein wollen. Wir fühlen uns geeint durch eine Gesinnung, aber wir wissen, dass eine Gesinnung nichts Unwandelbares ist."[216]

Der erste Artikel ist ebenfalls von Clément und trägt den bezeichnenden Titel *Zwischen den Rassen*.[217] Es ist ein Streitgespräch von drei Personen, wobei sie sich ganz selbstverständlich sowohl für die französische als auch die deutsche Sprache offen zeigen und keine der beiden diskriminieren wollen. Marie, die Verkörperung weiblicher Zurückhaltung und der „vielverschrieenen Passivität" von Frauen,[218] stellt die Fragen, fasst zusammen. Sie ist voller Bewunderung für ihre beiden männlichen Gesprächspartner: Josef und Anton, zwei Intellektuelle, die, wie sie sich in ihrer blumigen Sprache ausdrückt, den Anspruch erheben, „die knetende Kraft ihrer Hände an dem europäischen Teig zu erproben"[219].

Die beiden Männer sind sich einig, dass in dem zweisprachigen Land „luxemburgische Schriftsteller sich immer nur in einer der beiden Sprachen ausdrücken können, dass sie letzten Endes nicht zweisprachig sind". Josef meint: „Und diese Sprache kann nur die deutsche sein." Anton erwidert: „Es wird in Zukunft nur die französische sein, da wir immer mehr vom germanischen Kulturkomplex abrücken." Schwierig ist es für Luxemburger Schriftsteller nicht nur, sich zwischen zwei Sprachen entscheiden zu müssen, sondern schwierig ist auch das ewige „Hin- und Herschwanken zwischen den Rassen", die „ewige Unruhe und Unsicherheit im Tasten und Realisieren" von etwas Schöpferischem. Unserer „Mischkultur" – der Ausdruck kommt zweimal im Text vor – fehlt „eine große Linie", an die man sich halten kann. Sie ist traditionslos. Gegenüber diesen Bemerkungen von Josef zeigt sich Anton toleranter, meint, ein Teil der geistig Schöpferischen in Luxemburg wollten halt „draussen, in der großen Welt ihr Wesen […] offenbaren". Andere blieben lieber im Lande, „in unserer windgeschützten Ecke". Er lasse allen ihre Entscheidungsfreiheit, und schlussfolgert: „Gerade auf dieser Freiheit beruht das Wesen des Luxemburgertums." Aber welche Entscheidung sollte Clément fällen? Er hatte sich damals noch nicht endgültig entschieden, nach Paris zu gehen.

Die Dialogform in seinem Schreiben sagte Clément besonders zu; sie erlaubte ihm, seine Ansichten, seine Unsicherheiten, die Fragen, die sich ihm stellten, in verschiedene Personen hineinzuprojizieren. Das Gespräch in den CL gibt keine eindeutigen Antworten, hat nicht, wie er schreibt, einen abrundenden Schluss wie in einem „Kinodrama".[220]

Clément war in den ersten Nummern der CL häufig vertreten. Er sollte das Ressort der Buchbesprechungen deutschsprachiger Literatur übernehmen. In Nr. 1 besprach er Albert Hoeflers Lyrikband *Nächte*. Mit der Bemerkung kokettierend, man habe ihm stets „wegen seiner Strenge" mehr gegrollt als „wegen seiner Nachsicht", verleiht er Albert Hoeflers Gedichten einen besonderen Rang, indem er sie als die bei weitem „besten deutschen Verse" einstuft, „die in diesem Lande gedichtet wurden"[221]. In Nr. 3 rezensierte er Werke von Rudolf Borchardt, dem einstigen Mitglied des George-Kreises, von Franz Hessel, dem charmanten Flaneur in der Großstadt Paris, dessen Bücher, meint Clément, ‚mit Pariser Duft geschwängert sind', und schließlich von dem ‚schwerblütigeren' Wilhelm Speyer.[222]

Bereits im ersten Jahr begannen die CL, einige umfänglichere Nummern mit einem Schwerpunktthema, meistens im Zusammenhang mit Luxemburg, herauszugeben. Der erste Band dieser Reihe, Nummer 7 von 1923/24, beschäftigte sich mit den Eigenarten der verschiedenen Regionen des Luxemburger Landes. Clément, der aus Mondorf stammte, an der Grenze zu Lothringen gelegen, und der sich gerne auf seine lothringischen Vorfahren berief, behandelte in dem Beitrag *Luxemburg-Lothringen* die engen kulturellen Verbindungen in dieser Großregion.²²³ Der Artikel ist mit Abbildungen von Linolschnitten des Moselmalers Nico Klopp versehen. Die Sammlung dieser besonderen und anspruchsvollen Bände der CL stellt eine wahre Kulturgeschichte des Luxemburger Landes dar.

Ende 1924 nahm Clément Abschied von Luxemburg; er hatte sich für Paris entschieden. Ab Nummer 7 erschien kein Beitrag mehr von ihm in den CL, bis zum Jahr 1927/28. Das Thema der Spezialnummer dieses Jahrgangs war: *L'Art des Jeunes*, sie setzte sich mit der Luxemburger Sezession auseinander. Clément mischte sich aus der französischen Hauptstadt mit seinem Beitrag *Ein paar Rücksichtslosigkeiten* in die Kunstquerelen im Lande ein.²²⁴ Weitere Beiträge waren im ersten Heft von 1927/28 die stimmungsvolle Skizze *Kleine Reise*, die Eindrücke einer Bahnfahrt nach Pontigny wiedergibt; in Nr. 2 die Rezension über den neuen Gedichtband von Hoefler, sie war nur eine Übernahme aus der *Luxemburger Zeitung*.²²⁵ Clément stufte dessen zweiten Lyrikband ebenso hoch ein wie den ersten. Er schrieb: „Von nun an gibt es in Luxemburg zwei Normen, sich lyrisch zu äussern; die eine hieß Nikolaus Welter, die andere heißt Hoefler. Ich brauche wohl meine Präferenz nicht anzugeben." Sie gehörte eindeutig Albert Hoefler. In ihm sah er den zukünftigen großen Lyriker Luxemburgs.

Zu Welter hatte Clément eine zwiespältige Haltung. Der frühe Welter weckte in ihm keine Begeisterung, rief aber ein gewisses Wohlwollen hervor. Clément gefiel weniger sein Schreiben, als seine Haltung und Einstellung. Welter war damals radikal, sozialkritisch und antiklerikal. Er war Mitarbeiter der Zeitschrift *Floréal*, die eine neue Etappe in der Luxemburger Literatur einleitete. Sein Gedicht *Die Schmiede* (1903) provozierte: Es wurde in der Abgeordnetenkammer von den Klerikalen als Aufforderung zum Klassenhass dargestellt, die Sozialisten verteidigten den Text. *Lene Frank* (1906) war ein scharfes antiklerikales Lehrerinnendrama. Der Proletarierroman *Franz Bergg* (1913) bewirkte, dass das Deutsche Kaiserreich ein Einreiseverbot gegen Welter aussprach. 1918 wurde er auf Vorschlag der Sozialisten Minister für öffentliche Erziehung in Luxemburg.

Aber mit der Zeit wurde Welter moderater und konservativer in seinen politischen Ansichten und traditioneller in seinem literarischen Schaffen. 1918/19 trat er für den Erhalt der Dynastie ein. Die ungeschminkte Darstellung der sozialen Realität trat zurück. Er schrieb häufiger Dramen um historische Persönlichkeiten aus einer fernen Vergangenheit. Welter wurde betulicher; Linksintellektuelle standen ihm daraufhin kritischer gegenüber, etwa Batty Weber, vor allem aber Frantz Clément.²²⁶ Dies zeigte sich in seiner 1922 in der *Voix des Jeunes* erschienenen Rezension voll kritischer Schärfe über Welters neuestes Theaterstück *Dantes Kaiser*.²²⁷ Dort heißt es: „Nikolaus Welter ist kein Tragiker. Ich habe ihn manchmal für einen Dichter gehalten, für einen lyrischen Dichter zweiter Ordnung, der ein starkes Stimmvolumen für Gemeinplätze des Fühlens hatte. Dann schuf er in glücklichen Augenblicken Gedichte wie *Der Mütter Fluchpsalm*, *Eichentod*, die wohl nicht durch Originalität bezwangen, aber begeisterungsfähige Menschen zu interessieren vermochten. Aber Welter forciert seine karge Muse." Er wurde „ein verschwenderischer Nachempfinder". Mit *Dantes Kaiser* habe Welter eine Tragödie schreiben wollen. Die zentrale Gestalt, Heinrich VII., strahlt jedoch keinen tragischen Heroismus aus. Er ist ein guter Mensch, der Rom im Wege steht und deshalb vergiftet wird, „ein mittelalterliches fait divers". Hinzu kommt, dass Welters Schöpfung durch „die unzulängliche Formung überrascht". Der Dramatiker will „einen rauhen Dialog"

Erste Nummer von *Les Cahiers luxembourgeois*, der repräsentativsten Kulturzeitschrift Luxemburger Intellektueller

Nikolaus Welter (1871-1951), porträtiert von Auguste Trémont

schreiben, „der shakespearisch klingen soll". Aber wie der Inhalt ist auch die Form „gekünstelt". Cléments Rezension ist also ein runder Verriss. Distanzierte Reserve kennzeichnet von jetzt an seine Haltung gegenüber Welter.

In den Vorkriegsjahren entwickelten sich die *Cahiers luxembourgeois* zu dem anspruchsvollsten Forum, für das Luxemburger Intellektuelle und Schriftsteller über kulturelle und literarische Themen schrieben. Als 1936 die 100. Nummer herauskam, hatten sie eine Auflage von 1.250 Heften – sie erschienen achtmal im Jahr –, bei den prächtig ausgestatteten und deshalb begehrten Spezialbänden stieg sie sogar auf 1.600.[228] Clément war in den 1930er Jahren nur mit zwei Beiträgen in den CL vertreten: 1930 mit *Gruss aus der Fremde* – er war damals in Paris und schickte zum 70. Geburtstag eine sehr emotional gehaltene Hommage an seinen Freund Batty Weber, der ihn an den altersweisen Theodor Fontane erinnerte.[229] Der zweite Beitrag erschien 1933: *Primat des Politischen*, ein Kapitel aus dem unveröffentlichten Buch *Brücken über den Rhein*.[230]

Clément wahrte also nach 1930 Distanz zu den CL, die er mitbegründet hatte. Aber er hatte sich keineswegs mit der Redaktion entzweit. Im Gegenteil, von Nicolas Ries, dem ‚directeur de la rédaction', der treibenden Kraft der CL bis 1940, zeichnete er 1936, zum 60. Geburtstag, ein überaus freundliches Portrait. Ries war für ihn „der unermüdliche und auf der ganzen Linie erfolgreiche Animator der *Cahiers luxembourgeois*". Aber er bemerkte auch: „Nikolaus Ries hat sich nie um aktive Politik gekümmert. Er fühlte sich dazu weder berufen noch begabt, wie er denn jederzeit ganz präzis wusste, wozu er taugte."[231] Clément dagegen war in der Zwischenkriegszeit kämpferisch äußerst aktiv. Er verfasste kaum noch längere Essays, die sich für die CL geeignet hätten, verfolgte jedoch akribisch genau die Entwicklung in Europa, besonders in Nazideutschland –, in einer Glosse im *Escher Tageblatt* bemerkte er: „Man soll nie eine Gelegenheit vorüber gehen lassen, sich die offiziellen Veröffentlichungen des dritten Reiches anzusehen; sie sind stets in irgendeiner Richtung aufschlussreich."[232] Für die politischen Kommentare und für die Feuilletons und Glossen, die er auch weiterhin schrieb, standen ihm in Luxemburg vor allem die *Luxemburger Zeitung* und das *Escher Tageblatt* zur Verfügung, zuzeiten auch die *Voix des Jeunes* und *Die neue Zeit*. Als er 1935 glaubte, er könne seine Ansichten nicht nachdrücklich genug verbreiten, gründete er eine eigene Zeitschrift, *Die Tribüne*, die letztendlich ein Einmann-Betrieb blieb und nach etwas mehr als einem halben Jahr ihr Erscheinen einstellen musste, – praktisch veranlagt und geschäftsorientiert war Clément nie.

13. Clément warnt vor Rechtsradikalismus, vor allem in Deutschland. Er strebt von der Kleinstadt Luxemburg weg nach der Metropole Paris.

Nach seiner völkerpsychologischen Serie über Deutschland und Frankreich im *Escher Tageblatt* setzte sich Clément auch weiterhin vorwiegend mit den beiden Nachbarländern auseinander. Sorge bereitete ihm der zunehmende Rechtsradikalismus in Europa. *Faszismus* (so eine damals übliche Schreibweise) hieß denn auch ein Artikel, den er bereits am 2.11.1922 im ET veröffentlicht hatte. Er bezog sich auf das Italien Mussolinis, war aber auch Ausdruck einer allgemeinen Besorgnis um die Zunahme nationalistischen Denkens in Europa. 1926 schrieb Clément für das Berliner *Tage-Buch* den Artikel *Faschismus in Frankreich*. In beiden letztgenannten Ländern würden die sich verbreitenden reaktionären Ideologien vor allem auf schwächelnde Demokratien und auf eine zunehmende Parlamentsmüdigkeit breiter Massen hinweisen. In Italien formuliere die faschistische Ideologie „in erster Linie Kritik der liberalen Demokratie und deren vornehmster politischer Form, des Parlamentarismus". Faschismus sei dort „im Grunde nicht viel mehr als das System des aufgeklärten Absolutismus, verbrämt mit römischem Tyrannenzauber und südlichem Lyrismus". In Frankreich seien breite Teile der Bevölkerung „parlamentsmüde, verdrossen wegen der Frankenkrise und der parlamentarischen Verzögerung der innerpolitischen Angelegenheiten", aber der Ärger richte sich „mehr gegen Personen als gegen Institutionen". Faschistisches Denken und rechtsextreme Gruppierungen gebe es durchaus in Frankreich. Gefährlich sei aber eine andere Art von Faschismus: zu ihm gehöre „Kasernierung, Aufmarsch in Kolonnen, strikte Befolgung der ausgegebenen Parolen in den geringsten Kleinigkeiten". Und diesen Faschismus könne man „in anderen Ländern, in Deutschland z. B., billig haben, in Frankreich nicht"[233].

Deshalb beunruhigte Clément besonders die Entwicklung in Deutschland, wo schon Anfang der zwanziger Jahre politische Morde, Attentate und Putschversuche immer wieder die junge und noch nicht gefestigte Weimarer Republik gefährdeten, wo nationalsozialistische Kampftruppen sich bemerkbar machten und wo zum ersten Mal Hitler ins Blickfeld einer breiten Öffentlichkeit geriet.

Als „eines der fähigsten Hirne Europas" charakterisierte Clément am 13.10.1922 im *Escher Tageblatt* den deutschen Außenminister Walther Rathenau.[234] Dieser war am 24. Juni 1922 von zwei Offizieren einer rechtsextremen Organisation ermordet worden. Er war ein Politiker ganz nach Cléments Geschmack. Noch Jahre später wies er auf ihn als einen sehr vielseitig gebildeten Menschen hin; diese Art Politiker sei nötiger als einseitig ausgerichtete Experten.[235]

Rathenau vereinigte viele Talente in einer Person. Er kam aus der Wirtschaft und war Direktor der AEG gewesen, die sein Vater gegründet hatte, und er war auch ein Intellektueller, ein Soziologe: Als kulturphilosophischer Schriftsteller war er ein viel gelesener Autor seiner Zeit. Vor allem aber sah Clément im Demokraten Rathenau den Versöhnungspolitiker. Er schloss mit der Sowjetunion den Rapallo-Vertrag (1922) und wurde deshalb von den Rechten als ‚Bolschewist' beschimpft. Er wollte die Aussöhnung mit Frankreich und versuchte die Alliierten zu überzeugen, dass Deutschland bereit sei, die erdrückenden Repa-

Aufkommender Faschismus

Ermordung Walther Rathenaus

rationen zu zahlen – das brachte ihm im rechten Lager den Ruf eines ‚Erfüllungspolitikers' ein. Zudem war er Jude: sein größter Makel für die extreme Rechte. ‚Schlagt tot den Walther Rathenau, die gottverdammte Judensau!', war eine verbreitete Parole in völkischen Kreisen.

Rathenau hatte sehr gute Beziehungen zu Luxemburg, ähnlich etwa wie Clément zur Familie Mayrisch.[236] Der Deutsche kannte den Schmelzherrn Emile Mayrisch, da er während mehrerer Jahre Präsident des Verwaltungsrates der Steinforter Hütte gewesen war. Die Frau des Luxemburgers, Aline Mayrisch-de St. Hubert, hatte in ihrem Schloss in Colpach, im September 1920, ein Treffen zwischen Rathenau und André Gide arrangiert. Dieser war denn auch von der Ermordung Rathenaus sehr betroffen. In einem Brief an Aline Mayrisch vom 3.7.1922, schrieb er: „[L]a nouvelle de son assassinat m'a bouleversé; c'était une des forces reconstitutives, non pas seulement de l'Allemagne, mais de l'Europe entière, des plus sûres … ". Aber der Brief zeigte auch, wie schwierig es in der Nachkriegszeit war, einen Brückenschlag zwischen Deutschen und Franzosen herzustellen. Gide zitierte den französischen Schriftsteller Léon Daudet, der in einem Artikel im rechtsextremen Blatt *L'Action Française* mit folgenden Worten auf die Ermordung Rathenaus reagierte: „Mon oraison funèbre tiendra dans trois mots: Un de moins!"[237]

Clément verfolgte mit großem Interesse den Prozess um die Ermordung Rathenaus und berichtete darüber im Artikel *Die Rathenaumörder*.[238] Er bezeichnete das Gerichtsverfahren als „ein politisches Satyrspiel". Die beiden Mörder waren nämlich bereits tot: Die Polizei hatte sie in ihrem Versteck entdeckt – ein Polizist tötete den einen, worauf der andere sich selber umbrachte. Aber die eigentlichen „Rathenaumörder" waren für Clément vor allem die Männer im Hintergrund, aus den „dunkelsten Ecken Deutschlands". Das Gericht bemühte sich, das „Milieu" zu durchleuchten, in dem sich „die völkische Mystik und die deutschnationalen Phrasen in das Verbrechen umsetzten". Clément schrieb: „Wenn die Rassenmystik die Köpfe von Jünglingen, die noch in Pubertätswirren liegen, einnebelt, so müssen Dinge geschehen wie die Ermordung der großen Demokraten." Und er schlussfolgerte: „[S]olange in Deutschland und besonders in Bayern verrohte Pfaffen, rebellische Junker und Wotansanbeter Gift in die unreifen Köpfe säen dürfen, ist die Republik und sind die Republikaner in steter Gefahr."

Wie sehr die Republik bedroht war, zeigte sich beim gescheiterten Putschversuch Hitlers am 9. November 1924 in München. Während beim Rathenau-Prozess die Komplizen der beiden Mörder noch mit einer gewissen Strenge bestraft wurden, war es beim Prozess um den November-Putsch genau umgekehrt: Das Gericht hofierte den Putschisten Hitler – einem der Richter entfuhr der Ausruf: „Doch ein kolossaler Kerl, dieser Hitler!"[239] Sogar die Justiz ebnete also einem rechtsradikalen Terroristen den Weg an die Macht.

Clément war einer der ersten, der hier im Lande auf Hitler aufmerksam machte. Am 12.3.1924 schrieb er *Von Eisner bis Hitler*, am 13.3.1924 *Blauweiss oder Schwarzgelb*. In diesen *Glossen zum Rechtsputsch-Prozess*, die auf Seite eins im *Escher Tageblatt* standen, bewies Clément, dass er nicht nur ein guter Beobachter und treffender Kommentator politischer Ereignisse war, sondern seine Leitartikel verraten ein ausgesprochen schriftstellerisches Talent und gehen weit über das hinaus, was üblicherweise in Luxemburger Zeitungen an politischer Analyse zu lesen war. Als Beleg diene ein Auszug aus dem Artikel über den Prozess um den Rechtsputsch, der ein gelungenes Porträt des frühen Hitler entwirft, der in Gegensatz zum Radikaldemokraten Eisner gestellt wird:

Über den frühen Hitler, diesen „zugewanderten berufsmäßigen Einpeitscher der kochenden deutschen Volksseele"

„Es ist gewiss nicht gleichgültig, wie das Urteil ausfällt, aber heute schon kann der rein auf Politik gestimmte, neutrale Beobachter [sich] seinen Reim auf diese Defilierkour der bayrischen und außen-bayrischen Rechtsrevolutionäre machen. Man darf – so meine ich jedenfalls – über einschlägige Beobachtungen den Wegweiser setzen: Von Eisner bis Hitler: Eisner, so hieß ein Revolutionärer Akt, Hitler, so hieß ein anderer; Eisner war eine Etappe, Hitler war eine andere. Wem der Vergleich sich nicht aufdrängt, der hat – so meine ich noch einmal – wenig Sinn für historischen Parallelismus.

Poussieren wir den Vergleich nicht durch, denn es wäre zu bequem. Aber was für ein moralischer Unterschied zwischen dem illuminierten, europagläubigen Juden, der seine Tat und sein Kreuz auf sich nahm, und dem aus Oesterreich zugewanderten, berufsmäßigen Einpeitscher der kochenden deutschen Volksseele. Was für ein Abstand in der ästhetischen Leuchtkraft zwischen dem Novemberzug auf der Theresienwiese und der Verschwörung in einem Bierkeller.

***

Es ist ein Bild von rauer, düsterer Schönheit, dieses Ende der Nibelungen. Wie der grimme Hagen mit den letzten Getreuen im feuerumlohten Saale, Rücken an der Wand, gegen die Übermacht kämpft. Wie die Helden das Blut der Gefallenen trinken, um den von den Flammen aufgepeitschten Durst zu löschen.

Die Völkischen von heute haben sich der alten germanischen Sagenstoffe bemächtigt. Sie reden auch so gern – von Nibelungentreue, Nibelungenstolz und Nibelungentapferkeit. Aber wo standen sie je, Rücken an der Wand, gegen die Übermacht im flammenumbrandeten Saale? Ihre Tat ist weiter nichts als ein einziges fintenreiches Rückzugsgefecht, bei dem ihnen alles gut genug ist zur Deckung, und sei es auch eine Bedürfnisanstalt.

***

War es nicht eine demagogische Leistung von eigenartiger Pracht, wie der ehemalige Handwerksbursche Hitler, den hochangesehenen Staatskommissar von Kahr mit seinem hundertprozentigen Bajuwarentum und den General von Lossow mit seiner 51prozentigen Sicherheit herunterkanzelte.[240] Hitler ist überhaupt der einzige der Angeklagten und Ankläger, der ganz ist; er ist nahezu ausschließlich auf Maulheldentum eingestellt, aber hierin sucht er jedenfalls keine krummen Wege. Er ist der typische Demagoge wie er aus der verlogenen, von Feigheit infizierten, Nachkriegsatmosphäre erwachsen musste, aber er hat einen Typus und weiß auch seinen Typus mit adäquaten Mitteln zu verteidigen.

Er hat an die Möglichkeit der Tat geglaubt. Das allein ist ein Beweis, dass er zum Führer nichts taugt. Herr Kapp hatte eine bessere Gelegenheit und bessere Helfershelfer; was ihm nicht gelang, konnte Hitler nicht gelingen.[241] Einem Leutnant, der sich so blamiert hätte, würde ein Kompagniechef keinen Zug mehr anvertrauen, um ihn heil über einen Rinnstein zu führen."[242]

Ein eindringlicher und sehr persönlicher Text des Journalisten Clément im ET, der sich wesentlich unterscheidet von den schnell verfassten Darstellungen des Rechtsputsches der großen Nachrichtenagenturen! Er zeigt aber auch, wie wenig man damals die Bedrohung, die von Hitler ausging, wahrnehmen konnte. Noch war nicht abzusehen, dass nur ein paar Jahre später Hitlers Nationalsozialismus nicht nur zum Untergang der Weimarer Republik führen, sondern den Zweiten Weltkrieg auslösen würde, mit seinen Millionen Toten, darunter Clément, früher Kritiker Hitlers.

Neben Rathenau und Hitler entwarf Clément im ET weitere Porträts von deutschen, vor allem politischen Persönlichkeiten: etwa von Wilhelm II., Gustav Noske, Wolfgang Kapp, Philipp Scheidemann, Wilhelm Kuno und Kurt Eisner.[243] Zudem zeichnete er, völlig überraschend, unter dem Titel *Figures d'Allemagne*, zwei Porträts in französischer Sprache: zuerst am 5.10.1920 von dem früheren Finanzminister Matthias Erzberger aus der Zentrumspartei, also der Partei des politischen Katholizismus; eine Woche später von dem einflussreichen Publizisten Maximilian Harden.[244]

Clément würdigte Erzbergers politische Weitsicht. Dieser war nämlich noch zu Beginn des Weltkrieges ein scharfer Annexionist gewesen, wurde dann aber ein radikaler Kritiker der deutschen Kriegsführung, trat für die Beendigung des Krieges ein und unterzeichnete schließlich für sein Land den Waffenstillstand. 1921 wurde Erzberger, als Vaterlandsverräter gebrandmarkt, von rechten Antirepublikanern ermordet.

Clément schätzte den radikalen Polemiker Harden. In einer berühmten Artikelserie hatte dieser Kaiser Wilhelm II. und dessen Kamarilla um Fürst Eulenburg diskreditiert. Er war nach dem Krieg zu einem unerbittlichen Kritiker der Weimarer Republik geworden, hatte sich schließlich, wie Clément meinte, einem „communisme tumultueux" zugewandt und wurde „un tantinet ridicule". Sein Einfluss schwand. Aber vergessen wurde nicht, dass er Jude war. 1922, wenige Tage nach dem Mord an Rathenau, verübten Rechtsradikale ein Attentat auf Harden, das dieser schwer verletzt überlebte. Er flüchtete in die Schweiz, wo er 1927 starb.

Die beiden französischen Artikel waren offensichtlich für eine frankophone Leserschaft gedacht. Vielleicht spielte Clément damals schon mit dem Gedanken, nach Paris zu gehen und dort eine ähnliche Vermittlerrolle zwischen Frankreich und Deutschland zu übernehmen, wie heute etwa Alfred Grosser: nämlich den Franzosen Deutschland näher zu bringen und den Deutschen Frankreich zu erklären.

Cléments Artikel über Deutschland verraten seine tiefen Kenntnisse der politischen und kulturellen Verhältnisse der Weimarer Republik. Aber den Plan, über Deutschland in französischen Blättern zu berichten, gab Clément rasch auf: Er fand nie engen Kontakt zu französischen Medien. Und er sah wohl auch ein, dass er zwar ein gutes, korrektes Französisch schrieb, aber es doch nicht die Kraft und Prägnanz seines deutschen Stils hatte. Seine Sprache war und blieb Deutsch.

Über französische Politik und Kultur hatte Clément ähnlich gute Kenntnisse wie über den Nachbarn Deutschland. Unter dem Titel *Französische Staatsmänner und Politiker* stellte er im ET die Charakterporträts von Louis Barthou, Edouard Herriot, Léon Blum, Raymond Poincaré, René Viviani vor;[245] auch ging er auf Schriftsteller ein, wie Pierre Benoit, André Gide, Roland Dorgelès, Georges Duhamel, Maurice Barrès, Anatole France, den Philosophen Henri Bergson u. a.[246] Diese Artikel wirken wie eine frühe Vorbereitung auf seine spätere Korrespondententätigkeit in Frankreich.

In seinem Schreiben kündigte sich bereits sehr früh an: Sollte er einmal als freier Schriftsteller im Ausland leben, dann kam nur Paris oder die Umgebung der Metropole als Wohnort in Frage. Die Hauptstadt Frankreichs übte eine unwiderstehliche Faszination auf ihn aus –

Französische Staatsmänner und Schriftsteller

nicht unbedingt das Land. Über dieses sagte er: „Wer Frankreich liebt, muss es kriti[s]ieren, heftig und beständig."²⁴⁷ Und das tat er immer wieder, dies führte auch zum Konflikt mit seinem früheren Freund Noppeney, der ihm deshalb den ‚boche' anhängen wollte.

Paris lobte er dagegen übermäßig: „Das ist nicht eine Stadt, das ist ein lebendes Wesen, eine Frau für die Männer, ein Mann für die Frauen. Jeder Franzose, jeder Mensch erlebt diese Stadt wie etwas Geschlechtliches. Er verliebt sich in sie." Und im selben Artikel heißt es kurz und bündig über Paris: „[E]s ist die Hauptstadt Europas." Was haben dagegen andere Städte zu bieten? „Berlin" – immerhin ein kulturelles Zentrum, das in den sogenannten ‚Goldenen Zwanziger Jahren' Paris den Rang ablief – für Clément ist es nichts weiter als „ein seelenloser Steinhaufen"! „London" – das Zentrum eines Weltreiches – „ist ja nur ein Absteigequartier"!²⁴⁸ Und über München, das eine magische Anziehungskraft auf so viele Künstler und Literaten ausübte –, auch Luxemburger wie Alex Weicker und manche Maler wie Joseph Kutter zog es damals in die bayrische Metropole – schreibt er: „Zu viel Bier und zuviel Radi, das gibt einen geräuschvollen Partikularismus, aber nichts weiter."²⁴⁹

Der Entschluss für Paris ist jedoch bei Clément nicht nur aus einem ‚coup de coeur' entstanden, sondern er ist überlegt und rational begründet. Die Artikelserie im ET *Wir Luxemburger* verrät einige der Motive, die ihn bewogen, Luxemburg zu verlassen.²⁵⁰ Sie ist nicht primär, wie der Titel vielleicht vermuten lässt, ein völkerpsychologischer Beitrag über Luxemburg, keine bloße Ergänzung zu dem eben 1920 in zweiter revidierter Auflage erschienenen Werk *Le Peuple Luxembourgeois. Essai de psychologie* von Nicolas Ries,²⁵¹ für Clément damals „das Standardwerk der Psychologie des Luxemburgertums"²⁵².

Bisher sei der Luxemburger Volkscharakter von einer intellektuellen Elite analysiert worden. Er wolle dagegen aus einer entgegengesetzten Pespektive an das Problem herangehen und sich einem begrenzteren Bereich zuwenden: nämlich die luxemburgische Intellektualität analysieren.²⁵³ Das Ergebnis seiner Untersuchung sei dann vielleicht weniger problematisch, wohl bruchstückhaft, aber „die Gefahr der Deformation" sei nicht so groß. Denn das Objekt, über das er schreibe, sei „Fleisch von seinem Fleisch". Und er fährt weiter: „[W]enn es Tücken hat – und es hat solche – so findet er in seiner eigenen Tücke die Korrektur dazu."²⁵⁴ In *Wir Luxemburger* analysiert Clément also vor allem die Situation der Intellektuellen in unserem Lande, und letztendlich die spezifische Situation, in der auch er arbeiten muss: „In solcher dumpfen Atmosphäre gedeiht die Produktion geistiger Werke nur schwer", schreibt er.²⁵⁵ Er deutet an, welche Konsequenzen er aus den gegebenen Verhältnissen ziehen wird. In seiner Analyse streicht Clément zwei Punkte besonders hervor:

„Unsere nationale Kleinheit und Kleinlichkeit ist vor allem unser Verhängnis."²⁵⁶ Wir sind „eine kleine Insel der Entwurzelten".²⁵⁷ Die geistige Elite des Luxemburger Mischvolkes betreibt „Kulturschleckerei" in „zwei Windrichtungen", zum westlichen und östlichen Nachbarn hin. Was fehlt, ist eine eigene Tradition, eine Luxemburger Identität und innere Geschlossenheit. Die geistige Elite verfällt deshalb sehr leicht „dem Laster des Ungefähr". „Wir schlemmen in unserer süffisanten Halbheit." Es „kommt eine unheimliche kulturelle Inzucht zustande"²⁵⁸. So sind Luxemburger Intellektuelle vor allem „geschickte Verwerter" fremder Kultur. Clément formuliert pointiert: „Wir haben kein Niveau und keine Norm. Wir haben auch kein Milieu. Das heißt, das Milieu sieht aus wie das Niveau und die Norm. Wir leben im allgemeinen selbstzufrieden dahin."²⁵⁹

„alle Kultur ist Großstadtkultur"

Das fast vollkommene Fehlen eines kulturellen Milieus in Luxemburg bedinge auch, dass es kaum kritische Bewertung geistigen und künstlerischen Schaffens im Lande gebe. Nur „harte, fruchtbare Selbstkritik" könne helfen. Jedoch: „Kritik anderer wird uns ja fast nie zuteil."[260] Letztendlich ist für Clément „alle Kultur [...] Großstadtkultur". Und er fügt hinzu: „Wenn die an ihrer Gestaltung mitwirkenden Männer auch manchmal fern von der Großstadt leben, sie empfangen von ihrer konzentrierten Geistigkeit, von dem in ihr geltenden harten Konkurrenzzwang, von den hohen Maßstäben, die sie aufrichtet, Antrieb und Richtung, Selbstkritik und Wille zur höchsten Geltung."[261]

Deshalb suchte Clément ausländische Anerkennung und fand sie in der Großstadt. Seine kleine Literaturgeschichte *Das literarische Frankreich von heute* wurde 1925 bei Ullstein Berlin veröffentlicht, in der verbreiteten Sammlung *Wege zum Wissen*; von 1925 bis 1933 schrieb er von Paris aus regelmäßig für das renommierte Berliner *Tage-Buch* Beiträge über französische Politik, Kultur und Literatur; ab 1928 war er in der Hauptstadt Frankreichs ebenfalls literarischer Berater für den Ullstein Verlag.

Auch andere Luxemburger hatten damals Erfolg im Ausland: Alex Weicker etwa veröffentlichte 1921 in München, im Georg Müller Verlag, sein expressionistisches Bekenntnisbuch *Fetzen. Aus der Chronika eines Überflüssigen* – ein großer Wurf, aber eine Eintagsfliege. Von Nikolaus Welter erschien 1925 sogar eine Gesamtausgabe seiner Werke bei Georg Westermann in Braunschweig. Welter blieb in Luxemburg genau wie Batty Weber, dessen Theaterstück *Le Lasso* im September 1922 im Pariser Théâtre de l'Oeuvre uraufgeführt wurde: „kein geräuschvoller Premierenerfolg", aber Weber kam „bei der gestrengen Pariser Kritik recht gut weg", so Clément im ET.[262] Einige Luxemburger Autoren fanden also im Ausland Beachtung. Clément jedoch war der einzige Publizist, der damals längere Zeit, von Ende 1924 bis 1933, im Ausland wohnte, und der als freier Schriftsteller fast ausschließlich von seinem Schreiben lebte, allerdings mehr schlecht als recht – manchmal war materielle Unterstützung von gönnerhaften Freunden notwendig.

14. Clément verliert Luxemburg nie aus dem Blick

Ein Großteil von Cléments journalistischem Schreiben in der ersten Hälfte der 20er Jahre galt Frankreich und Deutschland sowie dem Ausloten der Möglichkeiten, die scheinbar unüberwindbaren Differenzen zwischen beiden Ländern doch noch zu überwinden. So zeigte sich bei Clément, vor allem in den Jahren 1923-1924, immer deutlicher der Wunsch, ins Ausland zu gehen und dort, in einiger Distanz zu Luxemburg, seine Analysen in wichtigen Presseorganen unterzubringen. Aber Clément war nicht jemand, der seinem Land Verachtung entgegenbrachte und dünkelhafte Überheblichkeit zeigte. Er suchte in der Fremde einen größeren Wirkungskreis und ein anspruchsvolleres kulturelles Milieu, als es das provinzielle Luxemburg bot. Seine Heimat verlor er dabei nie aus dem Blick – weder vor noch nach seiner Niederlassung in Paris. Es gab nie einen Bruch mit ihr – wie etwa bei Norbert Jacques. Bereits in den beginnenden zwanziger Jahren, als ihn vor allem Schreiben über ausländische Politik sowie auch ausländische Literatur beanspruchte, nahm er immer wieder entschlossen Stellung zu dem, was ihm in unserem Lande politisch und kulturell wichtig erschien. Ein paar Beispiele aus der großen Zahl von Stellungnahmen Cléments zu spezifisch luxemburgischen Fragen mögen sein intensives Interesse für die Probleme des Landes belegen.

1921 gab es vom 1. bis zum 23. März in Luxemburg den ersten großen Generalstreik. Clément stand nicht auf Seiten der Schmelzherren. Als überzeugter Liberaler war er nicht primär ein Wirtschafts-, sondern ein Gesinnungsliberaler, dem vor allem die bürgerlichen Grundrechte am Herzen lagen, der aber auch ein soziales Gewissen hatte. Er verteidigte z. B. den Gewerkschaftsführer Johannes Bukovac[263] gegen das *Luxemburger Wort*, das ihn als gemeinen Kriminellen hinstellen wollte und das doch nur nach Clément „für eine bestimmte Firma" tätig sei, nämlich „die Firma ‚Christliche Gewerkschaften'". Über den militanten Arbeiterführer äußerte er sich in folgenden Worten: „Wer […] Herrn Bukovac kennt, weiß, dass er zwar ein heißblütiger Kombattant, aber ein fleißiger, grundehrlicher und gescheiter Mensch ist, der sich in der Hitze des Kampfes hinreißen lassen mag, aber der zu einer unehrenhaften Handlung absolut unfähig ist."[264]

Über Politik: der Generalstreik von 1921 – Ende des Luxemburger Parlamentarismus?

Die Streikenden scheiterten letztendlich, nicht weil ihr Anliegen ungerechtfertigt war, sondern, wie Clément meinte, weil die militanten Anführer der noch jungen Gewerkschaftsbewegung unerfahren waren und falsch taktierten. „Der Bazillus des Extremismus" hatte sich in ihre Köpfe „eingenistet".[265] „Sie waren eine Faust ohne Auge."[266]

Clément bewies auch sein Interesse an luxemburgischer Politik, indem er seine gelungene Porträtserie französischer und deutscher Politiker mit einer 12-teiligen Charakterstudie luxemburgischer Abgeordneter komplettierte. Jedes Porträt war begleitet von einer Zeichnung des bereits aus *Floréal* bekannten Malers Pierre Blanc – Photos und Zeichnungen waren damals eine große Ausnahme in den Luxemburger Zeitungen.[267]

Über die Gefahren, die in vielen Ländern Europas den parlamentarischen Systemen drohten und die den Boden für den zunehmenden Faschismus bereiten konnten, hatte er sich öfters geäußert. Aber auch über den Luxemburger Parlamentarismus verbreitete er sich, und zwar manchmal mit einer für ihn ungewohnten Schärfe. So schrieb er am 18.2.1924 den wütenden Leitartikel *Vor dem politischen Bankerott*. Darin heißt es:

„Ich zähle nur die schlimmste Schmach auf!

Keine Disziplin der Fraktionen, keine Spur von Selbstbeherrschung! Jeder redet, so dumm, so frech, so unverantwortlich, so formlos und vor allem so oft und so lang wie er will.

Jeder interpelliert, wenn es ihm gerade in den Kram passt und unterbricht eine Debatte über Fabrikreglemente mit einer Intervention über die Hygiene des Zahnfleisches, wenn es ihm eben so recht ist. Wenn hie und da ein Gesetz zustande kommt, so sieht es aus wie die Hose eines Bettlers, die sich durch drei Generationen hindurch vererbt hat."

An den Kammerpräsidenten Altwies appellierte er in seinem Artikel: *„Diese Kammer ist nicht zum Herrschen berufen, sie muss beherrscht werden."*

Über Theater: Aufführung deutschsprachiger Stücke nach dem Krieg: ein schwieriges Unterfangen

Auch in den Kulturbetrieb mischte sich Clément ein. Im einzigen Theater Luxemburgs, dem Stadttheater, stand nach Kriegsende jahrelang kein deutschsprachiges Stück auf dem Spielplan. Clément regte an, wieder deutsches Theater aufzuführen. Im März 1922 führten die Frankfurter Kammerspiele Arthur Schnitzlers *Liebelei* auf. Frantz Clément war zufrieden und schrieb in seiner Rezension vom 14.3.1922, man könne ruhig „mehr deutsches Theater von dieser und eventuell von besserer Sorte bringen"[268]. Gar nicht zufrieden war er aber mit dem zweiten Nachkriegsversuch einer deutschen Theateraufführung, mit der *Kindertragödie* des deutschnationalen Karl Schönherr. Er meinte, wenn die Theaterkommission Schwierigkeiten habe, sich im deutschsprachigen Repertoire zurechtzufinden, so sei es Aufgabe der Presse zu sagen, was hierzulande „goutiert" werde. Er schlug vor, Stücke von Gerhart Hauptmann, von Frank Wedekind, von August Strindberg ins Programm aufzunehmen.[269]

Über Malerei: Einsatz für Kutter und die Luxemburger Sezessionisten

Die Luxemburger Kunstszene beobachtete Clément ebenfalls sehr genau. So war er einer der wenigen, die schon früh das Talent von Joseph Kutter erkannten, dem einzigen international anerkannten Maler Luxemburgs in der Zwischenkriegszeit. Bereits 1915 schrieb er im *Escher Tageblatt* lobend über ihn und die beiden Maler Jean Noerdinger und Jean Schaack, die gemeinsam mit Kutter am Pariser Platz in Luxemburg ausstellten. Clément meinte, es sei „eine helle Freude" festzustellen, „dass gerade in dieser Kriegszeit blutjunge luxemburgische Maler [...] im lebendigen Anschluß an die fruchtbaren Entwicklungsrichtungen der modernen Malerei arbei[te]ten". Bei Kutter hob er besonders hervor, dass einige seiner Bilder „kleine Wunder in der Farbgebung" seien.[270]

Auch später engagierte er sich temperamentvoll für Kutter, als noch manche in Luxemburg dessen expressionistisch ausgerichtete Malerei als zu hässlich, zu unästhetisch, zu deutsch empfanden. Er schrieb:

„Vor Kutters Bildern streitet man sich. Der junge Maler hat in München Cézanne und Gauguin für sich entdeckt – möglicherweise durch ihre deutschen Schüler hindurch. Es klingt daher [in] den Ohren der Eingeweihten drollig, wenn man diese Bilder als ‚bochisme' ablehnen hört."[271]

Als es 1921 zur ersten Sezession in Luxemburg kam, ergriff Clément energisch Partei für die Sezessionisten: für Kutter, Noerdinger, Rabinger. Sie waren vom ‚Kunstverein' „abgesprungen" und hatten in einem „unfreundlichen Raum" in der Aldringerstraße ihren eigenen ‚Salon' organisiert. Diese „Dreimännerausstellung", schrieb er am 8.10.1921 im *Escher Tageblatt*, biete „mit das Beste inländischer Kunstleistung". Die Künstler hätten sich von der „impressionistischen Flimmerkunst" gelöst und strebten nach „stärkerer Stilisierung"[272].

Recht ungehalten konnte Clément werden, wenn Maler es sich seiner Meinung nach zu leicht machten. 1924 stellten Noerdinger und Rabinger gemeinsam mit Lamboray im ‚Cercle', in Luxemburg-Stadt aus. Die beiden ersten wurden gelobt, besonders strich Clément Harry Rabingers expressionistische Fähigkeit hervor, die „Aufgewühltheit und zerrissene Farbigkeit des Landes der roten Erde", also der südlichen Minettegegend, zu malen.

Über Lamboray allerdings – später immerhin einer der bedeutendsten Luxemburger Maler – schrieb er: Seine „Malerei ist Mittelware, durchaus Mittelware und er hat sich einen Geschmacksfehler geleistet, der ihm definitiv den Hals brechen müßte. Wie kann man eines der herrlichsten Bilder des starken Künstlers Fritz von Uhde in Abziehbildermanier kopieren und dem Publikum vorsetzen!" Bissig spöttisch schloss er seine Beurteilung: „Der Mann kann froh sein, dass er mir nicht persönlich unter die Finger kam!"²⁷³

Clément war an allen Sparten der Kunst interessiert; nur in der Musik maßte er sich kein Urteil an – einem „Kunstgebiet, auf dem ich nicht kompetent bin"²⁷⁴. Allerdings war er es, der am 14.11.1922 eine musikalische Beilage zum ET unter dem Titel *La Musique* einführte. In dem einleitenden Artikel schrieb er u. a.: „Immer energischer versucht man, aus dem Marasmus des bisherigen Vereinslebens herauszukommen. Seit unser Musikkonservatorium zum Zentrum des musikalischen Lebens geworden ist, macht sich ein stetes Bestreben zur Gewinnung eines höheren Niveaus der musikalischen Darbietungen geltend. Hier wollen wir einsetzen. [...] Wir beanspruchen das Verdienst als erstes Zeitungsunternehmen die Presse in den Dienst der musikalischen Kultur des Volkes gestellt zu haben."²⁷⁵

Ende 1924 bedeutete einen wichtigen Einschnitt im Schaffen Cléments. Er gab seinen Posten als Chefredakteur im ET auf. Die Zeitung war unter seiner Leitung zu einem weltoffenen, linksliberalen Blatt geworden, das jedoch nicht parteipolitisch gebunden war. Sie kündigte am 29.11.1924 auf Seite eins an, Clément verlasse „mit dem heutigen Tage" das ET und Rechtsanwalt Gust. van Werveke übernehme „die politische Leitung" des Blattes. Die Leistung des scheidenden Chefredakteurs, hieß es dann in den *Lokalneuigkeiten*, auf Seite sieben, habe vor allem darin bestanden, dass er bei den Juni-Wahlen 1914 den Wahlkampf „zu Gunsten der geeinigten Linken mit soviel Erfolg" geführt habe. Zudem sei er 1919 „für eine möglichst enge Interessen- und Kulturgemeinschaft mit Frankreich" eingetreten. Eine überraschend bescheidene, verengte Würdigung Cléments. Aber er verließ die Zeitung nicht, weil es zu internen Differenzen mit ihr gekommen wäre. Vielmehr war es Aline Mayrisch gelungen, ihn als Mitarbeiter für die liberale *Luxemburger Zeitung* zu gewinnen, in der in den zwanziger Jahren, wie vorher erwähnt, eine Reihe ausländischer Persönlichkeiten – Literaten vor allem – Beiträge veröffentlichten. Zudem war Cléments Freund, Batty Weber, hier Chefredakteur. 27 Jahre lang veröffentlichte dieser jeden Tag, von einigen wenigen Ausnahmen abgesehen, bis zum Zweiten Weltkrieg seine *Abreißkalender*-Artikel, rund 7.000 an der Zahl – eine beeindruckende Chronik des Landes in der ersten Hälfte des 20. Jahrhunderts. Die LZ, mit ihrer Morgen- und Abendausgabe, wurde in den 20er und 30er Jahren die bevorzugte Zeitungslektüre der Intellektuellen Luxemburgs.

Zu seinem Zeitungswechsel trug wahrscheinlich auch bei, dass Clément sich bewusst war, dass eine linksliberale Zeitung wie das *Escher Tageblatt* in den sozialistischen und kommunistischen Arbeitergemeinden im Süden des Landes keine Zukunft hatte. Tatsächlich verkaufte auch Paul Schroell Ende 1927 das *Escher Tageblatt* und dessen Druckerei für eine Million Franken an die Gewerkschaften – den ‚Luxemburgischen Berg- und Metallarbeiter-Verband' und den ‚Landesverband der Luxemburger Eisenbahner'. Das ET wurde das Organ der Sozialistischen Partei.²⁷⁶

Entscheidend aber für Cléments Entschluss, nach Paris zu gehen, war, dass er im November 1924 vom Ullstein Verlag 1.500 Mark als Vorhaushonorar für *Das literarische Frankreich von heute*, das erst 1925 erschien, erhalten hatte;²⁷⁷ eine große Summe, wenn man bedenkt, dass ein Handwerker in Deutschland weniger als 1500 Mark im Jahr verdiente.²⁷⁸ Die Zukunftsaussichten schienen also äußerst vielversprechend zu sein. Clément glaubte offensichtlich, dass die hohe Geldsumme und die Honorare für in Paris geschriebene Artikel ihm auf längere Sicht den Lebensunterhalt sichern könnten.

„Nekrolog auf den alten Franz Clement. Der neue fängt jetzt sein Leben in Paris an." (B. Weber)

Batty Weber schrieb am 14.12.1924, am Tage von Cléments Abreise, einen euphorischen *Abreißkalender* in der LZ. Auf Seite eins steht im ersten Satz: Kamerad Franz Clement[279] beginne am nächsten Tag eine neue Laufbahn in Paris als Mitarbeiter deutscher Blätter. Weiter heißt es: Er „hat Jahrzehnte lang an Stellen wirken müssen, an denen er geistig verrostet wäre, wenn das Edelmetall in ihm Rost ansetzen könnte.

Jetzt kommt er nach Paris in einen Wirkungskreis, der von ihm fordert, was er am besten kann, der nur das und ganz das fordert. Dort wird er das volle Maß seines Könnens geben können und seine Freunde freuen sich darauf mit ihm."

Am Ende des Artikels schreibt Batty Weber, der alte Frantz Clément sei tot. „Der neue fängt jetzt sein Leben in Paris an, und wenn das Schicksal an dem neuen gut macht, was es an dem alten gefehlt hat, werden wir stolz sein, dass Franz Clement einer von uns ist, aus dem besten Stoff unserer luxemburger Rasse."

Noch am Vorabend des Aufbruchs von Frantz Clément nach Paris hatten Freunde ein Abschiedsbankett für den Scheidenden im ‚Paris Palace' organisiert – einem Restaurant, das heute nicht mehr existiert. Das Bankett muss ‚gargantueske' Ausmaße gehabt haben: Es wurde übermäßig gegessen und getrunken.[280] Reden wurden gehalten; ein bekannter Antipode von Clément, ein Ingenieur der ARBED, war diesmal „l'un de ses plus zélés thuriféraires". Geschenke wurden überreicht: Clément bekam u. a. eine Korbflasche mit bestem ‚Gréchen' sowie leckere Würste als Wegzehrung mit in die französische Hauptstadt. Eine seiner früheren Schülerinnen – „une pucelle de la gare, toute vêtue de blanc,"[281] – trug zu seinen Ehren von ihr verfasste Poesie vor. Putty Stein hatte eine Festkantate geschrieben – die Musik war von Pierre Faber. Der witzige Text ließ aber auch einige Molltöne in der ausgelassenen Feststimmung anklingen. Sie deuteten an, dass Cléments Zukunft in Paris alles andere als gesichert war:

Voraushonorar für Cléments *Frankreich-Buch*. 1.500 Mark für eine erste Auflage von 25.000 Exemplaren. Es gab keine zweite Auflage.

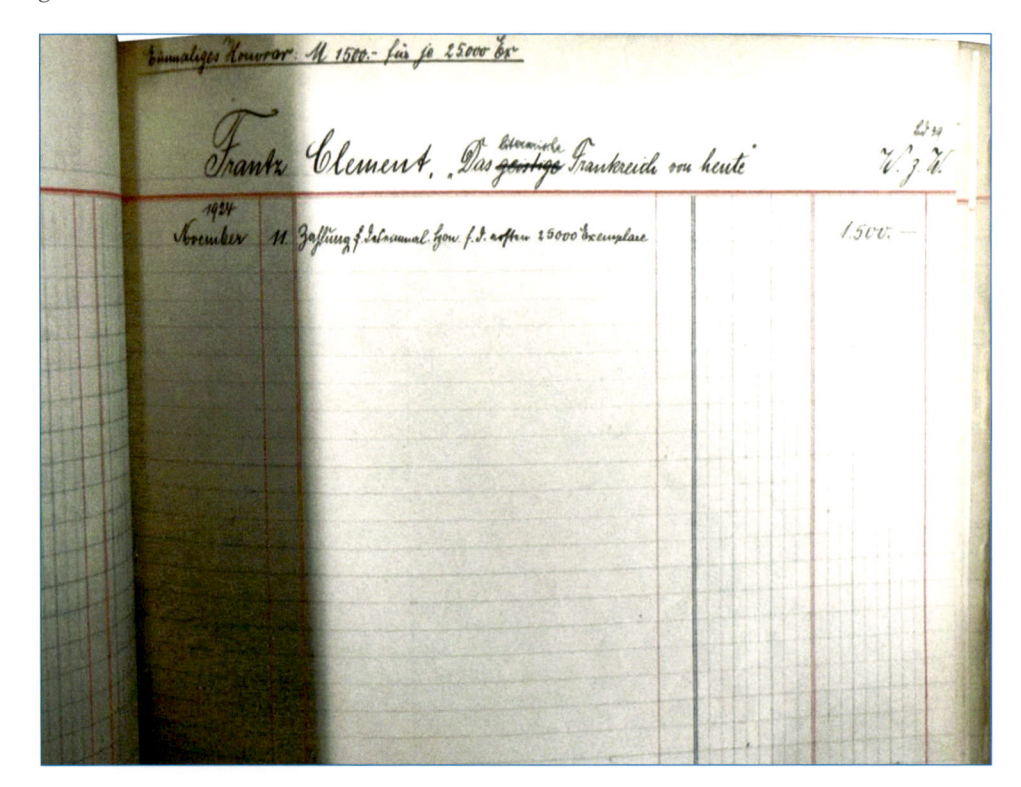

Ass et vläicht nur fir eng Zäitchen,
Oder ass't fir näischt ze dun?
Ass et d'Enn vu séngem Liddchen
Oder fänkt dat Lidd 'réisch un?
Wat steet befir? 't ka keen et son,
Et weess kee Mënsch
wat doraus kann entston.[282]

Eine optimistische Aufbruchstimmung herrschte. Voller Zuversicht fuhr Clément am 15.12. nach Paris. Am 19.12. erschien bereits in der Morgenausgabe der LZ sein erster *Pariser Brief*. Er war schon am 17. Dezember geschrieben worden. Clément ist – wie könnte es anders sein! – begeistert von Paris: vom „Gebummel durch die Straßenzeilen des herrlichsten Freilichtmuseums der Welt". Aber die Freude wird ihm etwas verleidet durch das neblige und feuchte Wetter. So besucht er mit einem Bekannten die ‚aeronautische Ausstellung' im Grand Palais. Wiederum zeigt sich unverhohlene Begeisterung: für die noch junge Luftfahrt, für die „technische und ästhetische Eleganz der Lösungen", die französische Ingenieure für ihre Flugzeuge gefunden haben. Mehrmals kommt der Begriff „Schönheit" vor. Er ist „dankbar" „für all die Schönheit", die sich ihm in der Flugausstellung „offenbart". Euphorische Stimmung und naive Freude, also auch im ersten Pariser Artikel!

Clément stand am Beginn einer neuen Schaffensperiode; sie wurde die produktivste Zeit seines Lebens. Aber er erlebte in Paris auch manche Enttäuschung. Seine anfängliche Begeisterung ist offensichtlich, von Schwierigkeiten jedoch ist fast nie die Rede bei ihm. Seine Desillusionierung in der Großstadt ist weitaus schwieriger aufzudecken. Clément war nicht jemand, der klagte oder sich selbst bemitleidete. Auf materiellen Wohlstand legte er sowieso keinen Wert. All das macht ihn ebenso sympathisch, wie seine Haupteigenschaft, die Batty Weber in seinem erwähnten *Abreißkalender* hervorgehoben hat: „Er ist wahr, absolut wahr, unbedingt wahr. Er sagt seinem besten Freund lieber eine Grobheit, als eine Unwahrheit."

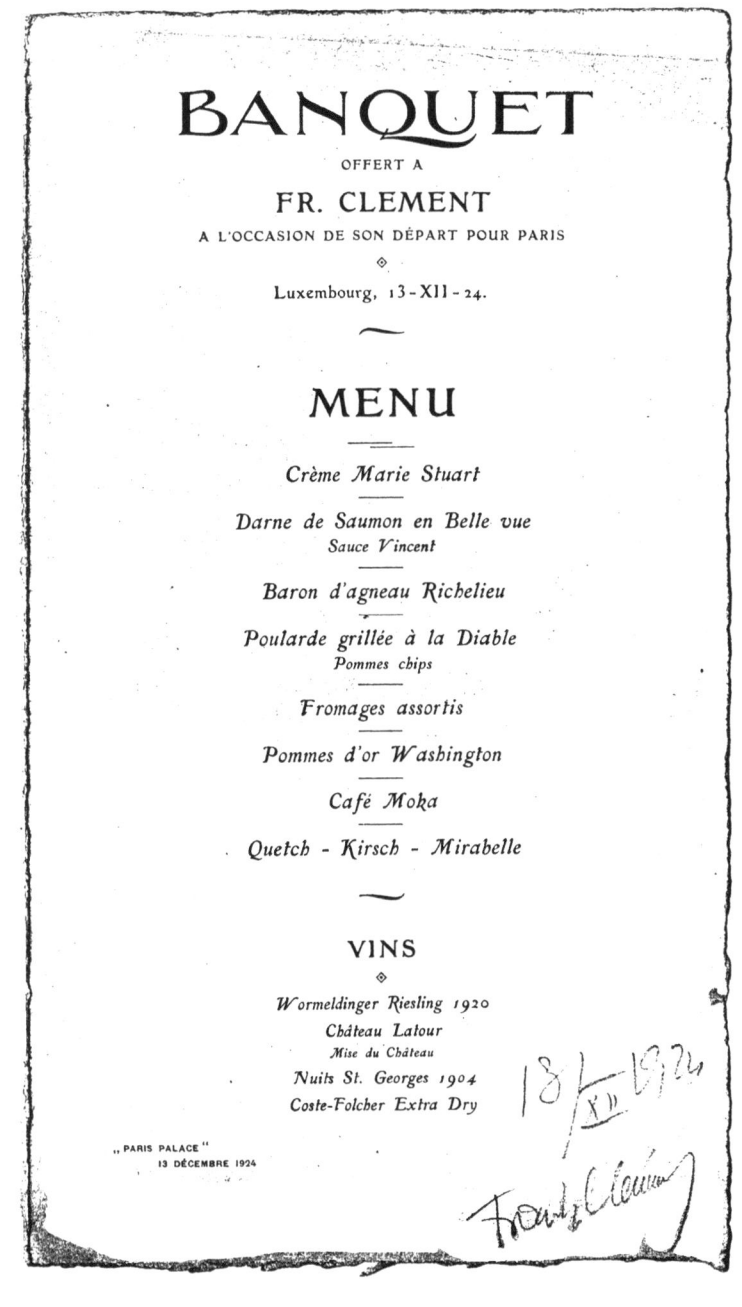

Gargantueskes Abschiedsbankett

III.14. CLÉMENT VERLIERT LUXEMBURG NIE AUS DEM BLICK

IV. Cléments Pariser Zeit (1924-1933)

1. Von der Metropole Paris nach Magny-les-Hameaux, einem Dörfchen auf dem Lande

In einem kurzen Rückblick auf seine Pariser Zeit, den Clément 1936 verfasste,[1] heißt es zu Beginn: „Aus herzlichem und fröhlichem Abschiednehmen mit den zahlreichen guten Luxemburger Freunden springe ich hinein in die gewaltige Stadt." Clément, wie ein jugendlicher Bräutigam in den Flitterwochen, stürzte sich ins Pariser Leben, wollte sofort möglichst viel von der Stadt sehen, erfahren, in sich aufnehmen.

Ankunft in Paris

In den ersten *Pariser Briefen* schnitt er so manches an: Er spricht von „allerlei Stätten des Vergnügens", von den Music Halls, von Mistinguett – sie hat einen „Schuß von Verruchtheit und gemütlicher Frechheit" – von Kabaretten, in denen „bester Pariser Witz geboten wird", vom Theater, etwa von Marcel Achards *Malborough s'en va-t-en guerre*, mit Louis Jouvet in einer Glanzrolle, er plaudert über das Réveillon, über den Pariser Weihnachtsmarkt, über „den neuen Aubert-Film *Paris*" usw. Er unternimmt einen Spaziergang auf den Boul'Mich, besucht in der Sorbonne einen Kongress über intellektuelle Zusammenarbeit. Politik bleibt aber einstweilen außen vor. „[D]as wohlfeile politische Kannegießern" soll die Feststimmung nicht verderben.[2]

„Flitterwochen" jedoch dauern nicht ewig. Sie wandeln sich „schnell in herbe dürftige Hausstandstage". Clément konstatiert: „So ging es auch mir; die Flitterwochen dauerten kaum mehr als einen Monat."[3]

Bereits in den allerersten Tagen seines Aufenthalts wurde er auf eine schnoddrig brutale Weise darauf gestoßen, wie wenig günstig die Aussichten waren, als freier Schriftsteller in Paris zu leben. „[D]er kapriziöseste aller Zufälle" wollte es, dass er „einen der allerkuriosesten luxemburgischen hors-série-Menschen traf". Diese Begegnung schilderte er im ersten Teil seiner Pariser Erinnerungen.[4] Nach dem Besuch eines Music Halls nahm er zur Heimfahrt ein Taxi, verabschiedete sich von seiner Begleiterin in der Rue de Rivoli, setzte sich vorne in den Wagen, um auf den Chauffeur, der in einem „mordsgefährlichen Tempo" fuhr, einzuwirken. Dieser war – oh Überraschung! – ein Schriftstellerkollege: Alex Weicker, von dem Clément hier schreibt, er habe mit *Fetzen* „die stärkste deutschsprachige Talentprobe" geschrieben, die „nach Norbert Jacques' Erstling *Funchal* je von einem Luxemburger dargebracht wurde". In einem kleinen ‚Tabac' feierten die beiden Schriftsteller ihr Wiedersehen. Als Clément angab, er wolle in Paris „von der Feder" leben, quittierte Weicker dies mit einem höhnischen „Ha! Ha! Ha!" Er werde dann „wahrscheinlich schon in den nächsten Monaten krepieren". Einen soliden Beruf müsse man haben, z. B. Taxichauffeur sein. Er zog einen Pakken Geldscheine aus der Tasche: „Das ist von heut", rief er. Geld habe er zudem auf der Bank. Er werde sich einen Tourenwagen kaufen und in die Welt hinausfahren. Der „kuriosteste aller Durchbrenner" blieb dann auch zehn Jahre verschollen, „als ob die Erde ihn verschluckt hätte". 1936 kehrte er nach Luxemburg zurück und führte dort ein geregeltes bürgerliches Leben. Er starb 1983.

Weicker trat also in Paris als auftrumpfender Abenteurer auf, aber er zeigte Clément doch deutlich, dass es mehr als waghalsig von ihm war, ohne eine gesicherte Existenzgrundlage in eine teuere Großstadt zu ziehen. Er hatte keinen festen Vertrag. Er hatte zunächst auch keinen festen Wohnsitz: wechselte mehrmals seine Unterkunft, lebte im Hôtel du Mont Blanc, in der rue de la Huchette, auch am Boulevard Beaumarchais.[5]

Voller Zuversicht war er nach Paris aufgebrochen, aber äußerste Ernüchterung stellte sich rasch ein. In dem vorher erwähnten Brief von Aline Mayrisch an Ernst Robert Curtius, vom 19.10.1925, hieß es ja, Clément habe Mühe, seinen Lebensunterhalt zu verdienen. Krasser drückte sich Léon Geisen in seinem Vorwort zu einer Auswahl der *Pariser Briefe* von 1955 aus. Er charakterisiert Cléments Leben als „une vie matérielle certains jours pire que médiocre"[6].

Magny-les-Hameaux: „eine Sommerfrische von angenehmster Façon", in der Clément auch im Winter lebte

Nach einem halben Jahr in Paris wurde Clément der Metropole überdrüssig. Er klagte bitterlich im Juni 1925 in einem *Pariser Brief* – dieses Sichbeschweren ist eine absolute Seltenheit in seinem Werk! Die Hektik der Großstadt bedrückte ihn:

„Ich hatte [...] Paris satt bekommen, einstweilen satt, vorübergehend, aber desto gründlicher. J'en avais soupé, sagt der Franzos. O wie war ich dessen überdrüssig nach sechs Monaten Pariser Lebens; o wie war ich müd.

Ich hatte es satt, einstweilen satt, unter dem Boden hindurch zu sausen und über den Boden hinweg mit Stoß und Gestank hin- und hergeworfen zu werden. Ich war der eiligen und der vielen zielstrebigen Menschen, die das Leben nach Minuten einteilen, anstatt nach Stunden – weil sie es so müssen, denn sie täten lieber anders – überdrüssig bis zum Ekel."[7]

„Der Parisianismus", wie er sich in seinen Pariser Erinnerungen ausdrückte, das mondäne Gehabe, stieß ihn ebenfalls ab: „Die Gaukler und Meinungsmacher, die Drahtzieher und Figuranten der großen vanity fair, die Politiker und Literaten – ja wohl, die Literaten, die Leute der Zunft. Und dann die Malereien und die kunstvollen Gebilde und die Feinheiten und die Haarspaltereien." „[I]m Grunde bin ich ein Bauernjung", stellt er fest. Er sehnte sich nach dem Lande: „Natur, Natur! schrie es in mir, einen Mund voll Natur!"[8]

Im *Intransigeant* stieß er auf eine Annonce, die ein billiges Häuschen im 10 km von Versailles entfernten Magny-les-Hameaux zur Miete anbot. „Suche das Nest nicht auf der Landkarte, lieber Leser. Du wirst es nicht finden", hieß es im eben erwähnten *Pariser Brief*. Für Clément war das Dorf im Département Seine-et-Oise mit seinen 380 Einwohnern 1926 – 2010 waren es bereits 9.027 – der ideale Ort, um zur Besinnung zu kommen, dem Treiben der Großstadt zu entgehen – „eine Sommerfrische von angenehmster Façon". Aber auch kulturelle Resonanzen leiteten Clément bei seiner Entscheidung: Es stellten sich Erinnerungen ein, an Claude Debussy, an den Dichter Albert Samain, die einst in Magny weilten; letzterem hatte man dort ein Denkmal errichtet. Vor allem aber beeindruckte Clément, dass auf dem Gebiet der Gemeinde Magny das Kloster Port-Royal, „das Bollwerk des Jansenismus" gestanden hatte. „Pascal, Racine, Lafontaine! Die großen Namen!", schwärmt der Literat Clément – zu den Ruinen des Klosters führte er denn auch stets spätere Besucher. Und er schreibt: „Auf

Foto von Cléments damaliger äußerst bescheidener Wohnung in Magny. Auf dem Bild steht er in der Mitte, vor seiner Eingangstür, links sein ‚Sekretär' Geisen und dessen Frau.

dem Kirchhof von Magny liegt der große Jansenist Arnauld d'Andilly [...] begraben."

Am Friedhof stand dann ebenfalls das äußerst bescheidene Häuschen, das Clément für ein paar hundert Franken im Jahr gemietet hatte – es war das frühere Wärterhäuschen. Die Vorderseite wies kein Fenster auf, hatte nur eine Eingangstür. Freunde hatten sie rot angestrichen. Es gab zwei Zimmer. Das erste konnte im Winter nicht geheizt werden. Es diente Clément als Arbeitszimmer. Hier herrschte „un désordre parfait". Das zweite war Wohn- und Schlafzimmer: hatte ein Bett, einen Schrank, zwei Stühle, einen Ofen und das einzige Fenster der Wohnung: „les barreaux [...] suppléaient les volets", schreibt L. Geisen, der die winzige Unterkunft anschaulich beschrieben hat.⁹

Eng in der Wohnung wurde es, wenn Clément, als Berater für den Ullstein Verlag, seine monatlichen Berichte über französische Neuerscheinungen verfasste. Die im ‚Büro' überquellenden Bücher, die der Briefträger im Laufe der letzten Wochen herbeigeschleppt hatte, wurden dann am Monatsende in die einzige Gaststätte des Ortes, in das Hôtel Hamouy, getragen – hier hatte Clément die erste Zeit in Magny gewohnt, hier frühstückte er täglich. Im Hotel stand ein langer Tisch zur Aufnahme der Bücher bereit – sie wurden ausgebreitet, geordnet, und ein Dutzend, auch mal etwa zwanzig wurden zurückbehalten und noch einmal überflogen. Clément diktierte seine Bewertung, Geisen notierte und veränderte einiges, Clément überprüfte ein letztes Mal die Berichte.¹⁰

Von Geisen wissen wir, dass Clément erst 1928 eine Beraterfunktion beim Ullstein Verlag übernahm. Bei seinem Aufbruch nach Paris hatte er noch nicht, wie es beim Bankett geheißen hatte, einen Vertrag mit dem deutschen Verlagshaus geschlossen, der ihm erlauben sollte, sofort einen Sekretär fest einzustellen.¹¹ Clément selbst bestätigt indirekt die Angabe von Geisen, wenn er in einem Artikel vom 14.1.1937 in der LZ angibt, er habe fünf Jahre lang „einen deutschen Verlag für seine französischen Belange in Paris vertreten"¹². Das war offensichtlich erst von 1928 an der Fall.

Auf seine Tätigkeit als Verlagsberater wies Clément in einem *Pariser Brief* vom 13. Mai 1931 hin. Er schildert mit Witz und Ironie ein „geschäftliche[s] Rendez-vous", zu dem sich zwei gegensätzliche Temperamente trafen: einerseits Clément, in Geldangelegenheiten wenig versiert, andererseits Georges Simenon, sehr profitorientiert.¹³ Der belgische Autor fuhr in einem „schweren Panhard" am Zwei-Zimmer-Haus in Magny vor. Bei den anschließenden Verhandlungen rannte er den Hausherrn „mit einem kommerziell präzisen Wortgeschwader" „über den Haufen". Kein Wunder, Simenon war ein raffinierter Vermarktungsstratege. Er hatte sich, wie Clément erwähnt, vor einiger Zeit erboten, „in einem Glaskasten" in Paris,

Magny-les-Hameaux heute: Das Häuschen von Clément hat jetzt keine Eingangstür mehr. Es ist ins Nebenhaus integriert, ist Teil eines exklusiv wirkenden Wochenendhauses; nebenan der Friedhof mit der Erinnerungsstele an den Dichter Albert Samain und dem Grab des Jansenisten d'Andilly. Die in den letzten Jahren restaurierte Kirche weist u. a. ein Juwel einmaliger Grabplatten der Abtei von Port Royal des Champs auf.

Clément und der Ullstein Verlag

an dem die Passanten vorbeigingen, „in einem Zug einen Detektivroman zu redigieren", von dem noch Monate lang ganz Paris sprechen sollte.

Jedenfalls, einen vorteilhaften Vertragsabschluss erreichte Clément wohl nicht. Aber er hatte trotzdem recht, Ullstein Simenon zu empfehlen; viel früher als manche Kritiker hatte er dessen literarisches Talent erkannt und gesehen, dass der Erfinder des Kommissars Maigret kein bloßer „Zeilenschinder", sondern ein großer Schriftsteller war, der mit einem Minimum an Stil und einer lakonischen Ausdrucksweise ein Höchstmaß an atmosphärischer Dichte erreichte. Seine Werke wurden dann auch bald in angesehenen Verlagen, so bei Gallimard, verlegt. André Gide urteilte sogar 1939: „Je tiens Simenon pour un grand romancier: le plus grand peut-être et le plus vraiment romancier que nous ayons eu en littérature française aujourd'hui."[14]

Es gibt noch einen weiteren Beleg – und zwar an ganz unerwarteter Stelle –, dass Clément für Ullstein tätig war und dem Verlag manchmal kleine Dienste erweisen musste. In seinem autobiographischen Roman *Der Fragebogen* (1951) beschreibt der höchstumstrittene Autor Ernst von Salomon, ein früherer Freikorpskämpfer, in zynischer Manier sein Leben. So schildert er seiner Lebensgefährtin, der Jüdin Ille, die „zweitgemeinste Tat" seines Lebens[15] – die erste war, dass er an der Ermordung Walther Rathenaus beteiligt war und wegen Beihilfe zum Mord zu fünf Jahren Zuchthaus verurteilt wurde. Er erzählt, im Zug nach Paris habe er mit einem achtzehnjährigen Mädchen geschäkert. Es trug am Jackenrevers eine Ullstein-Plakette. Von Salomon hatte bei der Abfahrt beobachtet, dass „der Prager Korrespondent von Ullstein", der gerade „recht hässlich" über ihn geschrieben hatte, seine Tochter zum Bahnhof gebracht hatte. Sie reiste zu einer französischen Familie, um dort die fremde Sprache zu erlernen. An der Gare du Nord sollte sie von einem Vertreter des „Ullstein-Büros" abgeholt werden. Die junge Dame wollte aber nicht bevormundet werden. Während der Fahrt nahm sie die Plakette ab; sie drängte sich Salomon auf, wollte ihm ins Hotel folgen. Beim Aussteigen in Paris hatte Salomon plötzlich den Einfall, „schlappe Rache" an dem Kritiker zu üben. Er schreibt: „Ich stieg aus. Das junge Mädchen war mit seinem Gepäck beschäftigt. Ein älterer, vertrauenswürdg aussehender Herr ging suchend den Zug entlang. Er hatte die Ullstein-Plakette im Knopfloch, den Uhu. Ich trat zu ihm und sagte: ,Die Dame, die Sie suchen, steht dort.' Und ging, ohne mich umzusehen." Mit gefühlloser Sachlichkeit erwähnt er noch, er habe sie nach fünf Jahren in einer „Boîte" in Paris wiedergesehen, wo sie „vollkommen nackt" auftrat.

Salomons Text verrät herzlose Kälte; bei Clément dagegen merkt man stets menschliche Anteilnahme, Gehässigkeiten sind ihm fremd, und er wirkt – da hat Salomon mit seinem ersten Eindruck vollkommen recht – „vertrauenswürdig". Bei dem „älteren Herrn" handelte es sich natürlich um Clément.[16]

2. Cléments glückliche Jahre in Magny: eine Zeit produktiven Schaffens

Cléments Häuschen auf dem Lande hatte den Reiz des Dachstübchens, in das Carl Spitzweg, in seinem Gemälde von 1839, seinen *Armen Poeten* hineinstellte. Auch Clément war arm, materiell gesehen. Aber während der romantisch verklärte Dichter sich bei Spitzweg in die Innerlichkeit flüchtete, sich in der weltabgewandten Idylle wohl fühlte, wurde Clément in seiner karg bestückten Wohnung zum weltoffenen kritischen Feuilletonisten. Er gewann einen Weitblick, den die meisten in Luxemburg gebliebenen Literaten damals nicht hatten.

Was er in Paris schrieb, hat Niveau. Seine *Pariser Briefe* etwa erinnern an *Briefe aus Paris* von Ludwig Börne, mit dessen polemisch-witzigen Schriften er manches gemeinsam hat, aber sein Schreiben in Magny hat nicht einen einseitig politischen Charakter, es ist eher in der Nähe eines andern großen deutschen Exilanten in der französischen Hauptstadt anzusiedeln, nämlich eines Heinrich Heine. Witz und Geist sind ihrer beiden Waffen. Aber beide haben auch eine romantische Ader, ein Gespür für Naturschönheiten, für den Wechsel der Jahreszeiten, für Lebensfreude und Lebensgenuss.

In Magny, in ländlicher Gegend, lebte Clément in der Nähe der Großstadt Paris, profitierte von der einzigartigen Ausstrahlung der Hauptstadt, ohne doch ihrem Trubel, ihrer Hektik ausgeliefert zu sein. Hier konnte er aus einiger Distanz das kulturelle, literarische und politische Geschehen in Frankreich beobachten, hatte auch einen rascheren Zugang zu den neuesten Entwicklungen in Europa und der Welt als im kleinen abgelegenen Luxemburg. Hier in Magny konnte er einiges von dem verwirklichen, was er sich wünschte:

Er knüpfte Kontakte zu zahlreichen interessanten Persönlichkeiten. An Kontaktscheu litt er jedenfalls nicht. Er hatte die nötige Muße, an Büchern zu schreiben, auch wenn in dieser Beziehung so manches hinter seinen Erwartungen zurückblieb. Er war befreit vom täglichen Druck, dem er als Chefredakteur des ET ausgesetzt war, konnte in Ruhe seine Feuilletons und Essays für die *Luxemburger Zeitung* und ausländische Organe verfassen.

In Magny war Clément kein Einsiedler. Er vergrub sich zwar oft in sein Schreiben und in seine Bücher: Morgens, von acht bis zwölf, schrieb er meistens; die Nachmittage waren der Lektüre vorbehalten: nach Geisen waren sie wahre „orgies de lecture". Aber der gesellige Clément sonderte sich nicht ab, auf seinen Spaziergängen im Dorf und um Magny unterhielt er sich mit den Dorfbewohnern, den Bauern, diskutierte mit dem Pfarrer über die Zukunft des französischen Katholizismus… Dem Bürgermeister war er behilflich beim Redigieren seiner Reden zu offiziellen Anlässen.[18] Besonders schätzte er seinen Nachbarn, den früheren sozialistischen Abgeordneten Bracke-Desrousseaux, der zum äußersten linken Flügel der Partei gehört hatte und der sich nach seinem Ausscheiden aus der Politik in Magny zur Ruhe gesetzt hatte. ‚Le Père Bracke', wie er liebevoll im Dorf genannt wurde, war eine markante Persönlichkeit. Als früherer Professor an der Sorbonne und eminenter Hellenist hatte er u. a. Aristophanes übersetzt, handhabte aber auch einige moderne Sprachen, etwa die deutsche, „mit einer wahren Virtuosität". So übertrug er Texte von Nietzsche und Karl Marx ins Französische. In ihren politischen Überzeugungen waren der liberale Clément und der radikal

Cléments anregende Kontakte in Magny, Paris, Pontigny – also in den ‚Pariser Tagen'[17]

Nach Magny pilgerten in seiner Pariser Zeit so manche Luxemburger Studenten und auch einige ältere Assossards. Sie sahen noch immer in ihm ‚den maître à penser'. Als das Pariser Komitee der Assoss gegründet wurde, führte der erste Ausflug nach Magny, wo Clément ihnen die Gegend von Port-Royal zeigte. Anschließend ging die Fahrt gemeinsam mit ihm ins Tal der Chevreuse. Außer Clément waren einige der Teilnehmer dieses Ausfluges – sie sind auf der Rückseite der Aufnahme vermerkt – von l. nach r.: Clément, P.[aul] Ruppert, Alph. Putz, ‚moi', also der Fotograph [?], Jeannette Ruppert, Maurice Krombach, Armand Meyrath.

linke Bracke Opponenten, die sich aber freundschaftlich verbunden waren. Allerdings kam es auch mal zu sehr heftigen und lauten Auseinandersetzungen, etwa wenn man über das Verhältniswahlrecht diskutierte, sodass die Leute im Dörfchen meinten, „nun müßten [die beiden] jeden Augenblick handgemein werden"[19].

Arthur Fontaine, der Präsident des Verwaltungsrates des Internationalen Arbeitsamtes in Genf, war eine andere Persönlichkeit, die häufig nach Magny kam und die Clément persönlich kannte. Als Fontaine und der Direktor des Arbeitsamtes, Albert Thomas, 1932 in einem Abstand von nur sechs Monaten starben, drückte Clément auf Seite eins der *Luxemburger Zeitung* seine Trauer aus und schrieb, die beiden seien „sicherlich die zwei fruchtbarsten europäischen Sozialpolitiker des letzten Jahrzehnts" gewesen.[20]

Clément wurde rasch in seiner neuen Umgebung heimisch. Zudem bekam er häufig Besuch von Luxemburger Bekannten, besonders aus Linkskreisen, die nach Paris kamen oder dort wohnten. Ihn umgab die Aura des Literaten, der es geschafft hatte, im Ausland anerkannt zu werden. Die Achtung, die man ihm entgegenbrachte, zeigte sich besonders 1930, als das neu gegründete ‚Comité Parisien de l'ASSOSS', dem Léon Geisen angehörte, Ausflüge zur Erkundung der Ile-de-France organisierte. Der allererste Ausflug führte zu Frantz Clément nach Magny, den man wohl noch immer als den Mitbegründer der ASSOSS, den ‚maître à penser' bewunderte. Anschließend ging die Fahrt im Bus, nun zusammen mit Clément, nach Rambouillet und ins reizvolle Tal der Chevreuse.[21] Ein Foto von jenem Ausflug zeigt einen sehr zufriedenen und gelösten Clément. Materielle Einschränkungen in Magny bedrückten ihn offensichtlich nicht.

Aber Clément verharrte nicht ausschließlich in seiner „Schriftstellerklause",[22] in der Nähe von Paris, manchmal machte er kurze Abstecher in die Hauptstadt: des „escapades vers Paris", wie Geisen sich ausdrückte.[23] Mit einem Bus gelangte er in 40 Minuten zum Bahnhof von

Versailles, nahm dann den Zug nach Montparnasse, logierte anschließend für ein paar Tage im Hôtel du Mont-Blanc und traf sich mit seinen Luxemburger Bekannten in der Taverne du Palais, Place St. Michel; es soll gelegentlich auch zu ‚memorablen' Kneipenbesuchen auf Montparnasse gekommen sein. Vor allem aber profitierte Clément vom kulturellen Leben in Paris und machte anregende Bekanntschaften.

So besuchte er z. B., gleich in den allerersten Wochen in Paris, gemeinsam mit seinem Freund, dem Künstler Auguste Trémont, das Atelier des Luxemburger Malers Paul von Pidoll. Dieser stammte aus einer Familie österreichischer Herkunft, war aber in Luxemburg geboren. Die beiden Besucher sahen sich seine Werke an, saßen beim Tee zusammen und plauderten über Kunst. Pidoll, ein bedeutender „Buchkünstler", der zugleich Diplomingenieur war, verkörperte für Clément den klassischen Künstlertypus, der nicht den schnellen Effekt wollte, dem jedes Ungefähre und bloße Virtuosität zuwider waren, und für den das ‚ehrliche und heilige Handwerk' die Voraussetzung zum wahren Künstlertum darstellte. Clément zeigte Verständnis für diese Einstellung, auch wenn für ihn „klassische Beherrschtheit" nicht das Richtmaß aller großen Kunst sein konnte –, aber sah nicht auch er im ‚Handwerklichen', in der korrekten Sprachbeherrschung die unbedingte Voraussetzung für einen guten Journalisten und Schriftsteller? Er schloss nämlich seinen *Pariser Brief* mit einem Lob des Handwerklichen: „Handwerk will sagen Ruhelosigkeit, bis die Hand all das gibt, was sie geben kann, all das, was den Geist bewegt, all das, was, von neuer Problematik fordernd, an uns herantritt."²⁴

Politik war ein Hauptinteressengebiet Cléments in Frankreich. Aber er wollte nicht der ‚rasende Reporter' sein, der sich bemühte, möglichst rasch die neuesten Nachrichten zu erhaschen. Er verließ sich bei seinen Analysen auf einige jüngere Politiker, die er kennengelernt hatte und die ihm vertrauenswürdig erschienen. Es seien ihm, schreibt er im Buch *Aus meinen Pariser Tagen*, „manche politische Bekanntschaften zuteil geworden". Er erwähnt u. a. Pierre Cot, Jean Mistler, André Philip.²⁵ Die beiden ersten waren radikalsozialistische Abgeordnete, auch Minister in verschiedenen Kabinetten. Jean Mistler war zudem Schriftsteller; er schrieb u. a. über Kaspar Hauser, Richard Wagner, war stark von der deutschen Romantik beeinflusst und verfasste eine Biographie über E.T.A. Hoffmann, die 1927 bei Gallimard erschien und über die Clément eine Rezension verfasste.²⁶ André Philip war ein bekannter Wirtschaftswissenschaftler, Vertreter eines sozial engagierten Protestantismus, 1936 wurde er sozialistischer Abgeordneter.

Gerne und mit besonderem Stolz erwähnte Clément seine Bekanntschaften mit Künstlern und Schriftstellern. Mit Simenon war er ja in Magny zusammengetroffen. „Durch ihn", schreibt er in seinen Pariser Erinnerungen, „lernte ich auch die ausgezeichnete Photographin Germaine Krull kennen, aus deren Bekanntschaft mir zuerst aufging, was groß gedachte künstlerische Photographie ist"²⁷. Die Französin deutscher Herkunft, die bereits in Berlin Kontakt zur internationalen Avantgarde hatte, ließ sich 1926 als freie Fotografin in Paris nieder. Sie lernte dort Walter Benjamin kennen. Zu seinem berühmten Werk *Pariser Passagen* benützte dieser als ‚Baumaterial' eine Anzahl Aufnahmen von ihr.²⁸ Clément erkannte sehr früh ihre

Widmung an Auguste Trémont

herausragende Bedeutung – und zwar zu einer Zeit, als seiner Meinung nach auf dem Gebiet der Fotografie in Paris noch „ein lendenlahmer Konventionalismus" vorherrschte. In einem *Pariser Brief* von Anfang Juli 1931 schreibt er: „Sie ist Halbfranzösin und nach Man Ray das stärkste Talent der jungen Schule der Lichtbildkunst. Sie ist in ihrem Wesen und in ihren Leistungen eine ganz aparte Mischung von Sachlichkeit […] und behender Phantasie. Sie umkreist das Objekt mit weiblicher Anschmiegsamkeit; aber wenn sie es ganz erfasst hat, greift sie zu wie ein Mann, herrisch, manchmal etwas zu herrisch, und gibt uns ein Lichtbild, das eine wahrhaftige Komposition ist. Was sie in Jazz, im Crapouillet, in den Nouvelles Littéraires zeigte, hat sie bei den anspruchsvollen Amateuren durchgesetzt; aber sie kämpft einstweilen noch auf verlorenem Posten, wie alle wirklich originellen Pariser Photographen."[29]

Einen besonderen Stellenwert hatte für Clément seine Beziehung zu André Gide. 1919 hatte er ihn in Düdelingen kennengelernt und mit ihm sein geplantes Werk über moderne französische Literatur besprochen. Offensichtlich schätzte auch später Gide Clément hoch ein. Im Mai 1927 schrieb er ihm in einem Brief: „Vous êtes un de ceux qu'on n'oublie pas". und lud ihn zu einem Essen ins Restaurant ‚La Pérouse' am linken Seineufer ein.[30] Gide lud Clément auch im Anschluss an seine Kongo-Reise zu einem Essen in Paris ein, bei dem beide ein ausführliches Gespräch führten. Darüber schrieb Clément 1928 einen längeren Essay im Berliner *Tage-Buch*. Von Juli 1925 bis Februar 1926 hatte Gide eine Kongoreise unternommen. Seine ‚carnets de route' erschienen 1927 unter dem Titel *Voyage au Congo* bei Gallimard und lösten manche Diskussionen aus. In einem *Pariser Brief*, in der LZ vom 10.7.1927, A.A., schrieb Clément eine begeisterte Rezension. Von einem „der erlesensten und repräsentativsten Kulturmenschen", von jemandem, den „man bis dahin in einem fest abgedichteten Elfenbeinturm vermutete", sei ein Reisebericht erschienen, der einen politischen Autor offenbarte, und Clément fühlte sich an Voltaires Streiten für Calas, an Zolas Kämpfen für Dreyfus erinnert. Gides *Voyage au Congo* war denn auch eine heftige Anklage gegen die Ausbeutung in Zentralafrika und eine gnadenlose Abrechnung mit dem europäischen Kolonialismus.

Auf das Dejeuner mit Gide ging Clément ebenfalls ein, und zwar im Berliner *Tage-Buch* [TB], unter dem Titel *Mit André Gide*.[31] In loser Gedankenführung, in einem lockeren Ton – sehr typisch für seine Essays, denen jede gelehrte Trockenheit fehlt – schneidet Clément vor allem drei Punkte an:

- Er kommt noch einmal auf die Kongoreise zurück. Sie stelle „eine kulturpolitische Tat" ersten Ranges dar, verdeutliche Gides Wendung zum Politischen, „nachdem er in Abgründe der europäischen Menschheit" geblickt habe.
- Gide sei zudem wichtig für die Entwicklung der modernen Romanform, er sei gegen Flaubert angestürmt, habe „in jedem seiner Bücher die Form gesucht, die, abseits von den großen traditionellen Formen, seinem Vermögen und Unvermögen am besten entsprach".
- Schließlich habe sich Gides Schaffen, seit Beginn des Jahrhunderts, mit „allgemein europäischen", und besonders auch mit „deutschen Geistes- und Gefühlsrichtungen" beschäftigt, er habe „die epochale Bedeutung Wagners und Nietzsches erkannt". So sei Gide „wahrscheinlich die vieldeutigste geistige und dichterische Synthese des westlichen Geistes".

Wie sehr Clément von seinen guten Beziehungen zu Gide überzeugt war, zeigte sich, als er 1935 dem jungen Joseph-Emile Muller, damals radikal links eingestellt und noch nicht der anerkannte Kunstexperte der Jahre nach 1945, riet, Gide um eine private Unterredung zu bitten. Er schrieb ihm ein „Empfehlungsschreiben". Joseph-Emile, wie er seine Artikel signierte, nahm damals als Zuhörer in der Pariser Mutualité an dem legendären ‚Internationalen Schriftstellerkongress zur Verteidigung der Kultur' teil – Gide hielt die Eröffnungsrede; der Nationalsozialismus warf seine Schatten voraus und provozierte den Widerstand zahlreicher europäischer Schriftsteller. Ein Termin für eine Begegnung zwischen Gide und Muller wurde vereinbart, aber der „übermüdete" Gide musste im letzten Augenblick absagen.[32]

André Gide (1869-1951)

Noch mit zwei andern bekannten Autoren hatte Clément in Paris Kontakt: mit Kurt Tucholsky und Joseph Roth.

Tucholsky, Korrespondent der *Weltbühne* und der *Vossischen Zeitung*, ging, genau wie Clément, 1924 nach Paris. Beide verband eine engagiert kritische und linke Einstellung, sowie eine ähnliche Lebensauffassung. Beide waren Freimaurer: Tucholsky wurde 1925 in Paris in die Logen ‚Les Zélés Philanthropes' und ‚L'effort' aufgenommen; Clément war seit 1910 Mitglied der ‚Grande Loge' in Luxemburg. Sowohl der deutsche Journalist und Schriftsteller als auch sein luxemburgischer Kollege waren anfangs von der Metropole Paris begeistert. Tucholsky war von der Stadt „völlig betrunken", erlebte sie wie „im Taumel". „Wie ein frisch verliebter Jüngling schwärmte er von seiner neuen Liebe", schreibt Michael Hepp, der Biograph Tucholskys.[33] Ähnlich enthusiastisch reagierte zunächst auch Clément, und später, in seinen *Pariser Briefen* in der *Luxemburger Zeitung*, entwarf er ebenfalls so manche überschwängliche Stimmungsbilder von Paris und der Ile de France.

Vor allem aber sahen beide Feuilletonisten einen entscheidenden Teil ihrer Aufgabe darin, das oft karikaturhafte Zerrbild von Frankreich, das manchmal in Deutschland aufgebaut wurde, richtigzustellen. Hepp meint von Tucholsky: „Der Kampf für die deutsch-französische Verständigung und gegen die ‚Kriegshetzerei' erschien ihm das wichtigste Ziel seiner Arbeit."[34] Gleiches trifft auf Clément zu; er focht diesen Kampf vor allem im Berliner *Tage-Buch* aus.

Zweifellos hatte Tucholsky, der Bruder im Geiste, eine große Bedeutung für Clément. Als er 1935 starb – wahrscheinlich beging er im Exil in Schweden Selbstmord – schrieb Clément zwei Nachrufe: den einen unter seinem Pseudonym Erasmus im ET, den andern,

Kurt Tucholsky

unter dem Titel *Zwei Tote* in der *Luxemburger Zeitung*.[35] Clément sagt nirgends explizit, dass er mit Tucholsky bekannt war. Aber im Artikel im ET schreibt er, dass dieser in Paris auch „literarisch-feuilletonistischer Vertreter des Ullstein-Verlages" war – also wie Clément. Zudem sei er, im Gegensatz zu seinen Artikeln, „wo er beherzte Wahrheiten verbreitete", „[i]m Privaten" – Clément muss ihn also genauer gekannt haben – „die Liebenswürdigkeit selbst" gewesen: „ein vornehmer, stiller Mensch, gar wenig aufs Aggressive gestellt wie der öffentliche Mann, eher versöhnlich und nachsichtig".

Wie mit Tucholsky hatte Clément auch mit Joseph Roth, von dem er am 1.6.1939 im ET sagte, er sei „neben Thomas Mann [...] der hervorragendste Meister der deutschen Romandichtung der zwei letzten Jahrzehnte gewesen", manches gemeinsam. Roth war ein brillanter Feuilletonist, wie Clément; beide schrieben für die *Frankfurter Zeitung*, Joseph Roth regelmäßig, Frantz Clément ab und zu. Beide liebten die Caféhaus-Atmosphäre. Roth verfasste seine Artikel im Café; Clément schätzte und beschrieb liebevoll die Caféhäuser in der französischen Hauptstadt, und dies in einem *Pariser Brief* vom 16.6.1932.[36] Beide führten ein eher bohèmehaftes Leben, verfügten natürlich nicht über ein Archiv. Für den Joseph-Roth-Spezialisten David Bronsen war es eine „unübersehbare Odyssee", eine Biographie über den österreichischen Autor zu schreiben.[37] Auch bei Clément, von dem es keinen geordneten Nachlass gibt, von dem so manche Manuskripte in der Nazizeit verschwanden oder vernichtet wurden, war es nicht immer leicht, die Legenden, die sich um ihn gebildet hatten, auf ihren Wahrheitsgehalt zu überprüfen.

Joseph Roth hatte, wie Clément, ein tragisches Ende. Er lebte seit 1933 in Paris im Exil, fand sich nur schwer zurecht, verfiel immer mehr dem Alkohol und endete schließlich 1939 im Delirium tremens in einem Pariser Armenhaus. Clément schrieb im ET, er habe Roth vor 11 Jahren kennengelernt: „ich kannte ihn gut". In großer Verehrung für ihn meint er: „Was war dieser Josef Roth doch für ein liebenswerter, rätselhafter und verzweifelter Mensch! Ich hatte die gute Chance, die oft schmerzliche Chance, ihn gemeinsam mit meinem Freund Nick Konert ziemlich nahe zu kennen. Er war für uns beide ein großer Dichter."[38]

Von Cléments zahlreichen Begegnungen, im europäischen Geist in Pontigny, machte auf ihn vor allem das Zusammentreffen mit Jacques Copeau einen nachhaltigen Eindruck.[39] Dieser war der Mitbegründer der *Nouvelle Revue Française* und galt als der Erneuerer des französischen Theaters. Um sich dem dominanten ‚Boulevard'-Stil der Pariser Theaterszene zu widersetzen, gründete er das Théâtre du Vieux Colombier – das Aline Mayrisch finanziell unterstützte, indem sie 200 Aktien der ‚Société' dieses Theaters zeichnete.[40] In Pontigny beeindruckte Copeau Clément mit seiner „seltenen Kunst des Vorlesens". Er las aus Theaterstücken von Molière und Paul Claudel vor.[41] Clément besuchte ihn anschließend in seinem Privathaus in Pernand-Vergelesses, in Burgund, wo er „einen halben Nachmittag" lang sich mit ihm unterhielt.

Der Geist von Pontigny verdeutlichte Clément besonders eindringlich – und dazu trug die Begegnung mit Copeau wesentlich bei –, dass europäische Verständigung nicht nur eine Angelegenheit von Politikern und Fachleuten der Wirtschaft war, sondern ein Aufeinanderzugehen von ‚Kulturmenschen', und er zitiert Nietzsche, der vom „Geist des ‚guten Europäers' " sprach. Mit einem gewissen Stolz erwähnt Clément im Berliner *Tage-Buch*, dass in der Zisterzienser-Abtei von Pontigny, an den literarischen Dekaden „Männer wie André Gide und Paul Valéry, [Georges] Duhamel und Ernst Robert Curtius" teilgenommen hatten.[42]

3. *Das literarische Frankreich von heute*: Ein Ausdruck ‚leidenschaftlicher Liebe zum geistigen Frankreich'

In Paris wollte Clément sich nicht mit dem Verfassen von Korrespondenzartikeln für Zeitungen begnügen, sondern, wie fast alle Feuilletonisten, etwa Kurt Tucholsky, Joseph Roth, Karl Kraus, auch Bücher publizieren und Themen vertiefen. Aber das einzige Werk, das in seiner Pariser Zeit erscheinen konnte, war das bereits in Luxemburg weitgehend abgeschlossene Buch *Das literarische Frankreich von heute*. In zwei Vorträgen im Volksbildungsverein hatte Clément schon im November 1924 in Esch und Luxemburg die Grundlinien seiner Analyse erörtert.[43] Er hatte im selben Monat das Voraushonorar des Ullstein-Verlages erhalten. Das Buch erschien dann Mitte des Jahres 1925 in Berlin.[44]

Gleich im Vorwort, auf S. 7-8, steht das „Geständnis", er liebe „das geistige Frankreich von gestern und heute leidenschaftlich", er wolle die „gebildeten Deutschen" zu „Quellen" führen, „aus denen sie genießerisch trinken könn[t]en"; er schmeichle sich, in Zeiten „politischen Haders [...] völkerversöhnend wirken zu können".

Das literarische Frankreich von heute, mit seinen 157 Seiten, ist also keine übliche Literaturgeschichte, auch kein Nachschlagewerk. Es ist eine sehr persönliche Auseinandersetzung Cléments mit französischer Literatur, aus der Zeit von etwa 1870 bis 1920. Man könnte, um einen Ausdruck Rolf Vollmanns zu gebrauchen, sein äußerst anregendes Werk als einen

Das literarische Frankreich von heute von Frantz Clément ist 1925 bei Ullstein Berlin in der Reihe *Wege zum Wissen* erschienen.

„Verführer" zum Lesen bezeichnen.[45] Der leidenschaftliche Literaturkenner Clément möchte, genauso wie der Lustleser Vollmann, zur genussvollen Lektüre verleiten. Aber der Band ist – wie Mathias Esch in seiner, unmittelbar nach dem Erscheinen des Werkes in der *Luxemburger Zeitung* erschienenen, Rezension angemerkt hat – wegen des knappen zur Verfügung stehenden Raumes und wegen der dadurch „gebotene[n] Geschlossenheit der Darstellung" für den anvisierten deutschen Leser, „mit guter Durchschnittsbildung", keine leichte Lektüre. Für denjenigen jedoch, der sich sowohl in französischer als auch in deutscher Literatur auskennt – Clément stellt manche Vergleiche an –, ist „das von gedrängter Fülle überquellende Büchlein", das nach Esch ein „vibrierendes wie sicheres Bild der französischen Literatur" entwirft, ein wahrer Genuss – auch für heutige Leser!

An Cléments beeindruckender literarischer Auseinandersetzung fällt auf, dass er sich nicht mit einem knappen Überblick über die wichtigsten Literaturwerke und -strömungen begnügt, sondern versucht, Literatur in einen größeren Kontext zu stellen. Das französische Volk, sein Wesen, sei seit jeher durch eine doppelte Schichtung gekennzeichnet, einerseits durch „lateinischen Rationalismus", andererseits durch „nordisch-gallische Unmittelbarkeit des Lebensgefühls"[46]. Diese beiden Grundrichtungen zeigten sich in vielen Bereichen, auch in der Literatur: so im steten Wechselspiel zwischen Klassik und Romantik. Eine wellenartige Entwicklung führe von der Romantik zum Realismus, anschließend zum Naturalismus, und von den klassizistischen Parnassiens zur Neuromantik, dann vor allem zur tumultuösen Exuberanz der Symbolisten. Seit 1900 sei in Frankreich eine Synthese des klassisch-romantischen Geistes bei einer aktivistischeren Generation festzustellen. Clément zeigt, wie die Intuitionsphilosophie, z. B. eines Bergson, und der Einfluss Nietzsches ihre Auswirkungen auf die Literatur hatten.

Clément ordnet Komplexes nicht in Schubladen ein. Er differenziert, hebt einige herausragende Dichterpersönlichkeiten wie Mallarmé, Péguy, Proust, Barrès, Gide, die nicht in ein bestimmtes Schema passen, hervor. Es mag Lücken geben – Apollinaire wird sehr knapp abgehandelt, allerdings würdigt er, in einem *Pariser Brief* vom 8.4.1926, „den ungekrönten Fürsten der jungen französischen Generation" viel genauer; Huysmans fehlt. Aber auf Fehlurteile, aus heutiger Sicht, stößt man nicht; im Gegenteil, in manchen Bewertungen ist er seiner Zeit voraus. Esch, der von Cléments Analysen sehr eingenommen ist, glaubt, einige Mängel entdeckt zu haben, z. B. verschwende er zuviel Raum an die Dadaisten. Doch dem Dadaismus und dem anschließenden Surrealismus sind lediglich die Seiten 114 bis 118 gewidmet. Clément hat also sehr früh auf die zentrale Bedeutung dieser beiden, damals weitgehend verkannten, Bewegungen hingewiesen und gesehen, dass sie weit mehr waren als „geistreiche Allotria" (S. 115), dass sie große Auswirkungen auf die Lyrik hatten. Er macht zu einem frühen Zeitpunkt auf Tristan Tzara, Louis Aragon, André Breton, Pierre Reverdy, Philippe Soupault, Paul Eluard, Jean Cocteau aufmerksam, die heute als große Vertreter französischer Literatur angesehen werden.

Trotz aller kritischer Vorbehalte hat Esch aber unbedingt recht mit der einleitenden Feststellung in seiner Rezension: Clément sei zudem „das stärkste kritische Talent, das unser Land hervorgebracht" habe. Sein kleines Buch über französische Literatur ist jedenfalls ein Beleg für diese Einschätzung.

4. Die *Clemenceau-Biographie* – ein verschollenes Buch

Drückte *Das literarische Frankreich von heute* Cléments intensives Interesse an französischer Literatur aus, so war seine *Clemenceau-Biographie* ein Zeugnis seiner engagierten Beschäftigung mit französischer und europäischer Politik. Das Werk erschien allerdings nie, ein Manuskript konnte nicht aufgefunden werden. Es besteht jedoch kein Zweifel, dass Clément an einer Biographie über den französischen Staatsmann schrieb und sie auch beendete.

Als Clemenceau am 24.11.1929 starb, schrieb Clément am folgenden Tag in der LZ, es sei ihm unmöglich, „in einem kurzen Nachruf" zusammenzufassen, „was er in zwei Jahren auf vierhundert Großoktavseiten" niedergeschrieben habe.[47] Geisen seinerseits bemerkte 1946 in den *Cahiers luxembourgeois*, Clément habe in zwei Jahren, von 1928 bis 1929, seinen *Clemenceau* in Magny verfasst, habe Freunden daraus vorgelesen und seine Zuhörer tief beeindruckt:

„Au cours d'une chaude et calme soirée d'automne Frantz lut à quelques intimes français et luxembourgeois d'un trait plusieurs chapitres de son ouvrage. La voix claire de Frantz, juste de ton et marquant les nuances, avait imposé dans la tonnelle fleurie un silence tendu que soulignaient le bruissement des abeilles et la respiration contenue des auditeurs. Bientôt la curiosité amicale fit place à une réelle émotion, à un intérêt passionné. La continuité de l'ouvrage avait agi: non pas la continuité d'un développement minutieusement méthodique ou épique, mais la continuité du combat d'un grand caractère net, violent et acharné dans un régime politique sans cesse menacé de décomposition et maintenu en vie à coups d'héroisme."[48]

Im Laufe des Jahres 1928 hatte Clément bereits die Hälfte des Werkes an einen Verlag in Dresden geschickt: „revisée et expédiée", wie es bei Geisen heißt. Die andere Hälfte lag daktylographiert vor, sie sollte noch in eine definitive Form gebracht werden: „revue et polie"[49]. Auszüge aus dem Werk erschienen in Essay-Form sowohl in der *Luxemburger Zeitung* als auch im Berliner *Tage-Buch*.[50] Sie haben sich als Einziges von der Biographie über Clemenceau erhalten.

Am 25.8.1928 hieß es in der Berliner Zeitschrift, in Heft 34, in einer Vorbemerkung zu Cléments Beitrag *Clémenceau in der Opposition*: „Im *Hellerauer Avalun Verlag* erscheint in einigen Monaten eine *Clémenceau-Biographie* unseres Pariser Mitarbeiters Frantz Clément –, ein hoffentlich aussichtsreicher Versuch, das grotesk-falsche Bild dieses großen Staatsmannes, das der deutschen Öffentlichkeit imputiert worden ist, zu korrigieren." Auch in der LZ vom 18.7.1928, die Teile des Kapitels *Clemenceau und der Boulangismus* veröffentlichte, hatte es eine ähnliche Anmerkung der Redaktion wie im TB gegeben: Im Avalun-Verlag in Dresden-Hellerau werde eine ‚großangelegte politische Monographie' über den französischen Staatsmann erscheinen.

Bevor Clément den zweiten Teil seines Buches abschicken konnte, wurde er von seinem deutschen Verleger informiert, dass dieser wegen finanzieller Schwierigkeiten Bankrott erklären müsse und er sich deshalb nach einem neuen Verlagshaus umsehen solle. Inzwischen war Clemenceau verstorben. Geisen meint, erst nachträglich entdeckte Dokumente über den Verstorbenen hätten Clément in Bedrängnis gebracht und ihn gezwungen, sein bereits abgeschlossenes Werk neu zu konzipieren. Er schlussfolgert: „Le livre de Frantz était à refaire."[51] Diese Behauptung kann nicht überzeugen: Das neu zugängliche Material über den französischen Politiker – es handelt sich wohl vor allem um sein erst nach dem Tod veröffentliches Buch *Grandeurs et misères d'une victoire* (1930) – war nicht von der Art, die bisherige Bewertung Clemenceaus in Frage zu stellen; höchstens war eine kurze Ergänzung der Biographie erforderlich. Eher hatte Clément Schwierigkeiten, einen neuen Verleger in einem deutschsprachigen Land zu finden, der eine größtenteils wohlwollende Biographie über Clemenceau, den ‚Père la Victoire', veröffentlichen wollte. Dieser hatte im Ersten Weltkrieg den Widerstandswillen der Franzosen aufgepeitscht und sie zum Sieg über das Deutsche Reich geführt. Zudem wurde er in Deutschland als Hauptverantwortlicher für den ‚Versailler Schandvertrag' angesehen.

Nichts ist über Bemühungen Cléments bekannt, einen andern Verleger ausfindig zu machen. Wandte er sich an seinen Verlag, den Ullstein-Verlag, für den er ja damals in Paris tätig war? Sicherlich musste diesem, ebenso wie andern deutschen Verlagen, die Veröffentlichung einer Clemenceau-Biographie als viel zu riskant erscheinen. Und wer hätte in Luxemburg, Clément zuliebe, seinen ‚Clemenceau' veröffentlichen sollen? Hier gab es kaum ein Verlagswesen, hier war es fast nur möglich, Bücher im Selbstverlag herauszugeben. Clément forderte deshalb auch 1937 in zwei Artikeln in der *Luxemburger Zeitung*: „Gründen wir einen luxemburgischen Verlag!"[52] In Paris dagegen, um 1930, gab er wohl rasch den Plan auf, sein Buch über den Sieger im Ersten Weltkrieg herauszugeben. Er begnügte sich letztendlich damit, einige der bereits erschienenen Auszüge 1938 in sein Lesebuch *Zickzack* aufzunehmen.

Die vollständige Biographie über Clemenceau ist nicht mehr auffindbar, muss endgültig als verschollen gelten.[53] Die Texte, die im *Tage-Buch* und in der *Luxemburger Zeitung* veröffentlicht wurden, vermitteln allerdings einen guten Eindruck vom intendierten Charakter des unveröffentlichten Werkes. Clément leistet nicht die Arbeit eines abwägenden Historikers, er möchte auch nicht einen historischen Roman, in der Art eines Stefan Zweig, schreiben. Mit dem von ihm gestalteten Porträt eines großen Staatsmannes soll ein Zeitausschnitt der Dritten Republik vom Ende des neunzehnten Jahrhunderts bis zur Weltwirtschaftskrise 1929 lebendig werden. Neben Georges Clemenceau gehörten Raymond Poincaré, Aristide Briand und manche andere Politiker, über die er in jenen Jahren schrieb, wie Joseph Caillaux, Edouard Herriot, Paul Painlevé, Léon Blum zu den ‚monstres sacrés' der Geschichte. Aber nicht nur auf überragende, prägende Persönlichkeiten wollte er eingehen, sondern auch die Schattenseiten der Republik beleuchten, die reich an Skandalen und dubiosen Gestalten war: Sein längerer Auszug *Clemenceau und der Boulangismus* verdeutlicht dies. Über das äußerst zwiespältige Verhältnis Clemenceaus zum ultranationalistischen General Georges Boulanger schrieb er:

„Der Boulangismus ist die problematischste Periode in Clemenceaus politischem Leben, problematischer sogar als der Panamismus. In der Distanz der Jahrzehnte scheint es uns unbegreiflich, dass der Listenreiche und gute Psychologe so viel auf diese Karte setzte. Dass er froh war, einen republikanischen General zu entdecken, der seine Parole entgegennahm und dessen Säbel ihm gut dazu schien, die im Geheimen nachgewachsenen Flügel der monarchistischen und klerikalen Reaktion zu stutzen, ist begreiflich. Aber er durfte sich nicht so leichtsinnig irren, er hätte schneller sehen müssen, dass dieser eitle, bramarbasierende Soldat für die Erstbesten zu haben war, die ihm die Herrlichkeiten der Diktatur versprachen; er hätte sofort stutzig werden müssen im Anblick der zweifelhaften Manieren des Generals und der noch zweifelhafteren Existenzen, die sich vor dessen Wagen spannten."⁵⁴

Bei allen kritischen Einwänden, die Clément gegenüber Clemenceau hatte, ist nicht zu übersehen, dass dieser Vollblutpolitiker, der so lange die französische Politik mitbestimmte, ihn tief beeindruckte und er ihm letztendlich mit Empathie begegnete.

Zwei Schwerpunkte gab es im Leben Clemenceaus: Politik und Journalismus. Beides hebt Clément in seinen Artikeln über ihn hervor, beide Aspekte faszinieren ihn. 1929, als die Dritte Republik fast 60 Jahre besteht und Clemenceau stirbt, schreibt er in seinem Nachruf, „kein Blatt" ihrer Geschichte schlage man um, „ohne dass es auch von der Tigertatze gezeichnet" sei. Der ‚Tiger', diese leidenschaftliche Kämpfernatur, hatte sich vom jugendlichen Frondeur, vom militanten Pazifisten zum republikanischen Nationalisten gewandelt; im Ersten Weltkrieg, mit 76 Jahren, besuchte der „Krieger aus Schicksal"⁵⁵ seine Soldaten in den Frontgräben, forderte sie zu Widerstand und Kampf auf, wurde zum Retter Frankreichs, zum ‚Vater des Sieges'. Er war aber auch der „St. Michael der streitbaren Demokratie"⁵⁶. Und im Nekrolog heißt es: Er war „der zäheste und gewandteste Hüter und Wahrer der dritten Republik. […] Er war der Schrittmacher für aktive soziale und demokratische Gesinnung in einer Epoche, wo Arrivismus und Opportunismus bereit waren, die Republik zu verschachern". Die Politik im historischen Kontext sehend, fügt Clément hinzu: „Wenn ein Land aus der mittleren Lebensperiode Clemenceaus vor allem eine Lehre ziehen muss, so ist es Deutschland. Wir wünschen der jungen Republik von ganzem Herzen ihren Clemenceau."⁵⁷ Der „improvisierten" Weimarer Republik, der „Republik ohne Retter", so der Historiker Hans-Peter Schwarz,⁵⁸ fehlten wohl tatsächlich kraftvolle Persönlichkeiten: Sie wurden ermordet, wie Walther Rathenau, sie starben zu früh, wie Gustav Stresemann.

Clemenceau, der „St. Michael der streitbaren Demokratie"

Clemenceau war nicht nur ein bedeutender Staatsmann, sondern – und hier versteht man Cléments ganz besondere Sympathie für den Franzosen – er war „einer der größten Zeitungsmänner aller Zeiten" und stand „ein halbes Jahrhundert lang in der europäischen Presse ganz obenan". Er begleitete, wie Clément, mit seinen Kommentaren, vor allem in seiner ersten Periode, das politische Geschehen seiner Zeit; „vielleicht zehntausend Zeitungsartikel" schrieb er.⁵⁹ Wie der Luxemburger gründete er Zeitungen, etwa *La Justice*, *L'Homme libre*, die er am Beginn des Ersten Weltkrieges in *L'homme enchaîné* umbenannte, um gegen die Zensur zu protestieren. Er kämpfte an vorderster Front in der Dreyfus-Affäre; in zwei Jahren, 1889-1890, veröffentlichte er über sie 665 Artikel – dieser Kampf brachte ihm den Namen ‚der Tiger' ein; in seiner Zeitung *L'Aurore* erschien Emile Zolas Manifest *J'accuse*.

Nachdem Clemenceau sich aus der Politik zurückgezogen hatte, war er schriftstellerisch tätig und veröffentlichte 1926 *Démosthène* – ein Ausdruck seines Unmutes, dass man Deutschland im Anschluss an den Versailler Vertrag zu sehr entgegengekommen war – Clément war tief enttäuscht über dieses langweilige Buch des einst so großen Journalisten, den „eine nervige Prosa" kennzeichnete, „nervig wie sein Kalmückenantlitz"⁶⁰. 1928 folgte ein kleines Werk über den Malerfreund Claude Monet *Les Nymphéas* – auch bei Clément spielte das Interesse an Malerei ein Leben lang eine wesentliche Rolle. Statt seine Memoiren zu schreiben, verfasste der im Ruhestand lebende eingefleischte Politiker ein philosophisch ausgerichtetes Werk *Au soir de la pensée* (1927) – Clément schrieb darüber einen *Pariser Brief*.⁶¹ Das zweibändige Buch versucht, die wesentlichen Erkenntnisse seiner Zeit festzuhalten. Beim gelernten Arzt standen dabei naturwissenschaftliche Themen im Mittelpunkt.

Das Kämpferische, die Leidenschaft im politischen Engagement einerseits, eine intensive journalistische und schriftstellerische Tätigkeit andererseits, beides kennzeichnet Clemenceau. Beides bewundert Clément; insofern trägt sein Werk über den ‚Tiger' auch Züge eines Selbstporträts.

Überraschend ist, dass ein deutschsprachiger Autor, der die letzten Jahre seines Lebens in Paris verbrachte, den Clément kannte, dort ebenfalls sein eigenes, sehr persönliches Bild von Clemenceau zeichnete: der Österreicher Joseph Roth. Er verfasste nämlich im Jahre 1939, in seinem Todesjahr, den 52-seitigen Essay *Clemenceau*.⁶² Beide Autoren beurteilen den ‚Tiger' vorwiegend positiv – immerhin war dieser nach 1918 für viele, besonders für Deutsche, zu einem der meistgehassten Politiker in Europa geworden. Aber während Clément in seiner Biographie analytisch kritisch vorgeht, hat Roths Essay einen pamphletartigen Charakter. Er bedauert, dass in einer Zeit, in der Europa im Begriff stehe, „ein Friedhof zu werden", eine Persönlichkeit fehle wie der französische Staatsmann, der, „ausgestattet mit einem hellsichtigen Hass", gegen das drohende Unheil aufbegehre.⁶³ Sein Hass sei allerdings zur Zeit des Versailler Vertrages nicht weit genug gegangen. Dieser Vertrag habe die „Hegemonie" Berlins und Preußens, „das Borussentum" in Deutschland, nicht angetastet,⁶⁴ dagegen sei im Vertrag von St. Germain die Doppelmonarchie, „das Urbild eines wirklichen europäischen Staaten- und Völkerbundes", „zertrümmert" worden.⁶⁵ Joseph Roths Clemenceau-Essay ist ein Ausdruck antipreußischer Affekte, eine nostalgische Sehnsucht nach der untergegangenen Donaumonarchie. Klaus Mann hat Roth deshalb als „romantischen Monarchisten" bezeichnet.⁶⁶

Bei allem Verständnis, ja aller Sympathie für Clemenceau, schlägt auch Clément, und weitaus deutlicher als Roth, kritische Töne an. Diese sind allerdings rational formuliert und politischer Natur, weniger emotional ausgerichtet. Seine gewichtigen Einwände äußern sich vor allem im Nachruf vom November 1929. Clemenceau ist für ihn „der Typus des Staatsmannes, wie ihn das neunzehnte Jahrhundert ausgeprägt hatte". Dieser war in eine Zeit eingebunden, in welcher der Machtgedanke im Vordergrund stand, „der Staat als Ding an sich galt". Clément schreibt: „Dieser Moloch Staat kann sich andern Staaten gegenüber nur erhalten, wenn er durch Allianzen ein künstliches Gleichgewicht in die Welt bringt, das er dann durchbricht, wenn er die Macht hat, und wenn er diese Macht ausnützen kann, um sich Vorrang und Reichtum zu sichern. Der Mythus der Hegemonie im Wechsel mit dem Mythus der Revanche: das ist der Sinn dieser Politik nach Innen und nach Außen."

Der Friede nach dem Ersten Weltkrieg geriet dem, vom Revanchegedanken besessenen, Clemenceau schlecht, denn, schreibt Clément: „Wie konnte dieser Machthungrige an etwas anderes denken als an einen Machtfrieden!" Nach dem „Zusammenbruch der Machtidee" sei der moderne Staat der „Fürsorgestaat" – Clément gebrauchte also diesen Ausdruck bereits 1929 in seinem Nachruf auf den Tiger! „An die Stelle des Mythus der Hegemonie [sei] die Mystik der europäischen Zusammenarbeit getreten." Er schlussfolgert: „der Clemencismus [steht] als ein Ding da, das überwunden werden muss."⁶⁷

Ein weiterer Deutsch schreibender Schriftsteller bewunderte Clemenceau!

‚Der Clemencismus: Ein Ding, das überwunden werden muss.'

Joseph Roth (1894-1939): Clément war Feuilletonist wie Roth, etwas Bohemien war er auch, zudem wie der österreichische Schriftsteller letztendlich ein Bewunderer Clemenceaus; und doch waren beide ganz unterschiedliche Persönlichkeiten.

Sehr weitsichtig war Clément, aber erst nach dem Zweiten Weltkrieg wurde die von ihm kritisierte Art der Politik überwunden, rückte die europäische Verständigung ins Zentrum politischer Bemühungen.

Politisch, ideologisch standen ganz sicher manche Politiker Clément näher als der machthungrige Clemenceau: etwa Aristide Briand, die Verkörperung des demokratischen Prinzips, der die Aussöhnung mit Deutschland wollte und der den Verständigungsgedanken inkarnierte – ein Politiker, der in mancher Beziehung eher Europäer als Franzose war. Aber Clemenceau mit seinen Ecken und Kanten, kriegerisch und machtbesessen, ein Chauvinist der schroffsten Art, war halt schriftstellerisch viel interessanter und ergiebiger als moralisch integere Personen.[68] Eine „Tigermoral" kennzeichnete nach Clément den französischen Staatsmann: Einerseits findet man bei diesem eine raubtierhafte Brutalität, eine grenzenlose Rücksichtslosigkeit gegenüber politischen Gegnern, andererseits aber hat die Dritte Republik „dieser Tigermoral so viel, so viel zu verdanken. Clemenceau hat für Amnestie, für die Forderungen der wirtschaftlich Schwachen, für Laienmoral und saubere Justiz, für demokratisches Unterrichtswesen unbarmherzig gestritten."

5. *Brücken über den Rhein* – ein weiteres verschollenes Werk

Man lese nach, wie Clément im *Tage-Buch*, in *Zickzack*, ausgehend von Clemenceaus Spitznamen, das moralisch Zweideutige bei ihm eindringlich und anschaulich auf mehreren Seiten darstellt.[69] Sie zeigen ihn als großen Schriftsteller und lassen einen bedauern, dass so viel von diesem meisterhaften Werk endgültig verschollen ist.

Clément wollte außer der *Clemenceau-Biographie* noch zwei weitere Werke in Paris schreiben: *Schatten über Frankreich* und *Brücken über den Rhein*. Das erstere wird zwar bei Geisen erwähnt,[70] aber weitere Informationen dazu sind nirgends zu entdecken. Das Buch *Brücken über den Rhein* dagegen wurde geschrieben. Es wurde auch „fertiggestellt" – so Clément in der *Luxemburger Zeitung* vom 17.12.1935.[71] Auszüge wurden veröffentlicht; ein Manuskript jedoch konnte nicht gefunden werden, sodass der vollständige Text ebenfalls als verschollen gelten muss.

Das Buch sollte die deutsch-französische Verständigung zum Thema haben. Sie sei, schrieb Clément 1935 in dem eben erwähnten Artikel, „das europäische Zentralproblem" nach dem Ersten Weltkrieg. In der Tat, der Versailler Vertrag von 1919 war als Friedensvertrag gedacht, schuf aber keinen Frieden. Die Deutschen empfanden die Bedingungen des Vertrages, der sie allein für den Krieg verantwortlich machte, als denkbar ungerecht, sie fühlten sich durch die maßlosen Reparationsforderungen stranguliert. Der amerikanische Historiker Fritz Stern schrieb über die Verhältnisse in den zwanziger Jahren in Deutschland: Das Land „stand vor einer Katastrophe, [...] war verarmt, politisch gespalten und wehrlos, konfrontiert mit früheren Feinden, deren unbeirrbare Härte noch durch die Furcht vor einem deutschen Wiederaufstieg verstärkt wurde"[72].

Zur Lösung der damaligen Probleme war also eine Aussöhnung der beiden Erbfeinde unbedingte Voraussetzung. Aber die Zeichen der Zeit standen nicht auf Verständigung. Es wurde heftig um die deutschen Reparationen geschachert. Von 1923 bis 1925 kam es zur Ruhrbesetzung, weil Deutschland seinen Verpflichtungen in Sachen Reparationen nicht nachkommen konnte. Clément reagierte emotional, billigte das Eindringen französischer und belgischer Truppen ins Ruhrgebiet, wandte sich gegen die nationalistische Einheitsfront der Empörung in Deutschland, die von extrem rechts, den „Wotansbrüdern", bis zu links, den Sozialdemokraten, reichte. Mit großer Entrüstung, unter dem Titel *Nur keine Heuchelei*, schrieb er am 29.1.1925 im *Escher Tageblatt*:

„Gegen das, was 1914 gegen uns geschah, ist das, was heute in der Ruhr geschieht, ein Kinderspiel. Abgesehen davon, dass Frankreich sich auf einen Vertrag stützt, der die Unterschrift Deutschlands trägt, dass es diese Operationen nur vornimmt, um eine Reparationsschuld einzutreiben, die man auch in Deutschland nicht zu leugnen wagt, ist der Druck, der augenblicklich auf dem Ruhrbecken lastet, nur eine schwache Replik auf das, was wir während mehr als vier Jahren ausgestanden haben."

Cléments Haltung war damals widersprüchlich. Mit großem Verständnis sah er das militärische Eingreifen Frankreichs im Ruhrgebiet, mit vollkommenem Unverständnis dagegen reagierte er darauf – wieder im *Escher Tageblatt* –, dass man jetzt „zu Ehren der Ruhrkohle", sowohl in Frankreich als auch in Deutschland „den idiotischsten Sport", betreibt, „den der Krieg [der Erste Weltkrieg] zur Blüte brachte; den Boykott geistiger und künstlerischer Produktion". Er schrieb:

„Ich erinnere mich noch mit einer Wehmut ohnegleichen, an die Rundfrage, die Ende 1914 durch die deutsche Presse ging: ,Sollen wir noch Shakespeare spielen ...?' Es gab geistige Menschen, die sagten: Nein, aber es gab auch andere, so Gerhart Hauptmann, die sagten: ,Freilich sollen wir noch Shakespeare spielen und gerade jetzt sollen wir's tun!' Und mitten im Krieg spielte Max Reinhardt Molière. Die Franzosen waren hartnäckiger; bei denen ging der Kampf vor allem um Richard Wagner. Er kam nicht auf die Programme, bis nach dem Waffenstillstand in einem Pariser Konzertsaal Poilus mit dem Ehrenkreuz auf der Brust laut nach Richard Wagner riefen.

Diese Poilus scheinen mir das gute Beispiel gegeben zu haben. Die sollen's tun, hüben und drüben; die sollen sagen: *Für* unser Land und seine Freiheit haben wir gekämpft, aber nicht *gegen* den Geist. Wir sind nicht gegen Goethe losgegangen, sondern gegen Ludendorff. Und die Deutschen sollen sagen: Und mag nun der Kampf um die Kohle noch so erbittert ausgefochten werden, wir haben nichts gegen Molière, gegen Bizet und gegen Paul Claudel."[73]

Es gab weitsichtige Menschen, sowohl in Frankreich als auch in Deutschland, die einsahen, dass die Fixierung aufs Militärische und Wirtschaftliche nicht reichte, um Spannungen und Feindschaften abzubauen. Zu diesen gehörten die beiden Staatsmänner Aristide Briand und Gustav Stresemann. Beide schlossen, gegen heftigen Widerstand, 1925 den Locarnopakt, einen Sicherheitspakt zwischen Deutschland und Frankreich.[74] Auch Clément beschäftigte sich ab 1925 sehr intensiv, rational, und nicht mehr impulsiv emotional mit der deutsch-französischen Problematik. Er rückte ab von früheren Bedenken, sah ein, dass eine Lösung nur in einem europäischen Kontext zu finden war. Am 17.12.1935 schrieb er in der M.A. der *Luxemburger Zeitung*:

„Nun habe ich mich für meine Person mehr als ein Jahrzehnt lang um das große europäische Zentralproblem heiß bemüht, und wie meine Freunde wissen, habe ich kurz vor dem Machtantritt Hitlers im Auftrag eines deutschen Verlagshauses ein Buch fertiggestellt,[75] das unter dem Titel *Brücken über den Rhein* eine neuartige Formulierung und Lösung dieses Problems versuchte. Die sich überstürzenden Ereignisse machten die Drucklegung des Buches vorläufig unmöglich."

1. Am 8.8.1931 hielt Clément im Südwestdeutschen Rundfunk in Frankfurt am Main einen Vortrag mit dem Titel *Brücken über den Rhein*.[76] Dieser war, wie Batty Weber in seinem *Abreißkalender* vom 17.11.1931 berichtet, Pressemeldungen zufolge ein „durchschlagender Erfolg". Er sollte ein Kapitel in dem geplanten gleichnamigen Buch sein. In dem halbstündigen Rundfunkfeature ging es Clément nicht um Vorschläge zur Überwindung der deutsch-französischen Gegensätze, sondern sein Anliegen war vor allem, den Deutschen die Angst der Franzosen vor ihrem Nachbarn verständlich zu machen. Aber was er als französische Ängste hinstellte, bezieht sich auch auf seine eigenen Befürchtungen und auf die vieler Menschen damals angesichts des zunehmenden Nationalismus, und wohl auch des Nationalsozialismus – dieser wird allerdings kein einziges Mal im Vortrag erwähnt. Die Rundfunksendung ist nicht anklägerisch; im Gegenteil, sie ist eine captatio benevolentiae und will niemanden vor den Kopf stoßen. Wenn Clément aber von der „Flucht" der Deutschen „ins Kollektiv" spricht, wenn er ihre „Freude [...] an innerer und äußerer Uniformierung, an Riesendemonstrationen und an Lautsprecherpathetik unter freiem Himmel" konstatiert, wenn er darauf aufmerksam macht, dass „große Teile des jungen Deutschland" die parlamentarische Demokratie nicht nur „unzulänglich" finden, sondern „sich offen bereit erklären, dieses Werkzeug zu zerschlagen", so werden ganz sicher nicht nur französische Ängste angesprochen. (S. 70ff.)[77]

Clément ist versöhnlich, setzt seine Hoffnungen in „die Eliten der beiden Länder" (S. 72), in das geistige Frankreich, in das geistige Deutschland, die sich, seiner Meinung nach, besonders um die Lösung der Probleme bemühten. Und er meint sogar, an die Deutschen gewandt, „dass die meisten Franzosen die Verständigung zwischen den beiden Ländern nicht nur als eine deutsch-französische Angelegenheit ansehen, sondern als das Hauptelement einer Neuordnung der Welt unter deutsch-französischer Führung" (S. 74). Mit diesen kühnen Gedanken war Clément seiner Zeit weit voraus. Er war jedoch nicht naiv blauäugig. Am Schluss seiner Überlegungen stellt er in literarisch verklausulierter Form die bange Frage, ob nicht die Entwicklung in Deutschland die Bemühungen um Verständigung endgültig zunichte machen könnte:

„Im germanischen Mythos ist der Kampf zwischen Licht und Dunkel das Hauptmotiv. Im Nibelungenlied verkörpert sich dieser Kampf in Siegfried, der Lichtgestalt und in Hagen

---

Drei Kapitel von *Brücken über den Rhein* haben sich erhalten

von Tronje, dem dämonischen Hasser. Wisst Ihr, was die Franzosen beängstigt? Ob in Zukunft der blonde sonnige Siegfried oder der grimme dunkle Hagen über die Rheinbrücken kommt." (S. 75)

2. Im Oktober 1933 veröffentlichte Clément dann *Primat des Politischen* in den *Cahiers luxembourgeois*.[78] Der Beitrag sollte ein weiteres Kapitel des geplanten Buches über die deutsch-französische Verständigung sein. In den zwanziger Jahren hatte das Wirtschaftliche eine immer stärkere Dominanz über das Politische gewonnen und drohte den Handlungsspielraum der Politiker gefährlich einzuengen.[79] Clément wandte sich deshalb vehement gegen die Experten und Technokraten in der Politik. Monate vorher hatte er in der *Luxemburger Zeitung* vom 24.7.1932 eine eher positive Rezension des Buches *Au-dessus du ressentiment franco-allemand* geschrieben, das bei L'Églantine, Paris-Bruxelles, erschienen war.[80] Die Autorin war die aus Luxemburg stammende Journalistin Carmen Ennesch, eine Mitarbeiterin der *Dépêche de Toulouse*. Energisch wies Clément ihre These von der „idée juste de la primauté de l'économique" zurück. Er schrieb: „[W]enn wir bis über die Ohren im Schlamassel stecken, so verdanken wir das vor allem der […] Idee und Praxis des Primats der Wirtschaft." Er hatte sich also weit von seiner ursprünglichen Ansicht, Anfang der 1920er Jahre, entfernt, als er die von Deutschland verlangten Reparationen als berechtigt ansah. In *Primat des Politischen* dagegen sprach er jetzt vom „Unvermögen der Sachverständigen" und meinte: „Ihr unheimlichstes Fiasko ist das der Reparationen." (S. 849)

3. Schließlich blieb das Einleitungskapitel zu *Brücken über den Rhein* erhalten. Es erschien im Dezember 1935 in einer dreiteiligen Folge in der *Luxemburger Zeitung*, unter dem Titel *Deutsche und Franzosen. Gegen-, neben-, miteinander?*[81] Das Buch war drei Jahre vorher geschrieben worden, wie es in dem Artikel vom 18.12.1935 hieß. Es ist heute kaum möglich, seinen genauen Aufbau und Inhalt zu rekonstruieren, aber die wenigen publizierten Kapitel lassen vermuten, was Cléments Anliegen war. Es ging ihm weniger um eine historische Analyse der Beziehungen zwischen Deutschland und Frankreich und um Vorschläge zu einer Aussöhnung; er stellt „kulturpsychologische" Überlegungen an und richtet einen Appell an beide Völker, sich auf das gemeinsame Erbe zu besinnen.

In der *Luxemburger Zeitung* vom 17.12.1935, A.A., also in einem Teil des Einleitungskapitels, schreibt er: „Das Gegeneinander in den beiden Völkern liegt nicht im Geblüt; dafür ist dieses nicht rein genug. […] Es handele sich bei den Unterschieden und besonders bei den Gegensätzen nur recht wenig um etwas Gegebenes, aber recht viel um etwas Gewordenes. Nicht die beiden *Völker* treten gegeneinander, sondern die beiden *Nationen*." Im abschließenden Artikel vom 18.12.1935 meint er:

„Es handelt sich bei dem Nichtzueinanderkommenkönnen der beiden Völker sehr wenig um eine Disjunktion des seelischen und gewohnheitlichen Habitus, weit mehr um die Hartnäckigkeit, mit der sie auf dem Bild beharren, das ihnen von der Presse und vom Hörensagen in den Kopf hinein gezwängt wurde."

Deshalb müssten beide Nationen sich auf das gemeinsame Kulturerbe, die „wesentliche westeuropäische Realität", die „Einheit des Abendlandes" besinnen (17.12.1935, A.A.). Nur so könne es ein Miteinander geben, könne die Erbfeindschaft, das „Sichnichtriechenkönnen" überwunden werden (18.12.1935).

Als Clément 1935 das „Manuskript" von *Brücken über den Rhein* „aus der Schublade hervorholte und überflog", stellte er fest, „dass dasselbe in seinen Hauptteilen, besonders in den kulturpsychologischen, keineswegs so sehr überholt ist, als man hätte annehmen dürfen". (17.12.1935, M.A.). Aber an eine Veröffentlichung des Buches war dennoch kaum zu denken: Der Ullstein-Verlag war gleichgeschaltet worden, die Bedrohung durch Nazi-Deutschland hatte zugenommen, ein Weltkrieg schien nicht mehr ausgeschlossen. Unter diesen Umständen von deutsch-französischer oder gar europäischer Verständigung zu reden und eine Rückbesinnung auf das Abendland zu fordern, hätte wie Donquichotterie gewirkt, wie die Träumereien eines weltfremden Intellektuellen.

Als Clément um die Jahreswende 1937/38 eine Auswahl für sein Lesebuch *Zickzack* traf, entschied er sich deshalb, als Beleg für sein früher geplantes Buch *Brücken über den Rhein*, nicht für einen Text, der für die Rückbesinnung auf die „unverlierbaren Kulturwerte" des Abendlandes eintrat, „an deren Schaffung, Erhaltung, Verfeinerung und Genuß vor allem Deutsche und Franzosen beteiligt waren" (17.12.1935, A.A.), sondern für *Primat des Politischen*, der sich gegen die Vorstellung wandte, „die deutsch-französische Frage vom Reinwirtschaftlichen, vom Großkapitalistischen aus lösen [zu] wollen."[82]

6. Clément: ein Meister des Feuilletons. Seine Artikel in der *Luxemburger Zeitung*

Umfangreiche Teile von Cléments geplanten Büchern sind definitiv nicht mehr auffindbar. Aber die veröffentlichten Auszüge beeindrucken als in sich geschlossene Texte, setzen nicht unbedingt das Verständnis vorangehender Kapitel voraus, sind auch nicht auf Weiterführendes angelegt. Dass die Bücher nicht veröffentlicht wurden, das war auf zeitbedingte, widrige Umstände zurückzuführen. Aber Clément fehlte auch damals der große epische Atem, er war ein Meister der kleinen Form: der Glosse, des Feuilletons.

Dieses Talent für die Zuspitzung in knapper und griffiger Form hatte er bereits in seiner ET-Zeit in der Kolumne *Splitter* gezeigt. Es kam dann aber zur vollen Entfaltung im kulturell anregenden Milieu von Paris, und zwar in den *Pariser Briefen* und auch in seinen Korrespondenzartikeln für *Das Tage-Buch*, auf die später eingegangen wird.

Der erste *Pariser Brief* erschien am 19.12.1924 in der *Luxemburger Zeitung*, der letzte ist vom 23.4.1933, also kurz nach der Machtergreifung Hitlers. Seine Korrespondententätigkeit in Paris für deutsche Presseorgane, die ihm teilweise den Lebensunterhalt gesichert hatte, konnte er nicht mehr weiterführen. Er kehrte deshalb nach Luxemburg zurück. Für die *Luxemburger Zeitung* hatte er 227 *Pariser Briefe* geschrieben, aber auch 138 weitere Artikel, unter anderer Bezeichnung. Einige dieser Beiträge wurden, da in Paris geschrieben, in die Auswahl der *Pariser Briefe* aufgenommen, einer Gedenkausgabe für Clément, die Léon Geisen 1955 im Verlag Tony Jungblut herausgab.[83]

Drei Themenbereiche lassen sich in den Pariser Artikeln unterscheiden: Clément möchte die Schönheiten der Stadt und ihrer Umgebung feiern, er will über französische Politik und führende Politiker berichten und schließlich ein Spiegelbild des reichhaltigen kulturellen Lebens der Metropole Paris geben.

6.1. *Pariser Briefe* – Literarischer Baedeker von ,der schönsten Stadt der Welt': Paris bleibt ein „unübertreffliches havre de grâce."[84]

In einem Feuilleton vom 29.11.1927 in der *Luxemburger Zeitung* setzte sich Clément für eine neue Art von Reiseführer ein, für ein literarisches Reisehandbuch – er spricht etwas gestochen von einem „vergeistigten Fremdenführer",[85] der sich nicht primär an den eiligen Touristen richtet, sondern an den Genießer, der über Zeit und Muße verfügt. Dieser Leitfaden sollte in der Tradition des *Cicerone* von Jakob Burkhardt stehen, oder Stendhals *Rome, Naples, Forence* und *Promenades dans Rome* nacheifern. So manche von Cléments *Pariser Briefen* sind denn auch ein Schritt in diese Richtung des literarischen Baedekers. Allerdings, „was mir noch fehlt", schreibt er, „ist eine gewisse Systematik".

Aber die Briefform und der lockere Causerieton erlaubten Clément, die verschiedensten Aspekte von Paris, wenn auch unsystematisch und nicht geordnet, darzustellen. Wir stoßen immer wieder in den *Pariser Briefen* auf einen unermüdlichen Spaziergänger, den Schriftsteller Clément, der durch die Stadt streift und seine Eindrücke wiedergibt, sie oft mit literarischen Reminiszenzen verbindet. Plaudernd meint er etwa in einem Brief über den Frühling, in der LZ am 13.4.1926, M.A.:

„Es tat mir immer leid, wenn ich Fontane las, dass dieser entzückende Herr nicht in Paris leben durfte, sondern in dem grausigen Berlin die so seltenen Augengenüsse aufspüren musste. Was hätte er Reizvolles über den Pariser Frühling geschrieben. […] [D]ie ersten zarten Blättchen im Luxembourg-Garten haben südlicheren Glanz als das erste Tiergartengrün und wenn in der Ile-de-France um Ostern herum die Birnbäume ihr weißes *In dulci jubilo* singen, so ist daneben die Kirschenblüte in Werder eine späte Nachahmung."

In diesem unterhaltsamen Ton besingt er immer wieder den Reiz der Metropole an der Seine und ihrer Umgebung, der Île de France. Besonders in den ersten Jahren seiner Pariser Zeit zeichnet er viele eindrucksvolle Stimmungsbilder der Stadt, die ihn zu jeder Tageszeit, in allen Jahreszeiten fasziniert. Eine Auswahl dieser Briefe mit der Angabe der jeweiligen Themen verdeutlicht den einmaligen Charme, den Paris auf ihn ausübte:

Paris im Nebel, LZ 22.1.1925, M.A.; *Vorfrühling in Paris*, LZ 27.3.1925, M.A.; *Erster Frühlingstag in Paris*, LZ 1.3.1931, M.A.; *Frühling in der Ile-de-France*, LZ 30.4.1926, M.A.; *Letzter Frühlingstag in Paris*, LZ 23.4.1933, M.A.; *Hochsommer in Paris*, LZ 3.9.1926, M.A.;

Paris im Sommer, LZ 26.7.1928, A.A.; *Paris im Herbst*, LZ 1.10.1928, A.A.; *Herbsttage in der Ile-de-France*, LZ 16.10.1925, M.A.; *Oktobertage in Paris*, LZ 31.10.1927, A.A.; *Abenddämmerung in Paris*, LZ 11.2.1928, M.A.; *Der Geruch von Paris*, LZ 6.1.1932, M.A.; *Pariser Winternächte*, LZ 6.1.1926 M.A.

Mit Clément unternehmen wir so manche Spaziergänge in Paris, fahren mit einem ‚bâteau parisien', (LZ 17.6.1925, M.A.), machen Ausflüge, Wanderungen in der Ile-de-France, in verschiedenen Départements (*Eine Bummelfahrt durch die Ile-de-France*, LZ 5.10.1927, M.A.; *An einem Sonntag durch 5 Departemente*, LZ I. 13.9.1932, M.A.; II. 18.9.1932, M.A.; III. 23.9.1932, M.A.; *Wir lernen Pariser Menschen kennen*). Clément entwirft ein amüsantes Porträt des ‚français moyen' (LZ 7.8.1925, M.A.), plaudert zwanglos mit dem ‚mittleren Franzosen Jean Louis Potiron' (LZ 2.10.1932, M.A.) und mit ‚Jérôme Petitpas' (LZ 4.12.1932, M.A.). Er umreißt den typischen Charakter einer ‚Französin' (LZ 12.7.1926, M.A.). Er geht auf das ‚Pariser Studentenleben' (LZ 12.2.1925, M.A.) und auf ‚die Studentenschaft am Bd Jourdan' ein (LZ 20.7.1925, A.A.). Er stellt uns die ‚bouquinistes', die ‚Parkwächter', die ‚Straßensänger' vor (LZ 9.11.1925, A.A.). Wir werden in ‚Pariser Caféhäuser' (LZ 16.6.1932, M.A.) und in ‚Literatencafés' geführt (LZ 26.7.1925, M.A.). Verschiedene ‚reizvolle Plätze', wie ‚die Place des Vosges', ‚die Palais Royal-Ecke', ‚die Place Dauphine' werden zum Ausspannen empfohlen (LZ 18.8.1925, M.A.). Von den Denkmälern gefällt Clément besonders „die George Sand des Luxembourg-Gartens, die bescheiden auf ihrem Sessel sitzt und einen wunderschönen Arm zur Schau bietet." (LZ 29.8.1925, M.A.) Aber im Allgemeinen stößt ihn die bombastisch pathetische Denkmalkunst der Franzosen ab, bringt ihn jedoch dazu, die „unzulänglichen Denkmäler" Luxemburgs versöhnlicher zu sehen und der „gëlle Fra" „Abbitte zu leisten". Clément macht uns vertraut mit den großen ‚Kaufhäusern' der Stadt (LZ 12.4.1927, M.A.). Mit ihm unternehmen wir einen ‚Frühmorgenbummel durch die Markthallen' (LZ 5.7.1932, M.A.). Wir entdecken die Vorgänger der ‚cinémas d'art et d'essai', die kleinen „Spezialitätenkinos" (LZ 23.10.1929, M.A.), aber auch den großen „Lichtspielsaal" Paramount am Boulevard des Capucins (LZ 29.1.1930). Also – Clément entwirft ein vielschillerndes Bild, ein buntes Tableau von Paris, einer Stadt, die für ihn einen ganz besonderen Flair, einen beeindruckenden „Zauber" hat, die „so westlich-südlich reizvoll, heiter, formenklar" ist. (LZ 17.12.1927, M.A.)

Die *Pariser Briefe* erschienen gewöhnlich – jedenfalls in den ersten Jahren seiner Pariser Zeit – einmal pro Woche, fast immer in der Morgenausgabe der *Luxemburger Zeitung*. In dieser publizierte auch Batty Weber seinen täglichen viel bewunderten *Abreißkalender*. Er war der geschätzte Chronist im Kleinstaat Luxemburg. Frantz Clément dagegen wurde mit seinen *Pariser Briefen* ein einfühlsamer Porträtist der französischen Metropole. Mit ihnen reihte er sich unter die großen Flaneure in Paris ein, wie Franz Hessel, wie Walter Benjamin, wie Léon Paul Fargue. Über Letzteren schrieb er im Juli-Heft der *Neuen Schweizer Rundschau* (1930, S. 660-666) einen seiner schönsten literarischen Essays, den die *Luxemburger Zeitung* dann auf einer ganzen Seite am 26.7.1930, M.A., übernahm.[86] Der von Stéphane Mallarmé beeinflusste Lyriker Fargue gehörte zu den ‚écrivains-voyageurs' des 20. Jahrhunderts. Nicht fremde Länder, nicht andere Kontinente erkundete er, sondern er streifte in der Zwischenkriegszeit durch die Seine-Metropole, er war der unermüdliche Spaziergänger, der ihre versteckten Schätze entdeckte. 1939 gab er seine gesammelten Miniaturen unter dem Titel *Le Piéton de Paris* heraus. Über Fargue schrieb Clément, er habe „eine Sensibilität ohnegleichen" für die ihn umgebende Wirklichkeit, er sei „von einer exemplarischen Sinnlichkeit und Sinnenfreudigkeit" und sein Körper habe sich „aufgetan für alle Schauspiele" der Welt. (S. 662) Spricht hier nicht Clément auch von sich selbst? In den *Pariser Briefen* wird uns bewusst, dass er nicht nur ein Intellektueller, ein reiner Kopfmensch, ein kühler Analytiker war, sondern ein äußerst sensibler Mensch, der wie Fargue öfters eine „Unmittelbarkeit des Fühlens" (S. 666) zeigte, die ihn empfänglich machte für Schönheit, für Natur, und der offen und zugänglich war für Menschen, mit denen er in Kontakt kam. *Ich lerne gern Menschen kennen* hieß denn auch ein Text, den er 1927 von Paris aus für die September-Nummer der *Voix des Jeunes* schickte.

6.2. *Pariser Briefe* – Politische Beiträge: „Ich war nie Informationsjournalist."[87]

Viele der *Pariser Briefe* zeugen von Cléments affektiver Verbundenheit mit der Stadt Paris. Sobald er sich allerdings politischen, sozialen Themen zuwandte, begegnen wir wieder dem kritischen Geist, der sich auf die Ratio verlässt und sich mit Verve und Temperament ausdrückt. Batty Weber charakterisierte damals denn auch seinen Freund Clément als einen „Feuerkopf mit dem klaren, unbestechlichen Urteil"[88].

Sehr bezeichnend für Cléments oft scharfe und sarkastische Art, Auseinandersetzungen zu führen, ist der *Pariser Brief* vom 15. Januar 1927, erschienen in der LZ am 20.1.1927, A.A. Er belegt sein noch immer reges Interesse – genau wie am Beginn seiner Schaffenszeit – an den engen Querverbindungen zwischen Religion, Gesellschaft und Politik. „Roma locuta!", heißt es am Beginn des Artikels. Papst Pius XI. hatte soeben mit einem Bannstrahl nicht Gegner der Kirche belegt, sondern „zwei Männer, die hohe Prälaten noch vor kurzem als Defensor fidei priesen", und die, wie es in einem Artikel zum gleichen Thema im *Tage-Buch* heißt, Geistliche und Gläubige jahrelang „umschwärmten".[89] Mit wuchtigen Strichen skizziert Clément ihr Porträt sowohl in der LZ als auch im TB:

„Der eine, ein Monstrum physischer und geistiger Exuberanz, Keulenschwinger und bissiger Hofhund des Königstums von Gottes Gnaden, ein Schriftsteller von rüder Ausdruckskraft, Pamphletarier von einer entsetzenerregenden Unbedenklichkeit, Sohn eines sanften, harmonischen Erzählers und – wenn man es ihm auch nur widerwillig glauben mag – Katholik, für den die Hölle mehr ist als der Himmel, die Hölle, in die er jeden, der ihm nicht gefällt, als Teufelsbraten stößt […].

Der andere: ein Sohn der heiteren Provence, aber ohne das Lächeln des südlichen Himmels, von den Grazien verlassen und doch nach hellenischem Ebenmaß dürstend, ein Dialektiker von besessener störrischer Unbiegsamkeit, Fanatiker aus Intellekt und nicht wie der erste aus Temperament, in seinen besten Stunden ein Schriftsteller von mattem und desto unzerstörbarerem Glanz, in schwachen Stunden ein einsam hadernder Eiferer, dabei ein Heide, ein richtiger Heide."[90]

Der eine war Léon Daudet, der Sohn Alphonse Daudets, der andere Charles Maurras. Die beiden, Journalisten und Schriftsteller, waren die führenden Köpfe der royalistischen, antisemitischen und nationalistischen Action française, die bisher von der Kirche Frankreichs hofiert worden war und die besonders in konservativen adeligen und bourgeoisen Kreisen sehr angesehen war. Clément fragt, ob die zwei virulenten Polemiker sich auf einmal so verändert hätten, „dass aus dem Altar, auf dem sie prangten und protzten, ein Scheiterhaufen werden musste",[91] und Rom gezwungen worden sei, „die Werke der beiden Männer auf de[n] Index librorum prohibitorum" zu setzen. Mitnichten, schreibt er in der LZ, Daudet und Maurras hätten sich nicht geändert. Aber Rom hatte in Frankreich „einen Frontwechsel vorgenommen", wollte sich mit der laizistischen Dritten Republik versöhnen und hatte es einfach „satt, dass der französische Klerus seit mehr als einem halben Jahrhundert beständig auf eine falsche Karte setzte, auf die legitimistische, die boulangistische, die antidreyfusistische, die nationalistische".

Gegen Schluss des Briefes formuliert Clément ein gestelltes Mitleid mit der gebeutelten Action Française. Maurras hatte die Kirche einst als „das autonome Organ des reinen Geistes" gepriesen, ein Lob, wofür diese sich jetzt wenig erkenntlich zeigte. Jedoch, meint Clément: „Undankbarkeit ist der Welt Lohn und auch die Pforten des Vatikans schützen den Pontifex Maximus nicht vor der allermenschlichsten Schwäche." Er schließt seinen Artikel mit bissigem Spott: Wohl sehr „schmerzlich" für die rechten Royalisten müsse es sein, dass „der periodische Appell an die Börsen des Geburts- und Geldadels, der eine Spezialität der ‚Action française' war, jetzt wohl unerhört verklingen [werde]".

Clément kam noch einmal in einem *Pariser Brief* in der LZ, im Juli 1927, auf Léon Daudet zurück.[92] Dessen Sohn war auf ungeklärte und mysteriöse Weise ums Leben gekommen. Daudet klagte die Regierung an, sie habe ihn umbringen lassen. Er wurde daraufhin wegen Verleumdung verurteilt und kam ins Gefängnis. Aber ein fingierter „lustiger Telephonanruf" der Camelots du Roi, der Kampftruppe der Action française, genügte, um den Gefängnisdirektor zu veranlassen, Daudet die Flucht zu ermöglichen – für Clément eine französische Köpenickiade. 1930 kehrte der „Royalistenhäuptling" aus seinem Brüsseler Exil nach Paris zurück. Clément schrieb daraufhin: „[D]ie gegensätzlichsten Männer und Naturen", selbst die, welche er „mit Maximalhochdruck angepöbelt hatte", waren für eine Begnadigung eingetreten. Er stellte fest: „Das war echt französisch."[93] Künstlern gegenüber zeigte sich die Republik stets großmütig, sie verzieh ihren „Schmähern" manches. Und Daudet war „ein echter Schriftsteller", urteilte Clément.

Die Verteidigung absoluter Redefreiheit – selbst wenn Autoren vollkommen abwegige, brandgefährliche Ansichten vertreten – hat in Frankreich Tradition. Ein echter, gefeierter Schriftsteller war auch Robert Brasillach, der in den Jahren 1941 bis 1944 zahlreiche antisemitische Schmähschriften veröffentlichte und sich zum Nationalsozialismus bekannte. Er wurde 1945 zum Tode verurteilt. Schriftsteller wie Albert Camus, Paul Valéry, Paul Claudel und andere, vor allem aber der Anhänger de Gaulles, François Mauriac, setzten sich entschieden für Brasillach ein und baten um Begnadigung. Vergeblich, der einstige Leiter des literarischen Feuilletons der *Action Française* wurde erschossen. Auch für Drieu la Rochelle und Louis-Ferdinand Céline, die sich dem Faschismus verschrieben und sich ebenfalls mit den deutschen Besatzern eingelassen hatten, traten Schriftsteller ein – Drieu la Rochelle beging 1945 Selbstmord; Céline flüchtete nach Dänemark, wo er inhaftiert wurde, 1951 kehrte er nach Frankreich zurück, er wurde amnestiert und rehabilitiert; seine rassistischen Pamphlete verblieben allerdings im Giftschrank. Clément, dem Redefreiheit etwas Unverzichtbares war, hätte ganz sicher auch für diese ihm ideologisch vollkommen konträr eingestellten Autoren Partei ergriffen. Bereits im Erscheinungsjahr von *Voyage au bout de la nuit* 1932 hatte er in einem Pariser Artikel den hervorstechenden literarischen Rang des umstrittenen Autors Céline gewürdigt. Dessen „Barbarei, Zynismus, Roheit in der Darstellung" schreckten ihn nicht ab.[94]

Nicht kontinuierlich, umfassend berichtete Clément über Politik – er wollte nicht „Informationsjournalist" sein, der die Leser der LZ nur über die neuesten politischen Entwicklungen informiert. Gerade seine feuilletonistisch ausgerichteten *Pariser Briefe*, wie etwa seine eben angesprochenen anekdotisch wirkenden Artikel über die Action Française, warfen bezeichnende Schlaglichter auf die französische Politik, auf die desolaten Verhältnisse der Dritten Republik: etwa auf das Auseinanderdriften der politischen Kräfte nach links und rechts und auf die Gefährlichkeit der *Action Française* – Charles Maurras wurde denn auch nach 1945 wegen Kollaboration mit dem Feind zu lebenslanger Haft verurteilt. Politisch war Clément äußerst hellsichtig: Es ist „etwas faul […] im Staate Dänemark", schrieb er in seinem *Pariser Brief* vom 5.7.1927. Er sah wohl die Bedrohung, die von rechten nationalistischen Kreisen in Frankreich ausging, merkte aber sehr früh, dass die Nationalsozialisten die eigentliche Gefahr in Europa darstellten. 1930 meinte er deshalb im *Tage-Buch*: „[D]ie Hitlers sind gefährlicher als die Daudets."[95]

Von besonderer Bedeutung sind die vielen Charakterporträts, die Clément von herausragenden französischen Politikern zeichnete: von Clemenceau und Briand natürlich, aber auch von Poincaré, Herriot, Caillaux, Mandel, Doumer, Laval, Loucheur, Tardieu. Sie belegen seine Grundüberzeugung, Geschichte werde nicht zuletzt durch das Einwirken großer Persönlichkeiten gestaltet. Die Porträts sind feuilletonistisch interessant, künstlerisch gelungen und vermitteln ein lebendiges Bild der Dritten Republik, von etwa 1925 bis Anfang der 1930er Jahre.

Cléments Charakterporträts – im Zeichen von Hippolyte Taine

Sehr charakteristisch für Cléments Porträtkunst ist seine unaufdringliche, behutsame Anlehnung an die Kategorien von ‚race, milieu, temps' des Kulturkritikers und Philosophen Hippolyte Taine. Die Trias von Herkunft, sozialem Umfeld und historischem Moment entwickelte dieser in der Einleitung seiner *Histoire de la littérature anglaise*. Die positivistische Milieutheorie sozialer und geistiger Phänomene lässt sich nicht nur auf Schriftsteller und Philosophen anwenden, sondern führte auch, so bei Clément, zu interessanten und überraschenden Erkenntnissen über Politiker.

In Pierre Laval, der 1931 Ministerpräsident wurde, sieht er etwa den typischen Menschen der Auvergne, „jener Provinz des Plateau Central, in der eine zähe Bevölkerung von autochthon-gallischer Art mit dem undankbaren vulkanischen Boden ringt". Viele der Auvergner zog es nach Paris, wo sie „als ebenso gerissene wie emsige Kleinhändler" bekannt wurden: „der ‚bougnat' [sei] eine typische Pariser Figur", meint Clément; ihn kennzeichneten „Schläue und Hartnäckigkeit", Eigenschaften, die Laval mit seinen Landsleuten teile. Er stammte „aus dem ländlichem Proletariat". Mit großem Ehrgeiz, „mit exemplarischer Energie" brachte er es zum Rechtsanwalt, schließlich zum Ministerpräsidenten. Aber, fährt Clément fort: „Laval ist kein Staatsmann von wuchtigem Format. Der gesunde Menschenverstand, die Anpassungsfähigkeit an unüberwindliche Wirklichkeiten, die gut dosierte Mannestreue und die subtile Fähigkeit der ergiebigen Behandlung politischer Individuen und Gruppen genügen nicht zum großen Führer; sie sind immer nur Qualitäten zweiten Ranges." Dass Laval „schöpferische Phantasie", individuelle Größe, Eigeninitiative in historisch entscheidenden Momenten zeigen werde, daran zweifelt Clément offensichtlich. Er fragt am Schluss seines Artikels:

„Der große Mann der Auvergne ist Vercingetorix, der das Römerheer durch Tapferkeit, Feldherrnkunst, aber auch durch an Verrat grenzende Schläue von seinem Volke nahm. Steht der Auvergner Laval näher bei Vercingetorix oder beim ‚bougnat', der einem seine ewige Seligkeit verkauft, wenn es nur etwas einbringt?"[96]

1935 wurde Laval wieder Ministerpräsident. Clément hatte längst Paris verlassen, aber sein Interesse an französischer Politik war nicht erloschen. Er zeichnete ein weiteres, eher positives Porträt des Auvergners, „für dessen Eigenart die Eigenart des Volksstammes, aus dem er herauswuchs, so offenbar mitbestimmend" war.[97] Er lobte seinen Pragmatismus, seine „auf das Praktische gerichtete Intelligenz". Er wies aber auch auf seinen Opportunismus hin; prinzipielle Auffassungen leiteten ihn kaum, programmatisch ließ er sich nicht festlegen. Die Außenpolitik Lavals, in der er sich nicht eindeutig entscheiden konnte, empfand Clément als ‚zwiespältig'. „Es ist angenehm für ein Land, auf zwei Tableaux zu gewinnen, und manchmal ist es auch möglich, aber es gibt Augenblicke, wo man am sichersten auf zwei Tableaux verliert, wenn man auf beiden gewinnen möchte."

Mit seinen Bedenken sollte Clément Recht behalten; doch erlebte er, der 1942 im KZ umkam, den tiefen Fall Lavals nicht mehr. Der französische Politiker, der sich so oft listig opportunistisch verhielt, konnte unter den Nazis dem Druck zur Kollaboration nicht widerstehen. Der ‚bougnat' verkaufte den Deutschen ‚seine Seligkeit', die Kollaboration mit dem Feind schien ihm am meisten ‚einzubringen'. Er wurde Ministerpräsident unter Pétain, leitete die Kollaboration mit den deutschen Besatzern ein, arrangierte die Begegnung zwischen Pétain und Hitler in Montoire, provozierte mit seiner Politik die Opposition der Minister des Kabinetts, wurde entlassen, sogar verhaftet, kam auf Druck des deutschen Botschafters Abetz in die Regierung zurück, wurde u. a. Pétains Außenminister, erklärte in einer Rede: „Je souhaite la victoire de l'Allemagne." Nach dem Krieg wurde er 1945 zum Tode verurteilt und hingerichtet.

Cléments politische Beiträge in seiner Pariser Zeit beschäftigten sich nicht ausschließlich mit Frankreich, er sah Politik im internationalen Kontext, und besonders die deutschfranzösichen Beziehungen waren ihm ja seit jeher ein zentrales Anliegen. So nahm er denn auch in seinen Pariser Artikeln zu diesem Thema Stellung und vertrat Ansichten, die er ebenfalls an anderer Stelle, besonders in den paar veröffentlichten Texten aus dem verschollenen Buch *Brücken über den Rhein*, darlegte.[98]

Im *Pariser Brief* vom 29.5.1929 schrieb er, „dass die Befriedung Frankreichs und Deutschlands nicht vor allem ein politisches, finanzielles und wirtschaftliches Problem ist, sondern ein ethisches, ein seelisches, wie Jean Schlumberger bereits vor sechs Jahren sagte, ‚un problème de sociabilité'". Zwischen Deutschen und Franzosen gebe es keine angeborene Feindschaft; es sei vor allem eine hasserfüllte Publizistik, die einen tiefen Keil zwischen die beiden Nationen getrieben habe. Clément dagegen weist auf die natürliche, selbstverständliche Hilfsbereitschaft der Menschen in beiden Ländern hin und belegt dies mit einem „einfach menschliche[n], hilfreiche[n] Akt, der sich zwischen den ehemals feindlichen Nationen vollzog". Im Mai 1929 wurde nämlich ein in Not geratener ‚Graf Zeppelin' durch ein französisches „Bruderschiff" aus Cuers-Pierrefeu gerettet, das ohne Umstände dem deutschen Luftschiff zu Hilfe kam und das „möglicherweise für die deutsch-französische Verständigung mehr geleistet [hat] als ein Haufen von Reden, Büchern und Zeitungsartikeln aus Mund und Feder der Allerbesten", ganz sicher aber „das öde, unwirsche Geschreibsel und

---

Ein andauerndes Zurückkommen auf die deutsch-französische Problematik

Gehader, das sich auf die Reparationskonferenz gelegt [hatte] wie Schneckenschleim auf zartes Frühlingsgrün, auf einmal überglänzte"[99].

Direkte Kontakte zwischen Deutschen und Franzosen, gegenseitige Hilfestellung, bewirken also vor allem, dass ein Friede auf dem Papier mit Leben erfüllt wird und zu etwas Dauerhaftem werden kann. Aber das Menschliche, das Aufeinanderzugehen genüge nicht, Politiker müssten die Rahmenbedingungen schaffen, damit eine wirkliche europäische Verständigung möglich werde. Auf keinen Fall dürften sie der Wirtschaft das Feld überlassen, wie Clément in dem bereits erwähnten Pariser Brief in der LZ vom 24.7.1932 meinte:

„Die Wirtschaft ist weiter nichts als ein Kampffeld von einander widerstrebenden Tatsachenreihen. Und dass sie selbst diesen Tatsachenwirrwarr koordinieren, organisieren könne, das ist mir ebenso unwahrscheinlich wie die Mär vom Baron Münchhausen, der sich am eigenen Schopf aus dem Sumpf zog."[100]

Das Menschliche und das Politische müssen also Hand in Hand gehen, um zu einer europäischen Verständigung zu gelangen. Aber ein weiterer dritter Aspekt ist für Clément von entscheidender Wichtigkeit. Ein günstiges Terrain für die „Befriedung Europas" ist nicht etwas Naturgegebenes, dieses muss vorbereitet werden, und zwar vor allem „von den Dichtern und Künstlern". Von ihnen muss man mehr „erhoffen als von den Staatsmännern"; sie „dringen in die Seele ein. Ihnen kann es eines Tages gelingen, den Seelenteig der Völker zu kneten, dass aus ihm nicht ein schmales europäisches Einheitsbrot wird, sondern ein köstliches Gebäck für jede Stunde, jeden Tag der Not, das je nachdem deutsch oder französisch schmeckt."[101]

In der Tat, es gab in jenen Jahren eine ganze Reihe von Schriftstellern, die ein ähnliches Anliegen wie Clément hatten – über einige von ihnen schrieb er denn auch. Sie waren wie er bemüht, Misstrauen und Hass zwischen Deutschen und Franzosen abzubauen – so der Elsässer René Schickele, der mit seiner Romantrilogie *Das Erbe am Rhein* (1926, 1927, 1931) und seinen Essaysammlungen zu einem der meistgehassten Feinde französischer Chauvinisten und deutscher Nationalisten wurde; so auch Romain Rolland, der schon vor dem Ersten Weltkrieg mit seinem von 1906 bis 1912 veröffentlichten Roman *Jean Christophe* und dann vor allem in den 1920er Jahren mit seinen Schriften für eine deutsch-französische Annäherung eintrat; so Jean Giraudoux, der sich mit dem Roman *Siegfried et le Limousin* (1922) und dem gleichnamigen Schauspiel von 1928 für ein differenziertes Deutschlandbild, abseits vom Klischeehaften, einsetzte; so auch die ‚Tochter zweier Vaterländer', Annette Kolb, die 1929 eine Monographie über den französischen Ministerpräsidenten Aristide Briand schrieb und die ein häufiger Gast in Colpach war.[102]

Aber die Verständigungsanstrengungen der Schriftsteller waren in den 1920er Jahren und natürlich in der Nazizeit vergeblich. Sie konnten erst nach dem Zweiten Weltkrieg zum Erfolg führen. In den Aufbruchjahren nach 1945 setzte sich dann endlich die, vornehmlich von Schriftstellern und Intellektuellen vertretene Idee einer europäischen Gemeinschaft durch, die heute als Selbstverständlichkeit erscheint.

6. 3. *Pariser Briefe* – Kulturelles aus Paris: „Als ich [...] immer mehr auf literarische Aufgaben festgelegt wurde, fühlte ich mich wie erlöst."[103]

Französische Literatur

Die kulturelle Attraktivität der Metropole Paris hatte Clément in die französische Hauptstadt geführt. Da er jedoch Kultur stets im gesellschaftlich politischen Zusammenhang sah, fühlte er sich in den bewegten Jahren des sich ausbreitenden Faschismus in Europa immer wieder zu politischen Stellungnahmen gedrängt. Sein eigentliches Interessegebiet war aber unzweifelhaft die Kultur, besonders die Literatur. In seinem knappen Erfahrungsbericht *Aus meinen Pariser Tagen* schrieb er, am Anfang seiner Tätigkeit sei er „zum weitaus größten Teil auf Politisches festgelegt" worden, sei der „Pegasus im Joch" gewesen, also der Dichter, der immer wieder zum politischen Geschehen Stellung habe beziehen müssen.[104]

Als er sich mit Kultur und Literatur etwas ausgiebiger beschäftigen konnte, also erst ab 1928, fühlte er sich wie „erlöst" und von einem bedrückenden Joch befreit. Diese sogenannte ‚Erlösung' spiegelte sich aber nicht unbedingt in den *Pariser Briefen* wider. In den ersten Jahren seiner Zeit in Frankreich entwarf er beeindruckende Porträts von Schriftstellern, die eine tiefe Empathie mit diesen literarischen Autoren ausdrückten. Während der letzten Jahre in Paris, besonders in den 1930er Jahren, begnügte er sich oft, wohl etwas unter Zeitdruck, mit *Kleinen Buchchroniken aus Frankreich*, mit Kurzrezensionen. Er musste ja als literarischer Berater jeden Monat in Magny Stapel von Neuerscheinungen für Ullstein durchnehmen, empfand dies aber offensichtlich nicht als Belastung, sondern als Ausgleich zu den sich immer mehr verdüsternden Zeitverhältnissen.

Bei seinen literarischen Bewertungen folgte Clément nicht modischen Trends, nicht dem „Parisianismus", also dem, was gerade von einer eitlen Kritikerzunft hochgejubelt oder herabgekanzelt wurde. Er folgte seinen Interessen und Vorlieben, dem, was er für wichtig erachtete. Notgedrungen aber musste er als literarischer Berater auch die alljährliche rentrée littéraire mit der Vergabe der Literaturpreise beobachten. Und auf diesen Literaturpreisbetrieb ließ er im *Pariser Brief* vom 15. Dezember 1932 eine Kaskade von wenig schmeichelhaften Worten los: „Markt der Eitelkeit, Rendez-vous des gesellschaftlichen und literarischen Intrigantentums, Purzelbäume des Snobismus, Verlegermerkantilismus und Literaten-Brotneid."[105] Immerhin, meinte er sarkastisch, der Rummel um die Preise bringe „gebildete oder gebildet sein wollende Bürger" dazu, sich ein paar Wochen lang mit der ‚chose littéraire', mit Büchern zu beschäftigen, „anstatt nur von Kinostars, Krise und Kriminalaffären" zu sprechen. Er ging in dem Brief aber nicht nur auf den Kulturbetrieb, sondern auch auf die ‚prix littéraires' von 1932 ein. Er war sogar relativ zufrieden mit den Auszeichnungen des betreffenden Jahrgangs: Der Goncourt ging an den damals allgemein gewürdigten, heute aber weitgehend vergessenen Roman *Les Loups* von Guy Mazeline. Vollkommen einverstanden war er mit der Vergabe des Prix Femina. Ramon Fernandez bekam ihn für seinen ersten Roman *Le Pari*.[106] Der Ausgezeichnete war seiner Meinung nach „schon seit einigen Jahren [...] einer der besten, wenn nicht der allerbeste Essayist und Kritiker seiner Generation". Das bereits vor der Vergabe von Clément empfohlene Werk *Voyage au bout de la nuit* von Céline dagegen bekam, nach einigem Gerangel zwischen den Verlegern, nur einen „Trostpreis" – den Prix Renaudot.

1933 – Clément war wieder in Luxemburg – ging er ein weiteres Mal auf den Goncourt ein und begrüßte diesmal ohne Einschränkung die Prämierung. Der Preis fiel nicht, wie so oft, an eine literarische Eintagsfliege. Er wurde André Malraux für seinen Roman *La condition humaine* zuerkannt. Clément schrieb:

„Diesmal trafen die Goncourt-Akademiker im dritten Wahlgang mit ihrem Entscheid in die höchste Elite des jungen französischen Schrifttums hinein. Denn *La Condition humaine*, der letzte Roman des zweiunddreißigjährigen André Malraux ist nach dem Urteil der wahrhaft kompetenten Kritik das weitaus stärkste Buch des Jahres, so wie sein Autor der originellste prosaepische Gestalter der Nachkriegsgeneration ist."[107]

Die *Pariser Briefe*, die Literarisches zum Thema haben und in denen sich Clément nie von Preisvergaben und dem Diktat berühmter Kritiker beeinflussen ließ, geben einen interessanten und sehr persönlichen Einblick in wichtige Werke französischsprachiger Literatur – sie sind auf jeden Fall eine fundierte Ergänzung zu Cléments kleiner Literaturgeschichte von 1925 *Das literarische Frankreich von heute*.

Von den zahlreichen Pariser Beiträgen zur Literatur können allerdings nur ein paar hier angeschnitten werden. Sie verdeutlichen, auf welch angenehme und leserfreundliche Weise er sich mit Schriftstellern und Schriftstellerinnen sowie mit oft heiklen literarischen Problemen auseinandersetzte.

In einem *Pariser Brief* vom 19.8.1926 heißt es zu Beginn:

„Es gehört zur Mission der nichtfranzösischen Völker und besonders des deutschen, den Franzosen in der Erkenntnis ihrer unvergänglichen, geistigen und künstlerischsten Werte behilflich zu sein. Man weiß noch nicht genau, woran das liegt; aber es ist eine beschämende Tatsache für ein so stolzes Volk. Goethe hat das schönste Buch Diderots vor dem Untergang gerettet;[108] Gobineau wurde den Franzosen auf germanischen Umwegen bekannt; die große realistische und impressionistische Malerei des neunzehnten Jahrhunderts wurde in Deutschland bejubelt und gesammelt, als in Paris noch die Boulevardbeckmesser die Achsel über sie zuckten; André Gide hat zwischen Rhein und Weichsel wenigstens soviel kluge Verehrer wie zwischen Nordsee und Mittelmeer."[109]

Nach diesen einleitenden Worten macht Clément auf André Suarès aufmerksam, für den in Deutschland „manches getan" werde – er weist auf den Romanisten aus dem Colpacher Kreis Ernst Robert Curtius hin, der Suarès allerdings maßlos überschätze. In Frankreich dagegen werde er noch immer ‚verkannt'. Die Pariser Kritik habe – wie Suarès „mit einer aggressiven Bitterkeit" bemerkt hat – stets „die Cenakelgrößen" bevorzugt. Der französische Autor bietet in der Tat keine glatt gebügelte Versöhnungsprosa an. Im Gegenteil, „[a]m unzulänglichsten" sei er „immer in seinen Kundgebungen über deutsch-französische Kulturzusammenhänge" gewesen: „vor dem Krieg, während des Krieges, nach dem Krieg. Er schulmeisterte die Franzosen in ungehöriger, er schulmeisterte die Deutschen in unerträglicher Weise." (S. 54) Aber er ist, wenn auch ein umstrittener, so doch ein höchst interessanter Autor, der eben zur Kontroverse herausfordert. So fühlte sich denn auch Clément bereits 1919 bei der Besprechung von Suarès' *La Nation contre la race* zum konstruktiven Widerspruch veranlasst.[110] Im *Pariser Brief*, sieben Jahre später, schildert er den französischen Autor als einen „Kritiker von der Art, wie Alfred Kerr ihn ausrüstete, mit nur zwei Werkzeugen, der Schleuder und der Harfe". (S. 50)

Der Artikel offenbart ein bezeichnendes Merkmal des Luxemburger Rezensenten. Wie in der Politik möchte er auch in der Literatur nicht nur informieren und bewerten. Es liegt ihm am Herzen, den Leser zu einer persönlichen Stellungnahme zu drängen und auch auf wenig bekannte oder unterschätzte Autoren hinzuweisen wie eben auf Suarès. Da dieser „sich nur der Gewaltsamkeit im Lieben und Hassen verschrieben" (S. 54) habe, erschwere er es, dass man „seine Qualitäten" würdige. Aber er verdiene es ohne Zweifel, dass man ihn lese und sich mit ihm auseinandersetze. Für Clément war die Wiederauflage der dreibändigen Essaysammlung *Sur la vie* dazu ein Anlass.

Französische Romanentwicklung

In dem Artikel *Wie stehen wir zu Flaubert?*, in der LZ vom 27.4.1927, M.A.,[111] geht Clément von einer, in Frankreich stattgefundenen, literarischen Auseinandersetzung um „das Problem Flaubert" aus. Sie führte zu einer „Schilderhebung" von „Persönlichkeiten aller Altersklassen". Der Einfluss des ‚Meisters' auf den Roman, der zum „schlimme[n] Götze[n]" geworden sei, müsse „zertrümmert" werden.

Die heftig geführte Diskussion veranlasste Clément, dem Leser, abseits vom literarischen Kampfgetümmel, klar und einprägsam und in verkürzter Form die damals viel diskutierte und schwierige Problematik der modernen Romanentwicklung verständlich zu machen. Er zeigt, in einem flotten feuilletonistischen Ton formuliert, dass der Normanne Flaubert, in dem „so etwas wie Preußentum steckte", die französische Dichtkunst der zweiten Hälfte des 19. Jahrhunderts kommandierte, den großen, traditionellen Roman neu schuf, zum „Bildner einer strengen geschlossenen Romanform" wurde und eine Charakterzeichnung entwickelte, die sich durch eine „typenbildende Kraft" auszeichnete: ‚Emma Bovary ist nicht eine Ehebrecherin; sie ist *die* Ehebrecherin schlechthin', meint Clément. Am Beginn des 20. Jahrhunderts gab es dann in der Literatur eine andere Wahrnehmung der Welt, „eine neue Phänomenologie des Daseins". Die Auseinandersetzung mit der menschlichen Seele, mit dem Innern des Menschen rückte ins Zentrum des Romangeschehens – wohl unter dem Einfluss von Philosophen und Schriftstellern wie Henri Bergson oder Henry James – Sigmund Freud wird seltsamerweise nicht erwähnt. Marcel Proust mit *A la Recherche du Temps Perdu* wurde „der stärkste Vertreter der neuartigen Erfassung der seelischen Zusammenhänge". Seine Menschen weisen keine „Entität" mehr auf, sie sind in einem „unaufhörliche[n] Werden" begriffen, sind „keine festliegenden Charaktere, sondern lediglich Kraftzentren". Die Romanform verlor ihre starre Einheitlichkeit und bekam etwas Fließendes.

Schließlich ging Clément im selben *Pariser Brief* auf Gides Werk *Les Faux-Monnayeurs* (1925) ein, das dieser ja 1919 in der Villa der Mayrischs in Düdelingen begonnen hatte. Der ungewöhnliche Roman gehört in der Tat neben den Hauptwerken von Proust, Musil, Döblin, Joyce, Faulkner u. a. zu den großen Leistungen, welche die moderne Epik einleiteten. Das Werk hat kein Sujet, es ist ‚le roman d'un roman' und nach Clément gegen den ‚Flaubertschen Romantypus' gerichtet. Er zitiert ausführlich den Helden des Buches, der u. a. sagt: „Ich erfinde eine Romanfigur, die ich ins Zentrum meines Werkes stelle; und wenn Sie [i.e. der Gesprächspartner des Erzählers] in meinem Buch durchaus ein Sujet sehen wollen, so ist es gerade der Kampf zwischen dem, was die Wirklichkeit bietet und dem, was diese Figur aus ihr macht … der Kampf zwischen den Tatsachen, die von der Wirklichkeit vorgesetzt werden, und der idealen Wirklichkeit."[112]

Deutsche Literatur

Neben den erwähnten Schriftstellern Flaubert, Gide, Suarès und Céline ging Clément im Laufe seiner Pariser Jahre auf eine Fülle von anderen Autoren der französischen Literatur ein: 1925 auf Rivière, Louys, St. Pol Roux, Renard, Colette; 1926 auf Proust, Appollinaire, Giraudoux, Bernanos, Bernard; 1927 auf Léon Daudet, Maurras, Maeterlinck, Rivarol, Fargue, Michelet; 1928 auf Vicomte de Curel, Martin du Gard, Sand; 1929 auf Courteline; 1930 auf französische Pamphletarier wie Léon Daudet, des Weiteren Hugo, Claudel, Balzac,

Barrès; 1931 auf Péguy, Simenon, Jouhandeau; 1932 auf Maurois, François Mauriac, Béraud, Romains, Giono. 1933, von Januar bis April, während Clément noch in Magny weilte, war in keinem *Pariser Brief* mehr eine Buchrezension zu finden.

Neben französischer Literatur war Clément ebenfalls an den Literaturen anderer Länder interessiert. Frankreich allerdings bewies damals gegenüber fremden Autoren, besonders Vertretern neuerer deutscher Literatur, „eine äußerst geringe Assimilationsfähigkeit", wie Clément anlässlich eines Vortrages von Thomas Mann, Anfang 1926 in Paris, schrieb.[113] Dieser fand denn auch weitgehend unter Ausschluss der Öffentlichkeit statt, Pressevertreter durften jedenfalls nicht anwesend sein. Kurz vorher hatten nämlich „nationalistische und royalistische Radaubrüder den Vortrag einer deutschen pazifistischen Lehrerin" gestört, und auch bei der Veranstaltung des gleichzeitig mit Thomas Mann in Paris weilenden Kritikers Alfred Kerr war es zu „unwürdigen" Zwischenfällen gekommen. Deshalb bekam der von der *Union intellectuelle européenne* organisierte Abend einen privaten Charakter, und die „Ansprache des Meisters der deutschen Prosa war denn auch weniger auf Wirkung – und gar nicht auf Massenwirkung – als auf Symbolik berechnet". Thomas Mann war zwar der ideale „Sendbote für eine Verständigungsmission". Er hatte sich vom überzeugten Nationalisten nach dem Ersten Weltkrieg zum dezidierten Demokraten gewandelt. Aber er konnte sich in Paris nur an ein handverlesenes Publikum wenden, vor dem er ein Bekenntnis zu einem gemeinsamen westeuropäischen Kulturideal ablegte. Bei allen kulturellen Unterschieden zwischen den einzelnen europäischen Nationen glaube er, dass zwischen Frankreich und Deutschland „ein Zusammenarbeiten in Sympathie und auf ein gemeinsames Ideal hin" möglich sei.

Am Tage nach dem Empfang, den die *Union intellectuelle* für Thomas Mann gegeben hatte, bot sich Clément die Gelegenheit, mit ihm ein Gespräch zu führen. Er knüpfte an den Vortrag an und erinnerte den Dichter daran, dass dieser in einer Autobiographie „dem romanischen Bluteinschlag in seiner Familie" seine Vorliebe für die große französische Romanform zuschreibe, auf die auch sein Bruder Heinrich Mann zurückgreife. Ganz einverstanden war Clément allerdings nicht mit Manns Rede, denn im *Pariser Brief* schrieb er, dieser habe seiner Meinung nach zu sehr „auf [die] Gemeinsamkeit eines Kulturideals" gepocht. Die „Verfeindung" zwischen den beiden Nationen sei aber nicht kultureller Natur, beruhe nicht in verschiedenartigen seelischen Einstellungen, sondern sei vor allem in politischen und ökonomischen Differenzen begründet. Das „Verständigungsproblem" sei also „ein Problem der Soziabilität, der Geselligkeit und des Verstehenkönnens" – ein Gedanke, den er schon öfters geäußert hatte. Er schlussfolgerte: „In dieser Hinsicht ist es natürlich von Bedeutung, dass so oft wie nur möglich deutsche Intellektuelle nach Frankreich und französische Intellektuelle nach Deutschland reisen." Clément schlug also eine Politik der kleinen Schritte vor, eine langsame Annäherung zwischen den beiden Erbfeinden. Dass aber ein Vortrag von Thomas Mann in der Abgeschiedenheit, ohne großes Publikum, stattfinden musste, beweist, dass man 1926 noch meilenweit von einer wirklichen Aussöhnung zwischen Deutschen und Franzosen entfernt war.

Die deutsche Literatur fand also lange Zeit kaum Resonanz im selbstbezogenen Frankreich, das aber über bedeutende Germanisten verfügte. Über einen der bekanntesten, den Elsässer und späteren Minister Jean Mistler, verfasste Clément in der LZ vom 26.7.1927 einen *Pariser Brief*.[114] Dieser hatte mit seiner E.T.A. Hoffmann-Biographie das einzige Werk verfasst, das bei Gallimard in einer Sammlung von Biographien berühmter Persönlichkeiten einem deutschen Dichter gewidmet war. Besonders interessant fand Clément, dass der französische Germanist „die populäre Lebensgeschichte der problematischsten romantischen Individualität" in einen größeren Zusammenhang stellte und deshalb „den aufrichtigen und peinigenden deutschen Weltschmerz mit dem eine gutbürgerliche Attitüde bleibenden französischen *mal du siècle*" verglich. Französische Romantik sei „weiter nichts als eine gesunde Reaktion des gallischen Individualismus gegen die gleichmacherische Latinität und ihren Formenkult" und habe nichts mit dem furchtbaren tragischen inneren Erleben deutscher Romantiker wie Kleist, Novalis, Hölderlin und eben Hoffmann gemein. Bei dieser These, der sich Clément anschloss, handelte es sich keineswegs um eine gewagte Behauptung; spätere Untersuchungen, etwa von Albert Béguin oder Marcel Brion, gingen in die gleiche Richtung.[115] Für Mistler, und auch für Clément, war Gérard de Nerval der einzige französische Romantiker „nach deutschem Muster" oder, wie die Dichterin Corinne Bayle in der Vorstellung ihrer Biographie *Gérard de Nerval, l'Inconsolé* schrieb: „l'écrivain qui a le mieux compris de l'intérieur l'esprit germanique le plus subtil et le plus grave."[116]

Russische Literatur

Ein besonderes Faible hatte Clément für russische Literatur, insbesondere für Dostojewski, dieses „große Seelendeutergenie", diesen „gewaltige[n] Russe[n]", der „aus Dämonie und höchstem göttlichem Ethos gemischt ist". Mit ihm beschäftigte er sich etwas genauer anlässlich der Herausgabe des zweibändigen Briefwechsels Dostojewskis mit seiner zweiten Frau, seiner Stenographin, die aus einfachen Verhältnissen stammte und ihm geistig kaum gewachsen war. Aber bei ihr fand er das „Glück im Winkel". Über diesen Briefwechsel schrieb Clément ebenfalls einen *Pariser Brief*.[117] Bisher hatte ihm die Lektüre Dostojewskis manche Schwierigkeiten bereitet. „Denn er ist so ganz russisch, so asiatisch, jenseits unserer primären Sorgen. Was uns in großen westlichen Schöpfernaturen wie Goethe, Pascal, Stendhal, Nietzsche trotz allem zugänglich ist, das Innerste und Geheimste, weil wir es aus gleichgeschichtetem Erleben heraus zu deuten vermögen, das bleibt uns bei diesem Fremden, Abseitigen verschlossen." Aber gerade die Briefe Dostojewskis an seine Frau hielt Clément für ungemein aufschlussreich, „weil sie so unliterarisch sind, weil in ihnen keine Attitüde ist, keine solche sein kann, weil Fleisch und Bein der Persönlichkeit ohne jede Aufmachung, wie mit Röntgenstrahlen durchleuchtet wird". Dieser Briefwechsel, den Clément voller Enthusiasmus empfahl, in einem Zug zu lesen, verschaffte ihm also ergänzende Erkenntnisse über die komplexe Psyche Dostojewskis.

Pariser Theater

Sehr interessiert war Clément am Theater, aber er wollte nicht ein Rezensent ‚im Joch' sein, ein zusätzlicher Kritiker in der französischen Hauptstadt, der die neuesten Inszenierungen begutachtete. Er war ein ‚homme de lettres', der sich ab und zu über das Theaterleben, sowie einige Inszenierungen äußerte. In einem *Pariser Brief*, der am 7. März 1925 in der LZ erschien, nahm er Stellung zur laufenden Theatersaison. Sein Urteil war durchwachsen. Die literarisch verwöhnten Kreise der französischen Hauptstadt würden nach etwas „lechzen, das über das Niveau" der gängigen Theateraufführungen hinausrage, aber Mittelmaß herrsche vor, und „defaitistisch" würden manche anspruchsvollen Theaterbesucher schlussfolgern: „Das Theater hat mit Literatur nichts mehr zu tun." So pessimistisch war Clément nicht, er machte einiges Erwähnenswerte ausfindig und wies etwa auf eine ausgezeichnete Aufführung in der Comédie française hin: *Les Corbeaux* von Henry Becque, einem Autor der naturalistischen Schule: „Die erfreulichste Persönlichkeit inmitten der wachsenden Kommerzialisierung und Verflachung der Bühne" hatte er in seiner französischen Literaturgeschichte geschrieben.[118] Von den jüngeren Autoren gefiel ihm am besten „Frau Colette mit ihrem *Chéri*, dessen Hauptrolle sie mit einer erquickenden Natürlichkeit spielt[e]". Kaum ein Stück auf den Pariser Bühnen stelle dagegen das moderne Leben dar. Die große Ausnahme sei der heute vergessene Bernard Zimmer, mit seinem im Atelier gespielten *Zouaves*, ein Autor, der „von satirisch-angreiferischem Talent strotzt". Er erinnerte Clément an Frank Wedekind, wie überhaupt in seinen Bewertungen die deutsche Literatur ihm immer wieder als Referenz diente. Die „Mode" der Saison war Luigi Pirandello. Drei Stücke auf vier verschiedenen Bühnen standen auf dem Programm. Literarisch zwar erfolgreich, wurden sie doch kein Publikumserfolg. Der „Witz Pirandellos" sei dem Pariser Theatergoût „viel zu geistig, viel zu scharf". „Der Franzose", so Clément, sei zu sehr „in allerlei Traditionen verankert"; der Theaterbetrieb verlaufe in festgefahrenen Bahnen, eine Erneuerung scheine aussichtslos. Es gab nur mehr ein ‚théâtre d'avant-garde', das Atelier von Charles Dullin. Die „so verheißungsvolle Vorhutbühne", das Vieux-Colombier, das Jacques Copeau – auch mit finanzieller Unterstützung von Aline Mayrisch – gegründet hatte, um gegen die Boulevardisierung anzukämpfen, hatte dagegen „die Segel streichen" müssen.

Viele von Cléments Pariser Artikeln beschäftigten sich mit Ausstellungen, besonders in der ersten Zeit seines Aufenthalts in Frankreich. Es waren ‚Expositions' der verschiedensten Art – sein Anliegen war, ein möglichst breites Bild vom Leben in Frankreich, von seiner Geschichte, von seinen Menschen zu zeichnen: Er besuchte etwa die Internationale Ausstellung für angewandte und dekorative Kunst (LZ 15.1.1925); den *Salon des Humoristes* (LZ 14.3.1925); eine Ausstellung über das Zeitalter des Sonnenkönigs (LZ 9.3.1927); eine weitere über die literarischen Salons des 17., 18., 19. Jhs (LZ 17.3.1927); eine Presseausstellung im Palais Bourbon (LZ 17. u. 18.4.1927); den *Salon de l'Araignée* (LZ 1.7.1927); die Ausstellung *Paris et la Révolution* (LZ 16.4.1931); die *Foire du Jambon et de la Ferraille* (LZ 29.4.1931) oder die *Exposition coloniale internationale* (LZ 14.7. u. 21.7.1931).

Pariser Ausstellungen

Natürlich waren es aber vor allem die großen Kunstausstellungen der damaligen Zeit, die das besondere Interesse des Kunstliebhabers Clément weckten: die neueste Malerei im *Salon des Indépendants* (LZ 4.4.1925), die Retrospektive französischer Landschaftsmalerei von Poussin bis Corot im Petit Palais (LZ 23.5.1925), die Delacroix-Jubiläumsausstellung im Louvre (LZ 29.7.1930), eine Retrospektive, u. a. über Toulouse-Lautrec, im Musée des Arts décoratifs (LZ 29.4.1931) oder eine Werkschau über Manet in der Orangerie (LZ 8.7.1932).

Seine Kunstkritiken sind nicht nach einem einheitlichen Muster gestrickt und reduzieren sich nicht auf einen erwarteten Bericht über ausgestellte Werke, verbunden mit einer persönlichen Bewertung. Bei Clément ist noch etwas vom aufklärerischen Impetus aus der Zeit der Volksbildungsbewegung vorhanden – damals hielt er eine Reihe von Vorträgen über Kunst, initiierte seine Zuhörer in das Verständnis von Malerei. Auch jetzt will er nicht bloß der kritische Beobachter der Pariser Kunstszene sein. In einem *Pariser Brief* vom 15. Mai 1925, erschienen in der LZ am 23.5.1925, möchte er „ein wenig den Cicerone spielen" und den Leser führen. Derjenige, der in diesen Monaten nach Paris komme, dürfe auf keinen Fall die großartige Ausstellung im Petit Palais verpassen. Sie zeige die Entwicklung der französischen Landschaftsmalerei: „Von der historisch-heroischen zur realistisch-intimen Landschaft. Poussin ist der Anfang; Corot ist der Gipfel." Und Clément entwickelt kurz und anschaulich den Unterschied zwischen französischer und niederländischer Landschaftsmalerei. Bei den Niederländern war die Landschaft von Anfang an da – bei Rembrandt, Ruisdael, bei Hobbema, auch bei Rubens, „ein Ding für sich", „für den Maler Selbstzweck". In Frankreich dagegen habe sich durch die Jahrhunderte hindurch ein „Kampf zwischen großen und kleinen Meistern, zwischen Schulen und Individualität, zwischen dem Geschmack und der Kritik" abgespielt. Clément sieht auch in der Malerei seine mehrmals vertretene These von der „doppelten Schichtung des französischen Volkes" bestätigt.[119] Es habe durch die Jahrhunderte hindurch einen „Kampf zwischen der lateinisch-griechischen Tradition und der gallischen Erneuerungsfähigkeit" gegeben. Mit Corot habe die Landschaftsmalerei den einzigartigen Rang erreicht, „auf den sie hinstreben musste". Mit „diese[m] außergewöhnlichen[n] Meister" sei aber die Geschichte der französischen Landschaft keineswegs abgeschlossen. Nach der Ausstellung *Von Poussin bis Corot* müsse ein andere kommen: *Von Corot bis heute*. Sie vorwegnehmend, heißt es begeisternd am Schluss: „Freuen wir uns schon heute im voraus auf diese Schönheitsgalerie der Zukunft." Enthusiasmus und Sachkenntnis kennzeichnen diese Kritik.

Eine andere Form der Auseinandersetzung mit Kunst zeigt sich in einem *Pariser Brief*, in der LZ vom 4.4.1925, anlässlich der Ausstellung über die neueste Pariser Malerei im Salon des Indépendants. Drei Stunden hielt sich Clément hier auf, 3500 Bilder wurden ausgestellt. Er erwähnt keinen einzigen Maler, hebt kein einziges Bild hervor. Ihm fiel auf, dass ein Drittel der Gemälde „nackte Weiblichkeit" darstellte, dass sich in diesen Bildern ein Schönheitsideal ausdrückte, das an Rubens und Fragonard erinnerte und in krassem Gegensatz stand zu „dem Frauentypus, der in den beiden letzten Jahren in Europa und besonders in Paris heraufgezüchtet [...] wurde", von „Snobs, Modejournalen und Schneiderinnen", die für ein „Bohnenstangenideal", eine „Säulenschlankheit" warben. Clément stellt Fragen: Kommt nicht in den weiblichen Akten moderner Malerei „eine energische, wenn auch unbewusste, eine manchmal karikaturale Reaktion gegen die Angleichung des weiblichen Schönheitsideals an die Figur des Epheben" zum Ausdruck? Zeigt sich nicht oft eine große Diskrepanz zwischen Wirklichkeit und bildender Kunst? Begehen wir nicht einen Irrtum, wenn wir annehmen, „Sinnlichkeit" und „Gefühlsrichtung einer Epoche" würden unmittelbar ihren „direkten Niederschlag" in der Kunst finden? Oder drückt Clément nicht vielleicht, wenn auch indirekt, in diesem Text sein Leiden an seiner Korpulenz, sein Ressentiment auf die Schlanken aus? In seiner *Splitter*-Kolumne im *Escher Tageblatt* vom 20.11.1920 hatte er geschrieben: „Ich bin leider auch einer der Unglücklichen, der dazu verdammt ist, einen Falstaff-Diameter durchs Leben zu schleppen."

Das neue Medium Film

Der Film hatte sich in den 1920er Jahren zu einer eigenständigen Kunstgattung entwickelt. Zwar sahen ihn damals noch immer viele, besonders Intellektuelle, als minderwertig, als bloße Fortsetzung des Jahrmarktsvergnügens an, aber gerade in jenen Jahren experimentierten auch eine ganze Reihe Künstler in Frankreich mit dem neuen Medium und verliehen dem Film künstlerischen Rang, z. B. René Clair mit *Entr'acte*, Fernand Léger mit *Ballet mécanique*; Germaine Dulac, die erste Regisseurin des Kinos, und Antonin Artaud mit *La Coquille et le Clergyman*. Auch Clément war sehr interessiert am Film, zeigte sich aufgeschlossen für gewagte technische Neuerungen, für ästhetische Experimente und erwies in zwei *Pariser Briefen* dem Filmpionier Abel Gance, „dem größten Virtuosen des Films, den Frankreich heute besitzt", seine Reverenz.[120] Gance vollbrachte mit *Napoléon* auf einer dreigeteilten Projektionsfläche einen gewaltigen künstlerischen Kraftakt. Zudem griff er erstmalig auf eine bewegliche Kamera zurück, was dem französischen Regisseur, „der wie Zeus den Donnerstrahl in seiner Hand hält", erlaubte, seinem Film eine atemberaubende, rhythmische Steigerung zu geben. Aber Clément war gar nicht begeistert, dass der „geniale Abel Gance seine

Wucht an die Apologie des größten und verführerischsten Kriegsherrn verschwende[te]"[121]. Auch ließ er sich von technischen Extravaganzen allein nicht blenden und schränkte sein Lob ein. Er schrieb – und das bereits 1927: „Ich empfinde über die [...] Erweiterung der Offenbarungs- und Ausdrucksmöglichkeiten des Kinematographen natürlich Enthusiasmus, aber es ist ein kritischer Enthusiasmus. [...] Was uns im Film heute nottut, das sind nicht nur neue technische Künste und Hilfsmittel, es ist die Kraft, innerhalb der Gesetzmäßigkeit einer unheimlich fruchtbaren Gestaltungsform Neues, Zwingendes, Totaleres zu leisten"[122].

Auch der „Amerikanismus", das Vorherrschen der amerikanischen Filme in den Kinos, wurde schon damals von Clément beklagt. Er dachte über den Unterschied zwischen dem amerikanischen und französischen Film nach: Beim amerikanischen spielten ökonomische Gesichtspunkte und ein oft „primitiver Nationalismus" eine zu gewichtige Rolle, er verfüge über eine „zu schmale Kulturbasis". Der französische Film dagegen sei oft zu literarisch, zu sehr vom Theater bestimmt, müsse sich „vom Joch der Literatur und des Thespiskarrens" frei machen.[123] „Ein Moment der Erneuerung" liege vielleicht in der Bewegung des Surrealismus – der damals noch viel geschmäht, von Clément jedoch mit großem Interesse gesehen wurde. Bereits 1927 drückte Clément diese Hoffnung aus.[124] Luis Buñuels und Salvador Dalís bahnbrechende surrealistische Filme *Un chien andalou* und *L'âge d'or* entstanden erst 1928 und 1930.

Clément beschäftigte sich auch später mit dem Film. Dem aufkommenden Tonfilm stand er allerdings, wie so manche Intellektuelle, recht skeptisch gegenüber. Er schrieb: „Bis heute ist der Ton- und Sprechfilm nichts Heiteres. Auf mich wirkt er grauenhaft, fratzenhaft, wie ein gespensterhaft beleuchtetes Wachsfigurenkabinett. Ganz unheimlich, à la Doktor Caligari. [...] Die einzige Oase des Schweigens in der Großstadt, die des stummen Films, ist am Ausdorren."[125] Auch gegen die „verruchte Technik des *dubbing*" – heute spricht man von Synchronisation – lehnte er sich auf, 1932: „Wie! Man schneidet einem Menschen seine ureigentümliche Sprechweise vom Munde ab, man stiehlt ihm Ton, Sinnlichkeit und seelischen Reiz seiner Stimme! Und die Filmkritiker bäumen sich nicht dagegen auf! Was ist Marlene Dietrich ohne ihre rauhe, heisere, mit einem Schuß Kanaillerie durchsetzte Stimme?"[126] Mit der Zeit fand sich Clément mit dem Tonfilm ab. Nach seiner Rückkehr nach Luxemburg 1933 beschäftigte er sich weitaus weniger mit dem Film – die Politik nahm ihn zu sehr in Anspruch – aber er verlor ihn nie vollständig aus dem Blick. 1938 war er für eine kurze Zeit zuständig für die Filmrubrik in der *Luxemburger Zeitung*. Er besprach einige der neuesten Filme, stellte französische Regisseure vor, auch berühmte Schauspielerinnen, Ikonen der Leinwand wie Danielle Darrieux, Marlene Dietrich, Katharine Hepburn – und die Luxemburgerin Juliette Faber, die vom Theater kam und die sich in Paris „auf der Leinwand sofort in vorderster Reihe klassiert" hatte.[127] In der Zeit vor dem Zweiten Weltkrieg, in den zwanziger Jahren vor allem, war Clément jedenfalls, neben Evy Friedrich, einer der ganz wenigen Luxemburger Journalisten, die sich mit dem damals noch relativ neuen Medium Film ernsthaft auseinandersetzten.[128]

Cléments *Pariser Briefe* erfassen ein breites Spektrum von Themen aus Politik, Literatur, Kunst und Kultur. Sie zeichnen ein facettenreiches Bild seiner Pariser Jahre von Ende 1924 bis Anfang 1933. Aber es ging ihm nicht nur darum, möglichst umfassend zu informieren. Ihr ganz besonderer Reiz liegt in der Form, im Sprachduktus.

Der Reiz der *Pariser Briefe*

Auf den Titel *Briefe*, etwa aus Berlin, Wien, Brüssel oder andern Hauptstädten Europas, stößt man öfters in der *Luxemburger Zeitung*. Es handelt sich dann aber meistens um Korrespondenzartikel, die über das Neueste in der Politik berichten. Cléments Beiträge dagegen haben tatsächlich Briefcharakter, was den Texten einen besonderen Charme verleiht. Sie haben einen Adressaten, den Leser, mit dem er sich über die verschiedensten Themen unterhält. Zudem sieht Clément nicht von sich ab. Er kennt wohl Pascals Diktum: ‚Le moi est haïssable', stellt sich deshalb auch nie in den Vordergrund, aber er ist stets präsent, gibt ab und zu seinen Texten eine intime Note, indem er auch etwas von seinen Gefühlen und Wünschen preisgibt.

In einem charakteristischen *Pariser Brief* vom Juni 1925 geht er auf den Jardin du Luxembourg ein, die „grüne Insel im grauen Meer der Stadt", die ihn schon immer faszinierte und auf die seit jeher „Träumer, Dichter, Denker und Künstler" flohen, um der Banalität des Alltags zu entgehen Er beschreibt den Garten, den herrlichen Senatspalast und gibt interessante historische Erklärungen. Er gerät ins Schwärmen, stellt sich vor, als Franzose und Senator im alten Schloss des ‚Luxembourg-Gartens' „eine Heimstätte zu haben". Vielleicht wäre es dann möglich, die Politik etwas zurückzudrängen, jedenfalls eher denn als Abgeordneter. Er nimmt seinen Wunsch für erfüllte Realität; er, der politisch stets interessiert und engagiert war, behauptet nun forsch: „[I]ch nahm schon zu dieser Zeit die Politik nicht übermäßig ernst." Am Schluss des Textes schreibt Clément, es sei am schönsten, „am späten Nachmittag an der Fontaine Médicis zu sitzen und nichts zu tun, als zu träumen und den Tauben zuzusehen, wenn sie altjungferlich trinken, und den Spatzen, wenn sie ungeniert baden"[129].

Der Text deutet auf den Gegensatz in Clément hin: einerseits auf den sensiblen, romantischen Menschen, der sich nach Natur und Schönheit sehnt, andererseits auf den rational veranlagten Intellektuellen, der die Realität nur im Traum vergessen kann.

Ein Merkmal des Feuilletons ist auch, nichts Weltbewegendes in den Vordergrund zu stellen, mal ab und zu etwas besonders Hervorstechendes aus dem Alltag zu behandeln. Dies soll ein *Pariser Brief* vom 1. Juli 1925, in der LZ vom 4.7.1925, A.A., verdeutlichen. „Reden wir von ihm", heißt es im ersten Abschnitt des Briefes. Diesmal geht es Clément nicht um einen wichtigen Politiker, einen bedeutenden Schriftsteller, sondern er schreibt auf Seite 1-2 über den Luxemburger „Nationalcrack" Nicolas Frantz, eine Radfahrerlegende, Nachfahre von François Faber, Vorläufer der späteren Champions Charly Gaul, Frank und Andy Schleck. Gleich zweimal, 1927 und 1928, gewann er die ‚grande boucle'. Bereits 1924, bei seiner ersten Tour, wurde er „die große Sensation des Sommers" für die „verrückt" gewordene „luxemburgische Menschheit". Clément erinnert sich, dass er damals mäßigend auf den Leser einwirken wollte und mahnte: „Den Leib in allen Ehren, aber vergeßt mir auch den Geist nicht." Anschließend war er jedoch auf dem Paradeplatz einem Luxemburger ‚Industriekapitän' begegnet – es war wohl Emile Mayrisch. Dieser sagte ihm: „Lachen Sie nur nicht über Frantz. Dieser ist ein Ideal für die Massen und den Massen kann es nie schaden, ein Ideal zu haben." Er fügte hinzu, keiner habe nach dem Krieg, nach unseren Legionären, so viel für den luxemburgischen Namen getan wie er. Clément will daraufhin eingesehen haben, dass er die Leistung von Frantz bisher falsch eingeschätzt hatte, ging in sich und war bereit, „Abbitte zu tun" für seine damalige Geringschätzung des Sports. Zerknirscht schreibt er: „Ich habe das zweifelhafte Vergnügen, einer Generation anzugehören, die außerhalb des

Sports erzogen wurde; zur Strafe schleppen wir denn auch unsere Schmerbäuchlein und unsere schlappen Arm- und Beinmuskeln durchs Leben."

Nationalstolz empfindet Clément in diesem *Pariser Brief*, weil Luxemburg mit einem Mal, dank der Tour, für den Franzosen – „bekanntlich kein Spezialist der Geographie" – ein Begriff wird und einen Platz auf der Landkarte bekommt. Abends beim Apéritif, wenn „die T.S.F." – so wurde das Radio bezeichnet – die ersten Nachrichten über die Touretappe brachte, klopften schon mal Gäste Clément bewundernd auf die Schulter und riefen: „Ah, ces Luxembourgeois, ce sont des gaillards."[130] Clément, „hoffärtig wie ein Pfau", spendete dann eine Runde. Noch heute merkt man diesem Feuilleton den Enthusiasmus des Autors an. Unbewusst wahrscheinlich, gab Clément kein einziges Mal in seinem langen Brief den vollen Namen seines Landsmannes, Nicolas Frantz, an, sprach nur von „Frantz", geschrieben wie sein eigener Vorname, identifizierte sich also mit seinem Helden. Er war allerdings nicht gutgläubig und merkte wohl, dass die Frankreichrundfahrt nicht nur ein edler Wettbewerb war, in dem es allein um sportliche Leistung ging. Den „Sportsfaxen" empfiehlt er, ein Buch von André Reuze zu lesen. Es zeige, dass die Tour de France vor allem *Le Tour de Souffrance* sei. Von Doping sprach man noch nicht, aber Clément wusste schon, dass in der Tour auch „krumme Wege eingeschlagen w[u]rden",[131] dass „große materielle Interessen" im Spiel waren und dass „die Muskelhelden" vor allem „die Helden der Fahrradmarken" waren. Er sprach von „Profitjägern" und „Reklamemachern". Er kannte also die Schattenseiten des Sports, aber sie sollten „die Bewunderung vor der gewaltigen Energie und der Widerstandskraft der jungen Athleten" nicht schmälern. Der Pazifist Clément gebrauchte dann einen überraschenden und gewagten Vergleich aus dem Ersten Weltkrieg: „[I]deal war die Triebfeder, die die Menschen ins Feuer trieb, und ideal war die Leistung; das Böse verdunstete im Schmelztiegel der Front. Das Heldentum konnte durch die Machenschaften der Spekulanten nicht angefressen werden, nicht einmal ein Schatten fiel auf dasselbe." Deshalb: „[W]ir haben ein Recht, stolz darauf zu sein, dass einer aus unserm kleinen Volk unter den Favoriten ist."

Stolz war Clément auch über ein anderes Ereignis, „ein rein geistiges", behauptet er, das zur gleichen Zeit wie die Frankreichrundfahrt stattfand und worüber er ebenfalls im *Pariser Brief* vom 1. Juli 1925 berichtete. Luxemburg nahm an der internationalen Kunstgewerbeausstellung in Paris teil und erntete „die erfreulichsten Komplimente": „Wegen unserer Bescheidenheit und wegen der geschmackvollen Form dieser Bescheidenheit. Das Rosenbeet neben dem spanischen Pavillon [Luxemburg war damals noch ‚Ville des roses'. Es gab noch Rosenzüchter in der Stadt.] hat uns gerade bei den Franzosen einen Stein ins Brett gebracht. Denn der Franzose weiß wie kein anderer die Quantität und die Qualität auseinander zu halten."[132] Zufrieden schließt Clément seinen Artikel: „Es war in diesen Wochen in Frankreich ein Genuß, Luxemburger zu sein."

7. Clément und sein Verhältnis zu Luxemburg in seiner Pariser Zeit

Patriotischen Stolz auf seine Heimat, wie während der Tour de France oder zur Zeit der Pariser Weltausstellung, zeigte Clément selten, und wenn, dann nur mit ironischem Unterton. Eine vollkommene Abnabelung von seinem Land fand allerdings auch nie statt. Er behielt Luxemburg stets im kritischen Visier.

1926 kehrte er „ferienhalber", nach zweijähriger Abwesenheit, in die Heimat zurück. „Der Kobold, der an Stelle des Schicksals sein Leben beherrscht", richtete es so ein, dass er nicht ungetrübt ausspannen konnte, sondern sich ein Bein brach und im Gipsverband einige Zeit im Krankenhaus verbringen musste. Er verglich sich mit Heinrich Heine und Marcel Proust. Der eine in seiner Pariser ‚Matratzengruft', der andere in seinem schallgedämpften Schlafzimmer, erinnerten ihn daran, dass das Verweilen im Krankenbett „besonders für die Analyse eine ausgezeichnete Atmosphäre" war.[133]

Clément analysierte nun aber nicht seine bisherige Pariser Zeit, sondern er schrieb die dreiteilige Artikelserie *Wie ich die Heimat wiedersah*.[134] Sie ist eine Art Ergänzung zur Thematik der *Kleinstadt*, aber auch zur Artikelserie *Wir Luxemburger*. Der Vergleich mit Frankreich präzisierte manche früheren Urteile, aber die vorher suggerierte Gleichsetzung von Kleinstadt und Kleinstaat Luxemburg brauchte nicht zurückgenommen, nicht einmal relativiert zu werden. Die beschriebenen „Eigentümlichkeiten von Kleinstaat und Kleinstadt", stellte Clément deutlich fest, sind ein „luxemburgisches Spezifikum" und finden sich in dieser Eigenart weder in der deutschen noch in in der französischen Provinz.[135]

Nach langer Abwesenheit war er froh, die Luxemburger Landschaft wiederzusehen – „eine durchaus sentimentale Geschichte", er hatte sie früher mit großer Empathie beschrieben.[136] Aber das Wiedersehen machte ihm sofort von Neuem bewusst: Es fehlt dem Land an Tradition. „Die Jahrhunderte haben in unsern Tälern und auf unsern Bergen nicht genug große und überwältigend schöne Dinge angespült. [...] Wir sind ein frisches, junges, unbelastetes Völkchen. [...] Wir fangen erst an, stehen, kulturell gesprochen, in den Flegeljahren."[137]

Clément, der seine Heimat aus dem Effeff kannte und dessen kritische Distanz zu ihr in der Fremde schärfer geworden war, zeichnete nun ein ungeschminktes Bild Luxemburger Verhältnisse und Befindlichkeiten. Vier Grundthesen lassen sich aus seinen Erörterungen herauslesen:

- Er verweist auf die materialistische Lebenseinstellung und Sorglosigkeit der Luxemburger gegenüber der Zukunft. „[Z]ielbewußte Geschäftigkeit, jugendkräftige Unternehmungslust" hatten die Entwicklung der einheimischen Schwerindustrie gefördert und zu Wohlstand geführt. In einem relativen „materiellen Wohlergehen" richtete man sich anschließend ein. Das Land hatte im Ersten Weltkrieg nicht so stark wie seine Nachbarn gelitten, und so stellte sich bei vielen Luxemburgern ein naiver, sorgloser, „fröhlicher Optimismus" ein. Man stand zwar „am Rande eines Abgrunds", sagte sich aber: „Unsere Wirtschaftsführer haben uns verwöhnt", und tröste-

Im kritischen Visier - *Wie ich die Heimat wiedersah*

te sich mit der bequemen Ansicht: Sie werden „uns wohl auch in Zukunft aus jedem Schlamassel heraus helfen können"[138].

- Der Luxemburger Intellektualität fehle es an „geistige[r] Konsistenz". „Dilettantismus" sei ihr Hauptmerkmal. „Der rasche Pulsschlag des Wirtschaftslebens" bedinge „geistige Unzulänglichkeit". An der Luxemburger „Intellektualität" kritisiert Clément, sie habe seit jeher „der Präzision" entbehrt und „dem Laster des A peu près" gefrönt. Selbst bei hochbegabten Menschen in Luxemburg finde man einen „Mangel an Ideologie, an Doktrin, an Konsequenz". „Dilettantismus" sei das „Verhängnis" der geistigen Elite. Die Intellektuellen seien zu bloßen „Konsumenten heterogenste[r] Dinge" geworden. Und er schreibt: „Es wird bei uns nicht genug um Wahrheit *gerungen*; in unserem geistigen Leben vermisst man zu sehr den Einsatz der ganzen Persönlichkeit." Er schlussfolgert: „So bilden sich in unserm intellektuellen Leben, besonders in allem Weltanschaulichen, keine rechten Gegensätze heraus. Wenn wir gegeneinander streiten, geht es nie um Philosophie, sondern immer nur um Politik und Religion." Es gibt nach Clément keinen naiveren Pragmatismus.[139]

- Der Luxemburger Politik fehle es an Format; sie habe provinziellen Charakter. Wirtschaftlich gesehen, stehe Luxemburg im europäischen Vergleich „teilweise glänzend" da; Clément schränkt aber ein: „[P]olitisch sind wir winzig, kleinstaatlich, kleinstädtisch, das reinste Böotien. Kein Format, keine Wucht." Gewöhnt an die oft glänzenden Redeschlachten in der Assemblée Nationale, muss er in Bezug auf die Luxemburger Deputiertenkammer konstatieren: „[Z]u einem gediegenen Parlamentarismus gehört Kultur, und wir haben bloß Zivilisation. So hatte ich, nach zweijähriger Abwesenheit, das Bedürfnis zu aller und jeder Fühlungnahme mit den Kräften unseres Ländchens, aber ein 200 HP.-Motor hätte mich nicht in eine Kammersitzung hineingebracht, Man ärgert sich über die *große Koalition*. Was bleibt anderes zu tun, nachdem richtige Kindsköpfe so lange und so hartnäckig in den politischen Brei hineinspuckten, bis er zu Kleister wurde, der ihnen an den eigenen Fingern hängen blieb"[140].

- Die einzige „hübsche Überlegenheit" der Luxemburger gegenüber andern Nationen sei ihr Europäertum. Wenigstens einen positiven Punkt hat sich Clément für einen versöhnlichen Abschluss seiner überaus kritischen Artikel vorbehalten. Er schreibt: „Wir sind nämlich Europäer; wir sind vor allem Europäer. Über die moralische Verworfenheit aller Kolonialpolitik zum Beispiel kann ich nur ersprießlich und erfreulich mit Luxemburgern sprechen; mit Franzosen und Deutschen komme ich auf keinen grünen Zweig. [...] Wenn man, wie ich, beruflich erfahren hat, wie die andern sich abquälen müssen, um Rohstoff zu einem europäischen Urteil zusammenzubringen, während es bei uns mühelos, direkt, intuitiv zugeht, so wird man nicht nur ein bißchen stolz. Dieser Stolz ist so groß, dass wir ihn künstlich dämpfen müssen, weil er uns sonst zur Steigerung unserer Schwächen führen würde."[141]

Cléments Analyse Luxemburger „Eigentümlichkeiten" mag manchmal pauschalisierend wirken. Dass er mit seiner Darstellung aber nicht falsch lag, zeigt eine Betrachtung seiner Thesen in der Gegenwart. Es drängen sich bei der Lektüre seiner Artikel nämlich immer wieder Vergleiche mit heute auf. So wies Clément etwa in einer Zeit, als man in Luxemburg noch sehr bescheiden lebte und es noch große soziale Verwerfungen gab, auf die Gefahren eines prononcierten Wohlstandsdenkens hin. Er sprach von der „Würdelosigkeit" einer

„Maximalwirtschaft", also von einer auf Konsum und Profit ausgerichteten Lebenseinstellung. Von ihr würden sich vor allem geistige Menschen „angeekelt" fühlen, weil sie „die heilsame Wirkung der Selbstbesinnung" zerstöre.[142]

Clément war ein Mann des Geistes, man sah in ihm einen ‚maître à penser', den man achtete, und das zu einer Zeit, als die Intellektuellen im Lande ernst genommen wurden und eine nicht unbedeutende Rolle spielten. Man denke etwa an ihren mitentscheidenden Einfluss auf den Ausgang des Referendums von 1937 über das Ordnungsgesetz. Trotzdem klagte Clément, sie seien zwar „in geistiger Hinsicht außergewöhnlich gefräßig", aber es gehe selten um Wesentliches, um philosophische Fragen. Der von ihm angekreidete Hang zur Beliebigkeit und besonders zur „Schnellfertigkeit im Urteil" hat sich, so scheint es, verstärkt.[143] Weltanschauliche Diskussionen spielen heute kaum noch eine Rolle in den Luxemburger Medien.

Ein Beispiel für die von Clément immer wieder festgestellte Gleichsetzung von Kleinstadt und Kleinstaat in Luxemburg, ist die, oft mit großem emotionalem Aufwand geführte, Auseinandersetzung um die Gëlle Fra – und zwar von der Einweihung des Monuments 1923 an bis in die jüngste Vergangenheit, wo sie besonders grotesk-komische Züge annahm und doch letztendlich wie das Hornberger Schießen endete.

7.1. Ein Exkurs: D'Gëlle Fra – *Die schmutzigste Frau Luxemburgs* oder eine sakrale Statue?

Von Beginn an war das Monument umstritten, und Clément bezog damals auch einige Male Stellung zur Gëlle Fra.[144] Bei der Einweihung am 27.5.1923 standen sich zwei feindliche Lager gegenüber. Die frankophil eingestellte Linke hatte sich für das Monument du Souvenir eingesetzt, das an die im Ersten Weltkrieg gefallenen Luxemburger Legionäre in der französischen Armee erinnern sollte. Clément hatte am Tage vor der Einweihung in seinem Leitartikel im *Escher Tageblatt* unter dem Titel *Die Stimme der Toten*, den stummen, nun wehrlosen Legionären eine Sprache verliehen. Er ließ sie sich posthum äußern: Sie hätten „für die kleine Heimat Luxemburg, für die große Heimat Frankreich und für das Recht in der ganzen Welt" gestritten. Jetzt aber solle man sie in Ruhe lassen und nicht heuchlerisch ihr stilles Heldentum vereinnahmen. Clément erwies also den Legionären seine Reverenz, ärgerte sich aber gleichzeitig, wie er später in einem Artikel zu erkennen gab, über die unaufrichtige leere „Festrhetorik" und besonders über die „Schaustellung des Prinzgemahls [Felix], der „während des Krieges österreichischer Offizier" gewesen war und jetzt „im Stadthaus" auf seine früheren Feinde, die Legionäre, getoastet hatte.[145] Die katholische Kirche ihrerseits fühlte sich durch das in unmittelbarer Nähe der Kathedrale errichtete Monument brüskiert. Bischof Nommesch blieb demonstrativ der Einweihung fern und trat eine Reise nach Rom an. Im *Luxemburger Wort* vom 2.6.1923 wurde die auf einem Obelisken stehende Statue der Gëlle Fra von Claus Cito als „ethische Scheußlichkeit" bezeichnet. Cito habe die Figur, „obschon, angeblich mit wallendem Gewand bekleidet, unbegreiflicher und unfassbarer Weise als reinste Nudität ausgearbeitet", der Bronzeguss stelle zudem „eine aesthetisch-künstlerische Ungeheuerlichkeit" dar. Clément ging, in seiner *Splitter*-Kolumne vom 26.5.1923, weitaus gnädiger und natürlich auch kompetenter mit der angeblichen ‚Scheußlichkeit' um. Es sei für einen jungen Bildhauer eine recht schwierige Aufgabe, eine freistehende Frauenfigur zu schaffen und dabei mit den „ästhetischen Finten des weiblichen Körpers" fertigzuwerden. Die Statue sei ihm etwas zu ‚massig' geraten. Aber immerhin, „in unserem liliputanischen Kunstreich" könne man mit dem Grad des Gelingens „vollauf zufrieden" sein.

In seinem Artikel *Nachklang* vom 31.5.1923 kam Clément noch einmal auf die Einweihungsfeierlichkeiten des Denkmals zurück und meinte u. a., er müsse dem Künstler Claus Cito „ein wenig Abbitte" leisten.

„So wie [das Denkmal] nun dasteht, ist es als Ganzes von direkter Monumentalität. Man urteilte nämlich zu früh über dieses Werk; man vergaß, dass in den Intentionen des Künstlers vor allem die Gruppe der beiden Legionäre den Sinn des Denkmals auszudrücken berufen war." Diese Gruppe wirke in ihrer „knappe[n] Wucht" und sei ein „Symbol der Treue". Man könne über „diesen heroischen Figuren" ruhig „die übrigen Stilfehler des Werkes" vergessen.

Karikatur von Simon im *Escher Tageblatt*

Auch später, in den 1930er Jahren, war die Gëlle Fra alles andere als ein allgemein anerkanntes nationales Monument. In Cléments Zeitschrift *Die Tribüne* erschien am 25. Mai 1935 eine bitterböse Satire: *Die schmutzigste Frau Luxemburgs*.[146] Es hieß: Frauen seien im allgemeinen peinlich sauber. In Luxemburg gebe es jedoch eine Ausnahme, die man „öffentlich anprangern" müsse, zumal die Dame „ein öffentliches Amt bekleidet und beim Empfang von fremden Gästen öfters in den Vordergrund tritt. Adresse: Konstitutionsplatz. Oberster Stock, Name: ‚Gölle Fra'."

Es sei zwar verständlich, dass diese Frau, die es sich erlaube, einen Busen zu haben wie andere Frauen auch, und die einen Rock trage, der nicht alle Körperformen schamhaft verhülle, manchen frommen Leuten ein Ärgernis sei. Sie wünschten sich deshalb, dass das „unzüchtige Standbild" möglichst rasch durch Witterung und Regen zerstört werde. Aber die Vernachlässigung sei offensichtlich Absicht, denn die Teile unterhalb der Statue und auch die Anlagen rundherum würden stets tadellos gepflegt.

Nach dem deutschen Überfall im Mai 1940 bekam das Monument eine neue Bedeutung. Den Nazis war es ein Dorn im Auge, sie stürzten deshalb im Oktober die von ihnen als antideutsch empfundene Gëlle Fra von ihrem Sockel. Die Zerstörung löste Proteste von Schülern aus dem nahen Athenäum aus, es kam zu Verhaftungen. Nach dem Krieg sah man deshalb in dem Monument du Souvenir einen Ausdruck des Widerstandes gegen die Deutschen, und dieses wurde von nun an als Nationales Denkmal angesehen. Allerdings konnte Citos Statue zunächst nicht an ihren angestammten Platz, oben auf dem Obelisk, zurückkehren. Fast vierzig Jahre lang galt sie als verschollen. Resistenzler sollen in der leicht geschürzten Gëlle Fra nicht die geeignete Allegorie gesehen haben, um heldenhafte Luxemburger Resistenz zu symbolisieren. 1981 wurde dann die Statue seltsamerweise unter der Tribüne des Stadions Josy Barthel wiederentdeckt, 1985 konnte endlich das vollständig restaurierte Monument eingeweiht werden und wurde allgemein akzeptiert. Emotionale Verbundenheit mit ihm stellte sich jedoch nicht ein.

7.2. Lady Rosa of Luxembourg. Entartete Kunst?

2001 aber kam es zu ungewöhnlich heftigen Querelen um die sogenannte Gëlle Fra 2, die ‚Lady Rosa of Luxembourg'. Im *d'Lëtzebuerger Land* vom 27.4.2001 meinte Yvan ironisch überspitzt, aber durchaus passend zur damaligen aufgeheizten Stimmung: „Le Luxembourg est au bord de la guerre civile."[147] Die kroatische Künstlerin Sanja Iveković hatte nämlich aus Anlass einer Ausstellung des Casino-Forum d'art contemporain und des Musée d'Histoire de la Ville de Luxembourg eine Kopie einer schwangeren Gëlle Fra geschaffen, mit provokativen Inschriften auf dem Sockel. Sie wiesen auf die widersprüchlichen Funktionen zwischen Mutter und Hure hin, auf die man die Frau in der Gesellschaft, besonders in Kriegszeiten, oft reduzierte. Die Statue wurde in unmittelbarer Nähe der Gëlle Fra 1 für die Dauer der Ausstellung aufgestellt. Es brach ein Sturm der Entrüstung los: Resistenzorganisationen protestierten, etwa 5.000 Patrioten forderten in einer Petition die sofortige Beseitigung dieser schändlichen Statue, „cette ‚création' honteuse",[148] und später auch den Rücktritt der Kulturministerin. Diese ordnete nämlich den verlangten Abriss nicht an, sie berief sich auf die Freiheit der Kunst. Sie hätte sicherlich die Zustimmung Cléments gefunden. Ihm war ja zu lautes patriotisches Gehabe stets zuwider; er sagte von sich: „[I]ch bin kein Berufsluxemburger."[149]

Die harten Auseinandersetzungen hatten eine unmittelbare Konsequenz: Die Verdammung der Gëlle Fra von Iveković bewirkte die Verklärung der Gëlle Fra von Cito. Diese bekam eine auratische Bedeutung mit fast sakralem Charakter: Sie wurde nationales Wahrzeichen, die Luxemburger ‚Statue of Liberty'. Es wurde über Nacht möglich, woran früher nicht einmal im Entferntesten zu denken war: Die Originalstatue wurde ins Ausland transportiert, vor dem Luxemburger Pavillon auf der Weltausstellung in Shanghai 2010 aufgestellt. Nach ihrer Rückkehr aus China wurde sie Mittelpunkt einer Ausstellung in Bascharage, dem Geburtsort Citos, und zog 37.000 Besucher in sechs Wochen an, so viele wie nie zuvor aus Anlass einer Kunstausstellung.

Auch Sanja Iveković, die mit ihrer ‚Lady Rosa of Luxembourg' die Aufwertung der Gëlle Fra ausgelöst hatte, fand Anerkennung, allerdings zunächst nicht in Luxemburg. Die Kroatin – eine international bekannte Künstlerin; sie war dreimal auf der Kasseler Documenta, der weltweit bedeutendsten Ausstellung zeitgenössischer Kunst, vertreten – blieb mit ihrer Gëlle Fra nicht unbeachtet. Als Werke von ihr 2007 in der Fondation Tàpies in Barcelona gezeigt wurden, zierte die Lady Rosa den Buchdeckel des Katalogs. Diese wurde anschließend

2008 samt dem Sockel im renommierten Van Abbe-Museum in Eindhoven ausgestellt. Und Ende des Jahrs 2011 wurde sie als bisher einziges ausgeliehenes Werk aus luxemburgischem Bestand an einer der ersten Museumsadressen der Welt, im Museum of Modern Art in New York, gezeigt. Im Juni 2012 wurde dann die erfolgreiche New Yorker Ausstellung vom Luxemburger Museum für moderne Kunst (MUDAM) übernommen. Proteste blieben diesmal aus.

Bestätigte also das Hin und Her in den Auseinandersetzungen um die Gëlle Fra Cléments Diktum, Luxemburg sei in Kunstangelegenheiten weitgehend „das reinste Böotien" geblieben? Oder war das oft blindwütige Aufbegehren gegen Ivekovićs Werk – das Unding muss weg![150] – nur Ausdruck einer angeblichen Kränkung eines Teils der Kriegsgeneration, die sich einredete, eine Fremde – eine Kroatin! – verhöhne Luxemburgs ‚heldenhaften' Widerstand in der Besatzungszeit?

8. Clément und die Luxemburger Kunst. Ein paar Rücksichtslosigkeiten

Eine Gelegenheit für Clément, sich in seiner Pariser Zeit mit Entwicklungen in der Heimat genauer auseinanderzusetzen, bot die Luxemburger Kunstszene. In ihr rumorte es gewaltig in den Jahren 1926 und 1927. Der Maler Frantz Seimetz meinte: „Das Feuer der Zwietracht glüht."[151] Der engagierte Kunstkenner Frantz Clément konnte in Paris nicht stillhalten und mischte sich leidenschaftlich ein. Bereits 1921 hatte er, wie gesehen, für die Maler der ersten Sezession Partei ergriffen.

1926 feierte der Cercle Artistique sein 30-jähriges Jubiläum. Der Salon sollte in jenem Jahr eine besondere Ausstrahlung bekommen. Die Jury war bei der Auswahl der Teilnehmer viel strenger. Ausländische Künstler aus Frankreich, Deutschland und Belgien wurden neben den luxemburgischen Malern eingeladen. Ein anerkannter belgischer Kritiker, André de Ridder, veröffentlichte eine grundlegende Einführung in die zeitgenössische Kunst in mehreren Luxemburger Zeitungen wie *L'Indépendance Luxembourgeoise*, *Luxemburger Wort*, *Luxemburger Zeitung*.

Seimetz, damals neben Guido Oppenheim der „unbestrittene Meister der Luxemburger Malerei"[152], war entsetzt, empört, entrüstet: Den Erneuerern werde in dem ehrwürdigen Kunstverein zu viel Platz eingeräumt. Er schrieb in der *Luxemburger Zeitung* vom 27.6.1926:

„Heiliger Barnum, bitt für uns! Kubisten, Dadaisten, Gagaisten, Tamtamisten sowie alle isten und schisten sind dein Gefolge. Ein Apostel aus Holland [gemeint ist der Belgier de Ridder] wurde hergerufen, um uns zu lehren, was Kunst ist, was Geschmack ist, was Schönheit ist! Sind wir denn wirklich Hottentotten?"[153]

Vignette des Katalogs der Sezession, 1929. 1930 fand bereits der letzte Salon der Sezession statt. 1927 aber setzte sich Clément jedenfalls mir großer Energie für die neue Malerei der Luxemburger Sezessionisten ein.

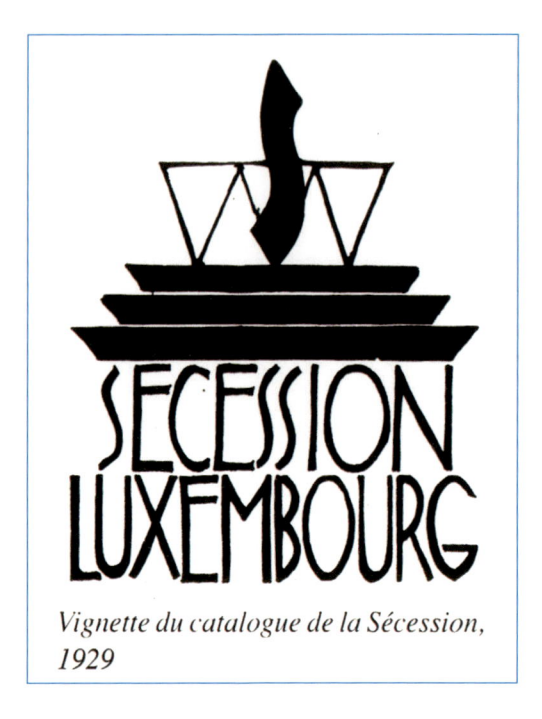

Vignette du catalogue de la Sécession, 1929

Aus Paris antwortete Clément in der *Luxemburger Zeitung* vom 9.7.1926, nicht minder leidenschaftlich, aber etwas überlegter:

„Ich habe diese Ausstellung von Ausländern nicht gesehen, aber ich kenne die Produktion der meisten von ihnen aus eigener Anschauung. Da sind zum Beispiel Vlaminck und André Lhote. Ich bin ein uneingeschränkter Verehrer des ersteren und ein stark eingeschränkter Bewunderer des letzteren. Aber über einen Vlaminck, den die Pariser Kritik einstimmig als eines der bezwingendsten Talente der jungen Generation anerkennt, und über einen Lhote, der das diskutierbare Stilgesetz des Kubismus mit einem Können und einer Virtuosität durchführt, denen jeder Einsichtige zum mindesten ehrfürchtige Anerkennung zollt, der dabei ein vortrefflicher Lehrer, Kritiker und Animateur ist, über diese beiden jungen Meister herfallen, als ob sie silberne Löffel gestohlen hätten, das treibt einem den Schleim des Ekels auf die Zunge. Seien wir doch ein bisschen vorsichtiger und kritischer und vor allem anständiger."[154]

Seimetz reagierte pikiert, mit einer Zuschrift an die *Luxemburger Zeitung* vom 10.7.1926. Er meinte, Clément verstehe nicht, was in Luxemburg vorgehe, „wie in Luxemburg gekocht w[e]rde", er solle seine „Feder" und seinen „Witz" für sein „eigenes Haus" behalten.[155]

In einem *Pariser Brief* vom 20.7.1926 kam Clément noch einmal, sehr aggressiv, auf die Polemik zurück.[156] Er meinte, es gehe in der ganzen Auseinandersetzung darum, ob man moderner Malerei, für welche die Kleinstadtmentalität noch nicht reif sei, „mit behutsamem Respekt oder mit der Niederknüppelungstaktik begegnen soll[e]". Clément fuhr fort: „Dabei verlangt keiner von euch alten Knaben, dass Ihr aus Eurer Haut heraustreten sollt. Das könnt Ihr nicht und das dürft Ihr auch nicht. Aber Ihr sollt nicht meinen, dass diejenigen, die anders malen als Ihr, Lüdrianer, Snobs und Brunnenvergifter sind." Er schloss mit der Bemerkung: „Es handelt sich aber auch nicht um Bescheidenheit, sondern lediglich darum, ob wir gesonnen sind, bis zur endgültigen geistigen Arterienverkalkung in unserm Böotiertum auszuharren"[157].

Trotz der Heftigkeit der Auseinandersetzung entzweite sich Clément nicht mit seinem Logenbruder Seimetz, dem „Feuersalamander" – so der Titel seiner Erinnerungen.[158] 1933, ein Jahr vor seinem Tod, organisierte seine Heimatgemeinde Grevenmacher eine Seimetz-Ausstellung, und Clément schrieb eine äußerst positive Rezension:

„Wenn die Ausstellung den Landschafter Seimetz in seiner ganzen Diversität von Faktur und Komposition zeigt, so leistet sie noch viel mehr für den Porträtmaler. Hier wird uns offenbar, wie weit er im Bildnis die Gleichaltrigen und Nachfahren überragt. Hier ist eine Solidität und gleichzeitig eine Diskretion, die entzücken muss."[159]

Die Sezession von 1927

Von entscheidender Bedeutung war die 1927er Sezession für die Luxemburger Malerei. Neun Künstler, Claus Cito, Nico Klopp, Joseph Kutter, Jemp Michels, Harry Rabinger, Jean Schaack, Joseph Sünnen, Jean-Joseph Thiry und Auguste Trémont, bildeten eine eigene Gruppe, die Sezessionisten, die bewusst provokativ, zwei Monate vor der Eröffnung des Salons des Cercle Artistique (CAL), ihre Werke ausstellten. Sie verfassten keine flammenden, aufrührerischen Manifeste, wie ihre Kollegen im Ausland. Aber ihr Aufbegehren gegen Traditionalismus und Akademismus war von nachhaltiger Wirkung.

Für die *Cahiers luxembourgeois*, die eine Sondernummer über die neue Kunst in Luxemburg herausgaben (1927/28, No 6), schrieb Clément aus Paris *Ein paar Rücksichtslosigkeiten* – so der Titel seines Beitrags.[160] Wie schon 1921 verteidigte er auch diesmal leidenschaftlich die Sezessionisten, trat für eine „kühne, im Zukünftigen, anstatt im Vergangenen verankerte junge luxemburgische Kunst" ein. Er schrieb:

„Ich bin […], seitdem ich die Heimat verließ, unduldsamer und in der Form aggressiver geworden. Ganz einfach, weil ich darüber empört bin, dass ästhetische Kleinstaaterei und Kleinstädterei der normalen europäischen Kunstentwicklung ihr Diktat aufzwingen will, und dass sie diejenigen, die den Mut haben, der üblichen Abmalerei, Farbendruckwollust und handwerklichen Suffisance zu trotzen, als Parias betrachtet und behandelt.

Aber diese Eiferer für das Hergebrachte, für eine geistlose, impotente Geschmäcklerei sind, so anmaßend sie sich auch gebärden, nach dem Wortlaut eines luxemburgischen Sprichwortes: ‚ein Vogel für die Katz'. Sie sind – ach so leicht! – dadurch zu besiegen, dass man ihnen keinen Zoll Terrain abtritt, dass man sie überschreit, bis sie marode werden. Wer ihnen gegenüber den Konzessionsfritzen spielt, ist für sich und für seine Sache verloren."[161]

Weiter heißt es: „In allem Künstlerischen gibt es keine halben Urteile; der Relativismus hat eine gewisse Berechtigung in der Politik und im Weltanschaulichen; beim ästhetischen Urteil hat er nichts zu suchen."[162] Diese Kompromisslosigkeit in Kunstangelegenheiten blieb auch weiterhin das Markenzeichen des politisch liberalen Clément.

Joseph Kutter in Paris

Anfang der dreißiger Jahre war Clément noch in Paris; Kutter noch immer in Luxemburg umstritten. 1930 allerdings wurden Bilder von unserem „Landsmann" in den Pariser *Salon d'Automne* aufgenommen und fanden „die Anerkennung prominenter französischer Kunstkritiker". Clément schrieb in einem *Pariser Brief*:

„Diejenigen, welche Kutter in Luxemburg als einen außerhalb jeder malerischen Überlieferung auftrumpfenden, jedes Stilprinzip verachtenden Revolutionär behandelten, werden nun doch vielleicht aufmerken, wenn sie ihn in Gesellschaft der Künstler sehen, die vor allem die große französische Tradition vertreten, die von Delacroix über Courbet und Corot zu den Impressionisten und Neoimpressionisten geht. Wenn sie noch nicht kapiert haben sollten, so mögen sie in diesen Tagen nach Paris kommen."[163]

In der Bewertung von Kunst bewies Clément stets ein sicheres Gespür und war meist seiner Zeit voraus.

9. Clément und das Berliner *Tage-Buch*

Von hervorstechender Bedeutung, wenn auch heute wenig bekannt, sind Cléments Artikel in der linksrepublikanischen Wochenschrift *Das Tage-Buch*, die von Januar 1920 bis März 1933 erschien.[164] Etwa hundert Beiträge verfasste er für diese bedeutende Berliner Zeitschrift, vor allem Essays, aber auch Glossen und Anekdoten; er übersetzte zudem für das *Tage-Buch* einige literarische Texte aus dem Französischen. Sein erster Artikel *Jose[ph] Caillaux* erschien am 27. Juni 1925, also ungefähr ein halbes Jahr, nachdem er sich in Paris niedergelassen hatte; sein letzter, *Überschätzung der Reportage*, am 25. Februar 1933, also kurz nach der Machtübernahme Hitlers. Der Erscheinungsort war für die letzten Nummern auf Anraten Thomas Manns von Berlin nach München verlegt worden. Dem braunen Zugriff war aber trotzdem nicht zu entgehen; im März musste das Blatt sein Erscheinen einstellen.[165]

Stefan Großmann und Leopold Schwarzschild

Das Tage-Buch war 1920 von Stefan Großmann (1875-1935) gegründet worden. Es erschien zunächst im ebenfalls neu entstandenen Rowohlt Verlag und wurde ab 1922 von Leopold Schwarzschild (1891-1950) mit herausgegeben, der ab 1928, an Stelle des kranken Großmann, alleinverantwortlich für die Zeitschrift war.[166] Schwarzschild wurde, so der Politikwissenschaftler Kurt Sontheimer, „zu einem der größten Publizisten, die je in deutscher Sprache geschrieben haben"[167]. Großmann, der wohl zu Unrecht lange vergessen war – er war eine beliebte Zielscheibe von Karl Kraus' Spott und Hass gewesen[168] – wird heute wieder gewürdigt: Er war ein Publizist, der durchaus den Rang von Schwarzschild hatte, dazu den Vorteil, „ein Mann der Grenzüberschreitungen" zu sein.[169] Der Österreicher war Journalist, schrieb aber auch Erzählungen, Romane, Schauspiele und gründete die Wiener Volksbühne. Schwarzschilds Interessen waren vor allem politisch-wirtschaftlicher Natur; Großmann war vielfältiger interessiert. Unter seiner Leitung wurden in den ersten Jahren der Zeitschrift auch zahlreiche literarische Originalbeiträge der wichtigsten Schriftsteller aus dem deutschen Sprachraum veröffentlicht: etwa von Bertolt Brecht, Gerhard Hauptmann, Hugo von Hofmannsthal, Annette Kolb, Thomas Mann, Robert Musil, Alfred Polgar, Arthur Schnitzler usw.; Norbert Jacques war ebenfalls vertreten. Die Zeitschrift brachte in all den Jahren ihres Bestehens „Aufsätze von allen bedeutenden Autoren der Zeit."[170]

Mit seinem hohen Niveau war *Das Tage-Buch* also ein Organ so ganz nach dem Geschmack von Clément. Die politisch-ideologische Ausrichtung des Blattes deckte sich zudem weitgehend mit der demokratisch liberalen Einstellung des Luxemburgers. So hatte die Zeitschrift bereits in der ersten Nummer, am 10.1.1920, ein programmatisches Bekenntnis zum „Europäertum" abgelegt, das deutsch-französische Verhältnis als „Kernfrage der europäischen Entwicklung" hingestellt und dem Nationalismus eine entschiedene Absage erteilt – Programmpunkte, die Clément nur unterschreiben konnte. Auch stand *Das Tage-Buch* von Anfang an, genau wie Clément, in radikaler Opposition zum Nationalsozialismus. Hitler hatte schon 1923 einen Prozess gegen das Blatt angestrengt, weil es einen Artikel über die Geldgeber der NSDAP veröffentlicht hatte, den er allerdings verlor. Zu den journalistischen Höhepunkten der Zeitschrift gehörte außerdem eine vernichtende Rezension Stefan Grossmanns über Hitlers *Mein Kampf* in Heft 45, 1925.

Fritz J. Raddatz zählt das von Großmann gegründete *Tage-Buch* und Carl von Ossietzkys *Die Weltbühne* zu den „einander ergänzenden, aber sich auch als Konkurrenten verstehenden, wichtigsten kulturpolitischen Wochenschriften der Weimarer Republik"[171]. Die roten Hefte der *Weltbühne* verrieten eine radikale Einstellung, die grünen des *Tage-Buches* waren etwas moderater. Das passte dem liberalen Clément. Er schätzte jedoch auch das Konkurrenzblatt, denn ihn verband einiges mit dessen profiliertesten Mitarbeitern, mit Kurt Tucholsky und Carl von Ossietzky.

Carl von Ossietzky und Kurt Tucholsky

Beide schrieben aber nicht nur gelegentlich für *Die Weltbühne*, sondern leiteten und prägten sie. Tucholsky hatte 1927 für kurze Zeit die Leitung der Zeitschrift übernommen. Dirigieren und Organisieren lagen ihm aber nicht, und so löste ihn Carl von Ossietzky (1889-1938) ab. Ab Oktober 1927 erschien die Zeitschrift mit dem Impressum: „Unter Mitarbeit von Kurt Tucholsky, geleitet von Carl von Ossietzky."

Clément war Tucholsky, diesem Freund Frankreichs und radikalen Gegner der Nazis, sehr verbunden. Er kannte ihn ja persönlich aus seiner Pariser Zeit. Aber er war damals wohl auch mit Carl von Ossietzky bekannt. Dieser hatte nämlich ab Juni 1924 zu den *Tage-Buch*-Mitarbeitern gehört. Bereits vier Wochen später gab das Impressum ihn als verantwortlichen Redakteur an, er blieb bis April 1926 bei der Wochenschrift, ehe er zur *Weltbühne* wechselte – er beklagte, dass das *Tage-Buch* das Militär nicht scharf genug angriff. Der profilierte linke Publizist wurde 1931 für einen Artikel, der die geheime Aufrüstung der Reichswehr enthüllte, zu 18 Monaten Gefängnis verurteilt, wurde später amnestiert, kam aber unter den Nazis in mehrere KZs. Schriftsteller wie Romain Rolland, Thomas und Heinrich Mann setzten sich für ihn ein. Er bekam 1936 den Friedensnobelpreis, den er jedoch nicht annehmen durfte. Clément schrieb zu diesem Anlass den Artikel *Wozu ein Friedenspreis dienen kann*.[172] Das Nobelkomitee hatte nämlich Maßnahmen ergriffen, dass die hohe Summe des Preisgeldes nicht an die Reichsbank überwiesen wurde, sondern in einer ausländischen Bank für Ossietzky deponiert wurde. Aber auf den kranken und zermürbten Häftling übte Hitler-Deutschland Druck aus. Er wurde, wie Clément schreibt, „gnädig amnestiert, weil er im letzten Moment sein Guthaben im Ausland, das ihm vor kurzem geschenkt zufiel, dem rohstoffhungrigen Reich zuführte. Hätte er es nicht getan, hätte er als Devisenverbrecher seinen Kopf riskiert". Clément fragt, ob wir angesichts „der großen Schmach der heutigen Welt" bereits so abgestumpft seien, dass wir kaum noch wagten „aufzumucken". Und weiter fragt er: „Sind nicht viele von uns unbewusste Komplizen der Schrecknisse schon allein dadurch, weil wir verschlafen sind, wenn wir wachen sollen?"

Ossietzky starb am 4.5.1938, körperlich gebrochen, an den Haftfolgen.[173] Am 1. Juni 1938 erschien in *Die neue Zeit* ein Nachruf auf ihn. Er war nicht unterzeichnet, wie viele Artikel in dieser Monatsschrift – die gesamte Redaktion stand also hinter den Ausführungen. Stil und Inhalt weisen aber auf Clément als wahrscheinlichen Verfasser hin, der hier den „pazifistischen Publizisten" würdigt, den er als „Kamerad", als „Kämpfer", als „Prophet" bezeichnet.[174]

In den 20er und Anfang der 30er Jahre des vorigen Jahrhunderts war das linksliberale *Tage-Buch* sicherlich die Zeitschrift, in der Clément, „eine beinahe vergessene Stimme"[175], sich als Deutsch schreibender Autor in Paris am besten entfalten und über französische Verhältnisse berichten konnte.

Cléments Beiträge im Tage-Buch

Frantz Clément griff in der *Luxemburger Zeitung* auf den Brief als bevorzugte journalistische Darstellungsform zurück – die Sammlung dieser Feuilletons heißt denn auch *Pariser Briefe*. Im Berliner *Tage-Buch* dagegen formulierte er seine Sicht von französischer Politik, Literatur und Kultur vor allem in Essays. In ihnen zeichnete er mit Vorliebe Charakterporträts. Sie gelangen ihm besonders gut und sind von unbestreitbarer schriftstellerischer Qualität.

Von den politischen Poträts in der Wochenschrift sei eines beispielhaft hervorgehoben. Cléments Einstand im *Tage-Buch* war ein beeindruckender Artikel über den Politiker Joseph Caillaux.[176] Vor dem Ersten Weltkrieg, 1911-1912, war dieser französischer Ministerpräsident, später mehrmals Finanzminister gewesen. Sein aufregendes, spannungsreiches Leben verriet für Clément „epische Größe" und stellte eine „Verflechtung von Niedergang und Glück in harter moderner Zeit" dar; man könne mit einem Wort es nicht anders als „mit ästhetischer Befriedigung" betrachten. Er zeichnete denn auch ein höchst dramatisches Porträt dieser „Wallensteinnatur", auf die sich das „zum Gemeinwort gewordene Schillerwort" von selbst einstelle, nämlich, „dass von der Parteien Gunst und Hass verwirrt sein Charakterbild in der Geschichte schwankt"[177].

„Was war das für ein Schicksal, und was war das für eine Atmosphäre, in der es sich vollzog! Es hat seinen dichterischen Gestalter noch nicht gefunden; was Barrès für Panama, Anatole France für die Dreyfusaffäre gewesen, keiner noch war es für Caillaux", schreibt Clément und scheint die Rolle des dichterischen Gestalters dieses wechselvollen Schicksals übernehmen zu wollen. Vielleicht spielte er mit dem Gedanken, das Caillaux-Porträt in die damals noch geplante Clemenceau-Biographie zu integrieren. Mit diesem Politiker kam für ihn jedenfalls „[e]in Moment höchster Spannung" in die französische Politik.

Als Caillaux 1913-14 in der Regierung Gaston Doumergue für die Finanzen zuständig war, führte *Le Figaro* eine heftige Pressekampagne gegen seine Steuerpolitik. Caillaux' Frau, intime Enthüllungen befürchtend, drang ins Büro des Direktors der Zeitung, Calmette, ein und erschoss diesen – „aus Angst und Liebe", so Clément. Ihr Mann musste als Minister zurücktreten.

Im Ersten Weltkrieg wurde der Pazifist Caillaux 1917 – eine obskure Affäre – wegen angeblichen Einvernehmens mit dem Feind verhaftet. 1920 wurde er vom Senat zu drei Jahren Gefängnis verurteilt. Clément zitiert seinen Verteidiger, den „greisen Demange, der bereits durch die Hölle des Dreyfus-Prozesses hindurchgegangen war", mit den Worten: „Hier wird nicht gerichtet, sondern moralisch hingerichtet." Caillaux verbrachte seine Haft teils im Santé-Gefängnis, teils als Verbannter auf seinem Landsitz Mamers. Aber nicht als „Geächteter" ging er in die Verbannung, sondern als „Märtyrer", so empfand es jedenfalls, nach Clément, die Mehrzahl der Bevölkerung. 1925 wurde der einstige Hochverräter Caillaux amnestiert. Der ausgewiesene Finanzfachmann wurde dringend benötigt. Bei Clément heißt es: „Ein Präsidentschaftsauto raste nach Mamers und brachte den Geächteten in der Nacht in den hohen Rat der um Frankreichs Zukunft besorgten konsularischen Persönlichkeiten."

Caillaux-Clemenceau: „ein Kampf auf Leben und Tod"

Was Cléments besonderes Interesse weckte, war der schroffe Gegensatz im Ersten Weltkrieg zwischen dem eher pazifistisch orientierten Caillaux und dem brutalen Durchhaltepolitiker Clemenceau, der eine „Meute von Sykophanten" auf die „Fersen" seines Gegners hetzte, in dem er hasserfüllt nur den Feind sehen konnte. Clément schreibt:

„[Caillaux] war wie wenige dazu begabt, einzusehen, dass der materielle Ruin Europas sich mit jedem Kriegsmonat beschleunigte und dass auch im Fall eines Sieges sein Land vor ungeheure Probleme gestellt würde. Dass er an den Erfolg dieser Arbeit glaubte, war ein Irrtum und in erster Linie ein psychologischer Fehler. Das konnte nicht gelingen, und Clemenceau war in seiner brutalen Art viel näher bei den Wirklichkeiten und besonders bei den Möglichkeiten. Und so entstand zwischen diesen beiden Männern ein Kampf auf Leben und Tod. Auf der einen Seite der pure Ideologe, der nur ein paar einfache Ideen im Kopf hat, dieselben aber mit der Wucht eines unvergleichlichen Temperaments durchsetzt, auf der anderen Seite der Realist, der Rechner, der immer nur fragt: ‚Was bringt das ein?'"

Die sehr kritischen Bemerkungen Cléments zeigen, dass seine geplante Clemenceau-Biographie von vornherein nicht als eine Hagiographie des französischen Staatsmannes geplant war. Zudem lässt die schriftstellerische Ausarbeitung des Caillaux-Textes, der auf die besondere Atmosphäre jener Jahre eingeht, bedauern, dass die Biographie nie erschien.

Über eine ganze Reihe französischer Politiker der Dritten Republik verfasste Clément feuilletonistische Porträts für *Das Tage-Buch*, von denen einige wohl auch Vorarbeiten zu seinem *Clemenceau* darstellen sollten: u. a. über Léon Blum, 6 (1925) 31, S. 1124-1128; 11 (1930), S. 1616-1617; Aristide Briand, 6 (1925) 36, S. 1322-1328; 13 (1932) 1. Halbj., S. 434-436; Paul Painlevé, 6 (1925) 44, S. 1629-1632; Louis Loucheur, 6 (1925) 46, S. 1694-1696; Raymond Poincaré, 7 (1926) 34, S. 1222-1227; 9 (1928) 15, S. 618-620; 9 (1928) 52; Präsident Doumer, 12 (1931) 1. Halbj., S. 859-862.[178]

Werfen Cléments Politikerporträts ein bezeichnendes Schlaglicht auf die politischen Verhältnisse in der Dritten Republik, besonders auf das Jahrzehnt nach dem Versailler Vertrag, so skizzieren seine Charakterbilder von Schriftstellern ein Tableau französischer Literatur des beginnenden 20. Jahrhunderts. Das Porträt von Marcel Proust sticht dabei besonders hervor.[179] Erstaunlich ist, dass der Luxemburger, der vom Habitus, von der Lebenseinstellung, von den ästhetischen Überzeugungen her, in vollkommenem Gegensatz zur Welt Prousts stand, sich mit so großer Empathie in den französischen Dichter einfühlen konnte. Verkehrte Proust, der dandyhafte Chronist einer mondänen Welt, einst in den Salons der Geburts- und Geldaristokratie, wo geschliffene Umgangsformen üblich waren, so war alles Mondäne Clément zuwider, er fühlte sich am wohlsten in seinen rauchgeschwängerten Stammkneipen. Während Proust den Präraffaeliten John Ruskin „in ein wunderliches, altertümliches Französisch" übersetzte, mochte Clément die wuchtige, modern expressive Lyrik eines Richard Dehmel oder die revolutionär wirkenden freien Rhythmen eines Emile Verhaeren. Der übersensible Proust kränkelte, litt an Asthma, an einer „Hyperästhesie der Sinne", vertrug kein Geräusch und zog sich schließlich in sein abgedunkeltes Krankenzimmer zurück. „Und er schrieb und schrieb, nächtelang, schrieb im Bett unter höllischen Schmerzen, schrieb ein Werk *A la recherche du Temps perdu*, das [...] drei Jahre nach seinem Tode zwölf Bände umfaßt[e] und noch nicht abgeschlossen [war]."

Mit einem Hang zum Bohemien war Clément dagegen eher ein Bonvivant, ein Genussmensch. Er schätzte die Natur und diskutierte gern mit gleichgesinnten Freunden. Zwar liebte er Literatur und Kunst über alles, aber im Ästhetischen allein fand er kein Genüge. Er nahm intensiv am politischen Zeitgeschehen teil und wurde öfters in Polemiken verwickelt. Doch früh brachte er das allergrößte Verständnis für den weltabgewandten Proust auf. Er

Über Marcel Proust

LEOPOLD SCHWARZSCHILD · HERAUSGEBER · **UND STEFAN GROSSMANN**

DAS TAGEBUCH

Berlin, den 14. April 1928

INHALT:

	Seite
Tagebuch der Zeit	613
Frantz Clément: Poincaré-Wahlen	618
Walter Mehring: Gott gegen Grosz	621
Hermann Wendel: Löwen 1914	623
Balder Olden: Prinz Jussupoff schreibt	629
Stefan Grossmann: Bruno Franks Politische Novelle	632
Johannes Urzidil: Van Gogh in Arles	635
Paul Cohen-Portheim: Die Sage vom Londoner Sonntag	638
Marielouise Fleisser: Zwei Briefe	640
Tagebuch der Wirtschaft	643
Glossen	646

Einzelverkaufspreis 60 Pfennig

9. JAHRGANG, 1928, HEFT 15 · BERLIN SW 48

★ ERSCHEINT SONNABENDS ★

merkte, dass die Weltentrücktheit dieses Intellektuellen, des einst überzeugten Dreyfusards, auf dessen Krankheit zurückzuführen war.

Cléments Proust-Feuilleton fand große Anerkennung.[180] Es war ihm gelungen, über einen Dichter, der ein faszinierendes, aber schwieriges Erzählwerk geschrieben hatte, beim Leser Interesse für den in Deutschland noch kaum bekannten Autor zu wecken – eine erste deutsche Übersetzung erschien erst 1926. Bereits 1925 hatten sich Clément in *Das literarische Frankreich von heute* und der Romanist Ernst Robert Curtius in *Französischer Geist im neuen Europa* mit Proust beschäftigt.

In seinem gehaltvollen Proust-Essay verwies Clément zuerst geschickt auf die Schwierigkeiten, auf die der französische Dichter, der den modernen Roman revolutionieren sollte, traf, um überhaupt veröffentlicht zu werden. Dem Leser wurde suggeriert, er müsse unbedingt, gegen die noch immer bestehenden Bedenken so mancher Kritiker, dieses bahnbrechende Werk lesen. Die Pariser Verleger hatten nämlich zunächst die Drucklegung des ersten Bandes der *Recherche* verweigert, mit Argumenten, so Clément, „die von einem ahnungslosen Böotiertum strotzten", also von grenzenloser Dummheit. Schließlich wagte es 1913 „ein Anfänger", der junge Bernard Grasset, *Du côté de chez Swann* zu veröffentlichen, nachdem Proust sich bereit erklärt hatte, die Druckkosten zu übernehmen. Anschließend war es an den Kritikern, „sich zu blamieren", und „sie blieben sich nichts schuldig", heißt es sarkastisch. Ein Einziger scherte jedoch aus, der urteilssichere Paul Souday, der meinte, nun übernehme wieder einer „das Kainsmal der Schöpfernaturen". Schließlich verhalf der Prix Goncourt 1919 Proust, wenigstens in literarischen Kreisen, zur Anerkennung.

Clément erklärt Prousts Werk aus seiner Biographie heraus: Dieses könne man „auf keiner der fünf- bis sechstausend Seiten von seinem Schöpfer abtrennen". Die Krankheit hatte ihn zu einem zunehmenden Rückzug aus der Gesellschaft gezwungen. Sie warf ihn auf sein Ich zurück und bedingte in einer „schnell-lebigen Zeit" eine „Umständlichkeit" des Erzählens, „der dreißig Seiten nicht zuviel sind, um den Schlaf einer Frau zu beschreiben". Diese langweilig anmutende „Umständlichkeit" führe aber zur „Offenbarung der verborgensten Regionen der Sinnlichkeit und des Sinnierens". Und er fügte hinzu: „Wenn Proust nicht durch die Krankheit unterjocht worden wäre, hätte man von ihm einen neuen, sorgfältigeren und kritischeren Realismus geerntet; die Krankheit gab ihm die *second sight*, die Hochspannung und restlose Vertiefung im Seelischen." Seine „Eigenart" sei die „der höchsten Verinnerlichung alles Geschehens" geworden. Wie alle große Dichtung sei sein Werk auf ein Erkunden des Unbewußten und Unterbewußten angelegt, auf „eine möglichst intensive Vergegenständlichung der Zonen des Lebens, die dem Erkennen noch nicht erschlossen sind".

Auch der „weitschweifige" Stil Prousts, „mit den verschachtelten Sätzen und der Wollust der Nüancen", ist für Clément „eine Ausgeburt der Krankheit. Es ist ein spintisierender Stil, der Stil eines Mannes, der unglaublich viel Zeit hat, der sich verbohrt und sich an sein Objekt verliert." Clément, der immer forderte, Gedanken klar und präzise zu formulieren, muss zugestehen, dass von den „verknorpelten, kurvenreichen Sätzen" Prousts eine eigenartige Faszination ausgeht und dass man mit einem Male beginnt, „die Köstlichkeit ihrer gebrochenen Linie" zu genießen.

Auch die „verlorene" und „wiedergefundene" Zeit bei Proust ist für den engagierten Clément nicht das, was er normalerweise von großen epischen Werken erwartet, nämlich

Darstellung der sozialen Realität und Auseinandersetzung mit ihr, letztendlich ein „Ringen um die Herrschaft der Vernunft". So schließt er mit folgenden Worten:

> „Aber wir haben vielleicht nicht das Recht, zu verlangen, zu fordern, wo wir hinhorchen sollen. Und wir haben schließlich eine bessere Verwendung für unsere kategorischen Imperative, als mit ihnen ein literarisches Wunder, wie dasjenige Marcel Prousts, zu erniedrigen."

Kunst kann man also nicht eindeutig definieren und nach festgelegten Prinzipien beurteilen, aber man kann sie intuitiv erkennen. Clément erkannte vor manchen gestandenen Kritikern Rang und Bedeutung des Marcel Proust.

Weitere literarische Beiträge im *Tage-Buch*

Außer dem Proust-Essay verfasste Clément noch eine beachtliche Reihe Artikel zur Belletristik und auch zum Literaturbetrieb in Frankreich. Sie stellen neben der Politik das zweite große Schwerpunktthema seiner Texte im *Tage-Buch* dar. So schrieb er bereits 1926 feuilletonistisch plaudernd über die jährlichen Literaturpreise in der Berliner Zeitschrift. Sie seien „Schrittmacher auf dem Weihnachtsmarkt. Man versteht sie in Deutschland nicht recht; in Frankreich gehören sie zum literarischen Leben, wie die Verkehrspolizei zum Boulevard: sie verhindern die Stockung, l'embouteillage"[181]. 1932 wird er sich ja in der *Luxemburger Zeitung* weitaus sarkastischer ausdrücken.[182] Clément zeichnete zudem immer wieder ausgezeichnete Schriftstellerporträts, u. a. von Colette: „ein spezifisch französisches Ding, ein ganz aparter französischer Mensch und Schriftsteller";[183] von George Sand: Bei ihr werde „die rein menschliche, geschlechtliche und politische Emanzipation der Frau zuerst systematisch, konsequent und schöpferisch vertreten";[184] von Louis Aragon: „Dieser superrealistische Revoluzzer, der zahm geworden ist"; von Emile Zola, einem Vorbild „des intellektuellen Heroismus";[185] von dem Royalisten Léon Daudet, der „an den Rändern des politischen Schauspiels [seine] Kapriolen schlägt", und dem er gerne seine „Clownssprünge" verzeihen wolle, „weil er von Zeit zu Zeit zu Lob und Preis von Schönheit, Güte und Kraft prächtige Seiten schreibt".[186] Einen besonderen Rang erkennt er Gustave Flaubert zu, mit dem er sich bereits am 27.4.1927 in der *Luxemburger Zeitung* näher beschäftigt hatte.[187] Im TB schreibt er, Flaubert sei „die dritte Stufe und Form der in einem halben Jahrzehnt realisierten großen französischen Prosaepik. Was ihm nach Stendhal an Geist, nach Balzac an eruptiver schöpferischer Phantasie abging, hat er ersetzt durch die Geschlossenheit der Romankomposition, die strenge Gesetzmäßigkeit der epischen Gestaltung und die wahrhaft lateinische Reinheit der Form."[188]

Clément besprach Bücher, u. a. *Bella, ein politischer Roman* von Jean Giraudoux oder von dem Nobelpreisträger Maurice Maeterlinck „das Gegenstück" zu seinem bekannteren Werk *La vie des abeilles,* nämlich *La vie des termites.*[189] Für Clément geben das Bienen-, genau wie das Termitenbuch, nicht einfach Tatsachen wieder, sondern bezwecken mehr: Es gehe um „die uralte, in alle Ewigkeit beängstigende Fragestellung nach dem Sinn des Lebens, und ob wir das bißchen Herrlichkeit, das uns, Menschen wie Tieren, beschieden sein kann, nicht durch die Versklavung zu teuer erkaufen."[190]

Clément übersetzte auch literarische Texte ins Deutsche: Er ergänzte z. B. das Colette-Porträt mit einer Übertragung ihrer Erzählung *La guérison intérieure.*[191] Der Maeterlinck-Kritik folgte die Übersetzung „eines der besten Kapitel aus dem *Leben der Termiten*"[192]. Aus der *Disraeli-Biographie* von André Maurois übertrug er die Gegenüberstellung des „Dandy-Staatsmanns" Disraeli mit seinem Gegenspieler Gladstone.[193] Clément berichtete zudem über Treffen mit Schriftstellern, etwa mit Georges Duhamel, der Clément aus dem Herzen sprach. Dieser setzte sich nämlich für ein gemeinsames Europa ein – „Wir müssen zum Europäertum, zum Weltbürgertum hinstreben" – und sprach „von der Notwendigkeit einer französisch-deutschen Durchdringung". Der Verstand fordere sie, aber „Gefühle und Instinkte" bereiteten noch vorübergehend Schwierigkeiten.[194]

Ein kontinuierliches Interesse an Literatur kennzeichnet also Cléments Pariser Jahre.

Zudem steuerte er im *Tage-Buch* sowohl für den politischen als auch für den literarischen Teil eine Vielzahl amüsanter Anekdoten bei: über Politiker wie Briand, Poincaré oder Herriot, über Schriftsteller wie Tristan Bernard, Stéphane Mallarmé, Paul Verlaine, Paul Claudel, Alfred Jarry, über Künstler wie Picasso. Sie erschienen auf den letzten Seiten der grünen Hefte und sollten die ernste Thematik in der anspruchsvollen Zeitschrift etwas auflockern.

Die kulturellen Artikel in der Berliner Wochenschrift beschränkten sich nicht auf die Literatur. So ging er in seinen Korrespondenzartikeln auch auf herausragende Ereignisse, wie etwa die attraktive Delacroix-Retrospektive 1930 in Paris ein – eine Ausstellung, „vor der uns die Augen übergehen"[195]. Andererseits entfernte sich der Feuilletonist aber auch manchmal von der hohen Kultur und karikierte genüsslich z. B. ein *Pariser Theaterskandälchen*.[196] Der Kritiker des seriösen *Temps*, Vorläufer von *Le Monde*, hatte es gewagt, einen Verriss über einen Theater-„Schmarren" im ehrwürdigen *Renaissance* zu schreiben und auch die Hauptdarstellerin, bei der, wie Clément schreibt, „die Leibesfülle dem Talent Konkurrenz machte", nicht geschont. Er wurde daraufhin anlässlich einer Première im *Odéon* von dem Sohn der gekränkten Schauspielerin geohrfeigt. Und es kam seit langem wieder in Paris zu einem Duell. Keine Aufregung!, meint Clément. Niemandem geschah ein Leid. Aber die „in ihrer Zunftehre" gekränkten Theaterkritiker schworen sich, „nie mehr ein Wort über die üppige Cora zu verlieren". Clément war sich jedoch sicher, dass sie ihr Wort nicht halten würden. Schließlich sei „die Theaterrepublik in Paris nach Robert de Jouvenels Wort eine ‚république des camarades'". Er behielt recht.

Clément ging auch auf *Pariser Kulturkuriosa* ein. So berichtete er etwa von einem feinen, alten Hôtel Particulier, dem Hôtel Massa an den Champs Elysées, das einem Kaufhaus weichen sollte.[197] Der Kulturminister Edouard Herriot, der nach Clément „alles gut meint", dem aber das meiste „schlecht gerät", plante, das Gebäude „Stein für Stein" abzutragen und draußen vor Paris, „Stein für Stein", wieder zu errichten – so wie man in Luxemburg vor einiger Zeit eine schöne Fassade in der Stadt abtrug, sie verpackte und an der Mosel wieder errichtete. Clément, der sehr stark an Architektur interessiert war und öfters darüber geschrieben hat,[198] meinte, man solle sich zunächst für den Erhalt des Hôtels, „allen Kaufhaus-Leviathanen zum Trotz", einsetzen. Scheiterten die Bemühungen, solle man, „mit einer Träne im Auge", das Hôtel „dem Untergang weihen", anschließend „futuristisch" denken und einen mutigen modernen Architekten damit beauftragen, ein neuzeitliches Gebäude zu errichten. Die Gens de Lettres – für sie war nämlich das neu zu errichtende Hôtel Massa als Heim gedacht – hätten zwar vorzüglichen Geschmack „in den Fingerspitzen", aber ihnen fehle zu oft „der Drang in die Zeit und in die Zukunft".

Gerade die harmlos klingenden Glossen, die Histörchen am Rande, offenbaren manchmal Charakteristisches über Feuilletonisten und ihr Werk, so auch diese Architektur-Glosse von Clément. Sie zeigt ihn als einen Mann des Ausgleichs, der das Alte nicht in Bausch und Bogen ablehnt, aber letztendlich das Neue favorisiert.

Kulturelles im *Tage-Buch*

Unter den markanten Charakerporträts Cléments sticht im kulturellen Teil des *Tage-Buchs* eines besonders hervor, das des heute weitgehend vergessenen Anatole de Monzie (1876-1947).[199] Er war „einer der erfolgreichsten und blendendsten Advokaten der Pariser Barreaus" und ein brillanter Redner – ausgezeichnete Rhetoren bewunderte Clément stets. De Monzie war „auf der Tribüne einer der letzten Abenteurer des Geistes" und „ein pures Schriftstellertemperament": Psychologischer Spürsinn und Präzision in der Darstellung kennzeichneten ihn. Politisch war er schwer einzuordnen. Er gehörte „der Gruppe der republikanischen Sozialisten, der tolerantesten aller Parteien" an. Letztendlich war er ein Individualist, „ein ausgesprochener ‚Wilder'", er „enttäuschte bald die Rechte, bald die Linke", weil er „die Prinzipienreiterei der Fraktionen" in Frage stellte. Aber er hatte klare Vorstellungen und präzise Ziele.

„Er war der erste Politiker von Rasse, der auf der Linken für die Wiederaufnahme der diplomatischen Beziehungen zum Vatikan agitierte; er hatte das seltene Vergnügen, Briand zu überzeugen. Er war aber auch der erste, der nach Sowjetrußland reiste und danach zu einem Arrangement mit der Sowjetrepublik aufforderte."[200] Und er war, in seiner Eigenschaft als Unterrichtsminister, „der erste und bis dahin einzige französische Minister, der nach Berlin reiste."[201]

Individualismus, Toleranz, Aussöhnung, „Drang nach Verständigung": So manches bei de Monzie erinnert an Clément, der sicherlich einiges von sich in diese Gestalt hineinprojizierte. Auch die Vielseitigkeit der Interessen war beiden gemeinsam. So schreibt Clément:

„Er ist im Paris von heute einer der wenigen, der an einem und demselben Abend über die Konsolidierung der Schatzbons, über die säuerliche Grazie von Maud Loty, über das letzte Manifest der Surrealisten und über einen jungen Maler witzig und unverbindlich diskutieren kann."[202]

De Monzie war für Clément offensichtlich ein Politiker mit den feuilletonistischen Eigenschaften eines Schriftstellers. Aber er geriet in Vergessenheit, denn 1940 stimmte er für die ‚pleins pouvoirs' für Pétain und berief sich dabei auf die Formel Talleyrands: „Il fallait sauver ce qui pouvait être sauvé." Zum Maréchal ging er erst 1943 auf Distanz. Clément konnte nicht mehr Stellung beziehen. Sein hohes Lob auf den „hérétique qui a des idées", wie er auf einer Internetseite heute charakterisiert wird,[203] wäre sicherlich gemäßigter ausgefallen.

Der in zwei Kulturen kundige Clément schrieb ebenfalls über die Rezeption deutscher Filme[204] und moderner deutscher Malerei in Paris.[205] In *Deutsche Filme in Paris* trat er der verbreiteten „Autarkie-Legende" entgegen: Frankreich schotte sich in geistiger Hinsicht gegenüber dem Ausland ab, insbesondere gegen deutsche „Kunstleistungen". In Literatur und Film sei das jedoch nicht der Fall. Hier gebe es eher ein „Zuviel" als ein „Zuwenig". Für das literarische Paris sei „alles wirklich Gute" aus Deutschland greifbar. Selbst „ohne allzugroße Portionen an Hermann Graf Keyserling und Vicki Baum", die seiner Meinung nach zuviel übersetzt würden, könne man auskommen. 1926 hatte Clément noch in einem *Pariser Brief* vom 1. Februar von einer „äußerst geringen Assimilationsfähigkeit" moderner deutscher Literatur in Frankreich gesprochen.[206] 1932, im Goethe-Jahr, hatte er dann in einer längeren Analyse, *Deutsche Geistigkeit im modernen Frankreich,* in *Sozialistische Monatshefte* [SM] erschienen, gezeigt, dass in den allerletzten Jahren „die Anteilnahme des geistigen Frankreich von heute an deutscher geistiger und künstlerischer Leistung" zugenommen habe (SM, 1932,

---

Antoine de Monzie, ein „Abenteurer des Geistes"

Über deutsche Filme und deutsche Malerei in Paris

S. 1022), und er hatte dargelegt, dass von Deutschlandfeindlichkeit des gebildeten Publikums keine Rede sein könne.[207]

1933 schrieb er schließlich, „augenblicklich" – der Artikel im *Tage-Buch* erschien im Januar 1933, also im Monat der Machtergreifung Hitlers – erlebe man in der französischen Hauptstadt sogar „einen Snobismus der Germanophilie". So sei etwa, was den Film anbelange, *Mädchen in Uniform* – ein anspruchsvolles Werk von Leontine Sagan – ein Jahr lang in einem „Lichtspielhaus" gelaufen und werde zur Zeit in vier Pariser „Filmtheatern" gezeigt. Und in der Woche, in der er den Artikel schreibe, seien mindestens sechs neue deutsche Streifen in Paris angelaufen, ohne von den älteren Filmen, die in den „salles de quartier" geboten würden, zu reden. Es bestehe also eher die Gefahr einer „Übersättigung" an deutscher Filmkunst.

Das Porträt von A. de Monzie stand im Tage-Buch 8 (1927) 50 und war begleitet von einer ganzseitigen Karikatur des bekannten österreichischen Pressezeichners B. F. Dolbin, geb. Pollak (1.8.1883-31.3.1971). Wegen seiner jüdischen Herkunft wurde er 1933 aus der Reichspressekammer ausgeschlossen und 1935 mit einem Berufsverbot belegt. Daraufhin emigrierte er in die Vereinigten Staaten. Er starb 1971 in New York City.

In *Deutsche Maler in Paris* beschäftigte sich Clément mit den Einzelausstellungen dreier Repräsentanten moderner deutscher Kunst in Paris, dem „Ort, an dem lebendige Kunstgeschichte gemacht wird". Er wies auf George Grosz hin, erwähnte dessen „anklägerische Virulenz"; in Frankreich sah man in ihm „eine Art Daumier des Nachkriegsdeutschland". Er sprach von Oskar Kokoschka, diesem Künstler, der „alle Schlangenhäute der Entwicklung trug und ablegte, die in Paris für die Stadien der neuen Malerei charakteristisch waren". Er setzte sich mit Max Beckmann auseinander – diesem großen Unbekannten der Kunstgeschichte in Frankreich – und das sollte er bis in die jüngste Vergangenheit hinein bleiben, obschon er eine Zeitlang in Paris gelebt hatte, dort ein Atelier besaß und stark von der französischen Malerei beeinflusst worden war.[208] Clément allerdings hatte früh den einzigartigen Rang des deutschen Malers erkannt, wie auch der Kritiker Paul Fierens, den er zitierte. Dieser war von Beckmanns halluzinatorischen Bildern mit ihrem „Zug ins Große, ins Monumentale" so „beklemmt", so ergriffen, dass er nach „Verwandtem" in der französischen Kunst suchte und „weder bei Derain und Matisse, noch bei Braque und Rouault" Entsprechendes fand.

Clément wollte auch auf dem Gebiet der Kunst Brücken schlagen. Er fand, es sei endlich an der Zeit, eine Retrospektive der gesamten jüngeren deutschen Malerei in Paris zu organisieren. Das sollte allerdings ein frommer Wunsch bleiben. Zwei Jahre nach Cléments Artikel über deutsche Kunst gehörten die Werke der drei Maler bereits zur ‚entarteten Kunst' und wurden aus den deutschen Museen entfernt.

10. Zwischen Engagement und Resignation

Clément war also nicht ausschließlich an französischer Politik und Kultur interessiert. Wie er in seinen *Pariser Briefen* für die *Luxemburger Zeitung* seine Heimat stets im Blick behielt, so nahm er auch in seinen Artikeln im deutschen *Tage-Buch* Bezug auf Deutschland. Und er mischte sich ein!

In dem Artikel *Poincaré-Wahlen* vom 14. April 1928 etwa beschäftigte er sich zwar vordergründig nur mit den bevorstehenden Wahlen zur französischen Legislative.[209] Der Beitrag aber war nicht rein informativer Natur, es drängten sich ihm offensichtlich Parallelen zu Deutschland auf. Frankreich war damals in einer politisch und wirtschaftlich prekären Situation, die derjenigen der Weimarer Republik nicht unähnlich war: Es kam in der Dritten Republik zu häufigen Regierungswechseln, es gab gewaltige Währungsprobleme und es ging um den Abschluss des Sicherheitspaktes von Locarno, der in beiden Ländern umstritten war – Hitler wird 1936 den mühsam ausgehandelten Locarno-Vertrag kündigen. Frankreich verfügte aber in der Person Poincarés – und dies verdeutlicht Clément sehr eindringlich – über einen fähigen Sanierer der Staatsfinanzen, und dieser konnte sich auf ein ganzes Volk stützen, das es verstand, sich im rechten Augenblick nicht in „Zank und Hader um nichtige Dinge" zu verlieren. Poincarés „große Autorität ist eine republikanische, demokratische Autorität", schreibt Clément. Eine solche Autorität, so wird angedeutet, fehle in Deutschland!

Ein geschöntes Bild von Poincaré und eine idealisierte Darstellung Frankreichs? Gewiss! Aber Cléments Text über französische Wahlen sollte wohl auch ein Appell an Deutschland sein: eine Aufforderung zu mehr demokratischer Verantwortung und republikanischer Gesinnung in einem Land, in dem sich die Bedrohung durch rechte, nationalistische Kräfte immer deutlicher abzeichnete.

Auf Cléments Artikel folgte der beißende Beitrag *Gott contra Grosz* (S. 621-623) des linken Schriftstellers Walter Mehring, eines scharfen Gesellschaftskritikers. Thema war der größte Prozess wegen Gotteslästerung in der Weimarer Republik: Der Maler George Grosz hatte einen gekreuzigten Christus mit Gasmaske dargestellt, eine Anspielung auf die Giftgasangriffe im Ersten Weltkrieg. Über dessen Anklage wegen Blasphemie wurde damals heftig gestritten – Grosz wurde schließlich 1930 nach fünf Instanzen freigesprochen.

Clément war also im *Tage-Buch* kein Autor à part: Er war eingebunden in die Diskussionen und Auseinandersetzungen, die Schriftsteller und Literaten in den 20er und Anfang der 30er Jahre des vorigen Jahrhunderts führten.

Ein Einschnitt in Cléments Pariser Tätigkeit waren die Reichtagswahlen von September 1930. Die NSDAP schaffte einen entscheidenden Durchbruch. Ihr Stimmenanteil stieg von 2,6% 1928 auf 18,3% 1930, stimmenmäßig von 810.000 auf 6,4 Millionen – nach Joachim C. Fest ein „Erdrutsch".[210] Cléments weiterem Schreiben merkte man denn auch deutlich Verstörung und Erschütterung an. Er schwankte zwischen kämpferischem Willen, etwas zu bewirken, und zunehmender Resignation.

Aus der „Unvernunft deutscher Öffentlichkeit" dürfe nicht eine „Unvernunft französischer Öffentlichkeit" werden, verlangte Clément 1930 im *Tage-Buch*.²¹¹ Im Anschluss an die September-Wahlen hatte nämlich der französische Kritiker und Essayist Gérard Bauër in den *Nouvelles Littéraires* die deutschen Dichter und Schriftsteller aufgefordert, „gegenüber dem Hitler-Ansturm ihre europäische Gesinnung von neuem zu bekräftigen, um die französischen Geistigen zu beruhigen". Clément bezog Stellung zu diesem Aufruf im *Tage-Buch* und richtete seinerseits einen leidenschaftlichen Appell *An die Geistigen Frankreichs*, so der Titel seiner Replik.

Wie Bauër findet auch er es angebracht, dass die deutschen Literaten sich von der Nazi-Ideologie distanzieren sollten. Einige hätten es bereits getan –, er weist auf die Brüder Mann, auf Alfred Kerr hin. Letztendlich seien Schriftsteller jedoch ohnmächtig, besonders zum gegenwärtigen Zeitpunkt. Zwar heißt es, sie seien „das Salz der Erde", „aber", fährt Clément fort, „die Erde lechzt nicht nach Salz, sondern nach dem Cayenne-Pfeffer der Gewaltmystiker". Zudem verdeutlicht er, dass die deutschen und französischen Schriftsteller in ihren jeweiligen Heimatländern einen ganz unterschiedlichen Einfluss haben.

Die deutschen Autoren seien politisch engagierter; „geistige und künstlerische Qualität" kennzeichne sie, und diese ist „beinahe ausschließlich bei den guten Europäern, den Republikanern und Linksradikalen vorhanden". Jedoch hat sie „den Abmarsch großer Volksmassen ins Land der Torheit nicht verhindern können", also zu den „Hakenkreuzlern", wie er die Nazis an anderer Stelle nennt.²¹²

In Frankreich sind die Verhältnisse genau umgekehrt. „[D]ie französischen Geistigen, Dichter und Schriftsteller, sind zum großen Teil politisch weit indifferenter als die deutschen." Die Rechte dagegen verfügt, im Gegensatz zu Deutschland, über ähnlich viele hervorragende Autoren wie die Linke.

„[D]ass die Vorkämpfer der nationalistischen Ideologien in Frankreich, die [Maurice] Barrès und [Charles] Maurras, die [Léon] Daudet und [Henri] Massis weit höheres Niveau haben und hatten als ihre deutschen Artgenossen, das macht den Kampf gegen sie geistig einträglicher und erfreulicher, aber das sichert ihnen auch eine ganz andere Durchschlagskraft."²¹³

Die französische Rechte sei also nicht ungefährlich. Aber, schränkt Clément ein, das Volk „hat in sechzig Jahren republikanischer Entwicklung" den Rechtsradikalismus weitgehend überwunden, hat „seine Boulangisten, Antidreyfusards und ‚camelots du roy' erledigt und jubelt nicht mehr jedem Amokläufer zu". Es urteile „ruhiger und vernünftiger" als „das zerrüttete und geplagte deutsche Volk"²¹⁴.

Die Gefahr eines radikalen Nationalismus sei jedoch nicht gebannt, zumal zu einem Zeitpunkt, als Briands Verständigungspolitik „leidenschaftlich angefeindet" und gegen ihn „hartnäckig komplottiert" werde. Im Oktober 1929 war nämlich Briands elftes Kabinett am Misstrauen der Rechten gegen seine Politik des Ausgleichs mit Deutschland gescheitert; ein Jahr später, ebenfalls im Oktober, scheiterte Briands Plan für eine enge Verbindung der europäischen Staaten.

Für Clément ist Frankreichs geistige Elite nun gefordert. Sie müsse aus ihrer Lethargie heraustreten, sich einsetzen für den „klugen und tapferen Briand", ihm „mehr vertrauen als

1930: Cléments Appell *An die Geistigen Frankreichs*

denen, die sein Mißtrauen [das M. gegen ihn] schüren". Es dürfe „aus der Unvernunft deutscher Öffentlichkeit nicht auch eine Unvernunft französischer Öffentlichkeit werden".

Der Appell *An die Geistigen Frankreichs* ist ein überraschender und mutiger Artikel, der gleichzeitig den Deutschen ins Gewissen redet und die „Geistigen Frankreichs" auffordert, ihre „Ruhestellung" zu verlassen und für eine vernünftigere Politik zu kämpfen, die europäisch und nicht nationalistisch ausgerichtet ist.

In einem *Pariser Brief* von Ende Oktober, in der *Luxemburger Zeitung* vom 1. und 2.11.1930, M.A., beschäftigte sich Clément, wie im *Tage-Buch*, mit dem Aufruf Bauërs an die deutschen Schriftsteller, sich für deutsch-französische Verständigung einzusetzen. Der Brief spricht Klartext und ist schärfer gehalten als der Artikel in der *Berliner Zeitschrift*, indem er strenger mit der Politik ins Gericht geht:

„[B]ei den Politikern und Staatsmännern liegt die Entscheidung. Solange diese im großen ganzen so feig sind und von allen guten Göttern verlassen sind wie heute, solange […] ist es ungehörig, die Dichter anzuklagen und unter dem Vorwand, der Menschheit Würde sei in ihre Hand gegeben, für die Irrungen der Völker verantwortlich zu machen."

Angesichts der „Verluderung der führenden politischen Kreise" sei „ein deutsch-französischer Bund der Geistigen" dringend notwendig, meinte Clément. Deshalb schrieb er ein paar Monate nach dem Aufruf an die französischen Geistigen im *Tage-Buch* den Artikel *Das Diktat der Vernunft*.[215] Er habe wenig Hoffnung gehabt, dass die französischen Intellektuellen sich nun aktiver für deutsch-französische Verständigung einsetzen würden. „[E]ine schwere Menge" von ihnen sei „uneuropäisch" eingestellt, „die Bessergesinnten" dagegen würden „es vorziehen, sich in ihren respektiven Elfenbeintürmen zu verschanzen".

Von französischen Dichtern und Künstlern sei nicht allzu viel zu erwarten gewesen, sie seien konservativ eingestellt, flickten zwar gern „der Republik am Zeug" und platzierten auch mal „ein paar erfolgreiche Bosheiten" über die Politik, aber mit ihrer „Beteiligung […] an der deutsch-französischen Verständigungspolitik" sei eher nicht zu rechnen gewesen. Zu seinem „allergrößten Vergnügen" stelle er jetzt allerdings fest, dass die zunehmende Kriegsgefahr und die „Verschärfung der ethisch-politischen Weltkrisis" die französischen Dichter, Schriftsteller, Künstler und Gelehrten aufgerüttelt habe. So hätten sich besonders „die jüngeren Talente" zu einem Aufruf im *Notre Temps* zusammengeschart.[216] Clément konstatiert: „Die Angst vor der Entehrung durch Verrat hat sie zu den ersten Ansätzen zur Tat gebracht."

Vielleicht sei es „nur eine gute Konjunktur des Augenblicks" gewesen, die zu diesem Umdenken geführt habe, aber es sei notwendig, dass aus „dem Zufälligen etwas Beständiges" werde. Und am Schluss seiner Überlegungen meint er deshalb:

1931: *Das Diktat der Vernunft*

Aristide Briand (1862-1932)
Clément über Briand: „Man wandte auf ihn das Wort von der eisernen Faust im Samthandschuh an."

„Das kann z. B. so geschehen, dass ein deutsch-französischer Bund der Geistigen ausgebaut wird. Ein Bund mit einer präzisen Organisation, mit einer rasch arbeitenden Zentrale, der nicht nur einmal oder zweimal im Jahr platonische Aufrufe erläßt, sondern jedesmal aufsteht und aufschreit, wenn die Regierenden ihre demagogischen Künste treiben und der von Zeit zu Zeit nicht nur andeuten, sondern klar fordern soll, was zu tun ist."

In den unruhigen Jahren 1930-1933 vor der definitiven Etablierung des nationalsozialistischen Regimes verriet Cléments Schreiben im *Tage-Buch* ein Wechselbad der Gefühle, ein Auf und Ab konträrer Stimmungen. Wenig zuversichtlich war er 1930, als er sich an die „Geistigen Frankreichs" wandte und sie aufforderte, sich für die deutsch-französische Verständigung einzusetzen und die Politik Briands zu unterstüzen. Wie sollte es ihm als Luxemburger auch gelingen, mit einem auf Deutsch geschriebenen Aufruf aus der Fremde die französischen Intellektuellen aufzurütteln und zu einem Umdenken zu bewegen? 1931 war Clément dann ungemein zufrieden, als renommierte französische Literaten angesichts der zunehmenden Kriegsgefahr zu einer Annäherung an deutsche Intellektuelle bereit waren, die wie sie dem ‚Diktat der Vernunft' gehorchen wollten. Er machte den durchaus sinnvollen Vorschlag, sich zu organisieren und ein Bündnis der Geistigen zu schaffen, um den Politikern Paroli zu bieten. 1932 gab es allerdings wiederum einen jähen Stimmungsumbruch bei Clément. Auf die hoffnungsvollen Erwartungen von 1931 folgte im folgenden Jahr tiefe Niedergeschlagenheit.

Wenige Monate vor der Machtübernahme Hitlers veröffentlichte Clément, der Luxemburger in Paris, im Berliner *Tage-Buch* den Artikel *Weiter geht's nimmer*.[217] Gleich zu Beginn heißt es:

„In den acht Jahren, in denen ich mit französischen Menschen zusammenlebe, gab es bis dahin keinen einzigen Tag, da ich an dem schließlichen Zueinanderkommen von Deutschen und Franzosen hätte verzweifeln müssen. Auch in den bösesten Stunden durfte ich mir sagen, noch seien nicht alle Fäden gerissen, und wenn ich schlapp zu machen drohte, sagten sie, die Franzosen, mir, dem „Neutralen", das sei alles nicht so schlimm. [...] Aber nun folgen sich auf einmal in Wirrnis und Bitterkeit die Tage, da man alle Hoffnung einsargt."

Von den Franzosen hieß es jetzt: „Sie haben aufgegeben: Deutschland, Europa, die Welt, sich selbst." Clément fühlte sich an die Tage vor Ausbruch des Ersten Weltkrieges erinnert: „1932 ist mit 1914 vertauscht. [...] das blutige Datum steht nicht im Kalender, aber es steht irgendwo in den Sternen." Die Genfer Abrüstungskonferenz war gescheitert. Und vor allem: Clément erwähnt die sogenannte „Gleichberechtigungsnote", die entscheidend zur Verschärfung der Lage und zum deprimierenden Stimmungswandel beitrug. Ende August 1932 hatte nämlich der deutsche Außenminister von Neurath dem französischen Botschafter François Poncet eine Note überreicht, in der die Reichsregierung die volle militärische Gleichberechtigung Deutschlands einforderte. Die Diskriminierung der Wehrmacht müsse verschwinden.[218]

Immer mehr machte sich deshalb Cléments Verbitterung über Deutschland bemerkbar: Er spricht von der „moralischen Misere" des Landes, es sei „mit Deutschland nichts mehr auszurichten", „mit dem Erwägen und Disputieren, mit dem Verhandeln und Räsonieren sei es Matthäi am letzten"[219]. Und in einem späteren Artikel desselben Jahres im *Tage-Buch* heißt es, dass „jenseits des Rheins immer draufgängerischer gehitlert, gehugenbergt und gestahlhelmt wird"[220]. Aber auch die Entwicklung in Frankreich war für Clément mehr als

1932: *Weiter geht's nimmer.*
„ ... nun [...] folgen Tage, da man alle Hoffnungen einsargt."

deprimierend: „[N]ach der letzten Botschaft aus Berlin", also nach der Gleichberechtigungnote, sei das Land „stumpf" geworden. Eine „beklemmende Stimmung" und „dumpfe Resignation" herrschten vor. Aber die französische Nation sei nun mal, und dies schon seit Jahrhunderten, eine „boîte à surprises". Die Stimmung könne sehr rasch umschlagen, vielleicht schon morgen oder übermorgen! Auch Clément war nicht jemand, der sich larmoyant zurückzog oder sich einigelte. Im Gegenteil, er blieb kämpferisch und ließ sich gegen Ende seiner Pariser Zeit sogar in eine heftige Polemik verwickeln.

Ihr Auslöser war eine Auseinandersetzung zwischen dem französischen Ministerpräsidenten Herriot und dem deutschen Reichskanzler von Papen im September 1932. Herriot hatte in einer Rede auf eine deutsche Verordnung hingewiesen, die Jugendliche zu militärischen Übungen heranziehen wollte und die mit den Abrüstungs- und Friedensbemühungen nicht in Einklang zu bringen war. Voller Entrüstung fragte er: Wie kann man Kinder die Kunst des Tötens lehren? Von Papen antwortete zwei Tage später in einem Interview. Herriot übersehe, dass Frankreich mit dem Gesetzentwurf „préparation militaire de la jeunesse" seinerseits schon seit Jahren im großen Stile militärische Jugendvorbereitung betreibe.[221]

Zu diesem deutsch-französischen Schlagabtausch nahm Clément Stellung im *Tage-Buch*-Artikel *Schult Frankreich seine Kinder im Töten?* Er ging nicht auf Herriot ein, sondern trat resolut der Behauptung von Papens entgegen, Frankreich militarisiere seine Jugend. Er konterte den Reichskanzler, nicht indem er etwa auf die geheime forcierte Rüstungspolitik in der Weimarer Republik verwies – die Reichswehrplaner wollten nämlich das Vierfache der im Versailler Vertrag für Deutschland vorgesehenen Militärgröße übertreffen. Er stellte völkerpsychologische Überlegungen an. Offensichtlich waren für ihn Militarismus und Aufrüstung nicht nur politisch bedingt, sondern fanden letztendlich ihre Erklärung in einer grundsätzlichen Einstellung der Deutschen gegenüber dem Soldatischen. Es sei eine „Binsenwahrheit", die man nicht andauernd wiederholen müsse, dass „der Deutsche so aus ganzem Herzen ‚marschiert', dass er gar nicht begreifen kann, wie jenseits des Rheins das ‚Marschieren' und Soldatenspielen nicht nur verhasst, sondern auch mit dem Fluch der Lächerlichkeit behaftet ist". Der Franzose dagegen habe „eine angestammte Renitenz dem Militärischen gegenüber", und „gegen diesen rocher de bronze" renne man vergeblich an. Clément schreibt:

„Denn wenn es auf der ganzen Welt eine Menschensorte gibt, die jede Uniformierung, jede Einregimentierung, jeden Drill aus ganzer Seele verabscheut und sich in diesen Dingen nur ganz notgedrungen dem gesetzlichen Zwang der allgemeinen Dienstpflicht beugt und nur solange, wie dieser Zwang sich nicht abweisen läßt, so ist es der Franzose."[222]

Der Grundtenor von Cléments Artikel musste provozieren: Deutschland sei militaristisch ausgerichtet, von französischer Seite gebe es keine ernsthafte militärische Bedrohung. In der Tat, schon seit Jahren gab es eine geheime Aufrüstung in der Weimarer Republik. Bereits 1930 konstatierte der Staatssekretär im Reichsfinanzministerium „trocken", Deutschland sei „eine Militärdiktatur" geworden. Eine politische Entscheidung könne kaum noch getroffen werden, ohne dass die Reichswehr „ausschlaggebend" mitrede.[223]

Cléments antimilitaristischer Artikel fand denn auch „ein bemerkenswertes Echo in der deutschen Presse" – so das *Tage-Buch*.[224] Besonders die rechte *Berliner Börsen-Zeitung* fuhr in zwei Aufsätzen „schweres Kaliber" gegen Clément auf. Sie war das Organ des Generals der Infanterie, Joachim von Stülpnagel. Er hatte 1930 den aktiven Dienst quittiert und steuerte

Attacken gegen Clément in der *Berliner Börsen-Zeitung*

die *Berliner Börsen-Zeitung,* die der Familie seiner Frau gehörte, nunmehr offen im Sinne der Reichswehrpolitik.

Clément reagierte unaufgeregt auf die rüden Angriffe von rechts und widerlegte mit ein paar Beispielen in dem Artikel *Man will es falsch wissen* die behauptete massive Militarisierung der französischen Jugend. Er verwies z. B. darauf, dass die französische Armee Schwierigkeiten habe, geeignete Führungskräfte zu gewinnen:

„Vor drei Jahren machte die Eingabe von zwei Drittel der obersten Klasse der berühmten École normale supérieure, dieser Elite der französischen Akademiker, dadurch berechtigtes Aufsehen, dass diese zukünftigen Gymnasial- und Hochschullehrer ostentativ auf das Privileg verzichteten, in ihrer Dienstzeit als Reserveoffizier ausgebildet zu werden, dass sie gemeine Soldaten bleiben wollten, d.h. dass sie sich nicht dazu hergeben mochten, andere in der Kunst des Tötens zu dressieren."

Und er schloss seinen Artikel mit folgenden Sätzen:

„Ich gehöre nicht zu denjenigen, die einen ganz bestimmten französischen Militarismus, den einer engstirnigen Oligarchie, leichtherzig hinnehmen; ich mache mir über ihn sehr ernste Gedanken und bin tagtäglich bereit, ihn anzuklagen. Aber wenn man darauf aus ist, in Deutschland das französische Volk als militärisch infiziert zu verleumden, gibt es für jeden loyalen Menschen nur ein Gebot: entrüstet zu sagen, das sei nicht wahr."[225]

Cléments Überlegung, dass das Militärische geradezu ein Wesenszug des Deutschen sei, erscheint uns heute abstrus, sie war zeitbedingt. Aber seine Warnung, dass der Militarismus in Deutschland und nicht in Frankreich eine Gefahr darstelle, war durchaus berechtigt. „Die Zerstörung der Republik ohne republiktreue Mehrheit" – so die Formulierung von Hans-Ulrich Wehler[226] – nahm in den letzten Jahren der Weimarer Republik immer beängstigendere Formen an, und es war nur eine Frage der Zeit, wann Hitler die Macht ergreifen werde. Am 30. Januar 1933 war es soweit. Es gab keinen Widerstand in einem Land, in dem die Republik, nach der Niederlage von 1918, nur ein Notbehelf gewesen war und nicht das Werk einer großen Revolution. Cléments Pariser Zeit, in der er auch in der ‚Weimarer' Publizistik eine gewisse Rolle gespielt hatte, fand jetzt ebenfalls ein jähes Ende.

V. Cléments überstürzte Rückkehr nach Luxemburg, sein Kämpfen und Schreiben von 1933 bis 1940

Immer häufiger beschäftigte sich Clément in den letzten Monaten seines Aufenthalts in Frankreich mit der sich zuspitzenden politischen Situation in Europa und mit der nationalsozialistischen Bedrohung. Einer seiner letzten Pariser Artikel trug den Titel: *Frankreich und das Hitlerregime*.[1] Feuilletonistisches dagegen wurde seltener. Die nötige Ruhe und distanzierte Gelassenheit fehlten ihm jetzt. Das „Sichgehenlassen", das interessierte Flanieren durch eine hektische Metropole, das anschließende ausschweifende Plaudern „unter dem Strich" – wie Feuilletonistisches einst in der *Frankfurter Zeitung* genannt wurde –, all das kennzeichnet nach Peter Utz den typischen Feuilletonisten.[2] Nach Hitlers Machtergreifung allerdings, angesichts einer sich zunehmend verdüsternden Lage, konnte sich Clément nicht mehr einfach ‚gehen lassen' und unbefangen plaudernd mit dem Leser unterhalten, wie noch zuvor in den *Pariser Briefen*, als er den Charme in der französischen Hauptstadt besang, oder gelassen auf ihr vielfältiges, kulturelles Angebot einging, so „als sei ewiger Sonntag"[3].

Cléments Ruhe war dahin. Zudem wurde seine finanzielle Situation äußerst kritisch. Er verfügte über keine gesicherten Einkünfte mehr. Der Ullstein Verlag, für den er Berater gewesen war, wurde gleichgeschaltet.[4] *Das Tage-Buch*, für das er regelmäßig geschrieben hatte, musste sein Erscheinen mit Heft 10 am 11. März 1933 einstellen. Am 23. April 1933 veröffentlichte Clément seinen letzten *Pariser Brief* in der M.A. der *Luxemburger Zeitung*: ein Stimmungsbild im Frühling, der Jahreszeit, in der er sonst so aufgekratzt war. Noch fällt hier zunächst ein hymnischer Ton auf: „[M]ir sprühte der Pariser Frühling entgegen." Aber dann zeigte er sich recht missmutig: „In den acht Jahren, die ich in und um Paris verbrachte, sah ich, wie die gemütlichen Volksfeste der lebenslustigsten Viertel zusehends von der Mechanisierungswut zersetzt wurden, wie das Ergötzliche ins Merkantile verzerrt wurde. Es ist nicht spaßhaft, so was mitzumachen."[5] Ende April 1933 kehrte er wahrscheinlich überstürzt nach Luxemburg zurück. Er hatte keine Zeit gehabt, Bilanz über seine Pariser Zeit zu ziehen, und auch nirgends seinen Wechsel in die Heimat angekündigt.

Dort legte er keine Ruhepause ein und führte sofort seinen Kampf gegen den Nationalsozialismus weiter. Einer seiner ersten Artikel in der *Luxemburger Zeitung*, am 2. Mai 1933, heißt: *Hitler und das Zentrum*.[6] Die katholische Partei hatte sich als Steigbügelhalter Hitlers zur Macht erwiesen. Sie, die „vierzehn Jahre hindurch" in der Weimarer Republik vorgab, „die Demokratie in Erbpacht zu haben", hatte der Regierung Hitlers die nötige Zweidrittelmehrheit zum ‚Ermächtigungsgesetz' ermöglicht und so „der brutalsten aller Diktaturen" eine „Blankovollmacht" ausgestellt.

Clément kam noch einmal im Dezember 1935, als er im ET mit der Erasmus-Rubrik begann, auf das Zentrum zu sprechen.[7] Das *Luxemburger Wort* hatte eben geklagt, Hitler gehe immer repressiver gegen Katholiken vor, er habe die angesehene Jesuitenzeitschrift *Stimmen der Zeit* „für einen gewissen Zeitraum" verboten – sie war einst während des ‚Kulturkampfes', nach dem Verbot des Jesuitenordens im Reichsgebiet ein Jahrzehnt lang unter dem Namen *Stimmen aus Maria-Laach* im Jesuitenheim auf Limpertsberg redigiert worden. Clément meinte jetzt, die Katholiken hätten sich „in dem vermaledeiten Frühjahr 1933 schlecht gebetet" und sie könnten „keinen ungestörten Schlaf genießen […]. Ihre große politische Partei, das Zentrum, [habe] es Hitler damals möglich gemacht, seine Herrschaft mit einer Scheinlegalität anzutreten." Das *Luxemburger Wort* habe „für das Hitlerreich nur Flötentöne zu Verfügung [gehabt]". Die gesamte katholische Welt habe das im Juli 1933 mit dem Führer abgeschlossene Konkordat „als einen großen Erfolg der vatikanischen Politik" gefeiert. Nicht vor Hitler hatte man Angst, sondern nur vor den „Roten". „[A]n Warnungen an die Adresse der Katholiken" habe es allerdings nicht gefehlt, auch er habe seinerzeit gewarnt. Clément zufolge gehöre „keine Prophetengabe" dazu, um vorauszusehen, dass nach den Juden die Katholiken drankämen. Es werde „immer deutlicher, dass der Katholizismus in Deutschland wieder zu einer Katakombenkonfession gemacht werden soll".

Er schließt mit der Bemerkung: „Die Zeit eilt heute so schnell, dass der alte Spruch, die Sünden der Väter würden sich an den Söhnen rächen, hinfällig geworden ist, sie rächen sich bereits an den Vätern selbst."

Auch nach seiner Rückkehr erweist sich also Clément als ein äußerst klarsichtiger Beobachter der politischen Entwicklung – und das Politische steht ab jetzt ununterbrochen im Mittelpunkt seines Schreibens. Literatur spielt dagegen eine weitaus weniger wichtige Rolle als in früheren Jahren. Mit Luxemburger Literatur allerdings beschäftigte er sich weiterhin. Bereits am 1. Mai 1933 schrieb er für die M.A. der *Luxemburger Zeitung* eine Rezension über Pol Michels' *Panorama*, einen Gedichtband des früheren ASSOSS-Revoluzzers, der nun nicht mehr mit „geistreichem Bluff" blenden wolle, sondern ein anspruchsvolles Werk vorlege. Seine Stärke liege in der „kleinen Form", in der „Gebrauchslyrik", in der „frechen Zeitlyrik", einem Genre, das in Deutschland von Erich Kästner, Joachim Ringelnatz, Walter Mehring repräsentiert werde. Er sei, wie die meisten Luxemburger Dichter, „mehr Spottdrossel als Nachtigall", „mehr zerebral als gefühlsstark". Das sei typisch bei „Mischvölkern", bei „Entwurzelten". Michels solle jedenfalls in Zukunft straffer arbeiten, das „Halbgeratene" müsse „unter den Tisch fallen". Und am Schluss heißt es: „Dreimal mehr ‚choix', dreimal weniger Text, und Pol Michels wird das weitaus Beste werden, das wir an Dichtern haben können."

Clément war weiterhin, was die luxemburgische Literatur betraf, eine Art Literaturpapst. Er war deshalb auch in den meisten literarischen Jurys ein unverzichtbares Mitglied, insbesondere bei den angesehenen Concours littéraires der *Cahiers luxembourgeois* oder des Volksbildungsvereins.[8] Die Entwicklung der französischen und deutschen Literatur, in der er sich zuvor recht gut auskannte, verfolgte er allerdings nun nicht mehr so regelmäßig. In der ersten Hälfte der dreißiger Jahre war er jedoch sehr stark am Schicksal der Schriftsteller interessiert, die ins Exil gehen mussten, wie dies z. B. in der Familie Mann der Fall war.

P. Michels und F. Clément

1. Frantz Clément über deutsche Schriftsteller und Künstler im Exil: vom „großen Exodus des Geistes"

Hatte Clément 1930, nach den deutschen September-Wahlen, im *Tage-Buch* die aufrechte Gesinnung von Thomas und Heinrich Mann sowie von Alfred Kerr hervorgehoben und in der *Luxemburger Zeitung* auf die couragierte Haltung der „hervorragendsten deutschen Dichter und Schriftsteller" hingewiesen, die mit ganz wenigen Ausnahmen „ihr Licht keineswegs unter den Scheffel" stellten,[9] so beschäftigte er sich auch 1933 mit der Einstellung der Intellektuellen und Schriftsteller zum neuen Regime, deren Situation jetzt weitaus dramatischer geworden war.

Ende Januar 1933 war Hitler zum Reichskanzler ernannt worden; im Mai schrieb Clément in der *Luxemburger Zeitung* den Artikel *Huldigung für zwei Mann, die zwei Männer sind,* also eine Würdigung von Heinrich und Thomas Mann.[10] Der ältere der beiden, Heinrich, habe bereits zur Zeit des Ersten Weltkrieges „mit Temperament, Schneid und Wortgewalt" für die bedrohte Demokratie gekämpft. Thomas Manns Haltung sei etwas „bedächtiger" gewesen. Ironisch heißt es: „In der Maienblüte der republikanischen Sünden hatte er die *Betrachtungen eines Unpolitischen* geschrieben." Aber in den beginnenden 30er Jahren, „als der nationalistische Rausch [...] ausartete, als es bereits gefährlich war, die Stimme gegen die Feinde der Volkssouveränität und Humanität zu erheben, trat er auf das Forum, hielt [...] den falschen Liberalen um Hugenberg, den falschen Sozialisten um Hitler sein Ideal des wahren Liberalismus und Sozialismus entgegen. Heinrich Mann hat den Ruhm, von Anfang an dabei gewesen zu sein. Thomas Mann hat vielleicht lautereren Ruhm, dieselbe Republik in der Stunde, als andere vor ihr Kotau machten, kritisiert, und in der Stunde, wo jene anderen Reißaus nahmen, in mannesmutiger Weise verteidigt zu haben."

Alfred Kerr, der berühmte und gefürchtete Berliner Theaterkritiker, war der dritte der von Clément erwähnten Schriftsteller, die nicht nach den 1930er Wahlen gezögert hatten, sofort ihre Missbilligung des Nationalsozialismus zu formulieren. Kerr, der zudem Jude war, flüchtete schon am 15. Februar 1933 aus Deutschland. Ein Polizeibeamter hatte ihn vor der bevorstehenden Verhaftung gewarnt. Er gehörte denn auch zu den ‚verbrannten' Autoren bei der Bücherverbrennung im Mai 1933. Bereits am 27. Mai sollte er sowohl in Luxemburg als auch am 28. in Esch-Alzette einen Vortrag halten. Clément stellte Kerr am 26. Mai in der *Luxemburger Zeitung* vor.[11] Er gehöre zu „den ersten deutschen Schriftstellern von Rang, die den großen Exodus des Geistes mitmachen mussten". Er sei „eine jener ‚Intellektbestien', wie Hitlers Parteikommissar Hinkel sich ausdrückte, d.h. also eine jener Persönlichkeiten, die, ohne die Gefühlswerte zu verachten oder auch nur zu unterschätzen, die Vernunft als Maß der Dinge ansehen und anwenden". Er stehe somit in der „Tradition Lessings und Kants, Goethes und Nietzsches". Ein Unfall Kerrs verhinderte, dass er im Mai nach Luxemburg kam, aber am 17. Juni 1933 hielt er im Großen Saal des Lycée de Jeunes Filles in der Hauptstadt den Vortrag *Das doppelte Antlitz der Zeit*. Frantz Clément führte in das Thema ein und sagte u. a. Folgendes zu Kerr:

1933: Über Thomas und Heinrich Mann sowie über Alfred Kerr in Luxemburg

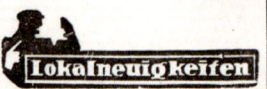

Alfred Kerr hielt am 17.6.1933 in Luxemburg-Stadt den Vortrag *Das doppelte Antlitz der Zeit*: „le plus grand événement littéraire de l'année". (*La Voix des Jeunes*).

„Entlarver der seelischen Epidemien unserer Zeit, ausgerüstet mit perfekter Virtuosität, um die Tiermenschen, die das Anlitz unserer Epoche entstellen, zu brandmarken, so wird Alfred Kerr von künftigen Geschichtsforschern bewertet werden. Unsere Zeit ist ein Januskopf, hoheitsvoll auf der einen Seite, eine abscheuliche Fratze auf der anderen, so wie die Seele der Zeit zu allem bereit ist, zu Allerbestem und Allerschlechtestem."[12]

Die *Voix des Jeunes* vom 15.6.1933 hatte den Vortrag als „le plus grand événement littéraire de l'année" angekündigt.[13] Die linken Zeitungen waren begeistert; das *Escher Tageblatt* etwa berichtete in drei Folgen über den Vortrag, am 20., 22. und 23. Juni 1933; das *Luxemburger Wort* dagegen schwieg, das rechtsradikale *Luxemburger Volksblatt* [LV] kritisierte.[14] Nicht nur in der Politik, sondern auch in kultureller Hinsicht gab es also in den Jahren zwischen den zwei Weltkriegen einen kaum zu überbrückenden Graben zwischen dem rechten und dem linken Lager in Luxemburg.[15]

Zu zwei Mitgliedern der Schriftstellerfamilie Mann hatte Clément in den Jahren 1935 und 1936 Kontakt und schrieb über sie, nämlich über die beiden ältesten Kinder von Thomas und Katia Mann: Erika und Klaus, die ‚enfants terribles' der Familie, die politisch radikaler und weitaus weniger gefügig als ihre vier jüngeren Geschwister waren.[16]

Erika Mann hatte am 1. Januar 1933, also im letzten Monat der Weimarer Republik, in München gemeinsam mit ihrer Freundin, der Schauspielerin Therese Giehse, und ihrem Bruder Klaus, das literarische Kabarett *Die Pfeffermühle* eröffnet. Wegen ihres politisch frechen Programms wurde es ihr allerdings bald unmöglich gemacht, das Theater in Nazideutschland weiter zu betreiben. Als die NSDAP bei den letzten Reichstagswahlen im März 1933 fast 44% der Stimmen erhielt, flüchteten die wichtigsten Mitglieder der Truppe ins Ausland, zuerst nach Zürich, schließlich in die Niederlande. Es gab immer wieder deutsche Einschüchterungsversuche, denen sich die jeweiligen Regierungen schließlich beugten. Die Schweizer Behörden etwa meinten, *Die Pfeffermühle* könne „doch sicherlich auch als ‚reines Amüsier-Theater' auf ihre Kosten kommen"[17]. Erika Mann machte keine Konzessionen, und so verblieb ihr Ensemble nicht nur im Exil, sondern wurde ein Kabarett, das mit wechselnden Mitgliedern auch ständig auf Tournee war. 1935 und 1936 kam es viermal nach Luxemburg und gab sieben Vorstellungen. Die letzte öffentliche Aufführung in Europa überhaupt fand am 9. Mai 1936 in der Alfa-Brasserie in Luxemburg statt.[18]

Ende September 1936 emigrierte Erika Mann in die Vereinigten Staaten, scheiterte aber mit ihrem Versuch, ihr Kabarett als *Erika Mann's Peppermill* wieder zu beleben. Sie reiste dann durch das Land und führte den Kampf gegen Hitler weiter, statt im Kabarett, nun in zahllosen Vorträgen, in denen sie die Amerikaner vor dem Nationalsozialismus warnte.

Als Erika Mann 1936 mit ihrem letzten Exil-Programm in Luxemburg gastierte, schrieb Clément in der *Luxemburger Zeitung* vom 9. April, A.A., er habe bereits „ein paarmal" die „Pfeffer-Mühle" hier im Lande [mahlen] „gehört",[19] sie werde auch jetzt wieder das Publikum „ergötzen", dessen sei er sich sicher. Im Kabarett kannte er sich aus. Er hatte ja in frühen ASSOSS-Zeiten an so manchen ‚soirées chatnoiresques' mit dem Chansonnier Putty Stein teilgenommen. In seinem begeisterten Artikel begnügte er sich deshalb nicht mit ein paar Hinweisen auf die bevorstehenden Aufführungen der *Pfeffermühle*, sondern zeichnete ein halbes Jahrhundert Kabarettgeschichte nach. Diese hatte mit dem „Chat noir" auf Montmartre begonnen und erreichte in Deutschland mit der „Pfeffermühle" einen Höhepunkt.[20] „Das Kabarett als Kleinkunstbühne", schrieb er, „war in seinen Anfängen durch und durch ein

Erika Manns Pfeffermühle gastiert in Luxemburg

Pariser Gewächs: pariserisch im prickelnden Esprit und [...] vor allem auch in der zeitsatirischen Freiheit". Aber bald wirkte sich der Pariser Einfluss ebenfalls in Deutschland aus: etwa bei Ernst von Wolzogen, der kein Blatt vor den Mund nahm und – wohl in Anlehnung an Nietzsches ,Übermenschen' – seine Bühne ,Überbrettl' nannte. Einflussreich war er vor allem in der Weimarer Republik: bei den Kabarettisten im Umkreis der Münchener Zeitschrift *Simplicissimus*, die das Kabarett *Elf Scharfrichter* gründeten – Frank Wedekind war einer von ihnen – und schließlich bei einer ganzen Reihe von Schriftstellern, wie etwa Egon Friedell, Erich Mühsam, Walter Mehring, Erich Kästner, Kurt Tucholsky, Joachim Ringelnatz. Sie alle hatten, nach Clément, „ein Niveau und eine Stilsicherheit", die „den allerbesten Pariser Leistungen" ebenbürtig war. Das war auch bei Erika Mann der Fall.

Mit Hitlers Machtergreifung allerdings schien die deutsche Kabarettkunst endgültig am Ende zu sein – Clément gebrauchte die aussagekräftigere Lutherwendung: Es war „Matthäi am letzten" mit der Kleinbrettkunst. Er schrieb: „Ein ,gleichgeschaltenes' Kabarett ist Unsinn, noch weit mehr Unsinn als jede andere künstlerische Gleichschaltung." Aber Erika Manns Verdienst war es, dass die deutsche Kleinbrettkunst nicht vollkommen ins Abseits geriet. Ihre *Pfeffermühle* in der Diaspora blieb den Nazis über Jahre hinweg ein Stachel im Fleisch.

Die ASSOSS und die Volksbildungsvereinigung bewiesen Mut, das Exil-Kabarett nach Luxemburg einzuladen, sie gingen aber auch ein nicht geringes Risiko ein. An manchen Orten hatte es nämlich Ausschreitungen gegeben, z. B. in Zürich, wo die Aufführungen schließlich unter Polizeischutz stattfinden mussten. Auch hier im Lande befürchtete man von Nazisympathisanten inszenierte Krawalle. Deshalb stellte der Assossard Henri Koch-Kent, um die *Pfeffermühle* zu schützen, schlagkräftige Gruppen auf – „des équipes de protection capables de se battre contre les éléments hitlériens"[21]. Er selbst, jung und nicht gerade von schmächtiger Gestalt, war einer der Türsteher.

Henri Koch-Kent, ein wichtiger Zeitzeuge, hatte sich bereits früh im Kampf gegen den Nationalsozialismus engagiert. Er hatte 1933 „un groupe d'auto-défense" gegründet, weil ihm die Haltung von Staatsminister Bech gegenüber nazistischen Umtrieben im Lande viel zu lasch erschien. Dieser Gruppe gehörte auch Frantz Clément an sowie die späteren Minister René Blum, Antoine Wehenkel, die Journalisten und Schriftsteller Willy Gilson, Emil Marx, Nic Molling, Marcel Noppeney, Armand Schleich und der Verleger und Graphiker Raymon Mehlen.[22]

Die Aufführungen der *Pfeffermühle* wurden nicht gestört. Die paar Anhänger Hitlers wagten sich noch nicht so recht an die Öffentlichkeit. Zwar war bereits 1933 eine luxemburgische Landesgruppe der NSDAP gegründet worden, die aber nur Zuspruch bei der Kolonie Reichsdeutscher im Lande fand. Auch hatte der Wirt des Café de la Poste in Luxemburg-Stadt schon 1933 die Aufschrift „Judenfreies Lokal" an seinem Schaufenster angebracht; woraufhin ihm aber prompt ein Pflasterstein in die Vitrine geworfen wurde.[23] Die politische Polizei, Spitzeldienst genannt, überwachte braune Militanten und nazistische Umtriebe im Lande; Staats- und Außenminister Joseph Bech jedoch war allzu ängstlich darauf bedacht, sich strikt neutral zu verhalten, er glaubte, die bedrohte Unabhängigkeit so zu retten, und wehrte sich deshalb kaum gegen zunehmende Nazipropaganda und immer aggressiver werdende Einmischungsversuche des Dritten Reiches in die inneren Angelegenheiten des Landes.[24]

Die überwiegende Mehrzahl der Luxemburger war damals kaum empfänglich für Nazipropaganda, und so hatte das antinazistische Kabarett *Die Pfeffermühle* sowohl 1935 als auch 1936 einen überaus großen Erfolg in Luxemburg. Die Darbietung im Alfa etwa, am 16.4.1935, fand in einem „über- und überfüllten" Saal statt – wie es im *Luxemburger Volksblatt* hieß.[25] Batty Weber schrieb in der *Luxemburger Zeitung*, dass man eine halbe Stunde lang vor Beginn der Vorstellung im bereits vollbesetzten Saal immer noch Leute sah, „die mit hoch erhobenem Stuhl auf eine winzige Lücke losstrebten"[26]. Dieselbe Zeitung sprach in einer Vorankündigung für 1936 am 3. März vom „Bombenerfolg" des vergangenen Jahres und forderte dazu auf, sofort Plätze „schriftlich" zu bestellen, sonst trage man „selbst die Schuld", wenn man keinen Sitzplatz bekomme. Die Kritiken in der Presse waren äußerst positiv, teilweise überschwänglich. „Es war hohe, sehr hohe klassische Kabarettkunst", die geboten wurde, so fasste Paul Jost in der *Luxemburger Zeitung* seinen Eindruck zusammen.[27] Die Botschaft, die Erika Mann vermittelte, war klar und richtete sich nicht nur an Intellektuelle. Albert Hoefler schrieb im ET: „Erika Mann kämpft für Europa! Sie möchte, dass wieder die Sonne aufgehe über diesem versumpften Erdteil."[28] Sie wurde in Luxemburg eine sehr populäre Persönlichkeit. Die *Luxemburger Zeitung* etwa berichtete in den Lokalneuigkeiten: „Sollen wir auch noch verraten, dass seit dem ersten Auftreten der Pfeffermühle Erika Mann in Esch eine volkstümliche Figur ist – singen doch bereits Kinder und Erwachsene: Erika, die Mann ist da! Oder auch: Was bringt Erika, Pfeffer oder Paprika?"[29]

Ein Teil der Beiträge in der *Pfeffermühle* stammte von Klaus Mann. Er sei, schreibt Clément, „der Verfasser von wenigstens der Hälfte der Texte" gewesen, die Erikas Kleinkunstbühne 1935 gebracht hatte.[30] Er selbst hielt am 19. und am 20.2.1936, also zwischen zwei Aufenthalten seiner Schwester, auf Einladung des Volksbildungsvereins einen Vortrag in Luxemburg-Stadt und in Esch-Alzette mit dem Titel *Was denkt die europäische Jugend?* Clément stellte am 18. Februar in der Morgen-Ausgabe der *Luxemburger Zeitung*, und zwar auf der Titelseite, den Sohn Thomas Manns vor. Ein Foto von Klaus begleitete den hervorstechenden Artikel – Bilder waren in den damaligen Zeitungen noch eine Rarität.

Klaus Manns Vortrag: *Woran glaubt die europäische Jugend?*

Clément versuchte zunächst die spezifische Eigenart von Klaus Mann hervorzuheben, ihn von seinem berühmten Vater Thomas, dem Nobelpreisträger, aber auch von dessen Bruder, dem kaum weniger bekannten Heinrich Mann, abzugrenzen:

„Es ist nicht leicht, Sohn eines großen Vaters zu sein. Wem dieses Geschick zuteil wurde, der beginnt sein junges Leben wohl in einer Vorzugstellung, aber das Prestige des großen Namens, den er trägt, reizt die Zeitgenossen zu Ansprüchen, die nicht jeder zu erfüllen vermag. Von Klaus Mann, dem Sohn und Neffen zweier großer Dichter, darf man ruhig sagen, dass er seit zehn Jahren – er war frühreif wie sein Vater Thomas Mann – seine eigenen Wege geht, die von der Persönlichkeit des Vaters nicht überschattet werden konnten. In seiner raschen, impulsiven Art steht er seinem Onkel Heinrich näher, und zwischen Sohn und Vater spielte sich mehr als einmal das ab, was man den Kampf der Generationen nennt. Das bewirkte, dass die Physiognomie dieses jungen Dichters sich immer deutlicher ausprägte."[31]

Clément versuchte anschließend, Klaus Mann als international bekannten Schriftsteller vorzustellen. Dessen Frühwerke, *Alexander* und *Kinder der* [i.e. *dieser*] *Zeit*, hätten ihn zu einem „repräsentativen Vertreter seiner Altersklasse" gemacht. Beide wurden ins Französische übersetzt. Zu Ersterem schrieb Jean Cocteau das Vorwort. Als emigrierter Schriftsteller gründete Klaus Mann für die „im Exil versprengten deutschen Dichter und Schriftsteller" die renommierte Monatsschrift *Die Sammlung*, „bei der weltberühmte Namen wie Aldous Huxley, André Gide, Heinrich Mann, André Maurois Pate standen". Im Amsterdamer Exil-Verlag Querido veröffentlichte er *Flucht in den Norden*, die „Gestaltung eines Emigrantenschicksals", sowie eine ‚biographie romancée' von Tschaikowsky. Zum Vortrag meinte Clément, dieser werde sicherlich wie Klaus Manns „ganze literarische Existenz ein temperamentvolles Bekenntnis zum Humanismus, zum Individualismus und zum Liberalismus" sein, und er werde also „allen absolutistischen, faschistischen und kollektivistischen Tendenzen" entgegentreten.

Der Vortrag fand großen Zuspruch, weckte ein ähnliches Interesse wie die Kabarettabende der *Pfeffermühle*. Immer wieder wurden die Ausführungen von Klaus Mann „durch rauschenden Beifall unterstrichen", wie Clément in seinem Beitrag *Klaus Mann und die europäische Jugend* in der *Luxemburger Zeitung* hervorhob.[32] Er charakterisierte den Sohn von Thomas Mann als Kämpfer, der in der allgemeinen „Katastrophenstimmung" nach dem Ersten Weltkrieg, in der „alle geistigen, ethischen und politischen Ideale der Neuzeit nicht nur in Frage gestellt, sondern mutwillig demoliert" worden seien, gnadenlos mit den „Rattenfänger[n] des Terrors" – also den Nazis – abgerechnet habe. Zudem habe er versucht – und dies als utopischer „Anstoß" –, eine Synthese herzustellen: zwischen einem neuen Wirtschaftssystem, einer „marxistische[n] Gesellschaftsordnung", und der Rettung der „hohen Werte der Freiheit, des Individualismus und des religiösen Erlebens".

Clément war zwar voll des Lobes über Klaus Manns Ausführungen, aber diese entsprachen offensichtlich nicht ganz seinen Erwartungen. Er machte denn auch einen bezeichnenden Einwand. Dessen „Zukunftsbild", schrieb er, „ist sehr stark sozialistisch betont, und wir liberale Geister, die jeder Art von Kollektivismus mit großem und wohlbegründetem Misstrauen entgegentreten, machen zu ihm ausdrückliche Reserven". Cornel Meder, der sich in seinem Essay über die Familie Mann eingehend mit Klaus Mann beschäftigte,[33] meinte, Clément habe hier einen Punkt des Vortrages „offensichtlich missverstanden – möglicherweise nicht richtig verstehen können!" Es sei nämlich das Anliegen von Klaus Mann in der Emigration gewesen, eine „Deutsche Volksfront" aufzubauen, eine „nicht parteigebundene Zusammenarbeit aller antifaschistischen Kräfte" herzustellen. Und er fuhr fort: „Es [ging] Klaus Mann um ‚Einigkeit' und eben nicht um ‚Kollektivismus' – es [ging] um das Verbindende und eben nicht um das Trennende."[34] Das mag stimmen, aber Clément war äußerst sensibel, wenn es um das Thema des Totalitarismus und Kollektivismus ging, das ihm besonders auf den Nägeln brannte. Er verblieb immer der Liberale, der radikale Individualist, der damals die beängstigende politische Entwicklung in der Welt beobachtete, der mit äußerstem Misstrauen sah, wie sich totalitäre Regime etablierten: in Stalins Sowjetunion, in Mussolinis Italien, vor allem in Hitlers Nazideutschland, und der überzeugt war, dass noch immer zu viele Intellektuelle ihr Heil im Marxismus, im Kommunismus suchten. Clément billigt zwar Klaus Mann zu, dass er „spürt […], wie wenig Allgemeingültigkeit eine marxistische Gesellschaftsordnung hat", aber doch suche auch er, wie André Gide in seinen „letzten Kundgebungen", die „Rettung des Individualismus in einem kollektivistischen Gemeinwesen". – Gides radikale Abrechnung mit dem Kommunismus in *Retour d'URSS* (1936) und *Retouches à mon voyage d'URSS* (1937) stand noch bevor.

Robert Stumper (1895-1977), Präsident der Volksbildungsbewegung: bekannter Wissenschaftler, international renommierter Ameisenforscher, interessierter Kunstliebhaber

Robert STUMPER

Mag es auch Nuancen in der Bewertung von Totalitarismus und Kollektivismus bei Klaus Mann und Frantz Clément gegeben haben, beide waren jedenfalls heftigste Gegner aller faschistischen Ideologien: Den „liberale[n] Geist" Clément hat es dann auch „aufs schlimmste erwischt", wie Cornel Meder schreibt,[35] er wurde im KZ ermordet; Klaus Mann, einer der wichtigsten Repräsentanten der deutschsprachigen Exilliteratur, überlebte den Krieg in der Uniform eines US-Sergeanten – er hatte 1943 die amerikanische Staatsbürgerschaft angenommen. 1949 suchte er den Freitod, aus den verschiedensten Gründen, wohl auch, weil er „[z]ermürbt vom antifaschistischen Kampf, von den Entbehrungen des Exils" war.[36]

Über Klaus Mann bleibt nachzutragen, dass er in seinem Tagebuch über seinen kurzen Aufenthalt in Luxemburg berichtete, in dem für ihn typischen, nervösen Telegrammstil.[37] Am 19. Februar 1936 kam er von Brüssel, blieb zwei knappe Tage in Luxemburg, wohnte im Hotel Staar. Einige seiner Eindrücke:

Klaus Mann über seinen Aufenthalt in Luxemburg

19.II.

Über die Stadt: „Sehr provinziell, aber nicht muffig."

Über das Abendessen: Er wurde von Robert Stumper, dem Präsidenten des Escher Volksbildungsvereins und Veranstalter der Vorträge, abgeholt. „Essen mit ihm, und ein paar anderen braven Herren: der nette Professor, der junge Müller (Brille; intransigenter Marxist;) [i.e. Joseph-Emile Muller, der damals noch ein radikaler Linksintellektueller war], Clément – der früher für Ullstein u.s.w. aus Paris berichtete: ein dicker, amüsanter, gescheiter und gutmütiger Mensch. Später dazu: der Conférencier Schnog – armer Jud."

Über den Vortrag: Er „verläuft gut. Extra-Beifall an den stark antifaschistischen Stellen. Etwas Befremdung über den religiösen Exkurs. Nachher wieder Beisammensein, mit den Damen. Diskussion, z. B. über den lieben Gott."

Über die Nacht im Hotel: „Angsttraum: Stumper würde mich, in seinem Wagen, nach Deutschland entführen".

20.II.

„Von Stumper abgeholt. Mit ihm im Wagen nach *Esch*. Essen mit ihm und Madame; der kleine Sohn Pierre: schwätzt niedlich französisch, zeigt mir seine Eisenbahn (»Klaus Mann, j'ai un train!« ...) u.s.w.

Über Gründgens: „Nach Luxemburg zurück. Mit Madame St. im Kino. »Pygmalion« – um Gustaf wieder zu sehen, meine bösen Eindrücke aufzufrischen. Er missfiel mir."[38]

Über die Resonanz des Vortrags in Luxemburg: „Freundliche Kritiken über gestern abend."[39]

Über den Vortrag in Esch: „wieder sehr gut besucht; wieder sehr freundliche Stimmung – wenngleich das Publikum etwas schwerfälliger, auf die polemischen Pointen etwas weniger stark reagierend, als das von gestern. Der Eindruck, alles in allem, befriedigend."

In den zwei Tagen mehrmals Hinweise auf genommene Medikamente.

Über einen Gesamteindruck seines Aufenthalts: „Die liberale, deutsch-französische, wohlwollende kulturelle Atmosphäre dieses inselhaften Zwerglandes ist sympathisch."

2. Linksintellektuelle setzen sich mit späteren Kollaborateuren auseinander.

F. Clément: *Deutsche Bücher, jawohl, aber mit Vorsicht*

Erika Mann mit ihrem Exilkabarett *Die Pfeffermühle* und der Exilliterat Klaus Mann mit seinem kämpferischen Vortrag über die europäische Jugend waren sehr erfolgreich in Luxemburg gewesen. Zudem war man hier mit der deutschen Exilliteratur recht vertraut – Zeitungen und Zeitschriften, in denen Clément mitarbeitete, etwa *Die Tribüne*, *Escher Tageblatt*, *Die neue Zeit*, *Les Cahiers luxembourgeois*, *La Voix des Jeunes* machten auf emigrierte Schriftsteller aufmerksam. Ihre wichtigsten Werke waren auch leicht zugänglich – die hauptstädtische Buchhandlung Marx in der Neutorstraße, die auch Leihbibliothek war, hatte als Schwerpunkt antifaschistische Literatur im Angebot. Sie wurde geleitet vom ET-Journalisten Emil Marx und später von seiner Frau Lily und wurde eine Begegnungsstätte zwischen linken Literaten und deutschen Emigranten.

Aber bei allem Verständnis, das deutsche Exilkunst in Luxemburg fand, gab es doch ebenfalls eine Gegenbewegung, die bemüht war, das Land für den neuen Geist in Nazideutschland empfänglich zu machen. So war etwa die deutsche Reichsregierung bestrebt, da das Land keine Universität hatte, möglichst viele Luxemburger zum Studium nach Deutschland zu ziehen. Vor allem die Universität Bonn spielte in dieser Hochschulpolitik eine wichtige Rolle; insbesondere gab es an ihr eine Forschungsgruppe, die in ihren volkskundlichen Arbeiten stark auf Luxemburg ausgerichtet war und die angeblich wissenschaftlich neutral arbeitete, aber wohl auch der späteren Germanisierung des Landes nach der Besetzung Vorschub leisten sollte – so jedenfalls die These von Bernard Thomas in seiner Masterarbeit über die Westforschung.[40]

Wichtig für die von den Nazis angestrebte kulturelle Öffnung nach Deutschland war desweiteren die 1934 in Luxemburg-Stadt gegründete *Gedelit* [Gesellschaft für deutsche Literatur und Kunst].[41] Sie war als Gegengewicht zur dominanten Alliance Française gedacht, die vor allem in der frankophilen Bourgeoisie ihr Mitgliederpotential fand. Der konservative Kulturverein vertrat eine ausgesprochen traditionalistische Auffassung von Literatur. Unter seinem ersten Vorsitzenden, Michel Simon, war noch versucht worden, Thomas Mann für einen Leseabend zu verpflichten – er musste aus Termingründen absagen. Unter seinem Nachfolger, Damian Kratzenberg,[42] entwickelte sich die *Gedelit* jedoch immer mehr zu einer Kaderschmiede für zukünftige Nazi-Kollaborateure. In der Zeit zwischen 1934 und 1940 wurde kein einziger deutschsprachiger Exil-Autor in den von ihr organisierten Veranstaltungen vorgestellt.

Bereits 1934 trat Kratzenberg in der *Luxemburger Zeitung* dafür ein, dass Luxemburg die kulturellen Brücken zum neuen Deutschland nicht abbrechen solle.[43] Er setzte sich im Gegenteil für eine größere Verbindung mit ihm ein, insbesondere für eine stärkere Akzeptanz derjenigen Autoren, die im Dritten Reich verblieben waren. Er stellte die rhetorische Frage, ob nicht „ein Börries von Münchhausen, ein Friedrich Blunck, ein Gerhart Hauptmann und tausend andere, Dichter, Denker, bildende Künstler" Persönlichkeiten seien, die, obschon sie das damalige Regime billigten, den Leuten doch auch etwas zu sagen hätten.

Der Artikel stand auf Seite eins der LZ. Noch war Kratzenberg persona grata in der liberalen Zeitung, und auch in der liberalen Partei, der er von 1927 bis 1936 angehörte. Er war ab 1912 sogar Mitglied der radikallinken ASSOSS, kämpfte dort, wie Paul Cerf schreibt, gegen die Macht des ‚allgegenwärtigen Klerikalismus'.[44] Noch 1935-1936 gehörte er, genau wie Frantz Clément, dem ‚Comité d'honneur de l'ASSOSS' an.[45]

Batty Weber, Chefredakteur der *Luxemburger Zeitung*, antwortete Kratzenberg zwei Tage später in seinem *Abreißkalender*.[46] Er ging besonders auf dessen Bemerkung ein: „Deutschland kann auf Luxemburg, Luxemburg nicht auf Deutschland verzichten.", und schrieb: „Das Deutschland, dem wir uns verbunden und verpflichtet fühlen konnten, dem wir einen Teil unseres Hirn schuldeten, aus dessen Kulturwerten wir unseren eigenen Bestand ergänzten, um daraus ein Besonderes zu machen, eine völkische Persönlichkeit, die in der Persönlichkeit keines noch so großen Nachbarn aufgehen will – dies Deutschland besteht nicht mehr." Aber Batty Weber, der Bewunderer deutscher Kultur, war nicht für einen völligen Boykott des Nachbarlandes, wie ihn so manche Frankophile in Luxemburg forderten, sondern er wollte größere Distanz zum Dritten Reich herstellen, jedoch in Kontakt mit deutscher Kultur bleiben. „Neutralität dem Hitlerstaat gegenüber soll uns nicht hindern, Fühlung zu behalten mit dem, was an Quellen deutscher Geistigkeit noch fließt."[47]

Neben Kratzenberg war es vor allem der Journalist Eugen Ewert, der eifrig bemüht war, sich gegen die kulturelle Abnabelung vieler Luxemburger vom neuen Deutschland zu wehren.[48] Diese Verweigerungshaltung könne nicht im Interesse unserer kulturellen Entwicklung sein; sie führe zu einer geistigen Verarmung.

Eugen Ewert hatte sich in diesem Sinne in einer Werbeschrift *Neuordnung und Tradition* des Paul List Verlags in Leipzig geäußert, in der er über das deutsche Buch in Luxemburg schrieb. Mit dessen Auffassungen setzte sich Clément am 17.8.1935, in *Deutsche Bücher, jawohl, aber mit Vorsicht*, auseinander.[49] Nach Ewert laufe Luxemburg Gefahr, „auf die von Deutschland ausgehenden geistigen Kraftströme" zu verzichten. Dazu Clément:

„Keineswegs. Denn zur andauernden Auffrischung unserer Mischkultur mit deutschem Geistes- und Literaturgut stehen immer noch die besten Quellen offen. Wir haben zunächst das große Deutschland der Vergangenheit und wir haben – jawohl Herr Ewert, und mit Genuß! – die Emigrantenliteratur, und es ist gewiss nicht unsere Schuld, dass gerade die stärksten Persönlichkeiten des deutschen Schrifttums von heute gezwungen oder freiwillig in der Emigration leben müssen."

Ewert hatte geschrieben: „An verantwortlicher Stelle spricht man gerne dem neuen Deutschland jedes positive, dauerhafte Geistesschaffen und -gestalten ab, und grundsätzlich verleugnet man immer noch jedes große geistige und kulturelle Werden im Dritten Reich."[50] Clément erwiderte, er sei einer der von Ewert angesprochenen ‚Verantwortlichen'. Es sei durchaus möglich, dass in Deutschland „im Geistigen und Dichterischen" manches Interessante geschehe, er fuhr aber fort:

„[W]ir wollen nicht dazu kommandiert werden. Wir wollen nichts hinnehmen, das nicht der vollen gestalterischen Freiheit des schöpferischen Menschen entspringt. Und der Dichter ist drüben nicht frei. Wir lehnen die literarisch getarnte Propaganda noch lebhafter ab als die offene, und das ganze in Deutschland zugelassene Schrifttum ist immer irgendwie

Propaganda. Wir achten beim Dichter jede redliche Gesinnung; drüben aber wird der Dichter offiziell zur Unredlichkeit verpflichtet."

1936 trat Ewert in den *Cahiers luxembourgeois* noch entschiedener dafür ein, dass man die Literatur von Schriftstellern, die Deutschland nach der Machtergreifung Hitlers nicht verlassen hatten, angemessen würdige.[51] Zudem versuchte er, die Exilliteratur zu diskreditieren. Es gebe wohl einige „wirkliche Könner" unter den Emigranten, aber: „[N]ur zu gerne wird heute von hergelaufenen Nichtkönnern das ‚emigriert' als Schutzmarke und als literarischer Passepartout vorgezeigt."[52] Die Redaktion der CL war nicht mit Ewerts Ausführungen einverstanden und beauftragte ihren jungen Mitarbeiter, Joseph-Emile [Muller], also den späteren anerkannten Kunstkritiker, mit einer Replik. Dieser kannte sich vorzüglich in der deutschsprachigen Literatur aus, insbesondere in der Exilliteratur. Er antwortete Ewert recht temperamentvoll, und es entwickelte sich eine heftige, sehr emotional geführte Polemik, die sich über mehrere Nummern der *Cahiers* erstreckte.[53] Ewert versuchte Muller als Kommunisten hinzustellen, wogegen dieser sich stets heftig wehrte. Für ihn dagegen war sein Kontrahent nichts anderes als ein Nazi.

Die Kontroversen mit den beiden *Gedelit*-Mitgliedern zeigten, dass es Kratzenberg und Ewert nicht primär um die literarische Abwägung zwischen emigrierter und gleichgeschalteter Literatur ging. Vielmehr wollten sie Luxemburg stärker auf Deutschland hin orientieren. In ihrer prodeutschen Verblendung ignorierten sie dabei vollkommen die politische Entwicklung in Hitlerdeutschland: Immerhin wurden bereits in den Anfangsjahren der Naziherrschaft Parteien und Gewerkschaften zerschlagen, die NSDAP wurde Staatspartei, die Juden verloren ihre Bürgerrechte, KZs wurden eingerichtet ... Geschickt versuchte das Dritte Reich, die *Gedelit* in ihre Kulturpolitik einzuspannen und so das Terrain für eine eventuelle spätere Annexion im Westen vorzubereiten. Ihrem Präsidenten sollte geschmeichelt werden und deshalb wurde ihm 1936 die vom Reichspräsidenten Hindenburg gestiftete Goethe-Medaille verliehen. Hitler hatte nach Hindenburgs Tod 1934 auch die Funktion des deutschen Staatsoberhauptes übernommen. Bei ihm revanchierte sich Kratzenberg und bat in einem Brief an den deutschen Gesandten vom 2.10.1936, dieser möge Hitler seinen Dank für die Goethe-Medaille aussprechen und „den deutschen Kanzler und Führer [s]einer grenzenlosen Bewunderung und Liebe versichern und ihm sagen, dass

Kontroverse Ewert–Joseph Emile Muller um Exilliteratur. Cléments Auseinandersetzung mit dem „Tatmenschen" Kratzenberg und dem „Schreibmenschen" Ewert.

Damian Kratzenberg: Vom antiklerikalen Deutschprofessor zum Nazikollaborateur

auch ausserhalb der Grenzen Deutschlands von Tag zu Tag die Zahl derer sich mehrt, die in ihm den edelsten Menschen sehen, den besten Deutschen, den stärksten Hort für die Zukunft Europas"54.

Kratzenbergs literarisches Werk war allerdings äußerst bescheiden. Clément schrieb denn auch sehr sarkastisch in der VdJ über die Zuerkennung der hohen Auszeichnung: „Deutsche Buchhandlungen frugen damals bei ihm [also D.K.] an, in welchem Verlag seine gesammelten Werke erschienen seien. Damy geriet daraufhin in eine solche Verlegenheit, dass er sich eine kräftige knetzelte.55 Nach dem Wahlspruch:

Bekommst du mal 'nen Nasenstüber,

Der Alkohol hilft dir hinüber."56

Im gleichen Artikel beschäftigte sich Clément etwas genauer mit den beiden zukünftigen Herolden der ‚Heim ins Reich'-Bewegung: dem „Tatmenschen" Kratzenberg und dem „Schreibmenschen" Ewert.57 Über ersteren, den er ja schon seit den frühen ASSOSS-Zeiten kannte, schrieb er in einem recht bissigen Ton: „Jawohl, Damy der Tatmensch! Als er, wie wir anderen auch, in seiner Jugendsünde Maienblüte stand, hätten wir ihm das nie zugetraut. Er war stets so schüchtern, so zutunlich, so bieder-freundlich in mitternächtigem Tratsch und Quatsch. Da entdeckte Damy auf einmal vor vier bis fünf Jahren, er sei zum Tatmenschen geboren. Und er ist es geworden. Jawohl. Das dürft ihr mir glauben. Leise, vorsichtig, aber mit der unheimlichen Zähigkeit, die den Leisetretern eigen ist, wenn man sie derb anfasst und wenn sie daraufhin misstrauisch gegen sich selbst und andere werden."

Über Ewert schrieb Clément, dieser habe sich „bei seiner ausgesprochenen Vorliebe für deutsche Kulturbelange in den Kopf gesetzt, er müsse hierzulande nicht Goethe, Nietzsche, Dehmel und Thomas Mann propagieren", sondern uns „alljährlich mit einem halben Dutzend von Vertretern der Goebbels'schen Reichsschrifttumskammer" beglücken. Ewert könne „das Schreiben nicht lassen", er habe sich in der *Tribune des Jeunes* der *Cahiers luxembourgeois* zu Wort gemeldet und dort behauptet, „[i]n den kritischen Tagen" des September 1938 – es sind die Tage, in denen um das Münchener Abkommen gerungen wurde, in denen die Westmächte Frankreich und England vor Hitler kapitulierten und der Weltkrieg noch für einige Zeit aufgeschoben wurde – sei es „in einigen luxemburgischen Kreisen" zu einer „Verhetzung" gekommen, die angeblich „gegen das Regime eines Landes gerichtet sein sollte, sich in Wirklichkeit aber viel mehr gegen das Volk dieses Landes richtete"; die Luxemburger hätten sich „gegenüber Frauen und Kindern" voll „feige[r] Niedertracht" benommen. Clément kommentierte: „Das schreibt E.E. und dass er verlogen ist, brauche ich nicht zu sagen. Was wir nächstens von drüben vernehmen werden, das ist: dass hierzulande deutsche Staatsangehörige und deren Vertreter *drangsaliert* werden: dass es bei uns eine *unterdrückte deutsche Minorität* gibt."

Man sieht: Clément nahm in den Jahren der Bedrohung durch das Dritte Reich kein Blatt vor den Mund. Vorsichtige Zurückhaltung gegenüber nationalsozialistischen Umtrieben in Luxemburg war nicht seine Sache. Bezeichnend ist die einleitende Bemerkung der Redaktion, Clément wolle die volle Verantwortung für seine Ausführungen übernehmen. Er engagiere weder die ASSOSS noch die Redaktion der *Voix des Jeunes*.

3. Cléments Auseinandersetzung mit dem nationalsozialistischen Regime, „der brutalsten aller Diktaturen"

Clément hatte also lebhaftes Interesse am Aufenthalt der Exilanten Alfred Kerr sowie Erika und Klaus Mann in Luxemburg gezeigt; er war sofort der *Gedelit* mit äußerstem Misstrauen begegnet, selbst als diese Gesellschaft zunächst nur ein harmloser Kulturverein zu sein schien.[58] Später übte er massive Kritik an ihren Protagonisten. Sein Verhalten stand in engem Zusammenhang mit dem zunehmend gefährlicher werdenden Nationalsozialismus. Und mit diesem beschäftigte sich Clément immer wieder in den 1930er Jahren: mit seiner verquasten, irrationalen Ideologie, mit seiner bedrohlichen Politik und mit seinen Auswirkungen auf Luxemburg.

Clément und die Rassenideologie der Nazis

Clément war einer der wenigen Luxemburger, der bereits vor der Machtergreifung Hitlers, auf die „abstruse und verstiegene Rassenmystik" der „deutschen Hakenkreuzler" hinwies, und diese als „kindische Romantik", als „Blödsinn" hinstellte, die allerdings „von einem großen Teil der Massen mit Behagen geschlürft" werde.[59] Kurios sei, dass Hitler-Deutschland seinen Rassismus zum Teil „aus Frankreich bezogen" habe; ein Franzose habe nämlich „den deutschen Nationalisten ihre Lehre [von der Rasse] ein[ge]paukt", und zwar Graf Gobineau mit seinem *Essai sur l'inégalité des races humaines*. Nur, meint Clément:

„Sein lyrischer Aristokratismus, in dem es von übelster Romantik spukt, und seine blendende Geschichtsklitterung haben in Frankreich nie einen Hund vom Ofen gelockt, geschweige denn einem Franzosen die politische Vernunft getrübt. Die Franzosen überließen diesen Giftmischer den ‚wahrhaft Deutschen', die ihn feierlich als ‚praeceptor Germaniae' einsetzten."

Die Nazi-Ideologie, die Clément 1930 noch als verschrobene Kuriosität angesehen hatte, wurde 1933 durch das Ermächtigungsgesetz vom 24. März Staatsdoktrin. Die Parteienvielfalt war abgeschafft. Besonders heftig hatte Clément ja, wie gesehen, das Verhalten der katholischen Zentrumspartei angegriffen. Ihr Votum für Hitler sei „ein Akt politischer Felonie erster Ordnung" gewesen. Er meinte: „In dieser Zeitenwende" müsse man jetzt „dem Nachbarn über den Zaun in seinen Garten […] schauen, da der gute Nachbar sich über Nacht in einen bösen Nachbarn verwandeln" könne.[60]

1933 hatte Clément als erste Reaktion auf das neu etablierte Naziregime, wie erwähnt, den in Paris verfassten Leitartikel *Frankreich und das Hitlerregime* geschrieben. Er war als Feuilleton konzipiert, ein ‚Erlebnis' stand nämlich im Mittelpunkt des Beitrages.[61] Er schildert, wie er – wohl Anfang April 1933 – mit dem Nachtzug von Luxemburg nach Paris fährt. Ihn beschäftigt die Frage, wie die Franzosen auf das Hitlerregime und auf die Abschaffung der Demokratie in Deutschland reagiert haben. Er versucht den Schaffner in ein Gespräch zu verwickeln, „zapft" ihn „in vorsichtigster Weise" an. Dieser bestürmt ihn sofort mit der Frage: „Que pensez-vous de Hitler?" Sie unterhalten sich bis Thionville, „zu allerschönster beiderseitiger Zufriedenheit". Aus dem Gespräch ergibt sich: Beide, der „cheminot", der Franzose mit dem gesunden Menschenverstand, sowie der Luxemburger, der glaubte, sich in den deutsch-französischen Beziehungen auszukennen, und desweiteren „ein paar hundert Schriftsteller,

Journalisten, Politiker deutscher und französischer Sprache", „die insgesamt völkerpsychologisch und politisch durchtrainiert sind", sie alle können nicht „erfassen", „verstehen", „begreifen", wie ein ganzes Volk sich ohne Widerstand einem totalitären Regime fügt und eine „Revolte der Gewalt gegen die individuelle Freiheit, [sowie] des Fluchs gegen den Geist" billigt. Clément denkt wohl an die zahlreichen Intellektuellen, Künstler, Schriftsteller, die bereits ins Exil flüchten mussten. In Nazi-Deutschland dagegen spreche man unterdessen von „nationaler Erhebung". Davon könne keine Rede sein. Der Franzose wisse: „[E]ine richtige Revolution [ist] allemal eine Erhebung des Geistes gegen die Gewalt, der Entrechteten gegen die Privilegierten". Die Deutschen dagegen hätten sich mit Unterwürfigkeit den vollendeten Tatsachen gebeugt.

Der Artikel ist also eine flammende Verdammung der Nazis. Er drückt vor allem aber Unverständnis, ja Verachtung für diejenigen aus, die sich so rasch Hitler unterwarfen, für diese „,Köpfe, die nicht in den Sand rollten' (Hitler dixit), sich [aber] so schnell in den Sand beugten". Er zeichnet zudem ein idealisiertes Bild von Frankreich, das sich in dem vernünftigen Schaffner verkörpert. Der Franzose „fühlt sich als Römererbe gegenüber den Barbaren, aber er hat sich gleichzeitig überlegt, dass die Barbaren den Römerreichen gegenüber ein weit stärkeres Kriegspotential haben. Deshalb geht es heute durch ganz Frankreich als [...] hinflutende Welle: Vorsicht, äußerste Vorsicht." Drückt hier Clément seine Hoffnung aus, dass ein rettendes Frankreich letztendlich Hitler die Stirn bieten wird? Eine Illusion, denn mit dem Münchener Abkommen von 1938 kapitulierte auch Frankreich vor Hitler und vor der Macht des Faktischen.

Die einzigen in Deutschland, die in Cléments Artikel „Gnade" finden, sind „diejenigen, auf die der Hass sich am heftigsten entlädt", nämlich die Juden – sie sind wahrscheinlich „die besten Westeuropäer" gewesen, heißt es. Clément spricht hier von der ersten Welle der Judenverfolgung im Dritten Reich. Im März 1933 hatte es in Deutschland massive antisemitische Agitation gegen die angebliche wirtschaftliche Übermacht der Juden gegeben, Anfang April 1933 hatte dann der *Stürmer*-Herausgeber, Julius Streicher, eine Boykott-Woche gegen jüdische Geschäfte inszeniert. Nicht einhellig wurden die antijüdischen Exzesse, wie Clément es tat, in den Luxemburger Zeitungen abgelehnt. Das *Luxemburger Wort* z. B. fand die deutsche Reaktion auf die jüdische Dominanz im Wirtschafts- und Finanzbereich durchaus verständlich, auch wenn „brutale Gewalt und Verfolgung" abzulehnen seien. Aber es werde viel zu viel Geschrei um Judenverfolgung gemacht, viel zu wenig sei die Öffentlichkeit um gefährdete Katholiken besorgt. Das LW fragt, ob „Judenblut" etwa kostbarer sei als „Christenblut"[62].

Gegen diesen Artikel wandte sich das sozialistische ET aufs Heftigste,[63] worauf der klerikale Gegner meinte, es sei unverständlich, wieso ein Zeitungsorgan, das den Kapitalismus bekämpfe, sich so stark für die Juden einsetze, wo doch gerade der größte Teil des Weltkapitals in ihren Händen liege.[64] Kein Zweifel, die judenfeindlichen Ausschreitungen im Deutschen Reich lösten auch Diskussionen über die Juden in Luxemburg aus. In der *Voix des Jeunes*, Nummer 1 von Juni 1933, meinte Emil Marx, nach „dem blutrünstigen Hitler-Antisemitismus" solle man jetzt den „Antisemitismus als solchen" in Ruhe [!] untersuchen.[65] [Dabei begannen die eigentlichen verhängnisvollen Verfolgungen erst im September 1935 mit den Nürnberger Gesetzen: Die Juden verloren ihre bürgerlichen Rechte und wurden aus der staatlichen Gemeinschaft ausgeschlossen.] Marx schrieb, es sei „zu bedenken, ob die Juden nicht selbst ihren Teil Schuld" an den Verfolgungen trügen. Man solle über den jüdischen Nationalismus, den Zionismus sprechen und dass der Semitismus „ein Resultat des Antisemitismus" sei. Nicht immer habe Judenhass etwas mit Rassenfragen zu tun. Es gebe den sogenannten „Eckhaus-Antisemitismus", den Neid auf den geschäftstüchtigen Juden an der Ecke. In der nächsten Nummer der VdJ, im August 1933, wurde in einer provokanten Balkenüberschrift gefragt: *Schaffen die Juden auch in Luxemburg den Boden für den Antisemitismus?* [Das Wort ist in großen, dicken Lettern gedruckt.].[66] Verquere Fragestellung, die latente antijüdische Ressentiments verrät? Wohl kaum – eher der Versuch, eine Diskussion zu provozieren! Clément jedenfalls wollte sich nicht zu diesem Zeitpunkt in eine Polemik einmischen, er zog eine überlegte, ernsthafte Behandlung des Themas vor, abseits vom politischen Gerangel, und hielt deshalb, auf Einladung der ASSOSS, am 6. November 1934, einen Vortrag über Antisemitismus. In einer Vorankündigung schrieb die *Luxemburger Zeitung*, der „ag[g]ressive Kämpfer", Frantz Clément, werde am heutigen Abend „eine scharfe Klinge gegen Rassenvorurteile führen" und besonders dem „Problem des politischen Antisemitismus", wie er heute in Deutschland bestehe, „zu Leibe rücken"[67].

Im Bericht der LZ vom 7. November 1934 über den Vortrag hieß es dann: „Der große Saal des ‚Casino' reichte kaum aus, um die große Zahl der Hörer zu fassen, die gekommen waren, um aus dem Munde Frantz Cléments über das aktuelle Thema *Antisemitismus* unterrichtet zu werden." Zahlreiche „Persönlichkeiten aus Politik, Wirtschaft und Geistesleben" sollen unter den Zuhörern gewesen sein, unter ihnen Batty Weber, der Chefredakteur der LZ.[68]

Clément unterschied drei Formen des Antisemitismus: den „Privatantisemitismus", der sich aus den Gegensätzen, die manchmal geschäftlicher Natur sind, zwischen Juden und ihren nichtjüdischen Mitbürgern entwickelt, den „Rassismus", der auf der Mystik der Rassenlehre beruht, und schließlich eine Mischung der beiden, einen „Staatsantisemitismus", der, wie in Deutschland, mit Hilfe der Gesetzgebung die Juden vollkommen ausgrenzt.

Clément stellte dann – fortschrittlich für seine Zeit – den Begriff „Rasse" in Frage. Aber angenommen, so der Redner, es ließen sich aus „Schädelbildung, Augenfarbe und Kopfhaaren" heraus verschiedene Rassen konstruieren, so müssten diese doch zusammen leben, gegenseitig aufeinander wirken können, ohne dass eine die anderen beherrsche. Und er fügte hinzu: „Das Volk, das die verschiedensten Rassen in sich birgt, das französische, ist einheitlicher, geschlossener und produktiver, als manches rassisch angeblich reines Volk, weil das Einigende nicht die Rasse, sondern die geistige Kraft der Nation ist."

Hitler dagegen behaupte in *Mein Kampf*, Deutschland sei wegen seiner Rassenreinheit den andern Völkern überlegen und dazu berufen, die Welt zu führen. Diese Einstellung führe unweigerlich „zu einer gewaltigen Auseinandersetzung, zum Krieg". Sie allein erkläre aber nicht die Judenverfolgung im Reich. Sie habe sich mit dem „Privatantisemitismus" verbunden, der vor allem auf Ressentiment beruhe und eine sehr gefährliche Mischung von antijüdischen Gefühlen ergebe. Clément soll seine Ausführungen mit zahlreichen Beispielen untermauert haben.

Gegen Schluss des Vortrags präzisierte er seine Haltung zum Antisemitismus:

„Wir bekennen uns zu jener westlichen Humanitätseinstellung, zu der sich noch neun Zehntel der weißen [!] Menschheit bekennen, und lehnen darum den Antisemitismus als

Hitlers Verkündigung von der Überlegenheit der arischen Rasse wird „zum Krieg" führen.

Staatsantisemitismus, aber auch in jeder anderen Form radikal ab. Der Jude ist weder moralisch schlechter, noch ist er geistig minderwertiger."

Der Vortrag wurde, wie es in der LZ heißt, „immer wieder […] beifällig unterbrochen, bis zum Schluß der Beifall nicht enden wollte". Er war einer der „ganz großen geistigen Genüsse". Ähnliche Zustimmung fanden Cléments Ausführungen in Marcel Noppeneys *L'Indépendance Luxembourgeoise.* Einziger Kritikpunkt: Er habe seinen Vortrag in deutscher Sprache gehalten. „Malgré la large imprégnation de culture française que décélaient ses paroles, l'orateur avait cru devoir parler en allemand."[69] Das rechte *Volksblatt* dagegen meinte, Clément rede ein Problem herbei, das es bisher in Luxemburg nicht gegeben habe, er habe „den Funken in das Pulverfass geschleudert"[70]. Das Blatt zeigte somit – unbeabsichtigt –, dass er ein hochaktuelles Problem angesprochen und einen wunden Punkt auch der Luxemburger Gesellschaft berührt hatte.

Clément hatte also früh vor Hitlers Rassenideologie gewarnt, die nicht nur irrational, sondern höchst gefährlich sei. Sie wurde Grundlage der Politik des Dritten Reiches, führte zur Ausgrenzung der Juden und aller Gegner des Nationalsozialismus und mündete schließlich in deren Vernichtung. Beide Merkmale der Politik Hitlers im Innern, das Irrationale und das Brandgefährliche, fand Clément auch in der Außenpolitik wieder. Mit ihr beschäftigte er sich in einem Leitartikel am 30. August 1934 in der *Luxemburger Zeitung.* Im April 1933 hatte er seine Ausführungen über das neue Regime in Deutschland noch in ein anregendes Gespräch mit einem Schaffner eingebettet, das erste Eindrücke kurz nach Hitlers Machtergreifung wiedergab, und so die Unmittelbarkeit seines Leitartikels gesteigert.

Aber im August 1934 – Hitler war etwas mehr als anderthalb Jahre an der Macht – war es bereits möglich, eine erste Bilanz seines Regimes zu ziehen, und Clément griff diesmal auf eine klare, analytische Form zurück. Er stützte sich dabei auf ein eben in Zürich erschienenes Buch des Publizisten Dr. Max Beer und wählte für seinen Leitartikel denselben Titel wie dieser für sein Buch: *Die auswärtige Politik des dritten Reiches.*[71] Er stimmte vollkommen mit Beer überein, der sein Thema, wie er sich ausdrückte, „aus dem ff" kannte. Beer war ein jüdischer Publizist, der an der *London School of Economics* studiert und u. a. Bücher über Jean Jaurès und Karl Marx geschrieben hatte. Er emigrierte 1933 nach London, nachdem Deutschland ihn ausgebürgert hatte.

Ein „arges Handicap" der deutschen Außenpolitik war für Beer, dass Hitler in *Mein Kampf* bereits „systematisch und ausführlich" verkündet hatte, welche Ziele er verfolgte. Die „*ganze Welt*" wusste so Bescheid, womit zu rechnen war und konnte konstatieren, dass ein „schreiende[s] Mißverhältnis zwischen dem gewaltigen Format des angestrebten Zieles und dem geringen Umfang der diplomatischen Mittel und Möglichkeiten, über die Deutschland verfügte", bestand. In maßloser „Verstiegenheit" hatte Hitler verkündet, er strebe die „Aufrichtung eines Hundert-Millionen-Germanenreichs" an. Die „Raumgewinnung" sollte auf „Kosten Rußlands" geschehen, Frankreich war „niederzuschlagen"! Für den Führer gab es „nur zwei mögliche Bundesgenossen, England und Italien". Italien aber wurde kein zuverlässiger Bündnispartner, die angestrebte Freundschaft wandelte sich sogar 1934 „nahezu in Feindschaft", als wegen der Ermordung von Dollfuss italienische Truppen am Brenner aufmarschierten; England „zeigte immer mehr die kalte Schulter". Und die vom Reich „angestrebte Isolierung Frankreichs" wandelte sich rasch „in eine Isolierung Deutschlands". Bereits 1934 stellten Beer, und mit ihm Clément, fest, dass Hitler „nicht imstande" war, sich in eine

Die auswärtige Politik des dritten Reiches. Luxemburg: ein „Objekt der Hakenkreuzaußenpolitik"

„Völkerbundspolitik" einzuordnen – Deutschland war schon 1933 aus dem Völkerbund ausgetreten. Sowohl Beer als auch Clément war es deshalb klar, dass Hitler nicht daran dachte, Abstriche an seinen Zielen zu machen, Kompromisse einzugehen. Im Gegenteil, er hielt an der Maßlosigkeit seiner Forderungen fest. Diese gefährliche Politik musste zum Verhängnis führen und auch Folgen für Luxemburg haben. Und so schrieb Clément am Schluss seines Artikels, der über eine bloße Buchrezension hinausging:

„Max Beers Buch […] verdient von uns Luxemburgern, die ja auch gewissermaßen ‚Objekt' der Hakenkreuzaußenpolitik sind, fleißig gelesen zu werden."

Luxemburger Wort-Direktor Origer im Kampf mit der KPL; im Hintergrund lauert die nationalsozialistische Gefahr.

4. Cléments Kampf gegen ‚Ständestaat' und ‚Maulkorbgesetz'

Cléments Bemerkung, Luxemburg sei ein „Objekt" nationalsozialistischer Politik, macht klar, dass für ihn Hitlers bedrohliches Agieren nicht nur Anlass für Analyse und Schreiben sein konnte, sondern dass Handeln und Reagieren erforderlich waren, zumal faschistisches Gedankengut auch in Luxemburg bereits Teile der Gesellschaft und der Politik infiziert hatte.

Wir wissen nun, was uns blüht: „die Botschaft des luxemburgischen Faszismus"[72]

Im Oktober 1933 veröffentlichte die *Voix des Jeunes*, in Nr. 4, gleich zwei ungewöhnlich scharfe Artikel von Clément, die nichts von seiner, bei allem Engagement, stets üblichen Unaufgeregtheit zeigten. Man spürt hier sein Aufgewühltsein und seine innere Wut – auf sprachliche Finessen legt er diesmal kaum Wert. Die Beiträge erschienen in der Zeitschrift der AGEL; die liberale *Luxemburger Zeitung*, für die er damals vor allem schrieb, hätte sich wahrscheinlich geziert, sie zu veröffentlichen: Die Radikalität des Tons und der Haltung des Autors passten nicht so recht in ihr Konzept von Ausgewogenheit; vor allem aber waren die Liberalen an der Regierung beteiligt. Das sozialistische *Escher Tageblatt* seinerseits gebärdete sich damals recht forsch und klassenkämpferisch und kritisierte heftig einen Vortrag von Clément beim Luxemburger *Volksbildungsverein* im Kasino über das Thema *Victor Hugo. Die Geburt des Bürgertums*.[73] Die „bürgerliche Demokratie" sei eine „Düperie". Wer diese heute verteidige, stehe „im Dienste der Reaktion" und werde „unvermerkt zur Flucht in den Faschismus getrieben". Clément entschied sich deshalb für die *Voix des Jeunes*, schrieb unter seinem allgemein bekannten Pseudonym Erasmus und wollte in jener turbulenten Zeit keine parteipolitische Haltung einnehmen, sondern einer humanistischen Position eine Stimme geben. Gleich zu Beginn des ersten Artikels *Wir wissen nun, was uns blüht*, auf Seite eins, heißt es:

„Unsern Klerikalen, die sonst so geübt sind in jeden Formen politischer Tarnung, lief in den letzten Wochen das Herz über: es lief sofort in die Feder hinein und wir vernahmen im *Lux. Wort* die Botschaft des luxemburgischen Faszismus."[74]

Es werde allerdings, nach Clément, eine moderne Form des Faschismus aufgetischt: „das Märchen vom korporativen Staat, vom Ständestaat, vom dynamischen Staat",[75] der jedoch für luxemburgische Verhältnisse genauso passe „wie die Faust auf's Auge". Und zudem hätten die Klerikalen „etwas Besonderes ausgeknobelt":

„Sie sind, genau wie Hitler, gnädig genug, das Volk auch abstimmen zu lassen, aber es darf nur abstimmen für christliche Parteien, und damit ja nur kein räudiges Schaf mit unter läuft, nimmt die Regierung die Auswahl der Listen vor. Noch nie wurde in unserem Lande in so zynischer Weise das Prinzip der absoluten Intoleranz verkündet: noch nie vernahmen wir so deutlich die Drohung: ,Und willst du nicht mein Bruder sein, so schlag ich dir den Schädel ein'."

Zwar sei „der klerikale Faszismus vorläufig mehr eine Angelegenheit einer aktivistischen Minderheit als eine solche der gesamten klerikalen Partei". [...] Aber:

„[W]enn die nächsten Wahlen den Klerikalen *auch nur eine ganz geringe Mehrheit* bescheren würden, z. B. nur die zwei Prozent, die Hitler genügten, um das republikanische Deutschland über den Haufen zu werfen, *dann würde der Klamauk sofort losgehen*. Dann gäbe es im Land bald nur *eine christliche Partei*. Und für diejenigen, die sich nicht fügen würden, gäbe es bald Konzentrationslager in Hülle und Fülle."

Am Schluss seines Artikels rief Clément zur Einheit der Linkskräfte auf:

„Wir werden zuerst dem Land die frechen Diktaturgelüste der Römlinge denunzieren, wir werden nicht müde, allen Linksgenossen, die guten Willens sind, immer wieder einzuhämmern, um was es geht." „[...] Es geht einfach um Alles. Wenn je eine einheitliche Linksfront Gebot der Stunde war, so ist es diesmal der Fall."

Der Faschismus in der Rechtspartei beunruhigte Clément also ungemein – nicht zu Unrecht, denn er stellte die parlamentarische Demokratie in Frage und ging einher mit einer Verharmlosung des Nationalsozialismus.[76] Und die totalitären Gedankengänge vertrat auch nicht, wie er zunächst meinte, nur ‚eine aktivistische Minderheit'. Dem Chefideologen des *Luxemburger Wort*, das eng mit der Rechtspartei verbunden war, Abbé Jean-Baptiste Esch, war nämlich so manches, was in Nazideutschland geschah, nicht unsympathisch. Auch setzte er sich, besonders in den Jahren 1933-34, in seinen Leitartikeln für den vordemokratischen, faschistischen Ständestaat nach österreichischem Vorbild ein. Bereits im Mai 1933 hatte es im LW geheißen:

„[W]ir betonen immer wieder, dass in mancher Hinsicht der Faschismus und National-Sozialismus uns sympathischer sind als Liberalismus und Sozialismus, weil sie gewissen *Naturrechten* weniger zuwider sind als sie."[77]

Und im Anschluss an die Hitler-Rede zum 1. Mai 1933 – unmittelbar nach der Liquidation der freien Gewerkschaften – schrieb das LW:

„Jedenfalls ist die Grundidee seiner Rede wahr und seine Grundforderung ebenfalls. Und die ist folgende: *eine deutsche Volksgemeinschaft gründen und sogar erzwingen*."[78]

Clément hatte am Ende seines Artikels über den klerikalen Faschismus in der VdJ eindringlich „eine einheitliche Linksfront" gefordert. Er war sich aber bewusst, dass es äußerst schwierig war, eine geschlossene Einheit herzustellen. Die Liberale Partei war in verschiedene Gruppierungen zersplittert; die beiden Arbeiterparteien waren sich spinnefeind. Aus Sicht der Sozialisten hatte die ‚revolutionäre' KPL mit ihrer Abspaltung die Einheitsfront der Arbeiter geschwächt, für diese dagegen waren die Sozialisten zu einer Partei mit ‚reformistischen Tendenzen' geworden.

Clément wies angesichts der bestehenden Uneinigkeit im linken Lager in seinem zweiten Artikel in der VdJ vom Oktober 1933 Nr. 4, *Die andere Glocke*, auf das abschreckende Beispiel der Weimarer Republik hin, „wo der entfesselte Linksextremismus dem Rechtsextremismus in den Sattel geholfen hat[te]"[79]. Er schrieb:

„Sämtliche Führer der K.P.D. haben es 15 Jahre lang als ihre hauptsächliche politische Aufgabe angesehen das Weimarer Deutschland zu zersetzen und zu zerstören, die republikanischen Einrichtungen als Hort des Kapitalismus zu schmähen und besonders die Sozialdemokraten als Verräter am Proletariat zu brandmarken. Durch die engstirnige Oppositionspolitik hat die K.P.D. in den letzten vier Jahren jede auf parlamentarischer Basis aufzubauende

Regierung unmöglich gemacht und dadurch jene Karenz der Weimarer Demokratie, die zur Schilderhebung führte, in nicht wieder gut zu machender Weise begünstigt."

Dieser zweite Artikel war also wohl als Aufforderung an die linken Parteien gedacht, sich nicht in sinnlosen Kämpfen zu verzetteln, „ein paar Unzen Realpolitik im Kopf" zu behalten und den eigentlichen Gegner, in diesem Fall den ‚klerikalen Faschismus', nicht aus dem Visier zu verlieren.

1934 feierte der Escher Volksbildungsverein sein 25-jähriges Bestehen. In der zu diesem Anlass herausgegebenen Festschrift war Clément mit dem Beitrag *Politische Erziehung und Bildung* vertreten, auf die er besonderen Wert legte, und über ihre Bedeutung hielt er zahlreiche Vorträge in den *Volksbildungsvereinen*. Sie sei nämlich „das Zentralproblem des öffentlichen Lebens der Volksgemeinschaft".[80] In der Auseinandersetzung zwischen rechts und links war der Ton 1934, jedenfalls was Clément anbelangt, etwas gemäßigter geworden, aber beide Seiten hielten an ihren Grundüberzeugungen fest. Clément schrieb in der Broschüre des Volksbildungsvereins Esch: „Die großen Heilmittel der Jetztzeit, wie z. B. der Ständestaat, sind oft weiter nichts als uralte Einrichtungen, die vor Zeiten hinfällig wurden und überwunden werden mussten." Und weiter: „Wenn eines der größten europäischen Länder [i.e. Hitler-Deutschland] ein eigenes Propagandaministerium errichtet hat, um mit Zirkustamtam und amerikanischen Reklametricks die geistige, ethische und politische Einebnung aller selbständigen Regungen des Hirnes und Herzens zu vollziehen, so ist das just der Gegensatz zu dem, was wir wollen."[81] Das *Luxemburger Wort* seinerseits schrieb: „Und wir sagen nochmals: Die Freiheit, Sozialismus und Kommunismus einzuführen, ist keine Freiheit. Die Freiheit, dem Katholizismus und seinen naturrechtlichen und göttlichen Forderungen Schranken zu stellen, ist keine Freiheit. Und die Freiheit politischer und parlamentarischer Willkür ebenfalls nicht."[82]

Von einer Entspannung zwischen den ideologischen Blöcken konnte 1935 keine Rede mehr sein. Im Gegenteil, die Kontroversen zwischen rechts und links verschärften sich dramatisch. 1935 legte nämlich Staatsminister Joseph Bech, Chef der damaligen Regierung, die aus Mitgliedern der Rechtspartei und der Radikalliberalen bestand, dem Parlament den Entwurf eines ‚Ordnungsgesetzes' vor, das den harmlos scheinenden Titel *Loi ayant pour objet la défense de l'ordre politique et social* trug. Recht Seltsames war geschehen, jedenfalls nach Ansicht überzeugter Demokraten. „Der Kommunistenschreck [war] dem politischen Establishment in die Knochen [gefahren]", schrieb Marcel Engel 1967 im *Letzeburger Land*.[83] Der kleinen kommunistischen Partei – sie war am 2. Januar 1921 in Niederkorn als Sektion der III. Internationale gegründet worden – war es nämlich bei den Kammerwahlen im Juni 1934 gelungen, mit Zénon Bernard im Südbezirk einen Sitz zu gewinnen. Kaltschnäuzig, mit fadenscheinigen Argumenten – die KP wolle eine Sowjetrepublik in Luxemburg einführen – wurde sein Abgeordnetenmandat ‚invalidiert'. Vorher hatte die Regierung per Beschluss die kommunistischen Lehrer Dominique Urbany und Jean Kill aus dem Schuldienst entlassen.[84]

Im Oktober 1934 wurde, zum großen Verdruss der Regierungsparteien, Zénon Bernard auch noch in den Gemeinderat von Esch-Alzette gewählt. Diesmal wollte oder konnte man die Wahl nicht für ungültig erklären. Deshalb war Joseph Bech nun gewillt, radikal vorzugehen und die kommunistische Partei zu verbieten – und so kam 1935 der erste Entwurf des ‚Ordnungsgesetzes' zustande. Es regte sich sofort Kritik von linker Seite. Viele befürchteten, dass mit diesem Gesetz, das dem patriarchalisch autoritären Geist eines Obrigkeitsstaates

Das ‚Maulkorbgesetz': ein „unordentliches Ordnungsgesetz"

entsprungen war, nicht nur der KP, sondern auch andern linken Organisationen ein ‚Maulkorb' verpasst werden könnte – darum der im Volksmund gebräuchliche und populär gewordene Ausdruck: ‚Maulkorbgesetz'.

Für Clément zeichnete sich bereits Ende 1934 immer deutlicher ab, dass die Regierung vorhatte, die Verfassung zu biegen und zu beugen, und dass sie auf gesetzliche Repression setzen wollte, um eine angebliche kommunistische Gefahr in Luxemburg abzuwehren. Die Gefahr von rechts dagegen wurde übersehen oder heruntergespielt.[85] Marcel Engel formulierte es so: Es schien, „als ob der rote Teufel aus Moskau mit panischer Inbrunst an die Wand gemalt wurde, um den braunen Beelzebub aus Nürnberg zu schonen. Die Rechtspolitiker waren arg verblendet. Am zehnten Maitag 1940 wurde ihnen die Schlafmütze gewaltsam vom Kopf gerissen."[86]

Schon 1934 hatte es Kontroversen um die Verfassung gegeben. Clément war damals mit seiner Partei, den Radikalliberalen, nicht einverstanden gewesen. Er nahm deshalb zunächst „die Gastfreundschaft des parteipolitisch-neutralen Organs der ASSOSS in Anspruch" und schrieb in der *Voix des Jeunes*: „Es fiel mir schwer, mich in dieser, und nur in dieser Angelegenheit mit einer Partei zu desolidarisieren, die seit 30 Jahren, bis auf ganz geringe taktische Divergenzen meiner politischen Gesinnung entspricht, und für die ich ununterbrochen mit dem geschriebenen und gesprochenen Wort kämpfte; aber es gibt gerade im Leben eines Kämpfers Augenblicke, in denen er sein Gewissen über die Disziplin stellen muss."[87]

Es begann nun Cléments langer engagierter Kampf gegen das ‚Maulkorbgesetz'.

Bemühungen um eine gemeinsame Front gegen das ‚Ordnungsgesetz'

Bei Erinnerungsfeiern an das ‚Maulkorbgesetz' klopft die Linke sich gern auf die Schulter und streicht hervor, dass es letztendlich eine breite Linkskoalition war, die das ominöse Gesetz zu Fall brachte. Zunächst aber gab es unter den Linkskräften keine Einigkeit. Frantz Clément und einige Mitstreiter gehörten zu denjenigen, die frühzeitig die Gefahr, die von Bechs geplanter Gesetzgebung ausging, erkannt hatten und die eine möglichst breite Einheitsfront gegen eine Bedrohung der demokratischen Staatsordnung bilden wollten.

Die wahrscheinlich erste Versammlung zur Gründung einer Linksfront gegen das Ordnungsgesetz fand am 27.7.1935 im Café Federspiel in Differdingen statt, einberufen von einer ‚délégation des partis de gauche'. Drei Monate vorher war das Ordnungsgesetz in der Abgeordnetenkammer deponiert worden. Über die Zusammenkunft wissen wir genauestens Bescheid; zwei Polizeibeamte überwachten diese, und zwei Gendarmen, J.-P. P. und A. W., fertigten einen detaillierten Bericht für Staatsminister Bech an.[88]

Drei Redner, die für die drei politischen Richtungen im linken Lager standen, ergriffen das Wort. Zuerst erklärte der Linksliberale Clément die Ursachen seines Dissenses mit seiner Partei. Als Koalitionspartner mit der Rechten habe sie ihre Prinzipien verleugnet. Er unterzog anschließend das Ordnungsgesetz einer scharfen Kritik. René Blum sprach für die Sozialisten. Er griff Bech heftig an und bezichtigte ihn, den Weg zum Faschismus vorzubereiten. Jean Kill war der Redner der KPL. Er meinte, das Maulkorbgesetz gefährde nicht nur die verfassungsmäßig verbürgten Rechte; es richte sich vor allem gegen die Interessen der Arbeitnehmerschaft und des Mittelstandes.

Im linken Lager hatte man zwar Bedenken gegen das Maulkorbgesetz, aber längst nicht alle waren willens, eine gemeinsame Kampffront gegen das Gesetz zu bilden. So hatte die Arbeiterpartei, noch durch die kommunistische Abspaltung tief gezeichnet, beschlossen, auf keinen Fall mit der KP zusammenzuarbeiten. Auch die sozialistischen freien Gewerkschaften boykottierten das Bemühen, eine antifaschistische Front zu schaffen. Der mächtige Gewerkschaftsführer Pierre Krier – er hatte den Luxemburger Metallarbeiterverband mitbegründet, war sozialistischer Abgeordneter und leitete das Sekretariat der einflussreichen Gewerkschaftskommission – schrieb im *Proletarier*, dem Organ der Gewerkschaften, im August 1935, das ‚Ordnungsgesetz' sei im Interesse der Großindustrie, lenke die Arbeiter vom Kämpfen für einen gerechten Lohn ab und sei also „Sabotage der gewerkschaftlichen Lohnaktion". Clément antwortete am 7. September im Leitartikel der *Tribüne*: Es sei „blühender Unsinn, zu behaupten, die antifaschistische Volksfront entspringe einem liberalkommunistischen Komplott, etwa so, dass der Herr Frantz Clément im Auftrag der Arbed und der liberalen Partei, auf dem Umweg über den sozialistischen Redakteur Emil Marx[89] zusammen mit den Kommunisten ein Manöver eingerichtet habe, um den Herrn Peter Krier und Hubert Clement[90] ihre Gewerkschafts- und Parteisuppe zu versalzen"[91].

Die Versammlung in Differdingen endete denn auch in einer vergifteten Atmosphäre. Sympathisanten von Pierre Krier protestierten lautstark gegen Blum und hielten ihm vor, er sei nicht autorisiert, im Namen der sozialistischen Partei zu sprechen. Was als Gründungsversammlung einer vereinten Linksbewegung geplant war, endete in einem Fiasko. Eine durchschlagkräftige Einheit der Gegner des Maulkorbgesetzes war zu dem Zeitpunkt nicht herzustellen. Clément und seine Mitstreiter – es waren vor allem Linksintellektuelle – resignierten jedoch nicht, zumal es auch bei den Sozialisten militante Parteimitglieder gab, die nicht der Parteidirektive mit ihrer Ausgrenzung der Kommunisten folgten.[92] Das unerschütterliche Durchhaltevermögen und der ungebrochene Widerstandswille Cléments und seiner Mitstreiter waren letztendlich von entscheidender Bedeutung im darauffolgenden Kampf gegen Bechs geplante Einschränkung bürgerlicher Rechte. In den 80er Jahren urteilte Georges Penning, unter dem Pseudonym Léopoldine, in seiner regelmäßigen Kolumne im *Lëtzeburger Land*, gelegentlich der Veröffentlichung von Kochs Buch über das ‚Maulkorbgesetz': „[C]e qui m'a frappée le plus dans ce livre, c'est moins l'alliance provisoire des curés noirs et des curés rouges que l'engagement inconditionnel de certains journalistes tels Frantz Clement, Henri Koch-Kent, Emil Marx, Nic Molling."[93]

Cléments Haltung in Sachen ‚Maulkorbgesetz' war von bemerkenswerter Konsequenz und ließ keine politischen Winkelzüge zu. So schrieb er bereits im Dezember 1934:

„Die durch die Verfassung verbürgte Freiheit in der Kundgebung *aller* politischen Überzeugungen ist etwas Totalitäres. Sie kann an keine Bedingung geknüpft werden, denn dadurch würde die Verfassung, die das freie Spiel der politischen Kräfte garantieren soll, sich selbst aufheben. Dieses kennt nur eine Grenze: das Strafgesetzbuch. Dieses Prinzip, der Eckpfeiler der Verfassung, lässt keine Interpretation zu. Am wenigstens eine Interpretation durch eine Partei oder eine Parteiengruppe, will sagen eine Mehrheit. Durch eine solche Interpretation wirft diese sich zum Richter in eigener Sache auf. Man kann für ein Parteiverbot, das logischerweise, bei der Unduldsamkeit sämtlicher Parteien, zum Einparteienstaat schlimmster Güte führen muss, alle möglichen Gründe der Staatsräson anführen, aber keine konstitutionellen."[94]

Das ‚Maulkorbgesetz' war also für Clément, wie er pointiert formulierte, ein „unordentliches Ordnungsgesetz", das einen „Einbruch in Wortlaut und Sinn der Verfassung" vorsehe,[95] und das dem „böse[n] Geist der gesetzmäßigen Repression" entsprungen sei.[96] Für Clément

DIE TRIBÜNE
WOCHENSCHRIFT FÜR POLITISCHES UND GEISTIGES LEBEN
Herausgeber: FRANTZ CLÉMENT

| Nr. 1 | Luxemburg, den 6. April 1935 | 1. Jahrgang |

Administration et Rédaction: Luxembourg, Rue de la Boucherie N° 2.
Compte chèque postal: 8100   Téléphone: 38-99.
Prix d'abonnement: **12 frs. luxbg.** par trimestre. Prix du numéro: **1 fr.**
La Direction reçoit tous les mardi de 11 à 12 et tous les samedi de 10 à 12 h.

Verwaltung und Redaktion: Luxemburg, Fleischerstraße Nr. 2.
Postscheckkonto: 8100   Telefon: 38-99.
Abonnementspreis: **12 L. F.** pro Quartal. Einzelnummer **1 Fr.**
Sprechstunden der Redaktion: Dienstags 11—12 und Samstags 10—12 Uhr.

Die Tribüne. Clément gab 1935 die *Wochenschrift für politisches und geistiges Leben* sieben Monate lang heraus.

Die Tribüne: ein Organ für ‚die überparteiische Linke'⁹⁸

war nicht die Frage: ‚Für oder wider die Kommunisten?' entscheidend – sein Kampf hatte vielmehr grundlegenden Charakter. Es ging ihm um die Wahrung demokratischer Rechte, um Meinungsfreiheit und um Toleranz. Seine Einstellung präzisierte er, als er in der *Tribüne* vom 11. Mai 1933 Stellung zum Kommunismus bezog:

„Wir stellen zunächst das eine fest: die geächtete Partei, die kommunistische Partei, ist nach unserer Auffassung die Wegbereiterin allerschlimmster Diktatur; wir lehnen sie nicht nur ab, wir bekämpfen sie mit derselben Leidenschaft, derselben demokratischen Konsequenz wie den Faschismus.

Aber zweitens bekämpfen wir sie mit den Mitteln und den Methoden der Demokratie, mit den soliden, bewährten Waffen des Gesinnungsstreits und der sozialen Hilfsbereitschaft und nicht durch eine allen demokratischen Ideen und Traditionen widersprechende Repression.

Und drittens finden wir, dass diese Repression, so wie sie von der Regierung und den Mehrheitsparteien unternommen wird, die in unserem Lande kaum vorhandene Umsturzgefahr *vergrößert anstatt vermindert*, da sie einen Teil der proletarischen Bevölkerung systematisch in die Illegalität hineintreibt."⁹⁷

Da die *Voix des Jeunes* ihm kein genügend großes Forum bot und nur eine begrenzte Leserschaft, nämlich Intellektuelle und vor allem die linke Studentenschaft, ansprach, hatte Clément ein eigenes Organ gegründet: *Die Tribüne. Wochenschrift für politisches und geistiges Leben* und dieses wohl mit Unterstützung der Arbed.⁹⁹ Zu den Mitarbeitern der *Tribüne* gehörten auch Autoren, die der kommunistischen Partei nahe standen, so der marxistisch eingestellte Professor Pierre Biermann – der erst nach 1945 der KPL beitrat, sie aber 1956, nach dem Ungarn-Aufstand verließ,¹⁰⁰ – oder radikal linke Literaten, wie der spätere Kunstkritiker Joseph-Emile Muller. Clément hatte in dieser Beziehung keine Berührungsängste. Artikel schrieben u. a. auch Evy Friedrich, Jean J. Lentz, Emil Marx. Ein regelmäßiger Mitarbeiter war ebenfalls der deutsche Schriftsteller und Kabarettist Karl Schnog.¹⁰¹ Er war einer der wichtigsten Exilautoren hier im Lande, weil er in Luxemburg eine ganze Reihe seiner zahlreichen Texte schrieb. Er verfasste für Cléments *Tribüne* von April bis Oktober 1935, also die ganze Zeit ihres Bestehens, für jede Nummer ein scharfes satirisches Gedicht in der Rubrik *Die Weltpolitische Tribüne*.

Die weitaus meisten Beiträge in der *Tribüne* stammten jedoch von Clément selbst (85 waren es in den 27 Nummern), jedenfalls waren immer die Leitartikel der ersten Seite von ihm. Sie hatten politischen Charakter, manche gingen auf das ‚Maulkorbgesetz' ein, an dem 1935 viel herumgewerkelt wurde – *Es wird an einem Gesetzprojekt geflickt* hieß der Leitartikel vom 15. Juni 1935. Wichtig waren Clément aber auch Fragen der staatsbürgerlichen Erziehung. Im Innern der acht oder zwölf Seiten umfassenden Zeitschrift – zwei Seiten waren für die Werbung vorgesehen – standen ebenfalls einige seiner sehr gelungenen Feuilletons, die 1938 im Lesebuch *Zickzack* wieder abgedruckt wurden: so etwa der Text *Fantasie – mit und ohne Schneegestöber*, ein Loblied auf die schöpferische Fantasie, die auch in der Politik eine Notwendigkeit sei.[102] Selbst in Zeiten der härtesten politischen Auseinandersetzungen konnte Clément nie verleugnen, dass er vor allem Schriftsteller war.

Die Tribüne erschien bis Oktober 1935, musste dann aber wegen finanzieller Schwierigkeiten ihr Erscheinen einstellen. Das Ende kam abrupt. In der letzten Nummer vom 19. Oktober hieß es, unter *Tribünen-Allerlei*, Clément sei „seit einigen Tagen leidend", habe sich nicht um „die Anordnung der Nummer" kümmern können. Es liege auch eine wichtige Zuschrift des Luxemburger Schreinermeisterverbandes vor. Sie werde in der nächsten Ausgabe veröffentlicht. Eine nächste Nummer erschien nicht mehr. Warum dieses plötzliche und unerwartete Ende der *Tribüne*? Zwei Erklärungen bieten sich an:

- Die politische Landschaft hatte sich in den Jahren nach dem Ersten Weltkrieg grundlegend verändert. Im Gegensatz zum Beginn des 20. Jahrhunderts, als Honoratioren und Einzelpersönlichkeiten noch das politische Leben bestimmten, als es keinen Fraktionszwang bei Abstimmungen im Parlament gab und als der bestimmende Linksblock vor allem durch den Antiklerikalismus zusammengehalten wurde, gab es ab der zwanziger Jahre ideologisch klar abgegrenzte Parteien. Diese hatten festumrissene Programme und die Tageszeitungen waren an eine Partei gebunden. In Luxemburg fehlte deshalb eine breite, überparteiliche, linksintellektuelle Leserschaft, die einem vorwiegend politischen Organ wie der *Tribüne*, das zudem auf Clément, den geborenen Individualisten, zugeschnitten war, den nötigen Sukkurs gab: es also kaufte und las. Paul Robert hatte nicht Unrecht, wenn er in der französischsprachigen Zeitung *Luxembourg* über den Herausgeber der *Tribüne* damals schrieb: „Sa grave erreur, au point de vue politique, a été qu'il surestimait l'importance de ces éléments flottants, survivant de la gauche essentiellement anticléricale d'autrefois, qui, comme lui-même, ne veulent appartenir ni au Parti radical-libéral, ni au Parti ouvrier, et dont certains se plaisent à un flirt cérébral avec un communisme de rêve. Ainsi, en dehors de ses professions de foi démocratiques, la ‚Tribüne', à force de vouloir être indépendante, n'avait à présenter à ses lecteurs aucun programme quelque peu précis."[103]

- *Die Tribüne* war also wenig erfolgreich. Aber es gab auch eine weitere Ursache, warum die Arbed nicht mehr großzügig die nötigen finanziellen Mittel für Cléments Zeitschrift zur Verfügung stellen wollte. Der 1935 noch in der Generaldirektion des Luxemburger Stahlkonzerns tätige Nickels war zwar Clément über lange Zeit sehr verbunden gewesen, er war aber auch der Präsident der radikalliberalen Partei. Und

Maulkorbgesetz – aufrührisches Nein. Plakat von Raymon Mehlen, 1937

gerade diese Radikalliberalen griff der eigenständige Clément, der in seinen Grundüberzeugungen zu keinen Abstrichen bereit war, in der *Tribüne* aufs heftigste an. Am 1.6.1935 stand in dieser Zeitschrift, die als Einmann-Betrieb mit ein paar Mitarbeitern anzusehen war, in der Rubrik *Tribünen-Allerlei* eine bezeichnende Notiz. Unzweifelhaft war es Clément, der sie verfasst hatte. Er schrieb, der Widerstand gegen das ‚Ordnungsgesetz' nehme ständig zu. Und es hieß anschließend: „Nach dem Lehrerverband, der eine geharnischte Eingabe an die zuständigen Instanzen veröffentlicht, nehmen verschiedene Ortsgruppen der radikal-liberalen Partei in unzweideutiger Weise gegen das Gesetz Stellung." In dem kurzen Text hatte es ebenfalls geheißen: „Der Präsident der radikal-liberalen Partei, Herr Alphonse Nickels, der in der *Luxemburger Zeitung* vom letzten Sonntag in konzentrierter Form noch einmal alle Gründe aufführt, die für die Schaffung dieses Gesetzes bestimmend waren oder sein sollen, vermochte nicht, uns eines Besseren oder vielmehr eines Schlechteren zu belehren.[104] Er schreibt am Wesentlichen vorbei: dieses Wesentliche ist der tiefe Sinn unserer demokratischen Einrichtungen."

Solch offene Angriffe konnte Nickels nicht auf sich beruhen lassen. Er antwortete in der folgenden Nummer der *Tribüne* am 8. Juni 1935. Seine Zuschrift richtete er ausdrücklich an Frantz Clément und nicht an die Redaktion der *Tribüne*. Er schrieb, von den 55 Ortsgruppen der liberalen Partei hätten nur zwei „eine Eingabe bezgl. des Ordnungsgesetzes an das Exekutivkomitee" der Partei gerichtet. Ihre Anregungen seien „selbstverständlich" berücksichtigt worden. Clément ließ sich nicht beeindrucken und meinte in der knappen Anmerkung der Redaktion, es komme bei der Bewertung der Opposition zum umstrittenen Gesetz nicht auf die Zahl der Ortsgruppen an, sondern auf die numerische Bedeutung der betreffenden Lokalorganisationen. Er wisse aus sicherer Quelle, dass es sich bei den Gegnern des Gesetzes um zwei „besonders starke Lokalorganisationen" handele; aber auch in den Lokalsektionen, in denen sich eine Mehrheit für das Gesetz ausgesprochen habe, sei „eine starke Opposition" gegen den Gesetzesvorschlag gewesen.[105] Die Arbed kappte wohl schließlich die finanzielle Unterstützung für eine nicht allzu erfolgreiche Zeitschrift mit einem zudem widerborstigen Herausgeber.

In seinem Engagement gegen das ‚Ordnungsgesetz' erlebte Clément also so manche schwer zu verkraftende Enttäuschungen und Rückschläge: das Scheitern der Bemühungen, eine linke Einheitsfront zu bilden; die Einstellung der von ihm herausgegebenen *Tribüne*; den Konflikt mit der radikalliberalen Partei… Trotzdem führte er seinen Kampf gegen das Gesetz unermüdlich weiter, jetzt besonders in der *Ligue pour la Défense de la Démocratie*, die ihren Ursprung in der Veranstaltung in Differdingen hatte und an der sich die Sozialisten anfänglich nicht beteiligen wollten. Die Liga arbeitete mit andern Gruppierungen zusammen, etwa mit den *Jeunes Gardes Progressistes*, geführt von Armand (Mac) Schleich, der im Krieg nach London flüchtete und dort Sprecher des luxemburgischen Programms der BBC wurde, oder dem *Comité d'Action Libéral* des Juristen und späteren Staatsrates Alex Bonn.

Alle Kritik am Gesetz konnte jedoch nicht verhindern, dass es schließlich verabschiedet wurde. Das 1935 eingebrachte Gesetz wurde zwar mehrmals geändert und verschwand auch zeitweise in der Schublade. 1937 aber wurde es „aus seinem Schlummer erweckt". Clément meinte, man hätte es ruhig in dem „wohlverdienten Todesschlummer" halten sollen, es sei nach den vielen Abänderungen „noch viel schlechter geworden"[106].

Am 23. April 1937 wurde das ‚Maulkorbgesetz' mit erdrückender Mehrheit in der Abgeordnetenkammer verabschiedet. 39 Vertreter aus dem rechten und liberalen Lager stimmten dafür, 19 Abgeordnete, vor allem Sozialisten, dagegen, es gab eine Enthaltung, die eines radikalliberalen Abgeordneten. Da das Gesetz im Vorfeld der Abstimmung heftig kritisiert worden war, hatte Joseph Bech seinen Gegnern, wahrscheinlich um ihnen den Wind aus den Segeln zu nehmen, ein Referendum zugestanden; es war erst das zweite in der Geschichte Luxemburgs, das erste fand in der Dynastiekrise 1919 statt. Der Staatsminister hoffte, es werde eine massive Zustimmung zum Gesetz geben. Rechte Kreise rechneten mit etwa 80% Ja-Stimmen, was Bechs Stellung als Regierungschef gewaltig gestärkt hätte. Es sollte anders kommen.

„Vor 60 Jahren meuterte das Volk", schrieb Rob Roemen am 31.5./1.6.1997 im liberalen *Journal*.[107] Das Referendum fand am 6. Juni 1937 statt. Und die Kampagne gegen das ‚Maulkorbgesetz', an der linke Parteien, Gewerkschaften, liberale Organisationen in einem gemeinsamen und entschlossenen Kampf beteiligt waren, führte zu einem kaum noch für möglich gehaltenen Erfolg. Mit einer hauchdünnen Mehrheit – 50,67% gegen 49,33% – wurde das ‚Ordnungsgesetz' zurückgewiesen.[108]

Im oben zitierten *Journal*-Artikel sticht unterhalb des Titels ein Photo von Clément in die Augen. Unter diesem heißt es: „Frantz Clément, der linksliberale Einpeitscher gegen das Maulkorbgesetz". In der Tat, er war einer der wichtigen Protagonisten der Anti-Maulkorbkampagne in der ersten Hälfte des Jahres 1937:

Er schrieb etwa für das Kampfblatt der Luxemburger Linksintellektuellen *Die neue Zeit*, so z. B. in Nr. 9 vom 1. Juni 1937, die in einer Auflage von 60.000 Exemplaren erschien. Auf Seite eins stand das Manifest des Liberalen Aktionskomitees, wahrscheinlich von

Abstimmung und Referendum über das ‚Maulkorbgesetz'. Clément: „der linksliberale Einpeitscher" gegen das Gesetz

Clément verfasst. Es forderte dazu auf, beim Referendum mit Nein zu stimmen und war umrahmt von vier Photos: von Nicolas Ries, Schriftsteller, von Charles Jones, Arzt, von Jean-Pierre Schwachtgen, Präsident des Allgemeinen Lehrerverbandes und von Frantz Clément, Schriftsteller und freier Journalist. Die vier begründeten ihre Ablehnung. Clément schrieb: „Weil ich ein konsequenter Liberaler bin, bin ich auch ein Gegner des sog. Ordnungsgesetzes; es ist nämlich ein Ausnahmegesetz und als Ausnahmegesetz mit der liberalen Idee und den liberalen Traditionen unvereinbar."

Clément wirkte als Redner in den Veranstaltungen des *Comité pour la Défense de la Démocratie*. Etwa 40 Zusammenkünfte sollen in den Wochen vor dem Referendum stattgefunden haben. Henri Koch-Kent spricht von „l'excellente équipe des libéraux" und erwähnt neben Clément als liberale Redner: Alex Bonn, Charles Jones, Jean-J. Lentz (Ingenieur Hautes Études Commerciales), Roger Wolter (Rechtsanwalt). Er geht auch auf die einzige tumultuöse Kundgebung gegen das umstrittene Gesetz am 3. Juni 1937 im Hôtel de la Poste in Esch-Alzette ein, bei der Frantz Clément einer der Redner war. Die Veranstaltung wurde von dem rechten Politiker Theves gestört – der Ingenieur der Arbed gehörte der radikalliberalen Partei an. Im Bericht des ‚Spitzeldienstes' heißt es: „Das Publikum steht von den Stühlen auf. Der Lärm nimmt zu und droht in Gewalttätigkeiten und Tumult auszuarten. Diesetwegen wird von den im Saal anwesenden Polizei-Organen telefonisch Verstärkung angefordert."[109] Nicht nur Liberale ergriffen in der demokratischen Liga das Wort, sondern auch Sozialisten wie etwa die Deputierten René Blum, François Erpelding, Adolphe Krieps, Denis Netgen, Schroeder, Kommunisten wie Zénon Bernard, Jos Grandgenet, Jean Kill, C. und Dominique Urbany … oder auch Journalisten wie Evy Friedrich, Nic Molling (Gründer der satirischen Wochenschrift *De Mitock*) …[110] Endlich war also, was Clément sich so lange gewünscht hatte, eine gemeinsame Linksfront zustande gekommen.

Persönlichkeiten mit ganz unterschiedlichen Überzeugungen hatten demnach gegen das ‚Maulkorbgesetz' gekämpft und dazu beigetragen, es zu Fall zu bringen. Es zeugt deshalb von dünkelhafter Überheblichkeit, wenn Victor Bodson, der 1940 erstmals ein Regierungsamt übernahm, in dem bereits erwähnten Leserbrief vom 4.12.1982 behauptet, Liberale wie Frantz Clément, Dr Jones, J.-J. Lentz, Roger Wolter seien damals nicht ernst genommen worden („ne furent pris au sérieux") und hätten sich kaum in der Öffentlichkeit gezeigt.

Letztendlich war es nämlich nicht eine Partei oder Gruppierung gewesen, die das Referendum entschied. Den Ausschlag gaben die „Stillen im Lande", wie Clément sich nach Koch-Kent ausdrückte.[111] Sie wollten sich nicht mehr gängeln und bevormunden lassen. Und es war Clément, der dabei eine nicht unerhebliche Aufklärungsarbeit geleistet hatte. Er verdeutlichte, dass es beim Referendum um demokratische Grundprinzipien ging, und bewies, dass sich politische Bildung lohnte. „Tua res agitur!" hatte er einst geschrieben.[112] Die Interessen des citoyen in einer demokratischen Gesellschaft standen damals auf dem Spiel.

Wegen seiner geistigen Geradlinigkeit geriet Clément in der Anti-Maulkorbkampagne in manchen Konflikt, u. a. mit seinem lebenslangen besten Freund Batty Weber. Dieser hatte zwei Wochen vor dem Referendum in seinem *Abreißkalender* geschrieben:

„Wenn sie [i.e. die Oppositionsparteien] recht behielten, was der gesunde Sinn unseres Volkes verhindern möge, so hätten sie geholfen, dem Kommunismus, den sie als ihren Feind ausgeben, zu einer Stärkung zu verhelfen, von der sie sich keine Rechenschaft zu geben schei-

Die neue Zeit vom 1.6.1937 erschien kurz vor dem Referendum, in einer Auflage von 60.000. Auf der ersten Seite befindet sich unten rechts die Stellungnahme von Clément.

Batty Weber und „der wirklich freie Bürger Frantz Clément"

nen. Die kommunistische Partei, die sie an der Auflösung vorbeigerettet hätten, würde ihnen vor Jahresfrist todsicher über den Kopf wachsen."[113]

Marcel Engel kommentierte später: „[D]er brave Batty Weber – schäbige Fron hiesiger Journalisten in einer Parteizeitung – hatte im *Abreißkalender* vom 25 Mai [37], unüberzeugt und stumpf, eine Klinge kreuzen müssen für das klerikale Ordnungsgesetz. Doch der wirklich freie Bürger Frantz Clément ging resolut zu den Partisanen der ‚Neuen Zeit'."[114]

Nach dem Referendum kam es zunächst zu einer mehrmonatigen Regierungskrise. Neuer Staatsminister wurde Pierre Dupong; Joseph Bech, der Hauptverantwortliche des ‚Maulkorbgesetzes', blieb Minister und übernahm das Außenministerium. Koalitionspartner der Rechtspartei wurden die Sozialisten, die erstmals in der Regierung vertreten waren – mit Dupong und Krier fand die soziale Problematik eine größere Beachtung in der Luxemburger Regierungspolitik. Verlierer des Referendums waren die Radikalliberalen, die wesentlich geschwächt waren und in den folgenden Jahren nur noch eine untergeordnete Rolle spielten.

5. Victor Hugo und Goethe: im Mittelpunkt Luxemburger Auseinandersetzungen

Zwei Ereignisse standen 1935 in engem Zusammenhang mit der ‚Anti-Maulkorbkampagne': die Erinnerungsfeiern zu Victor Hugos 50. Todestag in Vianden und die Einweihung des Goethe-Gedenksteins in Luxemburg-Stadt. Die ASSOSS gehörte zu den Initiatoren der beiden Veranstaltungen; für die Linke sollten sie ein Anlass sein, die kulturelle Verbundenheit Luxemburgs mit beiden großen Nachbarländern hervorzustreichen. Für den humanistischen Klassiker Goethe wollte man Bewunderung ausdrücken, aber gleichzeitig klarmachen, dass man mit Nazi-Deutschland nichts gemein hatte. In Hugo verehrte man vor allem den Kämpfer, der sich einst für „die Enterbten" eingesetzt und das „allgemeine Wahlrecht" gefordert hatte, der gegen „die Todesstrafe" war, der ein „Paneuropa", den „Weltfrieden" wollte – so Clément in einem Artikel im Hugo-Jahr.[115] Er schrieb, Hugos „Wahrheiten" seien zwar „Gemeinplätze" geworden, aber heutzutage, „in dieser Zeit der Verschwörung gegen die primitivsten Freiheiten" – wohl ein Hinweis auf das geplante Ordnungsgesetz – seien „diese ‚Gemeinplätze'" wieder mal dazu „bestimmt, zu Kampfparolen zu werden". Man verehrte also Frankreich mit seinen freiheitlichen Traditionen, nicht aber ein autoritäres Regime wie das eines Napoleon III., der den „Tatmenschen" Hugo einst ins Exil getrieben hatte. Dieser hatte sich gegen den Staatsstreich aufgelehnt, mit dem Louis Bonaparte Präsident auf Lebenszeit geworden war.

Die ASSOSS ernannte zwei Kommissionen, die Vorbereitungen für die beiden Veranstaltungen treffen sollten. Zuständig für die Victor-Hugo-Feier waren Professor Jos Hansen,

Victor-Hugo-Feier in Vianden. Viermal kam Hugo ins Ardennerstädtchen. Nachdem er 1865 aus Belgien ausgewiesen worden war, suchte er damals für einige Zeit in Vianden Asyl. Zu seinem 50. Todestag wurde 1935 das neue Victor-Hugo-Museum eröffnet. Gegenüber, auf der Brückenbrüstung, wurde der Abguss einer Büste Victor Hugos von Rodin eingeweiht. Sie war von der französischen Regierung gestiftet worden.

Frantz Clément, Paul Ruppert und Marc Dumont. In der Kommission für die Goethe-Feier waren Professor Damian Kratzenberg, Victor Engels, Professor Paul Henkes, Franz Wirtz und Camille Lamboray vertreten.[116]

Bei allen guten Absichten der ASSOSS, führten aber so manche kämpferische Töne im Vorfeld der Festlichkeiten zu Zwistigkeiten. Koch-Kent schreibt in seinen Memoiren, in welchem Geist die vorgesehenen Feiern ursprünglich gedacht waren: „Goethe était devenu, comme Victor Hugo, un allié de taille pour ceux qui s'opposaient aux conceptions raciales et politiques du national-socialisme."[117] Von antifaschistischen Bemerkungen oder von etwaigen Andeutungen auf das ‚Ordnungsgesetz' aber wollten die offiziellen Stellen nichts wissen. Sie waren für gediegene Feiern, ohne politische Polarisierung.

Am 30.6.1935 fanden in Vianden die offiziellen Feierlichkeiten statt, also dort, wo Hugo sich mehrmals im Exil aufgehalten hatte. Das neu eingerichtete Museum wurde eröffnet sowie der Auguste-Rodin-Abguss der Büste Hugos eingeweiht. Viele offizielle Gäste waren anwesend: Prinz Felix, der Gemahl von Großherzogin Charlotte; Léon Bérard, Vize-Präsident des französischen Regierungsrates; der französische Botschafter… Reden wurden gehalten. Luxemburger Festredner war ausgerechnet Staatsminister Joseph Bech,[118] auf den die Linke wie auf ein rotes Tuch reagierte. Er drückte sich besonders feierlich aus und unterstrich vor allem den einmaligen literarischen Rang von Hugo. Dieser sei von seinen Zeitgenossen als unbestrittener größter romantischer Schriftsteller angesehen worden, er nehme den gleichen Rang ein wie „[l]es divinités à jamais consacrées par la voix des siècles, au niveau d'Homère et de Dante, d'Eschyle et de Shakespeare". Die politische Dimension des Werkes von Hugo wurde dagegen nicht angeschnitten.

Clément war voller Begeisterung für Hugo und hatte eine Reihe von Artikeln über den französischen Dichter verfasst, die sich alle deutlich vom gespreizten Ton der offiziellen Reden in Vianden abhoben. Sein Schreiben war ohne pompösen Firlefanz, das Pathetische war ihm fremd. Bereits in seiner Pariser Zeit hatte er *Randglossen zu Victor Hugos ‚Misérables'* geschrieben.[119] Es gebe „kein großes Buch der Weltliteratur, das solche Schwächen und Fehler, solche Lächerlichkeiten und Armseligkeiten in solcher Menge aufweis[e] wie dieses". Es sei „teilweis von einer solchen Naivität, dass wir uns unserer Bewunderung fast schämen". Aber, er stellte klar: *„Les Misérables* sind das große populäre Buch, das wahre Volksbuch Frankreichs […]. Das Buch der Gebildeten und der geistig einfachen Menschen. Ein Erzählwerk, das neben seiner literarischen die große kulturpolitische Stellung einer Schöpfung hat, in der und an der sich ein ganzes Volk und eine Epoche des Erlebens dieses Volkes offenbaren und stärken, bestätigt und ermutigt, gemahnt und gepriesen fühlen." Es sei auch „ein Buch der Revolution, des Aufstandes gegen Kulturkonventionen und gegen moralische Erstarrung, es [sei] im Grunde ein Empörerbuch, eine vielbändige Streitschrift".

Am 22. Mai 1935 – also am 50. Todestag Hugos – stand auf Seite eins der *Luxemburger Zeitung*, M.A., Cléments Artikel *Das Erlebnis Victor Hugo.* „[D]as Hugo-Erlebnis" hatte sich ereignet, als er in Frankreich lebte. Er bekam damals Hugos Werke geschenkt. Er las sich in das Gesamtwerk hinein. Es ließ ihn nicht mehr los. „Ich las ihn chronologisch-methodisch, der Reihe nach." „[So] muss er gelesen werden", verkündete er und stellte gegen Schluss seiner Ausführungen fest: „Den Franzosen hat er zum erstenmal das bei ihnen seltene Phänomen eines totalen Dichters geboten: einer, der wie Goethe, in allen Formen der Dichtung und der Prosa Meisterwerke schuf." Hugo war für Clément nicht nur ein bedeutender Schriftsteller, sondern er war, wie er in seinem Porträt *Hugo und sein Jahrhundert* in der *Tribüne* darlegte[120], „der kulturpolitische Exponent" des 19. Jahrhunderts, „der Tatmensch". Welche Bedeutung die Menschen dem großen Franzosen beimaßen, zeigte sich bei seinem Begräbnis 1885. 300.000 Menschen folgten dem Leichenwagen, als Hugo ins Pantheon überführt wurde.

Clément schätzte also Victor Hugos Werk trotz aller offensichtlichen Schwächen ungemein. Dass gerade Joseph Bech, der mit seinem ‚Ordnungsgesetz' demokratische Grundrechte beschränken wollte, die Lobrede auf den Franzosen halten sollte, forderte den Polemiker und Feuilletonisten Clément heraus.

Die offizielle Victor-Hugo-Feier. Cléments Begeisterung für den großen Franzosen

Clément erlebt im Traum, wie Victor Hugo sich an Joseph Bech wendet

Für *Die Tribüne* verfasste er denn auch, aus Anlass der Festlichkeiten in Vianden, ein amüsantes Feuilleton, aber mit subversiv kritischen Untertönen. Er schrieb, er habe „für offizielle Dinge so gut wie keine Begabung". Deshalb habe er ein Mittagsschläfchen einer Reise nach Vianden vorgezogen. Er döste also gemütlich vor sich hin und vernahm im Traum, wie „Staatsminister Joseph Bech mit der ihm eigenen freundlichen und geschickten Beredsamkeit den Magier des Wortes feierte". Jedoch, oh Wunder! Plötzlich stand „der von Rodin gemeißelte Hugo-Kopf" vor Bech. *Und er öffnete den Mund und sprach …* (so der Titel des Artikels[121]):

„Also Sie sind der nette luxemburgische Staatsminister. Sie regieren ein mir liebes kleines Land. Betreuen Sie dieses brave Land, wie es das verdient. Aber haben Sie da nicht irgendwo in den Falten ihres Festgewandes ein heimtückisches kleines Gesetz? So ein Ding, mit dem man die Leute, die eine kühne Meinung haben, plagen kann. Erinnern Sie sich daran, lieber Staatsminister, als ich das letzte Mal in Vianden war, kam ich von Guernsey. Aus der Verbannung, in der ich achtzehn Jahre lang leben musste, weil man damals in Frankreich mein freies Wort nicht vertrug. Sie haben eben, in feierlichen Worten, gesagt, wie hoch Sie mich schätzen. Tun Sie mir einen letzten großen Gefallen. Legen Sie das boshafte kleine Gesetz mir zu Füßen, dorthin, ich werde darüber wachen, dass es kein Unheil anrichtet …"

Bech machte daraufhin große erschrockene Augen. Clément wachte auf, schlief aber gleich wieder ein und erlebte nun, wie der Victor-Hugo-Kopf von Rodin auch dem Vertreter der französischen Regierung, Monsieur Bérard, gehörig die Leviten las. Dieser höre in Vianden zuviel von dem „Dichter" und zu wenig von dem „Apostel Hugo", von dessem politischen und sozialen Engagement. Man vernehme „krause Dinge" aus dem republikanischen Frankreich. Dort gehe es den „Misérables" nicht besser als zu Hugos Zeiten. Das Feuilleton Cléments war demnach eine energische Kapuzinerpredigt sowohl für die luxemburgische als auch für die französische Regierung.

Nach einem Bericht in Cléments *Tribüne* waren die offiziellen Hugo-Festlichkeiten vom 30. Juni in Vianden ein Fiasko.[122] Ein angeblich Anwesender berichtete: „La déception fut amère, totale. Faire tant de bruit pour une omelette! Vraiment, Hugo avait mieux mérité." Über die Ehrentribüne hieß es: „Sur cette fameuse tribune je voyais une centaine de personnes […] parmi lesquelles je pourrais en nommer beaucoup qui se foutent de V. Hugo comme de l'an quarante. On y remarquait même des gallophobes, alors que d'autres, les ouvriers de la première heure, des professeurs ayant organisé des conférences scolaires ou écrit des études critiques, on les avait impitoyablement relégués dans la rue."

Clément und seine Sympathisanten boykottierten deshalb die Feier vom 30. Juni in Vianden. Sie wollten jedoch nicht mit einer Gegenmanifestation am selben Tag in Vianden gegen die einseitige Ausrichtung der Festlichkeiten protestieren – die Ehrengäste aus dem befreundeten Frankreich sollten nicht brüskiert werden. Aber man lud „alle Verehrer des großen Dichters und alle, denen Freiheit und Demokratie keine leeren Worte sind", zu einem Volksfest für den ‚quatorze juillet' nach Vianden ein. Organisator war die „luxemburgische Jugend".[123]

Die linksgerichteten Jugendverbände folgten der Einladung zur Victor-Hugo-Ehrung: Sozialisten, Kommunisten, Liberale – etwa 2.000 Personen nahmen an der Veranstaltung teil. Hauptredner war Frantz Clément. Er war für den wegen eines Todesfalles verhinderten Georges Schommer „in letzter Stunde" ‚eingesprungen'.[124] „[Il] prit la parole et dans un

Cléments flammende Rede bei der Jugendehrung für Victor Hugo

discours plein de flamme exhalta Victor Hugo, homme d'action.", hieß es am 15. Juli in der Zeitung *Luxembourg. Journal du Matin*. Clément sagte u. a. in seiner aufrüttelnden Rede:

„[J]e ne me bornerai pas à parler du poète, mais je mettrai l'accent sur les mérites du grand homme tout court, surtout sur ceux de l'homme d'action.

Ce qui nous frappe le plus dans l'oeuvre de ce géant, c'est la magistrale synthèse du génie de la parole et du goût de l'action. […] C'était toute la vie politique, sociale et morale de son siècle qui avait attendu Victor Hugo pour qu'il la marque de son empreinte. Il en a dirigé les grands courants. C'est ainsi qu'il est devenu le magnifique animateur de la démocratie moderne.

A l'oeuvre des grands révolutionnaires de 1789 et 1793, il apporta d'importantes modifications: la primauté de l'esprit et du cœur sur la volonté de domination et la violence. […]

Victor Hugo est venu à Vianden en proscrit. Le premier anti-fasciste, exilé par le premier fasciste de l'Europe, aimait cette vallée où battait, aux pieds du symbole de l'absolutisme moyenâgeux, détruit par l'élan révolutionnaire, le cœur invincible du peuple."[125]

Joseph-Emile Muller trug anschließend einige Auszüge aus dem Werk Hugos vor. Nach den Festlichkeiten begab sich eine Delegation zum Friedhof von Vianden, wo der so früh verstorbene René Engelmann begraben liegt. Professor Nicolas Ries erinnerte in seiner Ansprache an den Schriftsteller und Sprachwissenschaftler, der Bemerkenswertes über Victor Hugo geschrieben hatte.[126]

Das Volksfest vom 14. Juli hatte nichts vom zeremoniellen Pomp der offiziellen Hugo-Feierlichkeiten am 30. Juni 1935 – jedenfalls nach Ansicht von Clément. Es hatte eher einen intimen Charakter, war – wie es in der *Tribüne* vom 20. Juli 1935, Nr.16, hieß „eine geistig-kulturpolitische Familienfeier".

Einweihung des Goethe-Gedenksteins

Die Goethe-Feier fand am 3. November 1935 statt. Die ASSOSS hatte einen früheren Vorschlag ihres ehemaligen Präsidenten Koch-Kent wieder aufgegriffen, nämlich einen Goethe-Gedenkstein an der Schlossbrücke zu errichten. Auf ihm wurde ein Medaillon des Dichters angebracht, entworfen von Albert Kratzenberg, dem Bruder von Damian Kratzenberg, sowie eine gusseiserne Platte mit Goethes Beschreibung von Luxemburg aus seiner *Campagne in Frankreich*. Diese hatte ihn 1792 nach Luxemburg geführt, wo er beeindruckt feststellte: „Hier findet sich soviel Größe mit Anmut, soviel Ernst mit Lieblichkeit verbunden, dass wohl zu wünschen wäre, Poussin hätte sein herrliches Talent in solchen Räumen betätigt."

Im Vergleich zu den Hugo-Festlichkeiten fiel die Goethe-Feier ab. Sie fand in einem sehr bescheidenen Rahmen statt, etwa 500 Personen waren anwesend, und die Resonanz in der Presse war äußerst gering. Die Zeitungen behandelten die Feier wie ein ‚fait divers' und begnügten sich meistens mit der Aufzählung der Ehrengäste: Zu diesen gehörten der deutsche Gesandte Graf von Podewils; Generaldirektor Norbert Dumont als Vertreter der Luxemburger Regierung; der amerikanische Geschäftsträger Platt Waller; Bürgermeister Gaston Diderich; verschiedene Direktoren der Luxemburger Mittelschulen sowie der gesamte Vorstand der ASSOSS mit ihrem Ehrenpräsidenten Batty Weber … Er hielt die einzige Rede der Feier.[127]

Warum der große Unterschied in der Rezeption beider Feiern, wo doch Goethe und Hugo so manches verband? Als einziger hatte der Diekircher Professor Joseph Hansen, der 1935 eine Reihe Schriften zum Werk des französischen Schriftstellers herausgegeben hatte, beide Festlichkeiten in einen Zusammenhang gebracht und am Tage vor der Goethe-Feier in seinem Beitrag *Goethe et Victor Hugo* in der Zeitung *Luxembourg* Parallelen der Vorstellungen und der Sehnsüchte der beiden Dichter hervorgestrichen. Sowohl Goethe als auch Hugo seien Humanisten, „des apôtres de l'humanité", beide wollten ein Vereintes Europa: „les Etats-Unis d'Europe". Hansen schrieb:

> „On traite parfois V. Hugo d'utopiste. Il est donc heureux que ses vues soient confirmées par celles du réaliste Goethe. Tous deux, l'un avec son sens aigu des réalités invisibles, l'autre avec son don de la divination, s'élevaient au-dessus des contingences contemporaines et anticipaient hardiment sur l'avenir."[128]

Die Mehrheit der Intellektuellen ignorierte die Goethe-Feier. Die Luxemburger empfanden damals eine größere Sympathie für Frankreich, besonders seit sich Mitte der dreißiger Jahre immer offensichtlicher die Bedrohung des Landes durch Nazideutschland abzeichnete. Das spiegelte sich denn auch in der Bewertung der beiden Feiern in der Presse wider: großer Aufwand für Victor Hugo, schmallippiges Bekenntnis zu Goethe. Die *Luxemburger Zeitung* – ihr Chefredakteur war ab 1922 nicht mehr Batty Weber, er schrieb nur noch fürs Feuilleton – berichtete etwa am 22. Mai 1935, M.A., in hervorstechender Aufmachung, auf Seite eins, über *Le Cinquantenaire de Victor Hugo* mit einem Artikel von Charles Becker[129] und dem zitierten Beitrag von Clément *Das Erlebnis Victor Hugo*. Der Beitrag über die Goethe-Feier in der *Luxemburger Zeitung* trug dagegen die trockene Überschrift: *Einweihung des Goethe-Gedenksteins*, obschon neben der Aufzählung der Ehrengäste in einem weiteren Teil die Ansprache Batty Webers wiedergegeben wurde.[130]

Goethegedenkstein an der Schlossbrücke in Luxemburg-Stadt

Der Goethe-Veranstaltung wurde vielfach vorgeworfen, sie sei von den Deutschen vereinnahmt worden und habe so einen zu ausgeprägten prodeutschen Charakter bekommen. Koch-Kent betitelte denn auch eines seiner Kapitel in seinen Memoiren: *Goethe accaparé par Kratzenberg*.[131] Eine treibende Kraft bei der Goethe-Feier sei ein Beamter aus dem deutschen Außenministerium in Berlin gewesen, der Gesandte Friedrich Stieve, der einen Abguss eines Goethe-Porträts besorgt hatte –, aber hatte nicht auch Frankreich den Luxemburgern einen Abguss des Rodin-Kopfes von Hugo geschenkt? Vor allem aber störte Koch, der die Feier aus dem Hintergrund beobachtete, die Anwesenheit von Damian Kratzenberg. Dieser war eben, im Oktober 1935, Präsident der ominösen *Gedelit* geworden, und es sollte sich immer mehr zeigen, dass er nicht bloß ein begeisterter Freund deutscher Kultur war, sondern immer öfters einseitig prodeutsche Ansichten vertrat.

Zudem hatte die ASSOSS, Initiatorin der Goethe-Feier, viel von ihrem früheren Biss verloren. Henri Koch-Kent war ausgebootet und zum „schrecklichen Bazillus" erklärt worden.[132] Marcel Engel urteilte denn auch über ihr Verhalten in den Jahren des Kampfes gegen das ,Maulkorbgesetz': „Abgesehen von einer kämpferischen Splittergruppe unter dem Kondottiere Koch, verhielt sich die Jeunesse dorée der ASSOSS recht still nach dem Beispiel ihrer dotierten Väter."[133] Von der Rede Batty Webers, der am 26. September 1934 Ehrenpräsident der ASSOSS geworden war, heißt es bei Koch: „Ce fut un verbiage décevant."[134] Das war übertrieben, aber man merkt dieser Rede an, dass sie für den 75-jährigen Weber vor allem eine Pflichtübung war, kritische Töne fehlten. Der Tenor der Rede war: Goethes Beispiel lehre die Jugendlichen, über alles Trennende hinweg das Einigende zu suchen. Die neue Mannschaft der ASSOSS, eher konservativ und wenig kämpferisch eingestellt, lobte in der *Voix des Jeunes* in ungewohnt pathetischen Worten Webers moralisierende Rede: Er habe „unserer Jugend klare und tiefdeutende Worte über den Weimarer Heroen in die Seele [gelegt]"[135].

Aber warum nahm Clément nicht Stellung zur Goethe-Feier? Diese fand statt, als seine aggressiv ausgerichtete *Tribüne* bereits ihr Erscheinen eingestellt hatte. Clément schrieb jetzt wieder für die *Luxemburger Zeitung*, und es war nicht angebracht, sich sofort mit seinem Freund Batty Weber anzulegen, der zwar keine fulminante Rede wie Clément in Vianden gehalten, aber auch keine falschen Töne wie Bech dort angeschlagen hatte. Das Schweigen Cléments verdeutlichte seine Einstellung zur Goethe-Feier: Distanz und Ablehnung. Aber er war keineswegs ein „fransquillon", der nur französische Kultur gelten ließ und französische Literatur würdigte.[136] Im Gegenteil, in seinem Artikel *Hugo und sein Jahrhundert* hatte er, in einem abschließenden Vergleich, seine große Bewunderung für den deutschen Dichter ausgesprochen:

„[Hugo] ist nicht mit Goethe gleichzusetzen, weil ihm die gleichzeitig abgrundtiefe und lebendig quellende Weisheit vom Ewigmenschlichen fehlt, die Erkenntnis aller Fülle und Rätsel der belebten und unbelebten Welt, die allerhöchste Gabe des dichterischen Genies: das So- und Nichtanderssein der Form. Er [i.e. Hugo] ist nur selten bis ,zu den Müttern' vorgedrungen, das heißt bis dahin, wo unser aller Schicksal sich entscheidet. Aber er war ein repräsentativer Geist, ein Geist von epochaler Bedeutung."[137]

6. Clément setzt sich mit ‚einem eigentümlichen Deutschlandreisenden' auseinander.

Clément kommentierte also die Goethe-Feier nicht, aber 1936 ging er in seiner Erasmus-Kolumne im ET in zwei Artikeln auf Professor Nikolaus Hein ein.[138] Ihm, der seit 1934 Ehrenmitglied der Gedelit gewesen sein soll,[139] hatte Batty Weber in seiner Festrede am Goethe-Gedenkstein gedankt „für die schöne Arbeit, in der er die Zusammenhänge Goethes mit Luxemburg endgültig der Vergessenheit entrissen und zur Bereitschaft für das hier vollendete Werk beigetragen [habe]"[140]. 1925 hatte Hein *1792 Goethe In Luxemburg. Eine philologische und geschichtliche Studie* herausgegeben. Er wurde später – er hatte das Werk auf Grund neuer Forschungen erweitert – zum „Luxemburger Goetheaner par excellence", so Jean-Claude Muller.[141]

1936 fand Clément die Goethe-Studie „eine solide Arbeit". Und da ihr Autor zudem großes „geistiges Ansehen" in Luxemburg genoss, schien es ihm angebracht, sich mit dessen *Erinnerung an eine deutsche Reise*, die er in zwei Teilen im *Luxemburger Wort* veröffentlicht hatte, auseinanderzusetzen.[142] Hein hatte mit einer luxemburgischen Delegation am ‚Hamburger Freizeitkongreß' teilnehmen ‚dürfen' und schrieb: „Diese Tage waren unvergessliche Erlebnisse. Die Atmosphäre der Freundschaft, des guten Willens und der Völkerverständigung, die über dem festlichen Hamburg wie auch über dem Berlin der Olympiade lag, weckte eine frohgemute Stimmung, die mich, als ich dann meine eigenen Wege ging, dauernd begleitete." Im Berliner Olympiastadion hörte er später Sven Hedins Ansprache an die Jugend und verspürte einen „Hauch von der religiösen Weihestimmung des griechischen Olympia über die vielfach im Körperkultus befangenen Massen".

Clément war entsetzt über Heins Reiseeindrücke und fand, sie seien mit „naiven, beinahe kindischen Freundlichkeiten und Gefälligkeiten an das 3. Reich durchsetzt". In einer „knabenhafte[n] Schwarmgeisterei, aus Liebe zur deutschen Landschaft u. aus starken Kunsterlebnissen heraus" konstruiere er „ein Bekenntnis zum ‚ewigen' Deutschland". „[I]n bequemer, weichlicher Gefühlsduselei" verschließe der Deutschlandreisende Augen und Ohren vor den „grauenhaften Dingen im Dritten Reich", für die eine „edle Landschaft und Architektur" nur „als Staffage" dienten. Clément schrieb: „Dachau ist ein landschaftliches Juwel, aber Dachau ist auch das schrecklichste Konzentrationslager des neuen Deutschland." Diese Zeilen wurden 1936 verfasst.

Auf seiner „Pilgerfahrt ins Germanenland", heißt es weiter bei Clément, habe Hein auch „von den Herrlichkeiten einer Autobahn" geschwärmt. Er fragt deshalb:

„Haben Sie nicht daran gedacht, dass die deutschen Autobahnen nicht viel mehr sind als strategische Anlagen, dass auf dem ‚in sanften Wellungen vorwärtstreibenden Band der Straße' vielleicht sehr bald die Tankgeschwader heranrücken sollen, die auch Ihre liebliche Moselheimat Ehnen zermalmen werden? Berg und Tal, Dome und Schlösser und Statuen in allen Ehren. Aber wenn Sie nicht auch Pulver rochen, dann haben Sie einen unheilbaren Stockschnupfen."

In seinem zweiten Artikel über den ‚eigentümlichen Deutschlandreisenden' kam Clément am 9.11.1936 auf Heins Ansichten „über den Wert des gleichgeschalteten deutschen Schrifttums" zu sprechen. Dieser hatte geschrieben: „Neulich fragte mich jemand, ob es überhaupt noch Schriftsteller von Rang in Deutschland gebe. Du lieber Gott! Auf je einen schreibenden Emigranten kommt ein Dutzend gleichwertiger Schriftsteller, die in Deutschland geblieben sind. (Bei Thomas Mann mag dies Zahlenverhältnis nicht stimmen.) Sicher ist aber auch, dass nirgendwo die Dichtung staatlicherseits mehr gefördert wird." Dazu Clément: „[E]in solcher kritischer Unsinn ist bisher [...] nicht von den verbissensten Nazifreunden ausgesprochen worden." Ob er etwa Geibel über Mörike, Rudolf Stratz über Gottfried Keller stelle? „Gradmesser für den Wert eines Dichters und Schriftstellers" sei dessen Einschätzung im Ausland, in anderen Kulturländern. „Denn hier wird der Entscheid nicht von außerliterarischen Rücksichten gehemmt. Und nun sehen Sie sich einmal die französischen und englischen Verlagskataloge an und stellen Sie fest, was für einen Platz hier die von Ihnen so sehr verachteten Emigranten einnehmen und wie dürftig, beinahe nicht existent der Raum ist, der für die gleichgeschalteten Herren übrig bleibt." Hein solle jetzt nicht „mit den üblichen Nazimätzchen angeritten [kommen]: vom internationalen Verlegerjudentum, von Neid und Chauvinismus [...]" sprechen.

Gewiss gebe es in der Reichsschrifttumskammer noch Schriftsteller von Wert, die sich „um ihrer materiellen Existenz willen" gleichgeschaltet hätten, es seien „apolitische Naturen", die nicht schlagartig „sämtliche Talente" verloren hätten.

Die „Blubo-Literaturpolitik" im Dritten Reich lasse jedoch „keine Kühnheit und Eigenart im Denken, Fühlen u. Gestalten" mehr zu. Freie Dichtung sei eine Unmöglichkeit geworden. Wo aber ein „starrer, polizeilicher Konformismus den Geist knutet, wie im heutigen Deutschland, da mag es noch ab und zu kleines literarisches Epigonentum geben, aber nicht die Werke, die richtungsgebend sind".

Hein schilderte nicht nur die Literaturproduktion in Nazideutschland in den rosigsten Farben, er ließ sich auch vom deutschen Theater in der Hitler-Diktatur blenden und verkündete: „Deutschland ist noch immer Theaterkulturland ersten Ranges." Er hatte in kleine Dorfbühnen „hineingesehen" – „echte Volkskunst" – und die Freilichtspiele in Frankfurt und Heidelberg besucht; u. a. erlebte er eine Götz-Aufführung im abendlichen Heidelberger Schloßhof: „Ein unvergessliches Erlebnis". Ein „Massenaufgebot von Farben, Bewegung, Lichtern und Klängen wandelt[e] diese Stunden zu einer Phantasmagorie". Und doch: „Der Dienst am Dichterwort [...] beherrscht das Ganze und bereitet einer neuen Verlebendigung der Klassiker die Bahn."[143]

Clément richtete am Ende seines Erasmus-Artikels eine rhetorische Frage an Nikolaus Hein und gab ihm auch einen Ratschlag:

„A propos Goethe. Glauben Sie denn, unter einem Literaturdiktator à la Goebbels hätte der Götz und der erste Faust herauskommen können? ‚Mit Bajonetten kann man alles, nur nicht drauf sitzen!' sagte der alte Fritz. Wenn man mit Bajonetten Dichtung kommandiert, dann geht diese zum Teufel und sogar die Bajonette werden schartig.

[…] Lesen Sie jetzt auch ein bisschen Döblin und Feuchtwanger, Joseph Roth und Stefan Zweig, Werfel und Heinrich Mann, dann gehen Sie vielleicht in sich. Emigranten? Jawohl, aber vergessen Sie nicht, dass auch Victor Hugo und Heinrich Heine Emigranten waren."

Clément kam noch ein drittes Mal auf Nikolaus Hein zurück, und zwar am 9.1.1937 in seiner Erasmus-Kolumne, in dem Beitrag *Nazianerkennung für Professor Hein*. Der *Westdeutsche Beobachter*, „nicht eine xbeliebige Zeitung", sondern „das führende nationalsozialistische Parteiblatt Westdeutschlands", hatte nämlich am 1.12.1936 einen „ausgedehnte[n]" Artikel, der „eine geschickte Ausmünzung der wirkungsvollsten Zitate aus [dessen] Reiseberichten" war, mit der „allerfetteste[n] Schlagzeile" gebracht: *Überraschung aus Luxemburg*. Im Untertitel hieß es: *Professor Nikolaus Hein: der Weg zum Volkstum führt über Deutschland*. Das war zwar für Clément „eine grobe Fälschung" – die halt „im Naziparadies üblich" sei –, das habe „Prof. Hein nicht ausdrücklich so geschrieben"; aber fügte er hinzu, bei der absoluten Kritiklosigkeit des Deuschlandreisenden werde dieser wohl nachträglich den Artikel ganz in Ordnung finden.

Clément sah in Hein keineswegs einen Apologeten des Nationalsozialismus, eher einen verblendeten „Schönschwätzer", der über „die Knechtung" in Deutschland hinwegsehe und der in seiner Begeisterung für das Land und besonders für seine Kultur, sich zu „Dithyramben" über das Reich hinreißen lasse und so „sich selbst und seine Leser düpier[e]".

Mit Entschiedenheit formuliert Clément, welche Haltung er sich von einem luxemburgischen Dichter erwartet hätte, der 1936 durch Deutschland reist, das er liebt, und der doch gleichzeitig ein kritischer Beobachter der politischen Verhältnisse des Landes verblieben wäre:

„Es gibt nur eine Methode, ein Land, dem man zugetan ist und dessen momentane Einrichtung man ablehnt, […] zu beurteilen, [und] die vor dem Gewissen besteht; es ist diejenige, die André Gide Sowjetrussland gegenüber anwandte: gerade aus Liebe, rücksichtslos offen zu sein, auch wenn es schmerzlichste Überwindung kostet. Aber von Gide bis Nikolaus Hein ist ein weiter Schritt."

Abschließend meinte Clément, man werde sich in Deuschland „riesig freuen" über Heins Reiseberichte, „denn man wird in unserm kleinen Neutralien nun überall Saulusse sehen, die nur auf die allerbeste Gelegenheit warten zu Paulussen zu werden. Man wird dadurch in den völkisch-annexionistischen Plänen noch anmaßender werden als bisher. Und das haben wir Leuten wie Prof. Hein, die sich selbst ‚bessere Luxemburger' nennen, zu verdanken."[144]

Harte und kränkende Worte an die Adresse von Hein; aber dieser war kein Kratzenberg. Er ging in der Zeit der nationalen Unabhängigkeitsfeiern vor dem Krieg immer mehr auf Distanz zu Deutschland, schloss 1939 seine meisterhafte Erzählung *Der Verräter* ab. Sie hat einen patriotischen Charakter und behandelt eine spezifisch luxemburgische Problematik, stellt die politischen und sozialen Umbrüche in Luxemburg im Anschluss an die belgische Revolution anhand eines Einzelschicksals dar. Aber er veröffentlichte sie damals nicht und wandte sich verstärkt dem Luxemburgischen zu, schrieb 1939 *De blannen Theis – O Tro'scht vum Land* (Gedicht), zog sich im Krieg in eine Art innere Emigration zurück, ging nicht auf das Angebot des Verlegers Paul List ein, den *Verräter* zu einem Roman auszubauen und ihn in Deutschland herauszugeben.[145] 1947 reichte er sie zum Luxemburger Literaturpreis ein und errang unter 51 Bewerbern den Prix de littérature.

Auseinandersetzungen, Polemiken, Kontroversen nahmen in den 30er Jahren des vorigen Jahrhunderts, in der unruhigen und bedrohlichen Vorkriegszeit, immer mehr Raum im Schaffen Cléments ein. Kaum noch stößt man auf die heitere Gelassenheit, die einst in der

Mehrzahl der *Pariser Briefe* zum Ausdruck kam. Clément wurde jetzt allzu stark vom Tagesgeschehen in Anspruch genommen. Auf zwei Polemiken, die ein bezeichnendes Schlaglicht auf die Stimmung der Jahre vor 1940 werfen, soll noch aufmerksam gemacht werden.

7. Leo Müller, Herausgeber des *Luxemburger Volksblattes*, diffamiert Clément und seine angeblichen ‚Auftraggeber'.

Luxemburger Volksblatt
Arbeit – Autorität – Heimattreue
Unabhängige Tageszeitung
Haupt-Schriftleiter: Leo Müller
Nr. 326 u. 327 — Samstag, 21. u. Sonntag, 22. November 1936 — 4. Jahrgang

Im Vordergrund der Hampelmann, im Hintergrund die Drahtzieher
Eine Auseinandersetzung mit Franz Clement und seinen Auftraggebern

Im *Escher Tageblatt* griff Clément am 18.11.1936 den rechtsextremen Populisten Leo Müller (1888-1959) im Artikel *Degrelle über dem Strich – Hitler unter dem Strich* heftig an.[146]

Müller war eine vielschillernde Figur in der Vorkriegszeit. Aus bescheidenen Verhältnissen stammend – die Familie hatte 17 Kinder – übte er zuerst den Lehrerberuf aus, wurde dann Journalist und schrieb zwölf Jahre lang für das *Luxemburger Wort*, verließ aber das katholische Blatt aus gekränkter Eitelkeit. Man hatte ihm „beim Avancement zufällig eine Soutane vor die Nase gesetzt", meinte Clément.[147] Mathias Esch wurde nämlich Chefredakteur im LW, und nicht Müller, wie er es erhofft hatte. Auch war ihm jetzt plötzlich das katholische Organ nicht mehr rechts genug ausgerichtet: „[D]ie Politik der Rechtspartei [schien uns] nicht mehr richtig", so Müller später.[148] Er gründete deshalb 1933 seine eigene Zeitung: das *Luxemburger Volksblatt*. Neben dem Titel standen, wie eine Art Manifest, die Schlagwörter: „Arbeit, Autorität, Heimattreue". In seinem Blatt vertrat er fortan nationalistische, antidemokratische, fremdenfeindliche Auffassungen. Sein großes Vorbild sah er in dem belgischen Politiker Léon Degrelle, der 1930 die rechtsradikale Rexbewegung gegründet hatte. Müller wurde zum „Degrelle luxembourgeois", so Lucien Blau.[149] Clément sprach von dessen „Degrellomanie".[150]

Von vielen wurde er als eine bloße kauzige Randerscheinung der Luxemburger Politikszene angesehen. Der ‚Schnellkarikaturist' des ET, Albert Simon, zeichnete ihn auf der ersten Seite der Zeitung, am 29.11.1937, als liebenswürdigen Clown, in dessen Rücken sich allerdings eine grimmig dreinblickende Gestalt verbarg: ein Flötist, dessen Musikinstrument an die spitze Feder eines Journalisten erinnerte und dessen Schnurrbärtchen und bayrisches Hütchen Assoziationen an Hitler weckten. In einem späteren Zeitungsbericht, im Januar 1938, sprach ihm die Escher Zeitung eine gewisse verschroben wirkende „Gutmütigkeit" nicht ab, die aber stets eine niederträchtige Verschlagenheit verberge. Leo Müller müsse halt ab und zu, meinte der Autor – mit großer Wahrscheinlichkeit war es Frantz Clément –, den „krakeelenden Störenfried mimen, wie ein jaulender Dorfköter zwischen alles fahren!"[151]

Äußerst hellhörig für faschistische Umtriebe, hatte Clément bereits sehr früh erkannt, dass Müllers Bonhomie eine große Bewunderung für Hitler verbarg. Noch war es allerdings für den Degrelle-Anhänger nicht opportun, diese Sympathie allzu offen zur Schau zu tragen. Clément dagegen nahm kein Blatt vor den Mund. Im ET, im oben erwähnten Leitartikel vom 18. November, bezeichnete er ihn als „Anbeter des ‚Zauberers von Braunau'" sein *Volksblatt* als „Hitlerblatt". Müller lobe alles, „was aus Hitlerdeutschland kommt" und zerreiße alles, „was der braunen Barbarei wider den Strich geht". Was er über Außen- und Innenpolitik ‚schnattere' und ‚stottere' stamme aus der Nazi-Ideologie. Letztendlich sei er nichts anderes als ein skrupelloser Demagoge, der „gegen alles" sei: „gegen alle Parteien, gegen alle vergangenen, gegenwärtigen und zukünftigen Regierungen, gegen alle Mehrheiten und Minderheiten. Von Programm keine Spur!"

Leo Müller — ein Politclown, aber auch ein „Anbeter des Zauberers von Braunau"

Leo Müller ripostierte sehr heftig, und zwar mit perfiden Diffamierungen. Die ganze erste Seite des *Luxemburger Volksblattes* sowie eine halbe zweite Seite beschäftigten sich in der Ausgabe vom 21./22.11.1936 mit Clément. Die Balkenüberschrift lautete: *Im Vordergrund der Hampelmann, im Hintergrund die Drahtzieher*. Im Untertitel hieß es: *Eine Auseinandersetzung mit Frantz Clement und seinen Auftraggebern*.[152]

Von einer Auseinandersetzung konnte keine Rede sein! Der beleidigende Artikel stellte Clément als „Revolverjournalisten", als „ordinären Kotschmeißer" hin; er sei weiter nichts als der „untertänigste Diener des Herrn Nickels" und werde von diesem, dem Arbed-Direktor, bezahlt; den Handlanger spiele das gewerkschaftseigene ET mit Cléments Vetter, „de[m] politische[n] Streber Hubert Clement", als Direktor. Nach Müller mussten also „letzten Endes die Arbeitergroschen herhalten", um „die Allmacht der Stahlkönige zu stützen!"

Die Reaktion von Clément war eindeutig: ein Kopfschütteln. Der Titel seiner Antwort: *Der Leo, ach der Leo …*.[153] Er reagierte souverän auf die, gegen ihn gerichteten, scharfen Anwürfe: teils ironisch, aber teils auch kräftig zupackend. Mit der abstrusen Verschwörertheorie, Arbed und ET hätten sich verbündet, um „den ‚edlen' Vorkämpfer des Proletariats L.M. zu vernichten" machte er kurzen Prozess. Wer diesen „Verschwörungsfimmel" glaube, der zahle „einen Hitlertaler oder ein Abonnement auf das *Volksblatt*".

Ein „infamer Söldling der Arbed" und ein „Schreibknecht, den der Arbed-Direktor Alphonse Nickels bezahl[e]" solle er sein. Auf diese Insinuationen antwortete er, der nie korrumpierbar war, dass er seit fünfundzwanzig Jahren mit Nickels befreundet sei. Als Junggeselle schätze er es deshalb, öfters von dessen Familie zum Essen eingeladen zu werden. Clément verschwieg, dass er gerade in jenen Jahren große politische Differenzen mit Nickels hatte, der auch Präsident der radikalliberalen Partei war. Die Arbed hatte ja wahrscheinlich daraufhin die finanzielle Unterstützung für seine *Tribüne* gestrichen.[154] In seinen weiteren Ausführungen erwähnte er, häufig von „Freunden aller möglichen Observanzen" eingeladen zu werden. Er schätze „diese gutluxemburgische Gastlichkeit" sehr. Wichtig sei ihm auch der „Respekt vor freier, aufrichtiger und sauberer Meinungsäußerung". In diesem Zusammenhang machte er eine seiner raren Bemerkungen zu seiner finanziellen Situation: „[E]s geht mir augenblicklich materiell nicht zum Allerbesten. Wenn ich mich damals, als es mir als Schriftsteller und Auslandsjournalist leidlich gut ging, dem Hitlertum gleichgeschaltet hätte, wäre ich ohne Zweifel besser dran." Müller werde „nie verstehen, dass man politisch frei, unabhängig, stolz und anständig sein kann, ohne dafür im Vollen zu sitzen".

Clément kam schließlich noch in den beiden ET-Artikeln vom 18. und 24.11.1936 auf eine Angelegenheit zu sprechen, die ihn offensichtlich beschäftigte. Müller hatte vor einiger Zeit in einer *Briefkasten-Notiz* in seinem *Volksblatt* hinterhältig gefragt, ob er nicht einst geschrieben habe, „unser Volk sei kein Volk, es habe kein Recht auf eine eigene Existenz und müsse je eher desto besser in einem größeren Nachbarland aufgehen". Das sei eine „hochverräterische" Angelegenheit gewesen, die eigentlich „vor den Assisenhof" gehört hätte. Müller spielte hier auf Cléments Mitgliedschaft in der Ligue Française am Ende des Ersten Weltkrieges an.

Clément forderte Müller auf, anzugeben, wann und wo er dies geschrieben habe. Dieser sei daraufhin ‚wie ein Taschenmesser zusammengeklappt', habe das ET als Quelle angegeben, ohne allerdings ein Datum zu nennen. Clément seinerseits stellte klipp und klar fest: Er habe, als er das ET leitete, weder „so was" geschrieben, noch schreiben lassen. Er sei auch stets „hartnäckig von jedem Annexionismus" abgerückt. Müller richte sich offensichtlich nach dem Diktum: „[M]an solle bloß tapfer verleumden, es bleibe immer was hängen."

Man könnte meinen, ein politischer Wirrkopf wie Müller, „der große Irreführer", als den ihn Clément bezeichnete,[155] sei nicht ernst genommen worden und habe keine größere Resonanz gefunden. Mitnichten! Bei den Parlamentswahlen von 1937 verzeichnete seine *Nationaldemokratische Heimatbewegung* [NH] einen großen Erfolg. Es wurde in zwei Bezirken gewählt, die *Heimatbewegung* trat nur im Zenrum an und errang auf Anhieb zwei Sitze. In Luxemburg-Stadt erhielt Leo Müller von allen Kandidaten sämtlicher Parteien die meisten persönlichen Stimmen.[156]

Im Zusammenhang mit den Wahlen von 1937 kam Clément nochmals auf ihn zu sprechen. Die Parteiendemokratie hatte dieser nämlich in der Wahlkampagne heftig angegriffen; seine ‚Partei' nannte er deshalb auch ‚Bewegung' und trat mit einer ‚Liste' angeblich unabhängiger Kandidaten an. Müller sei, „wie weiland Siegfried ausgezogen gegen einen Drachen, den Drachen des Parteiwesens", schrieb Clément in der *Voix des Jeunes* im November 1937 in *Es muss besser werden in unseren Parteien*.[157] Dort setzte er sich mit der zunehmenden Gefahr „der Clan- und Cliquenwirtschaft" in den etablierten Parteien auseinander. Es könne zwar kein modernes demokratisches Staatswesen ohne sie geben, wie der „Antiparteienmüller" es fordere, aber, mahnte Clément, man müsse aufpassen, dass sich nicht zu sehr „oligarchische Tendenzen" in diesen bildeten. Sie lebten von ihren Mitgliedern. Und er merkte an: „Wenn die Parteien von oben herab inspiziert und geleitet werden, so werden die Richtlinien, nach denen dies erfolgt, von unten her bestimmt." Er richtete also einen immer noch aktuellen Appell an die Parteispitzen, die Basis stärker zu berücksichtigen.

Clément, der nie ‚ad hominem' polemisierte, und Müller, der seinen Gegnern stets „den Lauskerl an den Kopf warf" (Erasmus, 18.11.1936), waren sehr unterschiedliche Charaktere. Und unterschiedlich verlief auch ihr weiterer Lebensweg. Der nationalistische Schriftleiter des *Volksblattes*, der gern den hundertprozentigen Patrioten hervorkehrte und sich als „Monopolinhaber für Heimattreue" aufspielte,[158] stellte sich und sein *Volksblatt* nach der deutschen Besatzung Luxemburgs 1940 eilfertig in den Dienst der Nazis. Er wurde allerdings nur mit einer untergeordneten Stelle im Pressedienst der deutschen Zivilverwaltung abgespeist. Nach dem Krieg wurde er wegen Kollaboration mit den Besatzern zu zwei Jahren Gefängnis und einer Geldstrafe verurteilt.

Clément, in der Polemik mit Müller von diesem als Opportunist und vaterlandsloser Geselle abgestempelt, ging im Kampf gegen den Nationalsozialismus gradlinig seinen Weg bis zu seinem tragischen Ende.

8. Zweite Hälfte der 1930er Jahre: Widerstand u. a. gegen das von der deutschen Gesandtschaft diktierte Verbot von Filmen und gegen die Zurückweisung jüdischer Flüchtlinge

Clément, ein ausgesprochener Kenner der siebten Kunst, war einer der wenigen Luxemburger Kritiker, der den Film unter einem künstlerischen Blickwinkel betrachtete und sich sporadisch mit ihm beschäftigte. 1938 bezog er dezidiert Stellung zu einem umstrittenen Streifen. Nicht ästhetische Bewertung oder Fragen der Moral standen diesmal zur Diskussion, wie üblicherweise bei Auseinandersetzungen um kontroverse Filme. Die Angelegenheit hatte einen eminent politischen Charaker.

Im April 1938 wurde nämlich der pazifistische Film *Après* von James Whale, ein bedrückendes Heimkehrerdrama, bei uns verboten. Der amerikanische Originaltitel lautet *The Road Back* (1937). Der Film stützte sich auf Erich Maria Remarques Roman *Der Weg zurück*, eine Fortsetzung von *Im Westen nichts Neues*, den Lewis Milestone 1929/30 verfilmt hatte Die Aufführung 1930 in Berlin führte zu einem handfesten Skandal, ausgelöst durch eine Nazirandale. Die Produzenten sahen sich schließlich genötigt, den Film in Deutschland zurückzuziehen. In Luxemburg dagegen lief Anfang 1931 die Aufführung von *Im Westen nichts Neues* sehr erfolgreich.

Warum aber das Verbot von *Après*? Der Streifen war der Filmkommission in Luxemburg-Stadt Ende 1937 vorgelegt worden. Ihre Aufgabe bestand ursprünglich darin, zu befinden, ob ein Film für Kinder und Jugendliche geeignet sei. Mit der Zeit entschied sie aber auch darüber, ob er Anlass für Skandal oder Unruhe sein könnte. Und eine bejahende Antwort erlaubte es dann dem Justiz- oder Innenminister, so manchen anstößigen Film zu verbieten – eine Praxis, die noch lange Zeit nach dem Zweiten Weltkrieg andauerte; Zensur dagegen war durch die Verfassung verboten (Artikel 24).[159]

Nachdem sich die Filmkommission *Après* zweimal angesehen hatte, sprach sie sich im Dezember 1937 für ein Verbot aus. Die Verleihfirma erklärte sich bereit, Kürzungen vorzunehmen – eine beschnittene Fassung lief ohne Schwierigkeiten in Frankreich und Belgien. In Luxemburg-Stadt war inzwischen die Filmkommission im Januar 1938 erneuert worden – Evy Friedrich, der Pionier der Luxemburger Filmkritik, gehörte nun zu den Mitgliedern.

Die erneuerte Kommission sah sich die neue Fassung des Films an. Am 7. März 1938 fand die Vorführung statt. Sämtliche Mitglieder, Ersatzmitglieder und auch der Justizminister René Blum waren anwesend. Die Kommission sprach sich ziemlich überraschend „*einstimmig für den Film*" aus.[160] Umgehend teilte der Minister den Kinodirektoren mit, dieser sei erlaubt worden.

Daraufhin verstärkte die deutsche Gesandtschaft ihre Bemühungen, ein Verbot zu erreichen. Sie erwirkte eine besondere Vorführung für sich, die Mitte April stattfand. Eine Stellungnahme sollte der Regierung am folgenden Tag zukommen. Diese verzögerte sich aber, so dass die Kinobesitzer den Termin für die erste Aufführung auf den 22. April festsetzten, der Film sei ja erlaubt worden. An diesem Tag, am Vormittag, erfolgte jedoch ein Anruf aus der Regierung: Es sei nicht sicher, dass *Après* gespielt werden dürfe, es finde noch ein Ministerrat statt. Da bis zwei Uhr keine Mitteilung erfolgt war, begann die angekündigte Nachmittagsvorstellung, und zwar vor einem zahlreichen Publikum. Der Film lief in voller Länge, „ohne den geringsten Zwischenfall". Aber gegen drei Uhr traf die Mitteilung der Regierung ein: *Après* sei verboten. Begründung: „[A]vis défavorable der Filmkommission"! „[G]robe Irreführung!", urteilte *Die neue Zeit* [DnZ].[161]

Sie wies auch darauf hin, dass der Gesandte Deutschlands, Otto von Radowitz, interveniert hatte und in „ultimativer Form und unter der Androhung eines Abbrechens der eben zwischen Luxemburg und dem Deutschen Reich schwebenden Verhandlungen" verlangt hatte, dass das Nachfolgewerk von *Im Westen nichts Neues* verboten werde. Der antimilitaristische Film verstoße gegen den Neutralitätsstatus Luxemburgs. Die Regierung Dupong, mit Joseph Bech als Außenminister, glaubte damals noch, man könne eine Besetzung des Landes abwehren, indem man vor dem Deutschen Reich kusche. Hasenfüßig fügte man sich dem ausgeübten Druck.

Die Reaktion auf das Verbot von *Après* war eine allgemeine Bestürzung, die sich aber kaum in der Presse äußerte. Das Reich sollte wohl nicht durch zu laute Proteste herausgefordert werden; die Regierung hielt an einer immer illusionärer werdenden Neutralitätspolitik fest; die Handelsbeziehungen zum Reich durften nicht gefährdet werden. Eine klare Sprache führte allein *Die neue Zeit*. Es hieß dort:

„Ein Schauer des Schreckens ging durch das Land, als man erfuhr, dass unsere Regierung sich, wider bessere Einsicht, gebeugt hatte, dass sie es für richtig hielt, eher unserer Verfassung Gewalt anzutun, ihre Würde und die Würde des Landes aufzugeben, als dass sie versucht hätte, einer Unverschämtheit so zu begegnen, wie es freien Menschen geziemt."162

Clément war äußerst bestürzt über den Fall *Après*, der all seinen liberalen Prinzipien widersprach. Aber wo sollte er sein Unverständnis über das Vorgefallene äußern? Die *Luxemburger Zeitung*, also das Organ der radikalliberalen Oppostionspartei, der sich Clément wieder angenähert hatte, nahm eine Wischi-Waschi-Haltung ein, ‚mi-figue, mi-raisin'. Nach dem Verbot des Films brachte sie einen vielsagenden Satz im Modus des Konjunktivs zustande: „Es wäre für das Luxemburger Kinopublikum nichts gewonnen gewesen, wenn er vorgeführt worden wäre, es hat also auch durch das Verbot nichts verloren."163 Also, anders formuliert: *Après* sei künstlerisch kein bedeutendes Werk, es dürfe deshalb ruhig verboten werden! Kein Wunder, dass der Film kein großer Wurf war: Bereits während der Dreharbeiten in den Vereinigten Staaten war der deutsche Konsul in Los Angeles interveniert, um ein Weiterdrehen zu verhindern. Die auf Kommerz bedachten Hollywood-Produzenten nahmen Kürzungen vor. Die endgültige Fassung des Films, die in Luxemburg laufen sollte, war schließlich um ein Drittel gekürzt.

Im *Escher Tageblatt*, für das Clément ebenfalls regelmäßig schrieb, formulierte Evy Friedrich einen eher lauwarmen Protest. Es sei höchst bedauerlich, dass man dem „Druck der Gesandtschaft" nachgegeben habe; es sei „unsere Pflicht und Schuldigkeit gegen jede Einmischung des Dritten Reiches in unsere inneren Angelegenheiten zu protestieren"164. Kein zu lautes Wort durfte allerdings im ET gegen den Justizminister fallen, der den Film verboten hatte. René Blum gehörte der sozialistischen Partei an, die an der Regierung beteiligt war. Im Jahre vorher, damals noch in der Opposition, hatte er gemeinsam mit Frantz Clément gegen das ‚Maulkorbgesetz' gekämpft.

Eines der wenigen, wenn nicht das einzige Presseorgan in Luxemburg, das keine parteipolitischen Rücksichten nahm und mit harten Bandagen kämpfte, und zwar auf hohem Niveau, war *Die neue Zeit*. Sie trug den gleichen Titel wie die prestigeträchtige Zeitung der Volksbildungsbewegung zur Zeit des Linksblocks. Sie erschien monatlich, in einem großen

1938 wurde auf Druck der deutschen Gesandtschaft in Luxemburg die Aufführung des Films *Après* (Originaltitel *The Road Back* von James Whale, nach einem Roman von E. M. Remarque) verboten. Viele Luxemburger nutzten die Gelegenheit, sich den Film im nahen Belgien, in Athus, anzusehen. 1931 waren so manche Deutsche nach Luxemburg gekommen, um den in ihrem Land verbotenen Film *Im Westen nichts Neues* von Lewis Milestone zu sehen.

Ein Exkurs. *Die neue Zeit*: das Kampfblatt linker Intellektueller

Format: 52x34 cm, vom 1. Oktober 1936 bis zum 1. Mai 1940 – am 10. Mai fielen die deutschen Truppen in Luxemburg ein. Vom 1.1. bis zum 1.11.1939 wurde sie auch vierzehntägig gedruckt, und ab dem 1. Januar 1939 in einem kleineren Format. In ihrer kämpferischen Ausrichtung war sie das Organ des breitgefächerten Spektrums engagierter Linksintellektueller. Zu den Gründern und Mitarbeitern der *Neuen Zeit* gehörten Pierre Biermann, Emil Marx, Nic Molling, Joseph-Emile Muller und ganz sicher auch Frantz Clément. In der Erasmus-Glosse *Zeitschriften*, im ET am 19. Mai 1936 erschienen, hatte er noch behauptet, er sei in Luxemburg schon an „fünf Zeitschriftengründungen" beteiligt gewesen.[165] Jetzt aber sei er „weit über das Schwabenalter hinaus gediehen"[166]. Sicherlich werde er „beim sechsten Mal der Lockung" einer Neugründung „widerstehen". Ihr widerstand der routinierte Zeitungsmensch aber nicht. Im Oktober 1936 hatte er ein weiteres Mal bei der Gründung der *Neuen Zeit* seine Hand im Spiel. Die finanziellen Mittel für die Zeitschrift kamen hauptsächlich vom Freidenkerbund. Sie war nämlich das Nachfolgeorgan von *Das freie Wort*, dem Blatt des Luxemburger Freidenkerbundes (LFB); sie sprach aber einen weitaus größeren Leserkreis an.[167]

Die neue Zeit war so ganz nach dem Geschmack von Clément: frei und nicht einseitig ideologisch festgelegt. Sie kämpfte in der schwierigen Vorkriegszeit besonders gegen ‚das Maulkorbgesetz', gegen Antisemitismus, gegen Nationalsozialismus ... *Hitler ante Portas* hieß z. B. ein Artikel in der Zeitschrift.[168] 1938 war das Jahr des Anschlusses Österreichs an das Deutsche Reich. *Die neue Zeit* schrieb, es gebe sicherlich für Deutschland in seinen „pangermanischen Expansionsbestrebungen" noch weitere „unerlöste Gebiete, die angeblich darauf warte[ten] in Großdeutschland aufzugehen – unter ihnen *Luxemburg*". Bei diesem forschen Ton konnten Presseprozesse nicht ausbleiben. Am 1. Juli 1937, Nr. 10, stand in Balkenüberschrift auf der Titelseite *Die N.S.D.A.P. in Luxemburg, eine Bestechungs- und Spionagezentrale!* Der provokante Artikel führte zu einem Prozess, der jedoch mit einem Freispruch endete.[169] Gegen Kratzenberg allerdings verlor Émile Marx ein Gerichtsverfahren.[170]

Neben dem Politischen legte die Zeitschrift aber auch großen Wert auf das Kulturelle. Der Leitartikel auf der ersten Seite der ersten Nummer trug den programmatischen Titel *Die Kultur ist in Gefahr. Wir wollen sie verteidigen helfen.*[171] Clément etwa schrieb für *Die neue Zeit* in den stürmischen 1930er Jahren einige seiner damals raren Artikel über Persönlichkeiten, die literarisch oder geistig tätig waren – geradezu ein Ruhepunkt in seinem Schaffen. Und wie so oft waren seine Beiträge nicht einfach eine Hommage an bedeutende Menschen, sondern offenbarten auch etwas von Cléments Person und von den Werten, die ihm wichtig waren.

So verfasste er zum 150. Geburtstag von Arthur Schopenhauer eine Würdigung des Philosophen, der mit seiner sehr pessimistischen Weltsicht geradezu das Gegenteil von Clément schien, andererseits jedoch der Kunst eine große Bedeutung beimaß.[172] Das Genie des Künstlers erlaube diesem nämlich, sich vom blinden Willen zum Leben und dem dadurch bedingten Leiden zu erlösen. Aber nicht eine metaphysische Problematik beschäftigte Clément, vielmehr beeindruckten ihn Charakterzüge Schopenhauers und führten dazu, dass er Parallelen zum Zeitgeschehen herstellte:

„[Schopenhauer] war als Charakter ein Rebell, mürrisch und verschlossen, aber tapfer, konsequent und ehrlich: er war als Geist ein unerbitterlicher Feind des bequemen Konformismus der Philosophie-Professoren, Hegel und Fichte miteinbegriffen. Er war ein wahrhaft freier Mensch, […]. Wie sehr der Frankfurter Denker Recht hatte, das hat eben das lamentable Zukreuzekriechen der heutigen deutschen Philosophieprofessoren vor dem Machthaber und seiner Ideologie bewiesen. Hunderte von bissigen Seiten, die er vor hundert Jahren und mehr über diese eigentümliche Zunft von ‚Dienern am Geist' schrieb, haben erstaunlichen Gegenwartswert."

Clément hatte in Nr. 15 vom 1. Dezember 1937 den Literaturnobelpreisträger von 1937, Roger Martin du Gard, vorgestellt und diesen als jemanden charakterisiert, „der sich nicht in einem gemächlichen Konformismus vor den harten sozialen Wirklichkeiten verkriecht"[173]. Er weist also auch hier, genau wie im Falle von Schopenhauer, auf ein Anliegen hin, das ihm wichtig erscheint. Die soziale Problematik seiner Zeit verlor Clément, wohl Mitglied der liberalen Partei, aber kein Anhänger eines ungezügelten Wirtschaftsliberalismus, nämlich nie aus dem Blick.

Überzeugend im kulturellen Teil der *Neuen Zeit* waren ebenfalls die Artikel von Joseph-Emile [Muller]. Dieser verfasste als einer der wenigen Luxemburger Literaten Rezensionen über Exilliteratur, besprach Bücher aus dem linken Malik-Verlag, stellte moderne französische Malerei vor und trat für Joseph Kutter ein.

Die Neue Zeit war und ist, was Kultur anbelangt, eine wahre Fundgrube. Als kampfbetontes Blatt gegen den Nationalsozialismus, beschränkte es sich im kulturellen Teil nicht vorwiegend auf Buchbesprechungen exilierter Autoren, sondern ging auch auf die Situation von Schriftstellern in Deutschland ein, die sich nicht gesinnungskonform verhielten oder verhalten hatten. Überraschendes erfahren wir z. B. in Nr. 22, am 1. Juli 1938, über zwei Einzelfälle, die belegen, welchen Zwängen und Verfolgungen Autoren in der Hitlerdiktatur ausgesetzt waren.

Der Artikel *Ernst Glaeser verrät den Jahrgang 1902* behandelt den Fall eines Vertreters der Neuen Sachlichkeit, der 1928 mit seinem Buch *Jahrgang 1902* – „ein verteufelt gutes Buch" (Ernst Hemingway) – für großes Aufsehen sorgte.[174] Es ist ein kritisches, pazifistisches Werk, ähnlich dem Roman *Im Westen nichts Neues*, und zeigt „den ganzen Kehricht des Militarismus". Glaeser, 1902 geboren, steht für eine Generation, die nicht mehr am Ersten Weltkrieg teilnehmen konnte, die am sog. Heldentum ihrer Väter gehindert wurde, die nach der Niederlage orientierungslos wurde und feststellen musste, dass der Weltkrieg ein Versagen der einst bewunderten Väter war. Glaeser selbst fand schließlich einen Halt im Kommunismus. Dies zeigte sich 1930 auch in Luxemburg, wo er einen Vortrag über internationale Literatur und über Sowjetrussland hielt, und – so *Die neue Zeit* – „begeistert berichtete, welch gewaltigen Aufschwung das geistige Leben in Rußland genommen habe". Pazifismus, Kommunismus und zudem eine sehr freizügige Behandlung der Sexualität in seinem Hauptwerk – das war nach 1933 den Nazis zuviel. *Jahrgang 1902* gehörte zu den Büchern, die im Mai 1933 in Berlin verbrannt wurden. Glaeser musste in die Emigration, machte aber bald eine Kehrtwendung.

Es kam immer mehr bei ihm „der arische Pferdefuß" zum Vorschein. Es drängte ihn schließlich in seine Heimat zurück. 1938, zur Österreich-Abstimmung, fuhr er nach Deutschland, um sein ‚Ja' abzugeben. Er begann Verhandlungen „mit einem Mittelsmann des Doktor Goebbels, um in einem deutschen Verlag sein nächstes Buch herausbringen zu dürfen". *Die Neue Zeit* kommentierte: „Was kann das Schrifttum eines Landes wert sein, das gesinnungs-

Ernst Glaeser und Ernst Wiechert: zwei Beispiele für den Umgang der Nazis mit nicht konformen Schriftstellern

tüchtige Schreiber erst wieder in Gnaden aufnimmt, wenn sie zu Renegaten geworden sind und im Salz dumm geworden sind?"[175]

Zum weiteren Lebensweg von Glaeser bleibt zu bemerken: Die Verhandlungen mit dem Reich waren erfolgreich. Er konnte nach Deutschland zurückkehren, kam in ein „Umerziehungslager", wurde zu einem Vorzeigeautor der Nazis. Carl Zuckmayer schrieb später, man müsse Glaesers „Übergang zu den Nazis" als „Anschmeißerei, Verrat an sich selbst und andern" bezeichnen.[176]

Der gradlinige Clément, der nie Verrat beging, stellt den absoluten Gegensatz zum Opportunisten Glaeser dar, der zum „Verräter" wurde „[a]us Schwäche und Liebe zum Wohlleben", wie *Die neue Zeit* formulierte.

Auf derselben Seite wie der Artikel über Glaeser, in Nr. 22, 1938, steht der Beitrag *Späte Rache an Ernst Wiechert*, der auf einen Autor der inneren Emigration eingeht.[177] Aus einer Rede Wiecherts wird zitiert, die er am 16.4.1935 im Auditorium Maximum der Münchener Universität hielt. Sie durfte nicht gedruckt und verbreitet werden, zirkulierte jedoch heimlich und gelangte schließlich „als Anklage ins Ausland". Wiechert, „das ganze Regime treffend", machte in ihr folgende Bemerkungen:

„Nun bin ich weit davon entfernt zu sagen, dass das Recht nur auf einer Seite liegen könne. Das Recht liegt auf dieser unvollkommenen Erde fast niemals auf einer Seite allein, und über die kindliche Formulierung ‚ich habe recht' sollten wir allmählich doch zu weiseren Urteilen fortgeschritten sein." Und weiter heißt es: „Ja, es kann wohl sein, dass ein Volk aufhört, Recht und Unrecht zu unterscheiden und, dass ihm jeder Kampf recht ist. Aber dieses Volk steht schon auf jäh sich neigender Ebene und das Gesetz ist ihm schon gesprochen."

Drei Jahre lang ließ das Nazi-Regime Wiechert noch unbehelligt. Vielleicht glaubte man, der Schriftsteller, dessen Werk durch Naturmystik und Erdverbundenheit gekennzeichnet ist, sei doch noch für die Blut- und Bodenliteratur unterm Hakenkreuz zu gewinnen. Aber 1938 griff die Staatsmacht zu und rächte sich an dem aufmüpfigen Wiechert. Dieser hatte von der Verhaftung des ihm bekannten Pastors Niemöller gehört, einem Vertreter der ‚Bekennenden Kirche', der ins KZ Sachsenhausen verschleppt worden war. Er kündigte daraufhin seine Beiträge für Volkswohlfahrt und Winterhilfswerk und verkündete öffentlich, er spende lieber für Frau Niemöller und ihre acht Kinder. Das Regime fackelte nicht lange, verhaftete Wiechert und lieferte ihn, für einige Zeit, ins KZ Buchenwald ein.

Der letzte Satz des Artikels der *Neuen Zeit* lautet: „Aber wie sagt doch der Oberreklamemeister der ‚Edelrasse': ‚Rache muss kalt genossen werden!'"[178]

So manche Artikel in der *Neuen Zeit* waren nicht signiert oder erschienen unter einem Pseudonym – zehn Beiträge von Clément waren unterschrieben. Die Redakteure versteckten sich aber nicht in der Anonymität, sondern trugen gemeinsam die Verantwortung. Das ist insbesondere der Fall bei den Beiträgen, die keine persönliche Meinung wiedergeben, sondern auf den Nationalsozialismus eingehen, der einhellig und ohne Wenn und Aber von allen Redakteuren abgelehnt wurde.

Die beiden Darstellungen der Fälle Glaeser und Wiechert könnten von Clément stammen. Sie betreffen nämlich sein Interessengebiet: Literatur, Philosophie und Kunst unter dem Faschismus. In der ‚Erasmus-Sparte' im ET erschienen eine Reihe Glossen zu diesem Thema: u. a. *Blubo oder Freiheit?* (14.7.1936); *Die Kunstkritik ‚auf der Flucht erschossen'* (3.12.1936); *Ein Hakenkreuz-Kalender* (16.2.1937); *Nazischriftsteller Jakob Schaffner in Luxemburg* (4.3.1937); *So siehst du aus …* (22.5.1937); *Der Führerorden* (6.7.1937); *Fichte als Vorläufer des Nationalsozialismus* (17.7.1937); *Antirassismus bei den beiden Humboldts* (16.8.1938); *Auch Franco verbrennt Bücher* (25.5.1939) …

Die zwei Artikel über Glaeser und Wiechert tragen keine Unterschrift, und sie geben auch nicht die Ansicht Cléments über die literarische Bedeutung der beiden Autoren wieder. Wenn er denn als Autor in Frage kommt, hätte Clément in ruhigeren Zeiten als Literaturkritiker ganz anders Stellung bezogen zu den beiden Schriftstellern. Er war sehr aufgeschlossen für das Moderne – man denke an sein frühes Verständnis für den Surrealismus in Literatur und Film – und er hätte sicherlich in einer reinen Literaturkritik Glaesers atmosphärisch gelungenen und neuartig wirkenden Roman gelobt. Wiecherts rückwärtsgewandte Literatur der Innerlichkeit, oft als sentimentale Waldromantik belächelt, wäre dagegen auf Ablehnung gestoßen. Wie wetterte Clément doch einst gegen Jean-Pierre Erpeldings *Bauerngeschichte*: *Bärnd Bichel*![179] Er wollte schon nach den ersten Seiten den Roman „in die Rumpelkammer [s]einer Bibliothek" werfen, fand aber noch einige gute Ansätze. Er fragte den Autor: „Was geht Sie die Bodenständigkeit des Bärnd Bichel an? Lassen Sie solchen Quatsch den Zeitungsschreibern und Nationalökonomen." Erpelding solle auf die Tausenden von Wendungen verzichten, „die in unheimlicher Weise nach Stall, Scheune, ‚Ucht', Wiese und Wald riechen". Er forderte ihn auf: „Zünden Sie zur nächsten Sommersonnenwende auf dem Herrenberge ein Feuer an und werfen Sie Ihre sämtlichen Bücher und Zeitschriften, auch die Ihrer Kollegen und Freunde in die Flammen. Und führen Sie um die Flammen einen heidnischen Freudentanz auf […]!"[180]

Im Jahre 1938 ging es allerdings nicht darum, gegen altmodische Literatur anzugehen, sondern gegen die zunehmende Bedrohung durch Nazideutschland anzukämpfen. Nach dem Exkurs über das politische und literarische Umfeld, in dem Clément in der *Neuen Zeit* schrieb, ist es angebracht, auf die Filmverbote zurückzukommen, die in der zweiten Hälfte der 30er Jahre eine etwas ausufernde Dimension angenommen hatten. Es war jedenfalls nicht verwunderlich, dass gerade *Die neue Zeit*, in ihrem Aufbegehren gegen deutsche Versuche, Druck auszuüben, sich am ausführlichsten von allen Luxemburger Zeitungen mit dem *Fall Après* beschäftigte. Sie brachte *Die gesamte Dokumentation über das Verbot des Films* sowie eine detaillierte Inhaltsangabe: *Was ist „Après"?* Man kann davon ausgehen, dass Clément an der Zusammenstellung dieser Dokumentation beteiligt war, jedenfalls voll hinter ihr stand. Er war jemand, der über die politischen Hintergründe in der Hauptstadt genauestens Bescheid wusste.

Zusätzlich zu der Dokumentation über den Film brachte *Die neue Zeit* einen mit den Initialen F.C. signierten Kommentar: *Zu einem Filmverbot*.[181] Clément unterstreicht, dass nach dem Verbot von *Après* in allen Schichten der Bevölkerung „Niedergeschlagenheit, aber auch Erbitterung und Entrüstung [herrschten]. Die Luxemburger standen unter dem Eindruck einer noch nie dagewesenen nationalen Demütigung."

Der Ton des Textes ist verhalten, die wortkarge Sprache nähert sich einem ohnmächtigen Schweigen an. Clément weiß wohl, dass seine Bemerkungen nicht das Geringste bewirken können. Die Dokumentation enthüllte nämlich, dass die deutsche Gesandtschaft – und dies auf Bitten der Regierung![182] – Listen mit vom Reich unerwünschten Filmen der

Die Filmverbote von *Lukrezia Borgia* und *Après*: Protest 1936, Niedergeschlagenheit 1938.

Luxemburger Regierung zukommen ließ, die sie an die Filmkommission weiterleitete. Diese teilte den Kinobesitzern die beanstandeten Filme mit, und eine „Vorführung blieb dann gewöhnlich automatisch aus", wie in der ‚Dokumentation' steht.

Tief betroffen und machtlos wendet sich Clément in seinem Artikel an die deutschen Instanzen:

„Auch ein kleines, sehr kleines Volk hat seine nationale Ehre und Würde, die ihm um so höher steht, als es sie nicht mit der Waffe in der Hand verteidigen kann. Das soll man in der Wilhelmstraße in Berlin und im Hause der deutschen Gesandtschaft in Luxemburg bedenken."

Wie anders war Cléments Sprache doch, als er genau zwei Jahre vorher voll beißendem Spott auf das Verbot des Films *Lukrezia Borgia* von Abel Gance reagierte. Der Film war am 24. April 1936 vom liberalen Innenminister Norbert Dumont verboten worden. Er war nur ein einziges Mal, und zwar am gleichen Tag im Ciné Métropole in Esch-Alzette gelaufen. Dabei hatten einige Zuschauer von der ‚Katholischen Aktion' etwas lauthals ihren Protest geäußert. Im Polizeibericht hieß es: „Einzelne Pfiffe machten sich bemerkbar, ohne dass es zu einer eigentlichen Manifestation kam."[183] Das *Luxemburger Wort* war dagegen sehr zufrieden und schrieb am folgenden Tag, dem 25. April: „Durch eine Protestaktion der Katholiken [wurde] der verwerfliche Film ‚Lukrezia Borgia' oberbehördlicherseits verboten."[184]

Clément verfasste damals einen *Epilog zu einem Filmverbot*.[185] Er meinte: „[B]ei der leisesten und scheinbar harmlosesten Einbürgerung der Zensur geht ein dickes Stück Demokratie in die Brüche." Man müsse sich wehren. Über den Film hieß es:

„Ich habe persönlich für die Tonfilme von Abel Gance nicht viel übrig. Ich ziehe ihnen – in der Richtung hat einer meiner Kollegen durchaus richtig geraten – eine lustige Kegelpartie vor. Aber meine Keglerleidenschaft ist nicht so stark, dass ich nicht wüßte, was hier auf dem Spiel steht. Es sind nicht die paar sog. orgiastischen Szenen, die das Kesseltreiben gegen den Gance-Film verursachten. So weit ich in der Renaissance-Geschichte Bescheid weiß, bleiben dieselben, bildlich gesprochen, sicher einige Kilometer hinter der Wirklichkeit zurück. Die ganze, raffiniert durchgemachte und auch augenblicklich erfolgreiche Erregung wurde dadurch entfesselt, weil die Borgiapäpste in diesem Filmwerk in durchaus schlechter moralischer, bes. geschlechtsmoralischer Position dastehen. Also man will die Tatsachen der Geschichte aus der Welt schaffen! Die Geschichte, die auch durch den Prälaten Ludwig Pastor in seiner Papsthistorie – einem autoritativen katholischen Werk – erhärtet wurde. Wenn die Herrschaften es darauf ankommen lassen wollen, dann können wir ihnen gelegentlich aufwarten, dass ihnen Hören und Sehen vergeht."

Hier äußerte sich noch die Hoffnung, dass ein Protest etwas bewirken könne. Gegen das Verbot von *Après* zu protestieren, war dagegen aussichtslos. Was konnte man schon gegen Druck und Erpressung der deutschen Gesandtschaft ausrichten, die kaum noch die Souveränität des Landes respektierte!

Besonders bedrückte aber Clément das Verhalten von René Blum (1889-1967). Als sozialistischer Abgeordneter hatte dieser energisch gegen das Verbot von *Lukrezia Borgia* in der Kammer protestiert, als Justizminister unterschrieb er das Verbot von *Après*. Clément drückte seine tiefe Enttäuschung in der *Neuen Zeit* aus:

Frantz Clément und René Blum

"Dass gerade Herr Justizminister René Blum, ein früherer Exponent der Linksmeinung in geistigen Dingen, für dieses Filmverbot Verantwortlichkeit übernahm bzw. übernehmen musste, das stimmt uns zur Trauer für uns und für ihn. Wenn die Regierung glaubte, nicht anders handeln zu können – und wir müssen gestehen, dass wir ihre Motive zu würdigen wissen –, dann hätten die persönlichen Freunde René Blums lieber gesehen, wenn er gesagt hätte: Pas ça ou pas moi!"[186]

Noch weitaus härter fiel das Urteil über Blum in der *Dokumentation* unter dem Zwischentitel: *Etiam tu…* aus:

"Wir kommen nicht daran vorbei. Wir müssen bei dieser Gelegenheit einem Freunde ein Versprechen einlösen, das er uns – seinen Freunden – zu verschiedenen Malen, in größerem und kleinerem Kreise, abgenommen [hat]: das Versprechen *nicht* zu schweigen, wenn wir ihm einmal den Vorwurf zu machen hätten, er sei sich selbst und seiner Sache nicht treu geblieben.

Unter dem Schreiben, mit dem der Film *Après* verboten wurde, stand die Unterschrift des Justizministers Réné Blum.

Das hätte nicht sein dürfen!

Der Name jenes Mannes, der im Kampf für den 6. Juni [i.e. Tag des Referendums über das Maulkorbgesetz] an der Spitze marschierte, unter diesem Schandlappen!"

Zwei weitere bittere Enttäuschungen im Zusammenhang mit René Blum, der bisher als integere Persönlichkeit galt und dem Clément sich freundschaftlich verbunden fühlte, standen ihm noch bevor. Kurze Zeit nach dem Verbot von *Après*, am 15. Mai 1938, ließ Justizminister Blum 50 österreichische Juden, die nach Luxemburg geflüchtet waren, nach Deutschland abschieben [am 13. März war es zum ‚Anschluss' Österreichs an das Reich gekommen] und schickte sie so wahrscheinlich in den Tod. Es sollen sich „herzzerreißende Szenen" sowohl in Luxemburg als auch an der Grenze abgespielt haben.[187]

Diesmal war die Reaktion der *Neuen Zeit* von einer ungewöhnlichen Schärfe. In ihrer Ausgabe vom 1. Juni 1938 widmete sie dem Fall eine ganze Seite. In zwei Artikeln, die nicht unterschrieben waren, also die Ansicht der gesamten Redaktion wiedergaben, wandte man sich an René Blum.[188] Es hieß:

"Ein Film wurde verboten, der nichts anderes will, als gegen den Krieg ‚hetzen', verboten wider besseres Wissen und unter Verfassungsbruch – Unterschrift René Blum. Fünfzig arme Schelme, die sonst nichts verbrochen haben, als dass sie Juden sind, werden in die Folterhöhle zurückgeworfen, der sie eben entronnen sind – Unterschrift René Blum. Ein französischer Gewerkschaftsführer, der nur das eine auf dem Kerbholz hat, auf luxemburger Boden seine Stimme für das Spanien des Freiheitskampfes erhoben zu haben, bei einer Kundgebung, die unter dem Patronat René Blums stand, wird des Landes verwiesen – Unterschrift: René Blum. Welcher Schanderlass wird, nach all dem, morgen die Unterschrift René Blum tragen?"

In einem der beiden Texte wird noch erwähnt, dass private Komitees, also ganz sicher auch die Liga für Menschenrechte, in der Clément ja Mitglied war, die Unkosten für den Aufenthalt der Flüchtlinge in Luxemburg bis zur ihrer Emigration übernehmen wollten und dass „ein Pariser Hilfskomitee sich bindend bereit erklärt hatte, in kürzester Frist für die Überfahrt nach Amerika zu sorgen".

Anderthalb Jahre später, im Dezember 1939, musste Blum ein zweites Mal auf Geheiß der deutschen Gesandtschaft die Verantwortung für das Verbot eines Films übernehmen. Der belgische Streifen *La tragédie de Marchienne* von Francis Martin (1937) stand nicht auf der Liste der vom Reich verbotenen Filme. Er lief in Esch-Alzette an. Aber die Deutsche Gesandtschaft richtete sofort ein Schreiben an das luxemburgische Außenministerium und forderte dieses in einem imperativen Ton auf, „ein *sofortiges* Aufführungsverbot dieses Films für ganz Luxemburg [zu] erwirken"[189].

Die deutsche Seite hatte offensichtlich nur die Voranzeige gesehen. Der Film stellte eine authentische Episode aus dem Ersten Weltkrieg dar. Ein zehnjähriges belgisches Mädchen hatte einem französischen Gefangenen hinter Gittern ein Stück Brot gereicht, worauf es von einem deutschen Soldaten erschossen wurde. Der Film schildert aber auch, dass der Soldat vor ein deutsches Kriegsgericht kam, das sein barbarisches Handeln verdammte und ihn mit dem Tode bestrafte. Außenminister Bech antwortete der Deutschen Gesandtschaft, man werde den Film in Esch zeigen, ein Verbot führe zu einem „unnötige[n] Aufsehen", aber weitere Aufführungen in den übrigen Ortschaften des Landes sollten ab sofort untersagt werden – ein weiteres Mal unterzeichnete Blum also ein Filmverbot oder trug es jedenfalls mit. Die Filmkommission in Esch hatte sich nämlich für die Aufführung des Films ausgesprochen, eine Ansicht, die der Justizminister zunächst teilte.

Clément schrieb keine persönliche Stellungnahme zu den beiden letztgenannten Ereignissen: zu dem Verbot des belgischen Films, das erneut gegen Artikel 24 der Verfassung verstoßen hatte, welche die Zensur untersagte, und vor allem zu den jüdischen Flüchtlingen, die, mit ihren deutschen Pässen von der Luxemburger Polizei zur deutschen Grenze zurückgebracht worden waren. Es waren also, wie es in der *Neuen Zeit* vom 1. Juni 1938 geheißen hatte, „[d]ie elementarsten Begriffe von Menschlichkeit und Menschenwürde mit den Füßen getreten" worden; das Asylrecht war nichts anderes mehr als „ein papierner Begriff", ohne konkrete Wirklichkeit.

Die politische Entwicklung in Deutschland hatte Clément schon seit einiger Zeit verdeutlicht, dass Freiheit und Unabhängigkeit in Luxemburg nicht nur bedroht schienen, sondern dass unmittelbare Gefahr für die Selbstständigkeit des Großherzogtums bestand. Seine Befürchtungen spiegelten sich denn auch in seinem Schreiben wider. Er setzte in den drei Jahren vor dem 10. Mai 1940 neue Akzente. ‚Luxemburgisches', in seinen verschiedensten Ausprägungen, wurde stärker betont, ohne dass Clément auch nur im geringsten in die „überpatriotischen Extravaganzen" eines ‚Siggy vu Lëtzebuerg' verfiel.[190] Die Akzentverschiebung war überaus deutlich in dem im Oktober 1938 erschienenen Band *Zickzack. Ein Lesebuch* zu erkennen. Dieses Werk richtete sich an eine breitere Öffentlichkeit und war nicht auf seine Initiative hin entstanden.

9. *Zickzack* erscheint 1938 bei Tony Jungblut.

Clément hatte seit 1925 kein größeres Werk mehr veröffentlicht; ab und zu drängten schon mal Freunde, er solle etwas Neues publizieren. Manchmal wurde ihm vorgeworfen, er sei zwar ein bedeutender Kritiker, aber kein schöpferischer Mensch. Albert Hoefler stellte bereits im Dezember 1933 im *Escher Tageblatt* fest: „Frantz Clément gilt unseren Gebildeten als das stärkste kritische Talent, das wir bis jetzt hervorgebracht haben." Aber er fragte auch: „[W]ann endlich wird ein neues Buch von ihm zur Ankündigung gelangen?"[191]

In den 30er Jahren, nach Hitlers ‚Machtübernahme', war es jedoch alles andere als leicht für Deutsch schreibende Autoren – und das waren weitaus die meisten in Luxemburg – Bücher auf den Markt zu bringen. Deshalb hatte Clément im Januar 1937 in der *Luxemburger Zeitung* gefordert: *Gründen wir einen luxemburgischen Verlag!*[192] Und er schilderte die katastrophalen Verhältnisse im einheimischen „Buchgewerbe":

„Ein Autor, der ein Buch parat hatte, ging damit zu einem Buchdrucker, bei dem er Kredit hatte, und ließ dasselbe in schmaler Auflage herstellen. Wenn er nicht gerade ein Wolkensegler war, hatte er auf Honorar schon von vornherein verzichtet. Die Angelegenheit verlief bei der engen Basis unserer geistig-literarischen Interessen so, dass er meist noch ein Stück Geld drauf zahlte."[193]

Im Ausland zu publizieren, wo Clément früher Kontakte zu Ullstein gehabt hatte oder etwa bei Westermann in Braunschweig, wo Nik Welters *Gesammelte Werke* erschienen waren, war für Luxemburger Autoren inzwischen unmöglich geworden. In den gleichgeschalteten deutschen Verlagen führte der Weg zur Veröffentlichung nur über die von den Nazis beherrschte ‚Reichsschrifttumskammer'. In den meist finanziell schwachen Emigrantenverlagen dagegen war „der Andrang der starken, bereits durchgedrungenen Talente so groß, dass" – wie Clément schreibt – „für uns Luxemburger hier nichts zu holen [war]"[194]. Bis zum Verbot von *Das Tage-Buch*, unmittelbar nach dem Reichstagsbrand, war er ein regelmäßiger Mitarbeiter der Berliner Zeitschrift gewesen, die bis 1932 im Rowohlt-Verlag erschien und anschließend einige Monate lang im Tagebuch-Verlag. Nach Hitlers ‚Machtergreifung' gehörte er nicht mehr zu den Autoren im Nachfolgeorgan *Das Neue Tage-Buch*, das Leopold Schwarzschild und der holländische Anwalt Warendorf vor allem für die exilierten Publizisten in Paris und Amsterdam herausgaben. Über die Situation auf dem Buchmarkt in Frankreich urteilte Clément ebenfalls sehr pessimistisch: „Die französischen Verlagshäuser sind von der Krise geschäftlich arg unterminiert und tippen nur mehr auf sichere Sachen." Ähnlich waren seiner Ansicht nach die Verhältnisse in der Schweiz.

Dass Deutsch schreibende Autoren Ende der dreißiger Jahre dennoch in Luxemburg die Möglichkeit hatten, ihre Bücher zu veröffentlichen, war vor allem das Verdienst eines jungen, dynamischen Verlegers. Der links eingestellte Tony Jungblut brachte nämlich Clément Ende 1937 dazu, eine Sammlung seiner besten Artikel zusammenzustellen und als zweiten Band nach den *Neuen Geschichten* von Pol Michels im neu gegründeten Verlagsunternehmen *Luxemburger Nachrichtenbüro* (LNB) zu veröffentlichen. Sein Anliegen war, luxemburgische

Autoren in Großauflagen – *Zickzack* wurde in 1.500 Exemplaren gedruckt – und zu einem günstigen Preis – ein Band kostete 12 Franken – herauszugeben: Es war eine Vorwegnahme des Taschenbuchs. Die vom Graphiker Raymon Mehlen attraktiv gestalteten Einbände im Art-Deco-Design und eine gezielte Werbung regten zum Bücherkauf an.

Cléments *Lesebuch* kam bei der Kritik gut an. Der maßlos begeisterte Batty Weber schrieb: „Wenn ein Buch dieser Art in irgendeinem unserer Nachbarländer erschiene, wären in den ersten Tagen sicherlich zehn Auflagen und mehr vergriffen."[195] Das Werk, das manches mit Webers volkstümlichen *Abreißkalender* gemeinsam hat, verkaufte sich nicht schlecht. Jungblut wollte deshalb gleich nach dem Krieg an den Erfolg von *Zickzack* anknüpfen; noch im Jahr 1945 gab er es als eines der ersten Bücher überhaupt nach Kriegsende neu heraus. Zusätzlich zur normalen Auflage wurden diesmal achthundert Exemplare als Gedenkausgabe gedruckt und von 1-800 numeriert. Die Reihe der bei Tony Jungblut verlegten Luxemburger Autoren fand also großen Anklang.[196] So gab er auch 1955 eine weitere Auswahl von Artikeln Cléments heraus, diesmal die *Pariser Briefe*, und in der für Luxemburger Verhältnisse erstaunlich hohen Auflage von 3.000 Exemplaren.

Clément war also damals ein geschätzter Autor. Die von ihm für das *Lesebuch Zickzack* (1938) getroffene Auswahl bezog sich auf das Jahrzehnt von Ende der zwanziger Jahre bis Anfang 1938. Erscheinungsdatum und -ort der einzelnen Texte gab er nicht an, und sie sind heute auch nicht mehr in jedem Fall zu ermitteln. Clément hielt nichts von akkurater Archivierung; er hatte nicht zukünftige Literaturwissenschaftler als potentielle Leser im Visier, sondern ihm ging es um inhaltlichen Gehalt und prägnante Formulierung. Er wollte Wirkung erzielen. Jedenfalls schien er zufrieden mit seiner Auswahl zu sein – darauf weist das *Vorwort* hin. In *Zickzack* stehen denn auch die drei Themenbereiche im Mittelpunkt, die ihn ein ganzes Leben lang interessierten: Politik, Literatur, Kunst.

9.1. Über Politik: Der scharfe Analytiker ist präsent, der Polemiker fehlt.

Die politischen Texte sind vorwiegend Beiträge „[a]m Rande des Politischen"– wie es in einer Kapitelüberschrift heißt. Sie können grundlegender Natur sein. Clément trieb z. B. die Sorge um eine gut funktionierende Demokratie um. *Staatsbürgerliche Erziehung* – so der Titel eines Beitrages – war ihm deshalb ein besonderes Anliegen. In dem schon erwähnten Aufsatz *Primat des Politischen* fordert er entschieden, Politiker dürften sich nicht von sogenannten Experten ihr Handeln diktieren lassen – er gibt als Beispiel die „Verrücktheit der astronomischen Reparationsziffern" an,[197] die von Finanzfachleuten errechnet worden waren und die wirtschaftlich ausgehöhlte Weimarer Republik vor kaum lösbare Probleme gestellt hatten. Aber längst war Hitler an der Macht, und es wurde nicht mehr um Reparationen gestritten. Mit einem Federstrich des Führers waren die von Deutschland eingegangenen Verpflichtungen Makulatur geworden.

Ein weiterer Teil der Texte, die im Zusammenhang mit Politik stehen, hat als Kapitelüberschrift *Heimisches und Heimatliches*. Clément geht z. B. auf Schulprobleme ein, so in *Zum Schulbeginn geschrieben*. In *Jugend in Not* weist er auf die drohende Arbeitslosigkeit der akademisch gebildeten Jugend hin, „die letzten Endes in der katastrophalen Zuspitzung des Kapitalismus, besonders bestimmter Formen des Finanzkapitalismus begründet ist". Für eine effektive Denkmalpflege, die nicht unseren Nachbarländern weit hinterherhinkt, plädiert er im Artikel *Für Heimat- und Denkmalschutz* – erst sehr spät, 1976, wurde *Sites et Monuments* in Luxemburg gegründet. Der Text *Vom Gespenst der Rassenmischung* tippt die Naziideologie an – ausdrückliche Angriffe auf den Nationalsozialismus unterblieben auch hier wie überall in *Zickzack*.

Es fehlen natürlich nicht einige Charakterbilder französischer und luxemburgischer Politiker. Sie wurden in der damaligen Rezeption von *Zickzack* hoch gelobt.[198] Die Beiträge über Clemenceau und Poincaré sind Auszüge aus der verlorengegangenen Clemenceau-Biographie, die uns so glücklicherweise, aber leider nur zu einem kleinen Teil, zugänglich bleibt. Kritisches dagegen, was er in manchen Artikeln über den als Tiger bezeichneten französischen Staatsmann geschrieben hatte, ließ er weg. Er hätte sich sicherlich gerne am Ende der dreißiger Jahre, in einer Zeit, in der die Politik der Alliierten zu lange auf ‚Appeasement' ausgerichtet war, einen Clemenceau mit seiner rücksichtslosen Tigermoral zurückgewünscht, der entschlossen Hitler in seine Schranken verwiesen hätte.

Die Porträts von Aloyse Kayser (1874-1926), Emile Mark (1874-1935) und Jean-Pierre Probst (1871-1936) sind Nekrologe, die aus der unmittelbaren tiefen Betroffenheit über ihren Tod geschrieben wurden. Clément erinnert an damals bekannte und engagierte Politiker, die seine früheren Kampfgefährten waren. Sie sind heute weitgehend aus dem öffentlichen Bewusstsein verschwunden – nur ein paar Straßennamen erinnern an sie. Jedoch prägten

Zickzack erschien Ende 1938 im neu gegründeten Verlag *Luxemburger Nachrichtenbüro* (LNB)

Drei luxemburgische Politiker, drei Kampfgefährten Cléments – zu Unrecht vergessen

Aloys[e] Kayser: ein „Anarcho-Syndikalist"?[199]

ALOYS KAYSER.

diese Persönlichkeiten – genau wie Clément – eine ganze Epoche unseres politischen und kulturellen Lebens entscheidend mit. Deshalb sollen diese wichtigen Zeitzeugen des beginnenden 20. Jahrhunderts etwas genauer behandelt werden.

Ein Leben lang gehörte Kayser der radikalen Linken an und spielte in der sozialistischen Bewegung um 1900 eine herausragende Rolle. Abgeordneter war er, mit kurzer Unterbrechung und auf linken Listen, von 1908 bis zu seinem Tod 1926. Als Pionier der Gewerkschaftsbewegung half er bereits 1909 den Landesverband der Eisenbahner (FNCTTFEL) gründen.[200] Er war auch Initiator des Luxemburger Turnverbandes, der im selben Jahr in Esch-Alzette entstand. Nicht in Turnvater Jahn, für den Körperertüchtigung vor allem der Wehrhaftigkeit dienen sollte, sah er sein Vorbild; er orientierte sich eher an den französischen Idealen von Freiheit, Gleichheit und Brüderlichkeit. Als einziger Luxemburger Abgeordneter wurde er zu Beginn des Ersten Weltkrieges verhaftet und kam nach Trier ins Gefängnis. Durch und durch Zeitungsmensch, wie Clément, beteiligte er sich an der Gründung sämtlicher damaliger Organe der sozialistischen Linken: *Luxemburger Volksblatt* (1899), *Escher Journal* (1902), *Der Arme Teufel* (1903). Kennzeichnete den Journalisten Clément ein ironisch feuilletonistischer Stil, so griff der Redakteur Kayser mit Vorliebe auf eine derbe Sprache zurück, in die er manche Bibelzitate einfügte; er schaute eben wie Luther dem Volk aufs Maul.

Der früh verstorbene Kayser war eine charismatische Persönlichkeit, und er hatte ein Begräbnis, wie es Luxemburg selten erlebt hatte, allerdings wurde er ohne den Segen der Kirche beerdigt. Er war Freidenker wie Clément und gehörte wie dieser der Freimaurerloge an.

Es sei ihm, als bestatte er „ein eigenes Stück Leben", schrieb Clément am Beginn seines Nachrufes auf Emile Mark. Der Artikel erschien vier Tage nach dessen Tod auf Seite 1 der *Tribüne*.[201] Zudem verfasste er für die *Luxemburger Zeitung* drei Artikel mit *Emile Mark-Anekdoten*.[202] Am 12.7.1936 wurde in Differdingen ein Denkmal zu Ehren des verstorbenen Bürgermeisters Mark eingeweiht. Die Gedenkschrift, die aus diesem Anlass herausgegeben wurde, enthält den Beitrag *Versuch einer politischen Biographie*[203] und einige *Emile Mark-Anekdoten* sowie den Nachruf aus der *Tribüne*.

Emile Mark war genau wie Aloyse Kayser parteipolitisch nur schwer einzuordnen. *100 Joër sozialistesch Deputéiert an der Lëtzebuerger Chamber* zeichnet ein längeres Porträt von ihm.[204] Aber auch Rob Roemens Buch *150 Jahre Liberalismus in Luxemburg* enthält ein besonderes Kapitel über den *Republikaner Emile Mark*.[205] In dem Werk über die sozialistischen Abgeordneten heißt es: „Franc tireur affirmé, [E. Mark] se rallia au fil des élections et au gré des circonstances au camp libéral, socialiste ou radical-socialiste." „Politischer Franktireur" war Mark auch für Clément, aber er begnügte sich nicht mit einem Schlagwort und umriss kurz, aber sehr treffend dessen politische Überzeugung in der Differdinger Gedenkschrift:

„Sein mit sozialaktivistischem Oel gesalbter Liberalismus hatte weniger mit dem traditionellen luxemburgischen Altliberalismus als mit dem kämpferischen französischen Radikalsozialismus, mit dem er in seiner französischen Studienzeit intim Bekanntschaft gemacht hatte, zu tun."[206]

Bei der Festlegung auf eine Partei schwankte also Mark – es waren die Jahre, in denen die Grenzen zwischen den einzelnen politischen Gruppierungen noch fließend waren und in denen die Parteien sich erst allmählich feste Strukturen gaben. Aber gradlinig war er in seinen Überzeugungen und konsequent in seiner Handlungsweise. Frankophilie, Antiklerikalismus und enge Verbundenheit mit seiner Stadt Differdingen kennzeichneten ihn ein Leben lang.

Prägend für den jungen Mark waren die geistig-politischen Akzente, die das frankophil eingestellte Elternhaus setzte. Er stammte aus einer Notabelnfamilie; der Vater, Kaufmann und Unternehmer, war 22 Jahre lang erster Schöffe und Bürgermeister in Differdingen gewesen. Emile Mark verbrachte den größten Teil seiner Jugend in Frankreich und absolvierte dort seine gesamten Sekundar- und Universitätsstudien, wurde Tierarzt und arbeitete zwei Jahre in Frankreich, ehe er sich definitiv in Differdingen niederließ.

Mark stand den Radikalsozialisten nahe und interessierte sich für die großen Auseinandersetzungen der Dritten Republik. Er war befreundet mit sozialistischen Abgeordneten; Jean Jaurès kannte er persönlich. Ähnlich hatte ja auch Clément in Paris manche enge Kontakte zu Politikern der Dritten Republik geknüpft.

Bereits 1906 wurde Mark in den Gemeinderat gewählt, von 1911 bis zu seinem Tod 1935 übte er ohne Unterbrechung das Amt des Bürgermeisters aus.

In der Zeit seiner Mitarbeit im *Tage-Buch* hatte Clément, neben seinen Artikeln, öfters Anekdoten über französische Politiker und Künstler beigesteuert. Sie dienten der Auflockerung in der seriösen *Berliner Zeitschrift*, drückten aber auch wohlwollende Sympathie für die meisten dieser Persönlichkeiten aus. Ähnlich verhielt es sich mit der oben erwähnten dreiteiligen Serie *Emile Mark-Anekdoten* in der *Luxemburger Zeitung*, die einzig witzigen Geschichten, die Clément über einen Luxemburger Politiker gesammelt hatte und in einer einheimischen Zeitung auftischte. Genüsslich zeichnete er seinen temperamentvollen Freund Mark als einen Menschen „hors série" – „dieser feuerspeiende Berg", schrieb Clément in der LZ vom 28.11.1935. Für Mark stellten Politik und die damit verbundenen Wahlkampagnen, sowie die damals üblichen Hausbesuche nicht eine „Fron" dar, sondern einen Genuss, den es auszukosten galt. Und Clément erzählt denn auch manch Ergötzliches aus jener Zeit.[207]

Vor allem aber bewunderte er, der selbst über große Eloquenz verfügte, das rhetorische Talent und die Schlagfertigkeit seines Freundes. Dabei waren diesem seine ausgezeichneten Französischkenntnisse von großem Nutzen. Sie erlaubten ihm, manchen Gegner in der ‚Chamber' schachmatt zu setzen.[208] Als jemand ihn als grobschlächtigen, wenig differenzierenden Redner hinstellen wollte und ihm zurief: „Ce sont des arguments de vétérinaire", reagierte Mark prompt mit einer Retourkutsche. Er verbeugte sich leicht und erwiderte schmunzelnd: „Je me recommande à vos bons services."

Der spätere Differdinger Schöffe Jéhan Steichen schilderte 1957 *Eine Gemeinderatssitzung alten Stils* „um das Jahr 1910", in der Mark im Mittelpunkt stand.[209] Die anekdotenhafte Geschichte ist sehr charakteristisch für ihn, aber auch für eine Zeit, in der die Notabeln noch das Sagen hatten.

Emile Mark: Politischer Franktireur und „Waffenbruder" Cléments

In einer Sitzung wagte es ein Differdinger Original, ein wahrer Herkules, den manchmal allzu selbstherrlichen Bügermeister Mark bloßzustellen. Dieser war nämlich gewohnt, wenn jemand ihm widersprach, in einem schweinsledernen Band herumzublättern, irgendeine beliebige Stelle auf Französisch vorzulesen und zu behaupten, der Gesetzestext schreibe vor, das anstehende Problem müsse so, also ganz im Sinne von Mark und keineswegs anders, gelöst werden. Der Differdinger Herkules, auch geistig auf dem Damm und der französischen Sprache durchaus mächtig, rief in den Sitzungssaal, als der Bürgermeister wieder einmal seine gewohnte Nummer aufführte: „Das ist ja Schwindel, was du da vorgelesen hast, das ist ja alles Lug und Betrug, du Nichtsnutz, der du bist." Diese Schimpfkanonade riss den Bürgermeister hoch. Er schleuderte seinen Stuhl hinter sich – ältere Differdinger behaupten steif und fest, Mark habe sogar einmal, während einer tumultartigen Parlamentssitzung, im Zorn seinen Stuhl zum Fenster hinausgeworfen. Aufgebracht sprang er von der Estrade in den Zuschauerraum, warf seinen verdutzten Kontrahenten mit ein paar schnellen Griffen zu Boden und überwältigte ihn. Anschließend kehrte er auf die Estrade zurück, blätterte wieder gelassen in seinem schweinsledernen Buch und zitierte nun die richtigen Gesetzesbestimmungen. In seiner Schläue erinnert er an Bertolt Brechts gerissenen Richter Azdak aus dem *Kaukasischen Kreidekreis*, der mit unorthodoxen Methoden Recht spricht.

Emile Mark, also eine urwüchsige, sympathische Persönlichkeit? Gewiss! Aber manchmal war er doch zu eigensinnig und selbstsicher. Seine Gemeindeführung war nicht demokratisch, eher patriarchalisch. Er wollte aufgeklärter Despot sein. Er behauptete, wie Clément in der LZ vom 1.12.1935 schrieb: „[I]n einer Gemeinde müsse ein wenig nach dem Prinzip des aufgeklärten Absolutismus verfahren werden." Mit seinem autoritären Stil schuf er sich viele Feinde und brüskierte oft die Opposition, die nach Clément „außer Rand und Band" geriet. Er hatte zwar ein soziales Gewissen, aber auch ein gutes Einvernehmen mit den Differdinger Hüttenherren. Als Bürgermeister scheute er sich nicht, unternehmerisch tätig zu werden. 1923 gründete er mit Charles Logelin die Firma ‚Agence Métallurgique Luxembourgeoise', die später in finanzielle Schwierigkeiten geriet.[210] Es war vor allem sein zu nahes Verhältnis zu den ‚Mächtigen', das ihm in der Arbeiterstadt die Feindschaft der kommunistischen Partei eintrug, „qui en fit sa bête noire"[211].

Eine oft verschwiegene Episode aus Marks politischem Leben sollte nicht übersehen werden. 1912, beim wilden Streik der etwa 300 italienischen Arbeiter in der Differdinger Hütte, war es angeblich Emile Mark, der den Gendarmen den Befehl gab, auf die Streikenden zu schießen. Vier Menschen wurden erschossen.

Auf diese bittere „Belastungsprobe" ging Clément in der *Gedenkschrift* nur ausweichend und euphemistisch ein: „Ein blutiger Streik, dessen aggressive Formen ihm, dem vom sozialen Wollen ganz und gar erfüllten Demokraten, ans Herz gingen, gab ihm Gelegenheit, sein Verantwortungsgefühl zu betätigen. Er war damals der am meisten umstrittene Kommunalpolitiker des Landes […]."[212]

Frantz Clément war doch wohl zu lange der intime Freund von Emile Mark gewesen und zu sehr von seinem Tod betroffen, um dessen Verhalten während des Arbeiterstreiks unparteiisch darzustellen.[213]

Der Rechtsanwalt J.P. Probst, der aus einer bürgerlichen Familie stammte, setzte sich mit besonderer Energie für die Arbeiterklasse ein; er wurde ihr Anwalt. Der große Streik in der Luxemburger Eisenindustrie von März 1921 endete allerdings für die freien Gewerkschaften mit einem regelrechten Fiasko: etwa 1.000 Arbeiter wurden entlassen, 100 Ausländer ausgewiesen; die Justiz arbeitete unermüdlich: verhängte Geldstrafen bis zu 1000 Franken gegen streikende Arbeiter und Gefängnisstrafen bis zu neun Monaten. Probst verteidigte vor Gericht eine Reihe von Gewerkschaftern, u. a. den späteren Minister Nic. Biever. Jampier, wie Probst vertrauensvoll von den Genossen genannt wurde, erreichte, dass die ursprünglich gegen diesen verhängte Gefängnisstrafe in eine Geldbuße umgewandelt wurde.

In diesem Zusammenhang sollte auch an Cléments Haltung zum Streik von 1921 erinnert werden. Als Chefredakteur des liberalen *Escher Tageblatt* griff er sehr scharf die radikale KPL an, die am 2. Januar 1921 gegründet worden war. Den Bolschewisten warf er vor, ihnen sei es „vor allem um die Schürung des revolutionären Feuers zu tun", sie hätten „ein Interesse daran, dass die Arbeiter nichts erreich[t]en und dadurch für [einen] Umsturz entschlossener w[ü]rden". Aber ebenso nachdrücklich missbilligte er die sture Unnachgiebigkeit des Patronats. Er schrieb: „Wenn die Industriellen sich hart und unnachgiebig zeigen, so arbeiten […] sie für die Rechnung der Kommunisten. Man braucht kein Schlauberger zu sein, um darauf hin zu sehen, wo das Heil liegt."[214]

Clément hatte eine vernünftige und zukunftsorientierte Vorstellung von gewerkschaftlichen Auseinandersetzungen. Eine Lösung der Konflikte sei nicht durch einen extremen Radikalismus, sondern nur durch eine Einigung zwischen verantwortungsbewussten Syndikalisten und kompromissbereiten Schmelzherren zu erreichen. Zu Zugeständnissen waren in den turbulenten Anfangsjahren der Gewerkschaftsbewegung allerdings weder Arbeiter noch Patronat bereit.

Probst, der engagierte Rechtsanwalt, war auch in der Gemeinde- und in der Landespolitik ein unermüdlicher Kämpfer. Im Gegensatz zu Kayser und Mark gab es bei ihm kein Hin und Her zwischen Liberalen und Sozialisten. Er hatte 1902 zu den Mitbegründern der sozialistischen Partei gehört, und er hielt ihr ein Leben lang die Treue. Sein Name steht für eine radikalere Ausrichtung der Sozialisten. Die auf die gemäßigteren Politiker C.M. Spoo und Michel Welter folgende Generation um Jos. Thorn und J.P. Probst wandte sich gegen die ‚reformistische Politik' ihrer Vorgänger und gegen das Linkskartell von Sozialisten und Liberalen. Dieses Bündnis, das vor allem durch einen militanten Antiklerikalismus zusammengehalten wurde, hatte sich in ihren Augen ungünstig für die Sozialdemokratie ausgewirkt. Sie wollten deshalb, dass die Interessen der Arbeiterschaft, deren Lage sich dramatisch verschlechtert hatte, stärker berücksichtigt wurden.

Der neue und radikale Ton im sozialistischen Lager zeigte sich zuerst – und wie sollte es auch anders sein in einer Zeit, in der in Luxemburg die vielen ideologisch ausgerichteten Zeitungen noch eine enorme meinungsbildende Funktion hatten – in *Die Schmiede* (1916-1920). Die Zeitung hatte Thorn gehört, und Probst hatte sie mitbegründet. Sie wurde „das Kampforgan" der „politisch organisierten Arbeiterschaft". Die Wochenzeitung wurde dann 1920 zur Tageszeitung *Soziale Republik. République Sociale. Organ der Sozialistischen Partei Luxemburgs.* Sie bestand bis 1927, als die freien Gewerkschaften das *Escher Tageblatt* übernahmen.

Eine radikale Einstellung hatte Probst auch gezeigt, als er 1917 in der Luxemburger Kammer, genau wie Kayser und Mark, die russische Februarrevolution mit Begeisterung be-

Jean-Pierre Probst: Anwalt der freien Gewerkschaften und leidenschaftlicher Rhetor

L'ami du peuple: J.-P. PROBST.

grüßt hatte; ebenso entschlossen war er 1919 für das Frauenwahlrecht eingetreten – keine Selbstverständlichkeit in jenen Jahren, auch nicht unter Parteigenossen. Viele befürchteten nämlich – und nicht ganz zu Unrecht – dass zu einer Zeit, in der Frauen kaum berufstätig waren und noch unter der Fuchtel der drei Ks standen: *K*inder, *K*üche, *K*irche, ein allgemeines Wahlrecht vor allem den Klerikalen, der Rechtspartei, zugute komme. In der Dynastiekrise 1918-1919 dagegen nahm Probst eine Haltung ein, die eher der gemäßigten Einstellung Cléments entsprach. Er wollte, dass die Abgeordnetenkammer über die zukünftige Staatsform entscheide und dass anschließend ein Referendum abgehalten werde, wie es im September 1919 auch geschah. Zudem setzte er sich im März 1919 bei den belgischen Sozialisten für die Unabhängigkeit Luxemburgs ein.

Clément bewunderte das ungewöhnliche Rednertalent seines Freundes, stellte es in seinem Nachruf in *Zickzack* in den Mittelpunkt, gab diesem den Titel *J.P. Probst als Redner* und schloss mit den Worten:

„Mit [Probst] ging wieder einer von dannen, der in der heroischen Zeit unseres Parlamentarismus, in den Versammlungen und auf der Kammertribüne jenes hohe Niveau mitschaffen half, um das größere Länder uns beinahe beneiden dürften."

Und noch einmal feierte er leidenschaftlich den Redner Probst und sein rhetorisches Talent in dem von Tony Jungblut herausgegebenen *Neuen Luxemburger Kalender* von 1938.[215]

„In ihm stand zum ersten Mal vor politischen Versammlungen Luxemburgs ein Volksredner von ungeahntem Maß, ein Tribun, der die Hörer bald zu Beifallsstürmen, bald zu brausendem Gelächter hinriß, der sich in die Seelen hineinwühlte und sie kommandierte. Eine frappante Erscheinung mit dem üppigen schwarzen Kraushaar, dem dunklen Schnurrbärtchen, dem derb geschnittenen Antlitz, war die erste Bürgschaft für den Erfolg. Dann eine glänzende Technik der Rede, niederschmetternder bildhafter Witz und zuletzt jene behäbig-burschikose Vertraulichkeit, der die Massen so leicht unterliegen."

Für Clément stellte Probst „ein Datum in dem politischen Leben unseres Volkes"[216] dar. Er war also, genau wie Kayser und Mark, eine markante Persönlichkeit, und alle drei hatten, wie Clément und viele Linksintellektuelle, eine herausragende Bedeutung in der Gründungsperiode der Volksbildungsbewegung. Ihr fiel in der ersten Hälfte des vorigen Jahrhunderts die wichtige Funktion einer Art Volkshochschule in einem Land zu, das damals ohne Universität war. Die Volksbildungsbewegung stellt heute ein verdrängtes Kapitel unserer Geschichte dar und verdiente es doch, ins kollektive Gedächtnis zurückgerufen zu werden. Jedenfalls wäre das im Sinne eines Pierre Nora, der den Begriff *Lieux de mémoire* prägte. Aber weder der erste noch der zweite Band von *Lieux de mémoire au Luxembourg / Erinnerungsorte in Luxemburg*, 2007 u. 2012,[217] erwähnen diesen Aufbruch. Sie ignorieren vollkommen den gewaltigen und nachhaltigen Einfluss der zahlreichen Volksbildungsvereine mit ihren 15 Sektionen, ihren 4.000 Mitgliedern, ihren unermüdlichen Vortragsrednern und ihren Bibliotheken – 35.000 Bände – im Jahre 1937.[218]

Zickzack ist also in seinem politischen Teil ein interessantes Potpourri, das recht vielseitig ist und unterschiedliche Themen anspricht, die meistens in Bezug zu Luxemburg stehen. Polemisches allerdings wurde nicht ins *Lesebuch* aufgenommen: So fehlen etwa die heftigen Angriffe, die Clément gegen das *Luxemburger Wort* und sein Konzept vom Ständestaat richtete; desweitern wird sein unermüdlicher Einsatz in der Anti-Maulkorbkampagne nicht behandelt. Der Zeithintergrund wird kaum sichtbar; der Nationalsozialismus z. B. beschäftigte Clément in den 30er Jahren ja intensiv, aber frontale Angriffe gegen ihn unterbleiben vollkommen im *Lesebuch*. Auch war Clément sehr besorgt wegen der sich ausbreitenden faschistischen Eroberungspolitik. So ging er in der allerersten Nummer der *Neuen Zeit* auf den Abessinien-Konflikt ein.[219] Italien war 1935 in Äthiopien eingefallen und hatte das Land 1936 annektiert. Im gleichen Jahr brach der Spanische Bürgerkrieg aus.[220] Clément befürchtete wohl, dass es zu einem Flächenbrand kommen könne. In seinem Beitrag in der *Neuen Zeit* steht der Negus, Kaiser Haile Selassie, im Mittelpunkt. Er war nach Genf zum Völkerbund geeilt, um sich für sein Land einzusetzen. Clément ahnte klarsichtig, was in Genf geschehen werde: Man werde den Negus „hinauskomplimentieren" und der „unzähmbaren Expansionslust" Italiens „einen Freibrief" ausstellen. Dies geschah dann auch. Die beiden Mächte Deutschland und Italien – sie schieden 1933, bzw. 1937, aus dem Völkerbund aus – sollten durch alliierte Nachgiebigkeit für „eine grosse Organisation des Friedens" gewonnen werden. Man gab sich den gleichen Illusionen hin wie 1938 im Münchener Abkommen.

Zu den Ereignissen im Völkerbund in Genf traf Clément die folgende Feststellung: „Damit ist eine der schwärzesten Seiten der Nachkriegsgeschichte geschrieben worden und das Schwärzeste dazu hat nicht der Schwarze, sondern der Weiße beigetragen."[221]

Clément verfolgte also sehr genau das Zeitgeschehen jener Jahre, auch wenn das in *Zickzack* nicht festzustellen ist. Er schrieb eine Reihe treffender Analysen. Unter anderem ging er Anfang 1935 in mehreren Artikeln auf den Volksentscheid über das Saargebiet ein, das 15 Jahre lang der Verwaltung des Völkerbunds unterstellt war.[222] Rund 90 % stimmten für den Anschluss an das Deutsche Reich. „Bei den Anhängern der Rückgliederung" gab „das Aufprotzen mit den faustdicken Argumenten der Heimattreue" den Ausschlag. Die Anhänger des „Status quo" standen in ihrer „verbissenen Wehrhaftigkeit" von vornherein „auf verlorenem Posten", so die Ansicht von Clément. Er gehörte zu den 220 Luxemburgern, die als „Präsidenten von Abstimmungsbüros […] in der Weltgeschichte beschäftigt w[u]rden" – hieß es im Artikel *Die Saar am Scheideweg* in der LZ vom 14.1.1935.

Volksentscheid im Saarland 1935: „das Los der Besiegten – es sind ja ‚bloß' Juden, Kommunisten, Sozialisten." (Clément: Präsident eines Abstimmungsbüros)

Es fällt auf, dass Clément nicht in einem abfälligen Ton zu dem Wahlresultat Stellung bezog, das ihn nicht voll befriedigen konnte, da es ganz im Sinne von Hitler ausfiel. Er streicht dagegen in seiner Analyse die fünfzehnjährige verfehlte Saarpolitik Frankreichs hervor, „deren Ausgangspunkt total falsch war". Das von der französischen Regierung „übernommene Clemenceau'sche Wort von den 150.000 Saarfranzosen, war eines der eklatantesten Fehlurteile der Nachkriegsgeschichte". Der Tag der Abstimmung jedoch, meinte er in *Das politische Ereignis vom 13. Januar* in der LZ vom 23.1.1935, zog endgültig einen Strich unter diesen Irrweg der französischen Politik an der Saar.

Es fällt weiter auf, dass Clément gleich am Beginn dieses Artikels Anteilnahme an denjenigen Wählern nimmt, die bei der Abstimmung unterlagen –, über sie wurde in den meisten Wahlanalysen nicht gesprochen. Er greift dabei sogar, wie in den Anfangsjahren seiner schriftstellerischen Tätigkeit, auf ein religiöses Vokabular zurück. Er schreibt:

„Es wurde noch selten ein politisches Ereignis so einmütig aufgenommen wie der Volksentscheid des Saarlandes. […] es ging ein Gefühl der Erleichterung durch die Welt. Aber es gibt 50.000 Menschen, die anders denken; es sind die 50.000 Männer und Frauen an der Saar, die nicht ‚Ja' sagten zu Deutschland. Sie erfahren heute bereits das Los der Besiegten – es sind ja ‚bloß' Juden, Kommunisten und Sozialisten –, aber wer politische Dinge nebenbei auch menschlich beurteilt, der darf ihnen seine Hochachtung nicht versagen. Menschen, die auf verlorenem Posten kämpfen und fallen, dürfen beanspruchen, dass man den Hut vor ihnen zieht. Diese 50.000 sind das Opfer, das der Befriedung im Westen gebracht wird: Opfern gegenüber ist kein anderes Gefühl angebracht als das religiöser Ehrerbietung. Die meisten von ihnen werden nun, genau wie der Menschensohn, nicht wissen, wohin sie ihr Haupt legen werden. Wem das nicht ans Herz greift, bei dem hapert es irgendwo."

Die Abstimmung an der Saar brachte Hitler außenpolitisch einen enormen „Prestigezuwachs", er hatte ja einen demokratischen Entscheid zugelassen. Aber Clément fragt sich, ob Berlin jetzt wirklich Ernst mache mit einer versprochenen „Politik des Friedens und der Abrüstung". Und er fügt hinzu: „In Genf sind noch immer zwei Stühle frei." Sie blieben frei. Clément war misstrauisch, zu Recht. In einem andern Artikel, bezogen auf Hitler, meint er: „[L]'appétit vient en mangeant." In der Tat, der Führer war in seinem Machtrausch und in seinem imperialistischen Expansionsdrang, und Deutschland in seiner „pangermanistischen Mystik" kaum noch zu stoppen.[223]

Die politisch orientierten Texte in *Zickzack* verraten den klaren Analytiker, der jedoch manch kritisch Interessantes bei der Auswahl ausklammerte. Das *Lesebuch* macht deshalb heute den Eindruck, als habe er zwar gute Texte ausgewählt, die aber öfters seinen kämpferischen Biss von früher vermissen lassen.

9.2. Über Literatur: Cléments Meisterschaft auf seinem Lieblingsgebiet

Clément, der Kenner vor allem französischer und deutscher Schriftsteller, wählte für *Zickzack* zwei Autoren aus, mit denen er so manches gemeinsam hatte: Jules Renard und Kurt Tucholsky, beide, wie er, ‚Meister der kleinen Form'. Er kannte sich auch in andern Literaturen aus, war etwa vertraut mit den russischen Klassikern, wie es die zahlreichen Hinweise auf sie im *Zickzack*-Aufsatz *Russisches und Deutsches* belegen. Aber als dritten literarischen Beitrag wählte er den Aufsatz *Der Zauberer von Gardone*, ein bestechendes Porträt des italienischen Fin-de-Siècle-Dichters Gabriele d'Annunzio.

Diese drei Aufsätze verdeutlichen exemplarisch die drei Eigenschaften, die Clément als sehr vielseitigen Literaturkritiker kennzeichnen. Er besaß die Fähigkeit, sich in Schriftsteller hineinzufühlen und Empathie für sie zu empfinden. Besonders deutlich wird dies in seinem Nachruf auf Tucholsky. In seiner Rezension über Renard, mit dem er sich immer wieder auseinandergesetzt hatte – im *Literarischen Echo* (1909), in einem *Pariser Brief* (1925), im *Tage-Buch* (1926), in der *Luxemburger Zeitung* (1936) –, verband er dieses Einfühlungsvermögen mit Begeisterungsfähigkeit und wurde ein Verführer zum Lesen. Er verfügte jedoch auch über die Kunst des klaren Analysierens, besonders bei Dichtern, die ihm zwar interessant erschienen, mit denen er aber nicht viel gemeinsam hatte. Dies war z. B. der Fall bei d'Annunzio, der am Beginn des 20. Jahrhunderts einen bestimmenden Einfluss ausübte. In der Periode des Naturalismus mit ihrer Betonung der Schattenseiten des Lebens, weckte dieser bei manchem jungen Dichter einen Sinn für Ästhetik. Selbst Clément war eine Zeitlang in seiner Jugend, als er vorhatte, literarischer Kritiker und Schriftsteller zu werden, nicht unempfänglich für den Schönheitskult d'Annunzios, heißt es doch in seinem Essay über ihn:

„Ich gehöre zur Generation, die in diesen Jahren für Dichtung genussfähig wurde, und ich weiß, was ich sage, wenn ich behaupte, dass es um die Jahrhundertwende keinen größeren internationalen Dichternamen gab als den von Gabriele d'Annunzio."[224]

Große Betroffenheit drückte sich in Cléments Nekrolog *In memoriam Kurt Tucholsky* im *Escher Tageblatt* aus.[225] Ihn hatte er noch in seiner Pariser Zeit kennengelernt.[226] Aber 1933 wurde der unerbittliche Kritiker der Nazis ausgebürgert. Er war nun seiner Einkünfte beraubt, wie Clément, und ging nach Schweden ins Exil, wo er bereits 1930 eine Villa in der Nähe von Göteborg gemietet hatte. Der öfters depressive Schriftsteller hatte jedoch nicht mehr die nötige Kraft, den Kampf mit dem Nationalsozialismus aufzunehmen. In seinen Pariser Tagen hatte er bereits in einem Artikel desillusioniert festgestellt: „Gegen einen Ozean kämpft man nicht an."[227]

Kurt Tucholsky

In Schweden endete er schließlich vollkommen vereinsamt – er sprach kein Deutsch mehr und legte „plötzlich das Schreibzeug weg". Es „war in ihm die Spannfeder gesprungen, die sein Leben zusammenhielt". Er hatte resigniert, er, der immer wieder „dem deutschen Volke so bittere Wahrheiten" gesagt hatte. Aber „Wahrheitssager" enden oft tragisch, so auch, nach Clément, der einst „größte lebende Journalist deutscher Sprache". In einem der letzten Sätze des Nekrologs heißt es: „Dem Hinsiechen in einer Matratzengruft [H. Heine] und dem Hindösen in Wahnsinnsnacht [F. Nietzsche] hat Tucholsky den Giftbecher vorgezogen."

Große Anteilnahme zeigte auch Clément am Schicksal Renards. Der mit 46 Jahren verstorbene Schriftsteller beeindruckte ihn besonders mit seinem voluminösen *Journal*.[228] Er hatte es mit großer Regelmäßigkeit 23 Jahre lang bis zu seinem Tod 1910 geführt – die ‚La Pléiade'-Ausgabe hat 1432 Seiten! Gelungen sind ihm vor allem feine psychologische Aperçus über Menschen in der damaligen bourgeoisen Gesellschaft. Clément streicht denn auch „die zeitkritische, dokumentarische Bedeutung dieser Aufzeichnungen" hervor. Aber mit Einfühlsamkeit zeigt er ebenfalls, dass Renards Tagebuch Bekenntnischarakter hat, dass sich in ihm seine „Seelenstärke" offenbart, dass es jedoch gleichzeitig seine „Seelennot" enthüllt. Er blieb stets ein sehr isolierter Mensch, „aus übertriebener Selbstkritik". Dieser „Bauernjunge" und „Bauernbürgermeister" war schließlich nach Paris aufgebrochen, konnte aber dort, trotz seines schriftstellerischen Erfolges, seine Vereinsamung nicht durchbrechen. Vom mondänen Pariser Betrieb ließ er sich jedenfalls nicht einfangen. Er war von „erschreckender Aufrichtigkeit", stellt Clément fest. „Wie wehmütig klagt er über dieses, sein Schriftstellerschicksal."

Jules Renard

Renard schrieb unermüdlich, beobachtete genau, und so schuf dieser gequälte Autor ein *Journal*, das sehr menschlich, aber auch äußerst geistreich ist und das Clément zu den „packendsten und ergötzlichsten Tagebuchensembles der französischen Literatur" zählt. Er animiert mit seiner Rezension zur Lektüre des Franzosen. Renard dürfe man nicht rasch wie einen Roman lesen. Seine Sätze seien „wie Essenzen, die man verdünnen muss, um ihr moralisches und geistiges Parfüm assimilieren zu können. Wenn Ihr es so aufnehmt, habt Ihr für ein paar Wintermonate allerfeinste literarische Kost."

Cléments sensibles Geschick, sich in einen Autor hineinzuversetzen, fällt auf, wenn man seine Einschätzung Renards mit den Überlegungen des Existenzphilosophen Jean-Paul Sartres vergleicht, die dieser 1945 im Anschluss an die Lektüre von Renards *Journal* schrieb. In seinem Essay *L'homme ligoté*[229] charakterisiert er Renard als eingeschnürte Persönlichkeit, „bâillonné, par sa famille, par son époque et son milieu, par son parti pris d'analyse psycholo-

Der Fall Gabriele d'Annunzio: ein Paradigma für eine kritische Analyse des Ästhetizismus

gique, par son mariage, stérilisé par son *Journal*, il n'a trouvé de ressources que dans le rêve."²³⁰ Während jedoch für Clément Renards Tagebücher ein kritisches Zeitzeugnis sind, das die gesellschaftliche Realität widerspiegelt, kaschiert für Sartre die Fülle von Worten, Bildern, Beobachtungen im *Journal* nur die bedrängende Isolation Renards und die ihn umgebenden gesellschaftlichen Verhältnisse. Sein Schreiben lenke vom Handeln ab, sei „une littérature du silence" und münde in einen „réalisme nihiliste",²³¹ sei nur schöner Schein. Für ihn gelte: „Il s'agit d'habiller la réalité." Renard hat also die falsche Lebensphilosophie: „Il s'est tu. Il n'a rien fait. Son entreprise fut de se détruire."²³²

Sartre zeichnet ein sehr negatives, fast karikaturhaftes Bild von Renard, den er als typischen Ausdruck in der Nachfolge der Fin-de-siècle-Literatur darstellt: „[C]e moribond témoigne d'une sorte de catastrophe qui a pesé sur les écrivains de la ‚Fin de Siècle' et qui, directement ou indirectement, est à l'origine de la littérature contemporaine."²³³

Clément hatte sich ebenfalls mit der Literatur um die Jahrhundertwende vom 19. zum 20. Jh. auseinandergesetzt – siehe seine Studie von 1925 zur französischen Literatur – und er kannte sich auch gut in den literarischen Richtungen der nachfolgenden Generation aus – *Die Dichtung der neuen Generation* hieß denn auch der bereits am 1. Oktober 1918 in *Das Literarische Echo* veröffentlichte umfangreiche Hauptartikel.²³⁴ Viele der jungen Schriftsteller – in Deutschland waren es vor allem die Expressionisten und später die Vertreter der Neuen Sachlichkeit – hatten ein moralisches Anliegen. „Man ruft nach dem Ethos", heißt es bei Clément, und er schreibt: „Die ethische Grundrichtung der neuen Generation soll sich vor allem in einer Steigerung der Vitalität, des Verantwortlichkeitssinnes, des zur Erlösung vom Leid drängenden Allmenschlichkeitsgefühls äußern." Selbst politisches Engagement war der neuen Generation nicht mehr verpönt, auch wenn es nicht marxistisch im Sinne Sartres ausgerichtet war. Clément schreibt: „Einige dieser jungen Dichter haben sogar den verschimmelten Begriff des Politischen neu aufgeputzt, um ihre Opposition gegen alle lebensfremde Kunst so energisch wie möglich zu betonen".²³⁵ Die neue Literatur wandte sich gegen eine Dichtung, die „etwas stark nach Pose schmeckte", die Kunst als „Schmuck", als „Verschönerung", als „Feier" ansah.²³⁶ Clément griff aber nicht auf die einseitigen Überspitzungen Sartres zurück und verdammte den angeblich weltabgewandten Renard nicht. Er fand in seinem sehr fundierten Essay, im *Zickzack*-Beitrag über den „dekadent-raffiniert[en]" Gabriele d'Annunzio,²³⁷ ein treffenderes Paradigma als der französische Philosoph für einen Teil der Kunstströmungen im Anschluss an die Fin-de-Siècle-Zeit.

Clément stieß bei dem italienischen Dichter auf jene radikale Flucht vor der Wirklichkeit in eine Welt des schönen Scheins, die Sartre bei Renard monierte. Mit sehr viel Sinn für Selbstinszenierung stilisierte sich d'Annunzio nämlich zum Hauptexponenten eines überspitzten Ästhetizismus. In seinem umfangreichen Werk feiert er, mit theatralischer Geste und schwelgerischem Wortprunk, heidnische Sinnesfreude und ungehemmte Lebensgier.

Aber der Ästhet wollte auch Tatmensch sein; sein Handeln war jedoch nicht im Sinne eines Sartre oder Clément. Es war jedenfalls kein Engagement für mehr Menschlichkeit. Sartre hatte mit dem Aufsatz *L'existentialisme est un humanisme*²³⁸ ein Plädoyer für einen neuen offenen Humanismus geschrieben, Clément fühlte sich der Tradition des klassischen

Humanismus eines Erasmus verpflichtet. D'Annunzio dagegen wollte ein „Condottiere" sein; ‚scrittore e soldato' heißt es untertreibend auf manchen italienischen Straßenschildern, die seinen Namen tragen. Aber er war doch nur ein politischer Dandy, dem jedes moralische Bestreben fremd und der nur getrieben war von jenem „nihilistischen Realismus", den Sartre Renard vorgeworfen hatte. Clément seinerseits sprach von „Legendenbildung". Er schrieb: D'Annunzio „zimmerte […] seine Legende aus den bunten Wechselfällen, Qualitäten, Lastern und Abenteuern seines Lebens". Clément bilanzierte dann auch nicht ausgiebig d'Annunzios dichterisches Schaffen, das ganz im Schatten der virtuosen Inszenierung stand. Der Untertitel seines Essays lautet nämlich: *Bilanz eines Lebens und einer Legende.*

Die große Zeit, in der der Hasardeur und Spieler d'Annunzio „im Dienst der Legende dem Tod trotzte", waren die Jahre im und nach dem Ersten Weltkrieg. Kurz vor Kriegsende flog er mit einem Co-Piloten nach Wien, zum Kriegsgegner, und warf dort über dem Stephansdom Propagandamaterial ab. 1919 wurde er dann Wortführer der Opposition gegen den Versailler Vertrag, den er als ‚verstümmelten Sieg' Italiens ablehnte. Die italienisch sprechenden Bewohner der Hafenstadt Fiume sollten Jugoslawien zugeteilt werden. Kurz entschlossen übernahm d'Annunzio die Führung einer Gruppe patriotischer Freischärler, der sogenannten ‚Arditi', und annektierte Fiume (heute Rijeka) für Italien.

Über ein Jahr behauptete er sich als Kommandant der Stadt und führte eine Ästhetisierung der Massen durch, indem er gewaltige Aufmärsche in geometrischer Anordnung organisierte, welche die nationalsozialistische Ästhetik eines Albert Speer oder einer Leni Riefenstahl vorwegnahmen. Nach der Anerkennung der Unabhängigkeit Fiumes durch Jugoslawien wurde er von der italienischen Armee aus der Stadt vertrieben und ließ sich in seiner Villa Vittoreale in Gardone Riviera nieder.

Zusammen mit Benito Mussolini agitierte er 1922 für die Machtergreifung der Faschisten und wurde 1924 für die Besetzung Fiumes, das inzwischen von Italien annektiert worden war, mit dem Titel eines Fürsten von Monte-Nevoso geadelt.

D'Annunzio war nicht nur Ästhet, Dandy, Condottiere. Er stilisierte sich auch zum Verführer und zum unwiderstehlichen Liebhaber, zum Casanova. Er lebte wie ein Renaissance-Fürst, umgab sich mit schönen Gegenständen und schönen Frauen. Legendär war die Beziehung zu der berühmten Schauspielerin Eleonora Duse.[239]

Aber im Grunde liebte er nur sich selbst. Der Schriftsteller Leonardo Sciascia schrieb über ihn: „‚Ich liebe mich'. Es ist das geeignetste Motto, das D'Annunzio hätte für sich nehmen können. Es stammt von Giacomo Casanova."[240] Ähnlich negativ äußert sich auch Clément: Sein Werk sei weiter nichts „als die Verherrlichung einer blendenden, aber nicht einer abgründigen Individualität, weil sie nicht Dienst am Leben, sondern Dienst an einer Legende ist". Und er zieht folgendes Fazit am Schluss seines Essays:

„Die Legende wird länger dauern als das Werk, aber auch sie wird nicht ewig sein. Zwei andere Dichter vermochten auch, sich zu Lebzeiten ihre Legende zu schaffen: Byron und Victor Hugo. Aber bei ihnen ist die Legende unvergänglich, weil sie an ein unvergängliches Werk geknüpft ist."

1938 starb d'Annunzio. Er wurde mit einem Staatsakt in Anwesenheit Mussolinis beigesetzt.

Clément und die luxemburgische Literatur

Die drei Schriftstellerporträts aus drei unterschiedlichen Literaturen belegen Cléments gleichgeartetes Interesse sowohl für romanisches als auch germanisches Schrifttum und sind so ein beredtes Zeugnis der Luxemburger Mischkultur. Er verfolgte aber ebenfalls über Jahrzehnte hinweg und in zahllosen Artikeln die Entwicklung der Luxemburger Literatur.

Bereits 1906 hatte er in der Berliner *Zeitschrift für deutsche Mundarten* eine Rezension von Nikolaus Welters Bändchen *Die Dichter der luxemburgischen Mundart* veröffentlicht, das im selben Jahr erschienen war.[241] Im Wesentlichen stimmt Clément in seinen Urteilen der einzelnen Dichter mit Welter überein. Der erste Luxemburger Dialektdichter, der Lütticher Mathematikprofessor Antoine Meyer, habe sich mit seinem Werk *E' Schrek op de' Lezeburger Parnassus* 1829 als „ein wirklicher Dichter und ein sprachschöpferischer Künstler" gezeigt. Der bedeutendste Lyriker des Landes sei bis heute ‚unser Nationaldichter' Michel Lentz geblieben. Clément schließt sich dem Urteil von Welter an, der schrieb: „Der Dichter Lentz gehört der Vergangenheit an. Unsere Lyrik bedarf der Verjüngung." Sein Zeitgenosse, der „Komödiendichter" Dicks, dagegen „überrag[e] Lentz, so wie ein wahrer eigenartiger Dichter den geschmackvollen Epigonen überragt". In Michel Rodange sieht Welter vor allem „den epischen Satiriker", für Clément ist er ganz einfach ein überragender Dichter. Dessen *Renert* werde getragen „von einer wundervoll anmutenden, echt künstlerischen Freude am Gestalten". Rodange habe „Goethes Reineke Fuchs in leicht hinfließenden vierzeiligen jambischen Strophen in den Luxemburger Dialekt" umgedichtet. Beide, Welter und Clément, sind sich einig, dass „der ‚Renert' ein Zeit- und Kulturgemälde von einer Kraft und Wahrheit" sei, wie man es in kaum einem andern Werk der deutschen Dialektdichtung finde – eine solche Übereinstimmung der Meinungen wird es in späteren Jahren, als die beiden sich ideologisch auseinanderdividierten, nur noch selten geben. Es heißt weiter bei Clément: „Die bedeutendsten Namen der Gegenwart sind die beiden Dramatiker Andreas Duchscher und Batty Weber und der Prosaschriftsteller und Redner Matthias Spoo." Auf Letzteren, C.M. Spoo, der als erster vor dem Parlament am 9.12.1896 eine Rede in luxemburgischer Sprache hielt, geht Clément nicht ein. Von Duchscher schreibt er, dieser habe das „realistische Schauspiel Luxemburger Mundart" schaffen wollen, jedoch habe er „mehr Großes gewollt als Großes erreicht". „Chefredakteur Batty Weber" dagegen habe mit „dem herrlichen Klöppelkriegdrama ‚De Scheifer vun Aasselburn' ein luxemburgisches Trauerspiel großen Stils geschaffen, das allein von allen Werken der Gegenwart würdig den Werken der Blütezeit an die Seite gestellt werden kann".

Also: „[D]as Weltersche Buch!" Es bereite einem „großen Genuß". Es gebe bisher „nichts Besseres" zur luxemburgischen Dialektdichtung als dieses Büchlein.

Literatur aus Luxemburg

Als Theaterkritiker besprach Clément 1915 im *Escher Tageblatt* Batty Webers Drama *Et wor emol e Kanonéer*. Er schrieb, sein Freund habe mit diesem Theaterstück erreicht, dass wir „in einer Zeit größter nationaler Bedrängnis" wieder „an unsere Eigenart" glauben könnten. Cléments eigener Traum sei der „Traum eines *Nationaltheaters*". Weber und seine Darsteller hätten diesen „zu einer Verheißung gemacht"[242]. Im selben Jahr wurde auch *'T Wonner vu Spe'ssbech* uraufgeführt, das Clément als die „allererste moderne luxemburgische Operette" bezeichnete. Das Libretto war von Batty Weber, die Musik von Fernand Mertens.[243] Es sei auch daran erinnert, dass er z. B. die Bedeutung von Alex Weickers Ausnahmewerk *Fetzen* (1921) erkannte; dass er mächtig stolz darüber war, dass Batty Webers Theaterstück *Le Lasso* im renommierten Théâtre de l'Oeuvre in Paris aufgeführt wurde und von der strengen Pariser

Kritik wohlwollend besprochen wurde (1922); dass er in dem jungen Albert Hoefler einen äußerst vielversprechenden Lyriker sah (1927). In Form eines Briefes besprach er Batty Webers Roman *Hände* (1936), in dem der Autor seinem Freund Clément eine kleine Nebenrolle als „Raisonneur" zugedacht hatte.[244] In der Erasmus-Rubrik rezensierte er den „französisch-luxemburgischen Roman" *Le Diable aux champs* von Nicolas Ries (1936): „eine dichterische Leistung […], die in unserer engen Kulturgemeinschaft als ungewöhnlich erscheint",[245] usw. Frantz Clément war also ein unermüdlicher Kritiker luxemburgischer Literatur.

Man hätte sich also erwarten können, dass er gerade in dem *Lesebuch Zickzack*, das einen ausgeprägt luxemburgischen Charakter hat, auf die einheimische Literatur eingeht und sich nicht mit zwei knappen Hinweisen auf zwei Schriftsteller begnügt, nämlich auf den bis heute umstrittenen Norbert Jacques, den er als „hochbegabten luxemburgischen Schriftsteller deutscher Sprache" bezeichnet, und auf Joseph Funck, den Autor der Erzählung *Kleines Schicksal*, einer realistischen Milieuschilderung der ‚Lompekréimer' und ‚Knollereefer', von dem er schreibt, er stelle noch immer „unsere beste Hoffnung" dar."[246]

Clément schätzte und förderte die Luxemburger Literaturproduktion, zweifellos! *Schriftsteller heran!* hieß ja ein Erasmus-Beitrag im ET vom 25.8.1936. „[T]rotz aller Kleinheit des Landes könnte viel mehr für die Pflege dichterischer u. literarischer Produktion geschehen", meint Clément und fordert die jungen Schriftsteller auf, nicht über mangelnde Unterstützung zu klagen, sondern sich an einem literarischen Wettbewerb des Volksbildungsvereins zu beteiligen. Jedoch mit einem besonderen Porträt eines luxemburgischen Autors in *Zickzack* diesem einen ähnlichen Rang zuzumessen wie Tucholsky, Renard oder D'Annunzio, davor schreckte Clément zurück.

Ihre Nichtberücksichtigung in *Zickzack* durch einen genauen Beobachter und scharfen Kritiker der einheimischen Kulturszene, wie Clément es war, wirft ein bezeichnendes Schlaglicht auf den Stellenwert, den diese, besonders in den dreißiger Jahren, hierzulande hatte. In einem Beitrag in der Erasmus-Sparte vom 12.5.1938 besprach Clément Pol Michels' *Neue Geschichten*, also das jüngste Werk des einstigen literarischen Avantgardisten. Und er zitiert aus dem Nachwort des Autors: „Ein Luxemburger hat die vorstehenden Geschichten für Luxemburger geschrieben: Europäer sollen sie nicht lesen, Europäer würden sie nicht verstehen. Denn Luxemburg liegt nicht in Europa, sondern in der Nähe von Arlon, Longwy und Trier. Und es ist mein sehnlichster Wunsch, dass man das Ländchen vergisst." Die überzogene Formulierung ist natürlich ironisch zu verstehen und auch in einem politischen Kontext zu sehen: In einer Zeit der Bedrohung von außen, wäre es gut, wenn nicht zu sehr das Augenmerk auf unser Land gerichtet würde. Aber die Worte drücken auch aus, was für Clément damals ein nicht zu übersehendes Merkmal der Luxemburger Literatur war: Ihr fehlte die Weltläufigkeit, sie hatte meistens rein regionalen Charakter und wurde im Ausland nicht wahrgenommen.

Clément macht also kein Aufheben von ihr, auch wenn er und manche andere immer wieder wertvolle Impulse gegeben haben und sie gefördert haben – 1938 organisierte Tony Jungbluts *Luxemburger Kalender* z. B. die erste Luxemburger Buchwoche. Albert Hoefler besprach zu diesem Anlass *Das Luxemburger Schrifttum deutscher Zunge* in *Der neue Luxemburger Kalender 1938* (S. 89-93), M. Tresch schrieb: *Pour la Défense des Lettres Luxembourgeoises* (S. 95-103), und Lucien Koenig verfasste den Beitrag *Bücher in luxemburgischer Sprache* (S. 103-109).[247] Aber Luxemburger Literatur wurde erst sehr viel später, nach dem Zweiten

Weltkrieg, wirklich beachtet und fand dann auch auf der kulturellen Landkarte Europas ihren Platz. 1995 wurde nämlich das Luxemburger Literaturarchiv in Mersch gegründet: das Centre national de littérature. Aber Ende der dreißiger Jahre waren die Gegebenheiten anders geartet, und es wurden angesichts des drohenden Krieges neue Prioritäten gesetzt.

Clément beschäftigte sich in jenen Jahren nicht primär mit ästhetischen Fragen, und es ging ihm nicht um Wert oder Unwert der Luxemburger Literatur, sondern, angesichts der Bedrohung des Landes durch Deutschland, um Entscheidenderes: um die Erhaltung der Unabhängigkeit. Von besonderer Bedeutung ist in dieser Beziehung der erste Beitrag in *Zickzack*: die fünf *Briefe in die Fremde*. Sie sind an eine fiktive Freundin in Frankreich gerichtet, hinter der sich wahrscheinlich die französische Kriegswitwe Madeleine Kleyr verbirgt, die aus Trier stammte, und mit der Clément ab Juni 1921 verheiratet war, von der er sich jedoch kurz darauf getrennt hatte. Vielleicht aber stand er mit der Kriegswitwe weiterhin in Briefkontakt – für eine eheliche Bindung allerdings war der lebenslange Junggeselle Clément sicherlich nicht geeignet.[248] Trotzdem, Parallelen zwischen der Freundin in der Wirklichkeit und der Freundin in der Fremde gibt es; sie verleihen den Briefen einen spürbaren affektiven Charakter und die Aura der Authentizität.

In den Briefen geht es um Luxemburger Identität, um das Verhältnis Luxemburgs zu Deutschland und Frankreich. Gegenüber unserm östlichen Nachbarn hatte Clément in den letzten Jahren eine immer größere Skepsis entwickelt, und das bereits vor Hitlers Machtergreifung. In einem vierteiligen Artikel in der *Luxemburger Zeitung* war er von dem Buch *Incertitudes Allemandes* des Schwiegersohnes von Emile Mayrisch, Pierre Viénot, ausgegangen und hatte Deutschland als rätselhaftes, unberechenbares, irrationales Wesen hingestellt, als „deutsche Sphinx", der gegenüber höchstes Misstrauen angebracht sei.[249] In den *Briefen* ist der Ton gemäßigter, aber auch hier drückt Clément mit aller Deutlichkeit, wenn auch in einem damals üblichen Jargon aus, dass in unserer Mischkultur, aus unserer „Stammesverwandtschaft" mit dem Germanischen, die sich „im Lauf der Zeiten stark abgewandelt" habe, „keinerlei Verpflichtungen herausdestilliert" werden dürften. Clément: „Wir beharren auf unserer Neigung und auf unserem Recht zu ethnischem Eklektizismus."[250]

Frankreich, an das man damals, was die Bewahrung unserer Unabhängigkeit anbelangte, besondere Erwartungen knüpfte, gehörte ganz offensichtlich Cléments Sympathie. Die *Briefe in die Fremde* haben deshalb öfters einen emotionalen Charakter, sie sind eine Art Liebeserklärung an Frankreich, besonders an dessen Kultur – jedoch, wie er über seine Beziehung zu seiner Brieffreundin sagt, und dies gilt ebenso für seine Haltung gegenüber Frankreich: „ohne in die kleinen Torheiten der *amitié amoureuse* zu verfallen."[251] Clément bleibt kritisch, selbst wenn die kritischen Aspekte in *Zickzack* weniger offensichtlich sind als in vielen Artikeln, die er im Laufe der Zeit geschrieben hat.

Das *Lesebuch* spiegelt sehr eindringlich den Geist der späten dreißiger Jahre im Großherzogtum wider, als Luxemburg bedroht war und als seine Eigenständigkeit besonders betont wurde. Bezeichnend für das starke Pochen auf die Luxemburger Eigenart ist der letzte, der fünfte Brief, in dem ein kleines Streitgespräch zwischen den beiden Freunden Batty Weber und Frantz Clément im Mittelpunkt steht.

Clément hatte in seinem vierten Brief auf einen deutschböhmischen Romancier [?] hingewiesen, der sich ein „amüsantes Paradox" geleistet habe: Die Luxemburger würden „deutsch

Über Luxemburger Identität. Sprechen wir Deutsch? Denken wir Französisch?

sprechen" und „französisch denken". Er widerspricht, richtig sei vielmehr, wir Luxemburger würden „unser Deutsch" sprechen und „vorzugsweise französisch denken".

Batty Weber, misstrauisch und hellhörig geworden wegen der vielen falschen Töne, die damals aus Deutschland kamen, antwortete Clément in seinem *Abreißkalender* vom 24.10.1936. Er wies darauf hin, dass die Deutschen, „die uns in ihr Reich einverleiben" wollten, gerne „als Vorwand den Zusammenhang unserer Mundart mit dem Hochdeutschen benutzen" würden. Aber, meint er: „Es mag noch so wahr sein, dass unsere Mundart ‚deutschstämmig' ist. Aber was volkscharakteristisch daraus klingt, ist nicht deutsch, sondern luxemburgisch." Wenn wir Deutsch schrieben, sei das letztendlich Luxemburgisch. Und ähnlich verhalte es sich beim Denken. Er gibt als Beispiel den Hauptadressaten seines Schreibens an, nämlich Clément: „[B]ei ihm ist, was er über französische Dinge denkt, im tiefsten Grunde luxemburgisch und wird es bleiben, solange sein Kopf so gebaut ist, wie er ihn von Vater und Mutter geerbt hat."252

Bereits einen Tag später antwortete Clément Weber in seinem fünften Brief. Er stimmt ihm zu und ist wie er der Ansicht: Ja, wir sprechen Luxemburgisch, denken Luxemburgisch. Er macht seinen Freund allerdings darauf aufmerksam, dass es „bei der Bewertung ethnischer Dinge" „auf die Nüancen" ankomme. Er habe nicht geschrieben, wir würden Deutsch sprechen, sondern „*unser* Deutsch sprechen", unser „*luxemburgisches* Deutsch". Auch meine er nicht, dass wir „französisch dächten, sondern „*vorzugsweise* französisch denken" würden.253

Batty Weber fügte dem *Allerletzten Brief in die Fremde* in der LZ ein P.S. an:

„Wenn ich von Ausführungen, um die dieser Briefwechsel geht, einiges missverstanden habe und mir Mühe gab, die Dinge so zu zeigen, wie sie von unserm luxemburger Standpunkt aus gesehen werden müssen, so darf ich wohl annehmen, dass andere, die uns nur von außen her kennen, noch viel entschiedener in dasselbe Missverständnis hineingelockt werden könnten. Hoffentlich lesen sie nun die obige Richtigstellung, und Frantz Clément wird mir das Unrecht verzeihen, das ich ihm, ohne es zu wollen, angetan habe."254

Die sympathische Auseinandersetzung um die Luxemburger Sprache und ‚unser Denken' ist in mancherlei Hinsicht interessant:

- Sie weist auf die berüchtigte ‚Personenstandsaufnahme' von 1941, nach der Besetzung Luxemburgs, hin. Batty Webers Befürchtungen von 1936 waren begründet. Dass in Luxemburg ein moselfränkischer Dialekt gesprochen wurde, wollte nämlich Gauleiter Simon als nachträgliche Rechtfertigung für die Annexion ans deutsche Reich nutzen. Bei der sog. Volkszählung mussten die Luxemburger u. a. ihre Muttersprache angeben: Alle Dialekte waren ausgeschlossen, Deutsch wurde als Antwort erwartet. Wie Clément und Weber sich darauf geeinigt hatten, dass in Luxemburg Luxemburgisch gesprochen wird, so beantworteten auch die Luxemburger in seltener Einmütigkeit die Suggestivfrage nach der Muttersprache mit Luxemburgisch. Gauleiter Simon sah sich gezwungen, die für ihn peinliche Aktion abzublasen.

- Es fällt auf, mit welcher Unbefangenheit Batty Weber und vor allem Frantz Clément den Begriff „unser Deutsch" gebrauchten, den bereits Dicks im 19. Jahrhundert für das Luxemburgische benutzte. Das wäre heute undenkbar, nicht weil es sprachwissenschaftlich zu neuen Erkenntnissen über die Luxemburger Sprache gekommen ist, sondern aus psychologischen Gründen. Dass Luxemburgisch 1984 vom Gesetzgeber zur Nationalsprache erhoben wurde, hat vor allem etwas mit der Okkupation Luxemburgs durch Deutschland in den zwei Weltkriegen zu tun.

- Für beide, Frantz Clément und Batty Weber, entscheiden letztendlich nicht sprachliche oder kulturelle Kategorien darüber, wer oder was wir sind, sondern der Wunsch, zusammenzugehören und zusammenzuleben. Das voluntaristische Prinzip im Sinne eines Ernest Renan ist ausschlaggebend: Die Nation ist, nach dessen berühmter Rede an der Sorbonne am 11.3.1882 „ein tägliches Plebiszit".

Frantz Clément ist ein typischer Exponent der „Luxemburger Mischkultur", für die er sich in diesen Briefen einsetzte. Er schrieb als Journalist und Schriftsteller stets Deutsch, er hatte eine ausgesprochene Vorliebe für Frankreich, besonders für seine Kultur und Literatur, aber er wollte weder Franzose noch Deutscher, sondern Luxemburger sein.

9.3. Über Kunstausstellungen und ihre kulturpolitische Dimension

Im Schreiben Cléments nahm in den dreißiger Jahren, im Vergleich zur Politik und Literatur, die Auseinandersetzung mit Kunst einen geringeren Stellenwert ein. 1930, noch während seiner Pariser Zeit, hatte er sich vehement für Kutter eingesetzt, dessen Rang heute unbestritten ist.[255] Bis nach dem Zweiten Weltkrieg stieß dieser allerdings weitgehend auf Ablehnung. E.M. [i.e. Emil Marx] beschrieb eindringlich in einem Interview mit Kutter in der *A-Z*, der *Luxemburger Illustrierten*, vom 28.10.1934 Nr. 4, die lange Zeit vorherrschende Einstellung der Luxemburger gegenüber ihrem verkannten Maler:

„Man muss dabei gewesen sein, als Jos. Kutter seine ersten modernen Bilder in Luxemburg ausstellte: wie die aufgescheuchten Salongäste sich irgendwie beleidigt fühlten oder sich einfach vor dem großen Selbstbildnis mit dem steifen Hut die Schenkel klopften und ihr Lachen lospoltern ließen; wie gewissenhafte alte Herren vom Fach sich ernstlich darüber ereiferten, das sei ja vollkommen verzeichnet und doch aufs tiefste beunruhigt vor unleugbaren malerischen Qualitäten standen."

Clément schien nach seiner Rückkehr aus Paris, wo er seine Kenntnisse moderner Kunstströmungen wesentlich erweitert hatte, das Interesse an Malerei in unserem „liliputanischen Kunstreich" weitgehend verloren zu haben. Zudem steckte auch noch, Mitte der dreißiger Jahre, „die Kunstkritik […] im Großherzogtum in einer tiefen Krise"[256]. Einen Nachhall davon finden wir in Cléments Zeitschrift *Die Tribüne*. In seinem Beitrag *Kunst ohne Kritik* heißt es, man bringe dieses Jahr keine Rezension über den Salon des Kunstvereins, denn:

„Freie Kritik war nicht möglich, weil die Maler und Bildhauer sie nicht wollten. Sie nahmen eine Besprechung ihrer Ausstellungen nur dann hin, wenn sie Reklamecharakter hatte. Sie zeigten sich so unverträglich, dass nicht nur die freigesinnten Kritiker den Mut verloren, sondern auch diejenigen Referenten, die sich bei allem Konformismus noch einen Funken eigenen Urteils gerettet hatten."[257]

Dünkelhafte Geringschätzung der Luxemburger Künstler war allerdings Clément vollkommen fremd. So setzte er sich denn auch in seiner regelmäßigen Kolumne im *Escher*

Tageblatt, am 11.7.1936, energisch dafür ein, dass die Ausmalung des Restaurants im Luxemburger Pavillon auf der Pariser Weltausstellung von 1937 Luxemburger Malern überlassen werde, statt, wie zunächst geplant, französische Künstler der „zweiten und kaum dritten Garnitur […] zu prominenten Honoraren" zu beschäftigen. Diese Forderung sei keine „prätentiöse Aufwertung des nationalen Bewusstseins", dies verlange schlicht und einfach „der Hausmannsverstand"[258]. Das Pariser Fries in der ‚Reine Pédauque à Luxembourg', bestehend aus fünf dekorativen Landschaften des Landes, wurde schließlich von den einheimischen Malern Felix Glatz, Joseph Meyers und Jean Schaack ausgeführt.[259]

In der zweiten Hälfte der dreißiger Jahre fanden dann drei große Kunstausstellungen ausländischer Malerei in Luxemburg statt, die bei Clément lebhaftes Interesse hervorriefen. Die erste Ausstellung *Jeune France* fand im Juni 1936 im Festsaal des Cerclegebäudes statt. Sie hatte, wie die beiden andern, offiziellen Charakter. Sie stand nämlich unter der Schirmherrschaft von Staatsminiser Joseph Bech und seiner Exzellenz, dem französischen Gesandten, Monsieur Cambon. Rund 30 zeitgenössische französische Maler stellten unter dem Kurator Paul de Montaignac 61 Bilder aus. Clément spendete allerdings nur mäßiges Lob.[260] Die Ausstellung bringe zwar „gute solide Malerei, aber zu wenig Kühnheit und Eigenart". Unter den ausgestellten Malern war kaum einer, der später in der Kunstgeschichte eine Rolle spielte – eine Ausnahme war vielleicht Francis Gruber, dessen „wuchtiges" Bild *La Femme au verre de vin* die Anerkennung Cléments fand. Am Schluss seines Artikels heißt es, in der Kunst gelte nur, was André Salmon einst l'art vivant nannte und nicht ein „lendenlahme[r] Akademismus, für den z. B. immer noch die führende französische Bilderzeitschrift *L'Illustration* sich einsetzt".

Clément äußerte die Hoffnung, dass „dieser erste Versuch, für moderne französische Malerei Propaganda zu machen, nicht der einzige" bleibe. Dieser Wunsch ging 1937 in Erfüllung. Vom 10. bis 29. April fand im Cercle municipal eine für Luxemburger Verhältnisse einmalig beeindruckende Ausstellung statt: *La peinture française - de Manet à nos jours* – „[d]as größte kulturpolitische Ereignis" des Jahres, so Clément.[261] Es stellte die führenden französischen Maler der letzten siebzig Jahre vor. Die Ausstellung war vom Verband der Volksbildungsvereine, auf Vorschlag seines Präsidenten Robert Stümper und unter Mitwirkung des Kunstvereins, der Gesellschaft der Museumsfreunde und der ‚Action artistique française' organisiert worden. Sie stand unter dem Protektorat der französischen und der luxemburgischen Regierung. Die meisten Werke kamen aus Paris, viele dank der Hilfe von Aline Mayrisch, die gute Beziehungen zu Künstler- und Sammlerkreisen in der französischen Hauptstadt unterhielt. Besonders wertvoll war aber auch die „Unterstützung eines Sammlers von großer Klasse aus der deutschen Emigration, des Herrn G. Goeritz, der vor kurzem sein Wigwam unter uns aufgeschlagen hat. Er [über]ließ uns u. a. – [Clément war an der Organisation der Ausstellung beteiligt] – nicht nur einen kostbaren Manet und einen charakteristischen Monet, er beschaffte uns auch aus seinem Freundeskreis vor allem ein halbes Dutzend seltener Bilder von Cézanne, Van Gogh und Gauguin."[262] Der Kurator der Ausstellung war ein prominenter Pariser Kunstkritiker: Claude-Roger Marx. Clément erwähnt mit einem gewissen Stolz den hohen Versicherungswert der 120 gezeigten Werke: sechs Millionen Franken. Die Ausstellung war also rundum ein einmaliges Ereignis!

Sie hatte vor allem einen didaktischen Charakter. Mit pädagogischem Impetus formulierte Clément denn auch im ET ihr primäres Anliegen. Sie „soll für die große maß- und

---

Die Ausstellung *Jeune France*

Die Austellung *La peinture française - de Manet à nos jours*

Joseph-Emile (1911-1999). Sowohl Frantz Clément, ein großer Kunstliebhaber, als auch Joseph-Emile [Muller], damals ein radikal linker Literat und scharfer Kritiker, führten täglich Besucher durch die Ausstellung *Französische Malerei von Manet bis zur Gegenwart*.

ausschlaggebende Malerei unserer Zeit das Verständnis wecken und ist daher in erster Linie eine Bildungsangelegenheit von größter Bedeutung"²⁶³.

Clément schrieb aus Anlass des großen Kulturereignisses nicht weniger als sieben Artikel: Neben dem eben erwähnten einführenden Erasmus-Beitrag im ET, verfasste er in der *Luxemburger Zeitung* drei Beiträge über die Organisation der Ausstellung und die einzelnen Bilder in den sechs Sälen: *Zur Ausstellung französischer Malerei*.²⁶⁴ Der erste dieser Artikel stand auf Seite eins; die Kunst hatte für einmal die Politik verdrängt! Noch vor Eröffnung der Ausstellung hatte Clément eine dreiteilige Einführung in der LZ veröffentlicht: *Vom Werden der gegenwärtigen französischen Malerei*. Diese kenntnisreiche Trilogie über moderne französische Malerei, welche die wichtigsten Kunstströmungen seit Delacroix, „diese[m] Titan[en] des Pinsels", darlegt, ist noch heute lesenswert und dokumentiert Cléments stupendes Kunstwissen. Die drei Folgen nahm er als einzigen Beitrag über Kunst in sein *Lesebuch Zickzack* auf.²⁶⁵

Der Bildungsauftrag, der von der Ausstellung ausging, zeigte sich nicht nur in der Fülle seiner Artikel, sondern auch in Joseph-Emiles Kommentaren, jenes „eifrigen jugendlichen Kunstenthusiasten", wie Clément ihn beschrieb. Dieser wurde nach dem Krieg die führende, auch international anerkannte Instanz für bildende Kunst in Luxemburg. Aus Anlass der Ausstellung schrieb er 1937 für *Die neue Zeit* zwei ausführliche Artikel und ergänzte sie mit *Künstlerbekenntnissen* von Cézanne, Van Gogh, Matisse und Vlaminck.²⁶⁶ Er saß auch, u. a. neben Joseph Kutter, in der ‚Hängekommission', die für ein sachgemäßes Aufhängen der Gemälde zuständig war.

Clément seinerseits, als Mitinitiator der Ausstellung, war Mitglied der ‚Auswahlkommission' sowie Vorsitzender des ‚comité d'éducation artistique', „mehr als Pädagoge denn als Kunstrichter", wie er meinte.²⁶⁷ Sowohl Joseph-Emile als auch Frantz Clément führten täglich Besuchergruppen durch die Ausstellung und wurden so ihrer pädagogischen Mission im Volksbildungsverein voll gerecht.²⁶⁸

Aber die ausgestellten Gemälde französischer Künstler vermittelten nicht nur ein einmaliges Kunsterlebnis. Die Ausstellung hatte auch eine kulturpolitische Dimension. Bisher war das Interesse an deutscher Kunst in Luxemburg sehr rege gewesen; ungewöhnlich viele einheimische Künstler hatten nämlich an deutschen Akademien studiert – Kutter etwa in München, wo Jean Noerdinger und Jean Schaack zu ihm stießen. Die bayrische Landeshauptstadt war überhaupt bis 1933 ein beliebtes Studienziel für angehende Künstler gewesen. Kunstschaffende wechselten häufig zwischen Hochschulen in Paris, Belgien und Deutschland, aber nur selten führte der damalige Weg für Maler an München vorbei: so weilten eine Zeitlang u. a. an der Kunstakademie München: Frantz Seimetz, Harry Rabinger, Guido Oppenheim, Will Kesseler, Eugène Mousset, Josy Meyers. Dominique Lang hatte bereits 1906 eine Studienreise nach München gemacht, und Foni Tissen vervollkommnete sogar noch 1937-1938 dort seine Ausbildung. Auch andere deutsche Akademien für Schöne Künste waren beliebt. Joseph Sünnen etwa hatte seine Künstlerausbildung in Düsseldorf absolviert; acht Jahre blieb er dort. Der mit 36 Jahren bereits verstorbene bedeutende Moselmaler Nico Klopp hatte drei Jahre an der Akademie in Düsseldorf verbracht und zwei in Weimar. Michel Stoffel hatte noch kurz vor der Nazi-Zeit zwei Jahre in Weimar studiert.

Aber seit Hitlers Machtantritt regte sich eine zunehmende Abneigung gegen das neue deutsche Kunstverständnis. Am 19.7.1937 wurde in München die Ausstellung *Entartete Kunst* eröffnet, die in zwölf deutschen Städten gezeigt wurde und über drei Millionen Besucher anlockte. Dieser Vernichtungsangriff auf die Moderne fand kaum Resonanz in Luxemburg: Clément schrieb eine Glosse im *Escher Tageblatt*: Die als „musée des horreurs" gedachte Ausstellung *Entartete Kunst* sei in Wirklichkeit ein wahres „Entzücken für Kenner"[269]. Für die rücksichtslose Diffamierung der Avantgarde zeigte jedenfalls kein Künstler von Rang Verständnis. In einem *Rückblick auf die deutsche Kultur, 1937* schrieb ein Korrespondent des Luxemburger Intellektuellenorgans *Die Neue Zeit*, die Ausstellung *Entartete Kunst* sei mit ihren „besten Stücke[n] von Dix, Grosz, Chagall und des als Freiwilliger für Deutschland gefallenen Marc" als „Schreckenskabinett" gedacht gewesen, der gewaltige Besucherzulauf sei aber „ein Lichtblick" gewesen und stelle „[e]ine stillschweigende Bekundung des guten Geschmacks gegenüber der von oben her befohlenen Verflachung und Verrohung" dar[270] – eine etwas beschönigende und naive Darstellung, wenn man bedenkt, dass die „Schandausstellung" von „Säuberungsmaßnahmen" gegen „undeutsche Kunst" in den Museen begleitet war, dass es Berufsverbote für Künstler gab, aber dies alles in der bereits fest etablierten Nazidiktatur zu keinem nennenswerten Protest führte.[271] Der Luxemburger Blick auf die Kunst richtete sich ab jetzt eindeutig vor allem nach Frankreich.

In Luxemburg wirkte jedenfalls die Ausstellung französischer Kunst im Cercle geradezu wie ein Kontrapunkt zur Bilderschau in Deutschland; sie war ein eindeutiges Bekenntnis zu den großen französischen Vorbildern in der Malerei und eine Hommage an Maler wie Cézanne oder Matisse, an Kunstströmungen, die vom Impressionismus über den Kubismus bis zum Fauvismus reichten. Und gleichzeitig zeigte sich zu dieser Zeit, in der die Unabhängigkeit bereits bedroht war, wohin die Sympathien gingen.

1938 fand in der Limpertsberger Halle, vom 15.10. bis zum 15.11., eine weitere wichtige Kunstausstellung statt: eine Retrospektive moderner belgischer Malerei. Hauptkuratoren waren u. a. der frühere Direktor von Beaux Arts in Brüssel, Paul Lambotte, sowie Paul Fierens, der genau wie bei der Ausstellung französischer Malerei, zwei vielbeachtete Vorträge in Luxemburg hielt. Ganz bedeutende Künstler waren vertreten: Im Mittelpunkt standen zwei hervorragende Maler: James Ensor, der Vertreter „eines phantasievollen, sehr persönlichen flämischen Impressionismus" und der früh verstorbene Rik Wouters, der „eine den Fauves [...] parallele Richtung" genommen hatte. Beide, urteilte Clément, zeichneten sich durch

Moderne belgische Kunst

ihre „Luminosität und Eindringlichkeit der Farbgestaltung" aus.[172] Die Hauptrepräsentanten der impressionistischen École de Laethem-St Martin und des Fauvisme Brabançon waren vertreten. Bei den Expressionisten fehlte zwar ihre wichtigste Persönlichkeit, nämlich Constant Permeke, aber diese Abwesenheit war nicht auf die Organisatoren zurückzuführen; schuld waren vielmehr „prinzipielle Schwierigkeiten" innerhalb der belgischen Malerkreise. Bei den Graphikern stach Frans Masereel mit seinen Holzschnitten hervor, bei der plastischen Kunst war Georges Minne die überragende Gestalt, bei den angewandten Künsten stellten die Gobelins ein Hauptstück der Ausstellung dar. Clément verfasste für die *Luxemburger Zeitung* einen zweiteiligen Artikel über belgische Kunst, die sich stark an der französischen orientierte, aber doch ihre Eigenständigkeit hatte und in der „großen künstlerischen Vergangenheit des Landes" verankert war.[273] Suggeriert Clément nicht implizit die Frage, ob die so eifrig gelobte französische und belgische Kunst nicht auch ein Vorbild für Luxemburg sein könnte? Die Ausstellung fand jedenfalls seine begeisterte Zustimmung. Und auch Joseph-Emile hatte Ähnliches im Sinn. Er schrieb einen ganzseitigen Bericht in der *Neuen Zeit* und war begeistert: „Wer Augen hat zu sehen, erlebt ein Fest."[274]

Seinen letzten Artikel über Malerei veröffentlichte Clément am 1.4.1940, A.A., in der LZ. Er besprach das Buch seines jungen „Freundes" Joseph-Emile: *Die moderne französische Malerei*, erschienen im Verlag der *Cahiers luxembourgeois*. An diese von Muller favorisierte Kunst knüpften nach 1945 zu einem großen Teil Kunstschaffende und Kunstkritiker in Luxemburg an, besonders an seine Lieblingskunstrichtung, die *Ecole de Paris*, die für so manche über Jahre hinaus zum Inbegriff von moderner Kunst schlechthin wurde.

9.4. *Zickzack*: ein Werk „nicht ohne Narrheit", aber ohne Ecken und Kanten

Zickzack war zu Cléments Lebzeiten sein bekanntestes Buch und ist es bis heute geblieben. Es entspricht den Kriterien, die in einem flotten Streitgespräch, im *Vorspiel auf dem Theater* in Goethes *Faust*, drei Diskutanten für ein rasch zu veröffentlichendes literarisches Werk herausarbeiten. Ein Direktor drängt einen Dichter, möglichst schnell, sogar unverzüglich, ein Stück zu liefern. Ungeduldig sei die Menge und erwarte vom „vielgeliebten" Dichter ein neues Werk. Er insistiert: „mein Freund, o tu es heute!" (V. 58) Entsetzt reagiert der Dichter; er ist der Ansicht, ein literarisches Werk müsse sorgfältig geplant werden und reifen:

„Oft, wenn es erst durch Jahre durchgedrungen,

Erscheint es in vollendeter Gestalt." (V. 71-72)

Der Dichter muss sich aber vom Direktor sagen lassen, über Leser und Publikum, also die Literaturrezipienten, könne er nicht leichtfertig hinwegsehen. Er solle sie doch mit einem Vielerlei an Stoff befriedigen.

„Wer vieles bringt, wird manchem etwas bringen;

Und jeder geht zufrieden aus dem Haus.

Gebt Ihr ein Stück, so gebt es gleich in Stücken!

Solch ein Ragout, es muss Euch glücken;" (V. 97-100)

Auch der Verleger Tony Jungblut musste Clément mit etwas Nachdruck klarmachen, es sei an der Zeit, wieder ein Buch herauszugeben, er könne sich seiner Leserschaft nicht entziehen. Clément gestand später in einem *A-Z Interview*, Jungblut habe ihm *Zickzack* „buchstäblich aus den Händen gerungen"[275]. Er hatte nämlich, genau wie Goethes Dichter, andere Pläne, die reichlich Vorbereitung verlangten. Jungblut versprach ihm deshalb auch 1940, im Anschluss an *Zickzack* ein weiteres Werk von ihm herauszugeben, nämlich ein ‚Frankreichbuch'. Schon seit einiger Zeit plante Clément zudem, „ein Essaibuch über rein literarische und historische Dinge" zu veröffentlichen. Präzise habe ihm, meinte er in der *AZ*, bereits seit Jahren vorgeschwebt, „eine Biographie des Kardinal de Retz, eines der merkwürdigsten politisch psychologischen Objekte der französischen Vergangenheit" zu schreiben. Ein Buch über diese abgründige Persönlichkeit, diesen Intriganten erster Güte, der aber gleichzeitig ein bedeutender Pamphletist war, wäre sicherlich ein Hauptwerk Cléments geworden. Von jenem heißt es im *Dictionnaire Universel des Littératures* (1994): „Les *Mémoires* font du vaincu de la Fronde un des meilleurs écrivains français." Clément hatte stets großes Interesse an zwielichtigen und umstrittenen Persönlichkeiten, an Clemenceau natürlich, und etwa auch an Talleyrand, diesem „Abgrund von Skrupellosigkeit u. Zynismus, diese[m] hinkende[n] Condottiere der Diplomatie"[276]. Bei seiner Verhaftung 1941 in Berburg beschäftigte sich Clément zuletzt mit zwei Büchern über diesen französischen Staatsmann, dem die Intrige nicht ganz fremd war.

Er hatte also Pläne für die Zukunft und manche interessante Themen für ein späteres Werk zur Auswahl. Ein den Krieg überlebender Clément hätte in ruhigeren Zeiten noch für die eine oder andere überraschende Buchveröffentlichung gesorgt. *Zickzack* dagegen war nicht als zentrales Werk geplant, es wurde aber bei weitem seine erfolgreichste Veröffentlichung.

Es entsprach nämlich genau dem, was sich die ‚lustige Person', dieser Mittler zwischen den Visionen des Dichters und den Forderungen des Direktors bei Goethe von einem erfolgreichen Autor erwartete:

„Laßt Phantasie mit allen ihren Chören,

Vernunft, Verstand, Empfindung, Leidenschaft,

Doch merkt euch wohl! nicht ohne Narrheit hören!" (V. 86-88)

Auf Vernünftiges (so in *Primat des Politischen*), auf poetische Phantasie (etwa in *Fantasie – mit und ohne Schneegestöber*), auf leidenschaftliches Engagement (z. B. in *Künstler- und andere Viertel*) stößt man allemal bei Clément. Der knappe und volkstümliche Titel *Zickzack* weist nicht gerade auf ein gelehrtes Buch hin. Es kommt dem Leser entgegen und ist doch gehaltvoll, eine Art „Ragout", das ihm eine bunte Palette von Texten mit vielfältigen Themen anbietet: für jeden Geschmack etwas. Vor allem ist es ein ausgesprochen luxemburgisches Werk, das immer wieder auf unsere Eigenart hinweist – Batty Weber war ja sehr zufrieden, dass sein Freund im *Lesebuch* den Luxemburger Charakter so vortrefflich getroffen hatte (vor allem in *Die Generalstäbe*). In Cléments Texten fehlt auch nicht, wie fast überall in seinem Werk, die „Narrheit", d.h. das allzu Pathetische ist ihm fremd; eine unterschwellige, distanzierende Ironie durchbricht öfters das Ernste (etwa in *Vom Gespenst der Rassenmischung*).

Und doch: Der ganze Clément, mit seinen vielen Facetten, wird nur ungenügend in den Aufsätzen und Feuilletons des *Lesebuches* sichtbar. Die Lücken fielen denn auch einigen auf, so René Capus, Richter von Beruf, Mitarbeiter der *Cahiers luxembourgeois* und Bekannter von Clément. 1952 schrieb er: „Ses cendres inhumées à Mondorf n'ont pas plus de rapport avec sa dépouille que les articles de presse recueillis au *Zig-Zag* n'ont de rapport avec la personnalité de celui qui les a écrits."[277]

10. Cléments ungewöhnlicher Artikel: *Serrons les rangs!*

Einen Grund, warum Kontroversen in *Zickzack* ausgeklammert wurden und deshalb, aus heutiger Sicht, so manches im *Lesebuch* uns etwas abgehoben und zu gemäßigt vorkommt, findet man in der *Neuen Zeit* vom 1. April 1938. Sie fordert zum „Kampf für Freiheit und Unabhängigkeit" auf und trägt auf der ersten Seite die Balkenüberschrift: „Mir welle bleiwe, wat mir sin!" Die Ausgabe enthält einen überraschenden Artikel von Frantz Clément: *Serrons les rangs!*[278]

Der Autor meint, „die Gefährdung unserer nationalen Unabhängigkeit" habe in den letzten Monaten schlagartig zugenommen. „Wir können unsere Freiheit und Unabhängigkeit nicht mit der Waffe in der Hand verteidigen. Aber was wir können und müssen, das ist eine *stolze und einmütige* Betonung dieser Freiheit und Unabhängigkeit." Er fügt hinzu, wir hätten die Pflicht zur „*moralische*[n] *Landesverteidigung*". Alle Versuche, „einen Keil in die nationale Einmütigkeit zu treiben", müssten geächtet werden. Der Text steigert sich in einen für Clément ganz ungewohnt feierlichen Appellcharakter hinein, wobei die emotional konnotierten Ausdrücke noch zusätzlich im Druck hervorgehoben werden.

„Luxemburger und Luxemburgerinnen aller politischen Anschauungen, aller Konfessionen und Weltanschauungen müssen sich die *Hände reichen* und Schulter an Schulter stehen im Bekenntnis zur Heimat und zur Krone. Der Tag ist da, wo *Burgfriede* verkündet werden muss. Wo jeder in dem andern weniger den Freund oder den Gegner als vor allem den Luxemburger sehen soll. Der Parteienkampf muss zurücktreten gegenüber dem Gefühl, das uns alle eint."

Auf Pathetisches stößt man in *Zickzack* nicht – und Clément hat auch keinen ähnlichen Text mehr geschrieben. Der Sammelband erschien im letzten Viertel des Jahres 1938, in der für Luxemburg schwierigen Situation vor dem Krieg. Er ist in auffälliger Weise auf Konzilianz ausgerichtet, und es sollte wohl ebenfalls in ihm nationale Einmütigkeit demonstriert werden.

Kurz vor Beginn der Unabhängigkeitsfeiern im Januar 1939 wurde alles Luxemburgische demonstrativ betont.

Ein wichtiger Schritt in diese Richtung war bereits *Am 11. Mai* [1938] unternommen worden – so der Titel eines Artikels von Clément in der *Voix des Jeunes*.[279] An diesem Jahrestag der Unabhängigkeit fanden sich nämlich die beiden bisher feindlichen Studentenorganisationen, die linke ASSOSS und der rechte A.V. (Akademikerverein) mit ihren Ehrenmitgliedern zu einem Festakt im Cercle zu einer „Burgfriedenskundgebung" zusammen. Die immer noch abgrundtiefen ideologischen Gegensätze wurden zurückgestellt. Die „großartige Manifestation" war eine „deutliche Betonung unserer nationalen Selbständigkeit einerseits und […] die ebenso deutliche Bekundung unserer Auffassung, dass Recht stets vor Macht gehen müsse." Nach einer Ansprache des A.V.-Präsidenten, Herrn Guill, sprach für die ASSOSS „unser Kamerad Paul Elvinger". Die Festrede hielt „Herr Staatsminister Dupong". Clément: „Der 11. Mai ist nunmehr unser zweiter Nationalfeiertag: er soll noch weiter ausgebaut werden."

Gegen Ende des Jahres 1938 schrieb Clément für den *Neuen Luxemburger Kalender 1939* einen Beitrag mit Erinnerungen an den Ersten Weltkrieg: *Zaungäste des Weltkrieges*.[280] Sein Text in *Zickzack* über die Kriegsjahre 1914-1918 *Die Generalstäbe* machte ihm wohl jetzt einen zu harmlosen und fast idyllischen Eindruck. Er schrieb, er wolle nun nicht mehr „den leichten Ton [s]einer Erinnerungen an die ‚Generalstäbe' anschlagen". Gleich zu Beginn des Textes erwähnt er die „von der Kriegsgefahr umdrohten Septembertage" [1938], wo man befürchtet hatte, dass ein neuer „Weltbrand" entstehen könne – es waren die Tage, in denen Hitler ultimativ die Abtrennung des Sudetenlandes an das Reich forderte und sie auch erreichte. Clément meinte: „Was in diesen unruhigen Tagen und Nächten durch unsere Phantasie ging, das war manchmal so furchtbar, dass uns das, was der letzte Weltkrieg unserm Land brachte, daneben beinah als eine Idylle erschien." Damals schrammte man noch einmal an einer Katastrophe vorbei. Aber die Gefahr war keineswegs gebannt; es gab nur einen kurzen Ausstand. Der „Weltbrand", den Clément voraussah, stand noch bevor. „[W]ir ahnten, dass es etwas Ungeheuerliches, Niederwuchtendes werden könnte auch für uns." Jedenfalls, die Luxemburger würden dann nicht mehr nur „Zaungäste des katastrophalen Völkermordens" sein.

Zaungäste des Weltkrieges, der ein realistischeres Bild des Krieges zeichnet als *Die Generalstäbe*, wurde genau wie der letzte Text sehr gelobt. Hier werde Weltgeschichte dargestellt, „von Luxemburg aus" gesehen, und die aufgefrischten Erinnerungen seien mehr „als bloße Erzählungen und Geschichte schlechthin", sondern „wahre Kulturgeschichte in lebendigster Form"[281]. Für die Neuausgabe von *Zickzack*, die Jim Wester 1945 herausgab – also nach dem Tod Cléments und nach dem Zweiten Weltkrieg –, nahm er zusätzlich zu den *Generalstäben* die *Zaungäste* auf.[282]

Je größer die Bedrohung Luxemburgs wurde, umso stärker zeigte sich der Wille der Luxemburger, unabhängig zu bleiben, und es wurde auf alles Luxemburgische demonstrativ hingewiesen. Sehr bezeichnend war in dieser Beziehung die ‚Letzeburger Woch',[283] die vom 22. bis 29. Januar 1939, also kurze Zeit nach Erscheinen von *Zickzack* und kurz vor dem offiziellen Beginn der Unabhängigkeitsfeiern, organisiert wurde. Die Luxemburger wurden aufgefordert, einheimische Produkte zu kaufen, und dies galt als ein „Akt der nationalen Solidarität". Die Geburtstagsfeier für Großherzogin Charlotte am 23. Januar 1939 wurde besonders feierlich begangen; selbst viele Linkskräfte, die 1918 noch antimonarchistisch eingestellt waren und sich für eine Republik eingesetzt hatten, sahen jetzt in der Großher-

D'‚Letzebuerger Woch' und die Unabhängigkeitsfeierlichkeiten 1939

zogin „die Fürstin, die im Geiste der verfassungsmäßigen Volkssouveränität regiert"²⁸⁴. Die Unabhängigkeitsfeiern aus Anlass des 100-jährigen Bestehens des Großherzogtums begannen Ende April mit einer eindrucksvollen Sitzung des Parlaments, in der eine Proklamation der ‚Landesfürstin' sowie der Regierung verlesen wurde. Sie betonte nachdrücklich die Unabhängigkeit. Die Feierlichkeiten erstreckten sich dann über Monate hinweg durch das ganze Land. Sie waren als weitere Demonstration der nationalen Geschlossenheit und des starken Freiheitswillens der Luxemburger gedacht.

Clément konnte sich nicht ganz der patriotischen Begeisterung entziehen. Ihm war zwar jeder Hurrapatriotismus fremd, und in einer Glosse im *Escher Tageblatt* vom 27.4.1939 empfand er die der Großherzogin von Gruppen junger Menschen „in Regie und auf Kommando" „zackig" zugerufenen Sprechchöre: „Ro'de Le'w wach" als „geschmacklos" – „unsere Fürstin [...] ist doch kein Löwe, sondern eine Dame, eine sehr vornehme Dame, die erste Dame des Landes." Aber er erwähnte auch die vielen „stürmischen Kundgebungen, die zum Herzen gingen, weil sie aus dem Herzen kamen", und es „erscholl [dann] aus der Volksmenge das altvertraute Vive". Er meinte: Das Volk „hatte erfasst, um was es ging, und es machte seinem Herzen Luft"²⁸⁵.

In diesen historischen Kontext der Jahre 1938-1939 ist *Zickzack* einzuordnen, was denn auch den besonderen Charakter der Feuilletonsammlung erklärt.

11. Die Jahre vor dem Krieg. Schreiben für die *Voix des Jeunes*, *Die Neue Zeit,* die *Luxemburger Zeitung*; Glossen für das sozialistische *Escher Tageblatt*

Sehr besorgt um die Zukunft des Landes, zeigte Clément, je mehr man sich dem fatalen 10. Mai 1940, der befürchteten Invasion Luxemburgs näherte, einen moderaten Patriotismus. Er blieb jedoch weiterhin der engagierte Kämpfer. Von einer andauernden Resignation oder einem Rückzug ins rein Literarische konnte jedenfalls keine Rede sein. In dieser schwierigen Zeit schrieb er, außer für *La Voix des Jeunes* und *Die neue Zeit*, vor allem für die *Luxemburger Zeitung* und das *Escher Tageblatt*; in denen er mit großer Regelmäßigkeit seine Artikel veröffentlichte.

Zur VdJ, die Clément immerhin mitbegründet hatte und die einst ein Zentrum der Avantgarde war, hatte er nur noch eine ganz lose Verbindung. Sie hatte viel von ihrem früheren Ansehen eingebüßt. Wohl aus alter Treue schrieb er dennoch in der Zeitspanne von 1935 bis zum Kriegsbeginn ganze fünf Artikel,²⁸⁶ sprach ab und zu der ASSOSS noch ein freundschaftliches Lob aus, deutete jedoch an, dass es in ihr ein deutliches Übergewicht der „Alten und Älteren" über die Jüngeren gebe. „[D]er Geist der kleriko-liberalen Koalition" habe zudem in der linken studentischen Jugend zu einem „verhängnisvollen Defätismus" geführt.²⁸⁷ Emil Marx sprach unter dem Kürzel ‚E-x' Tacheles in *Die neue Zeit*. Mit Hohn

La Voix des Jeunes

und Spott fiel er über das Organ der ASSOSS her. Man freue sich zwar zu lesen, dass es „das turbulente Völkchen", „den gärenden Most des Ländchens" noch gebe, dass man manchmal „den Jüngling Batty Weber, die Knaben Frantz Clément und A. Nickels, die Rotznase Pol Michels" vernehme – für Marx waren also diese alten Herren noch frisch und jugendlich im Vergleich zur neuen Generation, die das Ruder in der ASSOSS übernommen hatte und die längst „im liberalen Kreislauf stranguliert" worden war. „Aber im Ernst", fügte Marx hinzu, die ASSOSS könne nicht mehr wie früher beanspruchen, „ein Zentrum des intellektuellen Lebens" in Luxemburg zu sein, sie sei eine reine Studentenorganisation geworden, und voller Sarkasmus fügte er hinzu: „den Fastnachtsball einbegriffen" – dieser Ball verblieb ihr noch als letztes Aushängeschild, er war nämlich berühmt berüchtigt; hier ging es besonders freizügig und ungezügelt zu. Mit Politik sollte sich aber die ASSOSS „lieber nicht mehr beschäftigen". „Einer Jugend, die so naiv ist, sich Ende Dezember noch nicht dafür zu schämen, dass sie Ende September den Münchener Frieden für eine politische Tat hielt, muss man entschieden die politische Reife absprechen."[288]

Die neue Zeit

In *Die neue Zeit,* über die bereits ausführlich berichtet wurde, gehörte Clément zu den Hauptakteuren.[289] Sie vereinigte die wichtigsten Vertreter der intellektuellen Linken in Luxemburg. Im Kampf gegen den Faschismus war sie das radikalste Blatt und nahm dabei nicht die geringsten parteipolitischen Rücksichten.

Luxemburger Zeitung

Dass Clément nach seiner erzwungenen Rückkehr 1933 aus Frankreich, von wo er regelmäßig seine *Pariser Briefe* an die *Luxemburger Zeitung* gerichtet hatte, weiterhin diesem liberalen Blatt die Treue hielt, war nicht verwunderlich. Er schrieb jetzt häufig Kommentare zur internationalen Politik – öfters stammte auch der Leitartikel von ihm. Hier veröffentlichte er z. B. 1937 die vierteilige Artikelserie: *Moskau auf der Anklagebank*, die sein Verhältnis zum Kommunismus verdeutlichte.[290] Sie ist in engem Zusammenhang mit den Moskauer Prozessen von 1936-1938 zu sehen, in denen die alte Garde der Bolschewicki vor Gericht gestellt wurde und anschließend dem Stalinistischen Terror zum Opfer fiel. Von den 54 Angeklagten wurden 47 hingerichtet, die übrigen zu hohen Freiheitsstrafen verurteilt. Der eigentliche Hauptangeklagte aber war abwesend. Trotzki war ins Exil geflüchtet und wurde 1940 von GPU-Agenten in Mexiko ermordet. Die Schauprozesse erschütterten bei vielen Intellektuellen den Glauben an die Sowjetunion – längst nicht bei allen: Louis Aragon, Ernst Bloch, Ernst Fischer etwa rechtfertigten die Prozesse. Kaum bekannt war damals, dass Stalin im Zuge der Kollektivierungsmaßnahmen von 1929/30 auch die ‚Liquidierung der Kulaken als Klasse' angeordnet hatte. Die anschließende Hungerkatastrophe von 1932-34 kostete nach neueren Schätzungen zwischen fünf und neun Millionen Menschen das Leben. Am Beginn der dreißiger Jahre gab es zudem eine Stalinistische Terrorwelle in Partei, Staat und Armee, bei der, wie die jetzt zugänglichen Archive belegen, 250.000 bis 350.000 Personen ‚wegen konterrevolutionärer Tätigkeiten' exekutiert wurden.[291]

Clément, der jedem kollektivistischen System von vornherein skeptisch bis ablehnend gegenüberstand, war nicht auf die damaligen Ereignisse in der Sowjetunion angewiesen, um seine Überzeugung bestätigt zu finden, dass jeder Staatstotalitarismus die Demokratie zerstört und zu einem Terrorregime führt, der Meinungsfreiheit unterdrückt und Menschenwürde mit Füßen tritt.

Er stützte sich bei seiner Analyse der UdSSR auf vier Bücher, die 1937 in Frankreich erschienen waren: *Retouches à mon retour de l'U.R.S.S.* (Gallimard) von André Gide; *En U.R.S.S.*

(Gallimard) von Pierre Herbart, einem jungen Schriftsteller, der Sozialrevolutionär und lange Jahre Mitglied der KP war, der acht Monate in der Sowjetunion gelebt hatte und dann Gide auf seiner Reise begleitete; *A la recherche de la vérité en U.R.S.S.* (Ed. Tissé) von Sir Walter Citrine, einem britischen Gewerkschaftsführer, einem „Mann des matter of fact", der sich nicht von der „aufdringlichen Propaganda für ‚paradiesische Zustände'" blenden ließ;[292] und schließlich *Vive la Liberté* (Albin Michel) von Roland Dorgelès, dem „starken Dichter der *Croix de Bois*", der zwar ideologisch voreingenommen war, „dem es aber nicht genügte, hinter die Kulissen einer einzigen Diktatur zu schauen. Er begab sich auch nach Hitlerdeutschland, nach Österreich und nach Mussolini-Italien und verhielt sich nicht minder ablehnend gegen die faschistischen Regimes."[293]

Den vier Autoren war gemeinsam, dass sie weit entfernt waren „von dem polemischen Trommelfeuer mehr geräuschvoller als überzeugender Kommunistentöter". Sie konnten jedenfalls nicht „antikommunistischer Partisanenleidenschaft bezichtigt werden"[294]. Alle vier – auch Dorgelès – erkannten die gewaltigen Leistungen und Fortschritte der Sowjetunion im industriellen, ökonomischen und sozialen Bereich „bereitwillig" an. Aber aus allen Büchern ergab sich eine ähnliche Schlussfolgerung, der Clément sich voll anschloss und die er im letzten Artikel formulierte:

„Hammer und Sichel sind nicht mehr das Symbol eines Volkes, das im Zeichen eines revolutionären Ideals in rein kollektivistischer Weise für sein leibliches und geistiges Wohl vorsorgen will, sondern sie sind das Symbol einer selbstsüchtigen Oligarchie und Bürokratie geworden, die bis dahin, trotz mancher technischen Höchstleistungen nicht imstande war, die elementarsten ökonomischen Probleme zu lösen, deren Signum nicht der Fortschritt, sondern der Rückschritt im Sozialen und Reinmenschlichen ist."

In der zweiten Hälfte der dreißiger Jahre schrieb Clément von Januar 1935 bis zum 10. Mai 1940 158 Artikel für die *Luxemburger Zeitung* – das kontinuierliche Erscheinen seiner Beiträge wurde 1935 für Monate durch die Herausgabe seiner Zeitschrift *Die Tribüne* unterbrochen. Aber obschon die politischen Artikel in der Mehrzahl waren, behielt Clément auch weiterhin die Literatur im Blick und zeigte sich erstaunlich gut informiert; dabei erhielt er nicht mehr, wie früher in Paris, monatlich Rezensionsexemplare von Ullstein. In der LZ besprach er eine ganze Reihe interessanter und größtenteils noch heute aktueller Bücher, etwa von André Suarès, Jean Cassou, Georges Simenon, Stefan Zweig (19.4.1936, M.A.); von Henry de Montherlant, Louis Ferdinand Céline (29.10.1936, M.A.); von Roger Martin du Gard, André Gide, Marcel Aymé, Alexis Carrell (5.12.1936, A.A.); von Jules Romains (28.12.1938 u. 14.2.1939, A.A.); von François de Roux, Paul Nizan (27.2.1939, A.A.); von André Chamson, Marcel Jouhandeau (19.5.1939, A.A.); von Louis Bromfield, Margareth Mitchell (9.8.1939, M.A.); von Jean Giraudoux (18.8.1939, A.A.); von Norbert Jacques (5.11.1939, M.A.). Er stellte auch Autoren vor, etwa den österreichischen Satiriker Roda Roda (8.2.1938, M.A.), oder den belgischen Goncourt-Preisträger Charles Plisnier (2.11.1938, M.A.), der über „das leider so akute Palästina-Problem" in Esch und Luxemburg referierte. Clément publizierte ebenfalls am 5.11.1938 einen Bericht über den Vortrag in der A.A. der LZ und fragte am Schluss seines Artikels, welche Lösung es nach Plisnier für den Konflikt geben könne. Dessen deprimierende Meinung war: „Eine Lösung? Sie scheint beinahe nur möglich auf dem Weg der Gewalt. Und was das heißt," das verdeutlichte er anschaulich: „Donner und Blitz über dem heiligen Land, und auf einmal ist das Weltgewitter da." Auch weitere Schriftsteller, die zu Vorträgen in Luxemburg weilten, stellte Clément vor: wie Jean Guéhenno (13.2.1936, M.A); Jacques de Lacretelle (5.3.1938. A.A.) oder Jacques Chardonne (13.12.1936, M.A.)

Cléments Glossen im *Escher Tageblatt*

Im *Escher Tageblatt* veröffentlichte Clément von Ende 1935 bis weit ins Jahr 1940 hinein etwa 400 Randglossen unter dem schon in jungen Jahren benutzten Pseudonym Erasmus. Die erste, *Allerlei Fürsten*, erschien am 14.12.1935; die letzte, *Die Frau und die Politik*, am 4.5.1940. Mit einiger Regelmäßigkeit standen sie dreimal in der Woche im ET: meistens dienstags, donnerstags und samstags, immer an der gleichen Stelle, und zwar auf Seite fünf, in der ersten Spalte, links oben. Erstaunlich ist, dass Clément, der seine liberalen Grundüberzeugungen nie verleugnete und sogar noch 1940 effektives Mitglied im Zentralvorstand der Radikal-Liberalen-Partei war, fürs ET schrieb. Die Zeitung gehörte und gehört noch immer den Gewerkschaften und gilt als Organ der sozialistischen Partei. In der damaligen Zeit bildete sich wohl eine gemeinsame Front gegen Hitler-Deutschland in Luxemburg, aber zwischen den einzelnen Parteien wurde weiterhin mit harten Bandagen gekämpft, und die ideologischen Gräben schienen unüberbrückbar.

In seiner Erasmus-Kolumne wollte Clément sich nun aber keinesfalls auf ein abwechslungsreiches und harmloses Geplauder über Dieses und Jenes, auf bloße Gedankensplitter beschränken. Es war auch nicht seine Absicht, in Konkurrenz zum gemächlichen, leicht kritischen Erzählen seines Freundes Batty Weber zu treten, der mit seinem *Abreißkalender*, 27 Jahre lang, eine beeindruckende Chronik Luxemburger Ereignisse und eine Art kleiner Kulturgeschichte des Landes entwarf. Beide Freunde hatten wohl den Sinn fürs Feuilletonistische gemeinsam, aber Clément verfolgte doch mit seinem Schreiben ein besonderes Anliegen.

In einer seiner Glossen im *Escher Tageblatt* vom 2.3.1937, über- und unterschrieben mit *Erasmus*, erklärte er, warum er sich dieses Pseudonym zugelegt habe. Er fühle sich dem „erasmischen Geist" verpflichtet. Das bedeute: „Kampf für die geistige Freiheit, gegen Vorurteil und Fanatismus, Primat der Vernunft über das Irrationale, über die dumpfe Gefühlskraft, Europäertum gegen die einseitige Betonung des Nationalen, Frieden gegen Krieg – kurz und gut – das, was man Humanismus nennt." Der pädagogische Impuls verließ den früheren Lehrer Clément nie.

Mit einer klaren Zielvorstellung veröffentlichte also der eingefleischte Liberale mit sozialem Zuschnitt seine Glossen im sozialistischen ET. Die radikalliberale Partei hatte beim Ordnungsgesetz versagt, und auch anschließend erschien Clément ihre zusammengeschrumpfte Parlamentsfraktion als wenig durchschlagskräftig – er griff sie allerdings nicht an, trat für sie ein und war froh, in der Escher Zeitung ein Forum zu finden, wo er seine Ansichten frei und unabhängig äußern konnte und wo er sich ebenfalls eine größere Resonanz erhoffte. Das *Escher Tageblatt* seinerseits war zufrieden, neben Mathias Esch, Albert Hoefler, Emil Marx, Joseph-Emile Muller, Nicolas Ries u. a. in Frantz Clément einen weiteren, im linken Lager geschätzten Intellektuellen als freien und regelmäßigen Mitarbeiter zu haben. Dieser Individualist, der absolut keine parteipolitischen Ambitionen hatte, der kein Karrierist war, der aber über ein schriftstellerisches Talent verfügte, wie man es damals selten in Luxemburg fand, kehrte ja schließlich auch an seine frühere Arbeitsstätte zurück, allerdings zu einem Blatt, das inzwischen die Farbe gewechselt hatte.

Aber Clément schrieb nun nicht nur für die Zeitung, in der er einst Chefredakteur gewesen war, sondern er knüpfte auch mit der *Erasmus*-Kolumne an die Rubrik an, die er im ET eingeführt hatte und die ihm dann in den zwanziger Jahren zu einem großen Teil reserviert war: nämlich die *Splitter*-Sparte. Unter dem Namen Ping Pang verfasste er damals Randbemerkungen, welche manchmal die Form der Glosse vorwegnahmen und die typisch für den späteren Clément wurden. Aus Ping Pang mit seinen knappen Skizzen und pointierten Gedankensplittern wurde in den Jahren vor dem Zweiten Weltkrieg Erasmus, der um das Erbe des Humanismus und um die gefährdete Aufklärung in Europa besorgt war. Er schrieb Feuilletons und Glossen. Diese Textsorten sind kaum gegeneinander abzugrenzen. Die *Frankfurter Allgemeine Zeitung* etwa veröffentlicht regelmäßig Glossen im Feuilleton. Und in diesem Sinn sind auch die Erasmus-Randbemerkungen zu verstehen: Sie gehören zur literarischen Kultur, sind flüssig und lebendig geschrieben, haben eine subtile Ironie und sind nicht ohne Bedeutung. Sie stehen in etwa in der Tradition des Wiener Feuilletons am beginnenden 20. Jahrhundert.

In einer seiner frühen Glossen in der *Splitter*-Sparte, im damals liberalen ET, ging Clément am 11. Juni 1921 auf einen „eigentümlichen" Literaturprozess in Nancy ein. Ein bekannter Autor, Louis Dumur, hatte in seinem Roman *Le Boucher de Verdun* u. a. auch „die Kriegsliebschaften des ehemaligen deutschen Kronprinzen" Willy genannt, behandelt. Clément bemerkte dazu: Man habe sie in Esch, wo sich der Kronprinz ja während des Krieges eine Zeitlang aufhielt, „aus allernächster Nähe beobachten" können. Ein weiblicher „Bettschatz des verhassten Kaisersprösslings", der mit vollem Namen genannt wurde, führte Klage und forderte vom Autor und vom Verlag Mercure de France 23.000 Franken Schadenersatz.

Clément über den Fall Dumur: Die Richter hätten den Autor „nicht wegen Verleumdung", sondern „wegen Vergehens gegen den heiligen Geist der Erzählkunst" verurteilen sollen. Für Clément war Literatur stets mehr als genaue Wiedergabe einer Realität, sie sollte ein Geschehen transzendieren, also eine Bedeutung haben – und daran sollte sich auch das Feuilleton halten! Freiheit der Kunst, ja, aber sie durfte nicht zur Verunglimpfung von Personen führen.

Die ersten Glossen in *Splitter* wiesen bereits auf einige Ingredienzen eines guten Feuilletons hin: eine interessante Geschichte, überraschende Aperçus, eine frappierende Lehre, kein moralisierender Ton, ein leichtes, ironisches Erzählen. Die Erasmus-Glossen knüpften hier an und zeigten ein weiteres Mal, aber in vollendeterer Form, die vielen Schattierungen von Cléments feuilletonistischem Talent. Sie könnte man mit dem Titel eines, auch von ihm geschätzten Theaterstückes von Christian Dietrich Grabbe *Scherz, Satire, Ironie und tiefere Bedeutung* zusammenfassen. Allerdings, es kam doch noch etwas hinzu, was besonders auffällt. Clément konnte zupacken – und zwar kräftig! In dieser seiner letzten Glossen-Suite findet man das in *Zickzack* Vermisste: Polemisches und scharf formulierte Kritik. Es sei nur an seine Auseinandersetzungen mit Leo Müller oder Nikolaus Hein erinnert. Hier ein kleines Beispiel für Cléments maliziösen und rasanten Stil. In einer Glosse über die Berliner Olympiade von 1936, deren Atmosphäre Hein ja so sehr fasziniert hatte, heißt es am Beginn:

„Es muss heraus: ich hab' dessen nun endlich genug, mit diesen olympischen Spielen. Mit all diesem aufgeregten und kritiklosen Getue, das sich um die Berliner Olympiade herum vollzieht und das durch die Lautverstärker der Presse die Geister, besonders die jugendlichen Geister verwirrt. Das mit Sport schließlich nur mehr so ganz nebenbei zu tun hat.

Clément über die Olympischen Spiele in Berlin

Denn es muss gesagt werden: die ‚kolossale' Aufmachung der Olympiade durch die Reichsregierung entspringt nicht dem Sportgeist, sondern dem Propagandawillen und -talent des Herrn Goebbels. Es war ja vorauszusehen, dass Hitler-Deutschland die ihm gebotene Gelegenheit zu einer Bomben-Weltreklame mit allem Raffinement ausnützen würde. Heute frägt man sich inständiger denn je, ob die demokratischen Länder nicht eine Riesendummheit begingen, indem sie dem Dritten Reich überhaupt diese Gelegenheit boten."

Der Schluss lautet: „Die Olympiaden in allen Ehren, aber in Berlin stand der olympische Geist im Schatten eines Olympiaden-Ungeistes. In Tokio soll's nächstens noch besser werden. Heil!"[295]

Die mit Erasmus unterschriebenen Randbemerkungen stellten auch eine Weiterführung von Cléments *Pariser Briefen* dar, nur war jetzt das Augenmerk nicht primär auf Frankreich gerichtet, sondern Politisches und Kulturelles wurde aus einem betont luxemburgischen Blickwinkel dargestellt und beurteilt. Die Texte waren nicht immer so gepflegt wie die Pariser Artikel, die in Cléments produktivster Periode entstanden waren und schon mal in leicht verwandelter Form auch im angesehenen *Tage-Buch* erschienen waren. Im ET dagegen war Clément sein eigener Korrektor, und es fehlte ihm vor allem die einstige Ruhe und Gelassenheit, die sein Schreiben in Frankreich gekennzeichnet hatten. In den paar Jahren vor dem Krieg, mit ihrem fortwährenden Zweifel an einer gesicherten Zukunft des Landes, wurde Clément andauernd in die Ereignisse einbezogen, was ihn auch innerlich stark aufwühlte. So stellen gerade die Erasmus-Texte in ihrer Unmittelbarkeit und Spontaneität eines der interessantesten Zeugnisse jener schwierigen Jahre dar, geschrieben von einem Intellektuellen, der mit analytischer Schärfe und emotionalem Beteiligtsein das Zeitgeschehen verfolgte.

12. Die Zeit kurz vor und nach Ausbruch des Zweiten Weltkrieges

Bis zum Kriegsbeginn findet man weiterhin eine wiederkehrende Konstante im Schreiben von Clément. Er setzte immer noch große Hoffnung auf Frankreich und war vom bestimmenden Einfluss französischer Intellektueller, Schriftsteller, Dichter auf die Politik überzeugt. Vom Vicomte de Chateaubriand bis Paul Claudel etwa hätte sich „Diplomatie und Dichtertum sehr gut vertragen", hieß es in einem Leitartikel, der ins Auge sticht und auf Seite 1 der *Luxemburger Zeitung* vom 18. August 1939 steht – also kurz vor Kriegsbeginn. Der Titel lautet: *Jean Giraudoux und sein neuer Auftrag*.[296] Der einstige Beamte am Quai d'Orsay, der „hochqualitative Mensch" Giraudoux, Dichter und Dramatiker, war zum „Chef der Propaganda und Information" ernannt worden, und zwar war er nur dem Ministerpräsidenten unterstellt. Und Clément schrieb in einem fast schwärmerischen Ton, der wohl auch ein Ausdruck von verzweifelter Hoffnung war:

„In der Erneuerung gerade dieses Mannes auf diesem Posten wollte die französische Regierung beweisen, dass sie die Propaganda der Republik ganz anders betreiben will als die der Diktatur. Giraudoux und G[ö]bbels, was für ein Gegensatz! Hier ist kein Trommler, kein Berserker, kein Hasser, kein sich selbst übertönender Lautsprecher, sondern einer der feinsten, tolerantesten und geschmackvollsten Geister seines alten Landes. Einer, der wohl das Organisieren versteht, dem es aber nicht ums Überreden, sondern ums Überzeugen zu tun ist."

Clément hatte Recht mit seinem Vergleich. Aber so wenig die Unabhängigkeitsfeiern 1939 Nazi-Deutschland von der Besetzung Luxemburgs abhalten konnten, so wenig konnten auch alle feierlichen Appelle an die Vernunft den Krieg verhindern. Am 1. September hieß es im deutschen Rundfunk: „Seit 5.45 Uhr wird jetzt zurückgeschossen." Nach einem von den Deutschen selbstinszenierten Überfall auf den Sender Gleiwitz griffen sie Polen an. Die Balkenüberschrift auf Seite eins im *Escher Tageblatt* vom 2. September war: **„Die Weltkatastrophe droht!"** Dort stand auch neben dem Namen der Zeitung: *„In dieser Stunde*: Nationale Disziplin. **Es lebe Luxemburg!"** Großbritannien und Frankreich hatten sofort und ultimativ die Zurückziehung der deutschen Truppen hinter die Reichsgrenzen gefordert. Sie erklärten Deutschland nach Ablauf der Frist am 3. September den Krieg. Der Zweite Weltkrieg hatte begonnen. Am 7. September schrieb Clément an der gleichen Stelle wie am 1.9. in der *Luxemburger Zeitung*, aber in bescheidener Aufmachung und im Ton nicht triumphierend, sondern ernüchternd und desillusionierend, den Leitartikel *Nun sind wir allein.* Schon seit einiger Zeit waren die Erasmus-Kommentare unterblieben. Am 12. September erschien wieder eine Glosse von Clément. Titel: *Panik.*

Am 25. Januar 1940 hielt Clément beim Luxemburger Volksbildungsverein den Vortrag *Blick in die Gegenwart*. Er stellte fest, dass wir dazu verurteilt sind, den Krieg zu ertragen, dass wir virtuell einbezogen sind.[297] Und trotzdem, er schrieb weiter, hielt weiter Vorträge, hoffte weiter, flüchtete sich nicht ins Lamentieren.

- Die Erasmus-Rubrik führte er fort, das Pseudonym änderte er nicht und orientierte sich weiterhin am humanistischen Ideal. Er war nie der Ansicht, dass der Nationalsozialismus sich endgültig durchsetzen werde. In einer Glosse, überschrieben *Man muss sich aufraffen,* sprach er schon 1936 von einem „von Dünkel strotzenden Barbaren, der von ‚seinem' tausendjährigen Reich" rede.[298] Dieses „Rechnen mit Jahrtausenden ist ein Privileg der Lichtmächten", meinte er und fügte sinngemäß hinzu, oder von Narren, welche die Welt ins Verderben stürzen.

- Cléments liberale Auffassungen von Toleranz und Freiheit schienen in diesen Monaten, wo Europas Zukunft auf Messers Schneide stand, eine wenig adäquate Antwort auf den gewaltsamen Faschismus zu sein. Er hielt dennoch an ihnen fest. Er unterzog allerdings den Liberalismus in mehreren Artikeln einer genauen Überprüfung und brachte Korrekturen an,[299] sprach jetzt von einem „autoritären, konstruktiven Liberalismus" angesichts der „Exzesse [der] Systeme des politischen und wirtschaftlichen Zwangs"[300].

- Die deutsch-französische Versöhnung war, unter den gegebenen Verhältnissen von 1940, eine Illusion geworden. Sie jetzt zu erwähnen, klang wie blanker Hohn: Trotzdem, Clément war überzeugt, dass sie kommen werde, kommen müsse. In einem seiner letzten Artikel in der *Luxemburger Zeitung* ließ er im Zusammenhang mit dem

- Tod von Paul Desjardins – einem der „paar Tausend gute[n] Europäer, ohne die das Ding ‚Europa' nichts wäre als ‚ein tönendes Erz und eine klingende Schelle'" – den Geist von Pontigny und die Idee der europäischen Vereinigung wieder aufleben.[301]

- Der allerletzte Artikel von Clément erschien am 9. Mai 1940, ebenfalls in der *Luxemburger Zeitung*. Er handelte von einem Autor, der in Luxemburger Sprache schrieb: *Pol Michels erzählt in der Heimatsprache*. Clément dazu: „[E]r vollzieht eine Sprachbereicherung, die man nicht so leicht abweisen kann."[302]

- Am 1. Februar 1940 hatte Clément bereits in einer Veranstaltung des Volksbildungsvereins im Hôtel de la Poste in Esch-Alzette über den Nationaldichter Michel Rodange und sein Werk gesprochen. Der Radiosprecher Léon Moulin las einige Gesänge aus dem *Renert* vor.[303]

13. Eine Art Testament Cléments: Neuhumanismus, autoritäre Demokratie, Liberalismus

In einem handgeschriebenen Dokument, das als Faksimile in der Ausgabe der *Pariser Briefe* von 1955 steht, formulierte Clément in einer Art Testament seine Lebensphilosophie, die ihn stets leitete und an der er, selbst unter der Bedrohung durch den „totalitären Staat par excellence",[304] die Nazi-Diktatur, keine Abstriche machte.

„Ich war von jeher, bin und bleibe ein humanistischer liberaler Demokrat; und so sehr ich auch im Verlauf zweier Weltkriege und der fürchterlichen Krisenperiode, die zwischen den beiden liegt, meine Anschauungen im Einzelnen revidierte, bin ich von dieser Verankerung meiner Lebensanschauung nie abgewichen. Mein Humanismus kann als Neuhumanismus gelten und von einer mehr formalen Demokratie habe ich mich zu einer mehr autoritären Demokratie entwickelt; mein Liberalismus hat sich dabei eher gefestigt als erschüttern lassen."[305]

Am 10. Mai 1940 fiel Hitlers Amee in Luxemburg ein und besetzte das Land.

VI. Clément in den Jahren von 1940 bis 1942. Seine Rezeption in der Nachkriegszeit

1. Cléments letzter Lebensabschnitt: Vom 10. Mai 1940 bis zum 6. Mai 1942

In Marie-Odile Rodeschs Arbeit über Clément heißt es, seine letzten Jahre seien „hinlänglich bekannt"[1]. In der Tat, nie wurde soviel über ihn geschrieben, wie in der Zeit unmittelbar nach der Befreiung Luxemburgs. Allerdings ist das faktisch Belegbare nicht immer klar von den verklärenden Darstellungen abzugrenzen, gegen die sich der im KZ Ermordete nicht mehr wehren konnte. Rodesch hat Recht, wenn sie meint, „dass es vielleicht besser gewesen wäre, wenn die Zeitgenossen Cléments sich ebenso sehr während seiner Lebzeiten mit diesem humanistischen Europäer auseinandergesetzt hätten"[2]. Selbst für die Luxemburger Resistenz im Krieg spielte Clément, wie man es sich vielleicht erwartet hätte, kaum eine Rolle. Er hatte sich als Gegner des Nationalsozialismus immer wieder für eine freie und gut funktionierende Demokratie eingesetzt und Zivilcourage gefordert. Aber nur die Widerstandsgruppe ALWERAJE um den Lehrer Albert Wingert, der sich als Sozialist und Antifaschist verstand, berief sich in ihrer Untergrundzeitschrift *Ons Zeidong* ausdrücklich auf Clément und zitierte ihn. Die Gruppe wurde 1942 zerschlagen.[3] Mit ihrer klaren Forderung nach Durchsetzung von Recht und Demokratie bildete sie unter den Widerstandskämpfern, denen es primär um die Selbstbestimmung des Landes ging, eine Ausnahme. So manchen Resistenzlern waren Prinzipien, für die Clément sich einsetzte, vollkommen fremd. Sie vertraten dagegen ausgesprochen nationalistische Vorstellungen, und manche antisemitische Töne waren auch zu vernehmen.[4]

Wie verlief nun das Leben von Clément unmittelbar nach der deutschen Invasion in Luxemburg? Er wohnte damals auf Limpertsberg, an der Ecke der Avenue Victor Hugo, 63 und der Rue Michel Lentz, und zwar bei der Familie Bauler – in dem Haus hatte auch die Schriftstellerin Ry Boisseaux, bekannt wegen ihrer poetischen Tiergeschichten, eine Wohnung mit ihrer Tochter Fanny Haas.[5] Drei Tage nach dem 10. Mai soll die Unterkunft Cléments – so berichtet es Pierre Hoffmann – von der Wehrmacht durchsucht worden sein.[6] Der Hausmeister [?] hatte bereits sämtliche Manuskripte Cléments verbrannt; die Deutschen fanden nichts Belastendes. Anschließend soll sich Clément dreieinhalb Monate lang – von Mitte Mai bis Ende August – in der Hauptstadt, und zwar abwechselnd bei verschiedenen Freunden, aufgehalten haben. Es gibt dazu nur diese einzige Aussage von Hoffmann, die heute schwer zu überprüfen ist. Nahm Clément keine Schriften aus seiner Wohnung mit, etwa geplante Artikel? Welche Manuskripte wurden verbrannt, vielleicht die zwei nicht veröffentlichten Bücher? Bei welchen Freunden hielt er sich auf? Seltsam ist, dass kein einziger von ihnen sich nach dem Krieg zu Wort meldete.

Im August wurde Cléments Lage gefährlich. Am 2.8.1940 war Gauleiter Gustav Simon von Hitler zum Chef der Zivilverwaltung (CdZ) in Luxemburg ernannt worden. Am 6. August rückte er, begleitet von 800 Mann deutscher Polizei, öffentlich in Luxemburg-Stadt ein. Er beendete die Machtausübung der Luxemburger Institutionen. Das Land wurde Teil des Gaus Moselland und war damit de facto annektiert – ein klarer Bruch des Völkerrechts. Die Militärverwaltung wurde aufgelöst. Clément flüchtete zu Verwandten mütterlicherseits nach Berburg, in den Osten des Landes. Dort lebte er in der Familie seines Vetters Mich Kersch-

Clément in Luxemburg

In Berburg

Cléments letzte Bleibe

Ludwig. Hier wohnten auch die mit ihm verwandten Familien Kersch-Stoos und Kersch-Kemp. Clément versteckte sich nicht, und er mied auch nicht den Kontakt zu den Dorfbewohnern. Als geselliger Mensch suchte er gerne das in der Nachbarschaft gelegene Café Meyers auf. Der „Causeur par excellence", wie ihn Hoffmann bezeichnet – er war es also nicht nur in seinen Glossen, sondern auch in seinen Unterhaltungen –, schöpfte dann aus seinem großen Reservoir an Geschichten und Witzen, und soll besonders am Sonntagnachmittag die Dorfjugend, die in Kriegszeiten nicht gerade viel Abwechslung kannte, fasziniert haben.[7] Er begann auch wieder zu schreiben, vor allem nachts saß er am Schreibtisch. Öfters wurde er im Milchwagen des Dorfes in die Stadt mitgenommen. Er holte sich dort Bücher, die Madame Alphonse Nickels in ihrer Bibliothek verborgen hatte.[8] Er schrieb an seiner Studie über den Cardinal de Retz –, das Manuskript lag, Hoffmann zufolge, gut versteckt in Sicherheit,[9] ging aber während der Ardennen-Offensive verloren; er verfasste Jugenderinnerungen, die sich bei seiner Verhaftung auf seinem Schreibtisch befanden und von der Gestapo mitgenommen wurden; er formulierte eine ganze Reihe von *Gedanken über Bücher*, die zum Teil nach dem Krieg in den *Cahiers luxembourgeois* veröffentlicht wurden.[10] Von besonderer Bedeutung sollte aber wohl der bereits in Angriff genommene Roman *Berburg* sein. Sein Anliegen war nicht einfach, einen Heimatroman mit Berburger Lokalkolorit zu schreiben, sondern er wollte vielleicht an sein Werk *Die Kleinstadt* aus dem Ersten Weltkrieg anknüpfen. Damals war er bemüht gewesen, mit literarischen Mitteln eine kulturpsychologische Studie über die Kleinstadt zu schaffen. Diesmal suchte er, wie er in der erhaltenen Einleitung zum Roman schreibt: „durch Beobachtung und Reflexion hinter das Geheimnis der soziologischen Reaktionen und Auswirkungen zu kommen, die in ihrer Gesamtheit und ihrer kultur-psychologischen Synthese das, was man Luxemburgertum nennt, schufen und ausbauten."[11] Berburg sollte ihm also als Exempel für seine Darstellung des Luxemburgertums und seiner „Einstellung zu den Grundproblemen des Gemeinschaftslebens" dienen.

Er fühlte sich wohl in Berburg und hoffte, in der Zurückgezogenheit der dörflichen Atmosphäre, den Krieg heil überstehen zu können. Zu Pierre Hoffmann soll er gesagt haben: „Ech gin dermossen verzärtelt a verhätschelt vu menger Familjen – besonnesch dat klengt Ro'si liest dem ‚Monni Frantz' all Wönsch am Gesicht of – dat ech iwerhaupt net me' an der Stât bestoe kann, wann ech d'Chance hun, de Krich ze iwerliewen."[12] ‚Dat klengt Rosi' ist die heute über 90 Jahre alte Mme Rose Meyers-Kersch, die wahrscheinlich die einzig lebende Zeugin ist, die Clément näher kannte; er war der Vetter ihrer Mutter. Sie stammte aus dem Café Meyers und wusste in einigen bewegenden Gesprächen und Telefonaten so manches über ihren ‚Monni Frantz' zu erzählen, wie sie ihn noch immer in liebevoller Erinnerung nannte. Als junges Mädchen musste sie jedoch die Verhaftung Cléments miterleben.

Aber zunächst fühlte er sich noch sicher in Berburg, so sicher, dass er sogar am 23. Januar 1941, also an ‚Grossherzoginsgebuertsdag', im Café Meyers ein Bild der Großherzogin Charlotte aufhängte und mit einigen ihm gut bekannten Gästen patriotische Lieder sang. „D'Preisen hun mech vergießß!", meinte er. Das war jedoch nicht der Fall! Es zeigte sich bald bei ihm ein plötzlicher Stimmungswandel, den Batty Webers Frau, Emma Weber-Brugmann, feststellte, als er ein letztes Mal nach Luxemburg kam, um Bücher zu holen. Sie traf ihn zufällig im Zentrum der Stadt an, und in ihrem Artikel mit *Erinnerungen an Frantz Clément* berichtete sie später auch über diese Begegnung im *Lëtzeburger Journal*:

„Er saß müde und gealtert auf einer Parkbank der Arsenalavenue, neben sich ein Paket Bücher, in denen er blätterte. Als ich mich zu ihm setzte, beachtete er mich zuerst nicht, schien aber dann erfreut und begann lebhaft zu reden. Er erzählte von seinen wöchentlichen Fahrten nach Luxemburg-Stadt, wurde jedoch bald tief traurig und meinte: „Heute wird es wohl das letztemal gewesen sein, […] sie haben meinen Schlupfwinkel entdeckt! Da werden sie mich bald holen." Und es hieß weiter: „Er zog ein Buch hervor. ‚Ich möchte Ihnen gerne zum Abschied etwas schenken. Darf ich Ihnen dieses Buch hier geben? Ich habe meinen Namen hineingeschrieben. Es sind die *Poetischen Erzählungen* von Rudolf Borchardt, [aus dem Stefan-George-Kreis], den ich, wie Sie wissen, immer besonders gern hatte.' Ehe ich danken konnte, stand er auf und reichte mir die Hand. Mit ratternden Kannen fuhr ein Milchwagen heran. Frantz kletterte mühsam neben den Kutscher; noch einmal winkte er, mit abgewandtem Gesicht, dann war das Gefährt hinter den Parkanlagen verschwunden."[13]

Warum erwartete Clément nun plötzlich seine bevorstehende Verhaftung? Hatte der Lehrer des Dorfes, K., ihn gewarnt, der – so Rose Meyers – die Uniform tragen musste, der also zum Ortsgruppenleiter gezwungen worden war, Clément jedoch sehr günstig gesinnt war? War er verraten worden? Rodesch schreibt in ihrer Arbeit, sie habe „durch Interviews in Erfahrung gebracht", dass „zu der Verwandtschaft Cléments auch ein deutscher Gestapo-Offizier gehörte!"[14] Auf entsprechende Fragen meinerseits gab Rose Meyers eher ausweichende Antworten, sie wolle niemanden verdächtigen, erwähnte aber, dass Cléments Schwester, die mit einem Deutschen verheiratet war, zwei Kinder hatte, zwei Mädchen, von denen eines ebenfalls einen Deutschen geheiratet hatte, der Sekretär in der Zivilverwaltung von Gauleiter Simon gewesen sein soll. Es scheint nicht angebracht, nähere Nachforschungen anzustellen und Verdächtigungen auszusprechen, die kaum zu einem Resultat führen können. Clément bewegte sich frei und ungezwungen in Berdorf; das Gleiche war der Fall bei seinen wöchentlichen Fahrten nach Luxemburg-Stadt. Der Gestapo, die Tausende von Luxemburgern verhaftete und drangsalierte, konnte Clément, der mit offenem Visier herumging, nicht entkommen.

Am 25. Juli 1941 wurde er von der Gestapo verhaftet. Sie durchwühlte gründlich sein Zuhause in Berburg. Neben dem offen auf seinem Schreibtisch liegenden Manuskript *Jugenderinnerungen* fand sie weitere Typoskripte und handgeschriebene Blätter, warf diese aber – wohl voller Verachtung für Cléments Schreiben und auch enttäuscht darüber, nicht wirklich Belastendes gefunden zu haben – noch vor Abfahrt auf die nasse Straße – einige Seiten tragen Spuren von Verwischungen. Ehe die Gestapo mit Clément wegfuhr, rief seine Kusine Mme Kersch-Stoos ihm noch zu: „Eddi, François, hal dech monter, bis geschwënn!" Einer der Gestapoleute fauchte dazwischen: „Ja, wenn er überhaupt noch wiederkommt!"[15]

Vis-à-vis vom letzten Zuhause von Clément wohnte der mit ihm verwandte Joseph Stoos – so erzählte es mir Tino Ronchail, ein früherer Assossard und ein Mann der Volksbildungsbewegung. Diesem zufolge soll der junge Stoos, als die Gestapo sich entfernt hatte, die zerstreut herumliegenden Papiere eingesammelt und aufbewahrt haben. Viel später – er war ‚greffier adjoint' (Protokollschreiber) am Tribunal in Luxemburg geworden – überreichte der 1991 verstorbene Freund von Ronchail diesem Manuskripte und Typoskripte von Clément: vor allem eine Handschrift des Romanfragments *Berburg* und Typoskripte von Rezensionen. Es sind zu einem großen Teil die Texte, die 1946 posthum in den *Cahiers luxembourgeois* veröffentlicht wurden, einige wenige Anmerkungen zu einzelnen Büchern sind allerdings nicht in den *Cahiers* erschienen.[16]

Cléments Verhaftung. Einige Anmerkungen zu seinem Nachlass

Joseph Stoos bat Tino Ronchail, das gesammelte Material zum geeigneten Zeitpunkt in die richtigen Hände weiterzugeben. Dieser Augenblick war für Ronchail gekommen, nachdem die kommentierte Ausgabe von *Zickzack* 2006 erschienen war. Er übergab daraufhin den ‚Schatz' dem Centre national de littérature in Mersch.

Es ist zwar das unbestreitbare Verdienst der *Cahiers luxembourgeois*, unmittelbar nach dem Krieg einen wichtigen Teil des Nachlasses von Clément veröffentlicht zu haben. Aber die Art, wie erklärt wurde, dass einige seiner Schriften den Krieg überdauerten, andere dagegen vernichtet wurden und wer dafür verantwortlich war, spiegelt eher die affektgeladene Stimmung der Nachkriegszeit wider als die Realität. Zu sehr war man damals bemüht, Clément zu tragischer Größe hochzustilisieren: Er sollte der Schriftsteller sein, der allein und heimlich seine in Berburg verfassten Texte vor den Nazis retten wollte, die aber dann doch, am Ende des Krieges, ihrer blinden Verwüstungsgier zum Opfer fielen.

E.M., in der Präsentation des Nachlasses von Clément, schreibt in den CL, dieser habe, „ohne irgendeinem Menschen davon Mitteilung zu machen, seine Manuskriptblätter in einem Bienenstock versteckt"[17]. Das kann nicht ganz der Wahrheit entsprechen. Woran Clément in Berburg arbeitete, welche Manuskripte in der Wohnung waren, welche von den Nazis mitgenommen wurden, ergibt sich aus den Aufzeichnungen von Pierre Hoffmann. Es konnte auch kaum übersehen werden, dass Joseph Stoos unmittelbar nach der Verhaftung Manuskriptblätter von Clément einsammelte. Dagegen meint E.M., es sei erst bei Kriegsende, während der Ardennenoffensive, deutlich geworden, dass es überhaupt einen Nachlass von Clément gebe. Damals seien „die Nazi-Horden in unser Land zurückgeflutet". Es sei zu Kampfhandlungen gekommen, der „Bienenstock" sei „in Trümmer gegangen", „der Wind" habe „die Blätter fortgetragen", was gerettet werden konnte, stelle den „Nachlass Frantz Cléments" dar. Auch diese Darstellung ist nicht ganz konform zu dem, was sich tatsächlich

Berbourg Beienhaischen

abspielte. Nicht der Wind war verantwortlich, dass die nachgelassenen Papiere von Clément entdeckt wurden. Nachdem die deutschen Soldaten nämlich zurückgedrängt worden waren, durchkämmten amerikanische GIs die Gegend, stießen auf das Bienenhaus, durchsuchten es, und zeigten – so die Aussage von Rose Meyers – wenig Verständnis für die entdeckten Papiere, die in der freien Natur verschwanden, und von denen nur ein Teil eingesammelt werden konnte.

So manches Unklare und Widersprüchliche im Zusammmenhang mit Cléments Nachlass konnte bis jetzt nicht geklärt werden. Wieso gab es zwei Nachlässe, die teilweise übereinstimmen, teilweise sich ergänzen: einerseits die in den *Cahiers luxembourgeois* 1946 publizierten Texte, die auf Dokumenten beruhen, die den *Cahiers* „geschenkt" wurden (von wem?),[18] und andererseits die Manuskripte und Typoskripte, die Joseph Stoos sofort nach der Verhaftung von der Straße aufgelesen hatte und die 2006 dem CNL übergeben wurden? Allerdings, der gerettete Nachlass ist jetzt wahrscheinlich vollständig – es ist kaum damit zu rechnen, dass noch weitere Dokumente entdeckt werden.

Die Gestapo brachte Clément nach seiner Verhaftung zunächst ins Grundgefängnis nach Luxemburg, wo er eine Woche [?] blieb. Im Herbst kam er ins ‚kleine Kazett' Hinzert im Hunsrück – wie es später etwas verharmlosend genannt wurde. Dieses Sonderlager der SS war nämlich ein ähnlich schreckliches KZ wie andere auch – unter den Häftlingen waren zwischen 1940 und 1945 1.599 Luxemburger, die gewaltsam ‚umerzogen' werden sollten. Für Clément waren die Monate in Hinzert eine furchtbare Zeit. Aus der markanten Persönlichkeit mit ihrem hochindividuellen Charakter wurde jetzt: Nummer 2085. Der reine Intellektuelle, der kaum seinen Körper trainiert hatte, einen Schmerbauch mit sich herumtrug, asthmatisch veranlagt war, konnte die Strapazen und Misshandlungen im Lager nur schwer verkraften. Er wurde einem Arbeitskommando zugeteilt, dem auch der linksliberale Ostdeputierte Georges Govers angehörte, der über Cléments Zeit in Hinzert berichtete.[19] Die Gruppe musste jeden Morgen durch schlammiges Gebiet zur Dreiländerecke anmarschieren, um dort Schützengräben einzuebnen. Pickel und Schaufel wurden auf dem Rücken getragen. Clément fiel sofort auf: „[R]undlich untersetzte Figur, Ungeschicklichkeit der Hände, freimütiges Wesen, zu offener Blick."[20] Er keuchte beim Gehen, blieb zurück. Das forderte den Sadismus der Wachleute heraus. Sie trieben zur Eile an. Er wurde mit dem Gewehrkolben traktiert, bis er umfiel. Nachzügler mussten strafexerzieren.

Eines Abends wurden die Häftlinge ganz besonders kujoniert. Ein junger Deutscher war geflüchtet. Deshalb gab es für die Inhaftierten kein Essen. Sie mussten sich, umweht von einem heftigen Oktobersturm, in Reihen aufstellen und die ganze Nacht stehen bleiben. Der Flüchtling wurde eingefangen. Seine Arme waren an die Füße gefesselt, an die man auch Bretter zum Gehen befestigt hatte. Er musste über den Platz stolpern und wurde von der SS geschlagen, bis sich schließlich der Tod seiner erbarmte. Eine grauenhafte Albtraumszene, die Clément mitansah!

Und trotzdem, seine seelische Verfassung war noch nicht gebrochen. Nach den erschöpfenden Qualen am Tage fand er meistens abends ein gewisses Vergnügen, wenn er mit dem Liberalen Govers, dem Sozialisten Jos Thorn und dem Rechtsdeputierten Albert Philippe diskutieren konnte: „Eine Union Nationale in nuce, wie überall dort, wo kleine Luxemburger Zellen sich im Krieg zusammenschlossen.", bemerken Marcel Engel und André Hohengarten.[21] Und ein Quäntchen Humor – wenn auch schwarzen Humor – bewahrte er sich

Clément in Hinzert

ebenfalls noch einige Zeit lang. Emma Weber-Brugmann schreibt in ihren *Erinnerungen*: „In einem seiner seltenen zensurierten Briefe an seine Schwester schrieb er: ‚Wenn ich zurückkomme, liebes Finnchen, wirst du dich wundern, wie herrlich ich deine Küche jetzt schrubben und putzen könnte.'"[22]

Clément war in Hinzert offensichtlich nicht umzuerziehen. Anfang November wurde er deshalb ins KZ Dachau eingeliefert, genau wie Jos Thorn. Marcel Noppeney, den er seit zwanzig Jahren nicht mehr gesehen hatte, war bereits seit einigen Monaten dort. Georges Govers kam ins KZ Sachsenhausen.

Clément in Dachau

Über Cléments Haft in Dachau gibt es zwei Zeugnisse, denen gegenüber allerdings ein gewisser Vorbehalt angebracht ist. Das eine ist ein Bericht des Literaten Noppeney – ein vorzüglicher frankophoner Schriftsteller, aber auch ein verbohrter und durch und durch selbstherrlicher, frankophiler Querkopf, für den, wie Cornel Meder schreibt, Frankreich der Himmel auf Erden war: „[L]e Paradis sur Terre, la Vérité, la Religion."[23] Er hatte einst mit Clément die Zeitschrift *Floréal* herausgegeben, hatte sich dann aber mit ihm überworfen. In seinem Artikel, der wenigstens viermal veröffentlicht wurde,[24] berichtete er über beider Zusammentreffen im KZ und über Cléments Tod.

Die wenigen Gespräche, schreibt Noppeney, die sie in der Hölle von Dachau geführt hätten – „un peu à bâtons rompus" –, seien immer um das gleiche Thema gekreist: um die zukünftige Eliminierung des deutschen Einflusses in Luxemburg („l'élimination de tout élément boche en Luxembourg"). Einen Tag vor seiner Ermordung habe Clément ihm in einer Art ‚Vermächtnis' anvertraut: Er habe sich geirrt, Noppeney habe Recht behalten, er bedauere, jemals deutsch geschrieben zu haben. Wenn er überlebe, wolle er seine ganze Energie darauf verwenden, Luxemburg dem geistigen Einfluss Deutschlands zu entreißen. Noppeney schlussfolgert:

„Ce critique littéraire allemand [...] en se promettant de travailler dorénavant à l'interdiction de journaux, de périodiques allemands dans le Grand-Duché, condamnait courageusement la langue qui était celle de sa pensée. Admirable sacrifice, plus beau encore que celui qu'il faisait de sa vie au pays qui l'avait vu naître. "[25]

Ob Noppeney hier nicht seinen seit langem bestehenden, innigsten Wunsch, Luxemburg von allem Einfluss Deutschlands zu befreien, in die verbitterten Aussagen Cléments hineinprojiziert hat?

Ein ähnliches sich selbst erfüllendes Wunschdenken findet man auch bei den Klerikalen. In Dachau waren im sogenannten ‚Pfarrerblock' mehrere Luxemburger Priester inhaftiert, unter ihnen Jean Bernard. Er zitiert in seinem *Pfarrerblock 25487* Clément mit einer Ansicht, die dieser dem Geistlichen Jean-Baptiste Esch, dem früheren Chefredakteur des *Luxemburger Wort*, gegenüber geäußert haben soll: „Was war, soll vergessen sein! Ich habe mich geirrt. Die sich am besten halten, das seid ihr Pfaffen."[26] Sibyllinische Aussage: Inwiefern sollte Clément sich geirrt haben? Wenn einer sich in Luxemburg, was die Bewertung des Nationalsozialismus anbelangte, nicht geirrt hatte, dann war es ganz sicher er.

Die letzten Wochen in Dachau war Clément vollkommen erschöpft und unfähig zu körperlicher Arbeit. Jean Bernard berichtet, dass er eines Abends, als wie üblich Nachrichten im Lager zirkulierten, auf der ‚Blockstraße' erfahren habe, dass „Franz Clément an einem fürchterlichen Ekzem [leide], das den ganzen Körper bedecke"[27]. Er wurde schließlich in den

‚Invalidenblock' eingeliefert. Hier „hatte man wenig Aussicht, länger als einige Wochen am Leben zu sein"[28]. Bisher schien festzustehen, dass Clément am 2. Juni 1942 im KZ Dachau starb – so lautet jedenfalls die Eintragung im Standesamt Dachau, dessen Stempel auch auf seinem Geburtsschein in Mondorf steht. Die offizielle Todesursache lautete: „an den Folgen eines Magenkatarrhs gestorben."[29] Noppeney seinerseits behauptete, er sei durch einen „Genickschuss" hingerichtet worden.[30] Er berief sich dabei auf den „Lagerältesten" Gutman, einen Schweizer Nazigegner, der im Ersten Weltkrieg als Offizier für Deutschland gekämpft hatte, und der, auf Noppeneys Frage nach der Todesursache, eine Geste in Richtung eines feigen Genickschusses ausführte.

Eine Anfrage vom 4.9.2013 des Historikers Daniel Thilman aus dem Escher Resistenzmuseums an die KZ-Gedenkstätte Dachau – Stiftung Bayrische Gedenkstätten ergab jetzt, dass Clément nicht am 2.6.1942 starb, sondern einige Wochen vorher. Er wurde am 6.5.1942 mit einem „Invalidentransport" nach der Euthanasieanstalt Schloss Hartheim überführt, „und am Ankunftstag vergast und verbrannt"[31].

Seine Asche wurde am 13. Juli 1942 im Elterngrab in Mondorf beigesetzt.

2. Die Rezeption Cléments nach seinem Tod

Clément, der fast ein Leben lang kein Jota an seinen Grundüberzeugungen geändert hatte, wurde zunächst, nach seinem Tod, von seinen einstigen Gegnern vereinnahmt und als heimatverbundene Persönlichkeit gewürdigt. Aber auch seine Freunde stellten ihn nun, ohne das geringste Wenn und Aber, fast ausschließlich als herausragenden Patrioten hin, der für die Heimat gestorben sei. Sein schrecklicher Tod führte also, über alle ideologischen Fronten hinweg, zu einer einmaligen harmonischen Übereinstimmung zwischen früheren Widersachern.

Nicht, was er geschrieben und wofür er sich eingesetzt hatte, war in der unmittelbaren Nachkriegszeit von Interesse – kein einziger Artikel erschien damals, der versuchte, seine geistige Entwicklung, sein journalistisches und schriftstellerisches Werk angemessen zu würdigen –, sondern wichtig war, was ihm nach dem 10. Mai 1940 zugestoßen war. Der Blick richtete sich fast ausschließlich auf die Leiden des Kazettlers Clément.

Clément: der Patriot

Emil Marx schrieb in der *Voix des Jeunes* vom 29.1.1945: „Er [i.e. Clément] wuchs zu heroischer Größe im Angesichte des Todes." In der Broschüre, die 1946 als Anlass einer Mondorfer Gedenkfeier für Clément herausgegeben wurde, heißt es, es erübrige sich, „an dieser Stelle auf die Bedeutung des Schriftstellers Frantz Clément für unser Geistesleben hinzuweisen". Aber sein „Märtyrertod" lege den „Freunden des Dahingegangenen" „die

VI.2. DIE REZEPTION CLÉMENTS NACH SEINEM TOD

324

Avenue Clement

Grabmedaillon

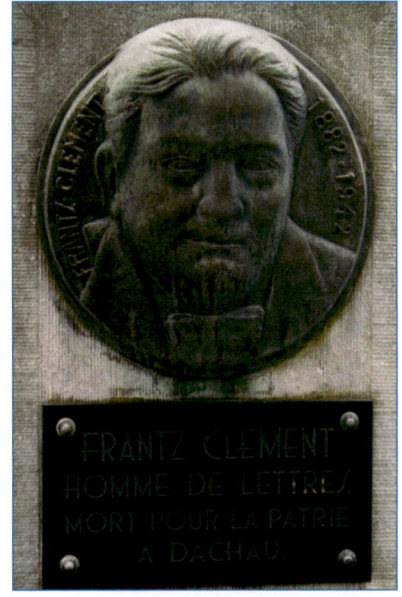

Gedenkfeier

Ehrenpflicht auf, dafür zu sorgen, dass das Andenken Frantz Cléments nicht allzu bald verblasse"[32]. Deshalb werde ein ‚Fonds Frantz Clément'[33] eingerichtet; die „gesammelten Beiträge" wurden schließlich für ein Grabmedaillon und einen Grabstein auf dem Friedhof in Mondorf verwendet. Kein Wort fiel, dass es vielleicht darauf ankomme, sein in alle Winde zerstreutes Werk zu sammeln, zu ordnen, zu sichten, neu herauszugeben. Im *Escher Tageblatt* erschienen Listen mit den Spendern zum ‚Fonds' sowie einige Beiträge aus der Broschüre von 1946. Dort wurde aber auch am 6. Juni 1946 ein für die damalige Zeit typischer Text an hervorgehobener Stelle, zu zwei Seiten fett umrandet, veröffentlicht: *E Verméchtnis*, eine ungehobelte Variante in Luxemburger Sprache zu Noppeneys Überlegungen. Der Autor blieb anonym, gab sich als *De Mann vun der Strooss* aus. Er meinte, man solle wohl spenden, dürfe aber keinesfalls das ‚heilige Vermächtnis' Cléments vergessen, d.h. man müsse gegen alles sein, „wat preisesch ass". Es hieß: „Mir mussen et durchsetzen, dass we'negstens emol aus eisem Strossebild all preisesch Schröften a Reklamen verschwannen. De' Geschäftsleit, de' dat nach ömmer nöt wöllen agesin, sollen einfach sabote'ert gin, da bekäppen se et schon."[34]

Das *Luxemburger Wort*, das Clément bisher meistens ignoriert, ihn höchstens das eine oder andere Mal angegriffen hatte, brachte am 16/17.9.1944 auf der ersten und zweiten Seite einen längeren Artikel mit dem Titel: *Sie starben für die Heimat*. In ihm wurden vor allem der Direktor des LW Mgr. Jean Origer und der Chefredakteur Dr. J.B. Esch gewürdigt. Origer war 1942 in Dachau ermordet worden, Esch kam ebenfalls 1942 um, und zwar in Schloss Hartheim, dem Euthanasiezentrum der Nazis. Gegenüber beiden musste Clément etwas zurücktreten. Aber auf Seite zwei wurde auch er, „Franz Clement vom Tageblatt", unter die „unsterblichen Toten" aufgenommen.

Den ‚Schriftsteller' Clément ignorierte man zunächst

Das LW sprach ausschließlich vom Patrioten Clément. Er und sein früherer Kontrahent Esch hätten beide in Dachau geschworen, sie würden, wenn sie überlebten, „in der Verteidigung der europäischen Humanität stets eins [...] sein und im Dienst am Lande wie Männer [...] wetteifern. Diese Eintracht dürfe niemals mehr durch politische und weltanschauliche Divergenzen erschüttert werden." Vom stets sehr kritisch engagierten Schriftsteller Clément sprach das LW nicht. Seine einstige Sicht von Literatur harmonierte auch weiterhin nicht mit dem immer noch äußerst traditionell konservativen Kanon, den die katholische Zeitung von literarischen Werken forderte.

Das LW brachte am 7. November 1944 den Artikel *Eine neue Literatur*, aus dem sich eine Bestenliste der herausragenden Werke der einheimischen Literatur ergab. Rang eins gehörte Nikolaus Welter: „Das Werk Welters übertönt alle anderen, auch dann, wenn wir die Erzeugnisse der drei Sprachen einer näheren Aufmerksamkeit unterziehen." „Der zweitgrößte Luxemburger Dichter ist wohl Michel Rodange, der mit seinem ‚Rénert' unerreicht auf der weiten Flur unserer Dialektdichter rangiert." Auf dem Gebiete des Romans ist es vor allem J.P. Erpelding, der „mit der Trilogie ‚Adelaide François' die erste große Schöpfung dieser Art vorgelegt hat." „Nikolaus Hein steht in der Lyrik auf sehr hoher Warte." Schließlich – auf Rang fünf – „gibt es in der Mundartdichtung einen Roman ‚Ketten' [von Siggy vu Letzebuerg], der auch besondere Beachtung verdient". Die beiden ersten Plätze mögen aus damaliger Sicht noch verständlich sein. Sonst aber wirkt die Liste letztendlich reichlich angestaubt: Für moderne Literatur hatte man kein sehr großes Verständnis im LW, für Cléments Werk überhaupt keins.

Pierre Grégoire, die eigentliche Kulturinstanz nach dem Krieg, Gründer der kulturellen Beilage des LW, *Die Warte*, warf Clément vor, er habe einst „versucht, den guten Bürger durch die Ungebundenheit seines Lebens zu skandalisieren. Ihm hätte die Erfassung des Stadtgeistes gelingen können, wenn er mehr kreatorischer als rezeptiver Mensch gewesen wäre."[35] Hier irrte Erio, wie er sich gern nannte. Clément provozierte nicht ohne Grund, er rief keinen einzigen Skandal hervor; er war wohl vor allem ein analytisch kritischer Geist, aber auch ein schöpferischer Schriftsteller, wie seine Feuilletons und so manche geretteten Auszüge aus seinen verloren gegangenen oder unvollendeten Werken belegen. Vor allem aber fing er sehr treffend den ‚Stadtgeist' ein, und zwar in dem recht modern wirkenden Werk *Die Kleinstadt* (1915), das bis heute nicht die verdiente Beachtung gefunden hat, obwohl man vergeblich seinesgleichen in unserer Literatur sucht.

Das eifrige Bemühen der Freunde Cléments andererseits, sein Andenken zu bewahren, bewirkte keineswegs, dass sich der Blick endlich auf den ‚Schriftsteller' richtete und dass diesem der ihm zustehende Rang im einheimischen literarischen Schaffen eingeräumt wurde. Relativ viel wurde über Clément nach 1945 geschrieben, lesen dagegen konnte man ihn nur in entschärfter Form: Es lagen die verstümmelte Neuauflage von *Zickzack* (1945) vor, versehen mit der freundlichen Einleitung von Jim Wester *En guise de Préface. Frantz et quelques amis*, und viel später eine Auswahl der *Pariser Briefe* (1955), die ebenfalls ein von Léon Geisen verfasstes sympathisches französisches Vorwort hatte. Der Sammelband zeigte aber wenig vom engagierten Clément und erweckte eher den Eindruck, als sei er ein frankophiler Ästhet, der sich fast ausschließlich mit französischer Literatur und Kultur beschäftigt habe.

Die vielfältige Vereinnahmung von Clément nach dem Krieg, die auf Patriotismus reduzierte Beurteilung seiner Persönlichkeit, das Absehen vom streitbaren Kämpfer nahmen Clément viel von seiner Vorkriegsbrisanz. Bei manchen, die ihn nicht näher gekannt hatten, festigte sich die Vorstellung, seine Schriften, besonders seine Artikel in *Zickzack*, seien „keine hohe Literatur", sondern „Alltagskost, die den Leser angenehm unterhalt[e]" – so Victor Delcourt 1992 in seiner *Luxemburgischen Literaturgeschichte*.[36] Und er zog folgendes „Fazit": „Frantz Clément ist gewiß kein überragender Dichter, wohl aber ein solider Schriftsteller – vor allem ein ausgezeichneter Literarhistoriker und Kulturpsychologe –, der durch sein humanes Verhalten zeit seines Lebens und durch seine Schriften unserer Heimat Ehre gemacht hat."[37]

Clément: der „Brückenbauer" und der „Europäer"

Immerhin, Delcourt sah Clément noch als Schriftsteller, aber als man 1989 die 150-jährige Unabhängigkeit Luxemburgs feierte, wurde im Katalog der Ausstellung *De l'Etat à la Nation 1839-1989. 150 Joer onofhängeg* Clément nicht in dem Kapitel *Les lettres et la société* in der langen Liste der luxemburgischen Schriftsteller angeführt.[38] Ihm wurde ein besonderer Abschnitt in dem Teil eingeräumt, der die deutsch-französische Aussöhnung zum Thema hatte. Er habe mit seinem Schreiben und Handeln ein vereintes und friedliches Europa nur im Zusammenhang mit einer Annäherung und Verständigung zwischen Deutschland und Frankreich gesehen.[39] In diesen Kontext eines Vereinten Europa, das man nach dem Krieg schaffen wollte und das mit der Bildung der Montanunion 1951 in Luxemburg seine erste europäische Hauptstadt hatte, passte Clément gut hinein.

Wurde in jenen Jahren über Clément geschrieben, so wurde er als „Brückenbauer" oder „Europäer" bezeichnet. Ihm war stets klar gewesen, dass Friede in Europa nur möglich war, wenn Deutschland und Frankreich sich näherkämen und einen Modus Vivendi fänden.

Noch Ende 1934 – Hitler war längst an der Macht – klammerte er sich verzweifelt an die Überzeugung, dass eine deutsch-französische Annäherung als erste Etappe zu einem Vereinten Europa noch möglich sein müsste. Im Leitartikel der *Luxemburger Zeitung* schrieb er:

„Es gibt anscheinend nichts Unzeitgemäßeres als die Paneuropa-Idee. In den Tagen, wo jeder Europäer sich überlegt, ob er sich doch nicht noch rechtzeitig eine Gasmaske sichern soll, mutet nichts verstiegener und utopischer an als die Schaffung der Vereinigten Staaten Europas. Und doch ist diese Idee nicht im Geringsten eine Utopie. Sie ist der letzte Damm, den die politische ratio dem Untergang des Abendlandes entgegenzusetzen vermag."[40]

Kein Zweifel, für Clément war ein Vereinigtes Europa ein wichtiges Anliegen, er war implizit in seinen Grundeinstellungen ‚Europäer' und ‚Brückenbauer', aber er legte nicht explizit den Schwerpunkt in seinem Schreiben auf diese Thematik. In seinen Artikeln, vor allem im *Tage-Buch*, wo er sich als scharfer Analytiker der Verhältnisse in Frankreich und Deutschland und ihrer gegenseitigen Beziehungen erwies, thematisierte er in keinem einzigen Beitrag ‚Europa' oder machte Vorschläge für einen europäischen Staatenbund. Clément nahm nie die Attitüde eines Versöhnungsapostels ein, schlug keinen predigerhaften Ton an. Seine Texte eignen sich deshalb auch wenig für feierliche Festtagsreden. Aber indem er in der Nachkriegszeit immer mehr auf ein paar griffige Formeln reduziert wurde,[41] entstand mit der Zeit ein abgehobenes und eindimensionales Bild des Luxemburger Feuilletonisten, das der Vielschichtigkeit seines Werkes in keiner Weise gerecht wird. Vor allem das Kämpferische und Polemische in seinen Schriften wurde ausgeklammert.

Wenn allerdings das Polemische bei Clément erwähnt wurde, so wenn in der Nachkriegszeit an Joseph Bechs ominöses ‚Maulkorbgesetz' erinnert wurde, das 1937 zu Fall gebracht worden war. Dies war aber kein Anlass, sich auch mit dem schriftstellerischen Talent eines Polemikers auseinanderzusetzen, der seine Feldzüge nicht nur gegen Bech geführt hatte. Clément wurde meistens auf eine bloße Ikone im Kampf gegen das ‚Maulkorbgesetz' reduziert. Er hatte sehr früh die Gefahr, die von diesem ausging, erkannt und hatte für eine einheitliche Abwehrfront plädiert: vergeblich! Die Linksparteien dagegen, Sozialisten und Kommunisten, zunächst bis aufs Äußerste verfeindet, fanden erst recht spät zueinander, beanspruchten aber dann für sich das Verdienst, dass die Kampagne gegen das Ordnungsgesetz letztendlich erfolgreich war. Ganz konnten sie allerdings Cléments Kampf und den seiner Mitstreiter aus dem bürgerlichen Lager nicht übersehen und gestanden ihnen etwas gönnerhaft zu, dass sie eine wichtige – war es nicht vielleicht eine entscheidende? – Rolle in der Kampagne gegen das Gesetz gespielt hatten.[42] Auch die liberale Partei erinnerte sich ab und zu gerne an Clément. Mit ihm, „dem linksliberale[n] Einpeitscher gegen das Maulkorbgesetz",[43] konnte sie nämlich ihr Image etwas aufpolieren, und ihr Versagen von 1937 verdecken, als sie in der Regierung war und ihre Kammerfraktion für das umstrittene Gesetz gestimmt hatte.

Punktuell wurde also über Clément gesprochen und geschrieben, aber bald war der Abstand zu den 20er und 30er Jahren des vorigen Jahrhunderts so groß geworden, dass nur noch sehr wenige sich an ihn erinnerten, zumal er in Luxemburg, im Gegensatz zum Ausland, selten als Schriftsteller wahrgenommen wurde. Zu den Ausnahmen gehörte Marie-Odile Rodesch, die 1990 ihre unveröffentlichte Abschlussarbeit über ihn schrieb: *Das literarische Werk Frantz Cléments. Unter besonderer Berücksichtigung seiner Vermittlerrolle zwischen deutscher und französischer Kultur.* Die dann 2006 im CNL erschienene kommentierte Neuausga-

Clément, der Kämpfer gegen das ‚Ordnungsgesetz'

be von *Zickzack* in der *Lëtzebuerger Bibliothek* weckte zwar kurzfristig ein neues Interesse an dem zu Unrecht vergessenen Schriftsteller und Journalisten, es blieb aber beim Strohfeuer, das bald erlosch. Es war also dringend angebracht, die herausragende Persönlichkeit endgültig vor dem Vergessen zu retten und ihre einmalige Bedeutung zu unterstreichen.

3. Ein letztes Kapitel über einen ‚wahren Clerc', der nie Verrat beging

Als Abrundung dieser Monographie drängen sich einige zuammenfassende und ergänzende Feststellungen auf:

- Cléments Schaffen ist durch eine immense Vielseitigkeit gekennzeichnet, und das sowohl, was die behandelten Themen anbelangt, als auch, was sich auf die mannigfaltigen literarischen Genres und Formen bezieht, auf die er zurückgriff, z. B. auf das Feuilleton, den literarischen Essay, auf Kurzporträts bekannter Politiker und Schriftsteller, auf Kunstrezensionen, auf Besprechungen von Filmen, auf Naturschilderungen usw. Der Autodidakt hatte sich früh ein stupendes enzyklopädisches Wissen angeeignet, wovon sein Werk beredtes Zeugnis ablegt. Ihn aber nur als ‚soliden Schriftsteller' sehen, ihm ‚kreatorisches Talent' absprechen, ihm vielleicht große kritische Fähigkeiten zugestehen, ihn letztendlich vor allem als vorbildlichen Patrioten und guten Europäer hinstellen, alle diese Etikettierungen von Freund und Feind werden Clément nicht gerecht.

Nicht zufällig hatte Clément für Gotthold Ephraim Lessing größte Bewunderung, die er in einem Vortrag in der Loge ausdrückte und über den er in der allerersten Nummer der freimaurischen Zeitschrift *Concorde* schrieb. Lessing war einer der frühen modernen Journalisten in Deutschland und übte eine ausgedehnte Redakteur- und Rezensententätigkeit aus, besonders in der angesehenen *Vossischen Zeitung*, welche die Positionen des liberalen Bürgertums vertrat; er liebte auch die Polemik: Man denke etwa an seinen *Anti-Goeze*, der zu den glänzendsten Polemiken der deutschen Literatur zählt; er war zudem ein engagierter Schriftsteller, der sich für die Ideale der Aufklärung einsetzte und für Humanität und Toleranz kämpfte, etwa im Drama *Nathan der Weise*. Man mag es vermessen finden, zwischen Clément und Lessing Parallelen herzustellen; trotzdem bestehen sie, sie müssen allerdings unter einheimischer Perspektive gesehen werden. Ohne Zweifel, der Luxemburger Schriftsteller und Journalist hatte in Lessing einen Bruder im Geiste. Clément waren jedoch die Entfaltungsmöglichkeiten verwehrt geblieben, über die der herzoglich-braunschweigische Bibliothekar Lessing verfügt hatte. Er stammte aus einem bescheidenen Milieu, hatte kein abgeschlossenes Universitätsstudium absolviert, arbeitete größtenteils in einem provinziellen Kleinstaat, ohne kulturelles Umfeld – in seiner produktivsten

Clément – ein Luxemburger Lessing

Phase in Paris schrieb er öfters für ausländische Zeitungen und fand deshalb auch vorwiegend in der Fremde Anerkennung. Aber nichtdestotrotz sorgte er dafür, mit Geschick und schriftstellerischem Talent, dass hier im Lande ein kräftiger frischer Wind, ein Wind des Fortschritts, die verkrusteten Strukturen durchwirbelte und zu mancher Erneuerung beitrug.

- Clément selbst sah sich vor allem in der Nachfolge des modernen ‚Intellektuellen', der seine Geburtsstunde in der Zeit der Dreyfus-Affäre hatte. Er bewunderte Zolas Kampf und das Engagement der Clemenceau-Zeitung *L'Aurore* für den Hauptmann der französischen Armee. Mit einem ähnlichen Eifer kämpfte auch er in der Volksbildungsbewegung und in den demokratischen Vereinen gegen die damalige Dominanz der Klerikalen und der katholischen Kirche, setzte sich für Verbreitung von Bildung ein, stritt für demokratische Rechte; in der Dynastiekrise ging es ihm um republikanische Ideale, und er war gegen eine bevormundende, autoritär gesinnte Monarchie eingestellt; in den zwanziger Jahren wandte er sich gegen den aufkommenden Faschismus und die zunehmende Bedrohung durch den Nationalsozialismus; sein Kampf in den dreißiger Jahren war gegen eine Verharmlosung Hitlers und das Eintreten rechter Kreise für einen undemokratischen Ständestaat gerichtet; mit großem Einsatz stritt er dann Mitte der dreißiger Jahre gegen ein Gesetz, das unter dem Vorwand, die KP zu verbieten, auch andere linke Gruppierungen bedrohte; ab 1936 wurde aus Cléments kompromisslosem Einsatz gegen Hitler immer mehr die Aufforderung an seine Gegner im Lande, sich über alle ideologischen Divergenzen hinwegzusetzen und gemeinsam für die Erhaltung der bedrohten Luxemburger Unabhängigkeit zu kämpfen.

  Clément war also eine herausragende Persönlichkeit in vielen Auseinandersetzungen, besonders politischer Natur. Aber allein stand er nicht auf weiter Flur. Er war, modern ausgedrückt, mit vielen Linksintellektuellen vernetzt, etwa mit Emil Marx, Albert Hoefler, Joseph-Emile Muller, mit Professoren wie Joseph Tockert, Oscar Stumper, Pierre Biermann, Nicolas Ries und manchen andern. Ihr gemeinsamer kämpferischer Einsatz ist ein sträflich vernachlässigtes Kapitel Luxemburger Geschichtsschreibung, aber auch der einheimischen Literaturbetrachtung. Jedenfalls, Cléments Schreiben stellt ein nicht zu übersehendes Zeitzeugnis, nicht nur der dreißiger Jahre, sondern auch der gesamten ersten Hälfte des 20. Jahrhunderts dar.

- Cléments Wirken ist gewiss in einen größeren Zusammenhang zu stellen. Aber er beeindruckt vor allem als Ausnahmepersönlichkeit, die nur schwer mit andern Intellektuellen oder Schriftstellern zu vergleichen ist. Er war ein hundertprozentig geistiger Mensch, für den moralische Integrität und ideologische Unvoreingenommenheit vor allem zählten und für den das Bemühen um Karriere und um finanzielle Absicherung wenig Bedeutung hatte. Ein vollkommen freier und unabhängiger Schriftsteller wollte er sein; der erste und einzige war er auch in dieser Frühphase der sich entwickelnden Luxemburger Mischkultur – Alex Weicker und Norbert Jacques etwa hatten vorzeitig mit Luxemburg gebrochen und ihren Weg in der Fremde gesucht.

  Nur ganz wenige Jahre in seinem Leben hatte Clément eine feste Anstellung und verfügte über ein gesichertes Einkommen – in den ersten paar Jahren als Lehrer, eine kurze Zeit als Chefredakteur, vielleicht in der letzten Zeit in Paris als Berater des Ullstein-Verlages. Die übrige Zeit lebte er meistens von der Hand in den Mund, wohl unterstützt von gleichgesinnten Freunden, die ihm halfen, nicht aus Mitleid, sondern weil sie seinen Einsatz für unabdingbar im Kleinstaat Luxemburg hielten.

Wer förderte Clément? *Zickzack* ist „[d]en Freunden und Freundinnen der Montags- und Mittwochsabende gewidmet". Es waren vor allem betuchte Bürger aus der Freimaurerloge, die an den geselligen Diskussionsabenden am Montag teilnahmen – einige von ihnen waren in der Jugend revolutionär gesinnt gewesen, nun waren sie gestandene Persönlichkeiten. Unter ihnen war sicherlich der eine oder andere, der Clément finanziell beistand. Aline Mayrisch gehörte nicht zu den angesprochenen Freunden und Freundinnen. Cléments Beziehungen zu ihr hatten sich mächtig abgekühlt, sie wird in *Zickzack* nicht erwähnt, im Gegensatz zu ihrem Mann Emile Mayrisch, der lobend hervorgehoben wird und der, bis zu seinem Tod 1928, sicherlich eine wertvolle Unterstützung für Clément leistete.

Alex Bonn, nach dem Krieg 19 Jahre lang Mitglied des Staatsrates, zuletzt auch Präsident dieser Körperschaft, war der letzte Überlebende des Montagabendkreises.[44] Am 10.2.2004 hatte der Autor dieser Monographie die Gelegenheit, ein einstündiges beeindruckendes Gespräch mit dem damals 96-jährigen Alex Bonn in dessen früherer Anwaltskanzlei zu führen. Sie suchte er noch fast täglich auf. An Clément hatte er eine wache und sehr präzise Erinnerung. Er war ihm zuerst kurz in Paris begegnet, als er dort Student war, lernte ihn dann aber als junger Rechtsanwalt näher kennen; damals kämpfte er gemeinsam mit ihm gegen das Maulkorbgesetz, und zwar in der *Ligue pour la défense de la démocratie*. [Übrigens die Kampagne gegen das Ordnungsgesetz begann, seiner Aussage nach, in Esch-Alzette, wo die Liga sich gegen einen Verein prodeutscher Ingenieure wandte, die für das Gesetz eintraten.] Bonn blieb ein enger Bekannter Cléments, und er war es dann, der gelegentlich der Gedenkfeier von 1946 in Mondorf, als Vertreter der jungen Generation, eine berührende Abschiedsrede für ihn hielt, in der er eindringlich unterstrich, wie sehr dieser in Zukunft in allen Bereichen des geistigen, politischen und sozialen Lebens fehlen werde. Er schloss seine Rede mit den Worten: „Sa fin tragique nous a privés d'un de nos meilleurs."[45]

Im Gespräch von 2004 charakterisierte er Clément als liberalen, toleranten, letztendlich sehr optimistischen Menschen. Er sei von großer Charakterfestigkeit gewesen. Sein tragischer Tod habe ihm tiefes Herzeleid bereitet; er gebrauchte den französischen Ausdruck: ‚crève-coeur'.

Was die Montagsabende anbelange, erklärte Bonn, habe man sich abwechselnd in den Wohnungen der verschiedenen Teilnehmer getroffen, nur nicht bei Clément, der zwar im Mittelpunkt der Diskussionsrunde stand, dessen Wohnung auf Lim-

Alex Bonn

Sa fin tragique nous a privés d'un de nos meilleurs

pertsberg aber viel zu eng war, um Gäste zu empfangen. Die Abende erstreckten sich oft bis tief in die Nacht. Meistens, nach ein Uhr, fuhr Bonn, der einen Wagen besaß – damals noch eine Seltenheit – Clément nach Hause. Angesprochen auf die Frage, wer aus dem Freundeskreis Clément unterstützt habe, antwortete Bonn, er wisse es nicht, er sei es jedenfalls nicht gewesen. Ob es vielleicht der Bankier Alfred Levy sei? Die Antwort Bonns: Das sei möglich, aber nicht sicher.

- Clément war ein Intellektueller, fühlte sich als Intellektueller. 1927 erschien ein Buch, das vor allem in Frankreich für Furore sorgte und einen pamphletartigen Charakter hatte: *La trahison des clercs* von Julien Benda. Dieser prangert den Sündenfall der Clercs, der Intellektuellen, an, die sich im 20. Jahrhundert, statt sich für universale geistig-rationale Werte einzusetzen, dem politischen Zeitgeist unterwarfen und im neuen Zeitalter der Ideologien, sich entweder dem chauvinistischen Nationalismus (Action Française), dem Rassismus (Nationalsozialismus) oder dem Klassenkampf (Marxismus), verschrieben. Benda nahm vom Vorwurf des intellektuellen Verrats Zola aus, der in der Dreyfus-Affäre für Freiheit und Gerechtigkeit eingetreten war.

Clément war mit Bendas Buch vertraut. Als Nicolas Ries, der Autor von *Le peuple luxembourgeois. Essai de psychologie* (1920), der Romancier von *Le Diable aux champs* (1936), der Leiter der *Cahiers luxembourgeois*, der Literaturkritiker im ET, unter dem Namen *Philinte*, im Oktober 1936 seinen 60. Geburtstag feierte, hatte er ihm im *Escher Tageblatt* herzlichst gratuliert und gemeint, man müsse „im Sinn von Julien Benda sagen: ,C'est un clerc qui n'a jamais trahi.'"[46] Der linke Literat Ries habe sich allerdings nie aktiv politisch engagiert. In Clément selbst kann man deshalb, in weit höherem Maße, den geistigen Menschen sehen, der niemals Verrat beging. Ähnlich charakterisierte ihn auch Henri Wehenkel, als er 1963 in der VdJ schrieb:

„Il [se] comporta en intellectuel, c'est-à-dire en homme à la fois cultivé et désintéressé. Il introduisit en politique sous le nom de 'non-conformisme' le doute méthodique. Armé de méfiance devant les initiatives du pouvoir établi, il sut dire NON quand il le fallait (1912, 1914, 1918, 1933, 1937, 1940). Emprisonné déjà durant la première guerre mondiale, il périt à Dachau, restant toute sa vie ,ce clerc qui n'a pas trahi.' (J.P. Wester, 1945)"[47]

In der Tat, Clément war der wahre ,Clerc', im Sinne Bendas, der, wie Zola, nie seine humanistische und demokratische Einstellung verriet.

Anmerkungen

Frantz Clément Eine Monographie

1 Vgl. CLEMENT, Frantz: Mondorfer Buben von damals. In: CL 18 (1946) 5/6, S. 401-406.

2 Vgl. [CLEMENT, Franz]: Franz Clément. In: Fl 1 (1908) 12, S. 158-160. Es gibt unterschiedliche Schreibweisen von F.Cs Namen. Im Haupttext wird einheitlich die Schreibweise Frantz Clément verwendet, in den Zitatnachweisen die jeweils verwendete Schreibweise.

I. Der junge Clément (1882-1904)

1 Vgl. DAS REDAKTIONSKOMITEE DES ‚FLORÉAL' [i.e. Frantz Clément]: Ein Geleitwort zu ‚Floréal', S. 5.
WEBER, Batty: Über Mischkultur in Luxemburg. In: Beilage der Münchener Neuesten Nachrichten (1909) 15, S. 121.

2 Vgl.[CLEMENT, Franz]: Franz Clément. In: Fl 1 (1908) 12, S. 158. Außer dem Vater Theodor Clement, der aus Remich stammte und Metzger war, konnten keine weiteren Vorfahren, die diesen Beruf ausübten, entdeckt werden.

3 MICHELS, Pol: Dukaten werden beschnitten, Pfennige nicht. In: Junge Welt. Almanach auf das Jahr 1931. Luxemburg 1930, S. 15-17, hier: S. 16f.

4 Vgl. WEBER-BRUGMANN, E.[mma]: Kleines Feuilleton. Erinnerungen an Frantz Clément. In: LJ 30.06.1962.

5 Vgl. Ping Pang [i.e. F.C.]: Splitter. In: ET 26.03.1921.

6 CLEMENT, Frantz: Mondorfer Buben von damals. In: CL 18 (1946) 5/6, S. 401-406.

7 Vgl. A. D. [i.e. Arthur Didderich]: L'homme le plus fort du monde. John Grun de Mondorf, 1868-1912. In: CL 18 (1946) 5/6, S. 407-408.

8 Vgl. CLEMENT, Frantz: Mondorfer Buben von damals. In: CL 18 (1946) 5/6, S. 401-406.

9 [CLEMENT, Franz]: Franz Clément. In: Fl 1 (1908) 12, S. 158.

10 Ebd.

11 Vgl. Ecole agricole de l'Etat à Ettelbruck. Programme publié à la clôture de l'année scolaire 1946-47. Diekirch: S.A. Imprimerie du Nord.

12 Vgl. Renseignements pour la liquidation de la pension de Mr François Clement. ANLux, No I.P. 1091.

13 Vgl. [CLEMENT, Franz]: Franz Clément. In: Fl 1 (1908) 12, S. 158f.

14 Vgl. Renseignements pour la liquidation de la pension de Mr François Clement. Archives Nationales de Luxembourg [ANLux], No I.P. 1091.

15 Vgl. L'Industrialisation du Luxembourg de 1800 à 1914. Luxembourg: Musée d'Histoire et d'Art 1988, S. 118-120.

16 Welchen Stellenwert das Moralitätszeugnis damals hatte und zu welchen Konflikten es führen konnte, verdeutlicht eindringlich Nikolaus Welters Lehrerinnendrama *Lene Frank* von 1906. (Vgl. Germaine Goetzingers kommentierte Ausgabe von *Lene Frank* in: Lëtzebuerger Bibliothéik. Centre d'études littéraires: Luxemburg 1990).

17 Das Schulgesetz von 1912, das den kirchlichen Einfluss in der Primärschule auf den Religionsunterricht beschränkte, löste den heftigsten Widerstand der katholischen Kirche aus. Die Abgeordneten, die für das Gesetz gestimmt hatten, wurden exkommuniziert. Die Schulgesetzgebung von 1912 wurde erst 2007 durch neue Verordnungen ersetzt.

18 Man denke etwa an Roger Manderscheid, Guy Rewenig, Josy Braun …

19 Zum LW: Vgl. GRÉGOIRE, Pierre: Schriftleiter-Silhouetten. Luxemburger Wortführer der Wahrheit: Verlag der Sankt-Paulus-Druckerei: Luxemburg 1973; HILGERT, Romain: Zeitungen in Luxemburg 1704-2004. [Luxemburg]: Service information et presse, 2004, S. 66-71; hw [Henri WEHENKEL]: Für Wahrheit und Recht 1848-1973. In: Le Phare. Kulturelle Beilage des Escher Tageblatt 7.4.; 14.4.; 21.4.; 28.4.; 19.5.; 16.6.1973.

20 1848 schrieb das LW: „Das Luxemburger Volk ist ein deutsches Volk, es redet die deutsche Sprache; es war von jeher ein Teil […] des deutschen Reichs." Und in einer ‚öffentlichen Protestaktion der Katholiken des Luxemburger Landes vom 23. März 1848' wurde u. a. „der Gebrauch einer Sprache" gefordert, die das Volk versteht … für die Administration, für die Gerichte, und die ständischen Verhandlungen, damit wir alle wissen, was man sagt und was man thut." (Zitiert nach WELTER, Nikolaus: Dichtung in Luxemburg. Mundartliche und hochdeutsche Dichtung in Luxemburg. Luxemburg: St. Paulus-Gesellschaft, 1929, S. 120-121).

21 Vgl. LW 29.12.1904.

22 Vgl. MAAS, Jacques: Die Neue Zeit (1911-1914). In: Galerie 5 (1987) 3, S. 341.

23 Vgl. hw [Henri WEHENKEL]: Für Wahrheit und Recht 1848-1973. In: Le Phare. Kulturelle Beilage des Escher Tageblatt, 7.4.1973.

24 Unter dem Titel *Charakteristiken. Katholische Größen des 19. Jahrhunderts.* erschienen Essays über Joseph von Görres (25.3.1902), Graf Montalembert (3.4.1902), Joseph von Eichendorff (5./6.4.1902), Friedrich Wilhelm Weber (15.4.1902), Augustin Cauchy (24.4.1902), Chateaubriand (6.5.1902), J. Adam Möhler (11.5.1902), Peter von Cornelius (21.5.1902), Alexander Volta (23.5.1902), Friedrich von Hurter (17.6.1902). Zudem erschienen folgende Beiträge von Clément unter dem Titel *Skizze aus dem Leben*: *Priester und Freimaurer* (25.11.1904), *Teufelsarbeit* (30.11.1904), *Richard Wagner* (16.12.1904), *Richard Wagner* (Schluß) (21.12.1904), *Fröhliche Weihnachten* (21.12.1904).

25 Zu Görres siehe: HUCH, Ricarda: Die Romantik. Tübingen 1951. S. 497-498.

26 Vgl. Ankündigung des Vortrags. In: NZ 24.11.1911.

27 In Luxemburg wurden zudem, im Rahmen der Ausbildung zum ‚professeur de l'enseignement secondaire et supérieur', zwei literarische Dissertationen über F.W. Weber geschrieben: TIBESSAR, Léopold: Fr.W. Webers Dreizehnlinden. Eine litterarische Studie. 1887/88; WELTER, Nicolas [j.e. der spätere Erziehungsminister u. Schriftsteller Nikolaus Welter]: Literaturhistorische Studie über Goliath von F.W. Weber. 1895.

28 de SÉGUR, Monseigneur Louis Gaston Adrien (1820-1881): frz. Priester, Sohn der berühmten Kinderbuchautorin, der Comtesse de Ségur, bedeutender Vertreter der katholischen Soziallehre, der sich auch der Kranken- und Armenfürsorge widmete. Der entschiedene Ultramontanist wollte in seinen Schriften die römisch-katholische Kirche gegenüber Protestanten, Freidenkern und Jansenisten stärken.

29 Vgl. Lux. L. 3 (1903) 2, S. 16.

30 CLEMENT, Franz: Die künstlerische Erziehung der Jugend. In: Lux. L. 3 (1904) 15, S. 175.

31 Unter dem Titel *Die künstlerische Erziehung der Jugend. Alles in neuer Form von Franz Clement.* erschienen die sieben Beiträge in: Lux. L., in folgenden Nummern: 2 (1903) 16, S. 222-225; 2 (1903) 21, S. 241-245; 2 (1903) 24, S. 279-282; 3 (1903) 2, S. 15-17; 3 (1903) 3, S. 25-27; 3 (1904) 15, S. 175-177; 3 (1904) 19, S. 218-219.

32 Vgl. Lux. L. 2 (1903) 16, S. 223.

33 Ebd., S. 225.

34 Lux. L. 2 (1903) 24, S. 279.

35 Lux. L. 3 (1903) 2, S. 15.

36 Lux. L. 2 (1903) 16, S. 223.

37 Lux. L. 3 (1904) 19, S. 219. Hervorhebung von F.C.

38 Lux. L. 3 (1903) 3, S. 25.

39 Vgl. Aufruf und Einladung. In: Lux. L. 4 (1905) 4, S. 51-52. Die Initiative der drei jungen Lehrer bewirkte, dass die ‚Großherzogliche Unterrichtskommission' sich verpflichtet fühlte, Fortbildungskurse für Ostern und Sommer 1905 zu organisieren. J.P. Hamus, F. Clement und M. Lucius riefen ihre Kollegen auf, diese Kurse zu besuchen, und so zu zeigen, „dass Wissensdrang eine Haupteigenschaft der Luxemburger Lehrerschaft ist". Vgl. Mitteilung. In: Lux. L. 4 (1905) 12, S. 144.

40 Vgl. CLEMENT, Franz: Ein Lehrerdrama. (Otto Ernst: „Flachsmann als Erzieher.") In: Lux. L. 4 (1905) 10, S. 113-114. ERNST, Otto: i.e. Otto Ernst Schmidt, 1862-1926.

41 Vgl. Germaine Goetzingers Kommentar zu Nik Welters *Lene Frank*, S. 24.

42 Vgl. CLEMENT, Franz: Gute Bücher. Kritische Ergänzungen zum Katalog der Lehrerbibliothek von Franz Clement. In: Lux. L. 4 (1904) 1, S. 1-4.

43 Vgl. PETERS, N.: Stimmen aus unserm Leserkreise. Lehrerbibliothek. In: Lux. L. 4 (1904) 2, S. 22-23. Bei N. Peters handelt es sich wahrscheinlich um den Bourscheider Lehrer Nikolaus Peters, der am 14.04.1876 in Hosingen geboren wurde und im Herbst 1905 aus dem Lehrfach ausschied. (Vgl. Feuille de liaison ALBAD 14 (2007) 2, S. 7: Frantz Clement und die Lehrerbibliothek).

44 Lux. L. 4 (1904) 2, S. 23.

45 Vgl. CLEMENT, Franz: Stimmen aus unserm Leserkreise. Lehrerbibliothek. In: Lux. L. 4 (1904) 3&4, S. 32-33. PETERS, N.: Lehrerbibliothek. In: Lux. L. 4 (1905) 7, S. 76-77. CLEMENT, Franz: Ein letztes Wort in Sachen der Lehrerbibliothek. In: Lux. L. 4 (1905) 10, S. 115-116. PETERS, N.: Stimmen aus unserem Leserkreise. Noch ein Wort zur Lehrerbibliothek. In: Lux. L. 4 (1905) 12, S. 136-137.

46 Vgl. Lux. L. 4 (1904) 3&4, S. 52-53. Eine Studie Cléments über G. Hauptmann wurde, soweit bekannt, nicht veröffentlicht. Aber sein Eintreten für den naturalistischen Autor beweist seine frühe Aufgeschlossenheit für die Moderne. Hauptmann war nämlich damals alles andere als eine akzeptierte Größe. Seine frühen Dramen, besonders *Die Weber* (1893), hatten im Wilhelminischen Deutschland mit der Zensur zu kämpfen. Kaiser Wilhelm II. kündigte wegen dieses Kampfstückes, das eine demoralisierende Tendenz habe und Klassenhass erzeuge, seine Loge im Deutschen Theater.

47 Vgl. Lux. L. 4 (1905) 10, S. 116.

48 Vgl. Lux. L. 4 (1905) 12, S. 137.

49 Vgl. TRAUSCH, Gilbert: Le Luxembourg à l'époque contemporaine. Luxembourg 1975, S. 99.

50 Vgl. CLEMENT, Franz / ABT, Rudolf: An die Leser. In: Der Morgen 1 (1903) 1, S. 1-5.

51 Der Morgen 1 (1904) 3, S. 175. Hervorhebung von F.C.

52 Der Morgen 1 (1903) 1, S. 57.

53 Der Morgen 1 (1903) 1, S. 8-9.

54 Der Morgen 1 (1904) 3, S. 177.

55 Der Morgen 1 (1903) 1, S. 4-5.

56 Vgl. CLEMENT, Franz: Adolf Bartels und sein Werk. In: Der Morgen 1 (1903) 1, S. 50-54.

57 Vgl. Der Morgen 1 (1903) 1, S. 6 ; 1 (1904) 3, S. 172.

58 Vgl. CLEMENT, Franz: Religiöse und theologische Zeitfragen. I. Zur neuen Bewegung des Katholizismus in Frankreich. In: Der Morgen 1 (1903) 1, S. 6-15.

59 Ebd., S. 14.

60 Vgl. R.: Der Morgen. In: Lux. L. 3 (1903) 5, S. 8-9.

61 Vgl. Der Herausgeber: Anzeige. In: Der Morgen 1 (1904) 3, S. 172.

62 Denselben Ausdruck ‚autochthon-nationale Höhenkunst' gebrauchte er schon in der ersten Nummer des *Morgen*. In: CLEMENT, Franz: Adolf Bartels und sein Werk. In: Der Morgen 1 (1903) 1, S. 51.

63 CLEMENT, Franz: Die Grundlagen der deutschen Dichtung. München 1904, Vorwort VI.

64 Ebd., S. 91.

65 Ebd., S. 145.

66 Ebd., S. 144.

67 Ebd., S. 41. Aus einem von Clément angeführten Zitat Bartels': „Wir sind ein anständiges Volk, und alles Beste unserer Poesie, unserer Kunst im Ganzen trägt männlichen und sittlichen Charakter."

68 Ebd., S. 132.

69 Ebd., S. 116f.

70 Ebd., S. 132f.

71 Ebd., S. 43.

72 Ebd., S. 169.

73 Vgl. ebd., S. 40-42, hier: S. 41.

74 Vgl. CLÉMENT, Frantz: Sie können zusammen nicht kommen … In: ET 24.11.1922, S. 1.

75 Vgl. CLEMENT, Franz: Die Grundlagen der deutschen Dichtung. München 1904, Vorwort VII.

76 Ebd., S. 116.

77 Ebd., S. 169. Siehe auch: Anhang. Eine deutsche Bücherei. S. 183-199.

78 Ebd., S. 118.

79 Ebd., S. 117.

80 Ebd., S. 115.

81 Ebd., S. 113.

82 Vgl. [Anonym]: Die Grundlagen der deutschen Dichtung. In: LW 29.5.1904.

83 Vgl. R. : Die Grundlagen der deutschen Dichtung von Franz Clement. In: Lux. L. 3 (1904) 13-14, S. 163.

II. Leipzig und die Folgen (1905-1913)

1 Vgl. WEBER-BRUGMANN, Emma: Erinnerungen an Frantz Clément. In: LJ 30.6.1962.

2 Vgl. [Anonym]: Lokal-Neuigkeiten. Luxemburg. 16. Febr. In: LZ 16.2.1905, A.A. Batty Weber war wahrscheinlich der Autor.

3 Vgl. WEBER-BRUGMANN, Emma: Erinnerungen an Frantz Clément. In: LJ 30.6.1962.

4 Vgl. [Anonym]: Lokal-Neuigkeiten. Luxemburg. 16. Febr. In: LZ 16.2.1905, A.A.

5 Ebd. Siehe auch: Lux. L., 4 (1905) 20, S. 234-235, das unter dem Titel *Liliencron als Balladendichter* einen Auszug aus dem Vortrag brachte, gehalten in der Extension Universitaire.

6 Vgl. WEBER-BRUGMANN, Emma: Erinnerungen an Frantz Clément. In: LJ 30.6.1962.

7 Vgl. CLÉMENT, Frantz: Die Generalstäbe. In: CLÉMENT, Frantz: ZZ 2006, S. 150-167, S. 150.

8 Abbé Jacques Meyers war der Herausgeber der katholischen Kulturzeitschrift *La Revue Luxembourgeoise,* die 1912 ihr Erscheinen einstellte. 1911 hatte *Die Neue Zeit* eine Kampagne gegen Meyers geführt und ihn als Plagiator bloßgestellt.

9 WEBER-BRUGMANN, Emma: Erinnerungen an Frantz Clément. In: LJ 30.6.1962.

10 Lokal-Neuigkeiten. In: LZ 16.2.1905.

11 Die Professoren umgab damals eine besonders feierliche Aura. Im Personalverzeichnis der Uni Leipzig für das WS 1905/06 heißt es z. B. über Prof. Köster, dessen germanistisches Seminar Clément besuchte: „D. ph. Albert Köster, Professor der neueren deutschen Sprache und Literatur und Direktor des königl. deutschen Seminars, Ritter 1. Kl. des königl. sächs. Verdienstordens Philipps des Großmütigen, Inhaber der Großherzogl. Mecklenb. Goldenen Verdienstmedaille. […]" (S. 16-17).

12 Vgl. WEBER-BRUGMANN, Emma: Erinnerungen an Frantz Clément. In: LJ 30.6.1962.

13 CLEMENT, Franz: Kritikerjargon. In: Deutschland. Monatsschrift für die gesamte Kultur. Berlin (1906) 48, S. 735.

14 Vgl. WESTER, Jim: Frantz et quelques amis. In: CLÉMENT, Frantz: ZZ 1945, S. 7-31, S. 9.

15 Vgl. [CLEMENT, Franz]: Franz Clément. In: Fl 12 (1908) 1, S. 158-160, hier: S. 159.

16 CLEMENT, Frantz: Zelle 86 K.P.U. Aufzeichnungen aus deutschen Gefängnissen. Esch-Alz. 1920, S. 96.

17 Die Informationen über Cléments zweisemestriges Studium in Leipzig stützen sich auf Unterlagen des Universitätsarchivs Leipzig: für das SS 1906 auf die Karteikarte der Quästur, zuständig für die Einziehung der Studiengebühren, auf den Auszug, Clément betreffend, des Protokollbuches der belegten Lehrveranstaltungen, auf die Belegbögen von Prof. Wundt (Wundt II/5 F6, WS 1905/06; Wundt II/5 SS 1906 F9).

Ohne die wertvolle Hilfe von Herrn Roy Lämmel, zuständig für die frühe Neuzeit am Universitätsarchiv, wären die Nachforschungen über Clément in Leipzig nicht möglich gewesen.

18 Zu W. Wundt siehe: MEISCHNER, Wolfram / ESCHLER, Erhard: Wilhelm Wundt. Leipzig, Jena, Berlin: Urania Verlag 1979.

19 Vgl. [CLEMENT, Franz]: Franz Clément. In: Fl 12 (1908) 1, S. 158-160, hier: S. 159.

20 Vgl. TOCKERT, Jos.: Unsere Literatur um die Jahrhundertwende. In: CL 20 (1948) 4, S. 247-255, hier. S. 255.

21 Zu Floréal [Fl] Vgl.: GOETZINGER, Germaine: Floréal. Eine Fallstudie zur literarischen Öffentlichkeit in Luxemburg. In: Clierwer Literaturdeeg 1985. Lëtzebuerg 1986, S. 56-64.

KESTNER, Michel [i.e. Cornel Meder]: Floréal. In: doppelpunkt 1 (1968) 1, S. 19-24.

22 Vgl. ELMER, Marc: Quelques souvenirs de l'époque. Littéraires et autres. In: CL 20 (1948) 4, S. 344-348, hier: S. 344.

23 Ebd., S. 344-345.

24 Vgl. [An.]: Wo stehen wir? In: ET 16.12.1933. Der Autor war Hoefler, der Leiter der Kulturseite im ET: Literatur u. Kunst. Siehe dazu: MARSON, Pierre: Literarische Generationen um 1900. Ein Beitrag zur Luxemburger Literaturgeschichtsschreibung. In: CONTER, Claude D./SAHL, Nicole [Hg.]: Aufbrüche und Vermittlungen. Bielefeld 2010, S. 350-351.

25 NOPPENEY, Marcel: Si Floréal m'était conté… Histoire d'un cinquantenaire. Luxembourg: Editions S.E.L.F. 1957, S. 27.

26 HEGERMANN, Ferd: [Réponse au questionnaire ‚Notre enquête sur 1900'] In: CL 20 (1948) 4, S. 388.

27 NOPPENEY, Marcel: Si Floréal m'était conté …, S. 19.

28 DAS REDAKTIONSKOMITEE DES ‚FLORÉAL' [i.e. F.C.]: Ein Geleitwort zu ‚FLORÉAL'. In: Fl 1 (1907) 1, S. 5-6, hier: S. 6.

29 KESTNER, Michel: Floréal. In: doppelpunkt 1 (1968) 1, S. 19.

30 Vgl. DAS REDAKTIONSKOMITEE DES ‚FLORÉAL', S. 6. [wie Anm. II, 28]

31 Vgl. CLEMENT, Franz: Deutsche Litteratur. (Monatsrundschau). In: Fl 1 (1907) 3, S. 249.

32 CLEMENT, Franz. In: Fl 1 (1908) 9, S. 180.

33 DAS REDAKTIONSKOMITEE DES ‚FLORÉAL', S. 6. [wie Anm. II, 28]

34 Anmerkung von F. C. zu Dehmels Text: Ein Wettlauf. In: Fl 1 (1908) 11, S. 81.

35 Vgl. CLEMENT, Franz: Über Richard Dehmel. In: Fl 1 (1907) 2, S. 97-100, hier: S. 98.

36 DEHMEL, Richard: Ein Wettlauf. Visionäre Skizze. In: Fl 1 (1908) 11, S. 81-83.

37 Vgl. Frantz Clément und Richard Dehmel. In: Kontakte. Kontexte. Deutsch-luxemburgische Literaturbegegnungen. Katalog von G. Goetzinger, G. Mannes, F. Wilhelm. Mersch: CNL 1999-2000, S. 44-58, hier: S. 46.

38 ELMER, Marc: Quelques souvenirs de l'époque. Littéraires et autres, S. 345. [wie Anm. II, 22]

39 Vgl. CLÉMENT, Frantz: Ein paar Rücksichtslosigkeiten. In: CL 5 (1927/28) 6, S. 439-442, hier: S. 439-440.

40 Vgl. CLEMENT, Franz: Herbstgang. In: Fl 1 (1907) 7, S. 3-7.

41 Ebd., S. 3

42 Vgl. CLEMENT, Franz: Das Deutschtum im Großherzogtum Luxemburg. In: Deutsche Erde. Gotha: Justus Pertes 1906. Auch in: Der Volksbote 19.08.1906.

43 Vgl. DAS REDAKTIONSKOMITEE DES ‚FLORÉAL', S. 5-6. [wie Anm. II, 28]

44 Ebd., S. 5.

45 NOPPENEY, Marcel: Si Floréal m'était conté … Luxembourg: Editions S.E.L.F. 1957, S. 17-18. [wie Anm. II, 22]

46 DAS REDAKTIONSKOMITEE DES ‚FLORÉAL', S. 5. [wie Anm. II, 28]

47 CLEMENT, Franz: Deutsche Litteratur. (Monatsrundschau). In: Fl 1 (1907) 2, S. 169-171, hier: S. 171.

48 CLEMENT, Franz: Einiges über Nietzsche. In: Fl 1 (1907) 8, 70-76.

49 Ebd., S. 71.

50 Ebd., S. 73.

51 Ebd., S. 76.

52 CLEMENT, Franz: Unmaßgebliche Gedanken. In: Fl 1 (1907) 5, S. 106-107, hier: S. 106.

53 DAS REDAKTIONSKOMITEE DES ‚FLORÉAL', S. 5. [wie Anm. II, 28]

54 Floréal-Porträt in: Fl., letzte Nr., S. 158.

55 Vgl. MAAS, Jacques: Les Associations pour l'Education Populaire (1908-1919). In: Galerie 6 (1988) 4, S. 505-513, S. 506.

56 Vgl. Geburt des Intellektuellen. Intellektuellengeschichte. In: DUCLERT, Vincent: Die Dreyfus-Affäre. Militärwahn, Republikfeindschaft, Judenhass. Aus dem Französischen von Ulla Bisenkamp. Berlin: Klaus Wagenbach 1994, S. 114-115.

57 Vgl. Untertitel seines Werkes.

58 Mit der Dritten Republik und ihren Schriftstellern hat sich Clément in seinem Schreiben öfters auseinandergesetzt, etwa in *Das literarische Frankreich von heute*, mit den erwähnten Dreyfusards, aber auch mit dem berühmtesten Antidreyfusard Maurice Barrès.

59 Das Werk Zolas war zu Cléments Lebzeiten sehr umstritten. Als der Schriftsteller am 19.9.1902 starb, schrieb das *Luxemburger Wort* unter dem Titel *Eine geschlossene Pestbeule*: „Emil Zola ist freiwillig oder durch Unfall, aus dem Leben geschieden, oder vielmehr, ins Leben der Vergeltung eingegangen. Seine ‚Werke folgen ihm nach', wie die Schrift sagt, insofern er vom ewigen Richter darüber zur unerbittlichen Rechenschaft gezogen wird; leider folgen sie ihm nicht nach ins Grab, sondern fahren fort, unzählige Leser zu vergiften. – In dieser Hinsicht bedeutet sein Hinscheiden nur, dass die Quelle sittlicher Fäulnis aufhört, neuen Pestbrodem auszuspeien." (30.09.1902). Clément dagegen, selbst in seiner eher ‚reaktionären Periode', empfahl zwei Romane von Zola, *Germinal* und *La Débâcle*, für seine ideale „deutsche Bücherei", in: Die Grundlagen der deutschen Dichtung, München 1904, S. 194.

60 Vgl. CLÉMENT, Frantz: Das literarische Frankreich von heute. Berlin, 1925, S. 51.

61 Vgl. CLÉMENT, Frantz: Zum Zentenar von Emile Zola. In: LZ 4.4.1940, A.A.

62 Anatole France bezog sich nicht nur auf Zolas ‚Tat', sondern auf den ‚Menschen' Zola. Beim Begräbnis des Schriftstellers am 5.10.1902, an dem 50.000 Personen teilnahmen, sagte er in seiner Grabrede: „Il fut un moment de la conscience humaine." (Vgl. Journal de la France et des Français. Chronologie politique, culturelle et religieuse de Clovis à 2000. Paris 2001, S. 1809.)

63 Nach Artikel 20 des veränderten Schulgesetzes von 1889 musste der Lehrer, neben dem normalen Unterricht, auch die Geschichte der katholischen Heiligen unterrichten. Zudem musste er viermal in der Woche, eine Viertelstunde lang, von den Schülern die Antworten auf die im Katechismus gestellten Fragen abfragen. Vgl. KIRSCH, Ed.: L'instituteur luxembourgeois avant 1912. In: La loi Braun de 1912. Luxembourg 1987, S. 67.

64 Mit Annoncen wurde im LW für diese Presseorgane geworben. Vgl. LW 29.12.1904.

65 Vgl. LW 4./5.10.1902.

66 Vgl. FAYOT, Ben: Sozialismus in Luxemburg. Von den Anfängen bis 1940. Luxemburg 1979, S. 93ff.

67 Vgl. WEBER, Batty: Fenn Kaß. Vorgestellt und kommentiert von Josiane Weber. Mersch: CNL 2001, S. 411 u. 416.

68 Vgl. ENGEL, Marcel: Batty Weber – mit Flügeln. In: LL 2.12.1960.

69 MEDER, Cornel: Ein wohlanständiger Prosa-Variétékünstler. Über den Luxemburger Schriftsteller Batty Weber. In: Hoffnungen. Fünf Vorträge. Differdange 1994, S. 55.

70 Ebd.

71 Vgl. WEITZEL-PLEGER, Michelle/WEITZEL, Victor: Die bürgerliche Familie in Batty Webers Romanen. Zum 125. Geburtstag von Batty Weber. In: LL 15.11.1985.

72 Vgl. MAAS, Jacques: Les Associations pour l' Education populaire (1908-1918), S. 506.

73 Vgl. Galerie 6 (1988) 4, S. 527. Überschrift über den Photos von Frantz Clément, Hubert Clement, J.-Baptiste Ensch, Nicolas Nickels.

74 Vgl. MAAS, Jacques: Les conférences des A.E.P. répertoriées de 1908 à 1918. In: Galerie 6 (1988) 4, S. 515-529.

75 Vgl. KIRPS, Josée: Luxemburger Volksbildungskalender. Eine Bibliographie. In: Galerie 6 (1988) 4, S. 565-579.

76 LZ 22.11.1909 A.A.

77 Vgl. MAAS, Jacques: Les Associations pour l'Education Populaire (1908-1918), S. 508-509.

78 Vgl. MAAS, Jacques: La loi scolaire de 1912: un enjeu politique majeur. In: La loi Braun de 1912. Luxembourg 1987, S. 22-23: „En dehors des partis de gauche, les idées de progrès et de tolérance trouvaient un puissant relais dans les ‚Volksbildungsvereine', fondés à partir de 1908. La ‚Fédération nationale des associations populaires' organisa en 1910 et 1911 une série de conférences traitant la question de l'enseignement neutre et laïque. Parmi les animateurs du mouvement d'éducation populaire, nous en retrouvons certains qui comptent parmi les partisans les plus décidés de l'école laïque tels les instituteurs Mathias Adam, Pierre Kieffer, Michel Lucius, Frantz et Hubert Clement, les professeurs van Werveke, N. Nickels, Esch, Tresch, Tockert, Ries, Braunshausen, les députés Aloyse Kayser, Xavier et Robert Brasseur, J.P. Probst, Jos Thorn et C.M. Spoo. Ces mêmes personnes soutinrent aussi les efforts de l' ‚Association pour les intérêts de la femme' visant à promouvoir la création d'un lycée pour jeunes filles. Les milieux cléricaux proclamèrent d'emblée leur hostilité à ce projet […]. "

79 Vgl. KIRSCH, Ed. : L'instituteur luxembourgeois avant 1912. In: La loi Braun de 1912. Luxemburg 1987, S. 71.

80 Michel Molitor, Lehrer in Luxemburg, gibt in seiner Schrift von 1931 *Der luxemburgische Lehrer in seiner schriftstellerischen Betätigung von 1815-1930* Frantz Clément als Autor von *Zur Reform der Normalschule* an. Auch in den beiden Gedenkschriften *Frantz Clément 1882-1942*, Esch/Alzette [1946], u. *Hommage à Frantz Clément*, La Voix des Jeunes 5-1952, herausgeben von Freunden Cléments, wird dieser als Verfasser bezeichnet.

81 Klerisei: Klerus. Wort veraltet u. pejorativ gebraucht.

82 WELTER, Nik: Singrün. Eine Frühlingsnovelle, veröffentlicht aus dem Nachlass. Mersch: CNL 1995.

83 Zur Geschichte der NZ: Vgl. MAAS, Jacques: Die Neue Zeit (1911-1914). Journal de combat d'Emile Mayrisch et des libéraux radicaux. In: Galerie 5 (1987) 3, S. 331-350.

84 Ebd., S. 332.

85 Vgl. Notre Enquête sur 1900. In: CL 20 (1948) 4, S. 381.

86 Im Hirtenbrief, der am 27.01.1913 im LW abgedruckt wurde, hieß es: „Geliebte Diözesanen, ihr wisset, wie sehr wir es bedauerten, als wir schließlich gezwungen wurden einzuschreiten und den unheimlich anwachsenden Verwüstungen, welche die große Anzahl von schlechten Zeitungen in unserem

Lande anrichten, entgegenzutreten. Die entsetzliche Flut ihres Hasses und ihrer Niedertracht, ihrer Verlogenheit und Unflätigkeit gegen die Kirche und ihre Diener hat aber nunmehr einen solchen Grad erreicht, dass Wir einen Verrat an Gott und seiner Kirche begingen, wenn Wir nicht nochmals unseres Amtes walten wollten. *Wir erklären daher, dass folgende inländische Zeitungen: ‚Volksbote', ‚Armer Teufel', ‚Escher Journal', Sauerzeitung', ‚Luxemburger Zeitung'* und ‚*Neue Zeit' unter jene kirchlich verbotene Schriften fallen, deren Lesung oder Unterstützung jedem Katholiken streng untersagt ist.*" [Hervorhebung LW]

87 So geschehen am 1. August 1911 „im Schanklokale der Witwe W. in Lieler". Pfarrer Aloyse Kaiser stürzte grußlos herein, ergriff die NZ, die eben ein Gast gelesen hatte, und verließ wieder, „ebenso eilig als er gekommen", das Lokal. Ein „alter Bauersmann" konnte gerade noch „beim Erscheinen des Dorfgewaltigen […] sein ‚Glopcheschristes Här' stammeln". (Vgl. NZ 13.8.1911, S. 2).

88 NZ 15.12.1912, S. 1.

89 Vgl. Und sie bewegt sich doch! In: NZ 24.3.1912.

90 Vgl. Dr. MONTANUS, Leo: Aus dem Tagebuch einer hysterischen Nonne: oder wie das Wundermädchen Klara Moes (1832-1895) Luxemburger Bischöfe stürzte und auf den Thron brachte. Auch ein Kapitel Kirchengeschichte. Frankfurt: Neuer Frankfurter Verlag, 1912. Eine Darstellung des Lebens der Ordensschwester Anna Moes (Soeur Clara de la Sainte-Croix) aus heutiger Sicht steht in: RAUSCH, Katja: Portraits de femmes célèbres luxembourgeoises. Luxembourg 2007, S. 73-80.

91 BARNICH, G.: Le régime clérical en Belgique. Bruxelles 1912.

92 Frankreich als Friedensbringer. Eine deutsch-französische Erörterung. Herausgegeben von Wilhelm Ostwald. Berlin: Concordia Deutsche Verlagsgesellschaft 1911.

93 RIES, Nicolas: Le Peuple Luxembourgeois. Essai de Psychologie. Diekirch: Imprimerie J. Schroell 1911.

94 „Nous ne voyons pas clair dans notre propre coeur", meint Nicolas Ries in der 2. Auflage seines Werkes von 1920, S. 183.

95 Der Ausdruck ‚Rasse' wird damals noch ganz unbefangen gebraucht.

96 Vgl. NZ 17.9.1911.

97 Vgl. NZ 9.7.1911 u. 6.8.1911.

98 Vgl. CLÉMENT, Frantz: ZZ 2006, S. 204-206.

99 Dass Rousseaus Menschenbild als gefährlich empfunden wurde, darauf hatte die NZ Monate vor Cléments Artikel, im Zusammenhang mit einer Buchbesprechung, aufmerksam gemacht. Sie berichtete von einem Vorfall in der belgischen Schulverwaltung, bezeichnend für „den borniertesten Geist des Konfessionalismus": „Unter dem Ministerium de Burlet hatte ein Lehrer sich geweigert, eine pädagogische Arbeit über [den] Emile von J.-J. Rousseau zu [machen] (sic!), weil es ihm durch die Indexgesetze der katholischen Kirche verboten sei, das Buch zu lesen. Der Inspektor, der die Arbeit aufgegeben hatte, antwortete, dass Emile auf der Liste der Bücher st[ehe], über die Arbeiten anzufertigen seien und dass das Buch zudem in der kantonalen Schulbibliothek sei. Der Lehrer aber fand einen Deputierten der Rechten, der sich beim Minister beklagte, und die purgierte Ausgabe des Emile von Souquet verschwand aus der pädagogischen Kantonalbibliothek." (Vgl. Vom Büchertisch. In: NZ 31.12.1911, S. 3).

100 Ein Typoskript des Vortrags von Edmond Reuter ist im Fonds Frantz Clément L-0029, im CNL Mersch.

101 Vgl. WEHENKEL, Henri: Qui a peur des archives russes? In: LL 13.12.2002.

102 Vgl. Einladung zu einer ‚Volksversammlung des Freidenkerbundes' [FB]. In: NZ 24.11.1911. Neben Clément waren die beiden mit ihm befreundeten Politiker E. Mark u. J.P. Probst sowie J. Rodenbour, Lehrer, Komiteemitglied des FB und Mitarbeiter des ‚Armen Teufel', als Redner vorgesehen. Sie sollten zur geplanten Schulreform von 1912 sprechen.

103 Vgl. WEHENKEL-FRISCH, Janine: Der arme Teufel. Monographie d'un journal socialiste luxembourgeois (1903-1929). Luxembourg 1978. In einem Interview mit L. Cahen, dem Sekretär der Escher Sektion der *Libre Pensée*, sagte dieser über den *Armen Teufel*: „Im Freidenkerbund hatten wir beschlossen, den AT zu unterstützen, unsere Mitteilungen im AT zu veröffentlichen und unsere Mitglieder zum Abonnement aufzufordern.", S. 202. Von Clément geht in dieser Monographie keine Rede.

104 Vgl. Neue französische Lyrik. In: Frankfurter Zeitung 17.6.1907 [über Emile Verhaeren: *La multiple splendeur*, Francis Jammes: *Clairières dans le ciel*, Paul Fort: *Cox comb*]; Arthur Rimbaud und seine Lyrik. In: Frankfurter Zeitung 15.8.1908; Neue französische Lyrik. In: Frankfurter Zeitung 2.9.1908 [über Emile Verhaeren, Jean Moréas, Laurent Tailhade, Emmanuel Signoret]; Die Lyrik des Emile Verhaeren. In: Sozialistische Monatshefte 12 (1908) 15, S. 943-947; Jules Renard. In: Das literarische Echo 11 (1909) 14, 15.4.1909, Sp. 985-993; Ein lothringischer Roman. [über Maurice Barrès: *Colette Baudoche. Histoire d'une jeune fille de Metz*.]. In: Das literarische Echo 12 (1909) 1, 1.10.1909, Spalten 41-43; Verhaerens letztes Drama [über *Helenas Heimkehr*]. In: Das literarische Echo 12 (1910) 21/22, Sp. 1540-1542; J.K. Huysmans. Von Johannes Jörgensen. In: Das literarische Echo 12 (1910) 17, Sp. 1271-1272; Der deutsche Verhaeren. In: Hamburger Nachrichten 13.11.1910.

105 Vgl. PALGEN, Paul: Choix de poèmes. Présentation de l'œuvre poétique et choix de textes par Nic Klecker. Mersch: CNL 1994. Siehe insbesondere das Kapitel *L'usine*, S. 27-31.

106 *Floréal* veröffentlichte in Nr. 6 zwei Gedichte von Verhaeren: *Le Sorbier*, S. 161, u. *Ces Fleurs…*, S. 162. Diese Ausgabe enthielt auch einen längeren Essay von Joseph Hansen: Emile Verhaeren, S. 129-156.

107 CLEMENT, Franz: Der vielfältige Glanz. (Zum Vortrag von Emile Verhaeren.) In: LZ 31.10.1911, A.A. Clément hatte ebenfalls einen Artikel zur Vorbereitung auf den Vortrag des belgischen Dichters geschrieben: CLEMENT, Franz: Emile Verhaeren in Luxemburg. In: LZ 27.10.1911, M.A.

108 Cléments vier deutsche Artikel über Verhaeren werden in der Bibliographie zu La Correspondance Verhaeren-Zweig, édition établie par F. van de Kerchove, Bruxelles 1996, angeführt, S. 535.

Für Stefan Zweig war Emile Verhaeren ein ‚künstlerischer Vater', der bei ihm einen Wechsel von der Ästhetik zur Ethik bewirkt hatte. Er schrieb 1910 eine Biographie über den belgischen Dichter, korrespondierte intensiv mit ihm und übersetzte einige seiner Texte. Im Zusammenhang mit der Übersetzung von Verhaerens Versen *Admirez-vous les uns les autres* und Cléments Artikel *Der deutsche Verhaeren* in den *Hamburger Nachrichten*, schreibt van de Kerchove: „[U]n admirateur de Verhaeren, le luxembourgeois Franz Clement, a publié un des comptes rendus les plus élogieux qu'ait suscité la traduction de Zweig. Le critique cite une lettre de Verhaeren qu'il vient de recevoir: le poète lui parle de sa morale de l'admiration et du sentiment cosmique qui l'anime toujours plus, ajoutant qu'au regard de cette philosophie, tout le reste perd peu à peu de son importance à ses yeux. Contrairement à d'autres critiques, Clement, qui a lui-même tenté de traduire Verhaeren (La joie), estime que Zweig a évité de plier au goût viennois le rude et sauvage Verhaeren, qu'il a scrupuleusement respecté le rythme particulier et l'architectonique de ses vers."

	Auch in der dreibändigen Anthologie von Ad. Van Bever & Paul Léautaud: Poètes d'aujourd'hui. Morceaux choisis. Paris: Mercure de France 1947, wird Clément im 3. Bd. in der Bibliographie erwähnt: Frantz Clément: Die Lyrik des E. Verhaeren. Sozialistische Monatshefte, Berlin, Juli 1908, [S. 322].
109	Über Eschs Studie veröffentlichte Clément in Nr. 2 der VdJ eine Rezension: *Ein luxemburgisches Verhaerenbuch*. Clément bemängelt in seiner Kritik, dass Esch zu sehr die außerästhetische Bedeutung des Belgiers hervorhebe, dagegen dessen neue lyrische Sprache und gewagte Bilderwelt vernachlässige.
110	Vgl. In memoriam Emile Verhaeren. In: VdJ 1 (1917) 1, S. 3-4.
111	CLÉMENT, Frantz: Zehn Jahre nach dem Tode Verhaerens. In: LZ 1.12.1926, A.A.
112	CLÉMENT, Frantz: PB. 12. November 1925. In: LZ 24.11.1925 M.A. S. 1.
113	Vgl. CLÉMENT, Frantz: PB. In: LZ 24.11.1925 M.A.; CLÉMENT, Frantz (Paris): Die Tagebücher von Jules Renard. In: TB 7 (1926) 17, S. 558-559.
114	Vgl. CLÉMENT, Frantz: Die Tagebücher von Jules Renard. In: LZ 16.2.1936 M.A., auch in: ZZ 2006, S. 199-202.
115	CLÉMENT, Frantz (Paris): Die Tagebücher von Jules Renard. In: TB 7 (1926) 17, S. 558.

III. Clément: Chefredakteur, mit Unterbrechung, im *Escher Tageblatt* (1913-1924)

1	Vgl. Renseignements pour la liquidation de la pension de Mr François Clement. ANLux, No I.P. 1091.
2	Zu den ‚demokratischen Vereinen': Vgl. FAYOT, Ben: Sozialismus in Luxemburg. Von den Anfängen bis 1940. Luxemburg 1979, S. 158-164.
3	Vgl. Ein Ruck nach links. In: ET 30.12.1913. [Autor wahrscheinlich Frantz Clément]
4	Belege von Artikeln Cléments *im Landwirt* sind in den unvollständig erhaltenen Exemplaren der Zeitung in den Archives Nationales [ANLux] nicht zu entdecken. Aber bei der Hundertjahrfeier der Zeitung, im Dezember 1937 in Diekirch, ergriffen mehrere Personen aus der früheren „Glanzperiode" das Wort, unter ihnen die Professoren Nic. Ries, Joseph Hansen, sowie auch Frantz Clément. Letzterer führte aus, die „Equipe" der liberalen Zeitung habe, als er vor 35 Jahren zum ersten Mal nach Diekirch gekommen sei, einen „nachhaltigen Eindruck" auf ihn gemacht und „bestimmend auf seine spätere Entwickelung eingewirkt." Er bezeichnete sich als „früheren Mitarbeiter" und „Freund" der Zeitung. Vgl. Hundertjahrfeier des Landwirt. In: Der Landwirt 28.12. und 29.12.1937. Die Zeitung erschien am 30.9.1940 zum letzten Mal.
5	Vgl. CLÉMENT, Frantz: 30. Juni 1913–30. Juni 1923. Ein Rückblick. In: Zum 10jährigen Gründungstag: Tageblatt. Numéro Spécial. 30.6.1923.
6	Im neuen „Tageblatt". In: ET 15.1.1920.
7	E.M. [MARX, Emil]: Frantz Clément und das ‚Tageblatt'. In: Tageblatt und Genossenschaftsdruckerei. 25 Jahre. Esch an der Alzette 1953, S. 193.
8	Vgl. CLÉMENT, Frantz: 30. Juni 1913–30. Juni 1923. Ein Rückblick. In: Zum 10jährigen Gründungstag: Tageblatt. Numéro Spécial. 30.6.1923. Offiziell verließ Clément die NZ erst am 17.10.1913 u. wurde daraufhin Chefredakteur im ET. (Vgl. MAAS, J.: Die Neue Zeit. In: Galerie (1987) 3, S. 333).
9	Vgl. Johannes Josef Koppes, der gewaltige Redner aus Luxemburg. In: ET 20.8.1913. Siehe auch den Artikel: Freimaurerei und Katholikentag. In: ET 1.9.1913.
10	20 der hervorstechendsten Wendungen in Koppes' Rede sind in Cléments Text [?] mit einem (!), zwei mit einem doppelten Ausrufezeichen (!!) versehen.
11	Vgl. ZZ 2006, S. 194-197.
12	Das Café Tholey lag an der Ecke des Stadthausplatzes. Tholey stammte aus München und eröffnete 1900 in Esch ein bayrisches Bierlokal.
13	THILL, Robert: [Über Frantz Clément]. In: VdJ. Hommage à Frantz Clément. [Spezialnummer] (1952) 5, S. 46. R. Thill (1904-1981) war Journalist und schrieb u. a. für: LZ u. ET. Seine Vorliebe galt dem Feuilleton und der kleinen Form.
14	Erasmus: Am Zeitungskiosk. In: ET 16.4.1936.
15	Vgl. MAAS, Jacques: La loi scolaire de 1912: un enjeu politique majeur. In: La loi Braun de 1912, S. 19-20. Die Angaben zwischen den eckigen Klammern sind Erklärungen zum besseren Verständnis von Webers Text. Es ging diesem nicht um die Bloßstellung von Politikern. Das Feuilleton ist, wie Clément sich ausdrückt, eine Causerie voller Geistesblitze über eine „Tintenfaßrodomontade" im Luxemburger Parlament; es belegt die Heftigkeit der damaligen politischen Auseinandersetzungen.
16	Beide Gedichte in: KILLY, Walter [Hg.]: Die deutsche Literatur. Texte und Zeugnisse. 20. Jh., Bd. VII 1880-1933, Kapitel: Krieg. München 1967. S. 767-769.
17	Zitat in: WEHLER, Hans-Ulrich: Deutsche Gesellschaftsgeschichte 1914-1949. München 2003, S. 14.
18	Tagesrundschau. Esch, den 1. August 1914. In: ET 1.8.1914.
19	CLÉMENT, Frantz: 30. Juni 1913–30. Juni 1923. Ein Rückblick. In: Zum 10jährigen Gründungstag: Tageblatt. Numéro Spécial. 30.6.1923.
20	Jmd. sistieren: (Rechtsspr.) Zur Feststellung der Personalien zum Polizeirevier bringen, festnehmen.
21	Vgl. Tagesrundschau. Esch, den 1. August 1914. In: ET 01.8.1914.
22	Über seine Verhaftung und die anschließende Haftzeit in Koblenz schrieb Clément vom 7.8.1919 bis zum 07.12.1919 eine 30teilige Artikelserie im ET, die 1920 unter dem Titel *Zelle 86 K.P.U.*, bei P. Schroell, Esch/Alz., als Buch herauskam.
23	CLÉMENT, Frantz: Zelle 86 K.P.U., Esch/Alzette 1920, S. 22-23.
24	Ebd., S. 33-34.
25	WEBER, Batty: An meinen Freund Franz Clement im Zivilgefängnis zu Koblenz. In: LZ 16.09.1914, M.A.
26	CLÉMENT, Frantz: Zelle 86 K.P.U., Esch/Alzette 1920, S. 122.
27	CLÉMENT, Frantz: 30. Juni 1913–30. Juni 1923. Ein Rückblick. In: Zum 10jährigen Gründungstag: Tageblatt. Numéro Spécial. 30.06.1923.

28 Vgl. MORGAN, Janet: The Secrets of Rue St Roch. London: Penguin Books 2005, S. 114-115.

29 Ebd., S. 203-205. Ein Luxemburger Student in Zürich, Jean Nilles, fungierte als ‚Briefkasten', um den Kontakt zwischen Luxemburg und Schroell in Paris herzustellen. (Vgl. Morgan, J., S. 120).

30 Vgl. ebd., Photo auf S. 201 (Presentation of decorations by General Weygand). Zur Hilfestellung von Luxemburgern im Interesse des französischen Geheimdienstes, vgl. die Studien von ARBOTT, Gérard: Itinéraire d'un agent luxembourgeois pendant la Première Guerre mondiale. In: Hémecht 61 (2009) 2, S. 219-228, S. 221-223; Dans les soubresauts de la Grande Guerre: Bombardements, renseignements et affairisme au Luxembourg. In: Terres rouges, renseignement et affairisme au Luxembourg. Histoire de la sidérurgie luxembourgeoise. Luxembourg 2009, S. 96-123, S. 110-114.

31 Vgl. CLÉMENT, Frantz: 30. Juni 1913–30. Juni 1923. Ein Rückblick. In: Zum 10jährigen Gründungstag: Tageblatt. Numéro Spécial. 30.6.1923.

NB: Schuld an Cléments nur ‚gelegentlicher Mitarbeit' am ET war allerdings auch, dass er sich mit der Frau von Schroell und ihrer Schwägerin, die für die Finanzen im ET zuständig waren, entzweite. Clément, wenig an regelmäßiger Präsenz und diszipliniertem Arbeiten in der Redaktion gewöhnt, soll Frau Schroell mehrmals um Geld gebeten haben. Sie beklagte sich deshalb am 17. und 30. August 1915 brieflich bei ihrem emigrierten Mann: „Il (Clément) dit lui-même qu'il n'a pas de caractère et qu'il lui faut quelqu'un pour lui rappeler toujours qu'il doit travailler. [...] Il m'a déclaré aussi qu'il ne se laisse rien dire par une femme." Schroell ernannte daraufhin Dr. Michel Welter zum politischen Direktor der Zeitung, um Clément Halt und Stütze zu geben. Zudem meinte er, man könne für die Nachkriegszeit nicht auf so eine talentierte Feder wie die von Clément verzichten. (Vgl. SCUTO, Denis: Paul Schroell, le fondateur du Escher Tageblatt. In: Radioscopie d'un journal. Tageblatt (1913-2013). Esch-sur-Alzette 2013, hier: S. 32).

32 FELTEN, Joseph (1888-1919) hatte einiges mit Clément gemeinsam: Er war Lehrer, von 1915 bis 1919 in Esch-Alz.; er spielte in der Volksbildungsbewegung eine Rolle, war einige Zeit Sekretär des Escher Volksbildungsvereins; vor allem aber veröffentlichte er im Juli 1915 die erste Monographie in Luxemburg über das Bibliothekswesen: *Ländliche Volksbibliotheken. Beitrag zur Lösung der Volksbildungsfrage*. Clément seinerseits schrieb im August 1918 in der VdJ eine geharnischte „Moralpauke" über den katastrophalen Zustand der Bibliotheken in der Hauptstadt: Die öffentlichen Bibliotheken seien „ein Aergernis für alle kulturell Besorgten".

33 Vgl. CLÉMENT, Frantz: 30. Juni 1913–30. Juni 1923. Ein Rückblick. In: Zum 10jährigen Gründungstag: Tageblatt. Numéro Spécial. 30.6.1923.

34 E.M. [MARX, Emil]: Frantz Clément und das ‚Tageblatt'. In: Tageblatt und Genossenschaftsdruckerei. 25 Jahre. Esch an der Alzette 1953, S. 196.

35 Vgl. Renseignements pour la liquidation de la pension de Mr François Clement. ANLux, No I.P. 1091.

36 Vgl. MAAS, Jacques: Les conférences des A.E.P. répertoriées de 1908 à 1918. In: Galerie 6 (1988) 4, S. 525.

37 Zu Turbulenzen kam es vor allem am 10.10.1915, als Staatsminister Loutsch seine Regierungserklärung abgab. Dabei griff er den Abgeordneten des Linksblocks, Edmond Müller, an, der ihn am Tage vorher als ‚Komödianten' bezeichnet hatte. Loutsch revanchierte sich nun und stellte Müller als ‚Blutsauger an der Arbeiterklasse' dar. Der Staatsminister hatte seine Ausführungen noch nicht beendet, da stürzte, wie das ET am folgenden Tag auf Seite eins berichtete, „Hr. Müller von hinterrücks auf ihn, ergriff ihn am Kragen, drehte sich den Mann um und gab ihm mehrere gutgezielte Fausthiebe auf das Schädeldach". Die Kammersitzung endete in einem chaotischen Durcheinander. Vor dem Kammergebäude ging es ebenfalls stürmisch zu. Dort „war [...] eine tausendköpfige Menge angestaut, die von Gendarmen zurückgehalten wurde. Ihre Rufe hatten ihren Widerhall im Saale".

In seinem damals sehr populären Lied ‚Li-La Loutsch' sang Chansonnier Putty Stein vom Geschehen in und vor der Kammer:

An der Chamber O Mammo!
Wor et deemols ureg schro,
'T huet gedonnert a gekraacht
Wann se bei de Loutsch gemaacht.
- Baussen d'Stroos voll Leit gespéckt
'T gouf gepaff, an d'Hänn gekléckt.
'T huet gebréllt an engem Drunn:
"Hu! Hu! Hu! An Demissioun,

A bas la calotte! Schlot d'Fënstre kapott!!"
Li-la Loutsch, dat wor e Wieder,
[...]
An du gong et bi-ba batscheg
An du kroug kerr'dji-dja djëss
De Minister ri-ra ratscheg
Wéi ee seet: eng déck an d'Schnëss.

(Melodie: Paul Lincke: *Wenn die Blätter leise rauschen*; Vgl. SCHONS Guy: Putty Stein (1888-1955) und die populäre Musik seiner Zeit. Bd. 1. Hollenfels: G. Schons, 1996, S. 203-205).

38 Vgl. B.: Frantz Clément. Zu seinem 7. Todestag . In: Die Linkskurve. Beilage des ET 28.5.1949.

39 Vgl. Archives du Conseil d'Etat. No du Rôle: 2083. Concerne: ‚Audience publique du 9 août 1916. Recours formé par le sieur François CLEMENT, instituteur à Luxembourg contre la Direction générale de l'Instruction publique. – Discipline.'

40 Die Akte ‚François Clément' des ‚Conseil d'Etat-Comité du Contentieux', die in den ANLux aufbewahrt wird, (No 2083 du Rôle, inscrit le 24 février 1916), enthält nur einen handgeschriebenen Text vom 28.06.1916 – wohl eine Vorbereitung, die vollkommen mit dem erwähnten Dokument des Staatsrates vom 9.8.1916 übereinstimmt. Ein ‚Rapport' aus dem Unterrichtsministerium, der die Entlassung Cléments näher begründet und rechtfertigt, ist nicht vorhanden. Wahrscheinlich waren also politische Motive ausschlaggebend für seine Entlassung.

Zweimal wurde im Ersten Weltkrieg versucht, ihm einen Maulkorb zu verpassen: 1914 von den deutschen Militärbehörden, 1916 von der Regierung Loutsch. Beide Versuche scheiterten.

41 Vgl. WEBER, Nic: Frantz Clément. Der gescheiterte Grenzenbrecher. In: Mondorf, son passé, son présent, son avenir. Mondorf-les-Bains 1997, S. 427.

42 CAPUS, René: Frantz Clément. In: CL 24 (1952) 5, S. 269.

43 SCHONS, Guy: Putty Stein und die populäre Musik seiner Zeit. Bd. 2. Hollenfels: G. Schons 1997, S. 219.

44 Irenik: Bezeichnung der theologischen Haltung, welche die allen christlichen Konfessionen gemeinsamen Lehren und Riten betont. Spuren von Cléments früherer Vertrautheit mit Theologie findet man öfters in seinem Schaffen.

45 Vgl. CLÉMENT, Frantz: Zur Psychologie der politischen Parteien. In: ET 23.11.1914. I.

46 Ebd. In: ET 24.11.1914, II.

47 Ebd. ET 25.11.1914, III.

48 Ebd.

49 Ebd. In: ET 26.11.1914, IV.

50 Die 1914 gegründete Rechtspartei trat zum ersten Mal im November 1917 mit diesem Namen in die Öffentlichkeit. Vgl. CSV. Spiegelbild eines Landes und seiner Politik? Herausgegeben von Gilbert Trausch. Luxembourg: Editions Saint-Paul 2008, S. 150.

51 CLÉMENT, Frantz: Zur Psychologie der politischen Parteien. In: ET 26.11.1914, IV.

52 Ebd.

53 Ebd. In: ET 27.11.1914, V.

54 Zu Engelmann, siehe: René Engelmann 1880-1915. Leben–Werk–Zeit. Bearbeitet von Cornel Meder unter Mitwirkung von Claude Meintz. Luxembourg: Publications de la Fondation Servais, 1990. Siehe auch LINK, André: EngelMann. Monolog für einen Schauspieler, 2004 [Typoskript, CNL].

55 Vgl. Das Mensch. Ein Fragment aus dem Nachlass von René Engelmann. In: VdJ (1922) 1, janvier.

56 Vgl. René Engelmann, von Frantz Clément. Ebd.

57 Über den Selbstmord von Engelmann schreibt Cornel Meder im Nachwort zu ENGELMANN, René: Novellen. Vianden: Veiner Geschichtsfrënn 2005: „Man weiß, dass er an Syphilis litt – und als er Gewissheit über die Natur seiner Krankheit hatte, [sagte ihm] die Mutter, er müsse selbst wissen, wie er über seine Zukunft entscheide." (S. 111-112)

58 KRACAUER, Siegfried: Die Angestellten. Mit einer Rezension von Walter Benjamin. Frankfurt/M.: Suhrkamp TB 1974, S. 120.

59 de GOURMAND, Rémy (1858-1915): fr. Schriftsteller; sein bekanntestes Werk *Un coeur virginal* (1907) steht in der Tradition der ‚contes érotiques' des 18. Jahrhunderts.

60 Vgl. JACQUES, Norbert: Dr. Mabuse. Medium des Bösen. 3 Bde, Hrsg. von Michael Farin und Günter Scholdt. Hamburg 1994.

61 Vgl. CLÉMENT, Franz. In: Fl 1 (1907) 1, S. 7 und WEBER, Batty: Über Mischkultur in Luxemburg. In: Beilage der Münchener Neuesten Nachrichten, 1909, Nr. 15, S. 121-124.

62 Vgl. JACQUES, Norbert: Luxemburg, in: Die Neue Rundschau, 19 (1908) 3, S. 1022-1034. Siehe auch: Luxemburg, die Toteninsel, von Norbert Jacques. Eine Parodie von Joe Squibbles. [i.e. Joseph Tockert] In: VdJ 2 (1918) 2.

63 JACQUES, Norbert: Der Hafen. Leipzig: Reclam 1928, S. 217.

64 PHILINTE [i.e. Nicolas Ries]: Réhabilitation d'un traître. In: ET 15.12.1927.

65 Vgl. CLEMENT, Franz (Luxemburg): Der Hafen. Roman. Von Norbert Jacques. In: Das Literarische Echo 12 (1910) 14, Sp. 1042-1043.

66 Der Leitartikel ist nicht unterzeichnet. Marcel Engel sieht als Autor, in LL 18.5.1979, den Sozialdemokraten Dr. Michel Welter, der für kurze Zeit Chefredakteur im ET war, nachdem Clément im Krieg aus der Chefredaktion ausgeschieden war.

67 Vgl. JACQUES, Norbert: Mit Lust gelebt. Hrsg. von H. Gätje, G. Goetzinger, G. Mannes und G. Scholdt. St. Ingbert 2004, S. 242-243.

68 Richard Dehmel meldete sich mit 50 Jahren als Kriegsfreiwilliger und richtete kriegsverherrlichende Verse an die deutsche Jugend. Er überlebte den Krieg und starb 1920.

69 Vgl. Marcel Engel in LL 18.5.1979. Der Artikel Cléments in LZ konnte nicht in den ANLux gefunden werden.

70 In der Neuausgabe von *Zickzack* 1945 – Clément war 1942 gestorben – wurde der Abschnitt mit der Textstelle über Jacques weggelassen.

71 Vgl. CLÉMENT, Frantz: Ein Schillerroman. In: LZ 5.11.1939, M.A. Jacques' Roman war 1939 in Berlin im Deutschen Verlag erschienen.

72 Ausgaben von Jacques' Schiller-Roman nach 1945: Berlin: Druckhaus Tempelhof, 1950; Berlin, Hamburg: Deutsche Hausbücherei [1952]; Blieskastel: Gollenstein, 2001 [Nachw. Dr. G. Scholdt].

Siehe: Norbert-Jacques-Bibliographie, erstellt von Hermann Gätje, im: Literaturarchiv Saar-Lor-Lux-Elsass.

73 Eine Neuausgabe von N. Jacques' *Die Limmburger Flöte* erschien 1985 im W.J. Röhrig Verlag, St. Ingbert.

74 Vgl. JACQUES, Norbert: Mit Lust gelebt, S. 423. [wie Anm. III, 67]

75 Ebd., S. 458.

76 Vgl. Tony Jungblut und Norbert Jacques. In: Kontakte-Kontexte, S. 140-160, hier: S. 156.

77 Vgl. ENGEL, Marcel: Norbert Jacques 1880-1954. Ein Literatenleben in Deutschland. In: LL 18.5.1979.

78 Zu AGEL und ASSOSS: Vgl. Association Générale des Etudiants Luxembourgeois. Annuaire 1933. Luxembourg 1933; WEHENKEL, Henri: Histoire de l'ASSOSS [I]. In: VdJ 21 (1963) 137, avril 1963, S. 8-10; WEHENKEL, Henri: Histoire de l'ASSOSS (II). Les années révolutionnaires 1917-1921. In: VdJ (1963) 138, juin 1963, S. 7-10.

79 Vgl. CLÉMENT, Frantz: Verdriessliche Gedanken. In: AGEL Annuaire 1933, S. 69-74, hier: S. 69.

80 Neben dem ASSOSS-Kabarett gab es noch die sogenannte ‚société récréative' *La Mansarde*, deren Mittelpunkt ebenfalls Putty Stein war. Ihr gehörten auch Freunde Cléments an, wie Batty Weber, George Schommer, Paul Palgen, nicht aber Clément selbst, der, wie es hieß: „ne faisait pas partie de la Société parce qu'elle lui apparaisait trop snob". (Vgl. MERSCH, Jules: Poutty Stein. In: Biographie Nationale. XIme Fascicule, Luxembourg 1962, S. 25-34, hier: S. 27).

81 WEHENKEL, Henri: ASSOSS [1], S. 9. [wie Anm. III, 78]

82 Die Redaktion setzte sich, ab Nr. 3 aus zwei Studenten, Jean Angel und Gust. van Werveke; einem jungen Professor, Oscar Stumper; einem Friedensrichter, Jean Pierre Wester, und dem Berufsjournalisten Frantz Clément zusammen. J. P. Wester wurde später durch den Ingenieur und Dichter Paul Palgen ersetzt. Verwaltungsdirektor war Emile Kuborn. Die Auflage der VdJ betrug etwa 1.500 Exemplare. Sie erschien monatlich.

83 Vgl. ULVELING, Jemmy: La situation des étudiants luxembourgeois pendant la guerre. In: AGEL Annuaire 1914/15, S. 53-55.

Um dem deutschen Einfluss im Ersten Weltkrieg gegenzusteuern, gründete die AGEL im Dezemer 1917 eine Theatertruppe, *Les Deux Masques*, unter der Leitung von Jules Mersch. Sie führte ausschließlich französischsprachige Werke auf. Dem ‚Comité de lecture', das für die Auswahl der Stücke und die Verteilung der Rollen zuständig war, gehörten u. a.: Batty Weber, Nicolas Ries, Frantz Clément an. Die Truppe fand nicht überall freundliche Aufnahme. Als sie in Echternach ein Stück aufführen wollte, warnte der ‚Echternacher Anzeiger': die sogenannte AGEL sei nicht ein Verband aller luxemburgischen Studenten, „sondern nur eine Vereinigung der liberalen ‚demokratischen' Studenten […], die für freigeisterische Ideen, wie Leichenverbrennung usw., schwärmt." (Vgl. AGEL Annuaire 1933, S. 122). [wie Anm. III, 78]

84 COLLART, A.[uguste]: Sturm um Luxemburgs Thron 1907-1920. Luxemburg 1991. S. 214.

85 Vgl. ebd., S. 217.

86 Zur Resonanz der Russischen Revolution in Luxemburg: Vgl. KOVACS, Stéphanie: Communisme et Anticommunisme au Luxembourg 1917-1932. Bertrange 2002, S. 11-40. Die Autorin hat sich allerdings von einer geschickten Parodie in die Irre führen lassen. Sie gibt auf den Seiten 39-40 Auszüge (mit fr. Übersetzung) aus einem angeblichen Manifest des Cénacle des Extrêmes wieder, veröffentlicht in der VdJ 2 (1918) 2 – mit dem Cénacle beschäftigen sich die folgenden Seiten. Das Manifest ist kein authentisches Dokument, sondern eine gelungene Parodie von Joe Squibbles, also Joseph Tockert, der in seinen zwei *Goldbüchern* (1918 u. 1921) ironisch-parodistische Texte zur Luxemburger Gesellschaft und zum luxemburgischen Geistesleben geschrieben hat. In dem ersten Bändchen findet sich auch eine treffende Parodie über Frantz Clément, der so manche Stunden in Luxemburger Cafés verbrachte. Vgl. S. 28-29: Frantz Clement: Café- und Nachtleben in Luxemburg.

87 Vgl. Fayot, Sozialismus in Luxemburg, S. 169. [wie Anm. III, 2]

88 Clément porträtierte sie in drei Artikeln, die er 1938 in seine Feuilletonsammlung *Zickzack* aufnahm. Vgl. Zickzack. Vorgestellt und kommentiert von Robert Thill. Mersch: CNL, 2006 [ZZ 2006]: Aloyse Kayser zum zehnten Todestag, S. 141-144; Emile Mark zu seinem Todestag, S. 144-147; J. P. Probst als Redner, S. 147-149.

89 Vgl. ZZ 2006, S. 91. Clément war stark an der Sowjetunion interessiert. Die VdJ berichtete in ihrer Januarnummer von 1922, S. 12, dass die AGEL 1921 eine Reihe von Vorträgen über Russland organisiert hatte, die einen großen Erfolg kannten. Die Vortragsredner waren: Ed. Reyland, Frantz Clément und de Muyser.

90 Vgl. Erasmus [i.e. CLÉMENT, Frantz]: Stalin schweigt, andere …. reden. In: ET 7.10.1939.

91 AGEL Annuaire 1933, S. 146. [wie Anm. III, 78]

92 WELTER, Alice (1899-1918): Die Tochter von Dr. Michel Welter, „das Mädchen mit der roten Schärpe" genannt, studierte Medizin in München und starb dort am 17.11.1919, erst 19 Jahre alt, an den Folgen der Spanischen Grippe. Vgl. FECHENBACH, Felix: Das Mädchen mit der roten Schärpe. In: [VICTOR, Walther, Hg.]: Das Felix Fechenbach Buch. Herausgegeben zu seinem Gedenken. Arbon 1936, S. 128-130.

93 Gust van Werveke soll Sekretär von Kurt Eisner gewesen sein. Vgl. WEHENKEL, Henri: ASSOSS [II], S. 8. Er erledigte auch schriftliche Arbeiten für den Arbeiter- und Soldatenrat. [wie Anm. III, 68]

94 Vgl. P.D. [i.e. MICHELS, Pol]: Neue Jugend. Eine Auseinandersetzung mit Mehreren. In: VdJ 2 (1918) 3, S. 28-29 und MICHELS, Pol: Vom Geist der neuen Jugend. In: Luxemburger Volksbildungskalender 1920. [Luxemburg 1919], S. 61-63.

95 Vgl. MICHELS, Pol: Le Futurisme. In: VdJ: 1 (1917) 2; 1 (1917) 3; 1 (1917) 4; 1 (1917) 5; 2 (1918) 2; 2 (1918) 4.

96 Vgl. WEBER, Paul: J.M. Michels. In: VdJ (1956) 19, Juin 1956, S. 4.

97 Ebd.

98 Vgl. VAN WERVEKE, Augustus – MICHELS, Pol: Wir! Manifest des ‹Cénacle des extrêmes›. In: VdJ 1 (1917) 1.

99 Zu Schickeles Beziehung zu Luxemburg, zu Aline Mayrisch, aber auch zu dem Luxemburger Lyriker Albert Hoefler: Vgl. MANNES, Gast: René Schickele: Citoyen français und deutscher Dichter. In: ET, Beilage: Bücher/Livres No 12, 19.12.1997. Albert Hoefler zählte ihn zu den „Göttern" seiner Jugend. (Vgl. [A.H.] Wo stehen wir? In: ET 21.1.1933). In den 20er u. 30er Jahren wurden Schickeles Werke vor allem in den links eingestellten Zeitungen Luxemburgs rezipiert. Auch Schickele am 21.2.1932 auf Einladung des Volksbildungsvereins einen Vortrag in Luxemburg: *Das Erlebnis Grenze*. Er wurde vorgestellt als ein Dichter des Elsasses, „der, ‚zwischen den Rassen' stehend, 1914 fervent für den Frieden eintrat, und ‚in dessen Brennpunkt der Kölner Dom und das Straßburger Münster sich erschütternd nahe kommen'". (Vgl. LOGELIN-SIMON, A.: Die Zeit zwischen den Weltkriegen. Das Streben der Volksbildungsvereine im Zeiraffer. In: Galerie 6 (1988) 4, S. 542-559, hier: S. 550).

100 Vgl. Die Fiktion eines Luxemburgers. Von F. C. In: VdJ 1 (1917) 4, S. 5-6.

101 CLEMENT, Franz, Luxemburg: Zur Fiktion einer Neutralität. Ein offener Brief an Herrn Otto Flake. In: AGEL. Annuaire 1917, S. 66-69, S. 69.

102 Vgl. Michels, Pol: Choix de textes 1917-1922. Textes présentés, annotés et commentés par Gast Mannes. Mersch: CNL 2004, S. 240-241.

103 Vgl. Dichtung und Leben. Von Frantz CLEMENT. In: VdJ 1 (1917) 3.

104 Vgl. Zwei Bücher der Bibel. Von Franz Clement. Das Büchlein Ruth. Das Buch des Propheten Jesaja. In: VdJ 1 (1917) 3, S. 5-6. [In der VdJ wurde der Familienname Clement, von Nr. 1, August 1917 bis Nr. 1, Januar 1919, immer mit e ohne Akzent geschrieben, der Vorname Frantz manchmal ohne t; ab Januar 1919 war dann Cléments übliche Signatur: Frantz Clément.]

105 Vgl. Rai-dai-dai: Die Literatur der Luxemburger, ein Spass! Ein Protest. In: VdJ 1 (1917) 4, S. 6-7.

106 Vgl. Im Namen des Cénacle des Extrêmes. S. Lashon: Offener Brief an Herrn Frantz Clément. In: VdJ 1 (1917) 5, S. 7-8.

107 Die Nr. 1 der VdJ 1917 brachte als Erinnerung an Emile Verhaeren, der am 27.11.1916 gestorben war, zwei Gedenkseiten. Vgl. Kapitel II.9 in diesem Buch.

108 Vgl. CLÉMENT, Frantz: An den „Cénacle des Extrêmes". In: VdJ 1 (1917) 5, S. 8-10.

109 WEBER, Paul: Brief an Albert Hoefler, Luxemburg, 17.9.1918. Bibliothèque nationale de Luxembourg: Réserve précieuse: MS IV: 537.

110 Vgl. BENN, Gottfried: Können Dichter die Welt ändern? In: Gesammelte Werke. Bd. 3. Frankfurt a. M.: Zweitausendeins 2003, S. 1669-1678. SARTRE, Jean-Paul: Qu'est-ce que la littérature? In: Situations, Vol. 2. Paris: Gallimard 1948.

111 CLÉMENT, Frantz: An den „Cénacle des Extrêmes". In: VdJ 1 (1917) 5, S. 10.

112 Vgl. MANNES, Gast: Du futurisme à l'expressionisme. L'avant-garde au Grand-Duché de Luxembourg entre 1917 et 1919. In: Regards/mises en scène dans le surréalisme et les avant-gardes. Leuven 2002. MICHELS, Pol: Choix de textes 1917-1922. Vgl. MANNES, Gast: Luxemburgische Avantgarde. Zum europäischen Kulturtransfer im Spannungsfeld von Literatur, Politik und Kunst zwischen 1916 und 1922. Esch/Alzette 2007.

113 Vgl. CLÉMENT, Frantz: Expressionismus in Frankreich. In: VdJ 2 (1918) 10, S. 111-113.

114 Ebd., S. 113.

115 CLÉMENT, Frantz: Deutsche Literatur. In: CL 1 (1924) 3, S. 229-230.

116 Dasselbe Porträt auch in: In Memoriam Jean-Pierre Wester 1890-1949. Plaquette éditée par les amis de J.P. Wester. Luxembourg 1950, S. 53-54.

117 Vgl. CLÉMENT, Frantz: Fliegerangriff. In: VdJ 2 (1918) 4, avril 1918.

118 Vgl. FLIES, Joseph: Das andere Esch. An der Alzette. Luxembourg 1979, S. 562: „Der französische Heeresbericht erwähnte den Fliegerangriff vom 11. Februar 1917 auf die Adolf-Emil-Hütte. Vom 7. Juli 1917 musste die Presse über die Fliegerbombenabwürfe schweigen. Am 24. Oktober 1917 forderten die Fliegerbomben in der Saarbrücker Kaserne (die bereits vor 1870 in der Höhl, Saarbrücker Straße errichtet worden war) zwei und in der Edisonstraße drei Tote." „Die Fliegerbomben vom 24. März 1918 in der Wasser- und Fleischerstraße (Bahnhof-Avenue) forderten 6 Todesopfer."

119 Vgl. CLÉMENT, Frantz: Drei Standorte. In: VdJ 2 (1918) 1, janvier 1918.

120 Vgl. CLÉMENT, Frantz: Sieg der Freude. In: VdJ 2 (1918) 3, mars 1918.

121 Vgl. CLÉMENT, Frantz: Menschen im Kriege. In: VdJ 2 (1918) 2, S. 21-22. Der Artikel ist eine Rezension zweier Bücher. Über *Le Feu* von Henri Barbusse, Paris 1916, schreibt Clément: „Der Endeindruck des Buches ist Entsetzen über das, was man aus den Menschen gemacht und der Wille, dass aus diesem Entsetzen die erlösende seelische Haltung […] erwachse und in der Welt allgemein werde." Das zweite Buch gab dem Artikel den Titel *Menschen im Krieg*. Es erschien 1918 in Zürich. Clément schreibt: „Das deutsche Buch ist ohne Autornamen erschienen. […] Man sagt, es sei das Werk eines jungen, vom Krieg seelisch bis zur Selbstauflösung ergriffenen Ungarn." [Der Autor ist Andreas Latzlo, der Name taucht im Buch nicht auf.]
CLÉMENT, Frantz: Eduard von Keyserling. Zu seinem 50. Geburtstag. In: VdJ 2 (1918) 6, S. 64-65. Den impressionistischen Dichter Graf E. von Keyserling (1855-1918) charakterisiert Clément als „ausgezeichneten Darsteller der seelischen Konflikte in bis zur Zersetzung verfeinerten adligen Milieus".
CLÉMENT, Frantz: Unsere öffentlichen Bibliotheken. Ein Stückchen Kulturpolitik. In: VdJ 2 (1918) 8, S. 85-87.

122 Vgl. CLÉMENT, Frantz: Léon Bloy. In: VdJ 2 (1918) 5, mai 1918, S. 54-55.

123 Das ‚Comité exécutif' bestand aus Jean Angel, Emile Mark, Armand Michel, Paul Palgen, Paul Reiser, Georges Schommer, Henry Schreiber, Paul Stümper, Paul Siverin, Georges Traus.

124 Das ‚Comité Directeur' u. das ‚Comité exécutif' setzten sich zusammen aus Jean Angel, Frantz Clément, Joseph Hansen, Aloyse Kayser, Jean Kohll, Max Kuborn, G. Lettal, Emile Mark, Marcel Noppeney, Paul Palgen, Paul Reiser, Georges Schommer, Henry Schreiber, Emil Servais, Paul Siverin, Paul Stümper, Oscar Stümper, Jean Thekes, Charles Wiroth.

125 Die LF, innerlich zerrissen, war auch weit davon entfernt, bei frankophilen Luxemburgern auf allgemeine Zustimmung zu stoßen. A. Houdremont, der Präsident der ‚Alliance Française' [AF], der mit Clément zu Beginn des Ersten Weltkrieges von den Deutschen verhaftet worden war, distanzierte sich in einer Stellungnahme in der LZ von der Ligue. Diese habe die Mitglieder der AF zu einer außergewöhnlichen Versammlung einberufen. Einziger Programmpunkt: „Rattachement du Luxembourg à la France; propagande commune avec d'autres sociétés". Dazu Houdremont: Die AF habe als Ziel, zur Verbreitung der französischen Kultur beizutragen. Sie beziehe zu politischen Fragen keine Stellung. (Vgl. Houdremont, président de l'Alliance française: Sprechsaal. Esch/Alz., 19 décembre. In: LZ 19.12.1918. A.A., S. 2)

126 Vgl. COLLART, A.[uguste]: Annexionspläne des belgischen Außenministeriums. In: COLLART, A.: Sturm um Luxemburgs Thron 1907-1920. Luxemburg: Editions Saint-Paul, 2. Aufl., 1991, S. 283-292, hier: S. 286.

127 TRAUSCH, Gilbert: La Belgique et le Luxembourg, deux pays proches l'un de l'autre. In: Belgique-Luxembourg. Les relations belgo-luxembourgeoises et la Banque Générale du Luxembourg (1919-1994). Sous la Direction de Gilbert Trausch. Luxembourg: BGL 1975, S. 11-35, hier: S. 27.

128 Batty Weber war für die Bewahrung der Luxemburger Unabhängigkeit. Aber in seinem *Abreißkalender* vom 18.12.1918 schrieb er: „[W]enn die Landkarte Europas, was das Schicksal verhüte, wieder einmal ein anderes Gesicht bekommen sollte, so würden wir, glaube ich, statt des ‚Feierwon' immer noch am liebsten die ‚Brabançonne' mitsingen."

129 WELTER, Nikolaus: Im Dienste. Erinnerungen aus verworrener Zeit. Neue durchgesehene Auflage. Luxemburg: Verlag der St. Paulus-Druckerei 1926, S. 35.

130 Vgl. CLÉMENT, Frantz: Antwort an Herrn Marcel Noppeney. In: ET 8.8.1921, S. 2-3.

131 Zitiert nach: CSV. Spiegelbild eines Landes und seiner Politik?, S. 173. [wie Anm. III, 50]

132 Zum Vergleich der beiden Schulgesetze von 1881 (ergänzt 1898) und 1912: COLLART, A. Sturm um Luxemburgs Thron 1907-1920, S. 113-114. [wie Anm. III, 126]

133 Auch eine Ergänzung zu dem Schulgesetz konnte Bischof Koppes nicht beeindrucken. In einer ministeriellen Anweisung vom 4.10.1912 hieß es, der Unterricht in den Primärschulen dürfe weder neutral noch antireligiös sein, sondern müsse in Harmonie mit den Überzeugungen in den Luxemburger Familien stehen. (Vgl. M.-J. R.: Une période critique de notre histoire: 1912-1919. In: LL 14.8.1964. S. 2 und 4) Bischof Koppes untersagte den Geistlichen, an der Umsetzung des Schulgesetzes mitzuarbeiten. Sie durften den Religionsunterricht nicht in den Schulgebäuden abhalten, mussten sich nach anderen Räumlichkeiten umsehen: Die religiöse Unterweisung erfolgte etwa in einem Feuerwehrlokal, in einer Molkerei, in der Sakristei … Papst Pius X., in einem Schreiben vom 26.10.1912, billigte ausdrücklich die starre Haltung von Bischof Koppes. (Vgl. COLLART, A.: Sturm um Luxemburgs Thron 1907-1920, S. 116 [wie Anm. III, 126]) Es schien damals, als wäre eine Periode der Christenverfolgung in Luxemburg angebrochen! Heute ist das fortschrittliche Schulgesetz von 1912 weitgehend vergessen. (PAULUS, C.: La loi scolaire de 1912 – un centenaire oublié. In: ET 9.11.2012).

134 Zu Bischof Koppes: Siehe das Kapitel *Der Antiklerikalismus* der Neuen Zeit.

135 COLLART, A.: Sturm um Luxemburgs Thron 1907-1920, S. 168. [wie Anm. III, 126]

136 Zu Hubert Loutsch: Siehe das Kapitel *Clément wird „abgesetzt".*

137 A. Collart erklärt das Verhalten der Großherzogin mit einer Zwangslage. Bei einem Protest gegen die Anwesenheit des Kaisers in Luxemburg hätte „Deutschland mit einem Federstrich unserm Lande seine Lebensgrundlagen […] entziehen können". (Vgl. COLLART, A.: Sturm um Luxemburgs Thron 1907-1920, S. 143). [wie Anm. III, 126]

138 WELTER, Nikolaus: Im Dienste, S. 92. [wie Anm. III, 129]

139 Ebd., S. 94-95.

140 Vgl. TRAUSCH, Gilbert: Belgique-Luxembourg, S. 78. [wie Anm. III, 127]

141 Vgl. TRAUSCH, Gilbert: CSV. Spiegelbild eines Landes und seiner Politik?, S. 178. [wie Anm. III, 50]

142 Zum Referendum und zur franco-belgischen Einigung, auf Kosten Luxemburgs: Vgl. TRAUSCH, Gilbert: L'impasse du référendum. u. Un compromis franco-belge sur le dos du Luxembourg. In: Belgique-Luxembourg, S. 92-95; S. 96-98. [wie Anm. III, 127]

143 Vgl. THILL, Jean: L'évolution constitutionnelle au Grand-Duché de Luxembourg (IV). 1919: La question dynastique. In: LL 17.3.1972, S. 11.

144 F.C.: Belgier und Luxemburger. In:. ET 15.10.1923, S. 1.

145 Siehe etwa Ping-Pang [i.e. Clément]: Splitter. In: ET 1.2.1921, S. 2.

146 Die Wendung, die Großherzogin habe „das Spiel verloren", mag despektierlich klingen, aber sie ist angemessener als die offizielle Begründung, sie habe „im Interesse des Landes" abgedankt. Als Letztes in ihrer Regierungszeit stellte nämlich Marie-Adelheid eine Bedingung für ihren Verzicht auf die Krone: „Sie sei bereit, gleich abzudanken, wenn die Rechtspartei ihren Abgang für das Wohl des Landes notwendig erkläre." Die Rechtspartei wollte die Verantwortung für ihren Abgang nicht übernehmen und wies diese Forderung zurück (Vgl. TRAUSCH, G.: CSV, S. 178 [wie Anm. III, 50]). Marie-Adelheid trat nicht „im Interesse des Landes" zurück, sondern weil alle sie fallen ließen: die Linksparteien zuerst, dann die Rechtspartei, schließlich die Regierung, und diese auf Druck der französischen Regierung, die gefordert hatte: „Sie muss fort." Die Großherzogin, vom ‚Gottesgnadentum' getragen, hatte gekämpft, aber letztendlich war sie gescheitert. „Sie hatte das Spiel verloren."

147 CLÉMENT, Frantz: Deutschland und die Deutschen. (Fragmentarisches.) In: VdJ 3 (1919) 2, S. 13-14.

148 Ebd., S. 13.

149 Ebd., S. 13.

150 Ebd., S. 13-14.

151 MANN, Thomas: Betrachtungen eines Unpolitischen. Berlin 1918, Vorrede, S. XXXIII.

152 Erasmus: Psychologisches über die deutsche Revolution. In: ET 12.3.1919, S. 1.

153 CLÉMENT, Frantz: Reflexionen über Deutsche und Franzosen. In: ET 28.3.1919, S. 1.

154 CLÉMENT, Frantz: Der Deutsche und der Franzose. In: ET 5.5.1919, S. 1.

155 CLÉMENT, Frantz: Deutsche und Franzosen. In: ET 12.6.1919, S. 1.

156 Ebd.

157 Auf G.K. Chesterton, auf A. Suarès ging Clément in dem oben zitierten Artikel im ET vom 12.6.1919 ein, auf J. Rivière im ET vom 05.05.1919.

158 Vgl. LEINER, Wolfgang: Das Deutschlandbild in der französischen Literatur. Darmstadt: WBG 1989, S. 184.

159 CLÉMENT, Frantz: Deutsche und Franzosen. In: ET 4.6.1920, S. 1.

160 Vgl. LEINER, Wolfgang. Das Deutschlandbild in der französischen Literatur. Darmstadt: WBG 1989, S. 184-185.

161 Vgl. BLAICHER, Günther: Das Deutschlandbild in der englischen Literatur. Darmstadt: WBG 1992, S. 284-285.

162 [CLÉMENT, Frantz ?]: Das Ende der Kriegspsychose. In: ET 3.3.1922, S. 1.

163 Der Artikel im ET richtete sich vor allem gegen Marcel Noppeney, den politischen Direktor der ‚Indépendance Luxembourgeoise' [IL], und seinen inflationären Gebrauch des Wortes ‚Boche'. Als Clément 1921 vermehrt pazifistische und proeuropäische Überzeugungen vertrat, ritt Noppeney sein „Steckenpferd der ‚mentalité boche'" gegen Clément. Dieser ging daraufhin auf Distanz zu seinem früheren Freund und „Waffenbruder": „Zum Freunde habe ich mich enthusiastisch bekannt, zum Verehrer, der allergnädigst einen Fußtritt hinnehmen soll, wenn es dem hohen Herrn gefällt, bin ich mir immer zu gut gewesen. Und deshalb: Adieu, Herr Marcel Noppeney." (Vgl. CLÉMENT, Frantz: Antwort an Herrn Marcel Noppeney. In: ET 8.8.1921, S. 2-3).

Aber der politische Direktor der IL versteifte sich mit einem querulantischen Eifer darauf, Clément den Preußen anzuhängen. Dieser jedoch, etwas entnervt, schlug zurück, fragte, ob nicht Noppeney letztendlich der eigentliche Preuße sei. Seine Vorfahren stammten ja aus Andernach, offensichtlich habe er preußische Unarten geerbt, gebärde sich wie ein „stockpreußischer Unteroffizier", der weiter nichts könne als „kommandieren und schimpfen". (ET 2.11.1922). Dies trieb den frankophilen Noppeney auf die Palme, er schaltete die Justiz ein und schickte dem ET den Gerichtsvollzieher.

Ein Jahr später fragte Clément am 15.11.1923 in seiner Rubrik ‚Splitter' im ET, wie es möglich gewesen sei, dass er „so viel Temperament und Hirnsubstanz" für „einen Miniatursturm in einem ganz kleinen Glase Wasser" verschwendet habe.

Über Noppeneys Manie, in den Deutschen nur ‚Boches' zu sehen, siehe auch: HELLMANN, Pierre: Stéréotypes nationaux et témoignage littéraire. Les ‚Boches' dans Contre eux [1953] de Marcel Noppeney. In: CONTER, Claude D. u. GOETZINGER, Germaine (Hg.): Identitäts(de)konstruktionen. Neue Studien zur Luxemburgistik. Differdange: Éditions Phi/CNL 2008, S. 53-69.

164 CLÉMENT, Frantz: Boches. In: ET 8.3.1922, S. 1.

165 Vgl. CLÉMENT, Frantz: Der Deutsche und der Franzose. In: ET 5.5.1919.

166 BOURG, Tony: Recherches et conférences littéraires. Recueil de textes édité par Jean-Claude Frisch, Cornel Meder, Jean-Claude Muller, Frank Wilhelm.

Luxembourg: Publications nationales 1994, S. 333.

167 SONNABEND, Gaby: Pierre Vienot. Ein Intellektueller in der Politik. München 2005, S. 77.

168 Vgl. MAYRISCH-de SAINT HUBERT, Aline: Regards sur l'Allemagne. Articles publiés à la NRF (1919-1921). In: Galerie 6 (1988) 1, S. 7-25. Suite (2): Vgl. auch: Articles publiés à la NRF (1919-1922). In: Galerie 7 (1989) 1, S. 41-43.

169 Vgl. BARIETY, Jacques: Le sidérurgiste luxembourgeois Emile Mayrisch, promoteur de l'Entente Internationale de l'Acier après la Première Guerre Mondiale. In: Raymond Poidevin et Gilbert Trausch (sous la direction de): Les relations franco-luxembourgeoises de Louis XIV à Robert Schuman. Metz 1978, S. 245-257, Vgl. S. 249.

170 Vgl. u. a.: F.C.: Nur keine Heuchelei. In: ET 29.01.1923; Zum Ruhrproblem. In: ET 31.1.1923; F.C.: Gestern und heute I. In: ET 3.2.1923; Gestern und heute II. In: ET 9.2.1923.

171 Die Artikelserie im ET erschien unter dem Titel *Zelle 28 K.P.U.*; die Buchausgabe dagegen hatte den Titel *Zelle 86 K.P.U.* Eine Erklärung für diese Änderung ist nicht zu finden. Auf dem Titelblatt ist zudem ein Druckfehler: Zelle 86 K.**U**.P. (statt 86 K.P.U.)

Das Buch ist Marcel Noppeney gewidmet, der im Ersten Weltkrieg wegen des Verdachts der Spionage im Dienste Frankreichs dreimal zum Tode verurteilt worden war. Großherzogin Marie-Adelheid erreichte eine Umwandlung der Strafe in lebenslange Zwangsarbeit.

172 CLÉMENT, Frantz: Zelle 86 K.P.U. Esch/Alzette [1920], S. 10-11.

173 Vgl.CLÉMENT, Frantz: Gefangen. In: Luxemburger Volksbildungskalender 1918, Luxemburg: Gustave Soupert, S. 48-52.

174 Ebd., S. 49.

175 Ebd., S. 51-52.

176 Ebd., S. 49-50.

177 CLÉMENT, Frantz: Zelle 86 K.P.U., S. 12-14.

178 Ebd., S. 56-57.

179 Ebd., S. 92.

180 Ebd., S. 91.

181 Ebd., Frantz Clément: Ein Nachwort statt des Vorwortes. Esch an der Alzette, im Januar 1920. S. 125-128.

182 Vgl. CLÉMENT, Frantz: ZZ 2006, S. 89. Experten hatten die astronomische Summe von 223 Mrd Goldmark an Reparationen errechnet. Im Versailler Vertrag wurden diese mit der Alleinschuld Deutschlands am Ersten Weltkrieg begründet, obschon sie dem Völkerrecht bis dato fremd waren. Die letzten Reparationsschulden zahlte die Bundesrepublik am 3. Oktober 2003 zurück.

183 Der Friede. In: ET 27.6.1919, S. 1.

184 CLÉMENT, Frantz: Der Völkerbund und der Friede. In: ET I. 29.7.1921; II. 1.8.1921; III. 2.8.1921; IV. 4.8.1921.

185 Ebd., III. 2.8.1921.

186 Vgl. ebd., IV. 4.8.1921.

187 Vgl. Lokalneuigkeiten im ET 19.10.1921.

188 Zum Kongress: Vgl. CLÉMENT, Frantz: Die Klerikalen und die Friedensbewegung. In: ET 20.8.1921, S. 1; CLÉMENT, Frantz: Klerikaler Pazifismus. In: ET 25.08.1921, S. 1.

189 F.C.: Westlich-Oestlich. In: Luxemburger Tageblatt 16.10.1924, S. 1. [Das ‚Tageblatt' änderte mehrmals seinen Titel und Untertitel. In den 1920er Jahren hieß es z. B. Luxemburger Tageblatt – La Gazette de Luxembourg. Einheitlich wird in Text und Fußnoten die gebräuchliche Bezeichnung Escher Tageblatt [ET] gebraucht.]

190 CLÉMENT, Frantz: Wir Luxemburger III. In: ET 12.8.1921, S. 1.

191 CLÉMENT, Frantz: Wir Luxemburger IV. In: ET 19.8.1921 S. 1.

192 CLÉMENT, Frantz: Wir Luxemburger II. In: ET 11.8.1921 S. 1.

193 CLÉMENT, Frantz: Emile Mayrisch als Europäer. In: LZ 8.3.1928, A.A.

194 Vgl. André Gide - Aline Mayrisch: Correspondance 1903-1946. Edition établie et annotée par Pierre Masson et Cornel Meder. Paris 2003, S. 89-90.

195 Vgl. Ebd. S. 168. In einer Fußnote wird angemerkt, dass Clément am 8.6.1921 die am [20.07.]1886 in Trier geborene Madeleine Kleyr heiratete. Die Heirat scheint selbst in der Familie Cléments kaum bekannt gewesen zu sein. Mme Rose Meyers-Kersch, die einzig lebende Verwandte Cléments, die ihn noch aus ihrer Jugend kannte, kann sich nur vage daran erinnern, dass mal zu Hause erwähnt wurde, Clément habe eine kurze Zeit eine Ehe mit einer Ausländerin geführt –, man habe sich im Guten getrennt, sei aber weiterhin in Briefkontakt geblieben.

NB: Ein nachträglich entdecktes Dokument der Stadt Luxemburg gibt an, dass Magdalena Kleyr, wohnhaft in Luxemburg, ohne Stand, am 6.9.1928 dem Beamten des Zivils ein vom Bezirksgericht Luxemburg am 2.1.1928 ergangenes Urteil vorlegte, das die Ehescheidung von ihrem Ehemann Franz Clement, Journalist, wohnhaft in Magny-les-Hameaux, aussprach. Da die gesetzlich vorgeschriebene Berufungsfrist verstrichen sei und kein Widerspruch erhoben wurde, war die Ehe aufgelöst. Ein Protokoll wurde erstellt, das die Nummer 16 trägt. Gedankt sei Charlotte Strasser aus Mondorf, die mich auf das Protokoll aufmerksam machte.

196 Vgl. CLÉMENT, Frantz: Mit André Gide. In: TB 9 (1928) 5, S. 193-195.

197 BOURG, Tony: André Gide et Madame Mayrisch. In: Recherches et conférences littéraires, S. 544-571. [wie Anm. III, 166]

198 Ebd., S. 558-559. Die im Zitat erwähnte Petite Dame ist Maria van Rysselberghe, die Frau des belgischen Malers Théo van Rysselberghe, eine intime Freundin A. Mayrischs.

[199] Vgl. Gides Brief vom 6.9.1919, S. 12 und Fußnote 2, S. 96. In: André Gide. Correspondance avec Félix Bertaux. 1911-1948. Centre d'études gidiennes 1995.

[200] Vgl. Gides Brief vom 30.9.1919, S. 153 u. Lettre 13, Fußnote 6. In: A. Mayrisch - A. Gide: Correspondance.

[201] Vgl. Aline Mayrisch – Jacques Rivière: Correspondance 1912-1925. Edition établie et annotée par P. Masson et C. Meder. Centre d'études gidiennes 2007, S. 55.

[202] Über F. Bertaux (1881-1948) veröffentlichte Clément aus Anlass des Erscheinens seiner Literaturgeschichte *Panorama de la littérature allemande contemporaine*, bei Kra Paris, den Beitrag: Ein Literaturpanorama. In: TB 9 (1928) 30, S. 1263-1264. Er schrieb: „Ich meine […], dass alle zukünftige Schreibearbeit von Franzosen über Deutschland irgendwie an dieses Buch anknüpfen muss."

[203] Vgl. ‚Bicher mat Dédicacen aus der Colpecher Bibliothéik.' CNL Mersch: CO/0428.

[204] Vgl. Brief von Frantz Clément an A. Mayrisch, 17.07.1913. Fonds Frantz Clément L-0029, CNL Mersch. Wie der Brief zeigt, war Cléments damalige Adresse: Luxembourg, Avenue de la Gare 24/III.

[205] Vgl. KIRT, Romain [Hrsg.]: Ernst Robert Curtius. Goethe, Thomas Mann und Italien. Beiträge in der „Luxemburger Zeitung" (1922-1925). Bonn: Bouvier 1988.

[206] Der längere Brief von A.Mayrisch an E.R. Curtius vom 19.10.1925 geht nur kurz auf Clément ein. In: Universitätsbibliothek Bonn. NL E.R.Curtius I. Siehe auch: Germaine Goetzinger: Kulturtransfer im Zeichen der persönlichen Begegnung. E.R. Curtius und A. Mayrisch-de St. Hubert. In: Das Rheinland und die europäische Moderne. Essen 2008, S. 161-174, S. 165.

[207] Vgl. Brief von A. Mayrisch an P. Valéry, 4.6.1926. In: Germanisch und Romanisch in Belgien und Luxemburg. Romanistisches Kolloquium VI. Hg. Wolfgang Dahmen … u. a. Tübingen 1992. Hier: Anhang zu dem Essay: ‚Seriez-vous comme le soleil … ?' Aline Mayrisch-de Saint Hubert, Paul Valéry und Jean Schlumberger: Neue Dokumente zur Geschichte des ‚Colpacher Kreises' von Christoph Dröge, S. 77-78.

[208] „un peu à la façon d'une heure avec … ": Bezieht sich auf eine damals sehr bekannte Serie von Interviews, die ein gewisser F. Lefèvre mit prominenten Autoren führte.

[209] Brief von A. Mayrisch an P. Valéry. In Germanisch und Romanisch in Belgien und Luxemburg, S. 78. [wie Anm. III, 207]

[210] Vgl. BALTMANN, Ekkehard: Heinrich Mann und Paul Desjardins. Heinrich Manns Reise nach Pontigny anno 1923. Frankfurt a.M., Bern, New York 1985, S. 74.

[211] Vgl. Correspondance Aline Mayrisch-Jean Schlumberger 1907-1946. Ed. par Pascal Mercier et Cornel Meder. Publications Nationales Luxembourg 2000, S. 158.

[212] Die Artikel Cléments in der LZ: Brief aus Frankreich. Pontigny (Yonne), den 9. August 1926. In: LZ 12.8.1926, A.A.; Brief aus Frankreich. Paris, Mitte August 1926. In: LZ 23.8.1926, A.A.; Pariser Brief. Paris, den 25. August 1926. In: LZ 27.8.1926, A.A.; Brief aus Frankreich. Pontigny, den 10. September 1927. In: LZ 27.9.1927, M.A. In der LZ vom 12.4.1940, M.A., in einem Nachruf auf den kurz zuvor verstorbenen P. Desjardins ließ Clément noch einmal den Geist von Pontigny aufleben. Die Abtei war damals bereits zum Kriegslazarett geworden. Die Artikel vom 23. und 27.8.1926 sind auch nach dem Tod von Clément in die Ausgabe der PB von 1955 aufgenommen worden. Titel: *Abbaye de Pontigny* und *Demokratie*.

In keinem Artikel wird Aline Mayrisch erwähnt. T. Bourg irrte sich also wohl, wenn er schreibt: „Frantz Clément, invité à Pontigny sur recommandation de Madame Mayrisch, […]" (Vgl. BOURG, Tony: Recherches et conférences littéraires, S. 595 [wie Anm. III, 197]).

[213] CLÉMENT, Frantz: Europäische Gespräche. In: TB 7 (1926) 36, S. 1301-1303, S. 1303.

[214] Vgl. CLÉMENT, Frantz: Primat des Politischen. In: ZZ 2006, S. 88.

[215] NB: In Albert Hoeflers nachgelassenem *Roman eines Lebens* wird die Gründung der neuen Zeitschrift beschrieben. Zwei Redner standen bei der Gründungsversammlung im Mittelpunkt: Paul Schroell beleuchtete den kommerziellen, Frantz Clément den redaktionellen Aspekt der CL. Den Namen *Les Cahiers luxembourgeois* – es musste unbedingt ein französischer Titel sein – schlug M. Esch vor. (Vgl. S. 163-166, in: Albert Hoefler: Roman eines Lebens, vorgestellt und kommentiert von Jeff Schmitz, CNL 2013).

[216] Vgl. Die Redaktion der ‹Cahiers luxembourgeois›: Zur Einführung. 1 (1923) 1, S. 7-8. hier: S. 8.

[217] *Zwischen den Rassen* steht als erster Text in der neuen Anthologie: Literaresch Welten. Eng Lëtzebuerger Anthologie an dräi Sproochen. Luxembourg 2012, S. 27-31.

[218] CLÉMENT, Frantz: Zwischen den Rassen. Ein Gespräch. In: CL 1 (1923/24) 1, S. 9-15, hier: S. 14.

[219] Ebd., hier: S. 13.

[220] Vgl., ebd. S. 11-15.

[221] Vgl. CLÉMENT, Frantz: Deutsche Literatur. In: CL 1 (1923/1924) 1, S. 13-15.

[222] Vgl. CLÉMENT, Frantz: Deutsche Literatur. In: CL 1 (1923/1924) 3, S. 229-230.

[223] Vgl. CLÉMENT, Frantz: Luxemburg-Lothringen. In: CL 1 (1923/1924) 7, S. 469-474.

[224] Vgl. CLÉMENT, Frantz: Ein paar Rücksichtslosigkeiten. In: CL 5 (1927/1928) 6, S. 439-442, Numéro spécial. Auf diesen Artikel wird später im Zusammenhang mit Cléments Überlegungen zur Kunst noch eingegangen werden. Siehe dazu den in seiner Pariser Zeit mit *Clément und die Luxemburger Kunst. Ein paar Rücksichtslosigkeiten* überschriebenen Teil. (IV.– 8.).

[225] Vgl. CLÉMENT, Frantz: Kleine Reise. In: CL 5 (1927/1928) 1, S. 11-17 sowie Der Dom von Albert Hoefler (Verlag der Cahiers luxembourgeois). In: CL 5 (1927/1928) 2, S. 162-163.

[226] Dank Antoinette Welter, die den literarischen Nachlass von Nik Welter betreut, konnte Einsicht in einen Teil der Notizen ihrer Großmutter, Mme Julie Welter-Mischo, der Frau Welters, genommen werden. Sie wurden 1952 aufgeschrieben und betreffen auch Batty Weber und Frantz Clément. Heftige Vorwürfe werden gegen beide erhoben, die als „Feinde" Welters dargestellt werden und seiner Familie schweres „Leid" zugefügt hätten. Beide hätten allerdings ihr Verhalten später bereut. Clément habe sich öffentlich, im Bürgerkasino, in der Zeit vor dem 2. Weltkrieg, vor versammelter Tischrunde, entschuldigt. Zur Rede gestellt, warum er „auf Befehl" gegen Nik Welter geschrieben habe und „dafür bezahlt" worden sei, habe er geantwortet: „Was tut man nicht, wenn der Hunger einen quält!" Die Episode scheint in dieser Form wenig glaubwürdig. Wird hier nicht eine ironisch sarkastische Bemerkung für bare Münze genomen? Im Leben Cléments gibt es keinen einzigen Beleg, dass er „auf Befehl" und „gegen Bezahlung" jemanden angriff, nur um das Nötigste

zum Leben zu haben. Er wollte wohl eher mit seiner ‚Entschuldigung' angesichts des drohenden Krieges und einer sich dramatisch zuspitzenden Lage eine Überwindung ideologischer Gegensätze, ein Vergessen alter Rivalitäten sowie eine Solidarität aller ehrlichen und gut gesinnten Luxemburger Intellektuellen und Schriftsteller erreichen – und zu ihnen zählte er ganz sicher auch Welter. (Vgl. ‚Nik. Welter, mit den Augen seiner liebenden und wie er manchmal meinte, leicht kritischen Frau gesehen!' Siehe Seiten: 92, 93, 93a, 134, 135 [unveröffenlicht]).

227 Vgl. CLÉMENT, Frantz: Dantes Kaiser! In: VdJ Nouvelle Série (1922) 2, février, S. 23-24.

228 Vgl. N.X.: Les Cahiers luxembourgeois publient leur 100e numéro. [Interview mit dem Redaktionsdirektor der CL: Professor Nicolas Ries]. In: AZ 4 (1936) 20, S. 4-6.

229 Vgl. CLÉMENT, Frantz: Gruss aus der Fremde. In: CL 7 (1930) 8, S. 721-725.

230 Vgl. CLÉMENT, Frantz: Primat des Politischen. In: CL 10 (1933) 8, S. 843-855. Der Hinweis, dass der Aufatz ein Kapitel von *Brücken über den Rhein* ist, steht in der Fußnote, S. 843.

231 Vgl. Erasmus: Nikolaus Ries, sechzig Jahre alt. In: ET 3.11.1936. Zu Nicolas Ries siehe auch: Il y a soixante ans disparaissait Nicolas Ries, premier animateur des Cahiers luxembourgois / Frank Wilhelm. [Bereldange]: CL 2001, Luxembourg: Impr. Centrale.

232 Vgl. Erasmus: Ein Hakenkreuz-Kalender. In: ET 16.2.1937.

233 Vgl. CLÉMENT, Frantz (Paris): Faschismus in Frankreich. In: TB 7 (1926) 21, S. 710-715.

234 Vgl. F.C.: Die Rathenaumörder. In: ET 13.10.1922.

235 Vgl. CLÉMENT, Frantz: ZZ 2006, S. 90.

236 Vgl. GOETZINGER, Germaine: Die Mayrischs und Rathenau. Festvortrag von G. Goetzinger. In: LW-Die Warte 20.10.2011.

237 Vgl. André Gide-Aline Mayrisch: Correspondance, S. 262.

238 Vgl. F.C.: Die Rathenaumörder. In: ET 13.10.1922.

239 Vgl. WESEL, Uwe: Adolf Hitler. „Ein kolossaler Kerl, dieser Hitler!" In: Die Zeit 03.05.2001.

240 Gustav von Kahr, Generalkommissar in Bayern, schlug den Hitlerputsch nieder. Otto von Lossow war Befehlshaber der Reichswehr in Bayern.

241 Wolfgang Kapp, rechtsradikaler Politiker, versuchte im März 1920 mit unzufriedenen Teilen der Armee die deutsche Reichsregierung zu stürzen.

242 F.C.: Von Eisner bis Hitler. (Glossen zum Münchener Rechtsputsch-Prozeß.) In: ET 12.3.1924, S. 1.

243 Vgl. CLÉMENT, Frantz: Von Wilhelm II. über Noske zu Kapp. In: ET 17.3.1920; F.C.: Der Exkaiser erinnert sich. In: ET 27.9.1922; [F.C.]: Die Memoiren des Exkaisers. In: ET 17.10.1922 ; F.C.: Von Scheidemann bis Kuno. In: ET 30.1.1923.

244 Vgl. CLÉMENT, Frantz: Figures d'Allemagne. Erzberger. In: ET 5.10.1920, S. 1; CLÉMENT, Frantz: Figures d'Allemagne. Maximilian Harden. In: ET 12.10.1920, S. 1.

245 Vgl. F.C.: Französische Staatsmänner. Louis Barthou. In: ET 9.8.1922; Fr.Cl.: Edouard Herriot. In: ET 12.8.1922; [F.C.]: Léon Blum. In: ET 26.8.1922; F.C.: Raymond Poincaré. In: ET 9.9.1922; F.C.: René Viviani. In: ET 30.9.1922.

246 Siehe z. B.: CLÉMENT, Frantz: Bücher der Zeit [Pierre Benoit: L'Atlantide] In: ET 04.03.1920; F.C.: Bücher. [über einige französeche Romane u. Novellen aus der Kriegs- u. Vorkriegszeit] In: ET 22.6.1920; CLÉMENT, Frantz: Drei Bücher. [André Gide: La Symphonie Pastorale. Roland Dorgelès: Les Croix de Bois. Georges Duhamel: La Possession du Monde] In: ET 9.10.1920 ; CLÉMENT, Frantz: † Maurice Barrès. In: ET 6.12.1923; CLÉMENT, Frantz: Anatole France †. In: ET 13.10.1924, CLÉMENT, Frantz: Henri Bergson und die junge Generation. In: ET 30.10.1920.

247 CLÉMENT, Frantz: Ein Wort über Frankreich. In: ET 13.1.1921.

248 CLÉMENT, Frantz: Paris und Frankreich. In: ET 20./21.3.1920.

249 F.C.: Von Eisner bis Hitler. (Glossen zum Münchener Rechtsputsch-Prozeß.) In: ET 12.3.1924, S. 1.

250 Vgl. CLÉMENT, Frantz: Wir Luxemburger. I. In: ET 10.8.1921; Wir Luxemburger. II. In: ET 11.8.1921; Wir Luxemburger. III. In: ET 12.8.1921; Wir Luxemburger. IV. In: ET 19.8.1921; Wir Luxemburger V. In: ET 22.8.1921. Alle Beiträge auf S. 1.

251 Essai d'une psychologie du peuple luxembourgeois erschien 1911 in erster Auflage in Diekirch.

252 Vgl. Wir Luxemburger. I. In: ET 10.8.1921.

253 Siehe auch: F.C.: Luxemburgische Intellektualität. In: ET 28.4.1921.

254 Vgl. Wir Luxemburger. I. In: ET 10.8.1921.

255 Vgl. Wir Luxemburger IV. In: ET 10.8.1921.

256 Vgl. Wir Luxemburger IV. In: ET 10.8.1921.

257 Vgl. Wir Luxemburger II. In: ET 10.8.1921.

258 Vgl. Wir Luxemburger V. In: ET 10.8.1921.

259 Vgl. Wir Luxemburger IV. In: ET 10.8.1921.

260 Vgl. Wir Luxemburger V. In: ET 10.8.1921.

261 Vgl. Wir Luxemburger IV. In: ET 10.8.1921.

262 Vgl. Ping Pang: Splitter. In: ET 27.9.1922.
Am 16.9.1922 kündigte Clément im Leitartikel *Vor Eröffnung der Theatersaison* an, dass diese in Luxemburg „mit einer kleinen Sensation" eröffnet werde, mit *Le Lasso* durch das Pariser Oeuvre-Ensemble. Die Aufführungen fanden am 21. und 22. Oktober statt. Am 23.10. veröffentlichte er im ET eine Rezension dieses bereits 15 Jahre zuvor geschriebenen Dramas. Er strich den aktuellen Charakter des dargestellten Familiendramas hervor und wies besonders

auf den psychologischen Naturalismus im Stück hin. Am 24. berichtete er in einem offenen Brief an Batty Weber einige sinnentstellende Druckfehler seiner Kritik. Am 27. schrieb er eine witzige Splitter-Glosse zu den Besprechungen des *Lasso*. Das LW habe nach der Pariser Aufführung Batty Weber nicht länger ignorieren können. Es werfe ihm aber vor, dass es ihm „an einer Weltanschauung" fehle. Clément meint, damit müsse man sich halt abfinden, schließlich habe man ja auch gefunden, Goethe habe „keine eigentliche Weltanschauung". Die *Indépendance Luxembourgeoise* habe ebenfalls über *Le Lasso* berichtet, jedoch weder um zu loben, noch um zu tadeln. Kritisieren könne die Zeitung das Theaterstück ja nicht, es sei schließlich „in französischer Sprache" geschrieben; loben könne man es aber auch nicht. Die Besprechung sei zu einem einzigen Zwecke verfasst worden, nämlich um zu zeigen, dass nur einer hierzulande französisch schreiben könne: ‚par tradition et par hérédité'. Par hérédité könne sich nur auf Marcel Noppeney beziehen, „der bekanntlich aus Andernach in der Rheinprovinz stammt".

263 J. Bukovac gehörte zu den radikalsten Führern der Streikbewegung. Er arbeitete auf Belval/Terres Rouges; war Mitglied der Kommunistischen Partei, die im Januar 1921 gegründet worden war. Nach dem Streik wurde er entlassen. Daraufhin eröffnete er einen kleinen Betrieb in Esch. Ironie der Geschichte: es kam zu einem Streik der Arbeiter gegen ihren Arbeitgeber Bukovac, der deshalb aus der KP ausgeschlossen wurde. Der Betrieb ging 1929 Pleite. (Vgl. Bukovac Pierre, appelé Jean (1890-1932). In: SCUTO, Denis: Sous le signe de la grande grève de mars 1921. Esch/Alzette 1990, S. 405-406).

264 Vgl. Ping Pang: Splitter. In: ET 7.3.1921.

265 Lokalneuigkeiten. In: ET 18.3.1921.

266 Streikepilog. In: ET 19.3.1921.

267 Titel der Folge im ET: Unsere Ehrenwerten. 18.3.1922: Franz Erpelding; 1.4.1922: Herr Bernard Herschbach u. Adolf Krieps; 8.4.1922: Herr Peter Dupong; 15.4.1922: Herr Eugen Steichen; 22.4.1922: Herr J.P. Kohner u. Herr Math. Jungers; 6.5.1922: Robert Brasseur; 17.6.1922: Eugen Hoffmann; 24.6.1922: Aloyse Kayser; 1.7.1922: Herr Graf de Villers; 8.7.1922: Georg Ulveling; 15.7.1922: Der Herr Vizepräsident [Dondelinger]; 12.8.1922: Herr Nikolaus Ludovicy. Die Artikel sind unterzeichnet mit Cléments Pseudonym: Ping Pang.

268 Vgl. F.C.: Théâtre municipal de Luxembourg. Liebelei von Arthur Schnitzler. In: ET 14.3.1922.

269 Vgl. Ping Pang: Splitter. In: ET 18.9.1922.

270 Vgl. F.C.: Jungluxemburgische Malerei. In: ET 25.9.1915.

271 Vgl. F.C.: Vom diesjährigen Salon II. In: ET 28.6.1920.

272 Vgl. F.C.: Unsere Sezessionisten. In: ET 8.10.1921.

273 Vgl. F.C.: Jungluxemburgische Kunst. In: ET 30.5.1924.

274 CLÉMENT, Frantz: Ein paar Rücksichtslosigkeiten. In: CL 5 (1927/28) 6, S. 440.

275 F.C.: An unsere Musikfreunde. In: La Musique. Beilage zum ET 14.11.1922, S. 3.

276 HILGERT, Romain: Zeitungen in Luxemburg 1704-2004. Luxembourg 2004, S. 174. [wie Anm. I, 19]

277 Die Angaben über das Honorar stammen aus dem Unternehmensarchiv Axel Springer AG, Berlin, Bestand Ullstein. 1500 Mark waren vorgesehen für eine Auflage von 25.000 Exemplaren. Es erfolgte keine zweite Auflage.

278 Über den Verdienst von Facharbeitern und Handwerkern in den sogenannten ‚goldenen Wirtschaftsjahren' der Weimarer Republik, von 1924 bis 1928: Vgl. WEHLER, Hans-Ulrich: Deutsche Gesellschaftsgeschichte 1914 bis 1949. Frankfurt am Main: C.H. Beck 2003, S. 300.

279 Batty Weber schreibt also hier den Namen seines Freundes, wie er auf dem Geburtsschein steht, obschon Clément seit dem 1. Weltkrieg vor allem die Form Frantz Clément verwendete.

280 Zu dem Abschiedsbankett: Vgl. WESTER, Jim: Frantz et quelques amis. In: CLÉMENT, Frantz: ZZ 1945, S. 7-31, hier: S. 22-24. Siehe auch: KOCH-KENT, Henri: Frantz Clément. In: KOCH-KENT, Henri: Raconte ... Luxembourg 1993, S. 110-145, hier: S. 113-114.

Der Vater von H. Koch-Kent, ein liberaler Abgeordneter, nahm am Festessen teil. Er stammte wie Clément aus Mondorf, beide besuchten dort die Grundschule, waren miteinander befreundet. Die Familie Koch hatte in der Rue Notre-Dame in Luxemburg ein Appartement. Wenn Clément in seinen Pariser Tagen für kurze Zeit in die Hauptstadt zurückkehrte, wurde ihm bei den Kochs ein Zimmer zur Verfügung gestellt. Schon seit seiner frühen Kindheit kannte Henri Koch-Kent Frantz Clément. Dieser schenkte dem Jungen manchmal Bücher, die allerdings sein Begriffsvermögen überstiegen; so bekam er etwa *Geschichte der Religion Jesu Christi*, aus dem Jahr 1817, von Friedrich Leopold Graf zu Stolberg, einem Zeitgenossen Goethes, geschenkt. Wie charakterisierte doch Batty Weber in seinem *Abreißkalender* vom 14.12.24 den jungen belesenen Clément: „Wo andere sich für Fußball, Tanzstunde, Skat interessieren", hatte er bereits mit neunzehn Jahren in München eine Zeitschrift gegründet und veröffentlichte anschließend dort ein Buch! Im Jahre 1937 waren Clément und Koch-Kent vereint im Kampf gegen das Maulkorbgesetz.

281 WESTER, Jim: Frantz et quelques amis, S. 23. [wie Anm. III, 280]

282 Festkantate. In: SCHONS, Guy: Putty Stein und die populäre Musik seiner Zeit. Bd. 2. Hollenfels 1997, S. 187-190.

IV. Cléments Pariser Zeit (1924-1933)

1. Vgl. CLÉMENT, Frantz: Aus meinen Pariser Tagen. In: NLK 1937. Eine Publikation von Tony Jungblut. Luxemburg: Luxemburger Nachrichten-Büro [1936], S. 92-97. Der Text steht ebenfalls, unter Weglassung der unten folgenden Weicker-Episode, in: ZZ 1938, S. 191-201 und in ZZ 2006, S. 221-231. Eine Begründung für dieses Ausklammern war nicht zu finden.

2. CLÉMENT, Frantz: Pariser Brief. Paris, 23. Dezember. In: LZ 25. u. 26.12.1924, M.A. [Mistinguett. Music Hall – Revue im Casino de Paris]; Paris, 30. Dezember. In: LZ 1.1.1925, M.A. [Pariser Weihnacht]; Paris, den 6. Januar 1925. In: LZ 8.1.1925, M.A. [Kongress C.I.T.I.].

3. CLÉMENT, Frantz: Aus meinen Pariser Tagen. In: ZZ 2006, S. 221.

4. Vgl. NLK, S. 92-93.

5. In seinem Erinnerungsbeitrag *Frantz Clément à Magny*, in Nr. 1 der CL nach dem 2. Weltkrieg, Februar 1946, gibt Léon Geisen als Wohnung Cléments in Paris das Hôtel du Mont Blanc an. Dieser dagegen spricht in seinem Pariser Rückblick davon, dass er „damals am Boulevard Beaumarchais" wohnte. (Vgl. Aus meinen Pariser Tagen, In: NLK, S. 92; auch in: ZZ 2006, S. 221).

    Geisen, ein früherer Assossard, studierte Jura, war lic. en droit, in den 30er Jahren Mitarbeiter von *Paris-Soir*. Er schreibt im Vorwort zu den PB, als Bekannter Cléments habe er ihn mit 25 Jahren in Paris wiedergesehen – Clément war 43 Jahre alt. Er sei ‚sein Sekretär und Freund' (S. 8) geworden – er war aber eher der Freund, der ihm in manchem behilflich war. Clément hatte nämlich kaum das Nötigste zum Leben, konnte also nicht einen Sekretär einstellen. Nach dem Krieg war Geisen ‚Fondé de pouvoir de la Société Internationale pour la Canalisation de la Moselle'. Als der Verlag Tony Jungblut 1955 eine Sammlung der PB herausgab, schrieb Léon Geisen das Vorwort.

6. Vgl. GEISEN, Léon: Préface. In: CLÉMENT, Frantz: PB 1955, S. 7-12, hier: S. 9,

7. CLÉMENT, Frantz: PB. Paris, im Juni 1925. In: LZ 25.06.1925, A.A.

8. Ebd.

9. Vgl. GEISEN, Léon: Frantz Clément à Magny. In: CL, Nouvelle Série 1 (1946) 1, S. 5-12, hier: S. 6.

10. Ebd., Sp. 8-9.

11. GEISEN, Léon: Frantz Clément à Magny, S. 6. [wie Anm. IV, 9] Dort heißt es: „Au cours de l'année 1928, Frantz Clément accepta l'appel des éditions Ullstein aux fonctions de conseiller littéraire pour tous ouvrages d'imagination de langue française pouvant intéresser l'Allemagne." H. Koch-Kent dagegen fasst die allgemeine Ansicht der Gäste beim Abschiedsbankett 1924 über Cléments Zukunftsaussichten folgendermaßen zusammen: „Les qualités intellectuelles de notre compatriote avaient attiré sur lui l'attention du ‚Ullstein-Verlag', la puissante maison d'édition allemande, qui lui demanda de le représenter en France. Le poste était lucratif et lui permettait d'engager, comme secrétaire privé le Luxembourgeois Léon Geisen." (Vgl. Henri Koch-Kent: Raconte…, S. 111 [wie Anm. III, 280]).

12. CLÉMENT, Frantz: Gründen wir einen luxemburgischen Verlag! In: LZ 14.1.1937, M.A.

13. CLÉMENT, Frantz: Pariser Brief. Paris, im Mai 1931. In: LZ 13.5.1931, M.A.

    Siehe auch: Aus meinen Pariser Tagen. In: NLK, S. 95-96; auch in: ZZ 2006, S. 227-228.

14. Album Georges Simenon. Iconographie choisie et commentée par Pierre Hebey. Editions Gallimard 2003, S. 3.

15. Vgl. von SALOMON, Ernst: Der Fragebogen. Hamburg: Rowohlt Verlag 1951, S. 558-561.

16. Der Hinweis auf Clément, dessen Name bei Salomon nicht erwähnt wird, stammt von Claude Conter, dem Autor von *Lettres à Sophie*.

17. Clément bezeichnet seine Jahre in Frankreich als „Pariser Tage" und charakterisiert Paris als „die Konzentrierung des hohen Kulturpotentials des gesamten Landes Frankreich." (Vgl. Aus meinen Pariser Tagen. In: NLK, S. 97 ; auch in: ZZ 2006, S. 231).

18. Vgl. GEISEN, Léon: Frantz Clément à Magny, S. 6; WESTER, Jim: Frantz et quelques amis, S. 20. [wie Anm. IV, 9]

19. Vgl. CLÉMENT, Frantz: Aus meinen Pariser Tagen. In: NLK, S. 94-95; auch in: ZZ 2006, S. 225-227.

20. CLÉMENT, Frantz: Albert Thomas und Arthur Fontaine. Paris, 30. Juni 1932. In: LZ 01.07.1932, M.A.

21. Vgl. Kurzer Hinweis auf den Ausflug nach Magny. In: VdJ (1931) septembre, S. 22.

22. CLÉMENT, Frantz: Pariser Brief. Paris, Ende März. In: LZ 27.03.1930, A.A.

23. GEISEN, Léon: Frantz Clément à Magny, S. 6. [wie Anm. IV, 9]

24. CLÉMENT, Frantz: Pariser Brief. Paris, den 27. Januar 1925. In: LZ 29.01.1925, M.A.

25. Vgl. CLÉMENT, Frantz: Aus meinen Pariser Tagen. In: NLK, S. 94; auch in: ZZ 2006, S. 224.

26. Vgl. CLÉMENT, Frantz: Eine französische E.Th.A. Hoffmann-Biographie. In: LZ 26.07.1927, M.A. Auch in: PB 1955, S. 75-78.

27. CLÉMENT, Frantz: Aus meinen Pariser Tagen. In: NLK, S. 96; auch in: ZZ 2006, S. 228.

28. Vgl. Walter Benjamin 1892-1940. Eine Ausstellung im Schiller-Nationalmuseum Marbach am Neckar. Marbacher Magazin 55/1990, S. 262-263.

29. CLÉMENT, Frantz: Pariser Brief. Paris, Anfang Juli 1931. In: LZ 08.07.1931, M.A.

30. Vgl. CAPUS, René: Frantz Clément. In: CL 24 (1952) 5, S. 265-272, S. 265.

31. Vgl. CLÉMENT, Frantz: Mit André Gide. In: TB 9 (1928) 5, S. 193-195.

32. Vgl. MULLER, Joseph-Émile: Zuerst im Schatten, dann im Licht. Ein Rückblick. Luxemburg 1999, S. 51-52.

33. HEPP, Michael: Kurt Tucholsky. Reinbek bei Hamburg 2002, S. 81.

34. Ebd.

35 Vgl. Erasmus: In memoriam Kurt Tucholsky. In: ET 7.1.1936 sowie Zwei Tote. In: LZ 4.1.1936, A.A. Der zweite der beiden Verstorbenen war der belgische Politiker der Arbeiterpartei, der Anwalt und Schriftsteller Jules Destrée (1864-1936). Er hatte gute Beziehungen zu Luxemburg, war ein Freund von Xavier Brasseur, kam manchmal zur Kur nach Mondorf, auch zu Parteiveranstaltungen; auf Einladung des Volksbildungsvereins hielt er ebenfalls Vorträge in Luxemburg-Stadt.

36 Vgl. CLÉMENT, Frantz: Pariser Brief. Paris, im Juni. In: LZ 16.6.1932, M.A. Auch in: PB 1955, S. 199-202.

37 BRONSEN, David: Joseph Roth. Eine Biographie. Köln 1993, S. 13.

38 Vgl. Erasmus: Josef Roth gestorben. In: ET 1.6.1939.
Nicolas Konert (1891-1980) lebte ab den späten 20er Jahren in Paris, war Korrespondent luxemburgischer und deutscher Zeitungen. Er war auch Übersetzer und Literaturvermittler zwischen Deutschland und Frankreich.

39 Zu Copeau - Clément: Vgl. Aus meinen Pariser Tagen. NLK, S. 96-97; ZZ 2006, S. 229-230.

40 Vgl. Madame Mayrisch et Jacques Copeau. In: Tony Bourg: Recherches et conférences littéraires, S. 581-601. [wie Anm. III, 197]

41 Vgl. CLÉMENT, Frantz: Brief aus Frankreich. Pontigny, den 10. September 1927. In: LZ 27.9.1927, M.A.

42 Vgl. CLÉMENT, Frantz: Europäische Gespräche. In: TB 7 (1926) 36, S. 1301-1303.

43 Vgl. Volksbildungsvereine. In: LZ 6.11.1924, M.A. und Volksbildungsverein. In: ET 8.11.1924.

44 Die Rezeption von Cléments *Literarischem Frankreich* war äußerst reserviert. In deutschsprachigen Zeitungen konnten keine Besprechungen des Buches gefunden werden. In Luxemburg sind zwei Rezensionen zu erwähnen: ESCH M.[athias]: Ein Buch von Frantz Clément. In: LZ 3.7.1925, M.A. und MICHELS, Pol: Kleines Feuilleton. In: ET 15.07.1925. Der Französischprofessor Esch würdigt Cléments Buch, von einigen kritischen Bemerkungen abgesehen, als hervorragendes Werk. Michels dagegen ist wesentlich zurückhaltender. Er lobt, schreibt aber am Schluss seines Artikels: „Das vorliegende Buch ist nur ein Essay: Und im Essay offenbart sich oft, sanft zwar und harmonisch, die Verzweiflung des unschöpferischen Menschen. Wir hoffen, dass das bei Frantz Clément nicht der Fall sein wird. Es soll dieser Essay nur ein Präludium sein, ein Auftakt zu einem kommenden großen Werk."

45 Rolf Vollmann gab seinem 1997 erschienenen Leitfaden durch die epischen literarischen Werke des 19. und beginnenden 20. Jhs den Untertitel: Ein Roman-Verführer. (Vgl. VOLLMANN, Rolf: Die wunderbaren Falschmünzer. Frankfurt am Main 1997).

46 Siehe dazu die Einleitung von: CLÉMENT, Frantz: Das literarische Frankreich von heute. S. 9-11. Berlin, 1925. [wie Anm. II, 60]

47 CLÉMENT, Frantz: Georges Clemenceau. Paris, 24. Nov. Georges Clemenceau ist am Sonntag morgen 1 Uhr 45 gestorben. In: LZ 25.11.1929, A.A., S. 1.

48 GEISEN, Léon: Frantz Clément à Magny, S. 10. [wie Anm. IV, 9]

49 Ebd.

50 In TB erschienen vier Aufsätze von Clément, die in ZZ 1938 übernommen wurden: Clémenceau. Der Mann und die Legende. In: TB 10 (1929) 48, S. 2024-2029; Clémenceau in der Opposition. In: TB 9 (1928) 34, S. 1404-1408; Tiger-Abschied. In: TB 8 (1927) 26, S. 1032-1035; Nachträglicher Streit zwischen Clémenceau und Foch. In: TB 10 (1929) 19, S. 785-788. Der vierte Beitrag trug in ZZ 1938 den Titel *Clémenceau und Foch*. In: TB 10 (1929) 2. Halbj., S. 2187f. erschien noch der Artikel *Clemenceau und die Kunst*. Die LZ brachte des Weiteren den dreiteiligen Artikel: Clemenceau und der Boulangismus: I. 18.7.1928, M.A., S. 1; II. 18.7.1928, A.A., S. 1; III. 20.7.1928, M.A., S. 1-2. Siehe zudem: Clemenceau als Redner. Von Frantz Clément. (Aus einer Clémenceau-Biographie.) In: LZ 2.7.1929, A.A., S. 1; CLEMENT Frantz: Der Zweikampf Clemenceau-Foch. In: LZ 29.4.1930, A.A., S. 1. Clément schrieb den Namen Clémenceau meistens mit Akzent.

51 GEISEN, Léon.: Frantz Clément à Magny, S. 10. [wie Anm. IV, 9]

52 Vgl. CLÉMENT, Frantz: Gründen wir einen luxemburgischen Verlag! [I.] In: LZ 14.1.1937. M.A.; II. In: LZ 16.1.1937. M.A.

53 Eine Anfrage bei der Deutschen Bücherei, Leipzig, ergab, dass die angekündigte Clemenceau-Biographie von Clément nicht nachweisbar ist, dass „der Avalun-Verlag 1936 erloschen ist", dass die Verlage, „die seine Verlagsrechte und Bestände übernahmen, [...] nicht viel länger existierten", dass es „keinen Hinweis auf den Nachlass des Avalun-Verlages" gibt. (Brief der Deutschen Bibliothek Leipzig, 12.8.2003). Auch eine Anfrage beim Verlagsarchiv des Ullstein-Verlages führte zu keinem Resultat. (Brief des Axel Springer Unternehmerarchivs, 16.10.2003). Wenn noch Manuskripte, und insbesondere das Clemenceau-Werk, im Besitz von Clément waren, ging wahrscheinlich vieles in den Kriegswirren verloren oder wurde vernichtet. Siehe dazu: Kap. VI. Teil 1. Die letzten Jahre Cléments.

54 CLÉMENT, Frantz: Clemenceau und der Boulangismus. III. In: LZ 20.7.1928, M.A., S. 1.

55 CLÉMENT, Frantz: [Nachruf]. In: LZ 25.11.1929.

56 CLÉMENT, Frantz (Paris): Clémenceau. Der Mann und die Legende. In: TB 10 (1929) 48, S. 2028. Auch in: ZZ 1938, S. 65; ZZ 2006, S. 113.

57 CLÉMENT, Frantz: [Nachruf]. In: LZ 25.11.1929.

58 SCHWARZ, Hans-Peter: Das Gesicht des Jahrhunderts. Frankfurt am Main 1999, S. 407.

59 CLÉMENT, Frantz: Clémenceau in der Opposition. In: TB 9 (1928) 34, S. 1406. Auch in: ZZ 1938, S. 69; ZZ 2006, S. 117.

60 CLÉMENT, Frantz (Paris): Die Herren Präsidenten schreiben Bücher. In: TB 6 (1925) 52, S. 1923-1924.

61 Vgl. CLÉMENT, Frantz: Pariser Brief. Paris, den 14. Juni. In: LZ 16.6.1927, A.A.

62 Vgl. ROTH, Joseph: Clemenceau (1939). In: Werke. Bd. 3: Das journalistische Werk 1929-1939. Köln 1991, S. 955-1007.

63 Ebd., S. 956.

64 Ebd., S. 999.

65 Ebd., S. 1000.

66 MANN, Klaus: Der Wendepunkt. Ein Lebensbericht. Darmstadt: WBG 1989, S. 363.

67	Vgl. CLMENT, Frantz: [Nachruf]. In: LZ 25.11.1929.
68	Vgl. WINTER, Jemp: Frantz Clément über Clemenceau! In: LZ 25.02.1933, A.A. Einen eher positiven Eindruck von Briand, weil er vor allem europäisch dachte, und eine eher negative Vorstellung von Clemenceau, weil er ein Typus der Vergangenheit war, gewinnt man auch, wenn man Jemp Winters Bericht von Cléments Vortrag über den ‚Tiger' im Escher Volksbildungsverein liest. Aber die interessantere, weil auch widersprüchlichere Persönlichkeit scheint auf jeden Fall Clemenceau gewesen zu sein, über den Clément so fesselnd sprach, dass Winter, mitgerissen von der „Eindrucksmasse", vergaß, sich Notizen für seinen Artikel zu machen.

Siehe auch die beiden Artikel über Briand im TB: CLEMENT, Frantz (Paris): Aristide Briand. In: TB 6 (1925) 36, S. 1322-1328 sowie TB 13 (1932) 1. Halbj., S. 434-436. Grundtenor des ersten Artikels ist: Briand ist eine überragende Persönlichkeit und hat wohl Teilerfolge auf der politischen Bühne aufzuweisen, aber ihm fehlt die ‚heroische Natur', z. B. die eines Clemenceau. Ein beeindruckenderes und einfühlsameres Porträt von Briand, der 1932 starb, zeichnet Clément dann im zweiten Artikel im TB. Der letzte Satz lautet: „Das Volk wußte, dass von diesem Dreimalweisen, Dreimalgütigen, Dreimalgerechten nie ein nationales Verhängnis ausgehen würde." |
69	Vgl. CLÉMENT, Frantz: Clémenceau in der Oppositon. In: TB (1928), S. 1404-1406. Auch in: ZZ 1938, S. 67-69 und in: ZZ 2006. S. 115-116.
70	Vgl. GEISEN, Léon: Frantz Clément à Magny, S. 10. [wie Anm. IV, 9]
71	Vgl. Einführung zu dem dreiteiligen Text *Deutsche und Franzosen*. In: LZ 17.12.1935, M.A.
72	STERN, Fritz: „Ich wünschte, der Wagen möchte zerschellen." Zerrissen wie das eigene Volk: Walther Rathenau als Unternehmer, Intellektueller und Staatsmann. In: Die Zeit 2.12.1988.
73	Ping Pang: Splitter. In: ET 9.2.1923.
74	In zwei Beiträgen im ET erinnerte Clément an die beiden Architekten des deutsch-französischen Sicherheitspaktes von Locarno: an Stresemann, den zunächst „nationalistischen Annexionspolitiker", der schließlich jede militärische Revanche ausschloss und in der Verständigung einen „Weg […] aus den Wirren" suchte, (vgl. Erasmus: Zwei Tote. In: ET 27.5.1937), und an Briand, von dem er das Bekenntnis anführte: „Solange ich da sein werde, wird es keinen Krieg geben." (vgl. Erasmus: Denket heute an Aristide BRIAND. In: ET 29.5.1937).
75	Handelte es sich bei dem ‚deutschen Verlagshaus' um den Ullstein Verlag, für den Clément zu diesem Zeitpunkt in Paris tätig war? Da fast das gesamte Ullstein-Archiv am Ende des Zweiten Weltkrieges zerstört wurde, war eine Bestätigung seiner Aussage nicht möglich.
76	Vgl. CLÉMENT, Frantz: Brücken über den Rhein. (Gesprochen im Südwestdeutschen Rundfunk in Frankfurt a. M., am 8. Oktober 1931) In: Les Francs-Maçons dans la vie culturelle. Luxembourg: Ed. de la Grande Loge 1995, S. 69-75. Auch in: CL (1992) 3, S. 105-110. Auszüge des Vortrages in: WEBER, Nic: Frantz Clément. Der gescheiterte Grenzenbrecher. In: Mondorf, son passé, son présent, son avenir. Mondorf-les-Bains: Le Domaine thermal 1997, S. 427-444.

Die Rede in Frankfurt wurde bereits im Oktober 1931 im Organ der Freimaurerloge *La Concorde*, No3/4, S. 11-16, nachgedruckt. Sie ist, mit ihrem einprägsamen Titel *Brücken über den Rhein*, der meistgedruckte Text von Clément und begründete denn auch die vorherrschende Vorstellung von ihm, er sei der stetige Vermittler zwischen Deutschland und Frankreich gewesen. |
77	Die Zitate sind der Ed. de la Grande Loge entnommen.
78	CLÉMENT, Frantz: Primat des Politischen. In: CL 10 (1933) 8, S. 843-855.
79	Gilbert Trausch urteilte über die damalige Situation: „[A]u cours des années 1920 les pouvoirs politiques laissent agir les milieux d'affaires sur le plan des relations internationales et parfois font carrément appel à eux, comme le montre le rôle des banquiers anglo-saxons dans l'application du Traité de Versailles. Pendant quelques années, l'économique l'emporte sur le politique." (Vgl. TRAUSCH, Gilbert: Le maître des forges Emile Mayrisch et son épouse Aline. Luxembourg. Banque de Luxembourg 1999, S. 31).
80	Vgl. CLÉMENT, Frantz: Zur deutsch-französischen Verständigung. In: LZ 24.07.1932. M.A.
81	Vgl. CLÉMENT, Frantz: Deutsche und Franzosen. Gegen-, neben-, miteinander? In: LZ: I. 17.12.1935, M.A.; II. 17.12.1935, A.A.; III. 18.12.1935, M.A.
82	Vgl. Zickzack 1938, S. 32; ZZ 2006, S. 85.
83	Als Pariser Briefe [PB] können also sämtliche Artikel, die Clément für die LZ in Paris schrieb, bezeichnet werden.
84	Vgl. ZZ 1938, S. 157; ZZ 2006, S. 192.
85	CLÉMENT, Frantz: PB. Paris, den 25. November. In: LZ 29.11.1927, A.A.
86	Der Aufsatz *Léon Paul Fargue* von Clément ist auch nachzulesen in PB 1955, S. 155-164.
87	ZZ 1938, S. 192; ZZ 2006, S. 222.
88	WEBER, Batty: Abreißkalender. In: LZ 17.10.1931, M.A.
89	Vgl. CLÉMENT, Frantz (Paris): Rom und Daudet. In: TB 8 (1927) 10, S. 379-381.
90	CLÉMENT, Frantz: PB. Paris, den 15. Januar 1927. In: LZ 20.1.1927, A.A.
91	CLÉMENT, Frantz: Rom und Daudet. In: TB 8 (1927) 10, S. 379.
92	Vgl. CLÉMENT, Frantz: PB. Paris, im Juli. In: LZ 5.7.1927, A.A.
93	Vgl. CLÉMENT, Frantz, Paris: Léon Daudets Heimkehr. In: TB 11 (1930) 1. Halbj., S. 116-117.
94	Vgl. CLÉMENT, Frantz: Kleine Buchchronik aus Frankreich. In: LZ 14.12.1932. M.A.
95	CLÉMENT, Frantz: L. Daudets Heimkehr. In: TB 1930, hier: S. 117.
96	CLÉMENT, Frantz: Frankreichs neuer Mann: Pierre Laval. Paris, Ende März. In: LZ 21.3.1931, M.A.
97	CLÉMENT; Frantz: Pierre Laval. Versuch eines Porträts. In: LZ 2.12.1935, A.A.
98	Siehe zu *Brücken über den Rhein*: Teil 5. von Kapitel IV.

99 CLÉMENT, Frantz: PB. Paris, den 26. Mai. In: LZ 29.5.1929, M.A.

100 CLÉMENT, Frantz: Zur deutsch-französischen Verständigung. In: LZ 24.7.1932. M.A.

101 CLÉMENT, Frantz: Politische Weisheit und menschlicher Gestus. Paris, im Februar 1930. In: LZ 11.2.1930, A.A.

102 Die erwähnten Schriftsteller und ihre pazifistischen Vorstellungen waren Clément und den literarisch interessierten Kreisen in Luxemburg sehr wohl bekannt. Über Rollands Entwicklungsroman *Jean Christophe*, in dem er eine dauerhafte deutsch-französische Freundschaft beschwor, schrieb Clément in *Das literarische Frankreich von heute*, S. 27-30, und erwähnte Rollands „mutige Haltung" während des Ersten Weltkrieges. Clément und Rolland plädierten früh für eine dauerhafte Versöhnung europäischer Völker, beide waren aber auch frühe Gegner des Nationalsozialismus. Rolland lehnte 1933 die Entgegennahme der Goethe-Medaille als Protest gegen den Naziterror ab.

Über J. Giraudoux' *Bella* verfasste Clément einen PB in: LZ 11.5.1926, M.A. Er stufte das Werk als „politischen Roman" ein, der für einen Nichtfranzosen „ungeheuer wertvoll" zum Verständnis französischer Politik sei.

Über den von Clément mehrmals erwähnten elsässischen Schriftsteller René Schickele und sein Verhältnis zu Luxemburg, siehe insbesondere: Frühe Forderung nach einem Vereinten Europa, in Kap. III.

Über Annette Kolbs Besuche in Colpach und ihre Freundschaft mit Aline Mayrisch und mit dem Ehepaar Emma und Batty Weber-Brugmann siehe: GOETZINGER, G., MANNES, G., WILHELM, F.: Hôtes de Colpach - Colpacher Gäste. Mersch: CNL 1997, S. 109-117.

103 Vgl. ZZ 1938, S. 192; ZZ 2006, S. 222.

104 Ebd.

105 CLÉMENT, Frantz: PB. Paris, den 15. Dezember. In: LZ 16.12.1932, M.A.

106 Der Sohn von Ramon Fernandez, der Schriftsteller Dominique Fernandez, schrieb über seinen äußerst umstrittenen, aber interessanten Vater, der Kollaborateur war, 2009 eine sehr empfehlenswerte Biografie (Vgl. FERNANDEZ, Dominique: Ramon. Paris: Grasset 2009).

107 CLÉMENT, Frantz: Goncourtpreisträger André Malraux. In: LZ 9.11.1933, A.A.

108 Es handelt sich um *Jacques le fataliste et son maître*, ein Werk, das zuerst in Deutschland erschien und das Goethe als eine „sehr köstliche und große Mahlzeit, mit großem Verstand zugericht' und aufgetischt" charakterisierte.

109 CLÉMENT, Frantz: André Suarès. Paris. In: LZ 19.8.1926, M.A. Auch in: PB 1955, S. 48-49.

110 Clément hatte sich bereits am 12.6.1919 im ET mit Suarès' umstrittenen Werk *La nation contre la race* auseinandergesetzt. Vgl. Fußnote 157 im III. Kapitel dieses Buches.

111 Der Artikel steht auch in: PB 1955, S. 65-70.

112 Der vollständig zitierte Text, wahrscheinlich von Clément übersetzt, ist nachzulesen in: PB 1955, S. 68-69. Die erste deutsche Übersetzung von Gides *Falschmünzern*, von F. Hardekopf, erschien erst 1928. Clément betätigte sich mehrmals als Übersetzer aus dem Französischen. Siehe z. B.:

- Übersetzung von Aphorismen und Beobachtungen aus den Tagebüchern von Jules Renard. In: TB 7 (1926) 17, S. 659-661, im Anschluss an den Artikel *Die Tagebücher von Jules Renard*, S. 658-659.
- Raymond Poincaré: Konflikt mit Clémenceau. Deutsch von Frantz Clément. In: TB 9 (1928) 15, S. 2262-2264.
- Er übersetzte 100 Seiten aus *Paris-Tombouctou*, von Paul Morand, für die Zeitschrift *Die Dame*. Vgl. Hinweis von GEISEN, Léon: Frantz Clément à Magny. In: CL 18 (1946) 1, S. 5-12, hier: S. 11.
- CLÉMENT, Frantz: Der Liebhaber Stendhal. In: CL 22 (1950) 4, S. 48-52. [Aus dem Nachlass von Clément. Übersetzung eines Ausschnittes aus *Stendhal et le Beylisme* des französischen Schriftstellers und Politikers Léon Blum.]

Über die Problematik des Übersetzens schrieb Clément in einem PB, in: LZ 21.03.1926, M.A.: Es sei „eine literarische und kulturelle Tätigkeit […] allerersten Ranges", „ein Terrain, auf dem die Luxemburger auch in geistigen Dingen internationale Klasse erreichen könn[t]en". Also müsse es heißen: „Luxemburger an die Front!"

113 Vgl. CLÉMENT, Frantz: PB. Paris, 1. Februar 1926. Thomas Mann in Paris. In: LZ 06.02.1926, M.A. Wie wenig deutsche Literatur in Frankreich rezipiert wurde, zeigt z. B. *L'Ami du Lettré. Année littéraire et artistique pour 1926*, hrsg. von den Courriéristes littéraires des journaux quotidiens bei Grasset. Von den 417 Seiten beschäftigt sich ein einziger Text mit einem deutschsprachigen Autor, mit dem Schweizer Carl Spitteler, „à peu près inconnu en France". (Vgl. S. 176-180).

114 Zu J. Mistler: Vgl. ZZ 2006, S. 224; PB 1995, S. 75-78.

115 Vgl. BEGUIN, Albert: L'âme romantique et le rêve. Paris: Librairie José Corti 1960. Siehe ebenfalls: BRION, Marcel: L'Allemagne romantique. 4 volumes. Paris: Editions Albin Michel 1962, 1963, 1977, 1978.

116 Vgl. BAYLE, Corinne: Gérard de Nerval, l'Inconsolé. Biographie. Editions Aden 2008. Der Hinweis Cléments auf G. de Nerval steht im eben zitierten PB in: PB 1955, S. 77.

117 Vgl. CLÉMENT, Frantz: Dostoiewski in Briefen an seine zweite Frau. Paris. In: LZ 23.10.1927, A.A. Bei dem rezensierten Buch handelt es sich um: Dostoiewski: Lettres à sa femme: 1866-1880. Frz. Übersetzung von Bienstock. Paris: Plon 1927. Die Rezension steht ebenfalls in: PB 1955, S. 78-82.

118 Vgl. CLÉMENT, Frantz: Das literarische Frankreich von heute, S. 99. [wie Anm. II, 60]

119 Vgl. Einleitung zu *Das literarische Frankreich von heute*. Clément ging 1926 noch einmal auf das Thema ein: CLÉMENT, Frantz, Paris: Die doppelte Schichtung des französischen Volkes. In: Annuaire de l'ASSOSS 1926. S. 45-52.

Er stellt einen steten Kampf zwischen den zwei, auch im PB erwähnten, Grundtendenzen im französischen Volk fest, zwischen der lateinischen und der gallischen Dominante – Tendenzen, die gegeneinander stehen und doch immer wieder zueinanderfinden und eine überraschende Synthese bilden. Er konstatiert in Philosophie und Literatur den Antagonismus zwischen der klassischen und bodenständigen Kulturschicht oder die Auseinandersetzungen zwischen Gefühlsnaturalismus und Subjektivismus einerseits und Rationalismus andererseits. Im 19. Jahrhundert kommt es zur Offensive der Romantik gegen die Klassik. Sie führt schließlich zu einer zunehmenden Freiheit in der künstlerischen Gestaltung. Strömungen und Unterströmungen verzweigen sich immer mehr in der Folgezeit. Auch im französischen Staat wirkt sich die doppelte Schichtung aus. Es hat seit jeher Auseinandersetzungen zwischen zentripetalen und zentrifugalen Mächten gegeben, zwischen Zentralismus und Regionalismus. Letzterer gewinnt nach dem Ersten Weltkrieg an Bedeutung, wie es das zunehmende Interesse an alten Sprachen, etwa der Langue d'oc und der Literatur des Provenzalischen, verdeutlicht. Die Ausprägung der verschiedenen Kulturkräfte und ihre letztendliche Fusion machen, so schlussfolgert Clément, die spezifische französische Geistigkeit aus.

Die völkerpsychologischen Überlegungen zur kulturellen Entwicklung Frankreichs sind anregend, aber auf knappen siebeneinhalb Seiten lässt sich die von Clément bezweckte „Ausdeutung der großen Kulturströmungen" Frankreichs nur ungenügend bewerkstelligen. Hatte Clément nicht vielleicht schon damals ein größeres Frankreich-Buch im Sinn, für das verschiedene Artikel nur eine Vorarbeit waren? In einem Interview mit der AZ vom 6. November 1938 erklärte er, er habe dem Verleger T. Jungblut die Zusage für ein Frankreichbuch gegeben, für das er bereits „eifrig und vielfältig vorgearbeitet habe".

120 Vgl. CLÉMENT, Frantz: PB. Paris, Ende April 1927. In: LZ 30.4.1927, A.A.; CLÉMENT, Frantz: PB. Paris, im Mai 1927. In: LZ 19.5.1927, A.A.

121 Ebd., LZ 30.4.1927.

122 Ebd., LZ 19.5.1927.

123 Vgl. CLÉMENT, Frantz: PB. Paris, im Juli 1926. In: LZ 2.7.1926, M.A.

124 In seinem PB vom 19.5.1927 bezog sich Clément auf einen Aufsatz von J. Geibel *Surréalisme et Cinéma* (in: Revue hebdomadaire 21.2.1925). Dieser „junge Ästhetiker" schrieb, das Kino sei wahrscheinlich die einzige Kunst, die aus dem Surrealismus Profit schlagen könne, da es „auf einer wahrhaftigen Halluzination seine Wirkung aufbau[e] und die Fusion von Traum und Wirklichkeit erstreb[e]."

125 CLÉMENT, Frantz: PB. Paris, Ende Januar. In: LZ 29.1.1930, A.A.

126 CLÉMENT, Frantz: PB. In: LZ 26.3.1932, A.A.

127 Vgl. F.C.: Juliette Faber im Film. In: LZ 16.12.1938, M.A.

128 In einer Erasmus-Glosse *Kinokunst* (ET 18.3.1937) würdigte Clément E. Friedrichs Pionierleistung: die Veröffentlichung seines Werkes *Introduction à l'art cinégraphique* (Les Editions Malpaartes 1936). Es heißt: „Dieser junge Mann ist der einzige wirkliche Kinofachmann, den wir besitzen, und da gerade auf diesem Gebiet soviel daneben schwadroniert wird und soviel Fehlurteile ausgesprochen werden, verdient er Ermunterung."

129 CLÉMENT, Frantz: PB. Paris, im Juni 1925. In: LZ 5.6.1925, M.A.

130 N. Frantz war damals äußerst populär in Frankreich. Der französische Journalist Albert Londres zeichnete in seiner Reportagensammlung *Les Forçats de la route* ein sympathisches Porträt des Luxemburgers in der Tour von 1924. „Vous allez voir arriver Frantz, ce garçon qui fait l'admiration des sportifs à accomplir le Tour de France comme vous avaleriez un verre d'eau. Il avait l'air de s'en aller sur sa machine, tenant un livre à la main et lisant un roman d'aventures pour enfant. Je suis à peu près certain qu'il ne s'apercevra pas qu'il est à Paris et qu'il continuera de pédaler pendant encore sept ou huit mois." Zitiert nach: GUILLAUME, François (i.e. Frank Wihelm): Du Tour de Frantz au Tour de Gaul. Collection APESS 13 2003, S. 41-42.

131 Zur damaligen „Fahrerapotheke" gehörten „Cognac, Bier, Wein, Sekt, Koffein, aber auch Chloroform, Kokain und Nitroglyzerin". Sie waren nötig, um die oft 400 km langen Etappen zu überstehen, so jedenfalls Christof Simes in: Sklaven der Presse. 100 Jahre Tour de France. (Die Zeit 26.6.2003)

132 Vgl. Exposition Internationale des Arts Décoratifs, Paris 1925. In: Katalog der Ausstellung: Un petit parmi les grands. Le Luxembourg aux Expositions universelles de Londres à Shanghai (1851-2010), Luxembourg: MNHA 2011, S. 162-175. Luxemburgs Beitrag, der an drei verschiedenen Orten präsentiert wurde, verdeutlichte, „dass die hiesigen Kunsthandwerker sich vom lähmenden Traditionalismus zu lösen begannen". Über den Rosengarten heißt es: „Der von den Rosenzüchtern angelegte 200 m² große, an der Seine gelegene Garten übernahm die Rolle eines Nationenpavillons." (S. 164)

133 Vgl. CLÉMENT, Frantz: Wie ich die Heimat wiedersah. [I.] In: LZ 19.11.1926. A.A. Der Text steht auch in: PB 1955, ist allerdings gekürzt. So fehlt etwa der Bezug zu Heine und Proust.

134 Vgl. CLÉMENT, Frantz: Wie ich die Heimat wiedersah. [I.] In: LZ 19.11.1926. A.A. ; II. In: LZ 24.11.1926. A.A. ; III. In: LZ 8.12.1926. M.A.

135 Vgl. Heimat III.

136 CLÉMENT, Franz: Luxemburger Landschaften. In: Luxemburger Volksbildungskalender 1913. Luxemburg: Gust. Soupert, S. 108-114.

137 Wie ich die Heimat wiedersah. I.

138 Wie ich die Heimat wiedersah. I. u. II.

139 Wie ich die Heimat wiedersah. II.

140 Wie ich die Heimat wiedersah. I.

141 Wie ich die Heimat wiedersah. III.

142 Wie ich die Heimat wiedersah. II.

143 Wie ich die Heimat wiedersah. II.

144 Cléments Artikel zur Gëlle Fra: [F.C.]: Lokalneuigkeiten. Freitag, den 13. April; In: ET 13.4.1923; F.C.: Die Stimme der Toten. In: ET 26.5.1923; Ping Pang: Splitter. In: ET 26.5.1923; F.C.: Nachklang. In: ET 31.5.1923; [F.C.]: Das Denkmal. In: ET 5.6.1923.

145 [F.C.]: Das Denkmal. In: ET 5.6.1923.

146 Vgl. ix: Die schmutzigste Frau. In: Trib. 1 (1935) 8.

147 Yvan: Gëlle Fra: Miss Jekyll et Mother Hyde. In: LL 27.4.2001.

148 Vgl. ET 13.4.2001.

149 CLÉMENT, Frantz: Brief in die Fremde. Erster Brief. In: LZ 18.9.1936, M.A.

150 Vgl. Gëlle Fra 2. ‚Sofort abreißen lassen'. Brief des provisorischen Koordinationskomitees ‚Nein zur Gëlle Fra 2' an Staatsminister Jean-Claude Juncker. In: ET 10.5.2001.

151 Vgl. [ANONYM]: Kunstverein. In: LZ 27.06.1926, M.A. [Stellungnahme von Seimetz zum Salon von 1926 und Anmerkung der Red. der LZ.]

152 THILL, Edmond: Das Werk Joseph Kutters im Spiegel der Luxemburger Presse (1914-1946). In: J. Kutter (1894-1941). Katalog der Ausstellung des Nationalmuseums für Geschichte und Kunst des Großherzogtums Luxemburg in Berlin, Schloss Charlottenburg 1995, S. 81.

153 [ANONYM]: Kunstverein. In: LZ 27.6.1926, M.A.

154 CLÉMENT, Frantz: PB. Paris, den 5. Juli. In: LZ 9.7.1926, M.A.

155 SEIMETZ, Frantz: Luxemburger Brief nach Paris. In: LZ 10.7.1926, M.A.

156 Die Polemik Seimetz-Clément ist dokumentiert in: STÜMPER, Rob: Frantz Seimetz. Ein Künstlerleben. Schwebsange: Publications Mosellanes, 1973, S. 52-56 u. [Anonym]: Seimetz contra Clément … In: Les Francs-Maçons dans la Vie Culturelle. Luxembourg: Ed. de la Grande Loge, 1995, S. 87-90.

157 CLÉMENT, Frantz: PB. Paris, den 20. Juli 1926. In: LZ 23.7.1926, M.A.

158 Vgl. HAUFFELS, Pierre: Der Feuersalamander von Frantz Seimetz im Spiegel seiner Heimatstadt Grevenmacher. Schwebsange: Publications Mosellanes, 1974.

159 CLÉMENT, Frantz: Frantz Seimetz. In: LZ 20.8.1933, M.A.

160 Vgl. CLÉMENT, Frantz: Ein paar Rücksichtslosigkeiten. In CL: 5 (1927/1928) 6, S. 439-442.

161 Ebd., S. 439.

162 Ebd., S. 440.

163 CLÉMENT, Frantz: Pariser Brief, im November 1930. In: LZ 18.11.1930, M.A.

164 Die Zeitschrift erschien zuerst in der Schreibweise *Das Tage-Buch*, ab 1927 wurde diese in *Das Tagebuch* umgeändert. Da die meisten Referenzbücher (Fritz Schlawe z. B.) Erstere angeben, wurde sie einheitlich in dieser Arbeit beibehalten.

165 Von Juli 1933 bis Mai 1940 wurde das TB in Paris u. Amsterdam von L. Schwarzschild als *Das neue Tage-Buch* fortgesetzt. Clément war in ihm nicht mehr vertreten.
Zum *Tage-Buch* und Cléments Mitarbeit in der Zeitschrift, vgl. OPITZ, Antonia: Die Stellung Frankreichs im Europa-Diskurs der Wochenschrift *Das Tagebuch*. In: Le discours européen dans les revues allemandes (1918-1938). Etudes réunies par Michel Grunewald, en collab. avec Hans Manfred Bock. Bern; Berlin [etc.]: P. Lang, 1997, S. 51-71.

166 Zu Großmann und Schwarzschild, vgl. FETZ, Bernhard und SCHLÖSSER, Hermann [Hg.]: Wien-Berlin: mit einem Dossier zu Stefan Großmann. Wien: P. Zsolnay, 2001, S. 158-184; SCHWARZSCHILD, Leopold: Die letzten Jahre vor Hitler. Aus dem ‚Tagebuch', 1929-1933. Hamburg: Christian Wegner Verlag, 1966.

167 SONTHEIMER, Kurt: Vorwort zu: Leopold Schwarzschild: Die Lunte am Pulverfass. Hamburg: Christian Wegner Verlag 1965, S. 9.

168 Vgl. OPITZ, Antonia: Die Stellung Frankreichs im Europa-Diskurs der Wochenschrift *Das Tagebuch*, S. 53. [wie Anm. IV, 165]

169 Ebd., S. 52.

170 SCHLAWE, Fritz: Literarische Zeitschriften. Teil 2: 1910-1933. Stuttgart: J.B. Metzlersche Verlagsbuchhandlung 1973, S. 58.

171 RADDATZ, Fritz J.: Das Tage-Buch. Portrait einer Zeitschrift. Königstein: Athenäum Verlag, 1981, S. 5.

172 Vgl. Erasmus: Wozu ein Friedensnobelpreis dienen kann. In: ET 4.2.1937.

173 Zu Carl von Ossietzky, siehe: RADDATZ, Fritz J.: Erfolg oder Wirkung. Schicksale politischer Publizisten in Deutschland. München: Carl Hanser Verlag, 1972, S. 36-52.

174 Carl von Ossietzky, der Kamerad, Kämpfer und Prophet. In: DnZ 2 (1938) 21.

175 OPITZ, Antonia: Die Stellung Frankreichs im Europa-Diskurs der Wochenschrift *Das Tagebuch*, S. 62. [wie Anm. IV, 165] Statt auf namhafte Feuilletonisten, die aus Paris berichteten, wie Alfred Polgar, Maximilian Harden, Theodor Lessing oder Walter Mehring einzugehen, wolle sie sich auf den TB-Herausgeber Großmann und Clément beschränken. Ihr Fazit: „Längst vergessene Gesichter, wie in unserem besonderen Fall das von Großmann und Clément, lösen sich aus der Vergangenheit." (S. 71)

176 Vgl. CLÉMENT, Frantz (Paris): Jose[ph] Caillaux. In: TB 6 (1925) 26, S. 931-936.

177 In einem Artikel in der LZ vom 26.2.1925 über Caillaux, der auch in PB 1955, S. 16-19, steht, wurde das „Schillerwort" für den Luxemburger Leser zitiert; im weitaus längeren Text im TB vom 27.6.1925 wurde es als dem deutschen Leser bekannt vorausgesetzt und weggelassen. Im Gegensatz zum Caillaux-Artikel in der LZ wurden die besten Feuilletons Cléments aus Paris meist zuerst im TB veröffentlicht, um anschließend, manchmal leicht verändert, von der LZ übernommen zu werden.

178 Clément über Clemenceau im TB. Vgl. Fußnote 50 des IV. Kapitels in diesem Buch.

179 Vgl. CLÉMENT, Frantz (Paris): Marcel Proust. In: TB 7 (1926) 5, 30.1.1926, S. 178-181; dann in: LZ 24.3.1926, M.A.; schließlich in: PB 1955, S. 32-38. Die drei Texte sind identisch.

180 Antonia Opitz stellt in ihrem Aufsatz über *Das Tage-Buch* Cléments „schönes Feuilleton über Marcel Proust" als stellvertretend für den Typus seiner literarischen Beiträge vor. (Vgl. OPITZ, Antonia: Die Stellung Frankreichs im Europa-Diskurs der Wochenschrift *Das Tagebuch* S. 65-67 [wie Anm. IV, 165]).

181 CLÉMENT, Frantz (Paris): Pariser Literaturpreise. In: TB 7 (1926) 1, S. 36-37.

182 CLÉMENT, Frantz: PB. Paris, den 15. Dezember. In: LZ 16.12.1932, M.A.

183 Vgl. CLÉMENT, Frantz (Paris): Colette. In: TB 7 (1926) 23, S. 799-802.

184 Vgl. CLÉMENT, Frantz (Paris): George Sand (Zum fünfzigsten Todestag.) In: TB 7 (1926) 24, S. 852-853. Siehe auch: CLÉMENT, Frantz: George Sand fünfzig Jahre nach ihrem Tod. In: Die literarische Welt, 1 (1926) 24/25.

185 CLÉMENT, Frantz: Louis Aragon. In: TB 8 (1927) 1. Halbj., S. 520-521; CLÉMENT, Frantz (Paris): Emile Zola. Nach 25 Jahren. In: TB 8 (1927) 40, S. 1592-1594;

186 Vgl. CLÉMENT, Frantz (Paris): Léon Daudets Heimkehr. In: TB 11 (1930) 1. Halbj., S. 116-117.

187 Siehe auch: PB 1955, S. 65-70.

[188] Vgl. CLÉMENT, Frantz: Gustave Flaubert. Zum 50. Todestage. In: TB 11 (1930) 1. Halbj., S. 720-721.

[189] Vgl. CLÉMENT, Frantz (Paris): Bella, ein politischer Roman. In: TB 7 (1926) 15, S. 593-594; CLÉMENT, Frantz: Ein neuer Maeterlinck. In: TB 8 (1927) 6, S. 220-222.

[190] In seiner Maeterlinck-Rezension erwähnt Clément einen „Banausen der exakten Wissenschaft" aus seiner „Vaterstadt", also aus Mondorf, der im Zoologiekursus erklärt haben soll: „Über die Bienen ist viel geschrieben worden, auch von einem gewissen Maeterlinck; aber anstelle dieses Machwerkes [sic!] kann ich Ihnen das Buch eines angesehenen einheimischen Imkers empfehlen." Clément kommentierte: Auf „Philister", die unfähig seien, zwischen literarischem Werk und Sachbuch zu unterscheiden, solle man nicht eingehen.

Über das Termitenbuch schrieb Clément ebenfalls am 29.1.1927 einen PB. In: LZ 4.2.1927, M.A., der sehr persönlich gehalten ist und in dem sich noch deutlicher als im TB die Faszination, die das Werk des belgischen Schriftstellers auf ihn ausübte, äußert: Er habe soeben „ein wunderschönes Buch gelesen", und er müsse „sofort in Begeisterung von demselben sprechen". Auch stellt er in dem Brief einen engeren Bezug zu Luxemburg her als im TB. Er erwähnt nicht nur den Miesepeter aus seiner „Vaterstadt", sondern spricht auch von den Forschungen eines renommierten Wissenschaftlers, auf die sich Maeterlinck stützte, und bei denen die Luxemburger sich „ein bißchen ,en pays de connaissance'" fühlten: „der Name Erich Wasmann S.J." werde häufig bei ihm zitiert; er selbst denke an die Zeit zurück, „wo der große Ameisenforscher im Jesuitentalar unter uns, auf Limpertsberg, inmitten seiner gläsernen Ameisennester hauste und forschte". Erich Wasmann S.J. (1859-1931) ‚der Ameisenpater', war Entomologe und lebte von 1899 bis 1911 im Schriftstellerheim der deutschen Jesuiten auf Limpertsberg. Er war Mitglied der wissenschaftlichen Sektion des Institut grand-ducal, das seine wissenschaflichen Arbeiten über ‚Luxemburger Ameisenkolonien' veröffentlichte.

[191] Vgl. COLETTE: Die Heilung. (Verdeutscht von Frantz Clément). In: TB 7 (1926) 23, S. 802-806.

[192] Vgl. MAETERLINCK, Maurice: Die Ethik des Termitenhügels. In: TB 8 (1927) 6, S. 222-225.

[193] Vgl. MAUROIS, André: Disraeli und Gladstone. In: TB 8 (1927) 32, S. 1264-1267.

[194] Vgl. CLÉMENT, Frantz: Mit Georges Duhamel. In: TB 8 (1927) 49, S. 1966-1968.

[195] Vgl. CLÉMENT, Frantz: Paris: Delacroix. In: TB 11 (1930) 2. Halbj., S. 1122-1123. Ein Pariser Brief beschäftigte sich ebenfalls mit der Delacroix-Ausstellung in der LZ und war, im Vergleich zum TB-Beitrag, für den luxemburgischen Leser leicht erweitert worden. Dieser solle, wenn er nach Paris komme, „um Gottes willen" die Ausstellung besuchen und beim großen Koloristen Delacroix „vom goldenen Überfluss der Welt" trinken. In „ihrem Kleinstaatleben" hätten die Luxemburger „stets Raumerweiterung nötig". (Vgl. CLÉMENT, Frantz: PB. Paris, Ende Juli. In: LZ 29.7.1930, M.A.).

[196] Vgl. CLÉMENT, Frantz: Theaterskandälchen in Paris. In: TB 7 (1926) 3, S. 112-113.

[197] Vgl. CLÉMENT, Frantz: Pariser Kulturkuriosa. In: TB 8 (1927) 24, S. 970-971.

[198] Siehe z. B.: ERASMUS: Einiges über Architektur. In: Trib. 3.8.1935. Auch in: ZZ 2006, S. 179-181.

[199] Vgl. CLÉMENT, Frantz (Paris): Anatole de Monzie. In: TB 8 (1927) 50, S. 1999-2004.

[200] Ebd., S. 2002.

[201] Ebd., S. 2003.

[202] Ebd., S. 2002. Maud Loty (1894-1976), Schauspielerin.

[203] Vgl. Le bistrot politique de Marc Baldy. http://marcbaldy.blog4ever.com/

[204] Vgl. CLÉMENT, Frantz: Deutsche Filme in Paris. In: TB 14 (1933) 1, S. 37-38.

[205] Vgl. CLÉMENT, Frantz (Paris): Deutsche Maler in Paris. In: TB 12 (1931) 1. Halbj., S. 750-751.

[206] Vgl. Fußnote 113 im IV. Kapitel dieses Buches.

[207] Vgl. CLÉMENT, Frantz: Deutsche Geistigkeit im modernen Frankreich. In: SM 38 (1932), S. 1027-1031. Die SM hatten, gleich nach dem Ersten Weltkrieg, und dies ganz im Gegensatz zum vorherrschenden Zeitgeist, als primäres Ziel die Versöhnung zwischen Frankreich und Deutschland, und verstanden diese als Voraussetzung für die Gestaltung des Friedens in Europa. Siehe: FRIEDEMANN, Peter: „Frankophilie" und „Europabild". Grenzen der Wahrnehmung am Beispiel der *Sozialistischen Monatshefte* 1918-1933. S. 265-287. In: Le discours européen dans les revues allemandes (1918-1933). Bern; Berlin [etc.]: P. Lang, 1997. Siehe insbesondere S. 281, wo Bezug genommen wird auf den „Frankreichspezialisten" Frantz Clément und seinen Text über Deutsche Geistigkeit in Frankreich. Clément war kein Mitarbeiter der SM. Ihm gefiel sicherlich der frankophile Charakter der Monatszeitschrift, aber dem liberalen Clément waren die SM wohl zu ideologisch eingefärbt (vgl. S. 270). So basierte etwa die von den Heften konzipierte neue Ordnung in Europa „auf einem sozialistischen Wirtschaftsmodell" (vgl. S. 267).

[208] Vgl. KOBRY, Yves: Beckmann et la France. Un malentendu paradoxal. In: Catalogue de l'exposition: Max Beckmann. Un peintre dans l'histoire. Paris 2002, S. 99-107.

[209] Vgl. CLÉMENT, Franz (Paris): Poincaré-Wahlen. In: TB 9 (1928) 15, S. 618-620.

[210] Vgl. FEST, Joachim C.: Hitler. Frankfurt/Berlin/Wien: Propyläen Verlag, 1973. Viertes Buch. II. Kapitel: Erdrutsch, S. 401.

[211] CLÉMENT, Frantz (Paris): An die Geistigen Frankreichs. In: TB 11 (1930) 2. Halbj., S. 1801-1802.

[212] Vgl. CLÉMENT, Frantz: PB. Paris, Ende Oktober. In: LZ 01. u. 2.11.1930, M.A.

[213] CLÉMENT, Frantz (Paris): An die Geistigen Frankreichs. In: TB 11 (1930) 2. Halbj., S. 1802.

[214] Ebd. Zur ‚Zerrüttung' des deutschen Volkes trugen, ohne dass Clément dies hier ausdrücklich erwähnt, die maßlos überzogenen Reparationsforderungen bei, die er verurteilte, aber auch die fatalen Folgen der Ruhrbesetzung von 1923, die er zunächst gebilligt hatte.

[215] Vgl. CLÉMENT, Frantz: Das Diktat der Vernunft. In: TB 12 (1931) 1. Halbj., S. 790-791.

[216] Am 18.1.1931 veröffentlichte die Monatsschrift *Notre Temps* ein von 186 Intellektuellen unterschriebenes *Manifeste contre les excès du nationalisme, pour l'Europe et pour l'entente franco-allemande*. Zu den Unterzeichnern gehörten u. a. Julien Benda, Jean Cocteau, Pierre Drieu La Rochelle, Jean Guéhenno, Jean Giono, Roger Martin du Gard, Marcel Pagnol, Jules Romains. Auf dieses Manifest folgte am 25.1.1931 in der *Revue française* ein Gegenmanifest, unterschrieben von 202 rechtsgerichteten Intellektuellen, darunter Maurice Bardèche, Robert Brasillach, Thierry Maulnier. Titel der Schrift: *Manifeste des*

217 Vgl. CLÉMENT, Frantz: Weiter geht's nimmer. In: TB 13 (1932) 2. Halbj., S. 1496-1498.

218 Zur Gleichberechtigungsnote, siehe: WINKLER, Heinrich August: Weimar 1918-1933: Die Geschichte der ersten Deutschen Demokratie. München: C.H. Beck 2005, S. 517.

219 CLÉMENT, Frantz: Weiter geht's nimmer. In: TB 13 (1932) 2. Halbj., S. 1498.

220 CLÉMENT, Frantz: Man will es falsch wissen. In: TB 13 (1932) 2. Halbj., S. 1743-1746, hier: S. 1744.

221 CLÉMENT, Frantz: Schult Frankreich seine Kinder im Töten? In: TB 13 (1932) 41, S. 1572-1574, hier: Vorspann.

222 Ebd., S. 1572-1573.

223 Zur geheimen Aufrüstung der Reichswehr, siehe: WEHLER, Hans-Ulrich: Deutsche Gesellschaftsgeschichte 1914-1949. München: C.H. Beck 2003, S. 421-422.

224 Siehe Bemerkung der Redaktion zu CLÉMENT, Frantz: Man will es falsch wissen. In: TB 13 (1932) 2. Halbj., hier: S. 1745 u. 1745-1746.

225 CLÉMENT, Frantz: Man will es falsch wissen. In: TB 13 (1932) 2. Halbj., hier: S. 1745 u. 1745-1746.

226 WEHLER, Hans-Ulrich: Deutsche Gesellschaftsgeschichte 1914-1949, S. 513. [wie Anm. IV, 223]

Oben auf Seite, kursiv: jeunes intellectuels, mobilisables contre la démission de la France. In ihm wurde Briand als „promoteur de toutes les abdications françaises" bezeichnet. Vgl. SIRINELLI, Jean-François: Intellectuels et passions françaises. Manifestes et pétitions au XXe siècle. [Paris]: Fayard, 1990, S. 68-73.

V. Cléments überstürzte Rückkehr nach Luxemburg, sein Kämpfen und Schreiben von 1933 bis 1940

1 Vgl. CLÉMENT, Frantz: Frankreich und das Hitlerregime. Paris, 10. April 1933. In: LZ 11.4.1933, M.A

2 Vgl. UTZ, Peter: „Sichgehenlassen" unter dem Strich. Beobachtungen am Freigehege des Feuilletons. In: KAUFFMANN, Kai und SCHÜTZ, Erhard (Hg.): Die lange Geschichte der kleinen Form. Beiträge zur Feuilletonforschung. Berlin: Weidler, 2000, S. 142-162.

3 Ebd., S. 142.

4 Das LW berichtete am 13./14.05.1933 in seiner täglichen Sparte *Der neue Kurs in Deutschland* mit Agenturnachrichten aus dem Reich: Am 12. Mai sei „die gesamte Belegschaft des Hauses Ullstein" in Berlin „wegen nicht Erfüllung einer Forderung (Entfernung jüdischer Angestellter) in Ausstand getreten". [Es wurde also nicht gegen die Gleichschaltung protestiert!!] Der Betrieb habe vollständig geruht. Und es hieß weiter: „Aus Anlaß dieser Streikbewegung hetzten zwei Angestellte des Hauses Ullstein, der Leiter des Fachverlages, Dr. Lion, und der Anzeigenleiter der ‚Grünen Post', Lindner, gegen die Nationalsozialistische Bewegung. Beide Angestellte sind deswegen von der Polizei festgenommen worden."

5 CLÉMENT, Frantz: PB. Paris, im April 1933. In: LZ 23.4.1933, M.A.

6 Vgl. CLÉMENT, Frantz: Hitler und das Zentrum. In: LZ 2.5.1933. M.A.

7 Vgl. Erasmus: Wie man sich bettet, so schläft man. In: ET 28.12.1935.

8 Siehe z. B. VdJ 20 (1936) 20, décembre, S. 3: Concours littéraire de l'Association pour l'Education populaire. Président: Frantz Clément. Siehe auch: Erasmus: Schriftsteller heran! In: ET 25.08.1936. Hier fordert er die jungen Autoren auf, die sich zu Recht beklagten, sie würden zu wenig ermutigt, sich an dem Wettbewerb zu beteiligen. Bereits zwei Jahre zuvor habe es einen ähnlichen erfolgreichen Concours des Volksbildungsvereins gegeben. Diesmal beschränke man sich auf „Kurzgeschichten und Beschreibungen", die eine besonders große „Konzentrationskraft des Gestalters" verlangten. Stellt hier nicht der Präsident der Jury, der ‚Meister der kleinen Form', sich selbst ein Lob aus?

9 CLÉMENT, Frantz: An die Geistigen Frankreichs. In: TB 11 (1930) 2. Halbj. u. in: LZ 1. u. 2.11.1930, M.A.

10 Vgl. CLÉMENT, Frantz: Huldigung für zwei Mann, die zwei Männer sind. In: LZ 14.5.1933, M.A.

11 Vgl. CLÉMENT, Frantz: Alfred Kerr in Luxemburg. In: LZ 26.5.1933, A.A.

12 Zitiert nach: KOCH-KENT, Henri: Après Alfred Kerr, le cabaret Pfeffermühle. In: KOCH-KENT, Henri: Vu et Entendu. Souvenirs d'une époque controversée 1912-1940. Luxembourg: Imprimerie Hermann, octobre 1983, S. 189-192, hier: S. 190-191.

13 VdJ 17 (1933) 15.6.33, S. 6. Zu Kerrs Aufenthalt in Luxemburg siehe: VICTOR-ENGLÄNDER, Deborah: Eine Garde junger Leute «aux épaules carrées». Alfred Kerrs Reise nach Luxemburg im Juni 1933. In: Galerie 21 (2003) 1, S. 90-97. Kerr fühlte sich vom Naziregime verfolgt. Es hatte Drohungen im Vorfeld des Vortrags gegeben, deshalb verlangte er ausdrücklich Schutz während seines Aufenthalts. Ein paar breitschultrige, kräftige Assossards bildeten daraufhin eine schützende Garde.

14 Das LV wurde vom früheren LW-Redakteur Leo Müller geleitet. Der Artikel über Kerr war eine Schelte auf die Intellektuellen, denen vorgeworfen wurde, sie kennten die „Volksmasse" nur „aus den Büchern" und ihnen fehlten die „Voraussetzungen zu dem richtigen einheitlichen völkischen Zusammengehörigkeitsbewusstsein". (LV 21.6.1933).

15 Das LW berichtete im Juni 1933, als Kerr für einige Tage in Luxemburg weilte, in der Rubrik *Literarisches* vorwiegend über religiöse Themen, wie etwa: Ist der Heilige Rock Jesu Christi im Dom zu Trier auch echt? (10./11. Juni 1933). Dass Literaten ins Exil gehen mussten, dass am 10. Mai in Berlin Bücher verbrannt wurden, das verschwieg man. Über die Bücherverbrennung berichtete die ET am 15.5.1933 als einzige Zeitung Luxemburgs. Allerdings ging man nicht auf die ‚verbrannten' Schriftsteller ein, sondern wetterte gegen die katholische Kirche, die im Mittelalter ähnlich gehandelt habe wie die Nationalsozialisten. C. Meder stellte fest: „Auffallend, dass KEINE Zeitung sowohl umfassend informierte als auch ausgiebig kommentierte." (Vgl. MEDER, Cornel: Die ‚Bücherverbrennung' im Spiegel der Luxemburger Tagespresse. In: Galerie 1 (1982-83) 4, S. 639-659, hier: S. 639).

16 Luxemburger Literaten zeigten immer wieder Interesse an der Familie Mann. Dies belegt die 1998 von Claude Meintz und Gast Mannes im CNL herausgegebene Broschüre: Luxemburg und die Schriftstellerfamilie Mann. Ansatz einer Bibliographie. Sie umfasst 29 Seiten bibliographischer Angaben.

17 VON DER LÜHE, Irmela: Erika Mann. Eine Biographie. Frankfurt am Main: Fischer Taschenbuch, 1996, S. 140.

18 Vgl. KLEIN, Mars: Literarisches Engagement wider die totalitäre Dummheit. Erika Mann's Kabarett ‚Die Pfeffermühle' 1935 und 1936 in Luxemburg. In: Galerie 3 (1985) 4, S. 543-579. Siehe auch: MEDER, Cornel: Hoffnungen, Projekte, Auftritte. Mitglieder der Familie Mann im Kontakt mit Luxemburg und mit Luxemburgern (1988). In: Hoffnungen. Fünf Vorträge. Differdange: Editions Galerie, 1994, S. 93-146, S. 110-112.

19 Er hat die Pfeffermühle „ein paarmal" gehört: Vgl. KLEIN, Mars: Literarisches Engagement wider die totalitäre Dummheit, S. 576, Fußnote. 42 [wie Anm. V, 18]: „Diese Feststellung ist interessant. Sie zeigt die Haltung eines Luxemburger Intellektuellen zur Pfeffermühle, die bis dahin drei Abende in Luxemburg gespielt hatte. Clément wird also jedesmal dagewesen sein."

20 Vgl. F.C.: Vom Chat noir zur Pfeffermühle. Ein halbes Jahrhundert Kabarett. In: LZ 9.3.1936, A.A.

21 Vgl. KOCH-KENT, Henri: Vu et Entendu, 1912-1940, S. 192. [wie Anm. V, 12]

22 Vgl. KOCH-KENT, Henri: Création d'un groupe d'auto-défense. In: Vu et Entendu, 1912-1940, S. 134-138, hier: S. 135 [wie Anm. V, 12]. Al Schmitz sieht in dieser Gruppe die erste organisierte Luxemburger Resistenz gegen die Nazis. Der Widerstand habe nicht erst nach dem deutschen Einmarsch am 10. Mai 1940 begonnen. (Vgl. Schmitz, Al: Wer ist eigentlich Henri Koch? In: Der parteilose Einzelgänger Henri Koch-Kent im Blickfeld seiner Zeitgenossen. Luxembourg, 1990, S. 10-27, hier: 21).

23 Vgl. KOCH-KENT, Henri: Vu et Entendu, 1912-1940, S. 191 [wie Anm. V, 12]. Die Episode mit dem ‚Judenfreien Lokal' spielte später eine Rolle in dem Film *Jours tranquilles à Clichy*, den der dänische Regisseur J.J. Thorsen 1969 nach dem gleichnamigen Roman von Henry Miller drehte. Die patriotische Organisation LPPD sah in dem Film eine Verunglimpfung unseres Landes und forderte dessen Verbot. Da es zudem einige recht freizügige Szenen in dem Streifen gab, die nicht nach dem Geschmack der damals noch recht prüden Rechtskreise waren, kam es zum Eingreifen der Staatsanwaltschaft und zu einem der größten Skandale in der Filmgeschichte des Landes. (Vgl. LESCH, Paul: Au nom de l'ordre public & des bonnes mœurs: contrôle des cinémas et censure de films au Luxembourg 1895-2005. Dudelange: CNA 2005, S. 150-168).

24 KOCH-KENT, Henri: Vu et Entendu, 1912-1940, S. 135, Fußnote 1 [wie Anm. V, 12]. Der Autor verweist hier auf einen Bericht der deutschen Gesandtschaft in Luxemburg nach Berlin, in den 30er Jahren. Es gebe zwei Richtungen in der Luxemburger Regierung. Bech vertrete eine deutschfreundliche Haltung, der Generaldirektor der Justiz dagegen, Norbert Dumont, fordere härtere Maßnahmen gegen Nationalsozialisten.

25 Vgl. E.[?]: Kabarett. Die Pfeffermühle. In: LV 17.4.1935. Der Rezensent des rechten LVs fand zwar, dass in Erika Manns Kabarettmühle manches übertrieben war, dass „mal die Galle zu hoch stieg und überquoll", aber selbst er musste sich eingestehen, dass er „Brettkunst im besten Sinne" erlebt hatte. „[B]isweilen blieb es wohl nur auf dem Karl Schnog-Niveau, meistens aber war's mehr." Das LW berichtete nicht über die Pfeffermühle.

26 [WEBER, Batty]: Die Pfeffermühle. In: LZ 17.4.1935, A.A.

27 J. [JOST, Paul]: Die Pfeffermühle in Esch. In: LZ 28.2.1935, A.A.

28 A.H.: Die Pfeffermühle. In: ET 2.3.1935.

29 LZ 17.4.1935, A.A.

30 Vgl. F.C.: Wer ist Klaus Mann? (Zu seinen Vorträgen in Luxemburg und Esch.) In: LZ 18.2.1936, M.A.

31 Ebd.

32 Vgl. CLÉMENT, Frantz: Klaus Mann und die europäische Jugend. In: LZ 21.2.1936, A.A. Die Rezeption von Manns Vortrag in der Luxemburger Presse zeigte die übliche ideologische Spaltung: Von linker Seite Lob für Klaus Mann – von Clément in der LZ, von E.M. [Emil Marx] im ET (22.2.1936); rechts dagegen Tadel für ihn. Ganz überraschend allerdings war, dass das LW, das kein Wort über die Pfeffermühle geschrieben hatte, am 25.2.1936 den Artikel *Bedenken, Vorbehalte und etwas Zustimmung. (Zum Vortrag Klaus Mann, 19. Februar, im Bürgerkasino.)* brachte. Er war nicht von einem Redakteur geschrieben, sondern von einem „Freund des Blattes": -a-, und gereichte der Zeitung – so C. Meder – „wirklich nicht zur besonderen Ehre", auch diente er der Deutschen Gesandtschaft in einem Bericht „als schlagende[r] Beweis[-] für Klaus Manns Subversität". (Vgl. MEDER, Cornel: Hoffnungen, S. 123 [wie Anm. V, 18]). Der Autor meinte, der Titel des Vortrags sei falsch gewählt. Er müsse lauten: „Warum hasse Ich, Klaus Thomassohn Mann, das Dritte Reich?" Die im Titel erwähnte Zustimmung bestand darin, dass der Redner wegen seines ‚prächtigen Deutschs' gelobt wurde: „jedenfalls der beste Stil, der hier in deutscher Sprache zu hören war, seit im November 1934 Frantz Clement an derselben Stelle sprach." [(sic!) Clément wurde also dieses eine Mal im LW gelobt; er hatte damals über Antisemitismus gesprochen.] Der Hauptvorwurf von -a- war, Klaus Mann, der Emigrant, habe von der Realität in Deutschland keine Ahnung. Er behaupte, Deutscher zu sein. Dann solle er auch sein Land „gefälligst nicht so darstellen, als sei es drauf und dran, die andern friedliebenden Nationen kriegerisch zu überfallen". Er betreibe „Hetze im bösartigen Sinn!", schwärze sein Land „wider besseres Wissen" an.

33 Vgl. MEDER, Cornel: Hoffnungen, S. 112-123. [wie Anm. V, 18]

34 Ebd., S. 119-120.

35 Ebd., S. 120.

36 Vgl. ADLER, Wulf-Jürgen: Klaus Mann. Kind seiner Zeit. In: Klaus Mann (1906-1949). Leben und Werk in Texten und Dokumenten. Broschüre aus Anlass der Klaus-Mann-Ausstellung im Luxemburger Staatsarchiv, im Dezember 1988.

37 Vgl. MANN, Klaus: Tagebücher 1936-1937. Reinbek bei Hamburg: Rowohlt, 1995, S. 22-23.

38 Klaus Manns Skandalroman *Mephisto. Roman einer Karriere* (1936) war eine Abrechnung mit dem Schauspieler Gustaf Gründgens, seinem früheren Schwager.

39 Die Herausgeber der Tagebücher geben im kommentierten Anhang zwei Rezensionen an, die K. Mann zu diesem Zeitpunkt noch nicht gelesen haben kann: von Clément in LZ 21.2.1936; von -a-, in LW 25.2.1936. Zu letzteren siehe Fußnote 32 des V. Kapitels.

40 Vgl. THOMAS, Bernard: Le Luxembourg dans la ligne de mire de la Westforschung, 1931-1940. Luxembourg: Fondation Robert Krieps 2011. In seiner Arbeit will Bernard Thomas zeigen, dass es in den 30er Jahren des vorigen Jahrhunderts in Deutschland eine „Kampfwissenschaft" (S. 241) gab, die Westforschung, die nachweisen wollte, Luxemburg sei ein alter deutscher Kulturraum, der für das Deutsche Reich zurückzuerobern sei. Sie habe folglich nach 1940 zur Legitimierung der Annexion Luxemburgs gedient. Eine wichtige Rolle im Rahmen dieser Forschungen spielte u. a. der Geograph Josef Schmithüsen, der 1939 in Bonn mit einer Arbeit über luxemburgische Landeskunde habilitierte. (Vgl. SCHMITHÜSEN, Josef: Das Luxemburger Land. Landesnatur, Volkstum und bäuerliche Wirtschaft. Leipzig 1940). Nach der Besetzung Luxemburgs wurde Schmithüsen dort als volkskundlich-geographischer Berater eingesetzt. Aber seine Beratertätigkeit fand ein rasches Ende, als Gauleiter Simon Chef der Zivilverwaltung wurde. (Vgl. DOSTERT, Paul: Luxemburg zwischen Selbstbehauptung und nationaler Selbstaufgabe. Luxembourg 1985, S. 48*- 49*, Anm. 178 zu Kapitel B I,1,2,3). Nach dem Krieg war er u. a. Professor an der Universität Saarbrücken und hatte Kontakt zu Luxemburger Studenten. So schildert z. B. Georges Hengesch in dem Artikel *Josef Schmithüsen 1909-1984* (In: Forum [1985] 77, Dezember, S. 42-45.) seinen früheren Lehrer als einen „der bedeutendsten Geographen dieses Jahrhunderts". Sein Werk über Luxemburg habe ihn sieben Jahre in Anspruch genommen, enthalte zwar einige Passagen, die dem „Geiste der Zeit" entsprachen

und vollkommen inakzeptabel seien, aber letztendlich sei seine Aktivität in Luxemburg hauptsächlich „wissenschaftlicher Natur" gewesen. Nach dem Kriege zeigte Schmithüsen immer noch großes Interesse an Luxemburg, begleitete z. B. Hengesch und dessen Studienkollegen zu Forschungszwecken durch das Land und beriet sie.

Thomas dagegen ist der Ansicht, die Wissenschaftler der Westforschung hätten eine weitreichende und verhängnisvolle Rolle gespielt, ihr Wirken sei jedoch von der Luxemburger Geschichtsschreibung kaum beachtet worden. Schmithüsen z. B. sei zu einem Helfer der deutschen Kommandantur geworden, habe am 18. Juli 1940 eine Sitzung der Volksdeutschen Bewegung [VdB] präsidiert und gesagt, ihre Hauptaufgabe sei, „die Luxemburger zum Bewusstsein ihrer Volkszugehörigkeit zurückzuführen". (FN 649, S. 245-246).

Keine öffentliche Resonanz fanden damals die braun getönten Westforschungen, die sich mit Luxemburg beschäftigten. In der *Neuen Zeit* [DnZ], dem Kampfblatt der Intellektuellen gegen die Gefährdung unserer Demokratie in der zweiten Hälfte der dreißiger Jahre, waren keine Warnungen vor der raffiniert vorgehenden, aber doch gefährlichen Westforschung zu finden. Clément allerdings machte sich sofort 1940 nach seiner Flucht nach Berdorf ‚Gedanken' über Schmithüsens eben erschienenes Buch *Das Luxemburger Land*. Sie wurden nach seinem Tod in den CL 18 (1946) 2, S. 108, veröffentlicht. Zunächst lobt er zwar das Werk als eine „außergewöhnlich fleißige und gründliche Arbeit, die erste und wahrscheinlich auf lange noch einzige Darstellung über Luxemburg, in der das gesamte Material und die gesamte Literatur verarbeitet sind". Er schränkt dann aber ein. Schmithüsen erfasse nicht „die Eigenart" des Luxemburger Volkes. Sein Bild des Landes sei nicht nur „unzulänglich", sondern „falsch". Der Grund für diese Verfälschung sei, dass „Luxemburg für Deutschland ‚reklamiert werden [soll], und nun wird alles in dieser Richtung gedeutet, muss alles parieren, besonders im Historischen und Sprachlichen. Dabei wird vergessen, dass es nicht auf Stammes- und Spracheigentümlichkeiten ankommt, sondern auf die nationale Willensrichtung. Wenn man die ins Reichsdeutsche hineinzwingen will, wird sie antideutsch."

41 Vgl. HAAG, Emile: Die Luxemburger Gesellschaft für deutsche Literatur und Kunst (GEDELIT). In: Hémecht 28 (1976) 1, S. 5-26; 28 (1976) 2, S. 101-128; 28 (1976) 3, S. 285-320; 29 (1977) 2, S. 133-171.

42 Damian Kratzenberg (1878-1946): Deutschprofessor, seit 1935 Präsident der Gedelit, 1941 Direktor des hauptstädtischen Athenäums, während der deutschen Besatzung Leiter der VdB. Er gehörte zu den zwölf Kollaborateuren, die nach dem Krieg wegen Landesverrats zum Tod verurteilt wurden. Am 11. Oktober 1946 wurde er im Kasernenhof in Luxemburg erschossen.

43 Vgl. Prof. KRATZENBERG, D.: Offene Antwort auf einen offenen Brief. In: LZ 3.5.1934, M.A. Der Artikel ist eine Antwort auf Dac [auch: DAC], der in der April-Nummer der VdJ Kratzenberg seine Sympathie für die Nazis vorgeworfen hatte.[Diese Nummer ist weder in den Staatsarchiven noch in der Nationalbibliothek vorhanden]. Dac gehörte zu den Heißspornen der ASSOSS, der manchmal wild um sich schlug, bei Kratzenberg vollkommen zu Recht, bei Clément zu Unrecht. Letzterem hatte Dac nämlich 1933, in der September-Nummer der VdJ, in einer kurzen Notiz heftige Vorwürfe gemacht, er „vergöttere die Formel vom ‚Primat des Geistes'. Bei der heutigen Pleite des Intellekts" sei „eine solche Einstellung in Sachen der Politik [sic!] Quatsch". „Primat des Geistes oder der Faust?", fragte Clément daraufhin in seiner Antwort in der LZ vom 19.9.1933, A.A. Dac habe eine Maxime, „die auch in politischen Dingen seit mehr als einem Jahrhundert Erbstück aller guten Europäer ist, als Quatsch bezeichne[t]". Von der Jugend erwarte man zwar, dass sie „kampfesfreudig und unerbittlich" sei, aber „der Geist" müsse „das letzte Wort haben". Man solle sich nicht damit begnügen, mit „faustdicken Wort[en]" um sich zu werfen. Dac und Genossen sollten das „kannibalische Schimpfen" unterlassen. Er rät den Jungtürken: „Eure Pfeile sind zu roh geschnitzt: schneidet sie feiner und elastischer und feilt auch einige Widerhaken hinein." Clément schließt seine geschickte Replik folgendermaßen: „Ihr könnt mich […] definitiv zum alten Eisen werfen. Es schmerzt mich weiter nicht, denn altes Eisen hält dem Rost manchmal besser stand, als junger Stahl. Es kommt vor allem auf die Qualität an. Primat des Geistes ist eben auch Primat der Qualität."

NB: Die Identität von Dac war nicht leicht festzustellen. Ein Hinweis von Henri Wehenkel, dem Chronisten der ASSOSS, brachte den Autor dieses Buches auf die richtige Spur. Bei Dac handelt es sich um Henri Koch-Kent, der 1933 ihr Präsident wurde und sich mit Feuereifer in die Auseinandersetzung mit Kratzenberg stürzte. Er gab sich das Pseudonym Dac, nach einem indochinesischen Freund. In seiner Autobiographie ‚Vu et Entendu 1912-1940' geht er zwar auf die Polemik mit Kratzenberg ein, erwähnt aber mit keinem Wort seine Angriffe auf Clément, der später sein Kampfgefährte und Freund wurde. 1933 hatte sich bereits Emil Marx in der ET ähnlich wie Koch geäußert. An Clément gewandt, schrieb er: „Heute gilt es […] für alle, […] zu kämpfen wider den Ungeist. Man wundert sich, dass Sie schweigen. Wundert sich doppelt, wenn Sie, ohne Unsicherheit in der Stimme vom ‚Primat des Geistes' reden. […] Wie wäre es, wenn Sie auch manchmal vom Primat der Tat reden würden, der geistigen Tat?' " (Vgl. E.M.: Primat des Geistes? Offener Brief an Frantz Clement und seinesgleichen. In: ET 23.09.1933).

Merkwürdig ist, dass gerade Clément, der viel früher als andere den Nationalsozialismus bekämpfte, sein angeblich fehlendes Engagement vorgeworfen wurde. Nach seiner Rückkehr aus Paris setzte er sich zwar nicht täglich mit dem Nationalsozialismus auseinander, aber an seiner Einstellung zum Dritten Reich gab es nicht die geringsten Zweifel. Jedenfalls waren die Intellektuellen Luxemburgs in der ersten Hälfte des 20. Jahrhunderts in ständige Auseinandersetzungen verwickelt, führten Polemiken und zeigten eine geistige Regsamkeit, die man in unserer vor allem wirtschaftlich orientierten Welt schmerzlich vermisst.

44 Vgl. CERF, Paul: Kratzenberg ou de la culture allemande à la ‚Großkultur' nazie. In: CERF, Paul: De l'épuration au Grand-Duché de Luxembourg après la seconde guerre mondiale. Luxembourg 1980, S. 39-44, hier: S. 39.

45 Vgl. VdJ 19 (1935) 6, S. 2: Comités de l'ASSOSS 35-36.

46 Vgl. LZ 5.5.1934, M.A.

47 Außer der LZ, in Batty Webers *Abreißkalender*, war es die VdJ, die in ihrer Mainummer, Nr. 9, 1934, ein weiteres Mal auf Kratzenberg einging, und gleich mit zwei Artikeln auf S. 3. In *Um eine Polemik* schrieb DAC: „Der gelehrte Streit um das Deutschland von gestern und das Deutschland von heute bringt mir augenblicklich keine schlaflosen Nächte. Das Deutschland von gestern schlummert in meiner Bibliothek, und für den Ankauf der Glanzleistungen des neuen Deutschland fehlt mir das Geld." Was DAC jedoch beunruhigte, war „die Überfremdung, ein Anwachsen des deutschen Einflusses in lebenswichtigen Zentren unseres Volkskörpers, und dies eben jetzt, wo meine Landsleute und Kameraden haufenweise auf dem Pflaster liegen". Weiter heißt es: „Währenddem die eigenen Leute arbeitslos sind und Magengrimmen haben, behaupten sich die Ausländer [er meint die Deutschen] in gut bezahlten Stellungen. Das darf nicht sein!" Und DAC belegt seine Angst anhand folgender Zahlen: „[Mit] 22.000 an der Zahl – zirka 12% im Verhältnis zu den 254.000 Luxemburgern und genau 47% im Verhältnis zu den 46.000 Ausländern des Landes –, haben die Deutschen es verstanden, sich in Luxemburg eine ökonomische Machtstellung zu sichern, die numerisch mit 25% vom Ganzen bewertet werden kann." Xenophobie war also nicht nur im rechten Lager anzutreffen!

In dem zweiten, nicht unterzeichneten Artikel *Hitler-Deutschland und wir*, antwortet der Autor „auf die deutschfreundlichen Propaganda-Bekenntnisse des Herrn Prof. D. Kratzenberg". Es heißt u. a.: „[I]n kultureller Hinsicht bietet uns dieses [i.e. Hitlers] Deutschland nur Minderwertiges; in politischer ist dieser Nachbar mit seinem Herrenmenschentum und seinen Annexionsgelüsten eine Gefahr für unsere Unabhängigkeit und unsere Freiheit." Der Autor zeichnet – und dies bereits im Mai 1934! – ein erstaunlich zutreffendes Bild von den Verhältnissen in Nazi-Deutschland. Er spricht von „Staatsstreich und Errichtung der Diktatur", von „Verbannung der geistigen Elite", von „Konzentrationslagern", von „Wiedererweckung des Rassenfimmels", von „Komödienhäusern an Stelle der früheren Gerichtsstätten", von „unfreiwilligem Arbeitsdienst", vom „Ansteigen der Rüstungen"... Von alledem wollte Kratzenberg nichts gewusst haben, jedenfalls nichts von KZs – so 1946 seine Aussage im Prozess gegen ihn. (Vgl. CERF, Paul: Epuration, S. 44 [wie Anm. V, 44]).

48 Der Journalist Eugen Ewert (1910-1984) spielte eine wechselhafte Rolle im Luxemburger Literaturleben. Er war zunächst Mitarbeiter und Herausgeber linker und liberaler Kulturzeitschriften, z. B. der *Jungen Welt*, die Clément als „edelbolschewistisch" charakterisiert. (vgl. VdJ 22 (1938) 27, S. 2). Anfang der dreißiger Jahre war er noch Mitglied der ASSOSS, gehörte dem ‚Comité de rédaction' der VdJ an (Vgl. septembre 1931, S. 21), und ging dann aber ins

	rechte Lager über. In der deutschen Besatzungszeit gehörte er zur Redaktion im Trierer *Nationalblatt*. Zum zehnjährigen Jubiläum der Gedelit verfasste er 1944 einen Abriss ihrer Geschichte. Nach dem Krieg wurde er zu einer mehrjährigen Haftstrafe verurteilt.
49	Erasmus: Deutsche Bücher, jawohl, aber mit Vorsicht. In: Trib. 1 (1935) 19.
50	Zitiert von Clément in seinem Artikel in der *Tribüne*.
51	Vgl. EWERT, Eugen: Deutsche Literatur, Ja oder Nein? In: CL 13 (1936) 5, S. 635-637.
52	Ebd., S. 636.
53	Zur Polemik in den CL um Nazi- u. Exilliteratur, siehe: THILL, Robert: Joseph-Emile Muller (1911-1999) – Vom linksradikalen Literaten zum profilierten Kunstkenner. In: CONTER, Claude D./SAHL, Nicole [Hg.]: Aufbrüche und Vermittlungen. Beiträge zur Luxemburger und europäischer Literatur- und Kulturgeschichte. Bielefeld: Aisthesis Verlag 2010, S. 535-555, hier: S. 537-543.
54	Zitiert nach KRIER, Emile: Deutsche Kultur- und Volkstumspolitik von 1933-1940 in Luxemburg. Bonn 1978 [unveröffentlicht]. [S. 255] Siehe auch: CERF, Paul: Il y a quarante ans … Kratzenberg, chef des nazis luxembourgeois, était exécuté. In: LL, 5.10.1990.
55	‚sech eng knätzelen' (lux.): sich einen Rausch antrinken.
56	CLEMENT, Frantz: E.E. O Weh, O Weh! In: VdJ 22 (1938) 27.
57	Der Artikel über Kratzenberg und Ewert wurde nach der Befreiung Luxemburgs in der ersten Ausgabe der VdJ von Januar 1945 wieder gedruckt, „sans commentaires", wie es hieß.
58	Zu Clément, dem Bund Rheinischer Schriftsteller und der Gedelit: Clément begegnete, wie der Gedelit, so auch dem Bund Rheinischer Schriftsteller mit äußerster Reserviertheit. Dieser hatte durch den Dichter Alfons Paquet, dessen Schwester in Luxemburg lebte, einen guten Kontakt zu unserm Lande. Er las 1937 in der Gedelit. Als die Rheinischen Heimatblätter, das Organ der Mittelrheinischen Gesellschaft zur Pflege alter und neuer Kunst – Paquet war in der Zeitschrift eine der bestimmenden Persönlichkeiten – im April 1933, also bereits in nationalsozialistischer Zeit, ein Sonderheft Luxemburg herausgaben, war eine ganze Corona rechter und linker Luxemburger Literaten und Publizisten in der Zeitschrift vertreten – Clément nicht. (Zum Rheinischen Kulturkreis siehe: CONTER, Claude D.: Vom Kulturtransfer zum Kulturexport – Der Bund Rheinischer Schriftsteller und die Gesellschaft für deutsche Literatur und Kunst. Anmerkungen zur Literaturpolitik in Luxemburg zwischen 1933 u. 1945. In: Das Rheinland und die europäische Moderne. Essen 2008)
	Mit eindeutiger Ablehnung stand Clément von vornherein der Gedelit gegenüber. Der neue ‚Kulturverein' trat zwar zunächst nicht eindeutig für nationalsozialistische Literatur ein, bevorzugte aber Schriftsteller mit antimodernistischer Tendenz. Clément hatte keinen Kontakt zur Gedelit, besuchte keine ihrer Veranstaltungen. Bereits im Gründungsjahr 1934 fand ein Leseabend mit dem Schriftsteller Josef Ponten statt. Er las aus den beiden ersten Bänden seines Romans *Volk auf dem Wege*. Sie sind eine Verherrlichung der Wolga-Deutschen und der Auswanderer aus dem Rhein- und Moselgebiet nach Siebenbürgen. Prof. Nik. Hein stellte den Redner vor. In Josef Nadlers *Literaturgeschichte des Deutschen Volkes* heißt es über diesen ‚Roman der deutschen Unruhe': „Das Werk wächst aus dem tiefen Raum der Vergangenheit heraus und umschließt die ganze Weite des deutschen Volksraumes und Volksschicksals." (Bd. 4, Berlin 1941, S. 332) Die Blut- und Boden-Literatur Pontens deutete schon an, welche Art von Werken in der Gedelit besonders geschätzt wurde. Im Zusammenhang mit dessen Vortrag wandte sich Batty Weber denn auch in seinem *Abreißkalender* vom 29.11.1934 in der LZ, M.A., gegen die Vereinnahmung der Luxemburger als Auslandsdeutsche: „Wir leben unter ureigenster Herrschaft, als Luxemburger, als ein selbständiger Nationalstaat, das hat mit Irredenta nichts zu schaffen, es braucht uns niemand zu erlösen". Zum Leseabend mit J. Ponten am 23.11.1934 siehe: MANNES, Gast: Aus den Anfangsjahren einer Wohllöblichen Gesellschaft. Literarhistorische Anmerkungen zu einem kulturpolitischen Phänomen: Die Gedelit 1934-1937. In: CONTER, Claude D./SAHL, Nicole [Hg.]: Aufbrüche und Vermittlungen, S. 575-603, hier: S. 582-586. [wie Anm. V, 53]
59	Vgl. CLÉMENT, Frantz: Glossen zum Hitler-Bolschewismus. Paris, Ende September. In: LZ 28.9.1930, M.A.
60	Vgl. CLÉMENT, Frantz: Hitler und das Zentrum. In: LZ 2.5.1933. M.A.
61	Vgl. CLÉMENT, Frantz: Frankreich und das Hitlerregime. Paris, 10. April 1933. In: LZ 11.4.1933, M.A.
62	Vgl. Viel Geschrei. In: LW 1.4.1933. Ausführliche Auszüge aus dem langen Artikel stehen in: MERSCH, Carole: Le national-socialisme et la presse luxembourgeoise de 1933 à 1940. Luxembourg: Imprimerie Saint-Paul 1977, S. 172-173.
63	Vgl. ET 3.4.1933.
64	Vgl. LW 4.4.1933.
65	Vgl. –x [i.e. MARX, Emil]: Offene Worte über Antisemitismus. In: VdJ 17 (1933) 1.
66	Vgl. VdJ 17 (1933) 2, August, S. 8. Es ist schwierig, sich ein Bild vom Artikel zu machen. Er besteht aus mehreren Zuschriften [?] zu der im Titel gestellten Frage. In den Luxemburger Archiven sind die Ausgaben 2 und 4, 1933, der VdJ auf Mikrofilm kaum lesbar, „vu que les documents à microfilmer étaient des photocopies". Vgl. film JXM 481. Ähnlich schwierig ist die Lesbarkeit der beiden VdJ-Nummern im Literaturarchiv Mersch.
67	Vgl. Lokalneuigkeiten. In: LZ 06.11.1934, M.A.
68	Vgl. [Anonym]: Vortrag Frantz Clément über Antisemitismus. In: LZ 7.11.1934, A.A. Da kein Manuskript vom Vortrag existiert, ist der Bericht in der LZ die zuverlässigste Quelle zu Cléments Überlegungen.
69	E.N.: La conférence de M. Frantz Clément sur l'antisémitisme. In: IL 8.11.1934.
70	E.: Antisemitismus. (Zu dem gestrigen Vortrag Frantz Cléments im Kasino) In: LV 7.11.1934.
71	Vgl. CLÉMENT, Frantz: Die auswärtige Politik des dritten Reiches. In: LZ 30.8.1934, M.A. übcr: BEER, Max: Die auswärtige Politik des dritten Reiches. Zürich: Polygraphischer Verlag 1934.
72	‚Faszismus': Schreibweise, die damals manchmal anzutreffen war.
73	Vgl. [MARX, Emil] Am Rande. Frantz Clément und das Bürgertum. In: ET 21.2.1933. Der Artikel stand nicht auf der Kulturseite *Literatur u. Kunst*, für die der Schriftsteller Albert Hoefler verantwortlich war.
74	Erasmus: Wir wissen nun, was uns blüht. In: VdJ 17 (1933) 4.
75	Ständestaat: staatliche Ordnung, in der die Berufsstände, als Vertreter der tatsächlichen oder vermeintlichen gesellschaftlichen Interessen, Träger des Staates sein sollten. Vorbild für die Luxemburger Klerikalen war Österreich, wo 1934 eine an der katholischen Soziallehre orientierte ständische Verfassung eingeführt wurde.

76	Es gab in Europa eine Reihe faschistischer, demokratiefeindlicher Gruppierungen und Parteien auf katholischer Grundlage, die in den 30er Jahren eine Gefahr darstellten: die ‚Vaterländische Front' des österreichischen Kanzlers Dollfuß; die ‚Croix de feu' des Colonel La Rocque, die bei den blutigen, antiparlamentarischen Demonstrationen 1934 in Paris eine gewichtige Rolle spielten; die spanische Staatspartei Falange unter der Diktatur General Francos; die vorwiegend aus Katholiken bestehende englische Miliz des Faschisten Sir Oswald Mosley.
77	Unser Standpunkt. In: LW 13.5.1933.
78	Zueinander. In: LW 6.5.1933.
79	Erasmus: Die andere Glocke. In: VdJ 17 (1933) 4.
80	Vgl. CLEMENT, Frantz: Politische Erziehung und Bildung: In: 25ᵉ anniversaire de l'Association pour l'éducation populaire Esch-sur-Alzette 1909-1934. Esch-sur-Alzette: Impr. Aug. Wagner 1934, S. 56-60.
81	Ebd., S. 59-60.
82	„Von den verfassungsmäßigen Garantien". In: LW 20.4.1934.
83	Vgl. ENGEL, Marcel: Aus der Zeit des Maulkorbs. In: LL 2.6.1967. Auch in: ENGEL, Marcel: Der Bürger im Staat. II. Luxembourg: collection APESS 1995, S. 124-136.
84	Den beiden Lehrern wurde nicht nur ihr monatliches Gehalt gestrichen, sie verloren auch sämtliche Ansprüche auf eine Pension. Ihre beiden Ehefrauen, die Geschwister Feltgen, sorgten nun fürs Überleben. Claire Urbany wurde von einem kleinen Betrieb angestellt, um Pakete zu schnüren, die an die Kundschaft verschickt wurden. Irma Kill, wie ihre Schwester Lehrerin, konnte keine Stelle finden, wurde allerdings manchmal im Krankheitsfall einer Kollegin als Ersatzlehrerin angestellt. (Vgl. KOCH-KENT: Ils ont dit NON au fascisme. Rejet de la loi muselière par le référendum de 1937. Luxembourg 1982, S. 13-14).
85	Die KPL hatte Anfang der 30er Jahre etwa 100 Mitglieder. Die luxemburgische Sektion der NSDAP dagegen war recht stark. Sie fand ein breites Reservoir in den rund 20.000 Deutschen, die in Luxemburg lebten. Bech weigerte sich aber, die NSDAP im Großherzogtum zu verbieten, wohl um nicht die deutsche Reichsregierung zu provozieren. (Vgl. KOCH-KENT: Ils ont dit NON au fascisme, S. 41 et 42 [wie Anm. V, 84]).
86	ENGEL, Marcel: Aus der Zeit des Maulkorbs. In: In: LL 2.6.1967.
87	CLÉMENT, Frantz: Um einen Verfassungsstreit. In: VdJ 18 (1934) 12. Clément trat nie aus der liberalen Partei aus. Sie schien ihm die größtmögliche geistige Freiheit und intellektuelle Unabhängigkeit zu garantieren. Das letzte Jahrbuch der Radikal-Liberalen Partei erschien 1940 und gibt als effektives Mitglied des Zentralvorstandes „Frantz Clément" an: „homme de lettres, 63, Avenue Victor Hugo, Limpertsberg". Er ist im Jahrbuch mit einem längeren Beitrag vertreten: Die Familie Metz in der luxemburgischen Politik und Wirtschaft. In: Annuaire du Parti radical-libéral luxembourgeois 1939-1940. Luxembourg: Impr. Schroell 1939, S. 62-71. Als am 13.2.2004 die Demokratische Partei *100 Joer Liberalismus zu Lëtzebuerg*, feierte, berief sich die damalige Präsidentin der Liberalen, Lydie Polfer, auch auf Clément und sagte eingangs ihrer Festrede: „Mir liesen haut nach no, wat grouss liberal Schrëftsteller hannerloos hun, wéi de Batty Weber, den August Liesch, de Frantz Clément." (Die Rede war längere Zeit im Internet nachzulesen. Siehe auch: Erfolge und Rückschläge eines Jahrhunderts. 100 Jahre liberale Bewegung in Luxemburg. In: LJ 14./15.2.2004, S. 2-3).
88	Die Zeilen über die Versammlung in Differdingen stützen sich auf KOCH-KENT, Henri: Ils ont dit NON au fascisme, S. 15-17 [wie Anm. V, 84], und auf ein Schriftstück, das er mehreren Freunden mit der handschriftlichen Bemerkung überließ: ‚A utiliser en cas de polémiques après mon décès'.
89	Emil Marx, Journalist beim ET, hatte P. Krier bereits am 17.8.1935 in der *Tribüne* geantwortet, Vgl. MARX, Emil: Auch eine Klarstellung. In: Trib. 1 (1935) 19.
90	Hubert Clément, Vetter von Frantz Clément, früherer Lehrer, Direktor des ET, kandidierte für die sozialistischen Gewerkschaften bei den Gemeindewahlen 1934 und wurde 1935 Bürgermeister von Esch-Alzette.
91	CLÉMENT, Frantz: Die innenpolitische Tribüne. Politische Geisterseher. In: Trib. 1 (1935) 21.
92	Siehe z. B. in diesem Zusammenhang den Leserbrief von Pir Haas, einem Militanten der Schifflinger Arbeiterjugend, im ET vom 4.12.1982. Er legt die Haltung ‚bekannter Schifflinger Sozialisten' dar, die damals nicht mit der Desavouierung ihres Parteipräsidenten René Blum einverstanden waren. Neben Haas' Brief steht *Die Meinung Victor Bodsons* von der sozialistischen Partei, die zeigt, dass die Parteispitze rein taktische Überlegungen anstellte: „[P]ourquoi faire une alliance avec les communistes qui nous aurait causé beaucoup de tort, car elle aurait permis à la majorité de nous mettre tous dans le même sac, communistes et socialistes." (Beide Leserbriefe unter dem Titel *Maulkorb – Immer aktuell*, auf S. 6).
93	Léopoldine: Le courrier de Léopoldine. Miracles télévisés. In: LL 12.11.1982.
94	CLÉMENT, Frantz: Um einen Verfassungsstreit. In: VdJ 18 (1934) 12.
95	CLÉMENT, Frantz: Ein unordentliches Ordnungsgesetz. In: Trib. 1 (1935) 6, 11.5.1935.
96	CLÉMENT, Frantz: Dienst am freien Volke. In: Trib. 1 (1935) 7, 18.5.1935.
97	CLÉMENT, Frantz: Ein unordentliches Ordnungsgesetz, (s.o.). Clément schrieb zwei Artikel mit dem gleichen prägnanten Titel; das Oxymoron, die Verbindung von zwei sich widersprechenden Begriffen, sollte die ganze Absurdität des ‚Maulkorbgesetzes' verdeutlichen. Der erste erschien in: Die Tribüne am 11.5.1935, nach dem ursprünglichen Gesetzesvorschlag, der zweite in *Die neue Zeit* am 1.1.1937, nach der definitiven Fassung des Gesetzes,
98	So die Formulierung von Emil Marx bei der Vorstellung von Cléments *Die Tribüne*. In: ET 13.4.1935.
99	Die Arbed unterstützte die *Luxemburger Zeitung* und wohl auch *Die Tribüne*. Clément war sowohl mit dem 1928 tödlich verunglückten Emile Mayrisch, dem ‚Patron' der Arbed, der ihn an die LZ geholt hatte, als auch mit Alphonse Nickels, der im Luxemburger Stahlkonzern wichtige Funktionen innehatte, bekannt. Er kannte Nickels seit der Zeit der Volksbildungsbewegung. Der gelernte Jurist und Präsident der radikalliberalen Partei war ab 1923 in der Direktion der Arbed tätig. 1933 wurde er Luxemburger Legationsrat in Berlin; 1936, nach der Freistellung beim Luxemburger Stahlkonzern, Geschäftsträger bei der Reichsregierung. 1938 nahm er seine Direktionsstellung bei der Arbed wieder auf. Frantz Clément war vor dem Krieg häufiger Gast am Mittagstisch der Familie Nickels. Im Krieg kam er manchmal von Berdorf, wohin er geflüchtet war und wo er 1941 von der Gestapo verhaftet wurde, nach Luxemburg-Stadt, um sich Bücher zu holen, die Mme Nickels in ihrer Bibliothek versteckt hatte. 1942 wurde A. Nickels mit seiner Frau umgesiedelt, beide kamen bei einem Bombenangriff im Lager Leubus ums Leben.
100	BIERMANN, Pierre (1901-1981): Professor am Athenäum. Er war „der Autor eines verbotenen Buches für Geschichte", Vgl. G. Mannes über den aufklärerischen Lehrer in: Récré Nr. 5 (1989) S. 105-111. Seine *Geschichte des Mittelalters von Luxemburg aus gesehen (1935-1939)* stellte das politisch-historische Geschehen im Lande in einen europäischen Kontext. Das Buch war für Clément *Ein neuer Weg in unserem Geschichtsunterricht* (Titel des Leitartikels in LZ

12.9.1935, M.A.). 1939, in Nr. 34 der DnZ vom 1.4., hieß es auf S. 1 in dem Artikel von E. Marx *Skandal um unsern Geschichtsunterricht*. Unterrichtsminister Nicolas Margue habe die Einführung von Biermanns Geschichtsbuch in den Luxemburger ‚Mittelschulen' unterbunden. Clément hatte bereits 1937, als eine Dreiparteienregierung gebildet wurde, um einen „Burgfrieden" in einer für das Land bedrohlichen Situation herzustellen, sein Misstrauen gegenüber Margue geäußert. Vgl. Nicht zu schneidig, Herr Margue! In: DnZ 1 (1937) 15. So hieß es, Margue, der Historiker, habe die 25 letzten Seiten des Luxemburger Geschichtsbuches von A. Herchen „in aller parteiischster Weise" bearbeitet und die Vertreter der Parteien des früheren Linksblocks, mit denen er jetzt in der Regierung sitze, in die Nähe von Landesverrat gerückt. Im ET schrieb dann 1939 Evy Friedrich, gelegentlich der Veröffentlichung des 2. Bandes von Biermanns Geschichte, ein Luxemburger Geschichtsprofessor habe „auf eigene Faust" ein modernes Handbuch für den Unterricht geschrieben und müsse jetzt zusehen, „wie er ganz einfach von den offiziellen Stellen übergangen wird". Auch E. Marx würdigte im ET die große Leistung des Autors. Gleichzeitig gab er „der Linken den Rat", „das Nachwort zu studieren". Es enthülle nämlich offen „recht sonderbare politische Zusammenhänge", Vgl. E.M.: Geschichte des Mittelalters von Luxemburg aus gesehen von P. Biermann. In: ET 25.3.1939, und E.F.: Die Kunst zu veröffentlichen. In: ET 1.4.1939. Linke Intellektuelle traten also intensiv für Biermann ein. Vergeblich! Minister Margue setzte schließlich eine Kommission ein, die vornehmlich aus Historikern des katholischen Akademikervereins (A.V.) bestand. Biermanns Buch hatte keine Chance.

[101] SCHNOG, Karl (1897-1964): Der radikale Pazifist, Sozialist und Jude, der in der Weimarer Republik für namhafte Kabaretts in Berlin tätig war, der für Zeitschriften wie *Die Weltbühne* schrieb, hatte sofort nach Hitlers Machtübernahme unter den Nazis zu leiden. Zwei Haftbefehle wurden gegen ihn erlassen, er wurde auf offener Straße zusammengeschlagen. Er flüchtete daraufhin in die Schweiz, kam im Oktober 1933 nach Luxemburg, wo er bis 1940 blieb. Im Krieg war er u. a. im KZ Dachau. Nach der Befreiung kehrte er nach Luxemburg zurück, wurde allerdings als Deutscher nicht mit offenen Armen empfangen, fand jedoch eine Anstellung bei Radio Luxemburg. 1946 kehrte er unserm Land den Rücken, ging nach Ostberlin (DDR), war freier Schriftsteller und für das Ostberliner Kabarett *Die Distel* tätig.

In der Zeit in Luxemburg vor dem Zweiten Weltkrieg erschienen zwei Bücher von ihm in dem von Evy Friedrich gegründeten Malpaartes-Verlag: *Kinnhaken. Kampfgedichte gegen den Nationalsozialismus* und 1937, in Zusammenarbeit mit dem Industriellen Henry J. Leir, der utopische Gesellschaftsroman *La Grande Compagnie de Colonisation*. Auf dieses Buch ging Clément am 05.02.1938 in einer Erasmus-Glosse im ET ein. Es sei durch eine originelle „Technik der Darstellung" gekennzeichnet, sei eine Montage verschiedenster fiktiver Dokumente. Er bezieht aber nicht so recht Stellung zum literarischen Wert der Arbeit. Er bemerkt: „Man hat den Eindruck, dass das Ganze als Spielerei gedacht war und dass über der Ausführung der Ernst die Überhand gewann." Schnog habe „leider auf verschiedene Mätzchen" nicht verzichten können. (Vgl. GOETZINGER, Germaine: Malpaartes – mehr als nur ein Stück Luxemburger Verlagsgeschichte. In: 400 Joer Kolléisch 2003, Bd. IV, S. 103-118, hier vor allem: S. 111-117).

[102] Vgl. CLÉMENT, Frantz: Fantasie – mit und ohne Schneegestöber. In: Trib. 1 (1935) 1. Auch in: ZZ 2006, S. 176-177.

[103] ROBERT, Paul: La disparition de la ‚Tribüne'. In: Luxembourg. Journal du Matin, 7.11.1935.

[104] Vgl. NICKELS, Alphonse: Von politischen Freiheiten und ihrer Verteidigung. In: LZ 25.5.1935, A.A.

[105] Vgl. Tribünen-Allerlei. Zum Ordnungsgesetz. In: Trib. 1 (1935) 10.

[106] CLÉMENT, Franz: Ein unordentliches Ordnungsgesetz. In: DnZ 1.1.1937. Siehe Fußnote 97 im V. Kapitel dieses Buches.

[107] Vgl. ROEMEN, Rob: Vor 60 Jahren meuterte das Volk. Wie das Maulkorbgesetz von 1937 zu Fall gebracht wurde. In: LJ 31.5./1.6.1997.

[108] Von den zwölf Kantonen stimmten drei gegen das Gesetz: Luxemburg-Stadt; Luxemburg-Land (mit sehr knapper Mehrheit) und vor allem der Kanton Esch (14 702 Ja-Stimmen – 28 523 Nein-Stimmen); neun Kantone sprachen sich für das ‚Ordnungsgesetz' aus. Vgl. KOCH-KENT, Henri: Ils ont dit NON au fascisme, S. 102-106. [wie Anm. V, 84]

[109] Ebd., S. 44.

[110] Ebd., S. 27-28.

[111] Vgl. KOCH-KENT, Henri: Rétrospective historique. In: Broschüre ‚50 Joër Maulkuerw'. Luxembourg 1987. [o.S.] Cléments Ausdruck ‚die Stillen im Lande', steht gegen Ende des Artikels.

[112] Vgl. CLÉMENT, Frantz: Politische Erziehung und Bildung. In: 25me anniversaire de l'Association pour l'éducation populaire Esch-sur-Alzette 1909-1934. Esch-sur-Alzette 1934, S. 56-60, hier: S. 57.

[113] Abreißkalender. In: LZ 25.5.1937, M.A.

[114] ENGEL, Marcel: Aus der Zeit des Maulkorbs. In: LL 2.6.1967.

[115] Vgl. CLÉMENT, Frantz: Hugo und sein Jahrhundert. In: Trib. 1 (1935) 9.

[116] Vgl. An die Arbeit. In: VdJ 18 (1934) 7. Es wurden auch in der VdJ Subskriptionslisten der LZ und des ET für den ‚Goethe-Gedenkstein der ASSOSS' veröffentlicht. Vgl. z.B. in: VdJ 19 (1935) 15.

[117] KOCH-KENT. Henri: Vu et Entendu, 1912-1940, S. 180. [wie Anm. V, 12]

[118] Vgl. Discours de M. Bech. Ministre d'Etat, Président du Gouvernement. In: Luxembourg. Journal du Matin, 1er juillet 1935, S. 3.

[119] Vgl. CLÉMENT, Frantz: Randglossen zu Victor Hugos ‚Misérables'. Paris. In: LZ 11.9.1932, M..A. Auch in: PB, S. 208-214.

[120] Vgl. CLÉMENT, Frantz: Hugo und sein Jahrhundert. In: Trib. 1 (1935) 9.

[121] Vgl. Erasmus: Und er öffnete den Mund und sprach … In: Trib. 1 (1935) 14, 6.07.1935.

[122] Vgl. Un spectateur de la rue: Petit épilogue à la cérémonie de Vianden. In: Trib. 1 (1935) 14.

[123] Die Einladung steht auf derselben Seite wie die beiden in den Fußnoten 115 u. 116 erwähnten Texte. Die ganze Seite, unter dem Titel *Die Kulturtribüne*, verrät die Handschrift Cléments.

[124] Georges Schommer (1898-1961): Der Rechtsanwalt gehörte dem radikalen Flügel des Liberalismus an, war 1918 Präsident der ASSOSS und der Ligue Française. Er spielte eine wichtige Rolle im Luxemburger Scoutismus, war lange Jahre Präsident der FNEL, der freisinnigen Boy-Scoutsbewegung. 1937, nach der Regierungskrise im Anschluss an das Referendum, gehörte zunächst noch ein Liberaler, E. Schmit, der neuen Regierung Dupong an. Als dieser bereits frühzeitig Ende 1937 starb, schlugen die Radikalliberalen Schommer als seinen Nachfolger vor. Dupong weigerte sich jedoch, ihn zu ernennen, weil er Freimaurer sei. Daraufhin kündigten die Liberalen ihre Mitarbeit in der Regierung. Clément war ein Freund von Schommer und auch, bei Gelegenheit, ein Anhänger des Scoutismus. Er nahm einige Male „am Leben und Treiben der Scouts-Jugend und ihrer Aelteren teil". Darüber berichtete er z. B. im ET vom 29.07.1937: Erasmus: Vom Pow-Wow zum Jamboree.

125 Vgl. KOCH-KENT, Henri: Vu et entendu 1912-1940, S. 185. [wie Anm. V, 12]

126 Bekannt war vor allem Engelmanns Studie *Victor Hugo à Vianden*, die er 1902 begonnen, 1904 erweitert hatte und 1907 bei J. Schroell, Diekirch, veröffentlichte. Es war „Engelmanns erste selbstständige Arbeit". (Vgl. René Engelmann 1880-1915. Leben–Werk–Zeit, S. 15). Diese Studie erschien auch 1935 in den CL und 1985 in drei Heften der Galerie.

127 Die kurze Rede Webers ist ein Teil des Artikels *Einweihung des Goethe-Gedenksteins*. In: LZ 4.11.1935, A.A. Sie wurde auch am gleichen Tag, ohne Kommentar, im LW wiedergegeben, unter dem Titel *Goethefeier*.

128 HANSEN, Joseph: Goethe et Victor Hugo. In: Luxembourg. Journal du Matin. 2 et 3 novembre 1935.

129 BECKER, Charles (1881-1952): Der Echternacher Professor war, so E. Marx, „zeitlebens ein Mann der Linken" (LJ 29.12.1962). Als Publizist schrieb er Literaturkritiken und verfasste Studien u. a. über die Comtesse de Noailles, Guy de Maupassant.

130 Vgl. [Anonym]: Einweihung des Goethe-Gedenksteins. In: LZ 4.11.1935, A.A.

131 KOCH-KENT, Henri: Vu et Entendu 1912-1940, S. 186-189. [wie Anm. V, 12]

132 Ebd., S. 187. In der ASSOSS-Kantate hieß es jetzt: „de schreckleche Bazill: de Koch".

133 ENGEL, Marcel: Aus der Zeit des Maulkorbs. In: LL 02.06.1967.

134 KOCH-KENT, Henri: Vu et Entendu 1912-1940, S. 188. [wie Anm. V, 12]

135 An Batty Weber. In: VdJ 19 (1935) 17 Nouvelle Série, S. 1. Von 1928 bis Mitte 1933 war die VdJ nicht mehr erschienen.

136 Clément setzte sich mehrmals mit dieser besonderen Spezies des „fransquillon" auseinander, d.h. mit „jene[n] Franzosenfreunde[n], die katholischer sein wollen als der Papst, die uns allen vorschreiben möchten, was wir an dem alten Kulturvolk zu bewundern hätten, die dabei meist von einem engstirnigen, französischen Übernationalismus besessen sind." (Vgl. Cléments Erasmus-Glosse: Ganz wie damals. In: ET 23.7.1936. Siehe auch: Erasmus: Noch einmal die Fransquillons. In: ET 25.7.1936).

137 CLÉMENT, Frantz: Hugo und sein Jahrhundert. In: Trib. 1 (1935) 9.

138 Vgl. Erasmus: Ein eigentümlicher Deutschlandreisender. In: ET 17.11.1936 und 19.11.1936.

139 Hein wurde noch 1944 in Ewerts Festschrift *Kunstkreis Luxemburg. Gesellschaft für Literatur und Kunst 1933-1944*, genau wie N. Welter, als Ehrenmitglied geführt (S. 50). Die Gedelit versuchte immer wieder auch Luxemburger Schriftsteller, die keine Nazis waren, aber eher traditionell und konservativ eingestellt waren, für die produtsche Gesellschaft zu gewinnen. Am 14.12.1935 organisierte sie eine Batty Weber-Feier zum 75. Geburtstag des Schriftstellers und am 2.2.1936 eine Nikolaus Welter-Feier zum 65. Geburtstag des Dichters.

140 Rede Webers, in: LZ 4.11.1935, A.A.

141 Vgl. MULLER, Jean-Claude: Nikolaus Hein aus Ehnen. Luxemburgs Goetheaner par excellence. In: Ausstellungskatalog. Goethe in Trier und Luxemburg. Trier 1992, S. 448-453. Auch M. Engel war begeistert über Heins Goethe-Studie und hatte sie gelobt, als 1961 eine dritte überarbeitete Auflage von *Goethe in Luxemburg* erschienen war. Titel seiner Rezension im LL vom 29.9.1961: *Unser Goethe*.

142 Vgl. HEIN, Nikolaus: Erinnerung an eine deutsche Reise. In: LW 7./8.11.1936 und 9.11.1936. Das LW hatte einige Vorbehalte, Heins Reisebericht zu veröffentlichen. In einer Vorbemerkung der Redaktion zum Artikel vom 7./8.11. hieß es u. a.: „Wir haben, offen gestanden, einige Bedenken gehabt, die warme Sympathieerklärung, nicht für den Nationalsozialismus, wohlverstanden, sondern für Deutschland, in der vorliegenden Form zum Abdruck zu bringen, da der Autor nicht ausführlich auf die Spannung und Gegnerschaft Nationalsozialismus – Katholizismus eingeht und auch sonstige Schwierigkeiten und Unzulässigkeiten moralischer Art, wie das neue Regime sie geschaffen hat, nicht erwähnt, aber schließlich hat es doch auch sein volles Gewicht, […] die Stimme eines Deutschlandfreundes zu hören, der wieder das Gute und Anerkennenswerte des Deutschtums betont."

143 Es gab gute Theateraufführungen in der NS-Zeit: Z. B. wurden Götz von Berlichingen (mit Heinrich George) und Faust (mit Gustaf Gründgens, der auch in Berlin 1941 und 1942 zum ersten Mal beide Teile inszenierte) mit großem Erfolg aufgeführt. Aber zu überschäumender Begeisterung bestand kein Anlass! Günther Rühle wirft in seinem Standardwerk *Theater in Deutschland. 1887-1945* einen Rückblick auf das Theater jener Jahre und fragt, woher die Aufführungen ihre Kräfte und Ideen nahmen. Er stellte fest: „Die Namen der Regisseure, die Namen der Schauspieler, die Namen der Bühnenbildner deuteten an: All das war Theater – erprobt und bewährt in der Republik. Das Theater im Hitlerstaat lebte von dieser zergangenen und diffamierten Epoche." Er ergänzt: „Nichts war" in den Programmen jener Zeit von „NS-Theater. Der Fundus: das waren die alten Bestände und ihre Wiederholungen." Und er fügt hinzu: „Das nun mit Geld gut versorgte Theater […] wurde genutzt zur Stimulierung der Nation und zur Werbung nach draußen. Zusammengefasst erschien es als das Theater des neuen Staates." (Vgl. RÜHLE, Günther: Theater in Deutschland. 1887-1945. Seine Ereignisse – seine Menschen. Frankfurt a. M. 2007, S. 817-818).

144 Erasmus: Nazianerkennung für Professor Hein. In: ET 9.1.1937.

145 Zum Angebot des Verlegers List, siehe: GROBEN, Joseph: [Einleitung u. Herausgeberkommentar]. In: Nikolaus Hein: Der Verräter. Luxembourg: Centre d'études littéraires, 1994, S. 265-268.

146 Vgl. Erasmus: Degrelle über dem Strich – Hitler unter dem Strich. In: ET 18.11.1936.

147 Ebd.

148 In: LV 21./22.11.1936.

149 BLAU, Lucien: Histoire de l'extrême-droite au Grand-Duché de Luxembourg au XXe siècle. Esch-Alzette 1998, S. 326.

150 In: ET 18.11.1936.

151 Vgl. [An.]: Mit Kamera und Blitzlicht durch's Parlamentchen. Herr Leo Müller oder der geführte Führer, in: ET 8.1.1938. Der Autor konnte eigentlich nur Clément sein: Man findet nämlich im Artikel einige der typischen Merkmale, die sein feuilletonistisches Schreiben kennzeichen - Vorliebe für Gegensätze, Paradoxe (z. B. im Titel *Der geführte Führer*); literarische Bezüge, Hinweise vor allem auf die französische Literatur, hier etwa auf den heute vergessenen Schriftsteller Henri Béraud, mit dem er sich in einem PB, in der LZ vom 31.10.1927, A.A., sowie in einem Artikel *Béraud und die anderen*, im TB 8 (1927) 3, S. 118-120, näher beschäftigt hatte; ausgefallene Wendungen, die meistens aus dem Französichen übernommen waren und öfters bei ihm vorkamen (hier: der raffiniert denkende ‚Böotier', statt: der gerissene Dummkopf).

Nach den Kammerwahlen in zwei Bezirken 1937, die gleichzeitig mit dem Referendum stattfanden, entwarf Clément also erneut eine Porträtgalerie Luxemburger Parlamentarier. Der Artikel über Leo Müller war der zweite dieser Serie, die sich allerdings auf drei Porträts beschränkte. Die erste Charakterstudie galt *Nikolaus Jacoby oder Das politische Aschenbrödel*; (ET 23.12.1937). Die unvollendet gebliebene Serie schloss mit Franz Erpelding ab, Titel: *Fränzchen oder Tartarin bei den Deputierten* (ET 29.1.1938). 1922 hatte Clément bereits im ET eine zwölfteilige Artikelserie über Luxemburger Politiker veröffentlicht, *Unsere Ehrenwerten*. (siehe Fußnote 267 im III. Kapitel dieses Buches). Die Porträts der Politiker wurden 1922 mit Zeichnungen Pierre Blancs ergänzt, 1937 mit Karikaturen Albert Simons.

[152] Clément stand öfters im Visier von Müller und seinem VB. Wenige Tage vor der sog. ,Auseinandersetzung mit Clément' veröffentlichte das VB einige Angriffe auf ihn, gesammelt unter dem Titel *Der Fall Erasmus – hoffnungslos*. Vgl. 18.11.1936.

[153] Vgl. F.C.: Der Leo, ach der Leo …. In: ET 24.11.1936.

[154] Zu Cléments Differenzen mit Nickels siehe das Kapitel über *Die Tribüne*.

[155] In: ET 8.1.1938.

[156] Die Reihenfolge der Kandidaten, nach persönlichen Stimmen, in Luxemburg-Stadt: 1. Müller (NH) 6.758 2. Pierre Prüm (NH) 6.591, er war der Sohn des früheren Staatsministers Emile Prüm und war von März 1925 bis Juli 1926 selbst Staatsminister gewesen. 3. Diderich (Radikalliberal) 6.558 4. Hamilius (Rechtspartei) 5.550 5. Cohen (Radikalliberal) 5.285 6. Origer (Rechtspartei) 4.678 7. Bodson (Soz. Partei) 4.486. (Zitiert nach BLAU, Lucien: Histoire de l'extrême-droite au Grand-Duché de Luxembourg au XXe siècle. Esch/Alzette: Le Phare 2004, S. 331). Müller erhielt also mehr persönliche Stimmen als sein früherer Arbeitgeber, Mgr. J. Origer, Direktor des LW.

[157] Vgl. CLÉMENT, Frantz: Es muss besser werden in unseren Parteien. In: VdJ 21 (1937) 24.

[158] Vgl. [An.] Herr L.M. macht einen Rückzug. In: ET 24.3.1938.

[159] Als 1922 die Filmgesetzgebung, welche die Vorführung von Filmen reglementierte, eingeführt wurde, sahen Staatsrat und fast alle Abgeordneten keinen Widerspruch zwischen Artikel 24 der Verfassung, der die Zensur verbot, und Artikel 3 der neuen Gesetzgebung, die ausdrücklich auch das Verbot von Filmen für ein erwachsenes Publikum erlaubte. Der Sozialist Michel Welter war einer der wenigen Deputierten, der die Verfassungsmäßigkeit des neuen Gesetzes in Frage stellte. Vgl. LESCH, Paul: Au Nom de l'Ordre Public & des Bonnes Mœurs, S. 33-37 [wie Anm. V, 23]. Zu den rechtlichen Fragen im Zusammenhang mit Filmzensur, siehe auch: SPIELMANN, Alphonse: Liberté d'expression ou censure? Luxembourg 1982. Zu dem Fall ,Après', siehe S. 78-95.

[160] Vgl. Die gesamte Dokumentation über das Verbot des Films Après. In: DnZ 2 (1938) 20, 1. Mai 1938.

[161] Ebd. Die Schilderung des Falles ,Après' folgt der ,Dokumentation'. Diese fußt „auf ersten Quellen", wie die Redakteure der DnZ erklären. Sie ist zwar sehr emotionsgeladen, verdeutlicht aber eindringlich, welchem immensen Druck die luxemburgische Regierung von deutscher Seite ausgesetzt war und warum sich Justizminister René Blums überzeugtes Ja zum Film, von einem zum andern Tag, in ein kategorisches Nein verwandelte. Siehe auch: LESCH, Paul: Censure au nom de la neutralité politique. The Road Back [James Whale, 1937] In: Au Nom de l'Ordre Public & des Bonnes Mœurs, S. 98-108 [wie Anm. V, 23]. Leschs detaillierte Darstellung des Falles ,Après' stützt sich auf Dokumente, auch aus den Luxemburger Archiven, auf die Kammerdebatte um den Film, auf Zeitungsartikel. Es ergeben sich einige geringfügige Unterschiede zur DnZ-Dokumentation – z. B. was die Abstimmung in der Filmkommission anbelangt –, die aber diese nicht in Frage stellen. Die Dokumentation ist eben aus einem unmittelbaren Miterleben entstanden und hat deshalb einen sehr authentischen Charakter.

[162] Vgl. Die gesamte Dokumentation über das Verbot des Films Après. In: DnZ 2 (1938) 20, 1. Mai 1938.

[163] Kammerrevue: In: LZ 19.5.1938, A.A.

[164] FRIEDRICH, Evy: Notizen zur Woche. In: ET 29.4.1938.

[165] Fünf Zeitschriftengründungen: *Floréal* (1907); *Die Neue Zeit* (1911); *La Voix des Jeunes* (1917); *Les Cahiers luxembourgeois* (1923); *Die Tribüne* (1935).

[166] Clément griff gerne auf sprichwörtliche Wendungen zurück. Der Ausdruck ,Schwabenalter' bezieht sich auf das Sprichwort: Die Schwaben werden vor dem vierzigsten Jahre nicht gescheit.

[167] Wertvolle Angaben über die DnZ stammen von Henri Wehenkel. Er stützt sich u. a. auf *Pierre Biermann: Texte statt Memoiren* (Teil II, März 1968. o.S.; Exemplar, das Lily Marx gewidmet ist). Hier heißt es: „Gründer und Leiter, zusammen mit drei regelmäßigen Komiteemitgliedern und dem Freidenkerbund [war] P. Biermann". Zu den Redakteuren zählt Wehenkel, neben E. Marx und P. Biermann, Joseph-Emile Muller, Jean Kill und vielleicht auch Frantz Clément. In *Zeitungen in Luxemburg* (2004, S. 193) gibt Romain Hilgert als verantwortlichen Redakteur Nicolas Molling an, der ab Oktober 1937 das Satireblatt *De Mitock* herausgab. H. Koch-Kent, ein Zeitzeuge also, spricht in *Ils ont dit Non au fascisme*, S. 8, von E. Marx als Herausgeber. [wie Anm. V, 84]
Clément scheint mir eine bestimmende Rolle bei der Gründung der DnZ gespielt zu haben, auch wenn E. Marx wohl die treibende Kraft in der DnZ war, besonders in den zwei letzten Jahren vor dem Ende der Zeitschrift 1940. Nachdem *Die Tribüne* aus finanziellen Gründen ihr Erscheinen eingestellt hatte, suchte Clément nach einem nicht parteigebundenen und kämpferischen Organ. Die DnZ bot ihm die Gelegenheit, frei und unabhängig seine Meinung zu äußern. Er war in den ersten Nummern der DnZ häufig vertreten, genau wie während der Kampagne gegen das ,Maulkorbgesetz', weniger in den letzten Nummern. Clément legte sich nie auf eine einzige Zeitung fest; er führte seinen Kampf an vielen Fronten und war auch in manchen Organisationen tätig; und diese Mitgliedschaft fand ihren Niederschlag in der DnZ. Als die Liga für Menschenrecht ihr 40-jähriges Bestehen feierte, schrieb Clément dort am 1. Juli 1938, Nr. 22, den Artikel *Vierzig Jahre Ligue des Droits de l'Homme*. In Zeiten, in denen die „verbündeten Faschismen und Despotismen" immer mehr die Menschen- und Bürgerrechte bedrohten, sei die Liga „eine bittere Notwendigkeit". Auf derselben Seite ist desweitern vermerkt, dass die Liga sich um die Lösung der „bei uns" immer drängender werdenden Flüchtlingsfrage bemühe. Sie wolle in Zusammenarbeit mit internationalen Stellen und in Fühlung mit der Regierung den Flüchtlingen – es handelte sich vor allem um Juden aus Österreich und Deutschland – „die Auswanderung, resp. den Aufenthalt in Luxemburg ermöglichen".
Auf Cléments Mitgliedschaft im Freidenkerbund wurde sodann in der zweitletzten Ausgabe der DnZ vom 1. April 1940, Nr. 49, hingewiesen. Dort steht in Fettdruck die Überschrift *Frantz Clément über Morale laïque*. Und es heißt: „dieser alte Freidenker" werde „über freigeistige Moral" in Luxemburg-Stadt reden und man solle dem Präsidenten der dortigen Ortsgruppe dankbar sein, „dass er Franz Clement, über dessen Zurückhaltung im Leben des L.F.B. wir in den letzten Jahren oft geklagt haben, wieder für uns eingefangen hat".

[168] Vgl. [An.]: Hitler ante Portas. In: DnZ 2 (1938) 19, S. 1 und 6.

[169] Vgl. Die neue Zeit, 1. April 1938, Nr. 19. Der DnZ waren Dokumente über eine angebliche Nazizentrale im Schloss Meysemburg zugespielt worden, die sich als Fälschung erwiesen. Wahrscheinlich sollte DnZ durch die Veröffentlichung dieser Papiere diskreditiert werden. H. Koch-Kent hatte Molling vor der Veröffentlichung gewarnt. (Vgl. H. Koch-Kent: Vu et Entendu, 1912-1940, S. 257-259 [wie Anm. V, 12]).

170 Vgl. DnZ, 1. Dezember 1938, Nr. 27. Zum Prozess Kratzenberg gegen Marx. In: DnZ 2 (1938) 21 hatte Marx Kratzenberg beschuldigt, im Athenäum Schüler in einer „Atmosphäre der Verschwörung einerseits und des Spitzeltums andererseits großgezogen" zu haben, Vgl. H. Koch-Kent: Vu et entendu 1912-1940, S. 258 [wie Anm. V, 12]. Zeugen wollten ihre Aussagen, die sie Marx gemacht hatten, aus verständlichen Gründen, vor Gericht nicht bestätigen. Marx wurde wegen Verleumdung zu einer Geldbuße von 400 Franken verurteilt. Er musste zudem, als Entschädigung, 100 Franken an Professor Kratzenberg zahlen. Über das Ende des Prozesses heißt es bei Emile Krier, in *Deutsche Kultur- und Volkstumspolitik von 1933-1940 in Luxemburg* (Bonn 1978): „Der Prozessausgang war für Professor Kratzenberg nur ein Pyrrhussieg. Zwar hatte er den Prozess gewonnen, doch konnte er die gegen ihn vorgetragenen Beschuldigungen, die Gedelit in eine getarnte nationalsozialistische Propagandastelle umfunktioniert und seine Autorität als Lehrer zu Zwecken der politischen Propaganda missbraucht zu haben, nicht entkräften. Ein Formfehler und die Strafprozessordnung, nicht aber die Wahrheitsfindung hatten ihm zum Siege verholfen." (S. 274)

171 Vgl. [An.]: Die Kultur ist in Gefahr. Wir wollen sie verteidigen helfen. In: DnZ 1 (1936) 1.

172 Vgl. CLÉMENT, Frantz: Arthur Schopenhauer. Zu seinem 150. Geburtstag. In: DnZ 2 (1938) 18.

173 Vgl. CLÉMENT, Frantz: Zwei Nobelpreisträger. In: DnZ 1 (1937) 15. Neben Roger Martin du Gard ist Lord Robert Cecil der zweite Preisträger. Als Vorkämpfer der Friedensbewegung und der Völkerbundidee erhielt er den Friedensnobelpreis, ebenfalls 1937.

174 Vgl. [An.]: Ernst Glaeser verrät den Jahrgang 1902. In: DnZ 2 (1938) 22.

175 ‚Im Salz dumm werden': Der Ausdruck weist auf Clément als Autor des Artikels über Glaeser hin. Er griff gerne auf sprichwörtliche Wendungen zurück. Hier besteht ein Bezug zum Sprichwort: Wenn das Salz dumm ist, womit soll man salzen?

176 Zum Fall Glaeser siehe: WEIDERMANN, Volker: Das Buch der verbrannten Bücher. Köln: Kiepenheuer u. Witsch 2008, S. 57-60, hier: S. 58.

177 Vgl. [An.]: Späte Rache an Ernst Wiechert. In: DnZ 2 (1938) 22.

178 Zu Leben und Werk von Wiechert siehe: STROHMEYER, Armin: Ernest Wiechert (1887-1950). Der Totenwald. In: [WIECHERT, Ernst]: Verlorene Generation. Zürich: Artium-Verlag 2008, S. 360-375.

179 Vgl. ERPELDING, J. P.: Bärnd Bichel. Diekirch: Verlag von Paul Schroell 1917.

180 Vgl. CLÉMENT, Frantz: Bärnd Bichel. Ein Brief an den Dichter. In: Luxemburger Volksbildungskalender 1918, S. 65-68, hier: S. 67.

181 Vgl. F.C.: Zu einem Filmverbot. In: DnZ 2 (1938) 20, 1. Mai.

182 Vgl. ‚Dokumentation' über den Fall Après, unter dem Titel *Wie kam es zu diesem Verbot?* In: DnZ 2 (1938) 20, 1. Mai 1938.

Eine photographische Wiedergabe eines Briefes vom 21. Dezember 1937 des deutschen Gesandten von Radowitz an den luxemburgischen Staatsminister, findet sich in Leschs Buch über die Filmzensur, S. 100 [wie Anm. V, 23]. In einer verklausulierten Diplomatensprache schreibt der Gesandte: „Ich darf durch die beigefügte Aufzeichnung [i.e. Liste ‚deutschfeindlicher' Filme] die Aufmerksamkeit Euer Exzellenz auf einige Filme richten, deren Angebot an luxemburgische Lichtspieltheater zur Vorführung in Luxemburg im Bereich der Möglichkeit liegen dürfte." Auf der beiliegenden Liste wird dann Tacheles gesprochen, Vgl. Faksimile bei Lesch, S. 101. Gleich unter dem Titel ‚Aufzeichnung' steht: „Der Film ‚Après' [...] verfolgt zwar in raffinierter Form, darum aber vielleicht um so wirkungsvoller den eindeutigen Zweck, in den Augen der Beschauer das deutsche Ansehen herabzumindern und verletzend zu wirken." Es folgt eine Aufzählung weiterer zwölf Filme, „die mehr oder minder in der gleichen Richtung liegen" [wie *Après*]. Die Aufforderung an die Luxemburger Regierung ist klar: Der Film muss verboten werden! Das Wort ‚Verbot' kommt allerdings nicht vor, weder in dem kunstvoll gedrechselten Diplomatenbrief der Deutschen Gesandtschaft in Luxemburg noch in der an ‚Seine Exzellenz den Minister der Auswärtigen Angelegenheiten Herrn Bech' gesandten ‚Aufzeichnung' zu verbietender Filme.

183 Zitat aus dem Polizeibericht des Escher Kommissars. In: SPIELMANN, Alphonse: Liberté d'expression ou censure? Luxemburg: Imprimerie Centrale 1982, S. 50.

184 Esch a.d. Alz., 25. April. In: LW 25.04. u. 26.4.1936.

185 Vgl. Erasmus: Epilog zu einem Filmverbot. In: ET 11.5.1936.

186 F.C.: Zu einem Filmverbot. In: DnZ 2 (1938) 20, 1. Mai 1938.

187 Im Anschluss an die Reichspogromnacht vom 9.11.1938 kam es zu ähnlichen dramatischen Zurückweisungen deutscher Juden, die nach Luxemburg flüchten wollten. In einem Leserbrief an das LW vom 3.12.1988, *Antisemitismus in Luxemburg?* schreibt ein früherer Eisenbahner, Jos. Terens, dass Ende November 1938 zahlreiche Juden versuchten, mit dem Zug von Igel nach Wasserbillig zu gelangen. Sie wurden aber dort abgefangen und nach Deutschland zurückgewiesen. Dennoch versuchten sie immer wieder nach Wasserbillig zu fliehen und versteckten sich sogar in Güterwagen, die mit Koks beladen waren. Daraufhin wurde eine „schmale Brücke (Laufsteg) quer über die Gleise Richtung Igel errichtet", und die „Gendarmen" mussten „von der Brücke herab die Waggons nach Juden absuchen." Der Leserbrief des Eisenbahners löste keine Reaktion in Luxemburg aus. Zu den Zurückweisungen der Juden bis 1938 siehe auch: CERF, Paul: L'Etoile juive au Luxembourg. Luxembourg: RTL Edition 1986, S. 15-18.

188 Vgl. [An.]: Minister Blum löst das Flüchtlingsproblem. Ein offenes Wort an René Blum. In: DnZ 2 (1938) 21, S. 2. Zu der Abschiebung der Juden durch Blum, siehe: KOCH-KENT, Henri: Vu et Entendu 1912-1940, S. 259-261 [wie Anm. V, 12]. Siehe aber auch: HOFFMANN, Serge: Luxemburg – Asyl und Gastfreundschaft in einem kleinen Land. In: Bd. 1, Regionalstudien. Solidarität und Hilfe für Juden während der NS-Zeit. Berlin: Metropol 1996, S. 187-204. Siehe besonders die S. 189-191, die ein differenziertes Bild vom Verhalten der Luxemburger Regierung entwerfen. Es heißt bei Hoffmann: „1938 kam es zu einem dramatischen Anstieg der jüdischen Flüchtlinge. In den Jahren 1938/39 meldeten sich in Luxemburg 1135 Juden, meist Deutsche und Österreicher. Justizminister R. Blum sicherte laut einer Vereinbarung mit dem jüdischen Konsistorium über tausend Flüchtlingen den Aufenthalt in Luxemburg zu, ohne dass das in der Öffentlichkeit bekannt wurde. Andere erhielten ein Transitvisum. Aber die bestehende Wirtschaftskrise und die zunehmende Ausländerfeindlichkeit innerhalb gewisser politischer Kreise veranlassten R. Blum, dazu, Ende 1938 zu erklären, ‚Luxemburg habe die äußerste Grenze seiner Aufnahmefähigkeit für Emigranten erreicht.'" (S. 191).

189 Zu dem Verbot des Films *La Tragédie de Marchienne*, siehe KOCH-KENT, Henri: Vu et Entendu 1912-1940, S. 252-253 [wie Anm. V, 12]; LESCH, Paul: Au Nom de l'Ordre Public & des Bonnes Mœurs, S. 111-113. [wie Anm. V, 23]

190 Vgl. Erasmus: Um einen Nationalhelden. In: ET 1.2.1936. Clément wendet sich in dieser Glosse gegen allzu patriotisches Gehabe und erwähnt kurz „die überpatriotischen Extravaganzen, die um „die nie zur Ruhe kommenden Gebeine" unseres Nationalhelden, Johann des Blinden, „aufgeführt wurden". Der Dichter, Politiker und Patriot Lucien Koenig (1888-1961), genannt Siggy vu Letzeburg, setzte sich bereits 1919 für die Überführung der sterblichen Überreste des Luxemburger Nationalhelden in seine ‚Heimat' ein. Sie erfolgte 1946.

191 Vgl. [HOEFLER, Albert]: Wo stehen wir? In: ET 9.12.1933.

[192] Vgl. CLÉMENT, Frantz: Gründen wir einen luxemburgischen Verlag! [I.] In: LZ 14.1.1937, M.A.; Gründen wir einen luxemburgischen Verlag! [II.] In: LZ 16.1.1937, M.A.

[193] Ebd. LZ 14.1.1937.

[194] Ebd.

[195] Abreißkalender. In: LZ 13.10.1938, M.A.

[196] Zu den bei T. Jungblut verlegten Autoren gehörten neben P. Michels und Frantz Clément Schriftsteller und Publizisten wie Batty Weber, Joseph Funck, Peter Faber, Germaine Devas, der Journalist Robert Thill, Jungblut selbst, der Gerichtsreporter war, mit seinem *Luxemburger Pitaval* … Der Verlag hieß vor dem Krieg *Luxemburger Nachrichtenbüro*, nach 1944 *Verlag Tony Jungblut*.

[197] ZZ 2006, S. 93.

[198] Zur Rezeption von Zickzack siehe: ZZ 2006, S. 49-51.

[199] Vgl. WEHENKEL, Henri: Aloyse Kayser. In: 1909-1984. 75 Joer Landesverband. Luxemburg 1984, S. 209-232, hier: S. 231.

[200] Der offizielle Name der Eisenbahnergewerkschaft war *Fédération Nationale des Cheminots, Travailleurs du Transport, Fonctionnaires et Employés Publics*. Zum ersten Mal in Luxemburg vereinte der Landesverband also Arbeiter und Beamte.

[201] Vgl. CLÉMENT, Frantz: Emile Mark †. In: Trib. 1 (1935) 8 sowie In Memoriam Emile Mark 1874-1935. Differdingen 1936, S. 27.

[202] Vgl. LZ 21.11.1935, M.A. ; 29.11.1935, M.A. ; 01.12.1935, M.A.

[203] Vgl. CLÉMENT, Frantz: Versuch einer politischen Biographie. In: In Memoriam Emile Mark, S. 21. [wie Anm. V, 201]

[204] Vgl. Emile Mark: In: FAYOT, Ben, HOFFMANN, Serge, MAAS, Jacques, STEIL, Raymond: 100 Joër sozialistesch Deputéiert an der Lëtzebuerger Chamber. Luxembourg 1997, S. 92-95.

[205] Vgl. ROEMEN, Rob: Republikaner Emile Mark. In: Aus Liebe zur Freiheit. 150 Jahre Liberalismus in Luxemburg. Luxemburg 1995, S. 88-92.

[206] Vgl. CLÉMENT, Frantz: Versuch einer politischen Biographie, S. 21. [wie Anm. V, 203]

[207] Vgl. CLÉMENT, Frantz: Persönliches und Anekdotisches über Emile Mark. In: In Memoriam Emile Mark, S. 27-32. [wie Anm. V, 201]

[208] Von 1908 bis 1935, mit Ausnahme der Jahre 1919 bis 1922, war Mark Abgeordneter. 1919 wurde das Proporzsystem bei Wahlen eingeführt. Der Querkopf Mark konnte sich mit keiner der Parteien einigen. Er präsentierte sich als „Einspänner", konnte aber trotz des hohen Stimmenanteils keinen Sitz gewinnen. Die Zeit bis zu den nächsten Wahlen überbrückte er, indem er für das ET schrieb, wo Clément Chefredakteur war.

[209] Vgl. STEICHEN, Jéhan: Eine Gemeinderatssitzung alten Stils. In: CL 29 (1957) 3, S. 285-287. Die Sitzung fand sicherlich nach 1911 statt. Mark wurde zwar schon 1906 Gemeinderatsmitglied in Differdingen, aber erst 1911 Bürgermeister.

[210] Vgl. LOGELIN-SIMON, Armand: Logelin-Mark & Co. In: Galerie 3 (1985) 2, S. 243-250.

[211] 100 Joër sozialistesch Deputéiert an der Lëtzebuerger Chamber. Luxembourg 1997, S. 95. [wie Anm. V, 204]

[212] CLÉMENT, Frantz: Versuch einer politischen Biographie. In: In Memoriam Emile Mark, S. 15. [wie Anm. V, 203]

[213] Die Vorfälle beim wilden Streik am 26.1.1912 wurden nicht eindeutig geklärt. Zwei der Toten waren Deutsche, die nicht streikten. Der eine wollte am Hüttenportal sein Essen abholen, der andere, ein dreizehnjähriger Junge, wollte dorthin seinem älteren Bruder das Essen bringen. Die Autopsie soll ergeben haben, dass drei Kugeln aus einer ‚Polizeiwaffe' stammten. Bei einer anschließenden Gerichtsverhandlung in Luxemburg behaupteten die Anwälte von E. Mark, dass der Ältere der getöteten Deutschen von einer Kugel aus einer Waffe der Streikenden getroffen wurde. Waren also auch Streikende bewaffnet? (Vgl. SCUTO, Denis: Quelques réflexions sur Emile Mark et le monde ouvrier. In: Galerie 20 (2010) 2, S. 187-197, hier: S. 187-190. Siehe auch in der gleichen *Galerie*: Dossier. Hommage à Émile Mark, S. 165-214; sowie ebenfalls: LOGELIN-SIMON: La grève sanglante de 1912. 1re partie. In: Galerie 29 (2011) 4 ; 2e partie. In: Galerie 30 (2012) 1.

[214] Vgl. Bolschewismus oder Syndikalismus? In: ET 14.3.1921. Der Autor diesé Leitartikels auf S. 1 war mit großer Wahrscheinlichkeit Clément.

[215] Vgl. CLÉMENT, Frantz: Männer der Vorkriegsheimat. In: NLK 1938. S. 115-123, hier: S. 119. Die weiteren wichtigsten ‚Männer' vor 1914 waren: Paul Eyschen, Emil Prüm, Jean-Pierre Probst, Robert Brasseur, Maurice Pescatore, Emile Mayrisch. Frauen kommen in dieser Porträtgalerie nicht vor. Politik war wohl auch für Clément eine den Männern vorbehaltene Domäne.

[216] CLÉMENT, Frantz: Männer der Vorkriegsheimat. In: NLK 1938. S. 119.

[217] Vgl. KMEC, Sonja; MAJERUS, Benoît; MARGUE, Michel; PEPORTE, Pit (Hg.): Lieux de mémoire au Luxembourg/Erinnerungsorte in Luxemburg. Bd. I. Luxembourg 2007. (2. Aufl. 2008). KMEC, Sonja, PEPORTE, Pit (Hg.): Bd. II. Luxembourg 2012.

[218] Siehe z. B.: Volksbildungsverein Esch. Jahrbuch 1937. Esch-sur-Alzette: H. Ney-Eicher.

[219] Vgl. CLÉMENT, Frantz: Der Negus. In: DnZ 1 (1936) 1.

[220] Zu Clément und dem Spanischen Bürgerkrieg siehe z. B. Erasmus: Cosas di Espana. In: ET 8.8.1936, oder Erasmus: Armes Spanien. In: ET 3.10.1936. Clément hier: „Es ist wieder einmal so gegangen, dass die Erpresserpolitik mit Erfolg gekrönt war, dass die Demokratie im diplomatischen Spiel wieder einmal überlistet wurde. Wird das in alle Ewigkeit so weitergehen? […] Dann werden wir binnen kurzem nicht nur ausrufen müssen: Armes Spanien! sondern auch: Armes Europa!"

[221] CLÉMENT, Frantz: Der Negus. In: DnZ 1 (1936) 1.

[222] Vgl. CLÉMENT, Frantz: Die Saar am Scheideweg. Saarbrücken, am Vorabend der Abstimmung. In: LZ 14.1.1935, A.A.; Die Saar am Scheideweg. II. Der Tag eines Abstimmungsbüroleiters. In: LZ 15.1.1935, A.A.; Eine historische Nacht. In: LZ 19.01.1935, A.A.; Das politische Ereignis vom 13. Januar. In: LZ 23.1.1935, M.A.; War die Saarabstimmung wirklich geheim? In: LZ 5.2.1935, A.A.

[223] Vgl. CLÉMENT, Frantz: Paris-London. In: LZ 1.2.1935, M.A.

[224] CLÉMENT, Frantz: Der Zauberer von Gardone. In: ZZ 2006, S. 135-139, hier: S. 137.

225 Vgl. Erasmus: In memoriam Kurt Tucholsk[y]. In: ET 7.1.1936. Siehe auch in: ZZ 2006, S. 140-141.

226 Zu Cléments Kontakt mit Tucholsky in Paris siehe: Kap. IV. / 2. dieser Monographie.

227 Zitiert nach HEPP, Michael: Kurt Tucholsky, S. 143. [wie Anm. IV, 33]

228 Vgl. CLÉMENT, Frantz: Die Tagebücher von Jules Renard. In: LZ 16.2.1936, M.A., S. 1 [!]. Die Rezension steht auch in: ZZ 2006, S. 199-202. Siehe ebenfalls: Über Jules Renard, Kap. II. / 9. dieser Monographie.

229 Vgl. SARTRE, Jean-Paul: L'homme ligoté. Notes sur le JOURNAL de Jules Renard. In: Situations, I. Essais critiques. Paris: Ed. Gallimard 1947, S. 294-313.

230 Ebd., S. 312.

231 Ebd., S. 294 et S. 311.

232 Ebd., S. 312.

233 Ebd., S. 313.

234 Vgl. CLÉMENT, Frantz (Luxemburg): Die Dichtung der neuen Generation. In: Das literarische Echo, Stuttgart, 21 (1918) 1, 1. Oktober, Sp. 1-8.

235 Ebd., Sp. 4.

236 Ebd., Sp. 8.

237 Vgl. CLÉMENT, Frantz: Der Zauberer von Gardone. In: ZZ 2006, S. 135-139. Erscheinungsort und -datum des Aufsatzes konnten nicht festgestellt werden. Er erschien wahrscheinlich aus Anlass des Todes von d'Annunzio am 1.3.1938, nicht in Luxemburg und ganz sicher nicht in Nazi-Deutschland, vielleicht in der Schweiz. Hier veröffentlichte Clément ab und zu Artikel; z. B. in der *Neuen Schweizer Rundschau* (vgl. Artikel über L.P. Fargue, Juli 1930); auch für die *Neue Züricher Zeitung* schrieb er (siehe den Hinweis bei Nic Weber: Frantz Clément. Der gescheiterte Grenzbrecher. In: Mondorf, son passé, son présent, son avenir, S. 429). Eine Anfrage bei der NZZ führte zu keinem Resultat. Es wären Nachforschungen an Ort und Stelle erforderlich gewesen. Jedenfalls weilte Clément im August 1939 in Zürich und veröffentlichte anschließend in der Luxemburger Zeitung am 28.8., am 31.8. und am 1.9.1939 einen dreiteiligen Bericht über die Landi (i.e. Schweizerische Landesausstellung Zürich). Für die Erasmus-Kolumne im ET verfasste er zudem am 1.9. die Glosse *Schweizerisches*. Er verglich die Schweiz und Luxemburg miteinander. Die beiden kleinen Nationen bildeten seiner Meinung nach „ein Volksganzes, das mit keinem andern verwechselt werden und in keinem andern aufgehen möchte". Aber wenn die Eidgenossenschaft – „das individualistische Volk Europas" – „nur im geringsten bedroht ist", dann wird es „wie ein Mann" zusammen stehen und für Freiheit und Unabhängigkeit kämpfen. Bei dieser verklärenden Darstellung kommt sicherlich Cléments damaliges Hauptanliegen zum Ausdruck, angesichts der bevorstehenden Nazi-Besetzung Luxemburgs eine starke Luxemburger Abwehrfront herzustellen.

Es ist kaum anzunehmen, dass der sesshafte und wenig reiselustige Clément nur wegen einer Messeveranstaltung in die Schweiz gereist war. Sicherlich suchte er auch direkten Kontakt zu Schweizer Presseorganen, insbesondere zur NZZ.

238 SARTRE, Jean-Paul: L'existentialisme est un humanisme. Paris 1946.

239 Zu d'Annunzios Leben und Werk, siehe: GAZZETTI; Maria: Gabriele d'Annunzio. Reinbek bei Hamburg: Rowohlts Monographien 2000.

240 Ebd., S. 149.

241 Vgl. CLÉMENT, Franz: Die Dichter der luxemburgischen Mundart. (1) In: Zeitschrift für deutsche Mundarten, Berlin 1906, S. 268-271. WELTER, Nikolaus: Die Dichter der luxemburgischen Mundart. Litterarische Unterhaltungen. Diekirch: Justin Schroell 1906.

242 Vgl. CLÉMENT, Frantz: Et wor emol e Kanonéer. Ein offener Brief an meinen Freund Batty Weber. In: ET 5.2.1915.

243 Vgl. F.C.: Luxemburger Stadttheater. ['T Wonner vu Spe'ssbech] In: ET 14.7.1915.

244 Vgl. CLÉMENT, Frantz: Hände. In: ET 16.1.1937.

245 Vgl. Erasmus: Le Diable aux champs. In: ET 18.8.1936.

246 Vgl. CLÉMENT, Frantz: ZZ 2006, S. 83.

247 In einer Fußnote wird erwähnt, dass im Katalog der Ausstellung 182 Autoren mit 430 Werken vertreten waren, davon 205 in deutscher, 125 in französischer Sprache, und 100 im Luxemburger ‚Dialekt' (S. 97). Bei den ausgestellten Büchern handelte es sich aber nicht nur um belletristische Literatur.

248 Aline Mayrisch hatte in einem Brief an André Gide 1919 auf die zu erwartende Heirat Cléments hingewiesen. Die am 8.6.1921 geschlossene Ehe wurde am 2.1.1928 geschieden. Vgl. Fußnote 195 im III. Kapitel dieses Buches.

249 Vgl. CLÉMENT, Frantz, Paris.: Die deutsche Sphinx. In: LZ I. 3.8.1931, A.A.; II. 4.8.1931, A.A.; III. 15./16.8.1931, M.A.; (Schluß) 4.9.1931, M.A.

250 Vgl. CLÉMENT, Frantz: ZZ 2006, S. 76. Die Briefe erschienen zuerst in der LZ: Erster Brief: 18.9.1936, M.A.; Zweiter Brief: 30.9.1936, M.A.; Dritter Brief: 05.10.1936, A.A.; Vierter Brief: 24.10.1936, M.A.; Allerletzter Brief in die Fremde: 25.10.1936, M.A. Sie stehen in ZZ 2006: S. 66-83.

251 Vgl. CLÉMENT, Frantz: ZZ 2006, S. 69.

252 Vgl. Abreißkalender: An meinen alten Freund Frantz Clément… In: LZ 24.10.1936, M.A. Dieser Brief über Sprache und Volkscharakter wurde 1944 aus Anlass des vierten Todestages von Batty Weber und in einer patriotischen Stimmung gegen Ende des Krieges in die Publikation von Tony Jungblut *Batty Weber: Luxemburg*, S. 182-184, aufgenommen.

253 Vgl. ZZ 2006, S. 82-83.

254 Vgl. LZ 25.10.1936, M.A.

255 Vgl. CLÉMENT, Frantz: PB, im November 1930. In: LZ 18.11.1930,M.A.

256 Vgl. THILL, Edmond. In: Joseph Kutter. Luxembourg 1894-1941, S. 95.

257 Vgl. Erasmus: Kunst ohne Kritik. In: Trib. 1 (1935) 10.

258 Vgl. Erasmus: Luxemburgische Kunst in Paris. In: ET 11.07.1936.

259 Vgl. Katalog der Ausstellung: Le Luxembourg aux Expositions universelles de Londres à Shanghai. Luxembourg 2010, S. 229.

260 Vgl. CLÉMENT, Frantz: Französische Kunst in Luxemburg. In: ET 13.6.1936. Er ging auch in der *A-Z* auf die Ausstellung ein. Sein Bericht bestand aber im Wesentlichen in der Reproduktion einiger der ausgestellten Werke. Vgl. Frantz Clément: Die Ausstellung *Jeune France* in Luxemburg. In: A-Z 3 (1936) 25.

261 LZ 17.3.1937, M.A.

262 Vgl. Frantz Clément in: LZ 16.4.1937, M.A.

263 Vgl. Erasmus: Französische Malerei in Luxemburg. In: ET 8.4.1937.

264 Vgl. CLÉMENT, Frantz: Zur Ausstellung französischer Malerei. In: LZ I.: 16.4.1937, M.A.; LZ II.: 22.4.1937, A.A. ; LZ III.: 27.4.1937, A.A.

265 Vgl. [F.C.]: Vom Werden der gegenwärtigen französischen Malerei. I. In: LZ: 17.3.1937. M.A.; F.C.: Vom Werden der gegenwärtigen französischen Malerei. II. In: LZ, 24.3.1937, M.A.; CLEMENT, Frantz: Vom Werden der gegenwärtigen französischen Malerei. III. In: LZ: 28. u. 29.3.1937. M.A. Siehe auch den Beitrag in: ZZ 2006, S. 211-220.

266 Vgl. Joseph-Emile [Muller]: Kleine Einführung in die französische Malerei der Gegenwart. In: DnZ 1 (1937) 7, 1.4.1937 und Joseph-Emile [Muller]: Die Ausstellung moderner französischer Malerei. In: DnZ 1 (1937) 8, 1.5.1937.

267 Vgl. Frantz Clément in: LZ 16.4.1937, M.A.

268 Vgl. Joseph-Emile [Muller]: Meine ersten Führungen. In: Zuerst im Schatten, dann im Licht. Ein Rückblick. 1999, S. 69-70. Zur Ausstellung siehe auch: FIERENS, Paul: La Peinture Française de Manet à nos jours. In: CL 14 (1937) 5, S. 493-497. Der belgische Kunstkritiker und Professor an der Universität Lüttich, Fierens, hielt in Esch und Luxemburg einen Vortrag über die moderne französische Malerei. Einige Abbildungen der ausgestellten Werke, von M. Kisling, M. Vlaminck, H.-E. Cross, A. Derain, J. Pascin, ergänzten seinen Artikel in den CL. Clément stellte Fierens in der LZ vom 18.4.1937, M.A. vor und berichtete über seinen Vortrag in der LZ vom 22.4.1937, M.A. Im ET vom 8.5.1937 zog Clément dann eine ‚kurze Bilanz der ‚Kunstaustellung'. Mit ihren weit über 4.000 Besuchern und ihren annähernd 2.000 verkauften Katalogen sei sie ein voller Erfolg gewesen. In der „Volksbildungsarbeit" habe sie eine Lücke ausgefüllt, dies in einem Land, wo „der Genuß an guten Bildern beinahe verrammelt [ist], besonders wenn wie bei uns kein Museum vorhanden ist".

269 Vgl. Erasmus: Entartete Kunst. In: ET 17.8.1937.

270 Rückblick auf die deutsche Kultur, 1937. In: DnZ 2 (1938) 16, 1.1.1938.

271 Vgl. von der BORCH, Agnes: Die nationalsozialistischen Aktionen ›Entartete Kunst‹ in Köln und andern Orten Deutschlands. In: Katalog der Ausstellung: Die Expressionisten. Vom Aufbruch bis zur Verfemung. Im Museum Ludwig, Köln 1996, S. 292-301.

272 Vgl. CLÉMENT, Frantz: Zur Ausstellung moderner belgischer Kunst. I. In: LZ 24.10.1938, A.A.

273 Vgl. Ebd. sowie Zur Ausstellung moderner belgischer Kunst. II. In: LZ 1.11.1938, M.A.

274 Vgl. Joseph-Emile [Muller]: Die Ausstellung moderner belgischer Kunst. In: DnZ 2 (1938) 26, 1.11.1938.

275 Vgl. Frantz Clément: Zick-Zack. [Interview mit dem Autor] In: A-Z, Luxemburger Illustrierte, 5 (1938) 45, 6.11.1938.

276 Vgl. Erasmus: Ein hundertjähriger Todestag. In: ET 19.5.1938.

277 Vgl. CAPUS, René: Frantz Clément. In: CL 24 (1952) 5, S. 265-272, hier: S. 270.

278 Vgl. F.C.: Serrons les rangs! In: DnZ 2 (1938) 19.

279 Vgl. F.C.: Am 11. Mai. In: VdJ 22 (1938) 26.

280 Vgl. CLÉMENT, Frantz: Zaungäste des Weltkrieges. In: NLK 1939. Eine Publikation von Tony Jungblut. S. 37-45.

281 Vgl. L.: Der Neue Luxemburger Kalender. In: DnZ 3 (1939) 28.

282 Vgl. ZZ 1945, S. 144-155.

283 Lux. Letzeburger Woch: damalige Schreibweise.

284 Vgl. Erste Seite im ET 23.1.1939: Zum Tag der Fürstin. Siehe auch ET vom 21.1.1939: Letzeburger, kâft letzeburgesch!

285 Vgl. Erasmus: Sprechchöre und Aehnliches. In: ET 27.4.1939.

286 Vgl. CLÉMENT, Frantz: In memoriam Jean Angel. In: VdJ 19 (1935) 16; Es muss besser werden in unseren Parteien. In: VdJ 21 (1937) 21; F. C.: Etienne Schmit †. In: VdJ 21 (1937) 24; F. C.: Am 11. Mai. In: VdJ 22 (1938) 25; E.E. O Weh, o Weh! In: VdJ 22 (1938) 27.

287 Siehe die beiden Artikel von Erasmus: ASSOSS-Voix des Jeunes. In: ET 27.07.1937 u. Vive d'ASSOSS! In: ET 30.7.1938.

288 Vgl. E-X: Die Stimme der Jungen. In: DnZ 3 (1939) 29, 15. Januar 1939.

289 Siehe den Exkurs über: Die neue Zeit, in diesem Kapitel: V. / Teil 8.

290 Vgl. CLÉMENT, Frantz: Moskau auf der Anklagebank. I. In; LZ 26.11.1937, A.A.; II. 28.11.1937, M.A.; III. 30.11.1937, M.A.; IV. 1.12.1937, M.A.

291 Vgl. ALTRICHTER, Helmut: Mit Mord und Terror: Industrialisierung und Zwangskollektivierung. u. Die ‚Grossen Säuberungen': Die Diktatur Stalins. In: Die Zeit. Welt- u. Kulturgeschichte. Bd. 13. Hamburg: Zeitverlag Gerd Bucerius. 2006, S. 184-193 und 193-205.

292 Vgl. Moskau auf der Anklagebank. III.

293 Vgl. Moskau auf der Anklagebank. IV.

294 Vgl. Moskau auf der Anklagebank. I.

295 Vgl. Erasmus: Olympiade in Rückenansicht. In: ET 13.8.1936.

296 Vgl. Jean Giraudoux und sein neuer Auftrag. Von Frantz Clément. In: LZ 18.8.1939, A.A.

297	Vgl. LOGELIN-SIMON Armand: Die Zeit zwischen den Weltkriegen. In: Galerie 6 (1988) 4, hier: S. 558.
298	Erasmus: Man muss sich aufraffen. In: ET 31.3.1936.
299	Vgl. CLÉMENT, Frantz: Reflexionen über den Liberalismus. I. In: LZ 22.11.1939, M.A.; Reflexionen über den Liberalismus. II. In: LZ 22.11.1939, A.A.; Neue Reflexionen über den Liberalismus. I. II. In: LZ 10.1.1940, M.A.; Neue Reflexionen über den Liberalismus. (Schluß). III. IV. In: LZ 11.1.1940, M.A.
300	Vgl. CLEMENT, Frantz: Auf dem Wege zu einem autoritären Liberalismus. In: LZ 13.2.1940, A.A.
301	Vgl. Paul Desjardins und der Geist von Pontigny. Von Frantz Clément. In: LZ 12.4.1940, A.A.
302	CLÉMENT, Frantz: Pol Michels erzählt in der Heimatsprache. In: LZ 9.5.1940, A.A.
303	Vgl. LOGELIN-SIMON Armand: Die Zeit zwischen den Weltkriegen. In: Galerie 6 (1988) 4, hier: S. 558.
304	CLÉMENT, Frantz: Pariser Briefe. Luxemburg: Verlag Tony Jungblut 1955, S. 220. Der Text ist Teil der Einleitung des Romanfragments *Berburg*, das zum Nachlass von Clément gehört. Zur Komplexität dieses Nachlasses siehe das folgende Kapitel unter: In Berburg.
305	CLEMENT, Frantz: Auf dem Wege zu einem autoritären Liberalismus. In: LZ 13.2.1940, A.A.

VI. Clément in den Jahren von 1940 bis 1942. Seine Rezeption in der Nachkriegszeit

1	RODESCH, Marie-Odile: Das literarische Werk Frantz Cléments (1882-1942). Luxemburg 1990, S. 156.
2	Ebd.
3	Vgl. LIMPACH, Marc; KAYSER, Marc: Wir glauben an die Demokratie. Albert Wingert, Resistenzler. Luxemburg: Ed. d'Lëtzebuerger Land 2004, S. 12-14 und S. 23. Der Name ALWERAJE setzt sich aus den zwei Anfangsbuchstaben der Vornamen der Gründungsmitglieder zusammen: Albert Wingert, Wenzel Profant, Raymond Arensdorff, Jean Dofing.
4	Vgl. BLAU, Lucien: Corporatisme, antisémitisme et désannexionisme (1940-1948). In: Histoire de l'extrême-droite au Grand-Duché de Luxembourg, S. 492-517 [wie Anm. V, 149]. Voir également: BLAU, Lucien: Les extrême-droites luxembourgeoises dans l'entre-deux-guerres et les années 40. In: Annexion et nazification en Europe. Actes du colloque de Metz 7-8 novembre 2003. Textes réunis par Sylvain Schirmann. Université de Metz, S. 55-69.
5	Die Angaben über Cléments Limpertsberger Wohnung stammen von Mme Haas.
6	Vgl. HOFFMANN, Pierre: De Frantz Clément zo' Berbrech. In: Frantz Clément 1882-1942. Esch/Alzette o.J. [1946], S. 16-18. Derselbe Artikel steht im ET 10.7.1946, Autor: Ho. Dabei handelt es sich also nicht, wie O. Rodesch irrtümlich annimmt, um Albert Hoefler, (Marie-Odile RODESCH: Das literarische Werk Frantz Cléments (1882-1942), S. 156 [wie Anm. VI, 1]), sondern um P. Hoffmann, einen Jugendbekannten, den Clément in Berburg wiedersah und mit dem er dort gemeinsame Spaziergänge unternahm.
7	Vgl. HOFFMANN, Pierre: De Frantz Clément zo' Berbrech, S. 17. [wie Anm. VI, 6]
8	Vgl. WEBER-BRUGMANN, E.[mma]: Kleines Feuilleton. Erinnerungen an Frantz Clément. In: LJ 30.6.1962.
9	Vgl. HOFFMANN, Pierre: De Frantz Clément zo' Berbrech, S. 17 [wie Anm. VI, 6]. Das Manuskript lag wahrscheinlich im sog. Bienenhaus, das im Folgenden erwähnt wird. Vielleicht hatte es Hoffmann selbst dorthin gebracht.
10	Vgl. Gedanken über Bücher. In: CL 18 (1946) 2, S. 98-108. Lesefrüchte. In: CL 18 (1946) 3/4, S. 244. Über folgende Bücher schrieb Clément: Nietzsche: *Jenseits von Gut und Böse* u. *Genealogie der Moral*; Tolstoi: *Krieg u. Frieden*; [D.H.] Lawrence: *Femmes amoureuses*; Chardonne: *Chronique privée*; Aldous Huxley: *Contrepoint*; Galsworthy: *Die Forsythe-Saga*; Lawrence: *Lettres de Degas*; Emil Ludwig: *Wilhelm II.* ; Jean Cocteau: *Rappel à l'ordre*; Koestler: *Un drame espagnol*; Tacitus: Annalen; De Coster: *Tyll Eulenspiegel*; Jean Rostand: *Idées d'un biologiste*; Jean Cassou: *Henri Matisse*; Schmithüsen: *Das Luxemburger Land*; Paul Valéry: *Poésies*; Nietzsche: *Wir freien Geister*.
11	Vgl. Berburg. Romanfragment aus dem Nachlass von Frantz Clément. In: CL 18 (1946) 3/4, S. 227-244, hier: S. 227.
12	HOFFMANN, Pierre: De Frantz Clément zo' Berbrech, S. 17. [wie Anm. VI, 6]
13	Vgl. WEBER-BRUGMANN, Emma: Erinnerungen an Frantz Clément. [wie Anm. IV, 8]
14	RODESCH, Marie-Odile: Das literarische Werk Frantz Cléments (1882-1942), S. 157. [wie Anm. VI, 1]
15	Vgl. HOFFMANN, Pierre: De Frantz Clément zo' Berbrech, S. 17-18. [wie Anm. VI, 6]
16	Bei den nicht in den CL veröffentlichten Gedanken über Bücher handelt es sich um folgende Werke: Duff Cooper *Talleyrand*. (Das Werk des Engländers ist, nach F.C., der Biographie des „Allerweltsbiographen" Stefan Zweig über den Gegenspieler des französischen Diplomaten, Fouché, weit überlegen); Tyde Monnier *Le Pain des Pauvres* (F.C.: ein „zu simplistisch gebauter ländlicher Roman"). Radclyffe Hall *Le Puits de Solitude* („Einer der eigenartigsten Romane, die mir vorgekommen sind." Ein Roman „um das Problem der weiblichen Inversion" und um „die gleichgeschlechtliche Liebe"). Im Nachlass sind auch zwei Blätter mit handschriftlichen Bemerkungen von fremder Hand (wahrscheinlich von J. Stoos?) vorhanden. Sie beziehen sich auf das Fragment *Berburg*, etwa auf die Übereinstimmung von Romanfiguren mit realen Personen. (Vgl. Fonds Frantz Clément im CNL, Mersch: L-0029).
17	Vgl. E. M.[Emil Marx]: Aus dem Nachlass von Frantz Clément. In: CL 18 (1946) 2, S. 97-98.
18	Ebd., S. 97.
19	Vgl. GOVERS Georges: Frantz Clément au Camp de Hinzert. In: Frantz Clément 1882-1942. Esch/Alzette o.J. [1946], S. 19-20. Auf Govers' Text stützen sich auch Marcel Engel und André Hohengarten in ihrem Buch *Hinzert. Das SS-Sonderlager im Hunsrück 1939-1945* (Luxemburg 1983). Siehe dort das Kapitel: Frantz Clément. S. 66-68.
20	ENGEL, Marcel; HOHENGARTEN, André: Hinzert. Das SS-Sonderlager im Hunsrück 1939-1945. Luxemburg: Sankt-Paulus Druckerei A.G. 1983, S. 67.
21	Vgl. ebd.

22 Vgl. WEBER-BRUGMANN, Emma: Erinnerungen an Frantz Clément [wie Anm. VI, 8]. Die Frau Batty Webers behauptet, Clément sei gleich nach seiner Verhaftung nach Dachau gebracht worden. Das stimmt nicht. Seine Haft in Hinzert wird in ihren Erinnerungen nicht erwähnt. Cléments Nachricht an Finnchen scheint eher am Beginn seiner Gefangenschaft geschrieben worden zu sein, so dass der Brief möglicherweise bereits in Hinzert verfasst wurde.

23 MEDER, Cornel: L'image de la France dans la littérature du Grand-Duché de Luxembourg. In: POIDEVIN, Raymond / TRAUSCH, Gilbert (sous la direction de): Les relations franco-luxembourgeoises de Louis XIV à Robert Schuman. Metz 1978, S. 315-321, hier: S. 316.

24 Vgl. NOPPENEY, Marcel: Les derniers jours de Frantz Clément. In: ET 1.6.1946; Frantz Clément à Dachau. Ses derniers Jours. In: Frantz Clément 1882-1942. Esch/Alzette [1946], S. 22-24; Frantz Clément à Dachau. In: No spécial VdJ. Hommage à Frantz Clément. (1952) 5, juillet, S. 47-48; Frantz Clément. In: Traits et Portraits. Premier Volume de mes Mémoires. Luxembourg 1958, S. 129-134.

25 NOPPENEY, Marcel: Traits et Portraits, S. 133. [wie Anm. VI, 24]

26 BERNARD, Jean: Pfarrerblock 25487. Luxembourg 1998, S. 98. Diese Aussage Cléments – ‚eines bekannten sozialistischen Politikers und Schriftstellers' (S. 97) [Er gab sich nie als ‚Sozialist', sondern stets als ‚Liberaler' aus.] –, wurde in katholischen Kreisen andauernd wiederholt: z. B. in *Letzeburger Sonndesblad* vom 6.12.1987; zweimal auf S. 6 in *Der Luxemburger Klerus im Sturm des Krieges 1939-1945*. 2. Folge; ebenfalls in René Fischs *Die Luxemburger Kirche im 2. Weltkrieg* (Luxemburg 1991, S. 367). Auch auf der Internetseite der Eglise catholique à Luxembourg 2012. In: Vergib uns unsere Schuld, wie auch wir vergeben unseren Schuldigern! Mein liebstes Bibelwort von Mme V. Hengesch-Vuillermoz. 2003-2004 wurde die deutsch-luxemburgische Koproduktion: *Der neunte Tag* von Volker Schlöndorff nach dem Pfarrerblock von J. Bernard gedreht: ein beeindruckender Film, der aber verschwieg, dass neben den Priestern auch Luxemburger Persönlichkeiten, sowie Intellektuelle den Horror von Dachau miterlebten, unter diesen Clément, der ermordet wurde.

27 Ebd., S. 111.

28 Ebd., S. 188.

29 Vgl. ENGEL, Marcel/HOHENGARTEN, André: Hinzert. Das SS-Sonderlager im Hunsrück 1939-1945. Luxemburg: Sankt-Paulus Druckerei A.G. 1983, S. 79.

30 Vgl. NOPPENEY, Marcel: Traits et Portraits., S. 133. [wie Anm. VI, 24]

31 NB: Hier der Wortlaut der schrecklichen und unfassbaren Mitteilung aus Dachau vom 18.9.2013, wie sie sich aus den dort vorhandenen Dokumenten ergibt: Clément „wurde im Rahmen der Aktion ‚14f13' als nicht mehr arbeitsfähig selektiert und zusammen mit 100 Häftlingen in die sogenannte Euthanasieanstalt Schloss Hartheim bei Linz gebracht und am Ankunftstag vergast und verbrannt".

32 Frantz Clément 1882-1942, S. 2.

33 Vgl. ebd. Als Initiatoren des Fonds wurden in der Broschüre von 1946 angegeben: Mme Mayrisch †, Colpach; Ed. Barbel, Esch; Hubert Clement, Esch; A. Hoefler, Luxembourg; Mich. Kersch, Berbourg; S. Linster, maire de Mondorf; E. Marx, Luxembourg; Vic. Prost, Grevenmacher; O. Stumper, Luxembourg; Jos. Thorn, Luxembourg; J. Tockert, Luxembourg; J.P. Wester, Luxembourg.

34 NB: Vincent Artuso, Historiker, schreibt in *L'épuration dans le Tageblatt*, im ET vom 4.9.2013, es sei nicht ausgeschlossen, dass ‚De Man vun der Strooss' Michel Rasquin, Mitglied der Redaktion des Tageblatt und späterer Wirtschaftsminister, gewesen sei, eine These, die von H. Wehenkel bestritten wird (vgl. 100 Joer Tageblatt, 2013, Vol. 1, S. 174). ‚De Mann vun der Strooss' berief sich zwar auf das ‚heilige Vermächtnis' Cléments, aber seine primitiven populistischen Ausführungen waren damals eher erwünscht als eine ernsthafte Auseinandersetzung mit dem geistigen Vermächtnis Cléments.

35 GRÉGOIRE, Pierre: Zur Literaturgeschichte Luxemburgs. Luxemburg 1959, S. 86.

36 DELCOURT, Victor: Frantz Clément. In: Luxemburgische Literaturgeschichte, Luxembourg 1992, S. 53-58, hier: S. 55.

37 Ebd., S. 58.

38 Vgl. Les lettres et la société. In: [Jean-Claude Muller, resp. de l'édition] De l'Etat à la Nation 1839-1989. Luxembourg 1989, S. 126-127.

39 Vgl. De l'Etat à la Nation, S. 165.

40 CLÉMENT, Frantz: Ob Europa wirklich erwacht? In: LZ 5.12.1934, M.A.

41 Vgl. einige Beispiele zu Texten über Clément, die sein Schreiben auf eine verknappende, aber reduzierende Formel bringen: RODESCH, Marie-Odile: Der Europäer Frantz Clément. Zu seinem fünfzigsten Todestag. In: Galerie 10 (1992) 1, S. 11-15. SCHNEIDER, P.R.: Die Brücken des Frantz Clément. In: CL (1992) 3, S. 95-103. [Anonym] : Der gemordete Brückenbauer. In: Les Francs-Maçons dans la Vie Culturelle. Luxembourg: Ed. de la Grande Loge, 1995, S. 31-32.

42 Der führere Präsident der Luxemburgischen Sozialistischen Arbeiterpartei Ben Fayot schrieb 1982 in einer Rezension über H. Koch-Kents Buch *Ils ont dit non au fascisme*: „Zweifellos spielte diese ‚bürgerliche Linke' eine bedeutende Rolle in der Maulkorbkampagne. René Blum, der von seinen Kollegen der AP [i.e. Arbeiterpartei] für seine Teilnahme an der Liga-Kampagne desavouiert worden war und deshalb sowohl als Parteipräsident wie als Abgeordneter demissioniert hatte, meinte später, die paar Prozent Nein-Stimmen, die so mobilisiert werden konnten, seien für den Ausgang des Referendums entscheidend gewesen, eine Meinung, die von Henri Koch heute noch geteilt wird, allerdings nie belegt werden kann." (Vgl. FAYOT, Ben: Maulkorb – immer aktuell. In: ET 6.11.1982).

43 Vgl. ROEMEN, Rob: Vor 60 Jahren meuterte das Volk. In: Journal 31.5./1.6.1997.

44 Zum Montagsabendkreis gehörten, neben Clément und Bonn, zwei Rechtsanwälte: der spätere Minister Paul Elvinger und Paul Sivering, zudem der Industrielle Henri Hoffmann, der Bankier Alfred Levy. Teilnehmer war ebenfalls der Liberale Georges (Menny) Schommer, Ministerialrat und später Richter, der auch in der Pfadfinderbewegung eine führende Rolle spielte.

45 Vgl. BONN, Alex: Hommage à Frantz Clément. In: CL 18 (1946) 7, S. 2-6.

46 Vgl. Erasmus: Nikolaus Ries, sechzig Jahre alt. In: ET 3.11.1936.

47 WEHENKEL, Henri: Histoire de l'ASSOSS. In: VdJ 21 (1963) 137 Avril 63, S. 9.

Auswahlbibliographie

1. **Archivalien**

    - *Centre national de littérature, Mersch:*

    Fonds Frantz Clément L-0029.

    - *Archives Nationales Luxembourg:*

    Archiv der Freimaurerei bis zum Zweiten Weltkrieg: Fonds FD 230-1

    - *Universitäts- und Landesbibliothek Bonn:*

    NL E.R. Curtius I.

    - *Universitätsarchiv Leipzig*:

    Zu F. Clement W.S. 1905/06 – S.S. 1906: Karteikarte der Quästur; Auszug aus dem Protokollbuch der belegten Lehrveranstaltungen, Belegbögen der Privatvorlesungen von Professor Wilhelm Wundt

2. **Zeitungen und Zeitschriften**

    Folgende Zeitungen und Zeitschriften wurden systematisch durchgesehen:

    Luxemburger Wort 1902-1905, 1933-1940.

    Der Morgen. Monatsschrift für Religiöse, Künstlerische u. Wissenschaftliche Kultur. Oktober 1903, November 1903, März 1904.

    Luxemburger Lehrerblatt. Organ der luxemburger Volksschule und ihrer Lehrer. 1. November 1901-15. Oktober 1905.

    Floréal 1907-1908.

    Das literarische Echo. Halbmonatsschrift für Literaturfreunde (Hg.: Josef Ettlinger) 1909-1914.

    Die neue Zeit 1911-1914.

    La Voix des Jeunes 1917-1954.

    Les Cahiers Luxembourgeois 1923- 2005.

    Das Tage-Buch (Hg.: Stefan Grossmann u. Leopold Schwarzschild) 1925-1933.

    Escher Tageblatt 1913-1924 (linksliberal).

    Escher Tageblatt 1933-1940 (sozialistisch).

    Luxemburger Zeitung 1925-1940.

    A-Z Dezember 1933-1940.

    Die Tribüne (Hg.: F. Clément) 1935.

    Die neue Zeit. Monatsschrift für Demokratie, Geistesfreiheit und Kultur 1936-1940.

3. **Buchveröffentlichungen Frantz Cléments**

    Die Grundlagen der deutschen Dichtung. Betrachtungen eines Katholiken über die Bedingungen einer gesunden Litteratur-Entwicklung. Rudolf Abt, München 1904.

    Zur Reform der Normalschule. Herausgegeben vom Verein für Volksbildung, Luxemburg. Druck Th. Schroell, 1910 [Anonym: Autor höchstwahrscheinlich Frantz Clément].

Die Kleinstadt. Eine kulturpsychologische Studie. Separatdruck aus dem ‚Escher Tageblatt' 1915.

Zelle 86 K.P.U. Aufzeichnungen aus deutschen Gefängnissen. P. Schroell, Esch-Alz. 1920.

Das literarische Frankreich von heute. Ullstein Berlin 1925.

Zickzack. Ein Lesebuch. Luxemburger Nachrichtenbüro 1938.

Zickzack. Ein Lesebuch. Verlag Tony Jungblut 1945.

Pariser Briefe. Verlag Tony Jungblut 1955.

Zickzack. Ein Lesebuch. Vorgestellt und kommentiert von Robert Thill. Mersch: CNL 2006.

4. Artikel in Broschüren und Fachzeitschriften (Auswahl); zudem ein *Vorwort* von Frantz Clément zu: *Peter Fabers Erzählungen* aus dem Jahr 1939

Die Dichter der luxemburgischen Mundart. Von Franz Clement. In: Zeitschrift für Deutsche Mundarten. Im Auftrage des Vorstandes des Allgemeinen deutschen Sprachvereins. Berlin; Verllag des Allgemeinen Deutschen Sprachvereins (F. Bergold) 1906, S. 268-271.

Von Krieg und Frieden. S. 74-77. In: Dem Kind der Heimat. Jahrbuch der ‚Zeitung für kleine Leute'. Hrsg. von Arthur Hary. Luxemburg: Hofbuchhandlung L. Schaumburger, Gustave Soupert Nachfolger, 1915.

Hommage an Michel Welter. Zuerst Mensch, dann Politiker. Von Frantz Clément, Paris. S.4-5. In: Hommage à l'ami du peuple Dr. Michel Welter par ses amis. [Luxembourg]: [Impr. Bourg-Bourger] [1927].

Politische Erziehung und Bildung. S. 56-60. In: 25me anniversaire de l'Association pour l'éducation populaire Esch-sur-Alzette 1909-1934. Esch-sur-Alzette 1934.

Emil Mark. Versuch einer politischen Biographie. S. 13-26. In: In Memoriam Emile Mark lors de l'inauguration de son monument à Differdange, le 12 juillet 1936.

Kultur und Technik. Von Frantz Clément. In: Revue Technique Luxembourgeoise. Bulletin de l' Association Luxembourgeoise des Ingénieurs et Industriels. 30 (1938) 5, S. 105-108.

Schluss des Artikels *Kultur und Technik.* In: Revue Technique Luxembourgeoise, 30 (1938) 6, S. 126-129.

Die Familie Metz in der luxemburgischen Politik und Wirtschaft. S. 62-71. In: Annuaire du Parti radical-libéral. Luxembourg 1939-1940.

Vorwort von F. Clément zu Peter Fabers Erzählungen. Luxemburg: Luxemburger Nachrichtenbüro 1939. Neuausgabe: *Peter Faber. Erzählungen.* Vorgestellt und kommentiert von Rob Zeimet. Mersch: CNL 2014.

Ein Meister der Schwarzen Kunst, von Frantz Clement † [ET 01.07.1937]. In: Plaquette commémorative publiée à l'occasion du 100e anniversaire de l'imprimerie de la cour VICTOR BUCK. Luxembourg [1952].

5. Veröffentlichter Nachlass von Frantz Clément

Gedanken über Bücher. In: Les Cahiers Luxembourgeois, 18 (1946) 2, S. 98-108.

Berburg. Romanfragment aus dem Nachlass. In: Les Cahiers Luxembourgeois 18 (1946) 3/4, S. 227-244.

Lesefrüchte. In: Les Cahiers Luxembourgeois 18 (1946) 3/4, S. 244.

Der Liebhaber Stendhal. Ein unveröffentlichtes Manuskript. In: Les Cahiers Luxembourgeois 22 (1950) 4, S. 48-52.

6. Auswahlbibliographie zu Frantz Clément

[Anonym] :*Hommage à Frantz Clément* : textes, photos et dessins de coutel, pol r. schneider, auguste trémont, frantz clément, pierre blanc, jim wester, batty weber, camille linden, robert thill, léon geisen, emile marx, henri koch, marcel noppeney ;

publiés par l'Assoss et le Clan des Jeunes dans La Voix des Jeunes, No 5 juillet 1952. [Spezialnummer].

[Anonym]: *Frantz Clément* 1882-1942. Esch-sur-Alzette: Imprimerie Coopérative Luxembourg. [1947]. (Beiträge von Emile Marx, Alex Bonn, Batty Weber, Robert Stumper, Pierre Hoffmann, Georges Govers, Marcel Noppeney).

[Anonym]: *Frantz Clément. Der gemordete Brückenbauer.* In: *Les Francs-Maçons dans la Vie Culturelle.* Luxembourg: Ed. de la Grande Loge 1995, S. 31-32.

[Anonym]: *Seimetz contra Clément …* In: *Les Francs-Maçons dans la Vie Culturelle.* Luxembourg: Ed. de la Grande Loge, 1995, S. 87-90.

BONN, Alex: *Hommage à Frantz Clément.* In: Les Cahiers Luxembourgeois 18 (1946) 7, S. 2-6.

B. : Frantz Clément. *Zu seinem 7. Todestag.* In: Tageblatt 28.5.49.

CALMES, Christian : 1890-1913. *Germanité et Francité au Luxembourg.* In: nos cahiers 10 (1993) 1, S. 13-33.

CAPUS, René: *Frantz Clément.* In: Les Cahiers Luxembourgeois 24 (1952) 5, S. 265-272.

CONTER, Claude: *Franc-Maçonnerie et Littérature.* In: *Les Francs-Maçons dans la Vie Culturelle.* Luxembourg: Ed. de la Grande Loge 1995, S. 7-13.

DELCOURT, Victor: *Frantz Clément.* In: DELCOURT, Victor: *Luxemburgische Literaturgeschichte.* Luxembourg: Editions Saint-Paul 1992, S. 53-58.

ENGEL, Marcel – HOHENGARTEN, André: *Hinzert. Das SS-Sonderlager im Hunsrück 1939-1945.* Luxemburg: Sankt-Paulus Druckerei A.G. 1983. Zu F.Clément in Hinzert S. 66-68; in Dachau S. 77-79.

GEISEN, Léon: *Frantz Clément à Magny.* In: Les Cahiers Luxembourgeois 18 (1946) 1, S. 5-12.

GEISEN, Léon: ‚Préface' zu Frantz Clément: *Pariser Briefe.* Luxemburg: Verlag Tony Jungblut 1955, S. 7-12.

GRÉGORIUS, René: *A la mémoire de l'instituteur Frantz Clément, assassiné il y a 50 ans.* In: La Tribune, éditée par la Ligue Luxembourgeoise de l'Enseignement, 18 (1992) 3/4, S. 15-17.

HOEFLER, Albert: *Frantz Clément.* In: HOEFLER, Albert: *Dichter unseres Landes 1900-1945.* Luxemburg: Verlag der ‚Hémecht' 1945, S. 151-156.

MARX, E.[mile]: *Bekenntnis zu Frantz Clément.* In: La Voix des Jeunes (1945) 1, S. 3.

E.M. [MARX, Emile]: *Frantz Clément und das ‚Tageblatt'.* In: *Tageblatt und Genossenschaftsdruckerei. 25 Jahre Tageblatt. Journal d'Esch.* Esch/Alzette 1953, S. 191-197.

MARX, E.[mile]: *Frantz Clément 3.XI. 1882 – 2.VI. 1942.* In: Letzeburger Journal 2.6.1962.

MOLITOR, Michel: CLEMENT FRANTZ. In: MOLITOR, Michel: *Der luxemburgische Lehrer in seiner schriftstellerischen Betätigung von 1815-1930.* Luxemburg: Verlag des Luxemburger Lehrerverbandes 1931, S. 127-128.

NOPPENEY, Marcel: *Frantz Clément.* In: NOPPENEY, Marcel: *Traits et Portraits.* Luxembourg: Editions S.E.L.F. 1958, S. 128-134.

REUTER, Edmond: *Frantz Clément (1882-1942): Un écrivain luxembourgeois et un chercheur de la réalité européenne.* In: *75ᵉ anniversaire de la Fédération des instituteurs luxembourgeois.* Luxembourg 1976, S.118-119.

RODESCH, Marie-Odile: *Das literarische Werk Frantz Cléments (1882-1942). Unter besonderer Berücksichtigung seiner Vermittlerrolle zwischen deutscher und französischer Kultur. Eine thematische Darlegung anhand von ausgewählten Schriften.* Luxembourg 1990 [unveröffentlicht].

RODESCH, Odile: Der Europäer Frantz Clément. Zu seinem fünfzigsten Todestag. In: Galerie 10 (1992) 1, S. 11-15.

ROEMEN, Rob: Kämpfer Frantz Clément. In: ROEMEN, Rob: *Aus Liebe zur Freiheit. 150 Jahre Liberalismus in Luxemburg.* Luxembourg: Imprimerie Centrale, 1995, S. 110-112.

SCHNEIDER, Pol Robert: *Die Brücken des Frantz Clément* u. *Dix ans nous séparent de la disparition d'un de nos plus grands intellectuels.* In: Les Cahiers Luxembourgeois (1992) 3, S. 95-103.

SCUTO, Denis: *Frantz Clément (1882-1942). Ich war von jeher, bin und bleibe ein humanistischer liberaler Demokrat …* In: ET 2. Juni 1992.

Clément, Frantz: *Zickzack*: ein Lesebuch, vorgestellt und kommentiert von THILL, Robert. Mersch: CNL 2006.

THILL, Robert (Interview mit Jérôme Netgen): *Frantz Clément* (1882-1942), *ein Luxemburger Feuilletonist, wird neu entdeckt.* In: ET 23.-26. 12.2006.

THILL, Robert: *Der Luxemburger Journalist und Schriftsteller Frantz Clément* (1882-1942): „… dieser Feuerkopf mit dem klaren unbestechlichen Urteil" (Batty Weber). In: récré - Diekirch. 23, 2007, S. 194-219.

THILL, Robert: *Warum Frantz Clément zum Escher Inventar gehört.* (I) In: ET 6.8.2009. (II) In: ET 7.8.2009.

THILL, Robert: *Frantz Clément*: *Chefredakteur und Feuilletonist. Ein engagierter Schriftsteller und Journalist im Tageblatt.* In: ET 8.7.2013.

TOCKERT, Jos.: *Frantz Clément.* In: TOCKERT, Jos.: *Luxemburger Literaten.* In: Les Cahiers Luxembourgeois 20 (1948) 2, S. 73.

WEBER, Batty: *Frantz Clement geht nach Paris* 14.12.1924. In: WEBER, Batty: *Abreisskalender.* Luxemburg: L.N.B., 1939, S. 185-187.

WEBER, Batty: Frantz Clément 17.1.1933. In: WEBER, Batty: *Luxemburg.* Luxemburg: Verlag Tony Jungblut 1944, S. 158-159.

WEBER, Batty: *Ein Brief* 24.10.1936. In: WEBER, Batty: *Luxemburg.* Luxemburg: Verlag Tony Jungblut 1944, S. 182-184.

WEBER, Nic: *Ein persönliches Wort.* In: Les Cahiers Luxembourgeois (1992) 1, S. 3-10

WEBER, Nic: *Frantz Clément. Der gescheiterte Grenzenbrecher.* In: *Mondorf, son passé, son présent, son avenir.* Mondorf-les-Bains: Le Domaine thermal, 1997, S. 427-444.

WESTER, Jim: *En guise de préface. Frantz et quelques amis.* In: Frantz Clément: *Zickzack.* Luxemburg: Verlag Tony Jungblut, 1945, S. 7-31.

7. **Weitere Forschungsliteratur**

- **Zur Luxemburger Literatur- und Kulturgeschichte**

Des Associations pour l'Education Populaire aux Centres Culturels Luxembourgeois. Etudes et documents bio- bibliographiques. In : Galerie 6 (1988) 4: MAAS, Jacques: *Les Associations pour l'Education Populaire (1908-1918). Idéal démocratique et éducation populaire au début du siècle.* S. 505-513. Annexe: *Les conférences des A.E.P. répertoriées de 1908 à 1918.* S. 515-529. LOGELIN-SIMON, Armand: *Die Zeit zwischen den Weltkriegen*: I. Volksbildungsvereine in der Klemme, S. 533-541. II. *Das Streben der Volksbildungsvereine im Zeitraffer* (Auswahl). S. 542-559. Anhang: *Verschiedene Schriften der Volksbildungsvereine.* S. 560-561. KIRPS, Josée: Luxemburger Volksbildungskalender. Eine Bibliographie. S.565-579.

BOURG, Tony: *Recherches et conférences littéraires. Recueil de textes.* Luxembourg: Publications Nationales 1994.

CONTER, Claude D. : *Vom Kulturtransfer zum Kulturexport - Der Bund Rheinischer Dichter und die Gesellschaft für deutsche Literatur und Kunst. Anmerkungen zur Literaturpolitik in Luxemburg zwischen 1933 und 1945.* S. 395-417. In: *Das Rheinland und die europäische Moderne.* Essen: Klartext 2008.

CONTER, Claude D. & SAHL, Nicole [Hg.] : *Aufbrüche u. Vermittlungen. Beiträge zur Luxemburger und europäischen Literatur- u. Kulturgeschichte. Nouveaux horizons et médiations..* Bielefeld: Aisthesis Verlag 2010.

CONTER, Claude D. & SCHMITZ, Jeff : Luxemburg und das Rheinland. Deutsch-Luxemburgische Literaturbeziehungen in Schlaglichtern. Sondernummer zur Ausstellung. In: Der Luxemburger Archivbote. [CNL 2014].

DRÖGE, Christoph (Bonn): „*Seriez-vous comme le soleil…?*" *Aline Mayrisch-de Saint-Hubert, Paul Valéry u. Jean Schlumberger: Neue Dokumente zur Geschichte des 'Colpacher Kreises'*, S. 64-83. In: *Germanisch und Romanisch in Belgien u. Luxemburg.* Tübingen: G. Narr 1992.

'*Die gesamte Dokumentation über das Verbot des Films Après*'. In: DnZ 2 (1938) 20, 1. Mai 1938.

DUROSAY, Daniel: *Paris-Berlin, via Luxembourg. Un relais dans les relations franco-allemandes de la NRF: la maison des Mayrisch,* p. 21-48. In: *Daniel Durosay (1938-2000). Etudes réunies et présentées par Pierre Masson.* Centre d'Etudes Gidiennes 2006.

DUROSAY, Daniel : *Jacques Ruvière et la politique*, p. 49-103. In: *Daniel Durosay (1938-2000). Etudes réunies et présentées par Pierre Masson.* Centre d'Etudes Gidiennes 2006.

René Engelmann 1880-1915. Leben-Werk-Zeit. Bearbeitet von Cornel Meder unter Mitwirkung von Claude Meintz. Publications de la Fondation Servais 1990.

ELMER, Marc: Quelques souvenirs de l'époque. Littéraires et autres. In: CL 20 (1948) 4, p. 344-348.

GOETZINGER, Germaine: Floréal. Eine Fallstudie zur literarischen Öffentlichkeit in Luxemburg. In: Clierwer Literaturdeeg 1985. Lëtzebuerg 1986, S. 56-64.

GOETZINGER, Germaine/ MANNES, Gast/ WILHELM, Frank: *Hôtes de Colpach – Colpacher Gäste.* Mersch: CNL 1997.

GOETZINGER, Germaine/ MANNES, Gast/ WILHELM, Frank: *Kontakte – Kontexte. Deutsch- luxemburgische Literaturbegegnungen.* Mersch: CNL 1999.

GOETZINGER, Germaine: *Malpaartes – mehr als nur ein Stück Luxemburger Verlagsgeschichte.* In: *400 Joër Kolléisch* 2003, Bd. IV, S. 103-118.

GOETZINGER, Germaine: *Die Referenz auf das Fremde. Ein ambivalentes Begründungsmoment im Entstehungsprozess der luxemburgischen Nationalliteratur.* In: *Über Grenzen. Literaturen in Luxemburg.* Hg.: Irmgard Honnef-Becker u. Peter Kühn. Esch/Alzette: Ed. Phi - CNL 2004, S. 15-26.

GOETZINGER, Germaine: *Kulturtransfer im Zeichen der persönlichen Begegnung. Ernst Robert Curtius und Aline Mayrisch-de St. Hubert.* S. 161- S. 176. In: *Das Rheinland und die europäische Moderne.* Essen: Klartext 2008.

GRÉGOIRE, Pierre: *Zur Literaturgeschichte Luxemburgs.* Luxemburg: Sankt-Paulus-Druckerei 1959.

GUILLAUME, François [i.e. Frank Wilhelm]: *Du Tour de Frantz au tour de Gaul.* Collection APESS 13 2003.

HEIN, Nikolaus: *Der Verräter.* Eingeleitet und kommentiert von GROBEN, Joseph. Luxembourg: Centre d'études de la littérature luxembourgeoise 1994.

HILGERT, Romain: *Zeitungen in Luxemburg 1704-2004.* Luxemburg: Service information et presse 2004.

KESTNER, Michel [i.e. Cornel Meder] : Floreal. In: doppelpunkt 1 (doppelpunkt 1 (1968) 1, S. 19-24

KLEIN, Mars: *Literarisches Engagement wider die totalitäre Dummheit. Erika Mann's Kabarett ‚Die Pfeffermühle' 1935 und 1936 in Luxemburg.* In: Galerie 3 (1985) 4, S. 543-579.

Joseph Kutter. Luxembourg 1894-1941. Musée national d'histoire et d'art, Luxembourg, exposition du 13 décembre 1994 au 15 janvier 1995. Große Orangerie, Schloss Charlottenburg, Berlin, Ausstellung vom 5. Februar bis zum 15. März 1995. Hg. von Jean Luc Koltz, Edmond Thill, Robert Wagner. Luxembourg: Musée national d'histoire et d'art: Ministère des affaires culturelles 1994.

'Hundertjahrfeier des „LANDWIRT". In: Der Landwirt 28.12.1937 u. 29.12.1937. [u.a. mit Erinnerungen Cléments an seine Mitarbeit am liberalen Diekircher *Landwirt*].

LESCH, Paul: *Au nom de l'ordre public & des bonnes mœurs. Contrôle des cinémas et censure de films au Luxembourg 1895-2005.* Ministère de la Culture, de l'Enseignement et de la Recherche, CNA 2005.

LORENT, *Catherine: Die nationalsozialistische Kunst- und Kulturpolitik im Großherzogtum Luxemburg 1934-1944.*: Trier: Kliomedia 2012.

MAAS, Jacques: *Die Neue Zeit (1911-1914). Journal de combat d'Emile Mayrisch et des libérauxr radicaux.* In: Galerie 5 (1987) 3, S. 331-350.

MEDER, Cornel: *Vor 50 Jahren: Die 'Bücherverbrennung' im Spiegel der Luxemburger Tagespresse.* In: Galerie 1 (1982-83) 4, S. 639-659.

MEDER, Cornel: *Hoffnungen. Fünf Vorträge.* Differdange: Centre Culturel, 1994.

MERSCH, Jules: *Poutty Stein (1888-1955).* In: Biographie Nationale du Pays de Luxembourg. XIme Fascicule 1962, S. 25-34.

MICHELS, Pol: *Choix de Textes* 1917-1922. Textes présentés, annotés et commentés par MANNES, Gast. Mersch: CNL 2004.

MOUSSET, Jean-Luc, DEGEN, Ulrike: Catalogue publié à l'occasion de l'Exposition: 'Un petit parmi les grands. Le Luxembourg aux Expositions universelles de Londres à Shanghai (1851-2010)' organisée au Muée national d'histoire et d'art Luxembourg du 13 mai 5 septembre 2010.

NOPPENEY, Marcel: *Si Floréal m'était conté ... Histoire d'un cinquantenaire.* Luxembourg: Editions S.E.L.F. 1957.

RAUSCH, Katja: *Portraits de femmes célèbres luxembourgeoises.* Luxembourg 2007.

RIES, Nicolas: *Le Peuple Luxembourgeois. Essai de Psychologie.* Diekirch: Imprimerie J. Schroell 1911.

Satirische Literatur in Luxemburg. Vum Eilespill an anere Kregéiler. Hg. Claude D. Conter, Sandra Schmit, Pascal Seil. Mersch: CNL 2012.

SCHONS, Guy: *Putty Stein (1888-1955) und die populäre Musik seiner Zeit.* 3 Bände. Hollenfels: G. Schons, 1996-1999.

SPIELMANN, Alphonse: *Liberté d'expression ou censure?* Luxembourg: Imprimerie Centrale 1982.

STAAR, Paul : *Aux Ecoutes. A la mémoire de Frantz Clément*, mort le 2 juin 1942 au camp de concentration de Dachau dans le double amour de la démocratie et de la patrie. Luxembourg 2000. [Aus dem Nachlass veröffentlicht.]

'TAGEBLATT 1913-1923. Zum 10jährigen Gründungstag.' Eine Spezialnummer als Beilage zum ET vom 30.06.1923. Vom Chefredakteur Frantz Clément der Artikel: 30. Juni 1913 – 30. Juni 1923. *Ein Rückblick.*

WEBER, Batty: *Fenn Kaß.* Vorgestellt und kommentiert von WEBER, Josiane. Mersch: CNL 2001.

WELTER Nikolaus: *Im Dienste. Erinnerungen aus verworrener Zeit.* Luxemburg: Verlag der St. Paulus-Druckerei 1926.

WELTER, Nikolaus: *Dichtung in Luxemburg. Mundartliche und hochdeutsche Dichtung in Luxemburg. Ein Beitrag zur Geistes- und Kulturgeschichte des Großherzogtums.* Luxemburg: St. Paulus 1929.

WELTER; Nik: *Lene Frank.* Eingeleitet und kommentiert von GOETZINGER, Germaine. Centre d'études de la littérature luxembourgeoise 1990.

-Erinnerungen einiger Zeitgenossen F. Cléments

HOEFLER, Albert: *Roman eines Lebens.* Vorgestellt und kommentiert von Jeff Schmitz. Mersch: CNL 2013.

JACQUES, Norbert: *Mit Lust gelebt. Roman meines Lebens.* Hrsg. von H. Gätje, G. Goetzinger, G. Mannes, G. Scholdt. St. Ingbert: Röhrig Universitätsverlag 2004.

KOCH-KENT, Henri: *Vu et entendu. Souvenirs d'une époque controversée 1912-1940.* Luxembourg 1983.

KOCH-KENT, Henri: *Ils ont dit non au fascisme: Rejet de la loi muselière par le référendum de 1937.* [Luxembourg] : H. Koch-Kent, 1982.

KOCH-KENT, Henri: *Frantz Clément.* In: KOCH-KENT, Henri: *Raconte ... remémore, relève, rectifie.* Luxembourg 1993, p. 110-145.

MULLER, Joseph-Émile: *Zuerst im Schatten, dann im Licht. Ein Rückblick*. Luxembourg: Éditions des Cahiers Luxembourgeois 1999.

WEBER-BRUGMANN, E.[mma]: *Erinnerungen an Frantz Clément*. In: Letzeburger Journal 30.6.1962.

- Briefwechsel, die auch Clément betreffen

Correspondance André Gide-Aline Mayrisch 1903-1946. Edition établie et annotée par Pierre Masson et Cornel Meder. Editions Gallimard 2002.

Correspondance Aline-Mayrisch-Jacques Rivière 1912-1925. Edition établie et annotée par Pierre Masson et Cornel Meder. Centre d'études gidiennes 2007.

André Gide. *Correspondance avec Félix Bertaux*. 1911-1948. Centre d'études gidiennes 1995.

Correspondance Aline Mayrisch-Jean Schlumberger 1907-1946. Ed. établie, présentée et annotée par Pascal Mercier et Cornel Meder. Luxembourg: Ministère de la culture, de l'enseignement supérieur et de la recherche 2000.

- Zur Geschichte Luxemburgs

[An.] : *EMILE MAYRISCH* 1862-1928. A la mémoire d'Emile Mayrisch. [Sammelband von Reden, Briefen, Artikeln, u.a. auch von Clément]. Luxembourg: Imprimerie de la Cour Victor Buck 1928.

Les Années Trente – base de l'évolution économique, politique et sociale du Luxembourg d'après-guerre? Beiheft zur ‚Hémecht'. Luxembourg 1996.

BLAU, Lucien: *Histoire de l'Extrême-Droite au Grand-Duché de Luxembourg au XXe siècle*. Esch-sur-Alzette: Editions Le Phare 1998.

1921-1981. Beiträge zur Geschichte der Kommunistischen Partei Luxemburgs. Luxemburg: Centre Jean Kill 1981.

CERF, Paul: *De l'épuaration au Grand-Duché de Luxembourg après la seconde guerre mondiale*. Luxembourg: Imprimerie Saint-Paul 1980.

COLLART, A.[uguste]: *Sturm um Luxemburgs Thron* 1907-1920. Luxemburg: Editions Saint-Paul, 2. Aufl. 1991.

DOSTERT, Paul: *Luxemburg zwischen Selbstbehauptung und nationaler Selbstaufgabe. Die deutsche Besatzungspolitik und die Volksdeutsche Bewegung 1940-1945*. Luxembourg: Imprimerie Saint-Paul 1985.

FAYOT, Ben: *Sozialismus in Luxemburg. Von den Anfängen bis 1940*. Luxemburg: CRES 1979.

FAYOT, Ben /HOFFMANN, Serge /MAAS, Jacques /STEIL, Raymond: *100 Joër sozialistesch Deputéiert an der Lëtzebuerger Chamber*. Luxembourg: Ed. La Mémoire Socialiste 1997.

HAAG, Emile: *Die Luxemburger Gesellschaft für deutsche Literatur und Kunst (Gedelit).* Erster Teil: 1934-1937. Anfang und Blütezeit. In: Hémecht 28 (1976) 1, S. 5-26; Zweiter Teil: 1938-1939/40. Der Niedergang. In: Hémecht 28 (1976) 2, S. 101-128; Dritter Teil: 1940-1941. Dachkulturorganisation unter dem Chef der Zivilverwaltung Gauleiter Gustav Simon. In: Hémecht 28 (1976) 3, S. 285-320; Vierter Teil: 1941-1944. Im Dienste der neuen Herren. In: Hémecht 29 (1977) 2, S. 133-171.

HOFFMANN, Serge: *Luxemburg – Asyl und Gastfreundschaft in einem kleinen Land.* In: Regionalstudien I: Polen, Rumänien, Griechenland, Luxemburg, Norwegen, Schweiz. Berlin: Metropol 1996, S. 187-204.

KIRSCH, Ed., MAAS, Jacques, REDING, Jean-Claude: *La loi Braun de 1912. La libération de l'instituteur*. Esch-sur-Alzette: Editions FGIL 1987.

KOVACS, Stéphanie: *Communisme et Anticommunisme au Luxembourg 1917-1932*. Bertrange: Rapidpress 2002.

KRIER; Emile: *Deutsche Kultur- und Volkstumspolitik von 1933-1940 in Luxemburg*. Inauguraldissertation zur Erlangung der Doktorwürde der Philosophischen Fakultät der Rheinischen Friedrich-Wilhelms-Universität zu Bonn 1978 [unveröffentlicht].

LIMPACH, Marc /KAYSER, Marc: *Wir glauben an die Demokratie. Albert Winkler, Resistenzler.* Luxemburg: Éd. d'Lëtzebuerger Land 2004.

Lieux de mémoire au Luxembourg. Erinnerungsorte in Luxemburg. Edité par KMEC; Sonja; MAJERUS; Benoît; MARGUE, Michel; PEPORTE, Pit. Luxembourg: éditions Saint-Paul 2007.

Lieux de mémoire au Luxembourg. Erinnerungsorte in Luxemburg 2. Edité par KMEC, Sonja; PEPORTE, Pit. Luxembourg: éditions Saint Paul 2012.

MERSCH, Carole: *Le national-socialisme et la presse luxembourgeoise de 1933 à 1940.* Luxembourg: Saint-Paul 1977

MORGAN, Janet: *The Secrets of Rue St Roch. Hope and Heroism behind Enemy Lines in the First World War.* London: Penguin Books 2005.

MULLER, Jean-Claude (Ed.): *De l'Etat à la Nation 1839-1989. 150 Joer onofhängeg.* Catalogue de l'exposition. Luxembourg 1989.

PAULY, Michel: *Geschichte Luxemburgs.* München: Verlag C.H.Beck 2011.

POIDEVIN, Raymond /TRAUSCH, Gilbert: *Les relations franco-luxembourgeoises de Louis XIV à Robert Schuman.* Metz 1978.

ROEMEN, Rob: *Aus Liebe zur Freiheit. 150 Jahre Liberalismus in Luxemburg.* Luxembourg 1995.

SCUTO, Denis: *La nationalité luxembourgeoise* (XIXe – XXIe siècles). Bruxelles: Editions de l'Université de Bruxelles 2011.

SPIZZO, Daniel: *La Nation Luxembourgeoise. Genèse et structure d'une identité.* Paris : L'Harmattan 1995.

Le Siècle du Tageblatt (1913-2013) [Sous la direction de Denis Scuto, Yves Steichen et Paul Lesch]. 5 Vol. Esch-sur-Alzette: Edition Le Phare 2013.

THOMAS, Bernard: *Le Luxembourg dans la ligne de mire de la Westforschung 1931-1940.* Luxembourg: Ed. d'Letzeburger Land 2011.

TOUSCH, Pol, VAN HULLE, Guy: *Albert Simon, Luxemburgs 'Schnellkarikaturist'.* Imprimerie Coopérative Esch/A. [1977].

TOUSCH, Pol: *Spottbilder aus der Geschichte Luxemburgs.* Luxemburg [1979].

TRAUSCH, Gilbert: *La Belgique et le Luxembourg, deux pays proches l'un de l'autre.* In: Belgique-Luxembourg. Les relations belgo-luxembourgeoises et la Banque Générale du Luxembourg (1919-1994). Luxembourg: BGL 1975, p. 11-35.

TRAUSCH, Gilbert: *Le Luxembourg à l'époque contemporaine (du partage de 1839 à nos jours).* Luxembourg: Ed. Bourg-Bourger 1981.

TRAUSCH, Gilbert: *Les partis luxembourgeois et le poids du passé.* In: d'Letzeburger Land 9.3., 16.3. , 23.3. , 30.3., 6.4.1984.

TRAUSCH, Gilbert: *Histoire du Luxembourg. Le destin européen d'un petit pays.* Toulouse: Editions Privat 2003.

[TRAUSCH, Gilbert]: *Le maître de forges Émile Mayrisch et son épouse Aline. Puissance et influence au service d'une vision.* Banque de Luxembourg 1999.

CSV. Spiegelbild eines Landes und seiner Politik? Geschichte der Christlich-Sozialen Volkspartei Luxemburgs im 20. Jahrhundert. Hg. Gilbert Trausch. Luxembourg: éditions saint-paul 2008.

THEWES, Guy: *Les gouvernements du Grand-Duché de Luxembourg depuis 1848.* Service information et presse 2006.

WEHENKEL, Henri (Hg.): *Der antifaschistische Widerstand in Luxemburg.* Dokumente und Materialien. Luxembourg: COPE 1985.

WERNER, Klaus (Hg.): *Präsenz, Wirken und Integration von Deutschen in Luxemburg, vom Wiener Kongress bis zum Ersten Weltkrieg (1815-1914).* Katalog zur Ausstellung. Luxemburg 2013.

8. Zur Geschichte Deutschlands u. Frankreichs

BREDIN, Jean-Denis: *L'affaire* [Dreyfus]. Paris: Julliard 1983.

CHASTENET, Jacques: *Histoire de la Troisième République 1870-1940*. Sept volumes. Paris: Librairie Hachette 1952-1963.

DUCLERT, Vincent: Die Dreyfus-Affäre. Militärwahn, Republikfeindschaft, Judenhaß. Berlin: Klaus Wagenbach 1994.

André Gide u. Deutschland = André Gide et l'Allemagne / hrsg. von H.T. Siepe u. R. Theis. Düsseldorf: Droste 1992. [Enthält zwei Beiträge von Luxemburgern: Cornel Meder: Wahlverwandtschaften. Zu A. Gides Deutschland-Reise im Sommer 1903. - Tony Bourg/ Jean-Claude Muller: Un ami allemand d'A. Gide: Bernard Groethuysen (1880-1946)].

MINC, Alain: *Une histoire politique des intellectuels*. Paris: Bernard Grasset 2010.

POIDEVIN, Raymond /BARIÉTY, Jacques: *Les relations franco-allemandes 1815-1975*. Paris: Armand Colin 1977.

RADDATZ, Fritz J.: *Erfolg oder Wirkung. Schicksale politischer Publizisten in Deutschland.* München: Carl Hanser Verlag 1972.

SCHULZE, Hagen: *Weimar. Deutschland 1917-1933*. Berlin: Wolf Jobst Siedler Verlag 1998.

SCHWARZ, Hans-Peter: *Das Gesicht des Jahrhunderts. Monster, Retter und Mediokritäten*. Berlin: Wolf Jobst Siedler Verlag 1998.

SONNABEND, Gaby: *Pierre Viénot (1897-1944) Ein Intellektueller in der Politik*. München: R. Oldenburg Verlag 2005.

SIRINELLI, Jean-François: *Intellectuels et passions françaises: manifestes et pétitions au XXe siècle*. Paris: Fayard 1990.

STERNHELL, Zeev: *Maurice Barrès et le nationalisme français*. Paris: Arthème Fayard 2000.

WEHLER, Hans-Ulrich: *Deutsche Gesellschaftsgeschichte 1914 bis 1949*. München: C.H. Beck 2003.

WINKLER, Heinrich August: *Weimar 1918-1933. Die Geschichte der ersten deutschen Demokratie*. München: C.H. Beck 2005.

9. Weiter Forschungsliteratur zu deutschsprachigen Zeitungen und Zeitschriften

FRIEDEMANN, Peter: „Frankophilie" und „Europabild". Grenzen der Wahrnehmung am Beispiel der *Sozialistischen Monatshefte* 1918-1933. In: Le discours européen dans les revues allemandes – *Der Europadiskurs in den deutschen Zeitschriften*. (1933-1939) / études réunies par Michel Grunewald, en collab. avec Hans Manfred Bock. Bern, Berlin [etc.] : P. Lang 1999, S. 265-287.

OPITZ; Antonia; *Die Stellung Frankreichs im Europa-Diskurs der Wochenschrift Das Tagebuch*. In: *Der Europadiskurs in den deutschen Zeitschriften*. (1933-1939). Ebd., S. 51-71, siehe insbesondere S. 62-68, die sich auf Clément beziehen.

Wien-Berlin: mit einem Dossier zu *Stefan Großmann*/ hrsg. von Bernhard Fetz und Hermann Schlösser. Wien: P. Zsolnay, 2001.

RADDATZ, Fritz J.: *Das Tage-Buch: Portrait einer Zeitschrift*. Königstein (Ts.): Athenäum 1981.

SCHLAWE, Fritz: *Literarische Zeitschriften*. Teil 2: 1910-1933. Teil 2: 1910-1933. Stuttgart: J.B. Metzlersche Verlagsbuchhandlung 1973.

SCHWARZSCHILD, Leopold: *Die letzten Jahre vor Hitler: Aus dem ‚Tagebuch', 1929-1933*. Hamburg: Christian Wegner Verlag 1966.

10. Benützte Belletristik sowie weitere Werke zur Literatur und zum literarischen Feuilleton

BLAICHER, Günther: *Das Deutschlandbild in der englischen Literatur*. Darmstadt: WBG 1992.

BRONSEN; David: *Joseph Roth: Eine Biographie*. Köln: Kiepenheuer & Witsch 1993.

DINES, Alberto: *Tod im Paradies. Die Tragödie des Stefan Zweig*. Frankfurt/M. Wien Zürich: Büchergilde Gutenberg 2006.

FULD, Werner: *Das Buch der verbotenen Bücher*. Berlin: Verlag Galiani 2012.

GAZZETTI, Maria: *Gabriele d'Annunzio*. Reinbek bei Hamburg: Rowohlt 2000.

HEPP, Michael: *Kurt Tucholsky. Biographische Annäherungen*. Reinbek bei Hamburg: Rowohlt 1993.

LEINER, Wolfgang: *Das Deutschlandbild in der französischen Literatur*. Darmstadt: WBG 1989.

ROTH, Joseph: *Clemenceau* (1939). In: Werke. Bd. 3 : Das journalistische Werk 1929-1939. Köln 1991, S. 955-1007.

SARTRE, Jean-Paul: *L'homme ligoté*. Notes sur le *Journal* de Jules Renard 1945. In : *SITUATIONS*, I, Essais critiques. Paris: Gallimard 1947, S. 294-313.

STROHMEYR, Armin: *Verlorene Generation*. Dreissig vergessene Dichterinnen & Dichter des ‚Anderen Deutschland'. Zürich: Atrium Verlag 2008.

VERHAEREN, Émile - ZWEIG, Stefan: *Correspondance*. Ed. F.[abrice] Van de Kerckove. Bruxelles: Labor 1996.

Von SALOMON, Ernst: *Der Fragebogen*. Hamburg: Rowohlt Verlag 1951.

WEIDERMANN, Volker: *Das Buch der verbrannten Bücher*. Köln: Kiepenheuer & Witsch 2008.

ZMEGAC, Viktor (Hrsg.): *Geschichte der deutschen Literatur vom 18. Jahrhundert bis zur Gegenwart* 1848-1918. Band II. KÖNIGSTEIN /Ts.: Athenäum Verlag 1980.

ZMEGAC, Viktor (Hrsg.): *Geschichte der deutschen Literatur vom 18. Jahrhundert bis zur Gegenwart* 1918-1980. Band III. Königstein/Ts. Athenäum-Verlag 1984.

- Zum Feuilleton

KARASEK, Hellmuth: *Unterm Strich. Feuilletonistisches zum deutschen Groß-Feuilleton*. In: Spiegel Special. Die Journalisten 1/1995, S. 99-101.

KAUFFMANN, Kai, SCHÜTZ, Erhard Hgg.: *Die lange Geschichte der Kleinen Form. Beiträge zur Feuilletonforschung*. Berlin: Weidler 2000.

PÜSCHEL, Ulrich: *Feuilleton*. In: Reallexikon der deutschen Literaturwissenschaft. Hg. Klaus Weimar. Bd. 1. Berlin-New York: Walter de Gruyter 1997, S. 582-587.

HOSFELD, Rolf: *Heinrich Heine. Die Erfindung dsr europäischen Intellektuellen*. München: Siedler Verlag 2014.

TODOROV *leton der ‚Frankfurter Zeitung' in der Weimarer Republik*. Tübingen: Niemeyer 1996.

Abbildungsverzeichnis

2	Frantz Clément. Collection CNL.
8	Lé Tanson: Mondorf, rechts das Geburtshaus von Frantz Clément. In: Les Cahiers luxembourgeois (1992) 1, S. 7.
9	Foto vom Geburtshaus Cléments in unmittelbarer Nähe der französischen Grenze. Postkarte. BNL Collection de cartes postales, 12380r
12	Geburtsurkunde von Franz Clement. Gemeinde Bad Mondorf.
14	Fotos von Herkul Grün. In: Herkul John Grün 1868-1912. Mondorf: Commune de Mondorf 2012, S. 87.
15	Monument John Grün. Foto: Guy Schadeck. In: Herkul John Grün 1868-1912. Mondorf: Commune de Mondorf 2012, S. 28.
16	Frantz Clément diskutierend. In: Les Cahiers luxembourgeois (1946), 2, S. 101.
17	Clément als junger Lehrer in Roodt/Ell. In: Les Cahiers luxembourgeois (1946), 2, S. 101.
18	Joseph von Görres. Kupferstich. Privatbesitz.
19	Erster Artikel des neunzehnjährigen Franz Clement im *Luxemburger Wort*, am 29.3.1902. www.eluxemburgensia.lu
26	*Luxemburger Lehrerblatt*, 15.11.1904. CNL
29	Umschlag der letzten Ausgabe von *Der Morgen* (März 1904). CNL
32	Umschlag von *Die Grundlagen der deutschen Dichtung*. CNL
33	Porträt Adolf Bartels' von Otto Rasch, undat. © Klassik Stiftung Weimar.
38	Der junge Clément im Garten des Hôtel de l'Europe. In: Les Cahiers luxembourgeois (1946) 5/6, S. 397.
40	Frantz Clément – Batty Weber – René Blum. In: Les Cahiers luxembourgeois (1946), 3/4, S. 239.
41	De beschassenen Eck. Café du bon coin. Foto von Batty Fischer, um 1920. Photothèque de la Ville de Luxembourg.
42	Leipziger Professoren. Universitätsarchiv Leipzig.
45	Verzeichnis der als gehört bescheinigten Vorlesungen. Universitätsarchiv Leipzig.
46	Immatrikulationsbescheinigung von Frantz Clément an der naturwissenschaftlichen Fakultät der Universität Leipzig im Sommersemester 1906. Universitätsarchiv Leipzig.
48	Die erste Nummer von *Floréal* sowie Porträts der Herausgeber: Marcel Noppeney, Frantz Clément und Pucky Fohrmann aus der letzten Nummer von *Floréal*. CNL.
49	Richard Dehmel. Fotopostkarte. Privatbesitz.
56	Umschlag von Batty Webers Roman *Fenn Kaß*. CNL.
60	Umschlag der Schrift *Zur Reform der Normalschule*. CNL.
64	Die neue Zeit vom 26.03.1911. BNL.
65	Emile Mayrisch. CNL F49-10.
72	Foto von Clément in der Freimaurer-Loge (rechts unten). Privatbesitz.
73	Die erste Nummer der Freimaurer-Loge *La Concorde*. ANLux.
74-76	Auszüge aus einem Berichte über den Vortrag, den Clément am 9.11.1924 in der Loge hielten. CNL L-29.
77	Emile Verhaeren, gemalt von Theo Van Rysselberghe. Wikipedia.
79	Jules Renard. Foto. In: Das Literarische Echo 11 81904) 14. CNL.

84	Der Zug der Luxemburger zum Metzer Katholikentag. Karikatur aus der *Neuen Zeit*. In: Paul Tousch: Spottbilder aus der Geschichte Luxemburgs. Luxemburg [1979], S. 91.
85	Karikatur von Bischof Koppes aus der *Neuen Zeit*. In: Paul Tousch: Spottbilder aus der Geschichte Luxemburgs. Luxemburg [1979], S. 90.
87	Das deutsche Hauptquartier 1914. Foto. Photothèque de la Ville de Luxembourg
94	Poutty Stein. Zeichnung von Vic Engels, 1932. CNL L-108; IV.1-11.
99	Widmungsexemplar des Buches *Die Kleinstadt* von Frantz Clément an Victor Thorn. CNL.
102	Umschlag von Norbert Jacques' Roman *Der Hafen*. CNL
106	Umschlag der Erstausgabe von Norbert Jacques' Autobiographie *Mit Lust gelebt*. CNL
106	Norbert Jacques am Adelinenhof. Foto. CNL
107	Tony Jungblut. Foto. CNL
109	In dem von der AGEL sehr beliebten Lokal ‚d'Kathedral' trafen sich häufig Linksintellektuelle zu feucht fröhlichen Abenden. Auf dem Bild sind zu sehen, von l. nach r., Anne Wiwenes (Wirtin), Poutty Stein, Georges Schommer, Frantz Clément, vermutlich Pierre Faber. Foto: Louis Coutel. Aus einem Fotoalbum mit 34 Karikaturen von Pierre Blanc und vier Fotos. Privatarchiv.
118	Spezialnummer der *Voix des Jeunes* (22. 11.1918). CNL
122	Großherzogin Marie-Adelheid. Postkarte. Privatbesitz.
125	Foto französischer Soldaten am 9. Januar 1918. In: Gilbert Trausch: Belgique – Luxembourg 1919-1994. Luxembourg: Banque Générale du Luxembourg 1995, S. 77.
130	Umschlag von Jacques Rivières Buch *L'Allemand*. CNL
132	Einband von *Zelle 86 K.P.U.* mit dem Porträt Frantz Cléments von Auguste Trémont. CNL
137	Aline Mayrisch. Foto. CNL
138	Brief von Frantz Cléement an Aline Mayrisch vom 17.07.1913. CNL
140	Emile und Aline Mayrisch. In: Gilbert Trausch: Belgique – Luxembourg 1919-1994. Luxembourg: Banque Générale du Luxembourg 1995, S. 25.
142	Ernst Robert Curtius. CNL.
147	Erste Nummer von *Les Cahiers luxembourgeois* 1923. CNL
148	Nikolaus Welter (1871-1951), porträtiert von Auguste Trémont. CNL
158	Voraushonorar für Cléments *Frankreich-Buch*. Unternehmensarchiv Axel Springer AG, Bestand Ullstein
159	Menükarte vom Abschiedsbankett 1924. CNL
164	Frantz Clément vor seinem Haus in Magny. In: Les Cahiers luxembourgois (1946), S. 7.
165	Fotos von Magny-les-Hameaux heute. Privatbesitz
168	Foto der Assossards auf Besuch bei Frantz Clément. CNL
169	Widmung von Frantz Clément an Auguste Trémont. CNL
171	André Gide, 1920. © Association Cathérine Gide.
172	Kurt Tucholsky in Paris, 1925. Foto von André Kertész. DLA Marbach,
174	Umschlag von Frantz Cléments *Das literarische Frankreich von heute*
178	Georges Clemenceau bei der Frontbesichtigung. In: Hans-Peter Schwarz: Das Gesicht des Jahrhunderts. Berlin 1988, S. 395.

180 Joseph Roth im Café Le TOurnon um 1938. Literaturhaus Wien © Senta Lughofer, Wien.

185 Umschlag der *Pariser Briefe*. CNL

205 Karikatur von Albert Simon. Escher Tageblatt, 27.04.1933.

208 Vignette des Katalogs der Secession, 1929. In: Ingeborg Kuhn-Regnier: Joseph Kutter. Luxemburger Biographien. Luxembourg: Sankt-Paulus-Druckerei 1990, S. 51.

214 Das Tage-Buch, 14.04.1928. CNL

219 Zeichnung von A. de Monzie im *Tage-Buch* 8 (1927) 50, S. 2001. CNL

222 Aristide Briand. In: Tage-Buch 6 (1925) 36, S. 1323.

230 Pol Michels und Frantz Clément. In: Der Neue Luxemburger Kalender (1938), S. 99.

231 Escher Tageblatt, 20.06.1933. www.eluxemburgensia.lu

236 Robert Stumper. In: Annuaire de l'ASSOSS (1933), S. 172.

240 Damian Kratzenberg. Paul Cerf: De l'épuration au Grand-Duché de Luxembourg. Luxembourg : Imprimerie Saint Paul 1980, S. 41.

246 Escher Tageblatt, 25.01.1937. www.eluxemburgensia.lu

252 Die Tribüne, 06.04.1935. CNL

254 Plakat von Raymon Mehlen gegen das Maulkorbgesetz. CNL

257 Die neue Zeit, 01.06.1937. CNL

259 «Hommage de la jeunesse luxembourgeoise à Victor Hugo». In : A-Z Nr. 30 28.07.1935. www.eluxemburgensia.lu

263 Goethe-Gedenkstein. CNL.

269 Leo Müller. In: Escher Tageblatt, 29.11.1937, S. 1

273 Filmplakat von *The Road Back*. Privatbvesitz

283 Vorderseite des Einbandes von *Zickzack* (1938). CNL

284 Aloyse Kayser. Collection Marcel Schroeder. Photothèque de la Ville de Luxembourg.

285 Emil Mark. In : In Memoriam Emil Mark1874-1935. Differdange 1936.

287 Ami du peuple, Jean-Pierre Probst. Zeichnung von Pierre Blanc. In : Voix des Jeunes, November 1917, Nr. 4, S. 1.

292 Gabriele d'Annunzio 1913. In: Annamaria Andreoli: D'Annunzio Innovatore. Milano 2000, S. 123.

300 Karikatur von Joseph-Emile von Albert Simon. In: Christian Mosar: Joseph-Emile Müller, l'intransigeant. In: 100 Joer Tageblatt. Radioscopie d'un journal. Esch/Alzette: le Phare 2013. Bd. 1, S. 160.

305 Escher Tageblatt, 21.01.1939. www.eluxemburgensia.lu

318 Haus in Berbug. Foto von Roby Schiltz. Privatbesitz

320 Bienenhaus in Berburg. Foto von Roby Schiltz. Privatbesitz

324 Einweihung der Avenue Clement durch Bürgermeister Jean Linster. In: Frantz Clement 1882-1942. Luxemburg 1947, S. 21.

324 Grabmedaillon in Bad Mondorf. Foto von Marc Siweck. CNL

324 Gedenkfeier für Frantz Clément. In: Frantz Clement 1882-1942. Luxemburg 1947, S. 11.

330 Alex Bonn. In: Les Cahiers luxembourgeois (1946), 7, S. 2.

Cover Son outrecuidance Franz Clement, chef d'école. Zeichnung von Pierre Blanc. 1908. In: Floréal (1908), 12, S. 216.

Personenregister

ABT Rudolf, 12, 30, 32, 43, 44
ACHARDS Marcel, 163
ADAM Mathias, 65, 339
Adolf, Großherzog von Luxemburg, Herzog von Nassau, 124
AISCHYLOS, 260
ALTENBERG Peter, 33
ALTWIES François, 155
AMMERS K.L., 49
APPOLLINAIRE Guillaume, 194
ARAGON Louis, 175, 216, 308
ARTAUD Antonin, 198
AYME Marcel, 309
BACON Francis, 58
BAHR Hermann, 33
BALZAC Honoré de, 34, 194, 216
BARBUSSE Henri, 95, 345
BARNICH Charles, 47
BARNICH Georges, 67
BARRÈS Maurice, 31, 77, 152, 175, 195, 212, 221, 339
BARTELS Adolf, 28, 33-35, 51, 337
BARTHEL J.P., 66
BARTHOU Louis, 152
BAUËR Gérard, 221, 222
BAULER Familie, 317
BAUM VICKI, 218
BAYLE Corinne, 196
BECH Joseph, 234, 249-251, 255, 258, 260-261, 264, 272, 280, 299, 327, 359, 362, 366
BECKMANN Max, 219
BECQUE Henri, 196
BEER Max, 245, 246
BEFFORT Joseph, 49
BEGUIN Albert, 196
BENDA Julien, 331, 357

BENJAMIN Walter, 100, 169, 186
BENN Gottfried, 114
BENOIT Pierre, 152
BERARD Léon, 260, 261
BERAUD Henri, 195, 364
BERGSON Henri, 143, 152, 175, 194
BERNANOS Georges, 194
BERNARD Jean, 322, 371
BERNARD Tristan, 194, 217
BERNARD Zénon, 249, 256
BERTAUX Félix, 141, 348
BIERMANN Pierre, 252, 274, 329, 362-363
BIZET Georges, 181
BLANC Pierre, 70, 155, 364
BLOCH Ernst, 308
BLOY Léon, 117
BLUM Léon, 53, 152, 177, 213
BLUM René, 40, 234, 246, 250, 251, 256, 272, 273, 278-280, 362, 365, 366, 371
BLUNCK Friedrich, 238
BODSON Victor, 256, 362, 365
BOISSEAUX Ry, 317
BONN Alex, 255, 256, 330, 331, 371
BORCHARDT Rudolf, 145, 319
BÖRNE Ludwig/ BARUCH Löb, 34, 167
BOURG Tony, 129, 141
BRACKE-DESROUSSEAUX Alexandre-Marie, 167, 168
BRAQUE Georges, 219
BRASILLACH Robert, 188, 357
BRASSEUR Robert, 47, 120, 339, 350, 367
BRASSEUR Xavier, 351
BRAUNSHAUSEN Nicolas, 108, 144, 339
BRECHT Berthold, 22, 210, 286
BRETON André, 175

BRIAND Aristide, 177, 180, 182, 189, 191, 213, 217, 218, 221-223, 352, 353, 357

BRION Marcel, 196

BROMFIELD Louis, 309

BRUCK Paul, 78

BRUGMANN Karl, 43

BRUNETIERE Ferdinand, 19

BUKOVAC Johannes, 155, 350

BUNUEL Luis, 199

BURKHARDT Jakob, 185

BYRON (Lord), 293

CAILLAUX Joseph, 177, 189, 210, 212, 213, 356

CAMBON Paul, 299

CAMUS Albert, 188

CAPUS René, 304

CARRELL Alexis, 309

CASSOU Jean, 309, 370

CAUCHY Augustin, 21, 336

CECIL Robert, 366

CELINE Louis-Ferdinand, 188, 189, 192, 194, 309

CEZANNE Paul, 156, 299-301

CHAGALL Marc, 301

CHAMSON André, 309

Charotte von Nassau-Weilburg, Grossherzogin von Luxemburg, 123, 260, 306, 318

CHARDONNE Jacques, 310

CHATEAUBRIAND François-René de, 21, 312

CHESTERTON Gilbert Keith, 128, 129

CITO Claus, 204-206, 209

CITRINE Walter, 309

CLAIR René, 198

CLAUDEL Paul, 115, 173, 181, 188, 194, 217, 312

CLEMENCEAU Georges, 53, 176-180, 189, 212, 213, 283, 289, 303, 329, 352, 353

CLEMENT Barbara, 13

CLEMENT Josephine, 13

CLEMENT Hubert, 251, 269, 339, 362, 371

CLEMENT Theodor, 13, 335

COCTEAU Jean, 175, 235, 357

COHEN Gustave David, 44

COLETTE, 194, 196, 216

COLLART Auguste, 121

COPEAU Jacques, 173, 197

CORNELIUS Peter von, 21, 22

COROT Jean-Baptiste Camille, 197, 198, 209

COT Pierre, 169

COUDENHOVE-KALERGI Richard Nikolaus, 140

COURBET Gustave, 209

CUREL François de, 194

CURTIUS Ernst Robert, 136, 142, 143, 164, 173, 193, 215

DALI Salvador, 199

D'ANDILLY Arnauld, 165

D'ANNUNZIO Gabriele, 31, 290, 291, 293, 295, 368

DANTE Alighieri, 260

DARRIEUX Danielle, 199

DAUDET Alphonse, 187, 189

DAUDET Léon, 150, 187-189, 194, 216, 221

DAUTHENDEY Max, 103

DE ROUX François, 194, 309

MAUPASSANT Guy de, 34

MONTAIGNAC Paul de, 299

MONTALEMBERT Charles de, 18, 19

MONZIE Anatole de, 218, 219

NERVAL Gérard de, 196

DEBUSSY Claude, 164

DEGRELLE Léon, 268, 269

DEHMEL Richard, 49, 50, 69, 86, 87, 90, 105, 213, 241

DELACROIX Eugène, 197, 209, 217, 300, 357

DELCOURT Marie, 140

DESJARDINS Paul, 143, 314, 348

DESPORTES Alain, vergl. MAYRISCH-DE ST. HUBERT Aline, 130

D'HUART Fernand, 70

DICKS (Edmond de la Fontaine), 294, 297

DIDEROT Denis, 79, 87, 193

DIDERRICH Arthur, 17

DIDERRICH Emile, 38
DIETRICH Marlene, 199
DISRAELI Benjamin, 216
DITTRICH Rudolf, 44
DIX Otto, 301
DÖBLIN Alfred, 194, 266
DÖLLKEN Emil, 44
DORGELÈS Roland, 152, 309
DOSTOJEWSKI Fjodor Michailowitsch, 141, 196
DOUMER Paul, 189, 213
DOUMERGUE Gaston, 212
DREYFUS Alfred, 52, 53, 170, 178, 212, 331
DRIEU LA ROCHELLE Pierre, 188, 357
DROSTE-HÜLSHOFF Annette von, 39
DUCHSCHER André, 47, 294
DUHAMEL Georges, 152, 173, 216
DULAC Germaine, 198
DULLIN Charles, 197
DUMONT Marc, 259
DUMONT Norbert, 262, 278, 359
DUMUR Louis, 311
DUPONG Pierre, 110, 258, 272, 306, 363
DÜRER Albrecht, 22, 57
ECKERMANN Johann Peter, 133
EICHENDORFF Joseph von, 19, 21
EIFFES Emile, 123
EISNER Kurt, 110, 150-152, 344
ELMER Marc, 47
ELUARD Paul, 175
ELVINGER Paul, 371, 306
ENGEL Marcel, 55, 107, 249, 250, 258, 264, 321
ENGELMANN René, 65, 98, 99, 100, 262
ENGELS Victor, 259
ENNESCH Carmen, 183
ENSCH Jean-Baptiste, 339
ENSOR James, 301
ERASMUS von Rotterdam, 52
ERNST Otto, 25, 27

ERPELDING François, 256, 364
ERPELDING Jean-Pierre, 277, 325
ERZBERGER Matthias, 117, 152
ESCH Jean-Baptiste, 248, 322, 325
ESCH Mathias, 57, 70, 78, 108, 175, 268, 339, 352
EULENBURG Philipp zu, 152
EWERT Eugen, 239-241, 360, 361, 364
EYSCHEN Paul, 42, 90, 92, 121, 367
FABER François, 200
FABER Juliette, 199
FABER Peter, 367
FABER Pierre, 158
FALKE Konrad, 142
FALLERSLEBEN Hoffmann von, 93
FARGUE Léon Paul, 186, 187, 194, 368
FAULKNER William, 194
Félix von Bourbon-Parma, Prinz, 204, 260
FELTEN Joseph, 91, 342
FERNANDEZ Ramon, 192
FICHTE Johann Gottlieb, 274, 277
FIERENS Paul, 219, 301, 369
FISCHER Ernst, 308
FLAKE Otto, 112
FLAUBERT Gustave, 34, 102, 170, 194, 216
FLEMMING Jan, 25
FLESCH Auguste, 83
FONTAINE Arthur, 168
FONTANE Theodor, 148, 185
FORMAN Eugène dit Pucky, 47-49
FORT Paul, 77, 87
FRAGONARD Jean-Honoré, 198
FRANCE Anatole, 43, 53, 78, 152, 212, 339
FRANCO Francisco, 277
FRANTZ Nik, 200, 201
FREUD Sigmund, 194
FRIEDELL Egon, 234
FRIEDRICH Evy, 199, 252, 256, 272, 273, 362, 363
FRIEDRICH II., 133

FUNCK Joseph, 295, 367
GAMBETTA Léon, 54
GANCE Abel, 198, 278
GAUGUIN Paul, 156, 299
GAULLE Charles de, 188
GEIBEL Emanuel, 266
GEISEN Léon, 164, 165, 167, 168, 176, 180, 185, 326, 351
GELHAUSEN Johann, 94
GIDE André, 50, 114, 136, 137, 140, 141, 150, 166, 170, 171, 173, 175, 193, 194, 236, 267, 308, 309, 354, 368
GIEHSE Therese, 233
GILSON Willy, 72, 234
GIONO Jean, 195, 357
GIRAUDOUX Jean, 191, 194, 216, 309, 312, 313, 354
GLADSTONE William Ewart, 216
GLAESER Ernst, 275-277, 366
GLATZ Felix, 299
GOBINAUD Joseph-Arthur, 193, 242
GONDI Jean-François Paul de, 303, 318
GOETHE Johann Wolfgang, 25, 27, 31, 33, 46, 59, 61, 69, 90, 128, 133, 181, 193, 231, 241, 258-260, 262-266, 294, 302, 303, 350, 354
GÖRRES Joseph von, 18
GOURMONT Rémy de, 101
GOTTHELF Jeremias, 31
GOVERS Georges, 321, 322, 370
GRANDGENET Jos, 256
GRASSET Bernard, 215
GREGOIRE Pierre, 326
GREWE (Lord) Wilhelm Georg, 119
GROSZ George, 219, 220, 301
GROSSMANN Stefan, 210
GRÜN John, 14-15
GRÜNDGENS Gustaf, 359, 364
GUEHENNO Jean, 310, 357
GUILL Joseph, 306
GUSENBERGER Jean, 91
GUTMAN Hugo, 323

HAAS Fanny, 317
HAAS Pierre, 362
HAMUS Johann Peter, 25, 336
HANSEN Joseph, 47, 65, 91, 144, 258, 263, 340, 341, 345
HARDEN Maximilian, 43, 152, 356
HAUPTMANN Gerhart, 27, 57, 70, 156, 181, 210, 238, 336
HEBBEL Christian Friedrich, 27, 33
HEDIN Sven, 265
HEGEL Georg Wilhelm Friedrich, 129, 274
HEGERMANN Ferd, 47
HEIN Nikolaus, 265-266, 276, 311, 325, 361
HEINE Heinrich, 33, 34, 59, 167, 202, 266, 291, 355
HEMINGWAY Ernest, 275
HENKES Paul, 259
HEPBURN Katharine, 199
HERBART Pierre, 309
HERDER Johann Gottfried, 33, 128
HERRIOT Edouard, 152, 177, 189, 217, 224
HERWEGH Georg, 93, 113, 114
HESSE Hermann, 62
HESSEL Franz, 145, 186
HINDENBURG Paul von, 127, 240
HINKEL Hans, 231
HITLER Adolf, 100, 149, 150-152, 184, 189, 190, 210, 219, 220, 223, 225, 229, 230, 231, 233, 234, 236, 240-248, 268-269, 274, 282, 289, 290, 301, 306, 314, 317, 327, 329, 360, 363
HOEFLER Albert, 47, 106, 112, 114, 145, 146, 235, 281, 295, 310, 329, 338, 344, 348, 361, 370
HOFFMANN E.T.A., 169, 195, 196
HOFFMANN Henri, 371
HOFFMANN Pierre, 317, 318, 320, 370
HOFMANNSTHAL Hugo von, 49, 50, 69, 210
HOHENGARTEN André, 321
HÖLDERLIN Friedrich, 133, 196
HOMER, 260
HOUDREMONT Alfred, 90, 345
HUGO Victor, 62, 80, 194, 247, 258-264, 266, 293
HURTER Friedrich von, 21, 22

HUTTEN Ulrich von, 69
HUXLEY Aldous, 236
HUYSMANS Joris-Karl, 77, 175
HYMANS Paul, 119
IBSEN Hendryk, 27, 134
IVEKOVIC Sanja, 206, 207
JACOBSOHN Siegfried, 43
JACQUES Adeline, 106
JACQUES Aurikel, 106
JACQUES Norbert, 102, 103-107, 155, 163, 210, 295, 309, 329
JAMES Henry, 194
JAMMES Francis, 77
JARRY Alfred, 78, 217
JAURÈS Jean 53, 78, 143, 245, 285
JONES Charles, 256
JOST Paul, 235
JOUHANDEAU Marcel, 195, 309
JOUVENEL Robert de, 101
JOUVET Louis, 163
JOYCE James Augustine Aloysius, 194
JUNCK Joseph, 71
JUNGBLUT Tony, 107, 185, 281-282, 288, 295, 303, 351, 354, 367
KAHR Gustav von, 151
KANT Immanuel, 133, 231
KAPP Wolfgang, 151, 152
KÄSTNER Erich, 230, 234
KAUFFMAN Léon, 109
KAYSER Aloyse, 55, 65, 71, 72, 89, 110, 283, 284, 287, 288, 339, 345
KELLER Gottfried, 31, 102, 266
KERR Alfred, 43, 69, 193, 195, 221, 231, 232, 233, 242, 258
KERSCH-KEMP (Familie), 317
KERSCH-LUDWIG Michel, 317
KERSCH-STOOS (Familie), 318, 319
KESSELER Will, 301
KEYSERLING Hermann, 218, 345

KILL Jean, 249, 250, 256, 365
KLEIST Heinrich von, 27, 33, 44, 134, 196
KLEYR Madeleine, 296, 347
KLOPP Nico, 146, 209, 301
KLOPSTOCK Friedrich Wilhelm, 33
KOCH-KENT Henri, 371, 234, 251, 256, 259, 262, 264, 350, 359, 360, 365
KOENIG Lucien, 295, 366
KOKOSCHKA Oskar, 219
KOLB Annette, 140, 142, 191, 210
KONERT Nick, 172, 352
KOPPES Johann Joseph, 54, 66, 84, 85, 86, 121, 345, 346
KRACAUER Siegfried, 100
KRATZENBERG Albert, 262
KRATZENBERG Damian, 238, 239, 240, 241, 259, 262, 264, 267, 274, 360, 365
KRAUS Karl, 33, 173, 210
KRIEPS Adolphe, 256
KRIER Pierre, 251, 258, 362
KRULL Germaine, 169
KUNO Wilhelm, 152
KUTTER Joseph, 153, 156, 209, 275, 298, 300
LACRETELLE Jacques de, 310
LA FONTAINE Jean de, 164
LAMBORAY Camille, 156, 259
LAMBOTTE Paul, 301
LANG Dominique, 301
LANG Fritz, 100, 103
LASHON S., Siehe Paul Weber,
LAURENT Jean-Théodore, 27
LAVAL Pierre, 189, 190
LEGER Fernand, 198
LENTZ Jean-J., 252, 256
LENTZ Michel, 294
LESSING Gotthold Ephraim, 25, 33, 69, 70, 71, 73, 128, 231, 328
LESSING Theodor, 356
LEVY Alfred, 331, 371

LHOTE André, 208
LICHTENBERG Georg Christophe, 134
LIEBKNECHT Karl, 127
LILIENCRON Detlev von, 27, 39, 90
LIPPS Theodor, 44
LIST Paul, 267
LOGELIN Charles, 286
LOSSOW Otto von, 151
LOTY Maud, 218
LOUCHEUR Louis, 189, 213
LOUTSCH Hubert, 92, 93, 122, 342
LOUYS Pierre, 194
LUCIUS Michel, 25, 72, 336, 339
LUDENDORFF Erich, 127, 181
LUDWIG Otto 27, 57, 59
LUTHER Martin, 35, 87, 284
LUXEMBURG Rosa, 127
MAETERLINCK Maurice, 70, 194, 216, 356, 357
MALLARME Stéphane, 79, 175, 186, 217
MALRAUX André, 192, 193
MANDEL Georges, 189
MANET Edouard, 197, 299, 300,
MANN Erika, 230, 233, 234, 235, 238, 242, 359
MANN Heinrich, 127, 195, 211, 221, 230, 231, 235, 236, 266
MANN Katia, 230
MANN Klaus, 179, 230, 233, 235, 236, 237, 238, 242, 359
MANN Thomas, 31, 33, 62, 88, 114, 127, 136, 142, 172, 195, 210, 211, 221, 230, 231, 235, 238, 241, 266
Marie-Adelheid von Nassau-Weilburg, Grossherzogin von Luxemburg, 84, 92, 121, 122-124, 346, 347
MARK Emile, 27, 110, 283-288, 344, 345, 367
MARTIN Françis, 280
MARTIN DU GARD Roger, 194, 275, 309, 357, 366
MARX Claude-Roger, 299
MARX Emile, 84, 91, 234, 238, 243, 251, 252, 274, 298, 307, 308, 310, 323, 329, 360, 362, 363, 365
MARX Karl, 167, 245
MARX Lily, 238, 365

MASEREEL Frans, 302
MASSIS Henri, 221
MATISSE Henri, 219, 300, 301
MAURIAC François, 188, 195
MAUROIS André, 195, 216, 236
MAURRAS Charles, 187- 189, 194, 221
MAYRISCH Emile, 63, 65, 130, 131, 137-144, 150, 194, 200, 296, 330, 362, 367
MAYRISCH-DE ST.HUBERT Aline, 112, 130, 137-144, 150, 157, 164, 173, 194, 197, 299, 330, 348, 368
MAZELINE Guy, 192
MEHLEN Raymon, 234, 254, 282
MEHRING Walter, 220, 230, 234, 356
MEIDNER Ludwig, 116
MEIER-GRÄFE Julius, 136
MERTENS Fernand, 294
MEYERS Jacques, 40, 337,
MEYERS Joseph, 299, 301
MEYERS-KERSCH Rose, 318, 319, 321, 347
MICHAUX Henri, 140
MICHEL Albin, 309
MICHELET Jules, 194
MICHELS Jemp, 209
MICHELS Pol, 13, 106, 110, 111, 112, 114, 230, 281, 295, 308, 314, 352, 367
MILESTONE Lewis, 271, 273
MISTLER Jean, 169, 195, 196
MITCHELL Margareth, 309
MOES Anna, 66, 67, 340
MÖHLER Johann Adam, 21
MOLIERE, 173, 181
MOLLARD Armand, 122
MOLLING Nic, 234, 251, 256, 274, 365
MONNET Claude, 178, 299
MONGENAST Mathias, 43, 121
MONTANUS Leo, 66, 67
MORGAN Janet, 91
MÖRIKE Eduard, 266

MOULIN Léon, 314
MOUSSET Eugène, 301
MÜHSAM Erich, 234
MÜLLER Edmond, 342
MÜLLER Johann Kaspar, 18
MULLER Joseph-Emile, 171, 237, 240, 252, 262, 274, 275, 300, 302, 310, 329, 365
MÜLLER Leo 268-271, 311, 358, 364, 365,
MÜNCHHAUSEN Börries von, 238
MUSIL Robert, 62, 142, 194, 210
MUSSOLINI Benito, 293
MUTH Friedrich, 106
NICKELS Alphons, 253, 254, 269, 270, 308, 318, 362
NICKELS Nicolas, 65, 339
NIEMÖLLER Martin, 276
NIETZSCHE Friedrich, 51, 57, 77, 95, 114, 144, 167, 170, 173, 175, 196, 231, 234, 241, 291
NIZAN Paul, 309
NOERDINGER Jean, 156, 301
NOPPENEY Marcel, 47-51, 153, 234, 245, 322, 323, 325, 345, 346, 347
NOSKE Gustav, 152
NOTHOMB Pierre, 123
NOVALIS (Friedrich von Hardenberg), 134, 196
OPPENHEIM Guido, 207, 301
ORIGER Jean, 246, 325, 365
OSSIETZKY Carl von, 211
OSTER Edouard, 121
OSTWALD Wilhelm, 67
PAINLEVE Paul, 177, 213
PALGEN Paul, 47, 77 ,78, 117, 144, 344, 345
PAPEN Franz von, 224
PASCAL Blaise, 18, 34, 164, 196, 200
PASTOR Ludwig von, 278
PATE André Maurois, 236
PEGUY Charles, 104, 115, 175
PENNING Georges, 251
PETAIN Philippe, 190, 218

PETERS Nikolaus, 25, 27
PETITPAS Jérôme, 186
PFEMFERT Franz, 111
PHILIP André, 169
PHILIPPE Albert, 321
PHILIPPE Charles Louis, 87
PICASSO Pablo, 217
PICHON Edouard, 122
PIDOLL Paul von, 169
PINTHUS Kurt, 115
PIRANDELLO Luigi, 197
PLISNIER Charles, 309
PODEWILS-DÜRNIZ Clemens von, 262
POINCARE Raymond, 152, 177, 189, 213, 217, 220, 283
POLGAR Alfred, 210, 356
PONCET François, 223
POTIRON Jean-Louis, 186
POUSSIN Nicolas, 197, 198, 262
PROBST Jean-Pierre, 65, 110, 283, 286, 287, 288, 339, 340
PROBST Joseph, 72
PROUST Marcel, 53, 175, 194, 202, 213, 215, 216
PRUDHOMME Sully, 34
PRÜM Emil, 87, 365, 367
PRÜM Pierre, 87, 365
PRUSSEN Jules, 140
PÜCKLER-MUSKAU Hermann von, 40, 90
RAABE Wilhelm, 31, 102
RABINGER Harry, 156, 209, 301
RACINE Jean, 164
RADOWITZ Otto, 272, 366
RATHENAU Walter, 140, 149, 150, 152, 166, 178
RAY Man, 170
REIFFERS Edmond, 93
REINHARDT Max, 181
REMARQUE Erich Maria, 271, 273
REMBRANDT, 57, 197
RENAN Ernest, 298
RENARD Jules, 53, 77, 79, 80, 194, 290, 291, 292, 293, 295

REUTER Edmond, 71, 340
REUTER Emile, 120, 122, 123
REUZE André, 201
REVERDY Pierre, 175
RIEFENSTAHL Leni, 293
RIES Nicolas, 47, 65, 67, 68, 104, 108, 144, 148, 153, 256, 262, 295, 310, 329, 331, 339, 341, 344
RILKE Rainer Maria, 69, 88
RIMBAUD Arthur, 49, 50, 77, 79
RINGELNATZ Joachim, 230, 234
RIVAROL Antoine de, 194
RIVIÈRE Jacques, 128, 129, 130, 131, 136, 140, 141, 194
ROBERT Paul, 253
RODA RODA Alexander, 309
RODANGE Michel, 294, 314, 325
RODIN Auguste, 259, 260, 261, 264
ROLLAND Romain, 353, 191, 211
ROMAINS Jules, 115, 195, 309, 357
RONCHAIL Tino, 319, 320
ROTH Joseph, 88, 171, 172, 173, 179, 180, 266
ROUAULT Georges, 219
ROUSSEAU Jean Jacques, 35, 62, 69, 340
RUBENS Peter Paul, 57, 197, 198
RUPPERT Paul, 168, 259
RUSKIN John, 213
SAGAN Leontine, 219
SAINT-POL-ROUX (Paul-Pierre Roux), 194
SALMON André, 299
SALOMON Ernst von, 166
SAMAIN Albert, 164, 165
SAMUELY Grete, 106
SAND George, 186, 216
SARTRE Jean-Paul, 114, 291, 292, 293
SCHAACK Jean, 156, 209, 299, 301
SCHAFFNER Jakob, 277
SCHEIDEMANN Philipp, 152
SCHICKELE René, 104, 111, 112, 134, 135, 191, 344
SCHILLER Friedrich, 24, 25, 33, 59, 105, 128

SCHLAWE Fritz, 356
SCHLECK Andy, 200,
SCHLECK Frank, 200,
SCHLEICH Armand, 234, 255
SCHLEICH Léon, 71
SCHLUMBERGER Jean, 140, 143, 190
SCHMITT Jeanne, 91
SCHNITZLER Arthur, 33, 156, 210
SCHNOG Karl, 237, 252, 359, 363
SCHOMMER Georges, 109, 261, 344, 345, 363, 371
SCHÖNHERR Karl, 156
SCHOPENHAUER Arthur, 44, 134, 274, 275
SCHORTGEN Jean, 58
SCHROEDER, Joseph, 256
SCHROEDER Rudolf Alexander, 88
SCHROELL Paul, 83, 88, 89, 90, 91, 118, 120, 131, 144, 157, 342, 348
SCHWACHTGEN Jean-Pierre, 256
SCHWARZSCHILD Leopold, 210, 281, 356
SEGONZAC André Dunoyer, 50
SEIMETZ Frantz, 72, 207, 208, 301
SELASSIE Haile, 289
SHAKESPEARE William, 181, 260
SIMENON Georges, 165, 166, 169, 195, 309
SIMON Albert, 205, 269, 364
SIMON Gustav, 297, 317, 319, 359
SIMON Michel, 238
SMILEY Jim, siehe Jim Wester
SOUDAY Paul, 215
SOUPAULT Philippe, 175
SPEER Albert, 293
SPEYER Wilhelm, 145
SPITZWEG Carl, 167
SPOO Caspar Mathias, 83, 287, 294, 339
STALIN Josef, 110, 236, 308
STEICHEN Jéhan, 285
STEIN Putty, 94, 108, 109, 113, 158, 233, 342, 344
STENDHAL (Marie-Henri Beyle), 34, 185, 196, 216

STIEVE Friedrich, 264
STIFTER Adalbert, 31
STOFFEL Michel, 301
STOLL Auguste, 65
STOOS Anna Maria, 13
STOOS Joseph, 319, 320, 321, 370
STOOS Nicolas, 13
STORM Theodor, 31
STRATZ Rudolf, 266
STREICHER Julius, 243
STRESEMANN Gustav, 178, 182, 353
STRINDBERG August, 156
STÜLPNAGEL Joachim von, 224
STUMPER Oscar, 329, 344, 345, 371
STUMPER Paul, 345
STUMPER Robert, 236, 237, 299
SUARÈS André, 128, 129, 193, 194, 309
SÜNNEN Joseph, 209, 301
TALLEYRAND Charles Maurice de, 218, 303
TARDIEU André, 78, 189
TESSMAR Richard Karl von, 91, 109
THEVES Will, 256
THILL Robert, 86
THIRY Jean-Joseph, 209
THOMA Ludwig, 102
THOMAS Albert, 168,
THORN Jos., 65, 110, 287, 321, 322, 339, 371
THORN Victor, 91, 99, 109
TISSEN Foni, 301
TOCKERT Joseph, 47, 55, 65, 72, 108, 329, 339, 343, 344
TRAKL Georg, 49
TRAVEN B., 103
TREMONT Auguste, 72, 118, 132, 148, 169, 209
TRESCH Mathias, 55, 65, 67, 144, 295, 393
TROTZKI Leo, 308
TUCHOLSKY Kurt, 171, 172, 173, 211, 234, 290, 291, 295, 351
TZARA Tristan, 175

UHDE Fritz von, 156
URBANY Claire, 362
URBANY Dominique, 249, 256
VALERY Paul, 142, 143, 173, 188, 370
VAN GOGH Vincent, 299, 300
VAN WERVEKE Gust., 110, 111, 157, 339, 344
VAN WERVEKE Nic., 55, 65, 339
VERCINGETORIX, 190
VERHAEREN Emile, 77, 78, 79, 86, 113, 115, 213, 340, 341, 345
VERLAINE Paul, 50, 217
VIENOT Pierre, 296
VIGNY Alfred de, 133
VIVIANI René, 152
VLAMINCK Maurice de, 50, 208, 300
VOLKELT Johannes, 44
VOLTA Alexander, 21, 22, 336
WAGNER Richard, 23, 40, 170, 181,
WALLER Platt, 262
WEBER Batty, 13, 27, 39-43, 47, 55, 56, 59, 62, 63, 69, 87, 90, 93, 94, 103, 106, 119, 120, 136, 146, 148, 154, 157, 158, 159, 182, 186, 187, 235, 239, 244, 256, 258, 262, 263, 264, 265, 282, 292, 295, 296, 297, 298, 303, 308, 310, 318, 344, 345, 348, 350, 360, 361, 362, 364
WEBER Friedrich Wilhelm, 19, 21,
WEBER Paul, 110, 111, 113, 114,
WEBER-BRUGMANN Emma, 13, 39, 40, 43, 318, 322
WEDEKIND Frank, 62, 138, 140, 142, 156, 197, 234,
WEHENKEL Antoine, 234,
WEICKER Alex, 153, 154, 163, 294, 329
WELTER Alice, 110, 344,
WELTER Michel, 83, 87, 91, 104, 109, 287, 342, 343, 365
WELTER Nikolaus, 47, 62, 63, 65, 84, 99, 120, 122, 144, 146, 148, 154, 281, 294, 325, 348, 349, 364,
WERFEL Franz, 266
WESTER Jim (Jean Pierre), 115, 306, 326, 331, 344, 371
WEYGAND Maxime, 91
WHALE James, 271, 273, 365
WHITMAN Walt, 86

WIECHERT, Ernst, 275, 276, 277

WILHELM II., 90, 122, 127, 152, 336, 346

WILHELM IV., 93, 124

WINGERT Albert, 317

WIRTH Christian, 44

WIRTZ Franz, 259

WOLFF Nic., 84

WOLTER Roger, 256

WOUTERS Rik, 301

WUNDT Wilhelm, 42, 43, 44, 45, 46, 338

WUPP Klara, vergl. MOES Anna

ZECH Paul, 86

ZENDER Justin, 110

ZIMMER Bernard, 197

ZIMMER Camille, 104

ZOLA Emile, 53, 80, 170, 178, 216, 329, 331, 339

ZUCKMAYER Carl, 276

ZWEIG Arnold, 104,

ZWEIG Stefan, 90, 177, 266, 309, 340, 341, 370

Danksagung

Allen möchte ich danken, die mich bei der langjährigen Arbeit über Frantz Clément unterstützt haben: allen voran dem Literaturarchiv Mersch mit seinem Direktor Claude D. Conter, der sich eine besondere Mühe bei der Fertigstellung dieses Buches gab sowie natürlich dem Nationalarchiv mit seiner Direktorin Josée Kirps. In beiden Institutionen konnte ich, hilfreich unterstützt, den größten Teil meiner Forschungsarbeit durchführen. Herzlich gedankt sei aber auch denjenigen, die meine Arbeit über die Jahre hinweg begleiteten: meiner Frau Marguerite, die regelmäßig die ersten Korrekturen vornahm, meinem Freund Robert Wilmes, der stets mein Schreiben überlas und Verbesserungsvorschläge machte, Dr. Marco Moerschbacher, der als Nichtluxemburger den Blick eines Außenstehenden auf den Text richtete und ihn gründlich durchsah. Mit Dank möchte ich aber auch die vielen erwähnen, die mir – bei meiner Unerfahrenheit mit dem Computer – technische Hilfe leisteten oder mir wertvolle Hinweise gaben, wichtige Dokumente überließen oder Photos zukommen ließen: Claude D. Conter, Germaine Goetzinger, Leo Hitzky, Paul Huebsch, Serge Hoffmann, Roy Lämmel (Uni Leipzig), Gast Mannes, Cornel Meder, Nelly Moia, Tino Ronchail, Paul Rousseau, Guy Schadeck, Robert Schiltz, Charlotte Strasser, Daniel Thilman, Henri Wehenkel, John Weber und Antoinette Welter. Für die redaktionelle Arbeit und die Fertigstellung des Manuskripts danke ich ganz herzlich Nathalie Jacoby und Claude D. Conter.

Von bleibender Erinnerung sind die bewegenden Gespräche und Telefonate, die ich mit den zwei letzten Zeugen, die Frantz Clément näher gekannt hatten, führen konnte: mit dem inzwischen verstorbenen Staatsrat Alex Bonn – in jungen Jahren ein Kampfgefährte Cléments – und mit Mme Rose Meyers-Kersch, eine seiner Verwandten mütterlicherseits. Sie erlebte einst in Berburg seine Verhaftung und den Abtransport ins KZ. Die sehr intensiven Gespräche bekräftigten das Bild vom unabhängigen, liberalen, integren Menschen Clément, das ich aus meinen Forschungen gewonnen hatte.

Dass ich aber die langen Jahre der Beschäftigung mit Leben und Werk Cléments – trotz mancher Rückschläge und Anwandlungen zum Aufgeben – durchhielt, ist letztendlich meinen Freunden Gust Braun, Al Estgen und Pol Schiltz zu verdanken, die über Jahre hinweg fast jeden Montag morgen gemeinsam mit mir in ihren jeweiligen Interessegebieten in den Archiven forschten. Wir konnten uns öfters gegenseitig behilflich sein; die besondere Atmosphäre animierte zum Weiterarbeiten..

Mein Werk widme ich meinem um manche Jahre älteren Bruder, Camille Thill, der stets großes Interesse am Fortschreiten meiner Forschungen zeigte.

Robert Thill, 30.04.2015